논증의 가면과 정신의 허구

논증의 가면과 정신의 허구

초판 1쇄 인쇄 · 2023년 7월 20일
초판 1쇄 발행 · 2023년 7월 28일

지은이 · 노창수
펴낸이 · 한봉숙
펴낸곳 · 푸른사상사

주간 · 맹문재 | 편집 · 지순이 | 교정 · 김수란, 노현정 | 마케팅 · 한정규
등록 · 1999년 7월 8일 제2－2876호
주소 · 경기도 파주시 회동길 337－16(서패동 470－6)
대표전화 · 031) 955－9111(2) | 팩시밀리 · 031) 955－9114
이메일 · prun21c@hanmail.net / prunsasang@naver.com
홈페이지 · http://www.prun21c.com

ISBN 979－11－308－2078－1 03800

값 37,000원

이 책은 광주광역시 GWANGJU CITY 광주문화재단 Gwangju Cultural Foundation 의 예술인창작지원사업으로 지원 받아
발간 되었습니다.

푸른사상 평론선
40

논증의 가면과 정신의 허구

The mask of argumentation and the fiction of mentality

노창수
시조평론집

시조와의 담론을 전개하며

기존의 나사를 버리고 새로운 선반에서 그걸 깎으려 하는 이 버릇이 언제부터였는지 모르겠다. 하면, 서투르게 덤벼 다치거나 오해를 불러일으키는 일도 있다. 새로운 질료로 어떤 물건을 만들 것인가 하는 자본주의적 실용보다는 만드는 일 자체의 공력, 그러니까 예술주의적 노동을 사는 일이 더 값지다고 여긴 지는 꽤 오래된 터다. 한데, 현실에는 그걸 팔아 생계를 유지해야 하는 가역성, 그때마다 자신에 대한 가학성이 동시에 작용한다.

평론(評論)은 논평(論評)이고, 비평(批評)은 평비(評批)일까. 사실은 작품의 모양을 본떠 더 넓은 그릇에 옮기는 그 계란찜 같은 비방(比方)일지 모른다. 비평가들은 저 잘났다며 비방(秘方)이라고 젠체하지만 사실은 위선적인 비방(誹謗)꾼일 뿐이다. 뭐 나도 그렇다.

나는 오래전부터 시조가 '서정의 파워'와 '운율의 룰'이란 자질에 함의한다고 여겨왔다. '서정'과 '운율'이란, 내용과 형식에 의해 구분하는 또 다른 이름이겠다. 둘은 분리되지만 통합되는 일은 더 많다. 시와 시조에서 '내용'인 '파워'와 '형식'인 '룰'을 통합해 보던 때, 교재와는 다르게 가르치던 국어

교사 시절을 생각한다. 난 '내용↔형식'의 교류에 터하여 학생의 수용을 바랐다. 한 텍스트를 두고, 상호 '수용⇄반응'하는 '학습자 중심' 수업은 형식과 내용을 함께 수용함으로써 통합적 정서를 기를 수 있다는 나름의 생각 때문이었다. 같은 이유로 시조와 독자, 비평과 독자도 이 같은 각 정서의 교호작용의 상에 놓인다.

'서정'과 '운율'은 바늘과 실의 관계처럼 등가적(等價的)이다. 이에 반해 '파워'와 '룰'은 불평등과 평등, 또는 방임과 규율처럼 상등적(相藤的)이다. 시조평론은 시조와 독자의 소통에 완미를 바라며 '시인의 정서'가 '화자의 서정', 그리고 '독자의 감정'에 작용함에 있어 등가냐 상등이냐 무관이냐 하는 그런 나사의 모양과 크기에 맞게 깎아가는 일이다.

나는 이러한 여러 나사들로 제작·조립된 기계를 설비하고 지상(誌上)에서 수확한 낟알들을 씹기 좋도록 까끌한 부분들을 도정(搗精)해나가기를 번복해왔다. 내 평설에 의해 정미(精米)된 작품이 독자의 밥솥에 안쳐져 찰진 밥으로 상에 올려질 것인가, 그 긴장의 순간이 좋다. 그게 제3의 글로 드러나고 사람들이 호응해올 때 비평의 보람을 느낀다. 내 곡괭이 끝에 채굴되고 인용된 시조가 눈부신 광택으로 수렴되는 때는 미친 듯 힘이 솟아나 한 사나흘 굶어도 배고프지 않다.

해서, 오늘도 노트북 마당 앞에 부려진 그 암반 같은 작품들을 펜의 망치로 잘게 부수어 살피기를 반복한다. 이 고질은 잠을 반납하는 것은 물론, 패혈증 같은 병을 각오하게도 한다. 밤새 깊이 읽기에 신이 나 온갖 시집을 다 꺼내 읽거나 막장도 무서워 않는 광부처럼 기억의 단층을 뚫어 나간다. 그게 고통이라지만 내가 좋아서 하냥 하는 일이다. 그렇다면 어쩜 이덕무가 말한 '간서치(看書痴)'로 유폐되어 스스로가 블랙홀로 흘러 들어가는 일인지도 모른다.

여기 글 대부분은 『나래시조』에 2018년 봄호부터 2023년 봄호까지 6년 동안 게재한 평설이다. 그래, 분에 넘친 호응과 갈채를 받았다. 시인 당신의 옥동자인 귀한 작품을 이 돌팔이가 멋대로 돌리는 분석의 판에 올려주시고도 계속 격려해주셔서 힘이 났다. 또한 쉽지 않은 마당이자 지면에, 서툰 기량을 자랑하듯 북장구 치고 상모 돌리며 멋대로 뛰게 한 주간 선생님과 편집위원님의 배려도 잊을 수 없다. 이분들께 비로소 비방(誹謗)을 감추고 비방(祕方)처럼 공연한 바를 한 권의 책으로 드리게 돼 기쁘다.

2023년 5월

이 봄날이 가면 곧 허물어질 상래문학방에서 쓰다

노창수

제1부

제2부

제3부

제4부

제1부

작품을 분석하는 논증의 가면 그리고 시대정신이란 허구

과거의 시대란 우리들에게 일곱 번이나 봉인을 한 책이다.
당신들이 '시대정신'이라고 부르는 것은
실상 시대와 그 시대를 반영시키는 당신들 자신의 정신일 뿐이다.
— 괴테, 『파우스트』 중에서

1. 주유와 작동

작가 · 시인으로부터 생산되는 문학작품이란 비평을 전제로 하지는 않는다. 그러나 비평은 문학작품을 전제로 하며, 심지어 그것을 먹이로 하여 생존하는 장르라고 할 수 있다. 심하게 말한다면 문학비평은 작품의 피를 빨아먹는 '기생충'이다. 그렇다 하더라도 문학작품은 비평가의 해석과 비평으로부터 자유로울 수 있는 권리를 가진다. 비평은 다만 비평자의 몫일 뿐이기 때문이다. 따라서 작품은 비평으로부터 독립적 관계에 놓인다. 비평이 간섭을 하건, 하지 않건 작품은 하나의 '격(格)'을 갖추고 지상(紙上)에 존재하는 이유에서이다. 이에 반해, 비평은 작품에 대해 지극히 의존적이다. 작품이 아니고선 '비평'이란 장르를 부지할 수 없는 일이다. 물론 비평을 위한 비평도 있지만, 그것도 작품 비평이 이루어진 이후에 그에 대해 왈가왈부하는 것이지, 비평의 조건이 독단으로 성립하는 건 아니다. 한 작품이 비평에게 객체화되고 텍스트로서의 희생을 용인했을 때 비평은 바야흐로 논증을 진행할 수 있다.

비평의 핵심은 '신비평(new criticism)'처럼 결코 작품의 질만 살펴보는 눈에 있지 않다. 뚜렷한 비평적 주관이나 합리적 기준을 사용한다고 해도 그게 비평의 최선책은 아니다. 엄밀히 말해 비평자의 정신과 품격이 더 의미 있게 작용한다. 하지만 비평자가 어떤 시각에 의해 작품을 해석 · 비평해야 하는가의 문제를 따지기란 단순하지 않다. 상황과 조건, 시기에 따라 비평의 수준과 내용이 달라지기 때문이다.

이와 궤를 같이하여, 작품 비평의 시작을 연 옥스퍼드대학교 시학(詩學) 교수인 매슈 아널드(Matthew Arnold, 1822~1888)의 비평관을 예로 들어보겠다. 그는 『교양과 무질서(*Culture and Anarchy*)』(1869)라는 저서를 통하여, 빅토리아 시대에 영국 문학인과 지식인이 자행한 독선과 금전 숭배주의의 부조리 사회를 신랄하게 비판한[1] 적이 있다. 사실 그의 이 같은 문학비평에 대한 이론적 핵심은 옥스퍼드대학교 교수 취임식 특강 때부터 나타난 바 있다. 즉 「문학에 있어 근대적 요소에 대하여」라는 주제가 그것인데, 그는 이 자리에서 '인생의 거대하고 복잡다단한 세계에 대하여 숙고하며 나아가 도덕적이고 지적인 사유를 발산하는 통합된 의지'가 있느냐의 여부가 바로 '비평의 정신'과 연관된다고 말한 바 있다. 그러니까 비평 정신이란 '작품을 통하여 나타난 시대와 그 요청에 의하여 결정'되는 것이지, 어떤 영구한 방식이 아니며, 비평가가 의도한 사조적(思潮的) 경향으로 작동될 수 없다고 본 것인데, 이는 투시적이고 예언자적인 비평관이라 할 수 있다.

과거 비평의 흐름은 고전주의나 감정 · 감상주의를 출발로 하여 전기주의적(傳記主義的) 입장, 그리고 작품에 대한 환경주의적(環境主義的) 입장을 거쳐

---

1) 매슈 아널드, 『교양과 무질서』, 윤지관 역, 한길북하우스, 2016. 이 책은 19세기 영국을 비롯한 유럽의 혼란상을 '무질서'로 바라보고 그 해결책으로 사람들의 '교양(culture)'을 높이자는 것을 제시한 것으로 영국 문화비평의 기틀을 닦은 책이라 할 수 있다.

왔다. 전후(戰後) 구조주의 시대를 건너와, 1930~1950년대의 신비평주의 이후 심리비평이 대세를 누리기도 한다. 1950년대 말부터 1960년대 초까지는, 예를 들어 그리에스 M. 바하, E. 슈타이거, E. 후설 등으로 연계되는 이른바 '현상학적 비평'의 시기와 '실존주의의 문학'의 시기가 함께해 온다. 1960년대 후반부터는 라캉, 자크 데리다, 푸코와 같은 '반심리 비평주의'가 등장하고, 이어서 이른바 '해체비평', 그리고 비평의 비평인 '메타비평'[2] 등이 등장해 젊은 비평가들의 입맛을 사로잡게 된다. 이는 '비평의 맛'이라기보다는 어떤 '비평의 멋'을 위해 행세한다고 보여진다. 21세기가 시작되면서 비평문학사는 더욱 다양하게 발전한다. 개인의 심리주의와 생태주의적 입장, 그리고 이른바 젠더, 또 다문화주의에 대한 대응 방법 또한 만만치가 않게 설득적이다. 이와 동시에 '하이퍼이론', '생체윤리주의' 등은 작품 해석을 함에 철저히 개인주의 방식을 요구하거나 '신심리주의'에 의탁하여 확대해 진행하려는 경향이 짙어진다. 매슈 아널드나 허쉬의 예견대로 비평가의 주관인 '시대정신'에 근거하기보다는, 시대에 따라 작품의 해석과 비평이 다르게 전개되고 있는 셈이다. 해서, 결국 비평은 어떤 영구적인 사조(思潮)나 주의(主義)로 결정되는 일은 아닌 듯하다. 문학작품을 해석하는 일에 대하여 에릭 허쉬(Eric Donald Hirsch)는 그가 공들여 쓴 『문학의 해석론』(1976)에서 시인이 쓴 '작품의 본래적 의미를 진정으로 이해하기는 불가능하다'라고 토로한 바 있다. 그는 비평가가 작품을 해석하는 것에 대하여, 비평가의 삶에 따른 정신적 방법 속에서 그것이 이루

2) 메타비평은 비평에 대한 비평, 비평을 위한 비평이다. 즉 어떤 비평에 대하여 전제, 원리, 방법, 기준 등에 대한 비평적 관점을 논리적으로 보여주는 것으로, 2차 비평이라고도 한다. 시에서도 '시론'과 '시 창작법'에 대해 시를 쓰는 경우, 이를 '메타시'라 한다. 모든 문학 장르에는 이 메타적 장르가 있다. 메타비평은 플라톤이 초기 비평적 기준을 제시한 후 아리스토텔레스를 거쳐 중세와 현대에 이르기까지 이 비평적인 기준에 의해서 존재해왔다. 예컨대 노스럽 프라이, 마르크스, 줄리아 크리스테바 등은 다양한 관점의 메타비평적인 논지를 보여준 학자들이다.

어지기 때문에 작품의 진정한 해석은 점차 어려워질 수밖에 없다고 고백한다. 해서, 비평은 무릇 독선적이라고도 할 수 있다. 비평가에 따라 작품의 존재적 의의가 사뭇 달라지는 사례가 그러하다. 에릭 허쉬의 견해가 아니더라도, 시인과 비평가가 몸담은 각자의 토양과 정신을 통과하면서, 비평은 한 흐름을 유지해간다고 착각하지만, 사실 명확한 작품 존재의 가치를 드러내는 작업이란 곧 포기되고 마는 것이다. 하지만, 한 시인의 체험적 환경이 빚어내는 그 작품으로부터 이어받은 생태적 비평 체제는 곧 주유된 자동차처럼 동력을 계속 추진해간다. 즉 위에 말한 '선작품→후비평'이 그것이다. 선주유, 후작동처럼 말이다.

2. 배설과 소통

에릭 허쉬는 '문학작품의 해석을 또 하나의 가상적 작품'이라고 말한 라캉 · 데리다 · 푸코의 주장에 대해 서슴없이 반기를 든다. 아니, 그들의 철학 이론을 추종하며 문학작품을 이론적 도마에 올려놓은 비평가들을 비판하고, 다시 그걸 비판하는 사람들을 비평한다. 그것은 한때 유행했듯이, 작품 해석 자체를 창작의 한 장르로 보려던 비평가들에게 가하는 '터무니없이 그들 철학에 경도되었다'는 지적이다. 즉 비평에 대한 비판적 매질인 셈이다. 그는 라캉 · 데리다식 철학을 추종하는 그 비평가들의 득세가 오늘날 '비평의 무질서'를 가져왔다[3]고도 말한다. 해서, 문학작품의 위상은 비평 행위와 독립적 관계에 있다는 사실을 비판하며, 작품과 비평을 따로 보게 된다. 즉 양자의 관계성을 무시한 결과로부터 나오는 비평관이라는 것이다. 그는, 비

3) 김화자, 「옮긴이의 말」, 에릭 D. 허쉬, 『문학의 해석론』, 김화자 역, 이화여자대학교출판부, 1988, 7~8쪽 참조.

평가와 시인의 의도를 재현해 보이는 일은 소통 과정에서나 윤리적 관점에서 옳을지는 모르지만, 원칙적으로 그건 그 시대가 지나면 마땅히 어떤 한계성에 이르게 된다고 경고한다. 일부 그의 견해에 동의하지 않는다 하더라도, 이제 라캉, 데리다, 푸코의 시대는 막을 내릴 수밖에 없는 그 '시간의 법칙'(어쩌면 '이 또한 지나가리라'와 같은 일) 앞에 놓인다.

아널드나 허쉬에 의하면, 필자의 이와 같은 '비평마당'도 지나가는 한 척의 낡은 배에 불과할 것이다. 함에도, 이 시간에 작품 읽기에 정성을 기울이는 건 무엇인가. 그것은 필자가 평설의 마당에서 자주 언급한 '작품격', '시격', '시조격'에 대한 그 존엄성 유지 때문이다. 그리고 찜찜하지만 작품의 소이에 대한 토로와 소통의 마당을 필자 스스로도 긴히 요하는 까닭이겠다.

문학작품으로서의 시조는 시대 속에 있다. 시대를 표현하거나 시대를 떠나거나, 시대를 대변하거나 시대를 타고 넘나들지만, 어차피 그는 시대의 담 안에 꽃피어 있다. 이제 그 꽃을 딴다. 꺾지 않고 딴다는 건 줄기를 그대로 두었기 때문이다.

> 해묵은 살림 따라 몸도 슬슬 닳아가고
> 된바람 맞바람에 눈물마저 말라붙어
> 이따금 따끔한 눈을 꼭 감고 견디는 너
>
> 시드는 저 꽃잎도 아끼며 바라보는
> 촉촉한 눈길만은 잃지 말자, 잊지 말자
> 네 눈물 대신하고픈 눈시울이 뜨겁다
>
> — 이광, 「안에게」 전문

이 시조는 밖에서 '안'으로 유연하게 흘러 들어가는 특징을 보인다. 사실은 흐름이 그렇다는 게 아니고, 의미적 연결과 시차적(時差的) 장면에 무리가 없다는 그것이다. 여기서 '안'은 곧 내면이다. 나이가 들면 "해묵은 살림"처럼 "몸은 슬슬 닳아"져간다. 그래서 자주 아프고 힘도 빠진다. 화자가 살아온 세월은 "된바람"과 "맞바람"을 맞아온 그야말로 풍파가 스쳐간 상처로 얼룩져 있다. 이런 난관을 지나오며 그는 "눈물마저 말라붙"었을 지경이다. 아니, 차분히 눈물을 흘리며 울 시간조차 없었을지도 모른다. 나이 들수록 자신에 향하는 마음은 익숙해지지만 "시드는" 세월로부터는 낯설어지기 마련이다. 몸이 약해지는 건 물론이고 아픈 데는 더 자주 생긴다. 그건 화자가 말한 것처럼 "따끔한 눈을 꼭 감고 견디"어낼 사연이 많아지는 일로부터겠다. 젊은 시절엔 꽃이 피고 지는 강산에 대해 무심하거나 업무에 바빠 거들떠볼 참이 없었지만, 이제는 꽃이 시들어가는 동산도 들판도 "아끼며 바라보"게 되는 것이다. 그만큼 속이, 철이 들었다는 얘기이겠다. 자연의 생성과 소멸 앞에서 자아 성찰의 회한이란 하나의 일과가 되는 프로그램이다. "네 눈물을 대신하고" 싶은 그 '안'으로 향하는 화자는 잔잔해지는 반면, 그의 "눈시울"은 울컥 뜨거워 요동치고 있다. '눈'과 '눈시울'과 '눈물'로 '너'라는 '안에게' 닿고자 하는 간절함이 두 수의 가지[枝]에 묻어난다. 그런 서정은 "촉촉한 눈길만은 잃지 말자, 잊지 말자" 하는 다짐으로부터 더 압득해오기도 한다. 해묵은 살림과 시드는 꽃잎, 그리고 눈물도 말라붙은 "맞바람"의 세상을 지나오며, 화자는 '나'란 존재에 대하여 관수(灌水)하듯 감정의 수분을 주사한다.

이 시조를 두고, 화자와 대상의 감정적 교호작용을 도해(圖解)한 브룩스(Cleanth Brooks, 1906~1994)와 워런(Robert Penn Warren, 1905~1989)의 '유기적 구조(organic struction)'의 식을 표면상 적용해볼 수도 있겠다. 즉 화자와 청자 사이는, 사유가 '유기적 구조'를 유지하며 상호작용한다는 것이다. 내(화자)가 '안'으로 보내는 신호(메시지)이고, "눈을 꼭 감고 견디는" 자(청자)는 곧 '너'에 해당한다. 내 안의 '나'는 '너'에 대해, "촉촉한 눈길만을 잃(잊)지 말자"고 다짐한다. 이때, 너의 “눈물을 대신하고픈” 나의 “눈시울”은 뜨거워지는 것이다. 과거에 대한 내 안의 심리적 보호막은 ‘너의 눈물’이 되고, 그건 ‘나의 눈시울’로 옮아오는 것이다. 이는 힘든 과거의 내적 과정을 소리 없이 밟고 와 오늘의 ‘눈시울’에 이르게 한 성장시조격의 작품이다. 다소 이설이 있겠으나, 신심리주의적 관점에서 본 시조미학을 이리 한번 적용해도 본다.

너를 가만 들여다보면 산 있고 계곡 있고
숨가쁘게 내달리던 원시의 소리 있고
긴 어둠 강을 건너던 부르튼 뗏목 있다

험한 길 걷는 동안 못 박히고 뒤틀렸지만
속울음을 삼키며 순종해온 너를 향해
수많은 길이 다투어 걸어오는 걸 보았다

새벽녘 경쾌하게 내딛는 너에게서
잠이 든 빌딩 숲을 깨우는 실로폰 소리
절망도 가볍게 넘을 날개 돋는 소리가 난다

— 김강호, 「발」 전문

발은 개인이 밟아온 역사, 즉 답사(踏史)를 주도한다. 발품을 들여 답사(踏査)하듯 첫 수는 발을 “산”과 “계곡”으로 “내달리던 원시”에, 그리고 나아가기를 멈추지 않고 항해하듯 해 “부르튼 뗏목”이 되었음을 비유적으로 개괄해 보인다. 둘째 수는 과거 고난을 극복해온 발의 행적에 대해 다 발설하지 못하는 아픔을 “속울음”에 저장하듯 자의식화한다. 이처럼 오늘의 발은 온갖 험로에 내몰리고 “못 박히고 뒤틀린” 모습으로 바뀌었다. 하지만 생의 가시밭길을 쉬지 않고 “순종해온” 발이 아닌가. 그래, “수많은 길이 다투어 걸어”와 바야흐로 투혼의 결과인 환희에 이르게 된다. 셋째 수는 오늘의 삶을 열어가는 "새벽녘"에 들리는 "경쾌"한 걸음과 더불어 오는 의욕을 전한다. 그건 "빌딩 숲을 깨우"고 "실로폰 소리"같이 내디딤으로써 어떤 "절망도 가볍게 넘을" 수 있는 힘, 그러니까 "날개 돋는 소리"와도 같이 미화된다.

이와 관련하여, 현상학적 비평을 체계화한 폴란드의 비평가 로만 인가르덴(Roman Ingarden)이, 한 편의 시는 화자가 지나온 이력, 즉 '성층'의 체계가 이루어진다[4]고 설명한 바에 주목할 필요가 있다. 즉 ① 소리의 성층(成層), ② 의미의 성층 ③ 양층의 중첩적 성층으로 이미지의 층위를 설정함이 그것이다. 이를 「발」에 나타난 이미지에 대입하면 ①′ [소리 성층] 산, 계곡, 원시, 뗏목과 ②′ [의미 성층] 속울음, 순종, 길로 나타나고, 다시 ③′ [양층(중첩) 성층] 경쾌한 너, 실로폰 소리, 날개 돋는 소리로 각각 연메(連袂) 지을 수 있겠다. 따라서 이 시조도 역시 신심리주의 시학의 한 소산으로 기대어볼 만하다. 우리는 개인적인 발을 통하여 시대와 역사의 질곡들을 견뎌왔다. 거친 땅을 밟아온 고난 · 고통 · 고생의 이력을 우리의 발은 묵묵히 대변해주고 있다. 그러고도 지금 화자의 발은 건강하고도 희망적이다. 구장(球場)의 그라운드를 누비는 축구선수처럼 발로 뛰어 승리를 구하기도 하고, 고공 탑 위의 노동자처럼 허공과 빌딩 벽을 걸으며 가족의 생을 영위하기 위해 생사를 걸기도 한다. 저임금에 투쟁하랴, 공기(工期)에 맞추랴, 해고되지 않으랴, 이리 뛰고 저리 뛰며 발에 굳은살을 덧입히기도 한다. 그러나 아, 군홧발로 민중을 진흙길처럼 짓밟았던 사람도 있었지 아니한가. 그러므로, 우리의 역사는 발로부터 일으킨 고통과 참사를 이겨낸 혹사의 과정일지 모른다. 이제 사람

---

4) 로만 인가르덴, 『문학예술 작품』, 이동승 역, 민음사, 1985, 291쪽 참조.
조남현, 『조남현 평론문학선』, 문학사상사, 1997, 22~23쪽 참조.
로만 인가르덴의 성층설은 기왕에 나온 현상학적 방법의 체계화로 볼 수 있으며, 철학이 시 작품의 해석 방법으로 손색이 없다는 것을 말한 개가라 할 수 있다. 이는 작품 속에 표현된 세계의 깊이와 영역을 포괄하는 데에 그 뜻을 두는 것이다.

들은 어떤 절망도 가볍게 넘을 듯 "날개 돋는 소리"를 내는 소소한 일상과 그 보람의 발을 갖고자 하는 게 소망이다.

앞에 든 이광 시인의 「안에게」는 내적인 자의식 심리에, 김강호의 「발」은 내 · 외적인 역동의 심리에 의해 유발되는 작품들로 신심리주의적 경향의 하나라 예거해본다. 아니면 또 어떠랴.

> 돌로만 쌓아올려야 탑이라고 이를까
> 울통불통 모난 구석 얼기설기 귀를 맞춰
> 반백 년 뒤채다 보면 탑신으로도 앉으려니.
>
> 가풀막 거친 숨결 다스리던 바람 같은
> 속울음 긴 자락을 감아올린 향불 같은
> 에둘러 돌아온 길목 이끼 옷이 축축하다.
>
> — 윤현자, 「탑을 쌓다」 전문

사람이 쌓는 탑엔 "돌로만 쌓아올"리는 흔한 그 '돌탑'만 있는 게 아니다. 그냥 '날마다 돌 하나씩 쌓아 올린다'고 말하면 시가 되지 않는다. 너무 뻔한 문장이 되기 때문이다. 그런데 이 시조는 아이러니하게도 '몸탑'을 노래한다. 그러니까, 자신의 "모난 구석"을 "얼기설기 귀를 맞"추고 "반백 년" 동안 뒤채면서 단련과 정성으로 빚어내는 세월 탑신인 그 '몸탑' 말이다. 그런 착상은 다른 '탑'류 시조와는 분명 차별화의 깃발을 꽂는 일이다. 첫 수와 둘째 수의 호응이 짝을 이루는 특징도 있다. 그 구성법에서 미적 열거가 있어 읽을수록 입에 운(韻)을 달고 돈다. 화자는 설법을 하듯 "가풀막 거친 숨결"을 "다스리던 바람"과, "속울음 긴 자락을 감아올린 향불 같은" 그 내면의 전아(典雅)한 몸탑을 위해 흐르는 세월에 순종하는지도 모른다. 자신이 적층(積層)한 스펙들은 "에둘러 돌아온 길목"의 세월처럼 구불구불하면서도 깊다. 그 노고의 땀과 시간의 더께가 마치 "이끼"를 입은 듯도 하다. 그래서 옷은 두꺼워지고 "축축하"게 젖었다. 이처럼 물질적인 탑의 이미지를 역사적인 신체로 변환시켜 증언하는 시조란 그리 흔치 않다. 이를 앞서 말한 로만 인가르덴의 '성층설'에 의하여 구성해볼 수 있겠다. 즉 ① '언어 발음의 성층'으로서 첫 수 "돌로만 쌓아올려야 탑이라고 이를까/울퉁불퉁 모난 구석 얼기설기 귀를 맞춰"를 배치하고, ② '의미의 성층'으로서 "반백 년 뒤채다 보면 탑신으로 앉으려니"를 놓고, ③ '표현의 대상성'으로서 "가풀막 거친 숨결 다스리던 바람 같은/속울음 긴 자락을 감아올린 향불 같은"을 놓고, ④ '과정 안출의 성층'으로서 "에둘러 돌아온 길목 이끼 옷이 축축한" 탑의 존재를 놓아 그렇듯 연결시켜본다. 하면, 역시 이 시조 또한 신심리주의의 반열에다 자리매김해볼 수 있을 것도 같다.

3. 통과 꽃

점심이라도 자유롭게 먹자고 메뉴 따라 장소를 바꾸던 때가 필자에게도 있었다. '그거에 그 맛'인 듯한 직장 내 구내식당의 식상한 맛을 좀 탈피할 속셈이던 때 말이다. 다음 시조에서처럼 "태산도 눈에 들고 장강도 품에 든 듯" 하려면 역시 점심쯤은 든든해야 할 것 같다. 식사 메뉴로서의 짜장면뿐만 아니라 청춘 시절의 내기 당구나 내기 축구로 연결되는 이 '짜장면'은 여전히 인기가 있다. '만리장성'이라는 중국 요릿집에서 먹는 짜장면은 점심때 허기의 허리춤을 당겨 올리듯 한끼를 끌어올리기에는 충분한 식사일 것이다.

무너진 만리장성에서 짜장면을 먹는다
무너지지 않으려고 멸망하지 않으려고
면발을 걷어올리며 사태지지 않으려고

허리춤 끌어올리듯 한끼를 끌어올리면
태산도 눈에 들고 장강도 품에 든 듯
무너진 만리장성 위로 하루가 후끈해진다

— 박명숙, 「점심시간이다」 전문

첫 수에선 "무너진 만리장성" 처럼 구픗해진 배를 채우게 된다. 하지만, 둘째 수의 "무너진 만리장성"을 다시 언급한 건 첫 수와 같이 배고픈 상황을 상징한 것과 조금은 다르다. 화자의 허술한 일상을 하나의 겸손법으로 운위한 듯하다. 첫 수는 먹는 짜장면 양태가 실감 나게 묘사된다. 즉 "무너진 만리장성에서", "무너지지 않으려고", 그리고 "멸망하지 않으려고", 나아가 "사태지지 않으려고" 애를 쓰며 "면발을 걷어올리"는 모습에서 그런 실감을 감각적으로 싣는다. 대저, 짜장면 점심은 먹방이 아니어도 다소 먹방다워진다. 그러니 태산도, 장강도 '짜장면 식후경'일 듯하다. 짜장면 후의 식효(食效)로 '눈'에 든 '산'과 '품'에 든 '강'이 되는 것이다. 시조의 효과는 종장의 "하루가 후끈해진다"는 데 모인다. '후끈해진다'는 말의 정감을 앞의 '태산'과 '장강'의 비유로부터 연유해낸 바 여유와 기지가 넘치게 한다. 더욱이 허기를 단박 구하듯 걸치게도 만든다. 모락모락 김 나는 짜장면 한 입 문 후의 면발처럼, "그게 사태지지 않"고 "멸망하지 않으려"면 연신 "걷어올려"야 한다는 데까지 이르는, 말하자면 그 언어유희의 재치와 순간에의 위트를 걷어내는 면발처럼 형성해낸 구절이 여간 맛깔지고도 찰진 게 아니다.

방전을 목전에 둔 만개한 시간처럼
꽃이어도 좋고 벗이어도 좋을 만남
배터리 충전도 없이 한시적인 번개팅

벗보다 벚꽃이 먼저 와 보채는 길
온천천 양 갈래 벗과 벗들 팔짱 끼고

뭉쳐둔 분첩 속 분말들 쏟아진 환한 수다

— 이희정, 「벚꽃 만남」 전문

고대하다 벚꽃이 만개한 날을 잡아 번개팅하는 수가 있다. 그건 흔히 있는 일이지만 특별한 만남이기도 하다. 한데, 이를 "방전", "배터리 충전" 등의 전기류로 비유하거나, "분첩 속 분말들"이란 화장품류로 재해석한 시어는 조금은 차별적이다. 왜냐하면 대부분의 낡은 시에서처럼 벚꽃에 '팝콘'이나 '뻥튀기'로 비유하는 아속(啞俗)과는 무릇 다르기 때문이다. 그뿐만 아니라 '벚꽃'은 '벗'과 동음어적(同音語的)인 연계로 보이는데, 이를 통해 "한 시적 번개팅"으로 '벚'과 '벗'의 만남을 추동한 것도 '언어적 펀(lingustic pun or fun)'을 적소에 활용한 셈법이다. 그건 "온천천 양 갈래"로 늘어선 벚꽃과 벗들이 터널이 되어 "팔짱 끼고" 가며 수다를 나누는 대목에서 극점을 이룬다. 그게 벚꽃들의 수다 또는 벚꽃과 벗들이 물결처럼 흘러가는 아수라의 세상이기도 하다. 오랜만의 나들이는 마치 "뭉쳐둔 분첩 속 분말들"처럼 해방되고 "환한 수다"의 꽃밭으로 나아가는 것이다. 시조가 하나의 감각적 미학으로 정의될 때, 빚어지는 화려한 비유를 작품 마당에 동반시키는 이 같은 탐미주의는 유머보다도 유쾌한 매력을 낳을 수가 있다. 이 시조는 그걸 제대로 보여준다.

그 겨울 묵정밭에
밟힌 자국 선명한

냉이꽃 하얀 웃음에
가슴 철렁 내려앉는다

아프다

말을 못 하고
떠난 엄마 데려온 봄

— 오영민, 「냉이꽃」 전문

어머니에 대한 추억으로 화자가 전하는 마음은 마냥 애달프다. 땅에 자란 납작한 냉이를 보니, 엄마가 고생하며 가꾸다 가신 "묵정밭"에 생각이 "밟힌"다. 그건 아직도 남아 있는 어머니 발자국처럼 선명하다. 이제 엄마가 없어 가꾸지 못할 밭이지만 그 자국들은 쉬이 지워지지 않는다. 아니, 벌써 다 지워져 있겠지만 그것을 보는 시인의 눈엔 어머니 자국이 남아 있을 수밖에 없을 것이다. 어머니가 김매며 딛는 발자국 곳곳에 냉이꽃은 하얗게 피어나 있기 때문이다. 화자는 그런 느낌으로 어머니를 불러온다. "아프다"라고 말도 못 하고 저세상으로 "떠난 엄마"를 "데려온 봄"날처럼 냉이꽃은 화자 앞에 그리 피었다. 종장에서는 반전된 압축과 함축으로 "엄마 데려온 봄"을 다시 요약해 보인다. 또 중장에서, 화자는 "냉이꽃 하얀 웃음"을 빌려오는데, 그만 "가슴"이 "철렁 내려앉는" 이미지를 부각시킴으로서 엄마와 함께한 시간들을 소환하고자 한다. 오영민 시인의 작품에 나오는 '엄마', '어머니'란 말은 화자의 정표를 표시해 쓰인 게 많다. 예컨대 2010년 『국제신문』 신춘문예 당선 작품 「찔레의 방」에서, "병원 문을 나서다 하늘 올려다본다/아기인 듯 품에 안긴 찔레 같은 어머니/기억의 매듭을 풀며 꽃잎 툭툭, 떨어지고"와 같은 대목이다. 그 '어머니'의 상은 유년 때부터 형성된 상을 작품에 옮겨온 듯하다. 어머니의 정서에 관한 시인의 뿌리가 깊어져도 보인다. 그가 등단한 후에 노래하는 '어머니' 상은 주로 '엄마' 상으로 화했다. '엄마' 호칭이 더 그리운 일로 바뀐 것이다. 시는 시인과 화자의 내면을 고백하며 소통하는 장르이지만 고백 자체는 아니다. 고백이 화자나 시인의 공력으로 만들어진 예술품일 때 시는 더 읽히는 법이다. 이 시조는 엄마의 과거를 반추하지만 봄이면 세상을 떠난 엄마를 '냉이'와 함께 모셔 오는 그 소통의 상(床)에 놓는다. 그게 '눈물꽃'으로서의 "냉이꽃"이라는 데 더 여운을 얻는 것이다.

곡기를 끊더라도 헛가지는 쳐내야지
된바람 회초리에 어둠도 털지 못해
굵고 긴 신음소리가 새벽 숲에 흥건하다

헐벗은 이력이야 나이테에 새기겠지만
험지, 그 어디쯤서 별빛이나 우러를까
언 뿌리 서로 달래며 닦고 있는 빈자리

— 안주봉, 「나목」 전문

시인이 말한 '나목'에서 풍기는 이미지란 쓸쓸하다 못해 처량하기까지 하다. "새벽 숲"에서는 "흥건"한 신음을 푸는데 그건 나목들이 부르짖는 "굵고 긴" 슬픈 울음소리이다. "언 뿌리"를 "서로 달래"거나 외롭게 "빈자리"를 지키며 내는 울음이니 더 웅숭깊을 수밖에 없다. 화자의 간절한 바람은 나목이 감당하는 한계를 초월하란 듯 어떤 극기의 힘을 부여한다. 예를 들어 첫 수에 "곡기를 끊더라도", "된바람 회초리에", "굵고 긴 신음소리", 그리고 둘째 수에 "헐벗은 이력", "험지 그 어디쯤서", "언 뿌리 서로 달래며"와 같은 극한 상황을 제시하여, 이를 극복하고자 하는 힘을 일으킨다. 시조의 겉 '의미'에 속 '형식'으로 역술되어 색다른 감각적 특징도 있다. 예컨대 "헛가지는 쳐내야" 하는데 그러지 못한 점, "된바람 회초리에"도 "어둠을 털지 못"한 점 등에서 그런 의지를 읽는다. 각 장은 음보별로 응답 관계의 구성을 해 시조 체재가 도드라져 보이기도 한다. 그건 각 초 · 중장에서 나타난 바, 즉 ① '조건에 대한 불이행'으로, "곡기를 끊더라도/헛가지는 쳐내야지",

"된바람 회초리에/어둠도 털지 못해", ② '최소 조건에 대한 부분 이행'으로, "헐벗은 이력이야/나이테에 새기겠지만", "험지, 그 어디쯤서/별빛이나 우러를까"가 그런 사례이다.

가스통 바슐라르(Gaston Bachelard, 1884~1962)는 그의 저서 『공기와 꿈』을 통해 구름, 연기, 바람, 나무 등, 이미지에 대한 상상력은 그 움직임들에 귀를 기울임으로써 더욱 선명해지고 내면의 울림을 함께 얻게 된다고 했다. 예전에 혼란스러웠던 존재에 대해서는 그것의 정복을 통해, 움직이는 행복감에 젖어들게 됨을 역설했다. 이 시조에, 나목이 된 나무도, 바람 회초리, 털어야 할 어둠, 나무의 신음, 헐벗은 나이테를 우러르는 별빛, 언 뿌리를 달래는 빈자리 등, 바슐라르의 설명대로 이미지의 움직임에 귀를 기울이게 하는 그 서정적 역동력이 크게 작용하고 있다. 나목과 더불어 사물의 내면세계를 읽을 수 있는 시가 요즘 드문 편인데, 이의 한 전기(轉機)를 보여주는 작품이다.

논밭도 젊어야 기운 펄철 난다는데
진기가 다 빠져 뼛속까지 허한 나달
오래된 문풍지 닮은 등가죽이 시리다

거름 걸게 내면 땅심 더 깊어질까
속 끓인 마음 밭을 김매고 북돋워도
저 슬픈 저승꽃들만 비름처럼 질기고

주름살 고랑마다 거뭇한 눈물 자국
구붓한 그림자는 어스름에 묻히는데
어릴 적 놓친 꿈 하나 사금파리로 반짝인다

— 손증호, 「아버지의 등, 그 어스름」 전문

세상의 아버지들은 자식을 위해 자존(自尊)의 등을 굽힌다. 이 시조엔 진기가 다 빠져 뼛속까지 허한 아버지의 삶이 궁핍한 비극 상황의 대표로 제시된다. 그의 등에 비친 어스름은 "오래된 문풍지"를 닮아 있다. 하지만 낡아서 제대로 구실을 하지 못한다. 찬바람이 들어와 "등가죽이 시리"지만 이를 막아내는 데는 역부족이다. 그건 아버지가 기거하는 방의 추위 때문이기도 하지만, 실은 화자가 느끼는 아버지에 대한 허전한 마음이기도 할 것이다. 둘째 수에서, 아버지의 모습은 더 극심하게 가난하고 늙어가며 쪼그라들어가고 있다. "땅심"을 "더 깊"게 하려고 "김매고 북돋워도" 피부에 돋는 저승꽃들은 "비름처럼 질기"게 달려들듯 말이다. 아버지의 노동은 이렇듯 갈수록 가팔라지기만 한다. 물론 소득 또한 보잘것없다. 병고로 만신창이가 되어 육신의 사방으로 "슬픈 저승꽃"이 무성히 피었다. 오랜 이 아버지에 관한 기억이 "구붓한 그림자"로 오지만 아버지를 제대로 모시지 못한 화자의 후회는 깊어진다. 그에게 "어릴 적 놓친 꿈"은 이 같은 파편으로 남아 지금도 "사금파리"처럼 찔러오는 것이다.

우리가 겪어온 한국적 정서는 이 아버지의 생과 밀접하다. 가난이라는 정한에 묶여 있기 때문이다. 해서, 우리나라처럼 부모에 대한 문학작품이 많은 나라도 없을 것이다.

4. 장르적이냐, 기능적이냐

시조는 시대의 '산물'이자 메시지의 '형식'이며 상황에 대한 '담화'이다. 시조시인은 유한한 시대에 존재하지만 그가 살고 있는 시대상을 곧 시조로 반영해낸다. 해서, 시인이 의도한 바를 현재의 독자나 비평가가 임의대로 집약하고 재단할 수는 없다. 시인과 독자 또는 비평가가 존재하는 연대가 각기 다르기 때문이다. 예를 들어, 김상옥의 「봉선화」는 1974년 시조집 『초적(草笛)』에 실린 작품이다. 그런데 이를 지금의 20~50대의 독자가 감상할 경우, 70년대의 봉선화에 얽힌 정서와 환경을 온전히 읽어낼 수는 없을 것이다. 즉, 매슈 아널드가 언급한 조건과 같이 '시대의 요구'라는 고려 사항은, 이미 시인과 독자가 동시대에 존재하는 것에 반하는 관계에 있다는 점이다. 이처럼 '시 ⇄ 독자'가 시대를 함께하지 못한 텍스트는 완벽한 해석이나 객관적인 비평의 진행에 한계가 있다. 같은 논리로 비평가들이 이런 작품을 두고 '시대정신' 운운하는 일을 어떻게 볼 것인가. 그건 시대의 유행이 아니라, 자신의 호불호에 따라 시대정신을 설정하고 그를 좇으려는 일이나 진배없다. 역사는 '시대'의 것이지 '시대정신'의 것은 될 수 없음이다. 어떤 한 시대가 지나감으로써 그 시대정신은 파생된다. 하지만 비평가가 즐겨 떠드는 '시대정신'은 위에 든 괴테의 말처럼 자신의 '말'로 부리는 그 자신의 정신적 궤변일 뿐이다. 더 비판적으로 말하면 비평가가 살고 있는 시대를 영위해온 방식대로의 흐름을 자기 취향대로 정의해버리는 일이다. 예컨대, 이미 악행 사실로 판명 난 '친일'이나 '친신군부'를 두고 시대정신 운운하며, 정의롭지 않게 이미 기울어진 한쪽 날을 추켜보려는 책략과도 같다. 그러므로 시대정신이란 비평가들의 자기 귀환적 아류에 불과하다. 그건 뚜렷한 사실, 진실, 정의만큼 설득적이지 못하다. 흔히 아는 것처럼 문학은 시대의 '말로 된 예술품(정신)'이 아니라, 시대의 '말로 된 담화(사실)'라는 사실을 에릭 D. 허쉬를 통해[5] 인정한다면 적어도 그렇다. '정신' 자체를 담아내는 게 아니라 '사실'을 담아냄으로써 '정신'을 일으키는 게 문학이어야 한다는 생각이다. 어떤 작품은 정신만 강조되어 있어 마치 도덕 교과서의 한 제재와 같은 것도 있다. 시조 작품을 인간의 정신과 행태를 통과하는 '예술품'으로 보는 시각은 다소 '장르적'이고 정신적이다. 그러나 작품을 독자와의

---

5) 김화자, 「옮긴이의 말」, 에릭 D. 허쉬, 『문학의 해석론』, 김화자 역, 이화여자대학교출판부, 1988, 7~8쪽 참조.

'담화'로 보는 건 소통 역할에 중점을 둔, 다소 '기능적'이고 현실적인 시각이다. 예술로서 형식인 '장르 기능'보다는 '담화 기능'을 더 열어놓게 되는 건 현대시와 마찬가지로 현대시조도 그렇다. 또 앞으로 그러할 것으로 예측한다.

5. 비문과 구애

이제, 시와 시조 앞에 더욱 진솔할 필요를, 겸손의 조건과 함께 놓아둘 징검의 지점에 이른다. 핵심을 놓친, 그러니까 '바쁘다 바쁘다'며 내놓는 비문(非文)의 글, 또는 '좋다 좋다'며 너를 부르는 구애(求愛)의 글로부터 탈출할 지점의 문앞이다. 현대의 시를 풍자적으로 말한다면 '비문' 씨와 '구애' 양이다. 이 두 사람의 '아양'으로 독자가 진절머리를 앓게 되는 모습을 이 평설에서 간혹 하소연해본 적도 있다. 주 · 객 · 서술의 관계가 모호한 평문, 엿가락 문장으로 길어져 호흡이 없는 빈사 상태의 글이 부지기수이다. 그런 글은 메이저 문예지에 더 많이 목격된다.

앞서 언급한 바, 에릭 허쉬의 비판적 예측과는 달리 우리는 당대의 비평 마당엔 지금도 데리다, 푸코, 라캉이 제 시대를 맞이한 듯하다. 알 듯 모를 듯, 비평가들이 다투어 그들의 글을 인용해 보이기 때문이다. 논증이 불충분한 초현실주의나 젠더류 같은 작품을 사례로 들며 중앙문단적 권위를 새삼 부리는 이들도 있다. 하지만 그건 객기일 뿐이다. 마치 그런 시대정신을 이끄는 위인처럼, 또는 당자자들이 이의 변호사처럼 행세하기 때문이다. 아쉬운 점을 하나 더 들겠다. 시와 시조를 비평을 할 때, 대상 작품을 예시로 보이는 건 상례이다. 이때, 어떠한 식으로든 전체 작품을 보여야 옳을 일이다. 그러함에도 문단권력을 쥔 비평가들에게서 공통된 건, 길지도 않은 작품 인용을 잘라먹는다는 데 있다. 해서, 그 작품을 찾으려면 온갖 시집과 잡지를 다 열람하고 섭렵해야 한다. 그건 대부분 독자가 읽지 않았다는 사실(설사 읽었다 해도 망각하는 수도 있음)에 대한 배려가 전혀 없다는 것이다. 나아가 서지학적으로도 온당치 않다. 말하자면 자기 글에 대한 외면적 권위를 보일 의도로 인용을 잘라먹는다는 오해를 일으키기 쉽다. 해서, 전모를 파악하려는 독자를 기만하는 것이고, 나아가 비평과 해석에 유리한 부분만 발췌하여 자기 합리화나, '시대정신'으로 써먹는다는 비판에서 벗어날 수 없다. 소설이나 수필의 경우 긴 인용은 불가능하겠지만(이때는 각주를 통해 작품의 개요나 특징을 밝히면 좋을 듯함) 논의의 핵심을 이루는 인용에 객관성과 타당성을 유지해야 하는 건 당연한 일이겠다. 자신의 비평의 관점에 유리한 대목, 진술한 주제와는 다른 각도의 문장을 인용하여 비평하는 건 평자의 바른 태도가 아니다. 이게 틀린 지적인지는 모르겠지만, 자주 당하여 독해의 진행에 방해를 받는 건 사실이다.

즈음해서, 비평가들이 새길 일은, 작품에 대한 '인식과 평가'를 진행함에 '주관의 보편타당성'을 말함으로써 비평가가 '자아몰입적 주관'이 되어선 안 된다는 사실이다. 그건 당연히 '보편타당한 주관'이어야 하는 '주관의 객관성'이 작용하기 때문이다. 작품의 비평에 객관성이 유지 · 확립되려면 '비평의 정당화', 즉 논증의 근거인 인용부터 충실해야 할 일이다. 불성실한 논증이란 '가면'은 자칫 위악으로 흘러갈 우려가 있다.

6. 수저와 시조

어느덧 코로나19가 생활 속 큰 근심으로 등장한 오늘날, 시조 작품에 대한 비평의 밥상 앞에 필자는 겸허의 수저를 놓으며 헌사(獻詞)한다. 앞서 언급한 바 진정한 작품의 생명체가 논증적인 비평의 수반을 불러올 수 있음에서다.

내 밥상에 놓는 '수저'와, 스마트폰에 넣는 '시조'가 있어 오늘도 밥을 먹는다. 이름도 비슷한 '수저'가, 아니 '시조'가 그렇다. '수'와 '저'가 분리되듯 '시'와 '조'도 마찬가지다. '숟가락'을 들 때와 반찬을 앞에 두고 '젓가락'으로 키를 맞추며 딴딴 리듬을 탄다. 그래 무엇을 집을 것인가. 아, 아버지 앞에 놓인 생선을 피해 묵은 김치 가닥을 건져오던 때, 정직하지 못하지만 겸손의 시조가 생각났었다. 마찬가지로 '時(때)'를 맞춰 들판의 곡식을 거둬오면서 '調(운)'를 고르는 몸짓과 소리를 한다. 보리를 수확하는 때('시')도 그렇다. 유월이면, 베고 묶은 보리 뭇을 마당으로 나른다. 이후 타작하는 도리깨를 휘두르며 어떻게 '조(調)', 즉 흥을 돋우어 땀을 식히고 힘을 낼 것인가, 그 힘의 기량이 서투르지만 소리로 재보던 때가 있었다. 어른들의 익숙한 도리깨질은 '타닥 탁' 내리치며 '어여 어여' 소리를 맞추는 건 저절로였다. 나는 서두르다 서툴러 발을 다치는가 하면 내 소리는 부끄러워 자꾸 움츠러들었다. 하지만 용을 쓰며 '조'를 가다듬었다. 어른들이 아쉬운 대로 '좋다' 했다. 이 땀의 과정과 '추임새'가 곧 '시조'를 이루었다. '수저'의 밥상과 '시조'의 마당은 스케일은 다르지만 형태는 이리 같다. 숟가락질을 따라 반찬을 어떻게 고를 것인가. 마찬가지로, 곡식을 타작하고, 일렁이는 바다에 멸치를 잡거나 그물을 끌 때에 무슨 소리를 내야 피로를 잊고 풍요의 힘을 돋울 것인가. 예나 지금이나 밥상과 마당과 바다를 깨우는 건 역시 소리이겠다. 오랜 노동 후 비로소 놓이게 되는 바와 같다. 이게 나의 '시조격'이자 당신의 밥상과 그 마당에 헌사할 그런 '작품격'이다. 그러므로 '시조'는 '수저'처럼 배고픈 삶을 결코 배반하지는 않을 것이다.

(『나래시조』, 2020 여름호)

'대상'과 '진술' 간의 등식 관계 또는 그 텍스트와 교접하며

> 아니, 불꽃은 조금도 없었다.
> 이제 물에 빠질 것이다.
> 그는 물에 비친 자기 얼굴을 바라보았다.
> 그리고 그 얼굴에서 커다란 공포를 보았다.
> 그게 마지막 그가 본 것이었다.
>
> — 밀란 쿤데라, 『삶은 다른 곳에』 마지막 부분

1.

아주 소박하게 말한다면 시를 읽는 방법엔 두 가지가 있지 싶다. 첫 번째 그냥 읽는 것, 두 번째 체계적으로 읽는 것이 그것이다. 한 편의 시를 텍스트로 정하고 주어진 관점에 의해 분석적으로 읽어내는 게 두 번째 읽기일 터이다. 무작위로 '읽는 건' 처음의 단계이지만, 목적을 가지고 '읽어내는 것'은 그 다음의 단계이다. '읽는 것'과 '읽어내는 것'은 다르다. 어떤 기준과 관점을 두고 읽느냐와 그렇지 않으냐의 차이이다. 독해의 조건 아래 텍스트 접하기란, 여러 작품 가운데에서 관심 주제를 '읽어내는 것', 즉 선별적으로 읽는 방법을 말한다.

이 글에서는 텍스트 속의 화자가 '대상'을 '진술'하는 이미지에 대하여 하나의 '등식' 관계로 '읽어내기'를 하려고 한다. 하면, 오롯 필자만의 의도일 뿐이다. 골라 읽은 작품을 '텍스트'라 가정하고 거기 대상과 진술의 등식 관계를 밝힌다는 뜻이겠다. 화자가 의도한 두 층위의 연관 관계가 무엇인지,

그리고 그 관계를 어떤 식으로 독자에게 전달하는지 살피는 일로부터 시작하려 한다. 좀 고급스럽게 말한다면 '이미지 간 등식을 차용한 텍스트의 체계적 분석' 같은 거라 할 수 있다. 작품에 활용한 상징적 이미지는 '대상&진술'에 대한 [A=B] 또는 [A'=B']의 경향성이라고 해도 좋을 듯한데, 적당한 틀이 없어 이를 묵시적으로 인정해둔다.

2.

필자가 처음부터 이 조건을 달고 쓰리라 생각한 건 물론 아니다. 인용한 작품은 모두 텍스트적 조건에 합당한 것도 아니다. 시조를 읽으면서, 시인의 텍스트의 경향성, 즉 시적 '대상'과 시인, 이에 대한 화자의 '진술'에 대한 관점들이 조금은 흥미 있다고 여겼을 뿐이다. 그래, 두 층위가 시조를 횡단하는 어떤 (변)곡점이 된다는 사실을 의도적으로 관찰해보자는 내심이 탐구력을 작동시킨 것이다. 굳이 그 효과를 따져본다면, 등식의 도구로 사용한 이미지가 작품을 연금술(Alchemy)처럼 금빛 나게 할 수도 있다는 것, 그리고 독자에게 시인과 화자가 사용한 등식을 유추해 보이려면, 필자의 어떤 '변호성 논증(辯護性 論證)'도 좀 필요하지 않을까 하는 데에 유혹되었다. 아니면, 참 터무니 있는 비교로, 그런 글쓰기를 하는 동안만이라도 읽는 행복을 누려볼 참이라는, 약간은 돌발적인 마음이 이 같은 독해력을 뽑아낸 것인지도 몰랐다. 하여튼 그랬다.

> 빛이 고픈 땅거미가 초저녁부터 보챈다
> 화색 흠씬 들 때까지 외짝 젖을 내주느라
> 한잠도 못 잔 저 어미, 눈이 퀭한 새벽녘
>
> — 최화수, 「외등」 전문

"외등"과 "외짝 젖", 그러니까 '가로등'과 '어미 젖'의 이질성(異質性)이 어떤 동류적 관점에 묶일 수 있을까. 이런 의문을 가지는 것 자체가 일단 시적 성공을 예견하는 것도 같다. 화자는 '외등'에 대해 '외짝 젖'을 선택하고, '외등=외짝 젖'이란 등식 관계를 보여줌으로써 서로의 공통점을 기표화한다. 이의 촉매제로 '보채다', '내주다', '한잠도 못 자다', '어미이다', '눈이 쾡하다'와 같은 갈급 현상들을 동원한다. 진술은 "한잠도 못 잔" '외등'이 배고파 보채는 아이에게 젖을 주는 '어미'로 대체하여 나타난다. 사실 길가의 희미한 빛 "외등"(어미)은, 겨우 나오는 빛(젖)을 뿌려(짜)줄 뿐이다. 그것도 양편의 빛이 아닌, 길 안쪽만(절전을 위한 방편)의 가로등(외짝 젖)으로, 사람들(아이)에게 밤새 희미하게 비춰(잠을 못 자며 부족한 젖을 물려)주고 있다. 이처럼 밤길의 등빛(젖)은 희미해(부족해) 퇴근 후 귀가를 서두르는 노동자들(아이)이 더욱 피로(배고픔)를 겪게 됨을 상징화한다. "외등"은 스스로가 "화색"이 돌 만큼 "흠씬" 밝아지기를 바라지만, 사실은 먼지 끼고 날벌레들이 속으로 들어가 흐릿하기 짝이 없다. 심리 구조로 보면, '외등'은 '이드(id)'이고 '외짝 젖'은 '리비도(libido)'일 법하다. '젖'을 묶는 건 '외(外)'와 '고(孤)'로 일종의 '언어적 펀(languistic fun)'이다. 둘은 결핍의 콤플렉스를 함께 지닌다는 점에서 공통된다. 일견 두 현실, 즉 "외등"과 "외짝 젖"은 서로의 안타까움을 상징하고 있기도 하다. 여타의 시처럼 '외등'을 '사위어가는 빛', '쓸쓸한 빛'과 같이 관념적으로 설정하는 바와는 사뭇 다른 감각이겠다. "외등"과 "외짝 젖"의 알레고리에 접두사격 '외'를 붙임으로써 '심리적 펀(psychological pun)'도 부린다. 이 시조를 두고 가난한 현실을 적시했다고 볼 수도 있겠지만, 그렇게 보려는 텍스트가 가장 경계해야 할 이념성 또는 그 교훈성이다.

거품 일다 골똘하네 세면대 거북이 비누
등딱지에 새겨 넣은 갑골문자 막 풀어지고

자기를 연신 덜어내는 이 여름날 밤낮 없네

씻기고 미끄러져 그 누구에게 녹아들고파
닳고 닳아 여위어서 제 몸피 부풀리고파
야청빛 깊은 바다 향 천리만리 들여놓네

— 조성문, 「푸른바다 거북 비누」 전문

“비누”와 “푸른바다”를 연결할 때 무엇이 필요할까. 여기에서는 “거북”을 든다. 해서, 시는 ‘비누–거북–바다’라는 세 요소를 꿰어볼 눈을 요한다. ‘비누’는 생필품으로서 극히 일상적인 사물이다. 하지만 화자는 비누를 “천리만리”의 “바다 향”을 맡아가는 “거북”으로 상징하여 사유에의 깊이를 보여준다. 하여, 이 시조는 우리가 일상적으로 사용하는 흔한 비누에 대하여 새로이 존재가치를 숙고해보게도 한다. 화자는 욕실과 화장실이나 샤워장에 놓인 비누가 “거북” 모양임에 착안한다. 그는 비누 거품으로 몸을 씻으며 ‘비누=푸른바다 거북’임을 연유해낸다. 사실 ‘바다와 거북’의 관계는 「해가사」「구지가」「별주부전」 등과 같은 우리의 옛 설화와도 관련이 깊다. 여기 화자가 인과를 맺어준 ‘비누’와 ‘거북’의 역할은 시인이 시도한 한 시뮬레이션일 수 있다. 시조에서처럼 거북은 천만리 깊은 바다 속에서 신화만큼 오래 살아왔다. 한데, 이제는 그게 화자의 세면대에 누워 있게 된다. 몸을 씻을 때마다 그의 “등딱지”에 파인 “갑골문자”는 “풀어”져 지워진다. 거품과 더불어 사라져가는 ‘비누거북’은 자신의 살을 누군가가 ‘문지름’에, 스스로가 생각하기를 어떤 수행 과정이라고도 여긴다. ‘비누거북’, 그 ‘거북비누’가 남을 위해 제 실존을 지워가는 이 봉행(奉行)으로부터 빚어낸 한 생태적 생각이 이 시조이겠다. 여기엔 두 목적이 내재된다. 하나는, 점차 제 몸을 없어지게 함으로써 다른 몸의 현존을 빛나게 한다는 점, 두 번째는 그 몸 구석구석에 거품을 끼치면서 언젠가는 “야청빛 깊은 바다”로 나아가리라는 미래적 상상을 갖는다는 점이 그것이다. 시조는 이 두 가지, 즉 '현존'과 '미래'가 인간의 심신과 비누의 자존감 사이를 갈마들도록 장치한다. 비누가 향하는 바는 자기 존재를 지워가며 결국 '바다거북'으로의 귀환을 꿈꾸는 것이다. 닳아지고 사라지는 일상의 비누를 '바다거북'으로 환생시키는 영원한 존재, 그걸 극대하고 미화해 보인다. 해서, 앞에 설명한 바, 작품은 생의 근원과 이를 탈환해가는 원형질적 탐구로 등식화해 보인다.

보이지 않는다면
다 볼 수 있는 거다

아무도 밟지 않은
미지의 아늑처럼

뭐든지
와락 그러안는
어머니의 환한 감옥

— 정상미, 「안개의 공식」 전문

「안개의 공식」은 "안개"를 '어머니의 감옥'에 비유한 그 독특함이 있다. '감옥'이라는 부정적 의미를 '어머니'라는 정한(情恨)에서 출발하도록 맞대어놓기도 한다. 서로 다른 두 요소에 작용하는 매개적 언어가 곧 "미지의 아늑"함이다. 해서 시조는 '안개=감옥'이란 등식으로 구현된다. 특히 "어머니의 환한 감옥"이 "안개"와 같다는 표현은 화자만의 명제이지만 일견 역설적 전환법이기도 하다. 이때, "안개"를 어머니의 품으로 규정한 '안개－어머니' 사이의 '공식'은 서로에게 밀월과 같은 역할을 한다. 오랫동안 자식을 포용해온 어머니 품속이 아늑한 안개로 묘사된 이유가 거기에 있다. 이 분위기를 "감옥"과 같다고 보는 것은, 감옥에 갇힌 자식을 위해 어머니가 그품을 연다는 의미와는 약간 다른 점이 있다. 그건 〈인간극장〉류의 시리즈에서나 볼 수 있는 바 이야기의 전개와는 구별된다. 사실 가장 안전한 품속에서는 거기 안겨 있는 자가 자아의 세계까지도 환히 볼 수 있게 된다. 해서, 어머니는 "환한 감옥"으로 전환되는 것이다. 사회의 감옥처럼 어두운 게 아니라, 화자에 의해 "환한" 이미지로 리모델링된 어머니 품이기 때문이다. 하면서도 따뜻한 감옥이다. '안개–어머니–품–감옥' 사이를 기능적으로 전환해가는 이 시조는 닫혀 있는 방을 연다. '어머니'에 대해, '따스한 보금자리'라는 흔한 것들을 떼어내고 이질적인 "감옥"으로 치환한 게 시가 바로 돋보여지는 지점이겠다. '어머니=감옥', 이 낯선 등식은 시인이 사물을 특이하게 보려는 정수(精髓)이지 않을까도 싶다.

> 토닥토닥 두드리면 앙알앙알 대꾸하다
> 조물조물 주무르면 삐질삐질 삐지다가
> 치거니 받거니 하며
> 새 생명을 빚는 성소
>
> — 김선호, 「공방」 전문

작품을 만드는 '공방은 곧 성소'이다. 예술품을 빚는 공력(功力)의 과정이 공방을 통해 내공화되고 구체화되었다. 제목은 「공방」이지만 주제의 구심점을 종장의 "성소"에다 집약해 보인다. 공방에선 공방답게 "토닥토닥", "조물조물", "앙알앙알", "삐질삐질" 등 첩어들이 쉬지 않고 들려온다. 도자기를 빚는 모습과 그 소리를 성유법(聲喩法, Onomatapoeia)으로 대체함으로써 현장감을 높인다. 해서 조용한 "성소"가 아닌 분주하게 노동하는 성소가 곧 공방임을 말한다. 결국 화자는 '공방=성소' 즉 "생명을 빚는" 장소로서의 대상을 재정의해 보인다. 성유법이란 규칙적인 음성에서 비롯되지만 사실 발화의 리듬을 감지하는 현장에 더 구체화되는 수사법(修辭法)이다. 찰흙은

'두드리면 대꾸하'고 '주무르면 삐지'고 '치면 받'아내는 과정을 거치면서 세련된 자기(瓷器)로 바뀌게 된다. 이를 반복하면 명품이 생산될 수 있다. 시조는 도자기를 빚는 과정에 '노동요'의 호응을 원용함으로써 그 규칙과 반복성을 강조한다. 우리 주변엔 대체로 공방에 대한 보편적 일을 다룬 시가 많다. 그러나 이처럼 '성소'라는 미학적 극점을 향한 예는 드문 편이다. 다만, 종장의 첫구, "치거니 받거니"는 하나의 관용구로 연결되는 말인데 이를 분리하여 '치거니'의 석 자로 취급한 게 좀 아쉽다. '독립어'로 쓰일 적합한 말을 찾아 썼더라면 좋았을 것이다.

> 허리 휘는 소리가 저음으로 들려오는
> 마당 넓은 정원에 솔잎이 지고 있다
> 보굿이 툭, 툭, 터지는 여운만을 남긴 채
>
> — 김동관, 「소나무 첼로」 전문

첼로는 '파토스(Pathos)', 즉 비감(悲感)을 깊게 연주하는 악기이다. 오래된 소나무는 그만큼 지나온 풍파와 함께 제 나이테를 흔들며 운다. 이 두 풍경과 연민이 내면으로부터 우러나오는 융숭함을 첼로의 활로 발라내 보인다. 소나무에 스치는 바람을 첼로의 "저음"으로 변환시키는 건 화자만의 기법이겠다. 또 '소나무' 사이의 바람과 그때 "휘는 소리"를 '첼로'의 허리에 활을 그어 화답하는 것으로 보는 건 미학의 정점이기도 하다. 소나무는 화자가 '대상'으로 삼았지만 시인은 이를 첼로로 '진술'한다. "허리 휘는 소리", "저음", "솔잎이 지"는 소리, "툭 툭, 터지는 여운" 등은 분리되면서도 융합하는 소리이다. 그건 먼 옛날 숲속 나무에 스치는 바람결이 첼로의 통 속에 숨었다가 연주 때에 맞춰 나오는지도 모른다. 아니면, 첼로가 스스로 소나무가 됐는지도……. 시조 종장의 첫구 "보굿"이란 말에 특히 눈길이 머문다. '보굿'은 굵은 나무줄기에 오랜 세월에 걸쳐 일어나는 용의 비늘처럼 우둘투둘해진 껍질 층을 일컫는다. 억측 같긴 하지만, 오래된 소나무 등피에 묵직한 '첼로 음'을 대입함으로 '전통'과 '현대' 사이를 메우려는 그 병치미(倂置美)도 보인다. "마당 넓은 정원"의 적막감이 "솔잎" 지는 소리에 덮이고, 그와 함께 첼로가 연주되는 장면을 떠올리는 영상미가 보일 듯이 잡힌다. 현을 "툭, 툭" 꺾어 치듯이 스타카토로 듣는, 그 갈라 터진 등피의 소나무 결[像]을 시의 리듬[韻]으로 변주시킨 점에서 '소나무=첼로'의 등식을 재확인해본다.

> 마스크 채운 뜻을 아직도 모르는지
> 헛바람 든 입들이 쑥덕쑥덕 모여들어
> 오늘도 바스락대다 새빨갛게 물든다
>
> — 손증호, 「가짜뉴스」 전문

코로나19는 사람들 입에 재갈처럼 마스크를 채웠다. 그게 벌써 3년 세월 동안이다. 이제 마스크는 외출 때마다 걸치는 필수 행위이자 습관이 되었다. 하지만 어떤 날은 깜빡 잊고 대문을 나섰다가 다시 들어가 입을 채우고 나오기도 한다. 마스크는 전염병 예방에 긴요하지만, 화자의 지적처럼 "헛바람 든 입들"을 막아주는 효과도 크다. 이 '반면(反面)의 거울'이 덤이라고 해야 할까. "가짜뉴스"로 사람들이 "쑥덕쑥덕 모여들"고 투덜대는 걸 막을 수 있으니 일석이조인 셈이다. 이유 없이 "헛바람 든" 이들이 모일 땐 마스크 착용의 당위는 설득력을 얻는다. 시조에서는 '마스크=가짜 뉴스'로 대상과 진술 등식이 자연스럽게 교류된다. 마스크를 채운 입에서는 뭐든 말하려고 근질대기 때문에 연신 "바스락"댄다는 풍자가 실감이 난다. 믿거나 말거나 하던 거짓말, 이를 뱉지 못해 "새빨갛게 물"드는 얼굴이 거리마다 보인다. 마스크는 이처럼 거짓말을 참게 하는 효과 외에도, 성미 급한 자가 나서서 참견하지 못하게 하는 그 제동력도 있다. 기막히게 효과를 나타낸 건 욕심 부리는 국회의원들로부터이다. 그동안 소리치고 멱살 잡을 일이 많은 데 마스크 때문에 제어되는 모양새를 보이기 때문이다. 이처럼 '팬데믹 시대'를 대표하는 마스크란, 보아하니 많이 말하고, 많이 먹고, 많이 행동하지 않게 하는, 부수적인 그 '절제 효과'도 본다. 혼돈과 혼란의 시대에 군자상을 심어주는 그 어떤 '사서삼경식 강의'보다 마스크 착용은 유효하다 할 수 있다. 비록 실물경제에는 손해가 되지만 정신 수련엔 두터워지는 이점도 있다는 그 메시지이겠다.

이상의 평설에서, 각 텍스트에 드러난 시적 '대상'과 화자의 '진술'에 대하여 관련된 등식을 부여함으로써 시인의 미학적 추동력, 사물의 확장력, 사회의 풍자력 등의 의미화를 살폈다. 텍스트 관점이란, 사실 보는 이에 따라 다를 수 있다. 그만큼 '대상=진술'에의 등식을 다양하게 본다는 것이겠다. 따라서 현대시조가 입체적이고 깊어진다는 반증도 있다. 앞으로 눈여겨볼 일은 '대상'에 대한 관념적 '진술'이 아니라, 생경한 것을 등식으로 묶는 그 방향성에 있다고 본다. 예컨대, 앞에 거론한 최화수의 '외등=외짝 젓', 조성문의 '비누=바다거북', 정상미의 '안개=감옥', 김선호의 '공방=성소', 김동관의 '소나무=첼로', 손증호의 '마스크=가짜뉴스' 등과 같은 경우이다. 따라서 대상에 대한 동질적 진술보다는 이질적인 것을 징험화(徵驗化)함으로써 시조가 더 다양해질 것으로 내다본다.

비슷한 '대상'에 대해 비슷한 '진술'을 하는 건 시를 단조롭게 한다. 뿐만 아니라 상징적 알레고리가 참신하지 않다는 비판으로부터 자유롭지 못하다. 나아가 읽는 재미 또한 적어질 수밖에 없다. 내가 낳은 자식도 경우에 따라 착하게 그리고 밉게 보이는 때가 있다. 밉게 보일 땐, 하지 말라는 행위를 '반복'할 때이다. 자식 보는 다르기가 이럴진대, 하물며 대상과 진술에 대한 등식이 뻔하고, 형식적으로만 흐른다면 독자가 그를 '관념적 시인',

'타성화된 시인' 으로 인식해버리는 건 당연하지 않은가.

시인이 보는 '대상' 에 대한 시적 '진술' 은 위의 작품 사례 외에도 더 많다. 예컨대, 김광균의 「데생」에서 '구름=장미', 정지용의 「바다 · 2」에서 '바다=푸른 도마뱀', 이정록의 「의자」에서 '의자=큰애', 이우걸의 「어머니」에서 '어머니=주거래 은행', 서정화의 「다트 신화」에서 '다트=검은 숲의 판', 김문억의 「성냥」에서 '성냥=휴화산', 서연정의 「문」에서 '문=실핏줄 · 갈비뼈 · 손가락 · 아킬레스건 · 혀 · 달팽이관 · 염통 · 쓸개', 선안영의 「연밭을 지나며」에서 '연밭=시름', 그리고 민병도의 「북」에서 '북=검은 소', 이승은의 「시계」에서 '시계=인화지' 등, 거론하자면 한이 없다. 해서, 시인이 내놓은 작품이란 소박하게 말해, '대상' 에 대한 '진술' 을 하기 위해서 '등식' 을 보이는 것이라고 말할 수도 있다. 그게 그리 큰 오해는 아닐 것이다.

3.

밀란 쿤데라(Milan Kundera, 1929~1949)의 성장소설인 『삶은 다른 곳에』에서는 '아로밀' 과 그 '어머니' 가 등장한다. 어머니는 자신의 젊음과 아름다움을 바쳐 아들을 사랑하고, 아들은 이런 어머니의 품에서 시인이 되기 위해 삶과 꿈, 그리고 일상 너머에 있는 막연한 행복을 바라보며 성장해간다. 그는 선택된 존재라 생각하지만, 사실은 너무도 여성스러운 외모 때문에 대중 앞에서 한없이 작아지는 자괴감으로 떨게 된다. 그리고 그런 자신에 대하여 몰래 분노를 품을 때가 많게 된다. 하지만 그의 엄마는 그럴수록 그에게 여성의 자질을 강화한다. 아로밀은 새장과 같은 그의 삶을 지겨워하기 시작한다. 마침내 그는 어머니로부터 도망치려고 여러 획책을 꾀한다. 하지만 얼마 못 가 다시 어머니 곁으로 오고 만다. 사회의 풍랑을 헤쳐 나갈 힘이 없었기 때문이다. 이 이후에도 어머니의 태도는 바뀌지 않는다. 그는 다시 가

출을 하고 또 다른 세상에 뛰어든다. 그게 "삶은 다른 곳에" 있다는 소설의 제목처럼 스스로를 구하는 길이라 생각한 것이다. 이는 아로밀의 생이 파괴되어가고 있음을 상징한다. 그는 어머니로부터 양육된 '여성화', 즉 '아로밀=어머니의 삶' 이란 등식을 거부하는 대신 '아로밀=자신의 삶', 또는 '아로밀=혁명의 삶' 으로 나아가려 한다. 그럼에도 그녀가 가둔 우리에서 그는 탈출하지 못한다. 결국 그에게 삶의 불꽃은 사라지게 된다. 그가 물에 뛰어들기 직전 거기 비친 제 얼굴을 바라본다. 순간 커다란 공포가 떠오르고, 공포는 곧 유혹으로 바뀐다. 그는 '나르키소스' 처럼 우물 속으로 들어간다. 그리고 그의 생은 잠시 흔들리다 없는 일처럼 지워진다. 나약하지만 한 편의 시(詩)마저 시작도 않은 때에.

소설에서, 생은 결국 '자기=자신' 이란 갇힌 데에선 창의적 세상에 한 발도 나아가지 못함을 적시한다. 논픽션이나 수기에서는 '자기=자신' 의 공식이 유용하겠지만 창작품에서는 그렇게 될 수 없다. 우물에 비친 게 자기가 아니란 걸 알았더라면 아로밀은 자신을 던지지는 않았을 터이다. 우물 안 모습으로 '대상=자기' 로 귀결 짓는 건 나르키소스처럼 위험하다. 우리가 흔히 알 듯 '자화상' 은 자기 모습이 아니다. 그냥 비쳐 있는 그림자를 '자화상' 이라고 착시한 걸 화자가 대변할 뿐이다. '좋은 시' 란 자기의 벽을 탈출하는 것, 아니 파괴에서 나온다. 헤르만 헤세(Hermann Hesse, 1877~1962)가 『데미안』에서 말한 바, 새로운 세계로 나아갈 때는 제 껍질을 깨야 하는 것과도 같다.

그럼에도 불구하고, 시인들 가운데에는 아직도 '국화=누님', '가을꽃=오상고절', '어머니=가난' 등과 같이, '대상' 을 '진술' 함에 자신이 겪어온 과거의 자화상적인 의식에다 선배들이 써먹은 사고(思考)를 보약인 양 재탕하는 이가 적지 않다. 이 폐기처분된 대상과 진술 간의 등식을 징험(徵驗)하지 않은 채 검증 없이 쓰는 시인은 더더욱 많다. 그게 '가관의 자기 시판' 을 넘은 '시판의 자기 가관' 이다. 새 '시판' 을 빼치는 헌 '가관' 이 갓 쓰고 다그치는 격이다. 극기의 시, 그건 가관과 시판의 '제로섬'의 우물에서 헤어 나오는 일이다. 남이 우려먹은 노루 뼈를 삼탕까지 고아 먹는 '나'는 쉽지만, 읽는 '너'는 지겹다는 사실이다. 거듭될 진술들을 죽이고서야 나는 '제로섬'에서 이길 수 있다. 예컨대 '국화=위기일발', '국화=증권시장', '국화=인공위성', '국화=총', '국화=곰'이라는, 이른바 말도 안 되는, 광인(狂人)이나 말할 법한 등식에의 창조적 도전이 왜 없을까. 밤벌레가 파먹을 유년의 '회상'만이 주렁거리고, 미래를 지탱할 '상상'과 '공상'이 다 져버린 나무에선 시(씨조차)가 죽어가기 마련이다.

그래, 더 진전시켜보자. 상상과 공상의 끝엔 무엇이 있을까. 보통의 생은 그것을 '무'라고 지칭하기 십상이다. 하지만 프랑스의 철학가 프레데릭 그로(Frederic Gros, 1965~)에 의하면, 그건 '광기(狂氣)'이다. 문학은 언어로 하여금 정서를 정돈하게 하는 게 아니다. 미치광이처럼 만들고 부수고 창조하도록 선언하게 한다. 그러니, 프레데릭 그로의 '문학=광기'란 등식은 예술창조의 궁극의 길이 될 수 있을 것이다.

4.

이제, 내 스스로 좋다는 비유적 '등식의 길'도 그만 벗어날 시간이다. '뭐 그러건 말건 아무렇게나 쓰면 되지' 누군가 구시렁대는 어느 문단계의 광장을 지난다. 그래, 간섭은 질책이어 질색이니까. 다 '잘난 척해봤자'의 사회니까, 미친놈들이니까, 시가 깊지 않아도 해는 또 뜨니까, 시를 어렵게 쓰는 건 피곤하니까. 쉬운 일 두고 왜 자꾸 그래, 그 소리에 난 얼른 마스크를 쓴다. 한데 참, 귀에다 둘렀다, 헐!

(『나래시조』, 2021 가을호)

새로운 요구들, 대상과 화자의 페어플레이와 연시조의 접근 방식

> 그는 기쁨에 차 자신과 부딪친 사람을 강제로 모델 의자에 앉혔다.
> 그리고 미친 듯이 그림을 그렸다. 입술에서 흘리는 피에는 아랑곳하지도 않았다.
> 그런데, 어디서 본 듯한 얼굴이었다.
> 그를 스케치하고 나서 다빈치는 소스라치게 놀랐다.
>
> —「다빈치의 초상화 이야기」 끝 부분

1.

코로나19 환경은 경제활동 못지않게 문단 활동도 위축시키고 있다. 코로나 관련 작품이 문예지마다 발표되기는 하지만, 출판기념회, 세미나, 작품발표회 등과 같은 대면 활동은 현격히 줄어드는 현실이다. 지면 발표는 활발하여 '코로나 특집'이나 '주제 시'를 담아내기도 하고, 아예 코로나19 중심의 사화집(詞華集)을 내는 동인 단체들도 있다. 한국문화예술위원회에서는 '코로나19, 예술로 기록'이란 프로젝트를 기획하여 문인에 대한 지원 프로그램을 마련한 바도 있다. 각 지역 문화재단에서는 코로나 환경으로 의기소침해진 문인들의 창작력을 돋우려 융자 지원책도 시행하는 중이다. 해서, 코로나는 이제 떼지 못할 문학의 중심부로 자리해왔다. 이번 발표된 시조 작품들을 일별해보니 코로나19의 소재를 다룬 시조가 9편이었다. 세상은 '위드코로나'로 접어들긴 했지만, 일일 확진자가 4,000명대로 폭증해 정부의 고민 또한 깊어지는 양상이다. 이런 환경에서 문인들의 팬데믹에 대한 작품화는 더 지속될 전망이다. 문학이 '시대의 특성을 반영하는 거울'이라는 면에서 이 난국과 문학작품은 긴밀해질 수밖에 없을 것이다.

2.

보는 시각을 달리할 수 있겠지만, 이번에 눈길 끈 작품은 6편이었다. 해서, 특히 '5인 초대석' 특집에 발표된 작품 가운데서도 골랐고, 나머지는 '신작 발표' 중에서 눈에 띄는 걸 표시해두어 평설 자료로 삼았다. 먼저 해학의 시인으로 알려진 이남순 시조를 읽어본다.

> 여름 해가 중천이다. 찬밥 한술 뜨는 동안
> 되새김질 멈춘 채로 순한 두 눈 끔벅끔벅
>
> 여물통
> 기웃거리는
> 제 새끼를 핥고 있다.
>
> 송아지와 어미 소를 풀밭에 풀어두고
> 나 혼자 보리똥과 풋깨금을 찾고 있다
>
> 다 따낸
> 나뭇가지에
> 낮달도 졸고 있다.
>
> — 이남순, 「페어플레이」 전문

이 시조는 두 장면 축이 설계되어 구조적이다. 시인은 각 신(scene)을 공정한 룰(rule), 즉 '페어플레이(fairplay)'로써 균형감을 재는 심리를 부린다. 첫 신은 "찬밥 한술 뜨는" 화자와 그 화자를 기다리며 "여물통" 주위의 "제 새끼를 핥고" 있는 어미 소를 대칭적으로 보여준다. 그러면서 소와 나는 '페어플레이' 한다고 여긴다. 화자가 점심을 먹는 동안 소도 그걸 기다려준다는 표시로 "제 새끼를 핥"는 참(시간, 여유)을 설정하기 때문이다. 해서 '공정한 룰'이 이루어진다. 이제 신(scene)은 바뀌어 화자가 소를 데리고 간 들판의 풀밭이다. 소가 풀을 뜯을 동안 "보리똥과 풋깨금을 찾는" 화자 역시 공정의 룰에 합의한다. 이곳에서의 페어플레이는 산과(山果)를 "다 따낸 나뭇가지"에 졸고 있는 "낮달"이 산과를 대신해 걸려 있다고 함으로써 또한 동률적(同率的) 관계에 놓인다. 이 행간, 즉 송아지와 어미 소가 풀을 뜯을 동안, 옆 산에 든 화자와의 무언의 밀약(密約)이 이미 형성되어 있음도 알 수 있다. 그러니까 '풀–산과'를 '소–화자'가 같은 시간에 먹기로 예전부터 "페어플레이"의 조건은 이어져온 셈이겠다. 이는 시의 병치미(倂置美)로 연결지어 보이는데, '화자–소', '화자–산과', '풀–산과', 그리고 가지에 스며든 '대상–낮달'로까지 구현되는 게 그렇다. 각자의 공유 영역이지만 그 카테고리는 교류의 역할에 의해 포맷되었다.

이와 관련하여, 조선시대 실학자 이덕무(李德懋, 1741~1793)는 『청장관전서(青莊館全書)』에서 '눈 속에 서 있는 누각은 단청(丹青)이 더욱 새롭게 보이고, 강 가운데서 듣는 피리의 곡조는 갑자기 높게 들리는 법' 임을 말한 적이 있는데, 이는 '자연과 인간 간의 조화'로 '눈 속과 누각', '강 가운데와 피리 곡조'의 양변을 평형으로 유지할 '페어플레이'의 대표적 대상물로 볼 수 있다. 최근 이남순 시조의 빛나는 이 꼭지들은 다른 문예지에 발표된 작품들에서도 확인되지만, 이 같은 '자연과 자연의 조화', 또는 '자연과 인간의 균형'을 도모한 곳에 양념 같은 유머를 깔고 있어 그 감칠맛에 혀를 떨게도 한다. 두 대상에 페어플레이적 감각을 심어 사유의 균형미를 구현하는 이른바 '이남순표 차력' 쯤이겠다.

오랜만에 소나기가 퍼부으며 지나가고
영상으로 예배를 집에서 올리면서
단단한 껍질을 깬다
맨발로
반바지에…

— 변현상, 「코로나 일기」 전문

우리는 그동안 대면 위주의 세상을 방만하게도 살아왔다. '만나서 이야기 하자', '얼굴 한번 보자', '언제 밥 한끼 먹자'…… 등 친교를 대의명분으로 세우는 게 우선이었다. 한데, '사회적 거리 두기'로 이 같은 소통 자체가 구속받기 시작했고, 마스크를 채워 대면 소통을 제한하기에 이르렀다. 반성해보면, 그동안 우리는 전혀 성찰 없는, 그 조건이 무시된 '만남'이란 권위(authority)에 사로잡혀왔다고 해도 지나친 말은 아닐 것이다. 이 시조는 조직사회의 만능이랄 수 있는 대면 체제를 깨는 촉발점에 시안(詩眼)이 있다. 사람을 만나러 가려면 먼저 의관과 신발을 갖춰야 한다. 한데, 지금은 그런 착용 자체를 '깨는 지점'에 있다. 화자는 풍자적으로 "단단한 껍질을 깬다"고 말한다. "맨발"에 "반바지" 차림, 그것도 '바깥'이 아닌 '집 안'이란 공간이므로, 의관에 대한 체면과 같은 의례적 패턴은 무시되어도 좋은 것이다. 이처럼 비대면은 긴장이 요구되지 않은 편안함이 장점이다.

사실 코로나에 관한 대다수의 시가 현재의 우려, 걱정, 답답증 등을 호소하며 언젠가 좋은 세상이 오리라고 노래한다. 하지만 결과가 뻔하므로 그건 시가 될 수 없지 않을까. 한데, 이 시조는 오히려 의례적 환경을 깰 수 있다는 자신을 드러내기에 시가 된다. "껍질을 깬다"는 한방 단수로서 시조의 본때를 보여주는 유쾌한 사례이다.

3.

구성의 참신성이란 진술의 치밀함에서 비롯된다. 이의 실현을 증명해낸 김태경의 연시조에서 보이는 내밀성은 최근에 본 작품 중 꼽아볼 만한 가편이다. 연작시조인 「빗줄기, 빗금, 빗질」은, 각각 "빗줄기*", "빗금*", "빗질*"로 변이되는 네 과정을 보인다. 지금까지 시조시인들이 생각해보지 못했던 제목을 가지고 연작화(連作化)한 시조이다. 연작시조에 대해서라면 우리는 기껏 1, 2, 3… 등으로 순차를 붙이는 정도의 시조만 보아왔다. 이와 관련하여, 윤선도의 「오우가」는 '수석(水石)과 송죽(松竹)', 그리고 마침 동산에 오른 '월(月)'을 들었다. 당시의 시조에선 예상치 못했던 사친(私親)의 소재를 소제목으로 앉힌 경우이다. 정철의 「훈민가」, 이이의 「고산구곡가」, 이황의 「도산십이곡」, 이덕일의 「우국가」[1] 등도 그런 연작시조의 형태들이다. 최근에는, 가령 이지엽의 「전라도 말」에서와 같이 '① 그러냐 안, ② 벨라도, ③ 무담시, ④ 금메마시, ⑤ 암시랑토 않다'(『정형시학』, 2019 가을호)와 같이 특정 소재를 열거하여 독자에게 알릴 지식이나 경험을 다룬 것으로도 발전했다.

오늘날 시조는 바야흐로 연작시조집의 시대에 올라선 느낌이다. 문무학의 『가나다라마바사』(2021)는 최초 한글 자모 시집으로 한글학회가 공인한 시집이며, 한 주제를 가지고 연작시조집으로 묶어낸 조주환의 사할린 동포의 애환을 다룬 최초의 서사시조집 『사할린의 민들레』(1991), 이승은의 어머

1) 이덕일(李德一, 1561~1622)은 명종 때 무신이며, 함평 출신으로 자는 경이(敬而), 호는 칠실(漆室), 아버지는 지중추부사 이은(李誾)이다. 의병장이자 학자인 강항(姜沆)과 교유하였으며, 병조좌랑, 춘추관기사관으로 일했다. 저서 『칠실유고(漆室遺稿)』에 연작시조 「우국가(憂國歌)」 28수를 수록했다. 이 「우국가」는 해방 후에 조윤제(趙潤濟)에 의해 발굴된 5수가 학계에 소개되면서 세상에 알려졌다. 이후 유창돈(劉昌惇), 이능우(李能雨)의 논저에도 인용되었으며, 강전섭(姜銓燮) 교수가 「칠실 이덕일 우국가첩(憂國歌帖)」이란 논문을 『국어국문학』 31호(1966.3.31. 국어국문학회)에 발표한 바 있다.

니 일대기를 다룬 시조집 『어머니 윤정란』(2019), 오승철의 제주 4 · 3사건을 다룬 시조집 『오키나와의 화살표』(2019), 서태수의 낙동강에 대한 연작시조집 『당신의 강』(2020), 윤금초의 '만적의 난'을 다룬 장편서사시조집 『만적, 일어서다』(2021) 등으로까지 발전해왔다. 이들 시조집들은 모두 최근에 창작된 연작물들로 이제 시조도 긴 호흡의 대형화를 꿈꾸고 있음이 드러난다.

다음은 김태경의 작품이다.

고장 난 겨울 하늘 절반쯤 열려 있어
숨을 곳 찾다가 슬픈 새의 발을 밟았지

날개에 무지개처럼 빗금이 걸려 있구나

멎은 비가 눈꽃 되어도 빗질은 멎지 않아
빗의 솔 가지런한데 변명은 왜 너절할까

숱 많은 다짐의 끝이 푸석하게 갈라지네

새장은 망가진 채 눈길 위에 버려져 있고
절반으로 빗을 쪼개 먼 곳으로 던질 거야

마음은 빗을 수 없는 그리움에 머물지

* 이 그곳은 녹지 않는 눈꽃이 눈물 대신 빛을 내지

— 김태경, 「빗줄기, 빗금, 빗질*」 전문

"멎은 비가 눈꽃 되어도 빗질은 멎지 않아/빗의 솔 가지런한데 변명은 왜 너절할까/숱 많은 다짐의 끝이 푸석하게 갈라지네"에서 보는 바, 비는 멎지만 그게 다시 얼어 눈꽃이 되고, 화자가 그걸 더 고운 빗금으로 이어주지 못한 그 빗질(표현력)에의 아쉬움을 표현한다. 그리고 "새장은 망가진 채 눈길 위에 버려져 있고/절반으로 빗을 쪼개 먼 곳으로 던질 거야//마음은 빗을 수 없는 그리움에 머물지"에서는, 녹아버린 눈길과 빗을 수 없는 그리움을 한눈에 대비한 시눈[詩眼]이 돌올하게 드러난다. 이 시조는 젊은 시인의 작품임에도 시조의 격이 탄탄하고 음보와 호흡, 그리고 접근해가는 서정성이 밀밀하다. 겨울 진눈깨비와 눈꽃 사이의 빛을 "대신"한 화자만의 빛깔로 감각적 생태를 살려내 독자가 더 눈여겨보게도 이끈다. 각 시조의 제목은 붙인 주(註)의 위치에 따라 연작의 순차가 이루어진다. 이 시조의 특이한 점, 즉 「빗줄기*…」에 붙인 주를 보면 "듣고픈 목소리로 슬픈 꿈을 꾸고 있어", 그리고 「…빗금*…」에 붙인 주는 "어디로 숨어볼까? 나는 꼭 겨울 같아", 마지막 「…빗질*」에 붙인 그것은 "이곳은 녹지 않는 눈꽃이 눈물 대신 빛을 내지"로 감정 · 정서의 흐름이 이 주를 통해 상세화됨도 별다른 점이다. 일반적으로 시조나 시에서 붙이는 '각주'란 고전적인 것에 대한 출전을 밝히거나 특정한 말을 해석하는 경우가 대부분이다. 또 제목이나 구절을 어떤 시에서 가져올 때 그 출처를 밝히기도 하고, 또 낯선 탯말과 특정 용어에 대한 해명을 붙이는 게 거의 관례화되어 있다. 하지만 이 시조는 그런 틀을 깬다. 이 각주들을 연결하면 화자의 심리적 정서가 "눈꽃이 눈물 대신 빛을 내"는 과정 즉 '빗줄기 → 빗금 → 빗질'로 결구된다. 또한 각주들은 각 초 · 중 · 종장의 의미구로 연결되어 또 한 편의 시조가 완완히 구현된다는 점이다. 나아가 그 안에서의 '빗줄기'(듣고픈 목소리), '빗금'(나는 겨울 같아), '빗질'(눈꽃이 눈물 대신 빛남)은 그 상징하는 바가 화자의 감정 진폭을 자연스레 따라가게도 한다. 그래서, 이 시조는 변화되는 정서 · 심리 기제로서의 특이한 전개, 그리고 각주에 탑재한 서정을 모아 재시조화하는 구성면에서 사뭇 독자적이란 인상을 준다.

작은 영혼이 웅크린 그림자를 물고 있다

너는 검정을 질주하는 선수처럼
공중을 풀어헤치다 곁눈질을 보낸다

창밖을 보렴,
새벽의 붉고 푸른 빛

끝의 시작을 배웅하는 속도, 배낭을 메면
고개를 치켜드는 개의 고독한
눈우물

천장부터 물이 차올라 여름이 엎질러진다

쌕쌕거리는 네가 내 배꼽 위에 누워서
1인실 꿈의 스위치를 끈다 딸각,

긴 잠이여!

— 김보람, 「까미」 전문

이 시조는 "까미"라는 개가 잠들기 전의 화자의 온기와 겹쳐진 부분에 극점이 있다. 자세히 읽으면 '까미(깜)-밤-끔-잠'의 성어적(聲語的) 일치에서 오는 닫힌 일상을 상징하는 바도 보인다. 화자와 개가 함께 잠드는 밤을 맞는 내면의 흐름이 이처럼 깊다. 그건 건조하면서도 음습의 정서를 담는 이중성의 심리를 대변하는 것도 같다. 화자가 품은 개는 "검정을 질주하는 선수"처럼 온통 검정, 해서 '까미'이다. 화자와 개의 공간은 밤이지만 각각의 꿈과 역할은 다르다. 개가 치닫는 속도는 "끝의 시작을 배웅하는" 그것과 맞먹듯이 사람의 기척을 순식간에 감지하는 센서, 그건 거의 동시적이다. 화자가 외출하기 위해 "배낭을 메면" 개는 "고개를 치켜"들며 "고독한/눈우물"을 보이는 데서 그런 기미(機微)가 읽힌다. 화자는 낡은 셋방에 혼자 산다. 집은 장마철에 "천장부터 물이 차오를" 정도여서 그가 가까스로 지나는 "여름"은 "엎질러"질 만큼 위태롭다. 그래도 안식할 집이 있다는 것만으로 위안은 된다. 이제, 화자가 외출에서 돌아온 밤이다. 하루의 고독을 개와 함께 나눈다. 그때 개는 그의 품에 안겨 외출시 끼쳤던 "고독한/눈우물"을 지운다. 그와 개는 이제 편안한 모습이다. 그와 함께 "배꼽 위에 누워" 잠을 청하며 "쌕쌕"거린다. 개와 나 둘이지만 사람으로 치자면 "1인실" 방이다. "까미"와 나는 일상을 멀리하며 "꿈의 스위치를 끈다 딸각," 이제 둘은 긴 잠을 호명하며 숨을 고른다. 까미와의 밤, 물이 새는 방에서 청하는 잠은 출구 없는 불안, 그 현재적 공간으로 읽혀진다. 그는 좁고 낡은 일인의 방에와 이방인처럼 잠을 부른다. 개와 나의 호흡에 침몰하는 권태증은 적막과 소외의 못[淵]에 빠져들 것이다. 그건 어쩜 (무)의식의 흐름일 수 있다. 이 현상은 젊은 시인의 시에 자주 목격되는 독주(獨住, 獨酒)의 징후이기도 하다. 이를 대변해주듯 이 작품은 '문제작'이란 데스크에 놓일 만하다. 한데, 3수로 된 시조에 어쩜 자유시인 듯 음보가 파괴된 곳, 그리고 "긴 잠이여!"란 부르짖음이 공허한 느낌이 드는 건 왜일까.

4.

주식(株式)은 '자본주의 경제의 꽃'이라 불린다. 회사의 주권을 나눠 가지는 것으로 그 주주를 사는 사람에게 회사 일부를 운영할 권리가 있는 증서를 주는 바, 이게 곧 주식이다. 우리나라는 1989년 3월 코스피가 1,000을 돌파하여 주식 붐이 일어난 이래, 금융실명제, IMF 등을 거치며 우여곡절의 30여 년을 지나왔다. 그런데 요즘 코로나19의 여파로 다시 주식시장이 얼어붙고 있다. 다음 변영교의 작품은 그런 정황을 경험자의 위치에서 화자가 지닌 주식관(株式觀)을 달관하듯 압축한다.

사고 나면 내리고
팔고 나면 오른다

푼돈 먹고 나와서는
'더 먹을걸…'
'더 먹을걸…'

와장창 깨지고서는
'하지 말걸…'
'하지 말걸…'

너 나 할 것 없이
모이면 수군수군

"…캤다더라"
"…캤다더라"
그 노다지 금맥 찾아

전광판 환한 불빛으로
날아드는 부나비여.

— 변영교, 「주식」 전문

화자가 말하듯, 지금 손해 보는 주식의 특성이란 "사고 나면 내리고 팔고 나면 오른다"는 데 있다. 주식하는 사람들은 "너 나 할 것 없이/모이면" 이러쿵저러쿵하며 "수군수군" 소문을 이어 나른다. 시조는 주식의 세태를 "전광판"에 "환한 불빛으로/날아드는 부나비"에 비유한다. '물에 빠진 놈이 개천을 나무라듯' 제 투자 실패를 구실로 더 낳은 수익의 주를 보려는 그 수군거림이 다 소문의 진원지이겠다. 시조에서 장면의 전환점은 대화체로 쓴 부분에서 구체화된다. "푼돈 먹고 나와서는/'더 먹을걸…'" 하며 욕심을 내고, "와장창 깨지고서는 '하지 말걸…'" 하고 후회를 한다. 그런 현실의 세태에 대하여 화자는 안목을 넓히듯 한 발 더 물러서 있다. 주식꾼들은 모이면 "…캤다더라" 하는 가짜뉴스나 입소문을 퍼뜨리며 간혹 혹하기도 한다. 시조는 이렇듯 화자가 당한 현실을 그대로 보여줄 뿐 그렇다 할 주관적 해석을 내놓지 않아 오히려 시조다워 보인다. 가령 주식을 하면 '좋다, 나쁘다' 와 같은 가치판단, 또는 '손해 봤다, 손 떼겠다'와 같은 후회의 짐을 실었다면 시조라는 이 마차는 곧 전복되었을 것이다.

말린 장어 떨이가
몹시도 고마운지

여투어 둔 콩꼬투리
덤을 주는 항구 아낙

밥물에 붉게 우러나
무늬지는 무서운 정

— 이숙경, 「호랑이콩」 전문

이 시조는 주제, 즉 "호랑이콩"에 직접 접근하지 않고 시의 앵글을 멀리서부터 좁혀온 게 특징이다. 말하자면 '턱밑에서 고'를 하지 않아서 좋듯, 제목 바로 밑에 '호랑이콩'을 운위하지 않은 게 그렇다. 화자가 한 아낙으로부터 "말린 장어"를 "떨이"째 사는데, 그 덤으로 얻은 바, 시의 훨씬 뒤에 나타난

'호랑이콩'이 주가 되었기 때문이다. 이 콩은 호피(虎皮) 무늬처럼 얼룩덜룩하다 하여 붙여진 이름이겠다. 그는 여행지인 항구에서 집에 가져갈 찬거리를 사는 중이었다. 상인은 따로 "여투어 둔", 그러니까 조금씩 아껴 모은 콩을 인심 좋게 좌판 아래서 끄집어내 덥석 안겨준다. 그래, 집에 와 밥을 안칠 때 그 콩 한 줌을 넣는다. "밥물에 붉게 우러"난 콩밥을 공기에 담을 때 "무늬지는" 아주머니의 "무서운 정"이 덥석 안겨와 그의 눈도 전염되듯 벌겋게 쏠린다. '호랑이콩–여투어 둔–붉게 우러난–무늬지는 무서운 정'의 순차적 맥락은 시어로서도 효과를 보여주지만, 화자만의 체험구(體驗句)이기에 탄력을 더한다. 하면, 이 시조의 초점은 그 "무서운 정"에 있다 할 것이다. 삼류의 시들처럼 '다정한 정', '고마운 정'으로 썼다면 극히 평범한 시가 되었을 터이니 말이다. "무서운 정"은 범접하지 못할 아낙과 나만의 암약(暗約)된 정(情)이다. 고맙다는 말을 잊고 왔으나 '무서운' 건 더 진한 소통일 것이다. 파장이 돼서 쳐다도 안 보고 다 지나가버리는데, 아낙에겐 화자가 구세주로 나타나 떨이를 해간, 그래 '질동이를 주고 놋동이를 얻는 듯' 한 그 정은 무서울 만큼 돈독하다 여겼을 일이다. 그러니, 호랑이처럼 덥석 안겨준 그 "무서운 정"을 잊지 못하게도 되지 않겠는가. 시조답게 하는 구실은 이처럼 종장에다 획기적이고 놀라운 장치를 하는 일에서 올 법도 하다.

5.

다음 이야기는 '대상'을 전혀 다른 '진술'로 보여준 실화로 「다빈치의 초상화 이야기」[2]라는 글이다. 읽기 속도에 맞게 필자가 재구성했다.

---

2) 졸저, 『감성 매력과 은유 기틀』, 푸른사상사, 2017, 62~63쪽 참고.

레오나르도 다 빈치(Leonardo da Vinci, 1452~1519)가 〈최후의 만찬〉 그림을 그리려고 예수의 모델을 찾던 중이었다. 그는 어느 날 시골의 한적한 교회에서 막 예배를 마치고 나오는 한 청년을 보았다. 순간 '저 사람이야말로 예수다운 이미지를 그대로 간직했다'는 생각이 들었다. 다 빈치는 그를 곧 정중하게 모셔다놓고 예수 초상화를 그리기 시작했다. 예수 초상화에 만족한 다빈치는 이제 유다 모델을 찾아 나섰다. 그러나 전국을 돌며 몇 달간 찾아보았지만, 기대했던 바와는 달리 유다 같은 모델이 될 사람은 없었다. 모델 찾기를 수백 번 시도했지만 매번 실패했다. 그는 오래 고민 끝에 유다 초상화 그리기를 포기하기로 했다. 하지만 다 빈치는 복받치는 미련 때문에 낙심하고 실의에 빠져 미친 듯 술로 나날을 보내게 되었다.

그러던 어느 석양녘이었다. 다 빈치는 그날도 만취하여 비틀비틀 걸어가며, 무의식적으로 '유다, 유다' 하고 중얼거리고 있었다. 그때 맞은편에서 오는 한 청년과 그는 심하게 부딪치고 말았다. 이마에 피를 흘리며 청년은 그에게 온갖 욕설을 퍼부었다. 그리고 그를 주먹으로 쳤다. 순간, 다빈치에게는 유다의 이미지가 번쩍 떠올랐다. 그는 기쁨에 차 그를 강제로 모델 의자에 앉혀놓고 미친 듯이 그림을 그렸다. 입술에서 흘리는 피도 아랑곳하지 않았다. 그런데, 어디서 본 듯한 얼굴이었다. 그를 스케치하고 나서 다 빈치는 소스라치게 놀랐다. 사내는 다 빈치보다 더 놀랐다.

다빈치가 찾던 대상은 두 사람이지만 실은 전혀 다른 인물이다. '예수'와 '유다'는 한마디로 원수이지 않은가. 그러함에도 결국 같은 인물이 되고 말았다. 시의 극점도 이와 같다. 비유하고자 하는 두 대상을 극점에 놓아 독자를 긴장시키는 게 첫 번째의 기능이다. 우리가 보는 '대상'은 상황에 따라 다르게 또는 같게 나타난다. 정보를 보고 인식하는 데 우선 동류와 비동류를 구분해내듯 시를 쓸 때 시인은 평소 익숙한 바를 활용하여 진술하려는 버릇을 갖고 있다. 하지만 그건 시인이 적폐(積弊)로 여겨야 할 관념화이다.

시인이 표출하는 두 대상이 극단으로 동떨어져 있을 때(「호랑이콩」), 두 사이가 간격을 두며 조화를 이룰 때(「페어플레이」), 두 사이를 깨뜨릴 때(「코로나 일기」), 두 사이가 심리적 정서로 연결될 때(「빗줄기, 빗금, 빗질」), 두 사이의 기미가 소외적일 때(「까미」) 무릇 '대상'에의 '진술'은 더욱 뚜렷해져 독자를 사로잡을 수 있을 것이다. '똑같은 대상'을 가지고 시인마다 '다른 진술'을 하는 이유도 거기에서 배태한다. 예컨대 한 사람이 극심한 이중성을 드러낸 비극으로 〈몬테크리스토 백작〉, 〈드라큘라〉, 〈지킬 박사와 하이드〉, 〈오페라의 유령〉 등이 있다. 이들은 선악(善惡)의 짝이지만 대체로 페어플레이 때문에 독자는 그 속임에 쉬 빠져버린다. 대체로 시조시인들은 대상과의 화평, 그리고 종국에 화해의 온기를 품는 '순 페어플레이' 면에서 작품을 쓰고자 한다. 반면, 현실 모순이나 대상 간 팽팽한 갈등에서 오는 '악 페어플레이'나 풍자적 비판에 대해선 잘 접근하지 않으려 한다. 그러나 시조의 다양한 변주가 목적이라면, 다 빈치 같은 발상과 경험, 그리고 드라큘라, 하이드, 오페라의 유령 등과 같은 선악적 캐릭터에도 관심을 가져야 할 필요가 있지 않을까. 시적 대상이란, 시인이 저 좋아 선택하지만, 스스로 그에게 아부만 하여 사실 독자가 넌더리를 내는 경우도 많다. 그러나 대상에 대한 상대적 지점에다 한 대칭적 캐릭터를 배치하거나 극화할 때, 시적 효과가 증대될 건 분명하다. 이참에 '동화적 페어플레이'와 '선악의 페어플레이', 그리고 '연작시조의 틀'을 바꾸는 체제를 시도함으로써 역동적 기법으로 나아가보는 일도 시조 발전을 위해 좋을 듯하다.

(『나래시조』, 2021 겨울호)

미세함의 존재가치를 말하는 그대에게

— 사랑하는, 그토록 시를 열망하던 A님에게[1]

> 지상에 무언가를 표상해 내려는 당신은 영원한 비극적 시인입니다. 당신은 모세혈관처럼 미세한 온갖 현상들을 존재가치가 뚜렷한 사물들로 바꿔가야만 합니다. 그러기 위해서 당신은 드러나는 현상에 상응한 것을 맹렬하게 찾아내느라 초조해합니다. …하지만 사람들에게 파악될 만한 사물을 늘어놓은 시의 무대엔 벌써 그걸 덮어버리는 눈사태 같은 관념이 일어나고 맙니다. 그 순간 당신이 애써 잡아당긴 시의 줄이란 제 자리로 그만 돌아가버리는 것입니다.
>
> — 라이너 마리아 릴케, 『말테의 수기』 제1부 중반 부분 재구성

사랑하는 나의 A님

난 오랫동안 당신에게 글을 쓰지 못했습니다. 당신이 찾아오던 봄날의 벚꽃 아래처럼, 그리고 내 가슴을 헤치며 달려들던 당신의 웃음소리처럼, 그 환상에 멈춰 선 채 며칠 동안 내 붓은 한 칸도 나아가질 못했습니다. A님, 당신과의 50여 년 전 만남을 이제야 소환하다니, 나 자신도 참 의아해집니

---

1) 이 글은 A님에게 주는 다섯 번째의 편지글 형식을 빌린 평설문이다. A님은 필자가 사랑했던 인물로 실재를 확대하거나 픽션을 섞어 재구성해 보았다. 고교 때 A님과 교우한 일들을 바탕으로 특별히 가공해서 썼다. 나는 그녀와 만개한 벚꽃으로 가득한 모교의 교정에서 문학 이야기, 학교 생활 이야기 등으로 문청 시절을 보냈다. 우리는 읽은 책을 서로 이야기하거나 외국 시인의 시를 필사해 와 대화를 나눈 적도 있었다. 하지만 치기 어린 행위였을 것이다. 그녀가 필사해준 노트들은 대부분 분실했고 책은 남아 있다. 그게 릴케의 『말테의 수기』와 『젊은 시인에게 보내는 편지』이다. 수기의 원제목은 『말테 라우리츠 브리게의 수기(*Aufzeichnungen des Malte Laurids Brigge*)』로 릴케가 1904년부터 1909년까지 5년여 동안 비교적 오랜 기간에 걸쳐 쓴 책이다.

다. 한 시인이 미학의 끝을 보려는 건 과연 어느 지점일까요. 막 비 갠 앞산 뭉게구름처럼 곧 사라져버릴, 아니 릴케가 걱정했듯 '눈사태' 같이 덮어버릴, 그 현상의 관념화를 탈피하는 방법이란 없는 것일까요. 철부지 시절에 어른들 몰래 당신과 난 종종 만났었지요. 그땐 사실 당신과 손잡는 것조차 두려웠어요. 한데, 그게 시를 쓸 수 없는 첫 번째 조건이라고 당신이 말했어요. 놀라움보다는 용기를 준 그 말이 이제 막 깨우치듯 내 가슴을 훑고 지나갑니다. 내 시는 체험이 뒷받침되지 않아 징험화(徵驗化)되지 않은, 한낱 관념투성이의 '뜬구름 잡기' 였거든요. 릴케의 지적대로 현상에만 머물러 깊이에 이르지도, 아니 더 나아가지도 못했어요.

그런데 한 달 전이었어요. 당신에게 이 편지를 쓰기 위해, 난 그 시절로 돌아가고 말았습니다. 당신과 벚꽃 휘날리는 벤치에서 나누던 릴케(Rainer M. Rilke, 1875~1926)의 『말테의 수기』를 난 다시 읽게 되었지요. 아, 그건 참으로 오래 묵혀둔 당신의 책이었습니다. 반세기 동안 갈피마다 간직된 당신 손길이 프리지아꽃 향인 듯 묻어 왔지요. 책을 보니, 릴케가 궁핍하고 불안하던 때 힘들여 썼더군요. 그가 로댕의 비서직을 그만두고 파리에 하숙하던 29세 때의 일입니다. 당시 그는 도시의 무기력과 무의미, 타락과 암흑, 공포와 소외의식의 세계와 당면하게 됩니다. 그리고 매일 밤늦게 하숙으로 돌아와 이 일기식 소설을 썼습니다. 그건 말테라는 한 젊은 시인이 겪었던 사회 부조리에 대한 갈등이었고, 타성이 만성화된 도시에서의 절망이었고, 현상에 대한 사유를 지속시키지 못한 자기 글에 대한 자책이었어요. 그걸 '릴케' 는 '시학' 에 견주어 기록한 것이지요.

그리운 나의 A님

그래요. 이 수기는 '말테' 를 앞세운 '릴케' 자신의 '시법(詩法)' 이었어요. 당신이 이 책을 내게 주던 때에는 그 가치를 몰랐어요. 대학 때도 읽은 적이 있지만 뭐 덤덤히 지나쳐버린 것 같습니다. 그런데 말입니다. 이번엔 나도 모르게 눈을 번쩍 뜨이게 했어요. 아마 더 '깊은 시'를 배울 수 있다는 생각 때문이었을 거예요. 당신과 나를 이어준 계기도 이제 보니, 그 책에 있었어요. 묵혀둔 책을 새로 읽으며, 우린 문청 시절을 거침없이 보냈다는 걸 늦게 깨닫습니다. 하니, 참 나도 못 말릴 우둔자(愚鈍者)군요. 앞의 머리글로 재구성하여 인용한 것도 그때 당신이 읽으며 밑줄 친 부분입니다.[2] 또렷하게 쓰려고 연필에 침 묻혔을 획에 당신의 입 향기를 맡습니다. 먼지와 좀으로 삭아가는 세로줄 활자본, 거기 당신의 체온 같은 건 사라졌겠지만, 난 그때의 당신 미소를 혹시나 해 불러내려고 합니다. 책과 난 공교로운 일치점이 있군요.

릴케는 '사물시(Dinggedichte)'에 대해 5~6쪽 정도 피력하고 있었습니다. 난 90년대 초부터 중반까지 '사물시'와 '사물시조'에 대해 논문[3]을 쓴 일도 있었거든요. 이 수기엔 사물의 형상화에 대한 확고한 정신, 그리고 작은 현상일지라도 존재가치를 탐구하는 사유(思惟)한 바가 진지합니다. 존재하는, 그리고 살아 있거나, 아니 생명이 없는 대상에까지도 심저(心底)가 미치고 있음에 감탄합니다. 그의 『신시집』에서도 그런 존재적 '사물시학'을 엿볼 수 있습니다. 말테는 이 같이 사물의 '현상'에 담긴 '생명성'에서 자신의 무기

---

2) 릴케는 오스트리아 출신의 실존주의 시인으로 20세기 독일의 '언어 연금술사'로 불리고 있다. 그는 섬세하고 세련된 시어와 특별한 감수성으로 사회의 모순, 번뇌, 고독, 불안, 죽음, 사랑 등에 대한 성찰을 토대로 사색적이고 명상적인 시를 많이 썼다. 당시 필자가 받은 이 책은 종이의 질, 인쇄 등이 조잡한 세로로 조판한 활자본이었다. 이 글을 쓰는 동안, 인용, 해설 등 거듭해야 할 일이 많아 현대판인 문현미 옮김의 민음사 출간본을 사용했다.

3) 필자는 「사물시조를 읽는 즐거움」 외 10편의 평설과 논문을 묶어 『사물을 보는 시조의 눈』(고요아침, 2011)을 펴낸 바 있다.

력과 소외를 극복하고자 했습니다. 그는 모름지기 시인이란 사물의 내면으로 침투해가야 한다고 주장합니다. 평론가 진형준이 말한 바 있지만 그건 '깊이의 시학'[4]이라 할 수도 있지요. 이 시학을 위해선 함부로 끼일 요설(饒舌)을 경계해야 한다고 당신은 내게 말했던 것 같습니다. 아마도 시는 시로서 오롯 필수 요소만을 남겨야 하기 때문이겠지요. 특히 시가 지나치게 췌설적 또는 요설적이라는 것도 그 기준에 비추어낸 비평이라고 생각했습니다. 침묵 가운데서도 형형한 빛을 마주하고자 하는 이 『말테의 수기』를 전하며, 당신이 내게 들려준 말을 생각해보는 저녁입니다. 한데, 놀랍게도 그건 오늘 내게 적확한 직관을 유도해 마지않습니다그려.

『말테의 수기』와 더불어 유언한 나의 A님

당신은 역동의 70년대를 지나 불운의 80년대를 불꽃같이 살다 갔지요. 스스로 지상을 떠난 당신의 영혼을 이 '초혼제'에 격식 없이 초대합니다. 얼마 전 나는 옛 시골집에 다녀왔습니다. 그곳 골방에서 당신이 준 이 책을 가져왔어요. 당신으로부터 받은 게 1968년 봄이었군요. 당신은 이미 꼼꼼히 읽었을 책, 그리고 그날 함께 받은 릴케의 또다른 책 『젊은 시인에게 주는 편지』도 먼지 속에서 구해 가방에 넣어 왔습니다. 그리고 며칠 뒤, 난 이 편지를 쓰려고 생각했지요. 정녕 끝날 기미가 보이지 않은 코로나19 시국입니다만, 2021년 봄호의 계간평을 위해, 그리고 시를 열망했지만 이루지 못하고 떠난 당신을 위해, 또 새봄의 시조를 읽을 독자들을 위해, 이런 서사를 구상해보지 않을 수 없었습니다. 릴케가 상상했던 '시학'에 의해 분석된 오늘의 작품들을 당신의 제단에, 아니 당신이 내게 준 릴케의 시학이란 이름을 빌

---

4) 진형준, 『깊이의 시학』, 문학과지성사, 1986, 55~60쪽 참조.

린 독자 앞에, 함께 띄워보려 해서였지요. 무모하다고 여기겠지만, 이 시조들을 먼저 가버린 당신과 현재의 독자들에게 헌사하려고 합니다. 그럼으로써 당신이 준 책에 대한 오랜 빚을 갚을까 합니다. 물론 당신은 사양하겠지만 어쩌겠어요, 내 뜻이 그러하니까요. 당시 모교 운동장 한 켠에서 주고받은 우리의 시와 말들은 바람 탄 낙화처럼 휩쓸리고 있었습니다. 그 아래 우리의 치기 어린 언어들, 그것들을 내가 어찌 잊을 수 있을까요. 그때부터 당신은 여러 형태의 시를 좋아했더랬습니다. 그해 4월 어느 오후, 요즘은 무슨 책을 읽느냐며, 벤치에서 당신이 맞잡은 내 손길에 건네준 게 바로 이 『말테의 수기』였지요. 그리고 몇 년 후, A님! 슬프게도 당신은 갑자기 세상을 떠났어요. 그때 당신이 왜 세상을 떴는지, 내 충격을 여기 쓸 계제는 아닙니다. 그래요. 최근 발표된 시조들을 읽고 평설의 주제를 생각하다 불현듯 가져온 이 수기를 서재의 중앙에다 마치 제주잔(祭酒盞)을 올리듯 정중히 놓습니다. 거기 시학의 미메시스를 연관 지으며 당신께 머리를 조아립니다. 이 봄은 당신을 기억에서 지우지 못하게 하는 고약한 징후를 남깁니다. 난 당신의 온기를 쓸듯 낡아 부스러질 것 같은 50년 전의 서책을 어루만져봅니다. 당신이 밑줄 친 말에게 손을 대며, 그게 들리는 듯 귀조차 기울여봅니다. A님, 때늦은 철부지로 돌아간 이 애무를 용서해주세요.

지상에 없는 A님에게 드리는 시조 몇 편

당신과 남몰래 만났던 교정엔 흰 모래알처럼 햇발이 꿈틀거렸습니다. 우린 그 무렵 학생지와 문예지에 나온 시에 대해 느낌을 주고받던 때가 더러 있었지요. 그게 당신과 나의 사랑법이었을까요. 70년대 초 직장 형편상 서로 떨어져 있던 우린 편지로 시 감상들을 교환했지요. 그 당시처럼 아래 시조들을 편지에 올립니다. 하지만 순전히 내 기준으로 선(選)한 작품입니다.

'평론가라는 이름 아래 당신에게 보내는 작품들을 분석하여 나 스스로 취할 바를 차지하고 만족하는'[5] 그 말테처럼, 그리고 당신과 독자가 건널 다리를 생각하며 나만의 '릴케적 시학'을 취한 듯 전해봅니다. 그렇다고 당신과 독자의 동감을 구하는 건 아닙니다. 여기 대상으로 삼은 작품은, 이보영 시인의 「5월에」, 최화수 시인의 「가을다비」, 김소해 시인의 「파종」, 손영희 시인의 「정자리에 밤이 찾아오다」, 이서연 시인의 「바람이 그대에게 앉는 날」, 이송희 시인의 「가스라이팅」, 그리고 임영숙 시인의 「수인선」 등 7편입니다. 만약 A님이 보건대 생각이 다르다면 곧 지적해주세요. 세상 밖에 있는 당신의 글과 목소리를 접할 수 있다면 난 이대로 표박되어도 좋다고 여깁니다.

지는 꽃을 배웅하며
진혼곡을 듣는다

바람도 한 옥타브
낮은 소리로 흔들리고

은둔한
낮달도 잠시
눈시울을 적신다

— 이보영, 「5월에」 전문

A님, "진혼곡"이란 인간의 죽음 앞에서만 연주되는 건 아니라고 봅니다. 사람들의 찬사와 더불어 화려한 이생을 마치며 지는 꽃을 "진혼곡"에 실어 "배웅"하는 이 '5월'의 상징은 어떤 것보다 값진 봉헌(奉獻)으로 보입니다. 그건 '한 옥타브 낮은 바람'과 '눈시울 적시는 낮달'에 이르러 명징화됩니

---

5) 라이너 마리아 릴케, 『말테의 수기』, 문현미 역, 민음사, 2006, 91~92쪽 참조.

다. 대지로 낙하하는 꽃에게 바람도 “한 옥타브/낮”게 묵도(默禱)할 정도이니, 그 숙연함은 진혼에 앞서 울리는 조종(弔鐘)인 듯합니다. 이 꽃송이를 떨구는 진혼의 언덕에는 “낮달”이 “잠시/눈시울을 적시”고 있습니다. 민주화를 외치고 열망하며 스러진 5월, 그 영령의 꽃은 이미 졌지만, 화자 앞엔 “5월”로 다시 만개합니다. 젊은 그 꽃들을 꺾어 뭉개며 총검을 세운 이는 누구일까요. 시인은 이 낙화에 대해 수식어로 풀기보다 절제어(節制語)로 방어합니다. 이 표상법은 『말테의 수기』에서 ‘쉬운 비유’와 ‘현상적 상징’을 들어 함묵적 사유로 연결하는 것과 같은 이치이기도 합니다. 시에 기표된 바, ‘바람소리’를 지나 ‘낮달의 눈시울’을 통과하는 ‘진혼제’ 의식이야말로 가장 5월답게 하는 의전(儀典)일 것입니다. 의미의 실체로서 ‘눈물’은 “바람”이 외치는 소리가 “눈시울”에 이를 때 그만 울음에 섞입니다. 하여 ‘진혼’을 위한 영혼의 배웅은 눈물이란 곡조를 대책 없이 타게 됩니다. 시조를 보니, 초장의 ‘지는 꽃을 배웅하는 화자’, 중장의 ‘한 옥타브의 낮은 바람소리’, 종장의 ‘은둔한 낮달의 눈시울’로 연결된 이미지들은 각 장(章)의 동사 “듣는다, 흔들리다, 적신다”를 만나 더 깊어지고 있습니다. 해서, 시적 호소력은 보다 상승효과를 타고 있다고 봅니다.

선운사 먼발치서 늦볕이 불 지피네
평생을 묵언 수행한 담장 밖 늙은 감나무
한 줄기 연기도 없이 온몸을 사르네

나절을 타올라도 남길 건 남겼구나
누더기 장삼 한 채 벌레 이불 깔아 놓고
알알이 붉힌 생사리 까치밥도 걸어 놓고

— 최화수, 「가을다비」 전문

시조의 미학이란 지평선 안의 '샘'과 같습니다. 이 「가을다비」는 제목부터 시눈[詩眼]이란 그 '샘'에 다가갈 미적 앵글을 장착합니다. "평생을 묵언 수행한" 한 그루의 "늙은 감나무"가 있습니다. 그는 절채가 바라다보이는 "먼 발치"에 불같은 "늦볕"으로 제 몸피를 태우는 중입니다. 그렇게 "나절"이나 태운 끝에 그가 남긴 건 "누더기 장삼 한 채", 그리고 "벌레 이불"뿐입니다. 아니 또 있습니다. "알알이 붉힌 생사리" 같은 홍시입니다. 흔히 시인들은 이 '홍시'와 '까치밥'을 관념적으로 연결하곤 합니다. 그래 참신한 시를 포기하지요. 하지만 이 시조는 '홍시'를 "사리"로 연메하여 미학의 극점을 노리는 듯합니다. 해서 기존 시에 비해 어쩌면 한 수 위[上]라 할 수 있습니다. 그건 시인과 자연이 일체를 이룬 미학의 '미메시스'입니다. 이 미메시스(mimesis)의 핵심은 사물이 바로 자연의 본질에 귀속하는 일입니다. 플라톤은 '자연은 이데아의 미메시스이고, 예술은 자연의 미메시스'라 했지요. 그는 '복제가 거듭될수록 사본의 질은 떨어진다'는[6] 생각에서 '미메시스'가 현상에 붙어 그럴듯 모방을 하지만 모방, 즉 복사를 많이 할수록 자연은 박명(薄明)의 한계, 즉 점점 희미해져가는 소멸 현상에 다다름을 지적했습니다. 한데, 이 시조는 원본과 사본의 거리에 등격(等隔)일 만큼의 대상을 직인화(直印畫)해냅니다.

> 지상의 서투른 언어들을 거두어서
> 싹 틀 날 있어라 흙 한 삽 덮어 두네
> 간절한 육필을 덮네 맨몸 바닥 백지 위
>
> — 김소해, 「파종」 전문

---

6) 남경태, 『개념어 사전』, 들녘, 2006, 150쪽 참조. 이 책에서 지은이는 '오늘날 컴퓨터 파일은 아무리 복제해도 사본의 질이 원본에 비해 떨어지지 않는다'고 말한다. 그러나 자연을 복제함은 본질적으로 미메시스가 될 수 없을 것이다.

A님, 봄은 파종의 철입니다.

'파종'은 종자를 넣고 "싹 틀 날"을 예견하는 일입니다. 이어 "흙 한 삽"을 "덮"어 다독이듯 잘 자랄 것을 기원하며 작업 절차를 완료합니다. 마찬가지로 시인이 언어를 거둠은 자신의 "육필"로 "백지"를 덮으며 활자화를 꿈꾼다는 걸 의미합니다. 이때 독자의 호응을 기대하는 행간 뒤에 시인이 있지요. 화자는 "맨몸 바닥"의 "백지 위"에 "육필을 덮"으며 "간절한" 시의 발아(發芽)를 기원합니다. 그렇듯, 이 시조는 "파종"을 글쓰기의 알레고리로 전환한 이른바 '메타시법'을 원용합니다. '농부'가 행하는 '파종'이라는 상투적 시발점을, '시 쓰기'라는 전환적 '시인'의 역할로 바꾸는바, '농부 → 시인'으로의 전변을 징험화하는 것이지요. 만일 '파종'이란 제하에, 씨 뿌린 후 그게 싹 틀 날을 기다린다는 희망만을 묘사했다면 시가 아닌 진술이 되었을 터입니다. 그건 릴케가 우려한 바 '현상'을 '눈사태에 묻히게' 하는 일이 되고 말지요. 이런 '종결법'을 필자는 시인의 다른 작품에서도 살펴본 적이 있습니다. 씨름의 '안다리걸기' 같은 모래판의 아우라를 연상하니까요. 릴케(말테)가 지적했듯 시인이 시적 성과를 거두려면 미세한 현상을 뚜렷한 이미지와 감각들로 바꾸어가야만 합니다. 드러난 현상과 상응한 사물을 어떻게 엮느냐도 중요한 문제입니다. 이 시조에선 '흙과 싹'이란 '농사 재료'를 '백지와 육필'이란 '시작 재료'로 대체하는 알레고리를 취합니다. 하면, 관념어들의 '눈사태'를 예비하여 제설제(除雪濟)를 미리 뿌리는 시학일 듯도 하지요.

> 남의 집 담을 넘어와 양식을 축내는
> 고양이를 잡겠다고 함정을 파는 저녁
> 외따로 높은 마루에 턱을 괴고 앉아 있다
>
> 희미한 한숨 소리와 다정한 웃음소리들
> 많이 참았다는 듯 가로등이 길을 터준다

아직도 돌아오지 못한 신발들도 있으니

— 손영희, 「정자리에 밤이 찾아오다」 전문

이 시조는 "정자리"의 밤을 화자의 뷰파인더에 맺힌 사진 현상처럼 인화하여 보여줍니다. 마을엔 말린 생선에 입질하거나 쓰레기 봉지를 찢는 길고양이가 극성입니다. 이들의 피해를 막으려고 사람들은 덫과 같은 "함정을 파" 놓기도 하지요. 그러나 정작 고양이는 사람들에게 보란 듯 "높은 마루에 턱을 괴고 앉아" 얄밉게 한풍(閑風)을 쐬고 있습니다. 화자는 "희미한 한숨"과 "다정한 웃음"으로 섞인, 이 올망졸망한 집들이 들어박힌 골목을 보고 있습니다. 가로등이 귀소하는 사람들에게 "길을 터"주는 저녁입니다. '길을 터준다'는 말의 뉘앙스는 골목의 고적감이 사람들의 발길에 의해 곧 밀려난다는 뜻이기도 합니다. 화자의 눈길은 아직 일터에서 돌아오지 못한 사람들("신발")에게 가 있습니다. 이처럼 그의 시선은 "정자리"의 정경에 교호적(交互的)이고 배려적이지요. 각 종장, 즉 "높은 마루에 턱을" 괸 종종한 "고양이"와 "아직 돌아오지 못한" 가족의 분주한 "신발"이 대비 · 병치됩니다. '한가한 고양이'와 '분주한 사람들'이라는 짝이 그러하지요. "고양이", "가로등", "신발" 등도 눈과 마음에 따뜻한 정경으로 화자에게 비쳐집니다. 이른바 릴케가 언급한 '현상'에 대한 예비적 사유이기도 하지요. '모세혈관' 같은 현상에까지 그가 당기려는 '시의 줄'엔 장력(張力)조차 붙습니다. 화자가 '맹렬하게 찾아낸' 시어들이 잇는 이른바 그 '깊이'의 결과일 것입니다.

낙엽이 겨울 지나 봄으로 익는 동안
언제 적 기억들이 여백마다 역류한다
안으로 익으며 사는 일 그만큼씩 여전히

— 이서연, 「바람이 그대에게 앉는 날」 전문

이서연의 작품에선 "여전히"라는 종장으로 매조짐에 시의 흐름은 유유해집니다. 기억과 기억 사이에 낀 여백처럼 "그만큼씩", 그러면서도 변함없이 삶을 이어가다 비로소 연착륙(軟着陸)한 게 "여전히"에서 완미된 듯합니다. 가을과 겨울과 그리고 봄으로 익어가는 사계이지만, 때로 "역류"하듯 변화가 일기도 합니다. "그대에게 앉는" 바람으로부터 "익는" 삶에 이르는 겸허함이 그러하지요. 생은 "낙엽"일지 모릅니다. "겨울 지나 봄으로"의 이법과 함께 윤회하는 까닭입니다. 이 시조가 읽히는 이유는, 생의 늙음을 "안으로 익"어가는 '내실', 그리고 변화하는 모습대로 "그만큼씩" 이루어가는 '성숙', 나아가 "여전히" 지속하는 삶의 '과정'으로 삼기 때문입니다. 계절에 의해 사람은 "안으로 익으며"(내실화) 밖을 견디어갑니다. '익으며 산다'는 말로부터, 코로나 시국이지만 일말의 여유를 기대해보기도 합니다. '예술의 미메시스는 자연을 재현하는 사본과 같지만, 본래의 자연, 즉 원본을 능가하지는 못한다'고 플라톤은 말했습니다.[7]

자연과 예술의 일체, 그건 그가 설정한 '이데아'일 뿐이겠지요. 그렇다면 이 시조에서 이데아란 "여전히"라 할 수 있습니다. 옛것을 포기하고 새것을 찾는 시대에 구신(舊新)을 이어가듯 그 관성을 추구하는 이 "여전히"야말로 우리가 '꾸준히' 추구할 '이데아'일 듯합니다.

> 가스등을 낮추면서 그는 나를 나무란다
> 어두워진 방문이 자꾸 나를 두드리고
>
> 퍼렇게 멍든 하늘이
> 심장을 울린다

---

7) 위의 책, 149쪽 참조.

어긋난 박자에 시간마저 금이 간다
확신했던 것들도 이제 믿지 못하고

잘 못 본 저녁이 오면
말수가 줄어든다

어둑해진 집 안은 늘 춥고 배가 고파
아무도 돌아보지 않는 배경화면 그 너머

우리는 모르는 빛깔로
섞여가는 중이다

— 이송희, 「가스라이팅」 전문

어둠과 불안은 깊어진다는 위험한 공통점이 있습니다. "말수가 줄어"드는 고독하고 어두운 "집 안은 늘 춥고" 배고픔이 따라옵니다. 하지만 사람들은 상대의 이 고통을 무심하게도 "배경화면"인 듯 처리해버리는 일이 많지요. 상황은 심각하지만 모르는 척 간과해버리는, 이른바 '패싱(passing) 현상' 말입니다. 그가 "확신했던 것들"까지도 누가 다그쳐 묻는 바람에 혹 그럴지도 모른다고 치부하거나, 심지어 가해자를 거꾸로 두둔하는 경우도 있지요.

'가스라이팅(gaslighting)'은 심리적 압박으로 상대의 정서를 몰수하는 고문입니다. 유아들을 보호하는 보모, 심지어는 친부모한테도 '가스라이팅'이 있습니다. 요즘은 부쩍 보호를 위장한 학대 행위가 심심찮게 일어납니다. 2014년에 출시된 영화 〈나를 찾아줘〉(데이빗 핀처 감독, 길리언 플린 원작, 벤 애플렉 주연)도 이런 문제를 다루고 있습니다.

화자는 "가스등을 낮추면서 그는 나를 나무란다"고 말합니다. 여기서 '가스등'과 '가스라이팅'의 연관적 상징어는 곧 '낮추며'와 '나무란다'로 이어져 가해자가 피해자에게 주사하는 폭언의 현상을 '언어적 펀'으로 풍자합니다. "퍼렇게 멍든 하늘이/심장을 울린다"에서도 몸의 여러 곳에 든 '퍼런 멍'과 '울리는 심장'을 관련 짓고, 피해자가 바라보는 '하늘'로 '퍼런' 색깔을 연상하게 함으로써 피해 현상을 '상징적 기표'로 묶어냅니다. 나아가 "어긋난 박자에 시간마저 금이 간다"는 위험 상황으로부터 '박자'와 '금', '어긋난'과 '시간'의 관계를 끌어내어 가스라이팅의 '심리적 기표'로 삼습니다. 해서, 밀폐된 밤을 통하여 돌아보질 않는 그 '익명성'의 사회를 고발합니다. 화자는 무관심과 방치 속에 서로에게 "모르는 빛깔로/섞여가는" 가해와 피해가 가스라이팅이 되는 사회구조를 드러내 보여줍니다. 그렇다면 이 시조는 문제작이라 할 수 있지요.

『말테의 수기』 첫 문장엔, '사람들이 살기 위해 몰려드는 곳엔 오히려 죽을 것 같은 그 폐쇄적 고독감과 공포감이 생긴다'[8]고 진술되고 있습니다. 당시 사회의 불안과 공포, 고독과 소외의 이중주가, 지금의 사회에서는 각질화된 이기주의나 '가스라이팅'으로 나타납니다. 익명적 배경이나 권력이 점거해버린 폐소공포증을 느끼는 것도 이와 마찬가지 징후일 것입니다.

입동으로 달려가는 간이역에 서 있다
종착역을 모른 채 멈춰 선 바퀴를 보며
한 뼘 더 세상 쪽으로
몸을 밀어붙인다

벽이 문이 되도록 두드리는 맨주먹들

---

8) 『말테의 수기』, 9쪽 참조. 이 부분 구체적 묘사는 「9월11일 툴리에 가에서」 중간 부분에 있다, 즉 "무서웠다. 사람이 한번 공포감을 느끼게 되면 그 공포감을 떨쳐내기 위해 무언가를 하지 않으면 안 된다. 이 도시에서는 매우 혐오스러운 일이다"에서 보듯 말테의 불안과 공포, 그리고 사회 기피증이 드러나 있다.

어두운 곳을 향해 내려가는 뿌리들처럼
수인선 눈물 자리에
입김처럼 서린 노을

— 임영숙, 「수인선」 전문

임영숙의 「수인선」은 수원과 인천을 연결한 전철에서 있던 일을 다룹니다. 겨울, 이 열차에 타면 야릇한 강박증이 일게 됩니다. 화자는 출퇴근 때 거대한 인파에 휩쓸립니다. 그는 "종착역"도 "모른 채 멈춰 선 바퀴" 위에, 그러니까 "한 뼘 더 세상 쪽으로/몸을 밀어붙"이는 만원 열차 안에 있습니다. 사람들은 밀리거나 밀치면서 "맨주먹"으로 "벽이 문이 되도록 두드"리기도 합니다. "어두운 곳"으로 "내려가는" 뿌리로 얽혀 있는 전철 안은 '익명성(anomymity)'에 갇힌 사람들로 꽉 찼습니다. 그는 "눈물"과 "입김"에 "서린 노을"이 보이는 차창에 기대어 섰지요. 화자의 서정을 무찌르며 폭력과 익명이 불청객으로 달려듭니다.

중세 때, 이탈리아의 플랑드르에서는 '도시의 공기는 자유를 만든다'는 말이 유행했습니다. 도시에서 '고독'은 얼핏 '자유'를 얻는 듯하지만, 실은 상대에 대한 무관심과 따돌림이란 그 익명의 성(城)에 갇힌 자신을 홀로 자유롭다고 착각하는 것이지요. 자연의 이법이나 혈연관계처럼 우리에게 '비벼댈 언덕'과 시 · 공간(의지할 때와 장소)이 없다는 건 이방인이 될 수밖에 없는 일이기도 해요. '대상에 머물 기회는 시인만이 만든다'는 릴케의 말처럼, 수인선 열차 안에서 조수처럼 밀리(치)면서도 흔들리지 않을 중심을 유지할 수 있음은 화자의, 아니 시인의 그 "눈물"과 "입김"과 "노을"이 아닐까요.

다시 보고 싶어질 A님

이제 작별할 시간입니다. 아쉽지만 당신에게 또 쓸 기회가 있을 것입니다. 나는 잠시 다른 일을 시작해야 합니다. 요즘 시단에서, 사유 없이 사물들만 늘어놓는 현상을 자주 보게 됩니다. 그러나 '릴케의 시학'에선 사물이 존재 가치를 깊고 넓게 나아가는 걸 중시합니다. 이렇게 말할 때마다 당신은 '그렇지 않아요'라고 확인하며 눈을 반짝이던 걸 생각합니다. 내 호응을 탐하던 당신을 볼 수 없다는 슬픔이 다시 밀려옵니다. 나의 눈에 비쳐내는 당신의 눈처럼, 당신을 보는 것 같은 착각조차 일어납니다.

말테는 '수기'의 앞부분에서 '나는 소외와 불안을 이겨내기 위해 밤새도록 글을 썼다'고 했지요. 나도 미래에 대한 불안의식과 이 팬데믹 울에 갇혀 글을 쓰고 있습니다. 그리고 당신이 소녀와 청춘 때 가르쳐준 대로, 말테가 줄기차게 추구하던 그 '시가 살아 있게 하는 방안을 찾아' 시에 목말라하는 학생들에게 가르치기도 합니다. 헤아려보니, 그동안 당신에게 다섯 번의 편지글을[9] 보냈군요. 저 세상의 영혼들을 위해 이승에서 가지고 간 좋은 시를 부디 잘 나누시길 바라는 맘으로 당신을 호명하며 이 편지를 쓰고 있습니다.

창밖의 대숲 바람소리도 듣지 못한 채 시를 읽는 밤이 어느덧 깊어갑니다. 아, 하늘의 별이 성글어지고 있습니다. 지면과 생각과 필력이 부족한 평설이지만 여기까지 읽어주신 당신, 그리고 벌써 친근해진 독자분 고맙습니다. 이 자리에 기꺼이 작품을 주신 일곱 시인 여러분 감사합니다.

그리운 A님, 당신과 함께 보냈던 세월, 그 몇십 바퀴를 지나와 옛 학창 시절 봄의 교정으로 난 다시 오고 말았습니다. 지금도 사랑하는, 그리고 그토

9) 이런 형식으로 쓴 필자의 평론 자료를 찾아보니, 이동주 시인과 작품론, 시의 운율과 형식론, 인문학적 시 읽기, 시와 인문학 등이었다.

록 좋은 시를 열망하던 A님, 오늘에야, 아니 백발의 무게조차 이기지 못할 만큼 늙고 나서야, 당신이 애써 릴케의 현상 보기를 강조한 그때 심사를 알 듯합니다. 내게 향한 당신의 마음이 결코 관념이 아니었다는 걸요. 당신은 시를, 그리고 나를 향한 현실적인 가슴 앓이를 견뎠어요. 그걸 깨달은 건 골방에 박힌 당신의 『말테의 수기』를 들춰 보고서였어요. 그 끝부분, 판권 표식 위 한 여백에 당신이 그걸 적필해놓았군요. '진정한 시인을 바라는 19번째 생일에 사랑하는 그대에게' 라고……. 하지만 나의 당신, 세월의 온갖 풍파를 뚫고 방황하던 나의 영혼에 맨발로 찾아온 당신, 내 뜨겁고 격렬한 키스는 '아직' 입니다. 다음에 더 진한 '약속의 날' 을 남겨야 할 테니까요.

(『나래시조』, 2021 봄호)

서정의 파워와 운율의 룰 그 상상과 성장

프란츠가 손가락 등으로 내 뺨을 쓸었다. 그 순간만을 나는 정확하게 기억하고 있다. 보리수 잎을 통과한 햇빛 그림자가 프란츠의 얼굴로 떨어져 그의 눈의 담회색을 흩어놓았다… 나중에 프란츠가 나를 마지막으로 떠난 후 나는 다시 그것과 화해했다. 그것이 다시 내 것이 되었다.

— 모니카 마론, 『슬픈 짐승』 뒷부분[1] 중에서

1. 시의 원리에 대하여 다시 생각하기

조금 낯설게 들릴지 모르겠지만, 좁은 의미의 서정시는 '서정의 파워'와 '운율의 룰'이란 두 자질(資質)에 함의한다고 할 수 있다. 여기서 '서정'과 '운율'이란 곧 내용과 형식에 의해 구분한 다른 이름이다. 이들은 분리되지만 시의 양식에 따라 통합되는 일이 더 많다. 가령 '이별'을 주제로 한 서정적 정한이 3 · 4조나 7 · 5조의 운율을 타는 경우이다. 시를 가르칠 때 '내용' 즉 '서정의 파워'와 '형식' 즉 '운율의 룰'을 분리하기도 하지만, 수용미학자들은 '내용 ⇄ 형식'의 교호작용에 터하여 통합적으로 보는 게 타당하다고 말한다. 텍스트와 그 감상에서, 상호 '수용&반응' 하는 '학습자 중심'은 형식과 내용을 함께 받아들임으로써 종합적으로 정서를 함양시키기에 그렇다. 그러므로 시는 서정과 운율, 수용과 반응에 대하여 교류적 · 수요적 · 통합

---

1) 모니카 마론(Monika Maron), 『슬픈 짐승』, 김미선 역, 문학동네, 2010, 176쪽 참조.

적 · 자동적이다. 하면, 시조에선 더욱 그러할 것이다.

'서정과 운율'은 바늘과 실의 관계로 거의 등가적(等價的)이다. 이에 반해 '파워와 룰'은 불평등과 평등, 범칙과 규범, 방임과 규율의 사이처럼 상등적(相藤的) 관계, 즉 이질적이다. 이들 관계는 부조화와 조화의 사이만큼 불완전하기도 하지만, 근본태(根本態)는 서정과 운율을 한 몸, 즉 '내용⇄형식'과 같이 합일되고자 한다. 따라서 '서정과 운율', '파워와 룰'은 작품이 완결해가는 한 도정(道程)이라 할 수 있다. 이를 '시∩운율', '서정∪룰'에 의해, 각 교집합과 합집합의 전체를 부분으로 분산하면, 시는 '서정의 파워'와 '운율의 룰'에 함의하고 또 분리되는 것이다.

시의 형식인 '파워와 룰'은 수력(水力)의 낙차에 의해 돌아가는 물레방아의 이치와도 같다. 물의 수레바퀴는 벨트를 타고 기계적 에너지를 생산한다. 시인은 지상(誌上, 紙上)에 수확한 곡식[초고(草稿)]을 섭취하기 편하도록 까끌한 부분을 도정[퇴고(推敲)]해간다. 그게 운율이란 룰로 닦이어 윤나는 '시(작품)'으로 완성된다. 나아가 컵밥, 햇반과 같이 간편 조리로 상품화된 밥은 쌀 표면을 아예 반질하게 코팅 처리[예술품(藝術品)]를 하는 수도 있다. 이처럼 다듬고 매만진 '룰'은 '민요율', '동요율', '시조율' 등과 같이 룰로써 예술품에 이른다. 해서, 시인은 정미기(精米機)로부터 쏟아지는 시의 낱알과 전체를 지켜보며 한순간도 눈을 뗄 수 없다. 찬찬히, 거듭해 쓴 시를, 또 다시, 그리고 처음부터 거듭 살펴보는 이유가 거기 있다. 이런 반복 퇴고를 통해 그의 작품은 다이아몬드 이상의 광택으로까지 수렴되는 것이다. 시인의 이 같은 관성은 종종 잠을 반납하는 것은 물론, 고된 병과 죽음을 각오하게도 한다. 그 '회상'과 '상상', 즉 '서정의 파워'를 빌려 바야흐로 현현(顯現)된 결과가 시의 결정체(結晶體)이자 시조 작품이다. 찬란한 수정이나 구리거울처럼 닦여진 뒤에야 바야흐로 시조는 '운율의 룰'을 타고 독자 가슴에 파동치게 된다. 그러니까 '서정의 파워'가 '작품'이라면, '운율의 룰'은 수용할

'독자'인 셈이다. 시인은 시를 기획함에 위에 든 학습자나 수용자처럼 두 차원을 종합하여 접근한다. 그래 '서정+운율', '서정↔운율'을 바탕으로 시가 깊어지고 엄밀해지는 것이다.

한 예로, 안민영(安玟英)[2]의 옛시조 「영매사(詠梅詞)」 8수 중에 한 수를 인용해본다. "눈으로 기약(期約)하더니 네 과연 퓌엿고야/황혼에 달이 오니 그림자도 성긔거다/청향(淸香)이 잔에 떳으니 취(醉)코 놀녀 하노라"에서, 나타난 바, 이미지의 현현 중 삼장(三章)의 첫 구, 즉 "청향이 떠 있으니"에 방점을 찍을 수 있겠다. 물론 '향기'는 '꽃잎'에서 나오는 게 아니다. 화자의 '술잔'에는 이미 '미인의 자태'가 비치도록 기획되어 있다. 화자가 발화하기 전부터 "청향"을 품도록 이미 배려해놓은 것이다. 화자는 술잔의 향, 나아가 여인의 향기를 취하고자 한다. 이미 말한 바, 화자의 속셈인 이 향기는 여인으로부터 오는 복선이기에 그렇다. 그러므로 모티프는 곧 '여인향(女人香)'으로 바뀐다. 꽃향기인 "청향"를 차용해왔지만, '여인향'이라는 '서정의 파워'가 '님의 향기'로 결구되면서, '운율의 룰'은 더 원활해진다. 뿐만 아니라, 처음 여인의 향기는 실루엣만으로 있다가 감정이입에 갈마듦으로서, '꽃'과 '여인'은 곧 동체가 되는 것이다. 따라서 '심야에 월담하듯' 서정 대상과 독자 감정 사이에 교감이 은밀해지고 더불어 시의 정서 또한 깊어지게 된다.

---

2) 안민영(1816~?)은 조선 철종 때의 가인(歌人)이다. 자는 성무(聖武), 또는 형보(荊寶) 호는 주옹(周翁), 주재(周齋)로 서얼 출신이다. 1876년(고종 13) 스승 박효관과 함께 조선 역대 시가집 『가곡원류(歌曲源流)』를 편찬 · 간행하였는데, 여기에 그의 시조 「영매가」 외에 26수가 실려 있다. 또 자신의 시조 180여 수를 수록한 개인 문집 『금옥총부(金玉叢部)』를 남겼다. 역대 가장 많은 시조를 쓴 작가로 꼽힌다. 그의 작품은 당시 여러 문집 및 이본에 실려 있어 널리 향유된 시조작가임을 알 수 있다. 위의 시조는 작가가 1870년(고종 7) 겨울 스승인 박효관의 운애산방(雲崖山房)을 방문해 벗과 기생의 금가(琴歌)와 더불어 시를 지을 때, 스승이 가꾼 매화가 안상(案上)에 피어 있는 것을 보고 이를 영탄하며 부른 노래로 전한다. 해서, 이 시조는 「영매가」 또는 「영매사」라는 별칭을 얻었다.

2. 서정의 파워와 운율의 룰에 의한 작품 살펴보기

이번엔 '소통적 교감'과 '감정적 이입'을 다루며 '서정의 파워'와 '운율의 룰'을 아우르는 작품을 고르고 읽었다. 대상작이 미리 의도를 알아서였는지 사물과 이입의 틈을 재치 있게 적시해도 보였다. 옳거니, 예상이라도 하듯 내심 즐거웠다. 예컨대 정온유의 「양자뜀」, 리강룡의 「가을 산책 · 7」, 김술곤의 「진달래고개」, 유헌의 「별을 읽다 · 2」, 횡외순의 「응급실의 사적 감정」「최화수의 경건한 아침」 등 7편이었다.

너의 마음 입자가
내게로 건너 왔을 때
내 마음은
팽팽한 궤도를 만들었고

불현듯 작은 파장에
드문드문 숨을 쉬었다

웅크렸던 내 심장이
진공상태로 부풀어
네게로 건너는 길이
사뭇 멀지 않았는데,

너와 나
마음 속도가
어쩌면
같았으리라.

— 정온유, 「양자뜀」 전문

"나"는 "너"에게 거의 빛의 속도로 달려간다. 서로 불꽃 튀는 사랑이 전광석화처럼 꽂힌다. 각주에서 밝힌 바 "양자뜀"은 물리학적 광속을 일컫는 말이다. 끌어당기는 인자끼리 점프하며 달리는 그 합환(合歡)의 "양자뜀" 말이다. '나'는 '너'에게 달려가는 순간이란, 이처럼 빠른 속도의 "양자뜀"이 아니고선 가능하지 않을 것이다. 그건 '점진적 전이'가 아닌 '순간적 전이'로 서로를 무너뜨리듯 끼쳐온다. '너와 나' 사이를 번철(燔鐵)처럼 튀는 스파크를 전자입자로 설정해놓은 이 시조는 기존 사랑 류(類)에 비해 도발적이고 사뭇 응대적이다. 분사되는 사랑의 알갱이로 '나'는 '너'에게 안기려고, 아니 안으려고 속도의 밖보다 속도의 안으로 달려가는 까닭에서이다. 그건 세차(洗車)하는 물총 끝처럼 '팽팽함'으로 떤다. 아니, 떨림 끝에 더욱 팽팽해지려는지도 모른다. 그들은 스스로 쏟아낸 엔돌핀을 삼키기에도 바쁘다. 심장이 멈췄는가 싶은데 재파동으로 다시 고동친다. '너'의 떨림 또한 '나'와 멀지 않은 지점에 요동한다. 하면, 너도 분명코 나와 같으리라. "너와 나"를 가시적으로 밀착시키며 "양자뜀"으로 알레고리화한 이 시조는 착상이 이채롭다. 축축하게 눈물을 짜내는 근대적 사랑 노래와는 분명코 구분이 되는 그것이다.

> 자유, 민주, 정의, 사랑, …
> 버겁던 그 주제들
>
> 바위 앞에 계란 들고 부질없이 덤비던 날들
>
> 조용히 내려놓는다
> 가을 길에 묻는다
>
> 주제가 무엇이던가 가뭇없이 달뜨다가

끓는 피 주체하지 못해 하얗게 밤 새다가

돌아와 문득 듣는다
창밖에 지는 잎 소리

— 리강룡, 「가을 산책 · 7」 전문

봄은 죽었던 생명을 일으키는 철이다. 여름은 그것을 더 북돋우는 계절이다. 그럼 가을은 어떤가. 가을은 봄과 여름 동안 "부질없이 덤비던" 때를 회한하는 시기일 법하다. 이 자각은 가을 길을 "산책"함으로써 알게 된다. 장 자크 루소(Jean-Jacques Rousseau, 1712~1778)의 『고독한 산보자의 몽상』에서처럼, 봄 · 여름은 무언가를 달성하려 한 생의 음모로 무모하게 꿈틀대는 계절이지만, 결국 그게 '허무'임을 이 가을에야 깨닫게 되는 일과도 같다. 사람들은 가을을 조용한 철학으로 읽지만, 화자는 제 길을 반추하며 그 오독을 깨닫는다고 말한다. 누구에게나 젊음은 "버겁던" 주제가 아니었을까. 열정만으로 "덤비던 날"이었기 때문이다. 그건 마치 무딘 낫으로 벌판의 풀을 다 벨 듯 나서는 만용과도 같았다. "끓는 피"를 "주체하지 못"하다가 "하얗게" 밤을 새던 일도 있다. 하지만, 방방 뛰던 발과 가슴을 "조용히 내려놓"고 지금 그는 "가을 길"을 걷는다. 젊음을 떠돌게 하던 그 방랑의 발은 이제 지치고 늙었다. 해서, 휴식의 집으로 돌아오는 중이다. 그 길에 문득 잎 지는 소릴 듣게 된다. 젊은 한때에는 "자유, 민주, 정의, 사랑" 같은 무거운 임무를 힘들이지 않고도 내 어깨에 지고 뛸 수 있었다. 왜 항전하는지 이유도 모른 채 남의 뒤를 따르며 "가뭇없이 달"떠 쥔 주먹을 펴지 않고 마냥 내려칠 때도 있었다. '두엄 지고 장에 따라가듯' 방향도 없이 분노하거나 또 그런 자를 본받으려 하던 때도……. 하지만 가을은 이 모든 젊음을 "내려놓"게 하는 것쯤이겠다. 화자는 생의 한때 깃발을 거두며 가을을 소환한다. 흔히 '결실의 계절'이라고만 알던, 그 '내실과 실적'을 욕망하는 예의 상투성을 딛고, '결실'이란 뜻 자체까지 없애려 한다. 수확한 열매를 싣고 저장하는 게 아니라 오히려 그걸 비워내는 경험적(經驗的) '사유'로부터 무위와 회한을 함께하여 이르게 되는 그 징험적(徵驗的) '표현'에 방점을 둔다. 한때의 의사(義士)나 열사(烈士)인 척하던 가식을 처분해버린 홀가분한 그 탈교훈적 시학을 본다.

> 누구의 넋인가요 물 한 그릇 떠올리면
> 누이같이 우는 봄을 견뎌낼 수 있을까요
> 그토록 달래 보내도 되돌아온 연분홍
>
> — 김술곤, 「다시 봄, 산꽃 5경」 중의 「진달래고개」 전문

봄에 대한 5경을 읊은 것 가운데 「진달래고개」 시편을 본다. 이 시조는 호흡과 리듬, 그리고 율격의 힘에 의해 주제의 전달이 분명하다. 각 단계가 초장은 '…하면', 중장은 '…할까요', 종장은 '…의 그것' 등 포맷된 화법으로 전달 또한 또렷하다. 단서와 긍정을 유도하는 질문, '진달래'로 향하는 답청(踏靑)과 답화(踏花)를 기다리는 플랫폼 역시 독자 지향적이다. 종장의 "그토록 달래 보내도 되돌아온 연분홍"에서 "연분홍"이라는 귀착이 고개길과 만나는 데에 연메감(連袂感)을 일게도 한다. 특히 "넋"을 떠올린 "물 한 그릇"에 대한 '병치(倂置)', "우는 봄"을 "견뎌낼" 방도 찾기의 '인과(因果)', 그리고 늘 "달래"어 보내지만 돌아온 "연분홍"의 '귀착(歸着)' 등으로 이미지가 단계화되어 있다. 그래 '서정의 파워'라는 권역을 넓힌다. 이 같은 '병치 → 인과 → 귀착'의 다단(多段)에서 보듯 시조가 구조미학적으로 체계화되었다.

> 아이들 웃음소리 대꼬챙이에 꿰어서
> 명절 차례 상에 소복히 쌓아놓고

조상님 흐뭇한 미소 다 같이 올린다

— 김종연, 「웃음산적」 전문

닭고기산적이나 쇠고기산적은 명절의 특별음식이다. 여기 덧댄 "웃음산적"이란 시인이 창안한 음식이겠다. 시가 언어의 창조라 함에는 창조적 비유를 포함한다. 흔히 산적 하면, 고기를 길쭉하게 맞춰 지르고 갖은 양념으로 간을 하여 꼬챙이에 꿰어 굽거나 번철에 지져낸 음식으로만 안다. 한데, 이 시조는 차례를 지내려 모인 아이들의 "웃음소리"를 꿰어 화평의 산적을 만든다. 명절 때 모여 웃는 투명한 소리들을 꿰어 "소복히 쌓아"놓고 차례를 지내는 것이니 부러워 보인다. 이처럼 고기산적을 "웃음산적"으로 치환하는 일은 누구나 할 수 있는 착상은 아니다. 바라보는 "조상님"조차도 일반 산적을 잡수는 것보다 이 "웃음산적"에 더 "흐뭇한 미소"로 화답할 것이다. 시조는 독자에게 직접법이 아닌 간접법으로 이런 화목을 전언한다. 자칫 갑남을녀의 시처럼 '가족애'라는 교훈시로 추락하지 않고도 발랄한 시조로 바꾸어놓았다. 그것이 가능함은 시인이 맛깔나게 만든 유머, 아이들의 웃음 같은 풋풋한 레시피 때문이다.

반짝 한 생이
초서체로 떠오른 밤
모양 겨우 읽었는데
별이 지고 있네
가없는 허공을 펼쳐
한 땀 한 땀
새긴 문장

— 유헌, 「별을 읽다 · 2」 전문

"한 생"과 "한 땀" 사이는 '별'을 '문장'으로 읽어내야 할 만큼 멀지만 축지법(縮地法)처럼 억 광년의 거리를 당기어 오게 한다. 화자는 문장을 가없는 별에 가닿게 하고 별이 그를 읽게 하는 역순의 소통을 제시하기도 한다. "초서체로 떠오른 밤"을 해독하다 보면 어느덧 별은 지고 만다. 별을 헤아릴 수 없는 것과 마찬가지로 별의 의미를 다 읽을 수 있는 문장이란 세상에 없다. 반짝이는 별에 "한 땀"씩 "문장" 한 줄을 새긴다는 이 독법(讀法)은 시인만의 고유한 별 읽기 방법이겠다. 화자는 '별과 문장', '글과 별'의 관계 짓기를 통해, 우주적 소통에 의한 시 쓰기를 하고자 한다. 하늘이라는 책에는 밤마다 드러난 별의 글월이 새롭듯, 시인이 써야 할 문장 또한 새롭고 낯설고 힘겹다. 그가 읽어야 할 페이지 또한 벅차게 압도한다. 하늘의 책은 그만큼 광활 무변하다. 이 시조는 '하늘→책', '별→문장'이라는 수렴 구조로 이를 시 쓰기에 원용한 '메타시조'라 할 수 있다.

달려오는 구급차 사이렌과 경광등 사이
발을 잘못 디뎠나, 목련이 툭 진다
허공은 영문도 모를 낯빛으로 흔들리고

저잣거리 난봉꾼의 행패 같은 비명을
다독이는 링거주사, 깃을 접는 병상들
졸음도 잠시 그 옆에 쪼그리고 앉는다

생각을 지탱하는 중력이 사라지자
소독약 냄새처럼 부유하는 희멀건 봄
발랄한 민들레 깃털에 발 슬쩍 올리고 싶다

— 황외순, 「응급실의 사적 감정」 전문

'봄'과 '응급실'은 분위기로 보아 거의 무관하다. 응급실은 "소독약 냄새"

가 부유하는 "희멀건" 환경이지만, 바깥세상은 연초록과 꽃들로 넘친다. 응급실은 봄의 흐름에서도 그렇듯 비낭만적이다. 여긴 "저잣거리 난봉꾼의 행패"와도 같은 비명이 뒤엉킨 아비규환 속이기 때문이다. 그 와중에 창틈으로 들어온 "희멀건" 빛은 "발랄한 민들레 깃털에" 무임승차라도 하듯 발을 "올리고 싶"어 한다. 이쯤에 느끼는 봄이란, 누구 가슴이든 젖어들게 만드는, 과연 '서정의 완력'답지 않을까. 봄에 대한 이 기미를 읽어냄은 전적으로 시인의 "사적 감정"이다. 그러나 응급실 안의 그 "감정"은 특별한 '서정의 파워'를 보인다. 이곳은 "난봉꾼의 행패", 링거주사에 "깃을 접는 병상", "달려오는 구급차", "사이렌과 경광등", "영문도 모를 낯빛" 등 불안이 시시각각 범람한다. 그래, 일말의 "사적 감정"도 허락지 않는 곳이다. 난감, 난리, 낭패감이 만연된 갈림 방일 뿐이다. 그럼에도 불구하고, 화자는 봄이 찾아든, 예컨대 "발랄한 민들레 깃털"에 "슬쩍 올리고 싶"은 "발"로부터 예의 '서정의 완력'을 감지한다. 이를 포착한 기미의 감정이란 꽃보다 봄답게 하는 힘으로 작용한다. 마치, 만 년 사막 속을 비집은 체리 싹처럼, 또는 타는 들불을 지나왔지만 노란 눈을 뜨는 볍씨처럼.

> 누가 내주었을까? 밥 한 접시 물 반 컵
> 길 고양이 아침 먹네 옆을 볼 새도 없이
> 갓 눈 뜬 수양버들이 야윈 등을 다독이네
>
> 높은 가지에 앉은 까치도 반가운지
> 느껍게 비우라고 싹! 싹! 싹! 일러주고
> 돋을볕 쫀득한 다발 후식인가 환하네
>
> — 최화수, 「경건한 아침」 전문

「경건한 아침」은 길고양이의 조촐한 밥상을 따뜻한 시선에 모은다. '운율의 룰'로서 열거된 건 "밥 한 접시"에 "물 반 컵"뿐이지만, 화자는 이를 경건한 밥상으로 대체해놓는다. 그 확인은 "갓 눈 뜬 수양버들이" 식사를 앞둔 고양이의 "야윈 등을 다독"이는 것, "가지에 앉은 까치"가 "느껍게 비우라고 싹! 싹! 싹!"(깍 깍 깍) 일러주는 것, 그리고 "돋을별"이 "다발"로 내려와 "후식"을 "환하"게 내어놓는 것 등이다. 이 남루한 존재를 존엄한 식사 자리로 앉히는 일은 곧 '서정의 파워'라고 할 수 있다. 화자의 길고양이에 베푸는 그 온기 때문이다. 초라한 밥상을 성찬으로 바꾸어냄은 '서정의 완력'을 보여주는 시적 전환점이다.

3. 회상적 상상과 상상적 회상 연결해 보기

폴 발레리(Paul Valery, 1871~1945)는 어떤 사안으로부터 '회상'한 바를 시의 '상징적 구조'에 담아낸 이른바 '상징주의파'를 주도한[3] 시인이다. 그는 시가 유지되려면, 현재의 감정과 이미지, 그리고 과거 회상적 상상까지도 화자와 밀접하게 접목해야 함을 역설한다. 그는 이를 현상에 대한 '적확성'이라 명명했다. 발레리의 말처럼, 시적 언어란 '정확'하지 않고 '적확'해야 한다. 상징은 시에 '함축적 회상'과 '상상적 정보'를 확대함으로서 그 '적확성'을 강조하는 기법의 한 가지이다. 흔히 아는 것처럼 대상의 부적확한 특성

3) 폴 발레리(Paul Valery, 1871~1945)는 프랑스 지중해 세트에서 태어나 제도권 교육에 흥미를 느끼지 못하고 당시 빅토르 위고나 보들레르 같은 작가 시인들을 탐독하며 시와 소설, 그리고 희곡을 썼다. 바칼로레아를 마친 그는 법률학을 공부하던 중에 베를렌과 말라르메를 접하며 상징주의에 경도되기도 했다. 그 영향으로 1889년 백 편의 상징주의적 시를 지었다. 이후 작가 피에르 루이스의 소개로 말라르메와 앙드레 지드, 클로드 드뷔시와 교류하며, 어린 나이에 재능을 인정받았다. 그의 저서는 『레오나르도 다빈치 방법 입문』(1895), 『테스트 씨와의 함께 한 저녁』(1896), 『젊은 파르크』(1917), 『정신의 위기』(1919), 『매혹』(1922) 등이 있고, 사후에 희곡 『나의 파우스트』(1946)가 간행되었다.

과 확대적인 뜻을 적용하여 시의 '애매성(ambiguity)'에 대해 설명하고 있다. 하지만, 이는 사실 와전된 정보일 뿐이다. 대상에 대한 '상징'은 표출되자 곧 화자의 정서에 '통합'함으로써 '애매성'이 부가되는 절차 때문이다. 그러므로 이제 회상적 정서만을 쓰는 '겉돌기식' 시 쓰기에서 비껴 나올 필요가 있다. 더 깊어진 상상으로 쓰는 '파고들기식' 쓰기에 집중할 시법이 요구되는 것이다.

지상(紙上)의 문학판엔 '회상 속의 성장', '성장 속의 회상'을 모티프로 한 상상의 상징적 구조체로서 기능하는 작품들이 쏟아지고 있다. 이들 대부분은 주인공의 과거 이야기를 바탕으로 새로운 '상상'과 '성장'을 다룬다. 필자가 최근에 읽은 가브엘 루아의 『내 생애 아이들』, 로베르트 아를트의 『7인의 미치광이』, 앤젤라 카터가 어렸을 때 들었던 신화를 동화적으로 구성한 『피로 물든 방』, 모니카 마론의 『슬픈 짐승』,[4] 김연수의 『원더 보이』 등은 그런 '회상의 상상'과 '성장의 환경'에 익숙하게 접목된 소설들이다.

특히 『슬픈 짐승』에서는, 베를린의 한 자연사박물관에 근무하는 여성 고생물학자인 '나'와 함께 일하던 '프란츠'와의 끊겼다 다시 이어진 사랑의 스토리를 다룬다. 소설에서 그 사랑은 점층하는 심리 성장의 궤적, 그리고 자기 논증이란 실증으로 기술된다. 그녀는 프란츠에 경도되어 '표징적 회상'

---

4) 모니카 마론(Monika Maron, 1941~)은 베를린에서 태어났으나, 분단 후 1951년 동독 내무장관을 지낸 양아버지를 따라 동베를린으로 이주했다. 훔볼트대학에서 연극학과 예술사를 전공했고, 졸업 후 방송사의 조연출로 일하며, 『보헨포스트』 지의 저널리스트로도 활동했다. 1976년부터 전업 작가로 일했다. 1981년 첫 소설 「분진」으로 이름을 알린 후, 「오해」 「경계 넘는 여인」을 썼으나, 동독 체제를 비판한 작품이라 하여 서독에서 출간되었다. 1988년 임시 비자를 받고 서독 함부르크로 이주했는데, 이듬해인 1989년 베를린 장벽이 무너졌다. 나치 시대, 분단, 구동독의 사회주의, 그리고 통일 독일의 큰 흐름이 작품에 한 토대가 되었다. 1996년 마론 문학의 새 전환점이 된 『슬픈 짐승』을 발표했다.

으로부터 어느덧 '미시적 상상'으로 전환해간다. 해서, 자아를 곧 프란츠와의 운명선에다 맞춘다. 그녀는 한때 '나'의 모든 걸 프란츠를 위해 바친다. 그러다 어느 때부턴가 자의식이 작동돼 결국 그와 헤어지게 된다. 다시 얼마 못 가 프란츠를 추억하는데, 순간순간 마주쳐 오는 그와의 '회상적 고뇌'에 빠진다. 그러면서부터 그녀에게 프란츠는 '상상적 위안'의 한 인물로 자리한다. 소설은 진정한 '나'를 찾아가는 여정을 그리고, 그때마다 '프란츠'를 통해 불쑥불쑥 자아의 성장이 확인되는 걸 겪곤 한다. 따라서 생의 중심축에 프란츠와 얽혀버린 '나'는 그와 함께한 일들을 거부하지 못한다. '나(그녀)'는 프란츠와의 상처 난 회억, 그로 인한 이중화된 사람이 되지만, 결국 그를 수용할 수밖에 없다는 결론에 이른다. 위기 부분에, 그녀는 프란츠를 만나기 일 년 전 실신해 죽음으로까지 갔다가 다시 깨어난다. 그러면서 그녀는 자신이 놓친 게 과연 무엇인지 골몰한다. 그래, "인생에 놓쳐서 아쉬운 것은 '회상'이 아닌, 현재도 '상상'하고 있는 그 '사랑'밖에 없음"을 고백한다. 그리고 자인한다. 일 년 후, '나'는 애인 '프란츠'를 다시 만난다. 그런 프란츠에겐 예상대로 아내가 있었다. 하지만 화자인 '나'는 절대 놓쳐서는 안 될 사랑을 다시 만났다고 생각한다. 그렇게 시작된 프란츠와의 사랑은 제2의 '나'로 서도록 일으켜진다. 프란츠와 재회하기 전, 그녀는 평균적 삶을 이어가 결혼도 하고 딸아이도 갖게 된다. 하지만, 그와 지내면서 재확인된 사랑은, 그녀를 이전의 평균적 삶과 자연스럽게 결별하게 만든다.

이 소설에서, 사랑은 '회상'을 계기로 다시 이어지지만, 사실 그 회상은 미래의 '미세한 상상'으로 발전하여 '자아 성장'의 한 역학구조로 작동된다. 일반적으로 사랑은 회상에서 벗어나 현실로 이어지지 못하는 상투성을 갖는다. 그러나 이 소설은 그것을 넘어 현재에 이르는 '상상'에 의해 운명의 카테고리를 재구성하는, 진정한 사랑의 도전 과정을 보여준다.

길게 설명했지만, 역시 시에서도 화자에 관한 '회상'이 '상상'으로 작용될 때, 이전의 삶과는 구별된, 즉 성장하는 서정의 호흡을 다시금 가다듬게 된다. '회상적 상상'은 사유의 폭을 좁히지만, '상상적 회상'은 정신의 폭을 깊게 한다. 그러함에도 과거 회상에 머무르는 회상적 상상, 즉 '사향가(思鄕歌)'나 '부모애찬가(父母愛贊歌)'처럼 침하되거나 퇴행적 시가 계속해 나오고 있다. 이는 엄격히 말해 시가 아니다. 누구나 '사랑'을 겪고 나면 그에 대한 '상상'이 성숙, 성장함에 이르고 사유적 층위는 깊어진다. 이때 서정 또한 심오해져 잠재된 자아를 일깨우기도 한다. 이것이 바로 과거 '회상'이 현실에 와 일으켜지는 '상상'이 되며. 이는 곧 '시의 힘', 즉 '서정의 파워'로 전환된다. 그리고 생의 매듭별로 이루어지는 '성장'은 육체와 정신이 주는 리듬을 타고 변천하는 '운율의 룰'로 생을 에너지화하는 것이다.

4. 서정과 운율 그 '상상'과 '성장'을 위하여

이 평설에서 거론한 '서정의 파워' 또는 그 '완력', 그리고 '운율의 룰' 또는 그 '규칙', 이제 이들을 시의 '상상'과 시의 '성장'이란 다른 이름으로 바꾸어 부르기로 한다. 뭐 비슷하지만 마지막에 갈아타는 맛 때문에 그러려 한다. '서정의 완력'은 '상상'에 의해, '운율의 룰'은 '성장'에 의해 확대 또는 재생산되는 특징도 있기 때문이다. 이는 모든 시적 구조체에서 보이는 기초골격이라 할 수 있다. 하지만 최근엔 이 기초를 무시하고 너무 안이하게 써진 시조들이 많아 보인다. '서정과 운율', '피워와 룰', '상상과 성장'에 이르는 과정을 중시하는 작품보다는, 시의 저변화(低邊化)로 등단 문턱을 낮춘 작품을 선택한 결과이다. 가령 비유가 '고향과 어머니', '가난과 유년', '가을과 하늘', '바다와 태풍', '별과 외로움', '사랑과 꽃' 등 두 요소가 근친상간인 게 너무 많다. 그래, 사생아 천국과 같은 문단, 그런 글 카페를 어떻게 볼 것인가. 이들은 개인적 '상상'이나 '성장'에 비완력적이고 룰이 없는 시편들로 유독 작품 행세를 더 하려 든다. '비 갠 뒤 무지개 뜨는 벌판', '희미한 호롱불 밝힌 고향집', '장미 향기에 따라온 그녀 집 앞' 따위의 고민하지 않는 값싼 낭만적 구절들도 지겨울 만큼 많다. 의미의 과잉을 관념의 허세로 과장하여 시단을 아예 덤핑 처리하려 작정한다. 이처럼 '상상'이나 '성장'이 '서정의 파워'나 '운율의 룰'을 약화, 또는 악화시키는 그 관념의 사향(思鄕)에만 머문다면, 그의 '사랑시'는, 누가 주워보지도 않을, 뭐 뒤 닦고 구겨 던져버린 한 폐지(廢紙)에 불과할 것이다.

(『나래시조』, 2021 여름호)

시의 '기표'[시]가 '기의'[이해]를 향해 낯설게 열어놓기

친숙한 언어야말로 가장 비 시적이다.
의미 있는 시란 낯선 언어의 장치로부터 나온다.

— 빅토르 쉬클로프스키

봄이 진군해오는 강 둔덕이다. 주민현(1989~)[1] 시인이 말했듯 "자전거를 타고 미끄러질 때 운동장이 기울어져 있다는 것을 알게 되"는(「오늘 우리의 식탁이 멈춘다면」의 1연) 아이들과 함께 자전거 강변을 달려본다. 녹두장군을 읽던 봄날도, 그리고 오랜 내 일기의 피부를 찢고 나온 70년대의 서울살이 시절, 수도경비실에 개머리판으로 맞았던 엉덩이짝의 멍 지짐도, 젊은 시절에 겪은 잔인한 봄날의 기억도 그만 속수무책 가버릴 거다. 지금의 봄날은 나를 '시단(詩壇)'이란 질펀한 옛 항구에 내려준다. 한데 컥! 갯벌로 들어갈 노란 고무장화는 낡았고 펄을 파헤칠 갈고리도 녹슬었다. 그간 무자비한 역사와 '블랙 에어리어(black area)'의 굴레로부터 난 자유롭지도 못했다.

문학의 형식주의가 태생된 지 100여 년이 되었다. 이른바 빅토르 쉬클로프스키(Viktor Shklovsky, 1893~1984)를 중심으로 한 이 운동은 상징주의를 극

1) 주민현(1989~)은 서울 출생으로 아주대 국문학과를 졸업했고, 2020년 제38회 신동엽문학상을 수상했다. 시집으로 『킬트, 그리고 퀼트』(2020, 문학동네)가 있다.

복하자며 일으킨, 그러면서도 철학적이고 과학적 탐구를 설법하듯 감행했다. 또 신비평(新批評, New Criticism)과 어우러져 20세기 문학지평을 확장하기도 했다. 한데, 이젠 사물인터넷과 AI의 챗봇과 로봇의 시대이다. 창작과 비평에도 인공지능 필력을 탑재해야 하는 시대를 맞이한다. 평론가가 사라질 때까지는 이런 마당이 유효하다고 할 것인가. 음악 듣고, 커피 마시고, 가족들에게 고기 굽는 시간이 사람인 내게도 필요하니깐. 아무튼 그 일상 속에든 시학을 끄집어낸다면 독자들은 시시껄렁하다고 할지 모르겠다. 하지만 지금이 징기스칸이나 나폴레옹 시대도 아닌데, 세상을 다 주유하며 가질 수야 없지 않은가. 가급적 쓰는 일은 인공지능에게 맡기고 유유자적하련다. 널배의 구덕에 욕심 부려 가득 캐 담지도 않겠다. 난 생태주의자이니까. 뭐 그렇다.

> 하늘에 둥실 뜨는 새 집 상량 한창일 쯤
> 말채찍 서둘러 온 아버지 가쁜 숨 쉰다
> 휴!
> 저런
> "허법도 법이거늘…"
> 느낌표로 지는 감똑
>
> 도편수 톱날에서 툭툭 잘린 저 금강송
> 초가와 키 나란히 다시 맞춘 기둥, 들보
> 엎드린 무르팍 너머 푸른 기상 번뜩인다
>
> 리움미술관 이층 벽면 가득한 영광 풍경
> 성곽도, 살던 집도 습속마저 지운 지금
> 단 두 채 기와지붕이 백 년 세월 물고 있다

꼬리말 이어가던 강아지풀 너른 마당
엿듣던 먹감나무 황톳물 연시 매달고
다 늙어 성긴 가지도 유록색 눈 뜨겠지

— 조민희, 「절주당(切柱堂) 다시 읽기」 전문

시인이 지닌 매양의 눈이란, 사물과 역사 앞에 바로 뜨여야 빛나는 법이다. "절주당"의 집 짓는 내력을 읽어내는 시의 눈은 정의 편에 기립되어 있다. "하늘에 둥실 뜨는 새 집 상량 한창일 쯤"이라는 초장부터 범상치 않은 깃발을 보인다. 전개 방식 또한 활달하고 내쳐 감에도 가차가 없다. 시인에 따라 시적 진술이 옷깃을 여미듯 다소곳한 품새를 지니기도 하지만, 이 시인은 전자의 경우일 법하다. 역사를 읽어내는 가쁜 숨결이란 내력의 개관, 그러니까 한 발 물러서서 보는 일이겠다. 그건 대상에 대해 반역(叛逆) 같은 힘이 있어야 가능하다. 조선시대 후남 조강환은 자기 아들 집을 짓는 상량식에 참석한다. 한데, 집을 보니 너무 규모가 큰 게 아닌가. 그는 아들에게 국록(國祿)을 받으면서 그리 집을 짓는 게 옳은 처사냐고 지적한다. 아무리 허술한 법("허법")이라도 모름지기 공인(公人)이라면 지켜야 한다는 것이니. 추상 같은 아버지 말은 "감똑"마저 "느낌표"처럼 지는 상징으로 연결된다. 시어의 번뜩이는 구안이 보이는 대목이다. 도편수가 "금강송"과 "들보"를 인근의 초가집과 높이를 맞추고 자르는 일 또한 흔치 않은 각단의 행위이다. 나아가 "엎드린 무르팍 너머 푸른 기상 번뜩"이는 예의 범접할 수 없는 기운도 연유해낸다. 그 푸른 기상의 정수(精髓)를 각 종장에 모은다. "늙"었지만 "유록색"의 눈 뜰 순을 예비하는 상징을 끌어와 읽힌 맛을 높이기도 한다. 끝에 "백 년 세월"이 지난 때 아버지의 가쁜 숨을 엿듣던 먹감나무가 "황톳물 연시"를 매달고 있다는 데에 화자의 방점이 가 있다. 결국 이 시조는 독자에게 '감똑의 느낌표', '유록색의 눈', '황톳물 연시'에 이르는 적절히 조제된 서정으로 역사의식을 당의정화(糖衣錠化)하여 먹인다. 그래서 시의 흐름이 심심하지가 않다.

사라진 것들을 밝히는 뼈가 있다 세월 밖에 밀렸다가 발견되는 미라처럼
쓰고도 떫었던 능선들 굽이굽이 환하다

복제된 이 야성의 유전자는 꿈이다 흐르며 출렁이다 에돌아 빚은 결정
태양을 바로 볼 수 없는 정오 무렵 초점처럼

바뀐 이름 수소문 해 너에게로 가는 길 위 서쪽 해는 왜 이다지 은밀하게 뜨거운지
줄기를 타고 오른 바다가 피워내는 아픈 꽃잎

— 이수윤, 「소금꽃」 전문

인종(忍從)이란 어떤 굴종(屈從)을 견딘 호흡으로 사는 삶이다. 그게 고난의 삶이듯 "아픈 꽃잎"에 나아가는 길이 녹록지가 않다. 뜨거운 볕발에 모아지는 소금이 아니고 그 소금들이 피워내는 "소금꽃"이라니, 그건 분명 사막에 발굴된 유적일 게다. 아니, 화자에 의하면 "사라진 것들을 밝히는 뼈"도 되고, "발견되는 미라"가 되기도 한다. 그것은 "쓰고도 떫었던 능선"에서 출토되어 "굽이굽이" 눕혀진다. 하여, 소금은 어쩌면 "소금꽃"을 꿈꾸는지 모른다. "야성의 유전자"로서의 소금꽃, 소금 혈맥의 마지막 봉오리인 셈이다. 태양의 "초점"에 이르러서 피는 뜨거운 꽃, 그러니까 찐득이는 고뇌로부터 피워낸 정수(精髓), 그 성취라 할 수 있다. 이 시조에서 '태양'이란 기표와 '꽃'이란 자질은 '상징-결과', 즉 의미 기능으로 읽을 수 있다. '소금'이라는 기표와 '소금꽃'이라는 자질엔 '연원-파생', 즉 귀착 기능으로 읽을 수 있다. '소금'의 현실에서 더 높은 '꽃'이라는 원명제로의 환원은 테제(these)가

말해주듯 아마도 초월적 존재로 나아가는 화자의 구극적 행로일 게다.

후기 상징주의자 바체슬라프 이바노프(Vyacheslav Ivanov)[2]가 언급한 바 있다. 즉 '현실을 바탕으로 한 더 높은 현실로'라는 슬로건이다. 시가 깊어지도록 하는 건 시인의 내밀한 정서에 낯설음을 접목하는 데서 연유한다. 한데, 셋째 수 종장에서 "바다가 피워내는 아픈 꽃잎" 같은 진술은, 위의 테제로 비춰보건대 좀 안이한 귀결이란 생각이다. 나아가 각 수의 이미지가 순서화되고 단계화된다면 시의 호흡이 가파르게 당겨져 읽는 맛을 보탤 수도 있을 것이다.

'의사소통 기능으로서의 시적 역할'은 알렉산드르 포테브냐(Alexander A. Potebnja)[3]에 의해 일반화된 이론이다. 그는, 의사소통이 이미지의 연상과 독자의 사고에 영향을 주는 양방의 자질과 기의(記意)를 제시하여 이를 정당화한다.

이제 밀물의 시간이다. 귀로에 뜬 노을마저 봄 벌판에 질펀하다. 어로(漁撈)를 마치고 널배를 민다. 세상이 다양타 보니, 막 앞에 선 대중의 갈채보다는 시인의 막후에 실세를 과시하는 문학인에 눈길이 간다. 그게 2,000여 명에 이른다니 놀랍다. 제자 문인을 그들이 조종한단다. 각종 현상 모집에 응

2) 바체슬라프 이바노프(Vyacheslav Ivanovich Ivanov, 1866~1949)는 러시아 극작가이자 시인, 문예비평가로 모스크바대학과 베를린대학에서 고전학을 공부했다. 니체의 영향 아래 고대 종교, 연극 연구, 시 창작에 몰두했다. 시집 『길잡이의 별』(1903), 『투명』(1904), 논저로 디오니소스 종교 연구서 『고뇌하는 그리스 신의 종교』(1904~1905)로 명성을 얻었다.

3) 알렉산드르 포테브냐(Alexander A. Potebnja, 1835~1891)는 우크라이나 출신의 러시아 언어학자로 언어에 관한 종합적 사유 체계와 대화주의적 언어 모델을 정초(定礎)했다. 주요 저서로 『사고와 언어』(1862), 『러시아 문법에 관한 노트』(1874), 『문학이론에 대한 강의』(1894) 등이 있다.

모케 하여 상금에 대한 통계를 잡고 자기 휘하에서만 그게 가능하다는 문학 권력으로 으스댄다. 상금이라는 자본의 '기표(記標, signifiant)'를 통해 정의의 위의(威儀)를 둘러쓴 '기의(記意, signifié)'를 환기한다. 심지어 창작력이란 '기표'는 놔두고 돈 거래란 '기의'와 밀월하는 문단을 어떻게 볼 것인가. 각종 문학상, 신인상, 시비(詩碑) 추진, 문학을 기념한다는 일에 장사하는 문학 사업가들이 저잣거리에 부지기수다. 이분들에게 '김영란법'을 적용시킨다면, 하고 가정해보기도 한다. 뭐 씁쓸한 건 사실이지만. 100여 년 전 빅토르 쉬클로프스키가 『기법으로서의 예술』(1917)에서, 시에 '낯설게' 함을 주사함으로써, 타동화된 시의(詩意)를 지나 '자동화'된 언어를 자각게 한 건 '기표'와 '기의'의 밀월이 아니다. '기표–기의'의 짝은 시(언어)의 소통이자 낯설게 하는 본질이었을 테니. 더불어 '기표'는 시인의 몫이지만 '기의'는 독자가 깨닫는 명징한 전각체다.

문체반정(文體反正) 시대에 연암(燕巖) 박지원(朴趾源, 1737~1805)이 교시(敎示)했듯 '소단적치(騷壇赤幟)', 즉 소란스럽고 조잡한 글판에 붉은 깃대를 세워 문단을 바로잡도록 다스린다면……. 하지만 문단은 이미 권력과 자본의 결쇠에 갇혔다. 그 문을 부수는 건 아이러니하게도 문학의 힘이라는 걸 번히 알면서도, 미련하게 그냥 질러본다. 나도 젊은 시절 그런 유혹에 부딪혔다가 살아나왔으니까.

(『창작마을』, 2021 겨울 · 봄호)

시조의 표층 · 중층 · 심층 구조와 체계적인 시조문학사를 위하여

망치를 든 대장장이처럼 에로스가 나를 모질게 쳐서
나의 저항하는 가슴에서 불똥이 튀었네
에로스는 시뻘겋게 달군 쇠를 냇물에 식히고
눈물과 한탄으로 내 가슴을 식혔네
— 카렌 블릭센, 『아웃 오브 아프리카』에 나오는 고대 그리스 시가[1)]

1. 지금은 시조의 팽창기인가

'시조시인은 소외당하고 있다' 이렇게 생각하는 사람들이 있다. 하지만 지금은 '시조의 중흥시대'라 할 만큼 시조 문예지와 시조집 발간이 활황을 띤 시대로도 보인다. 예를 들면, 종합문예지에 시조 작품을 발표할 기회가 시 장르에 비해 2~3배는 빠르게 돌아온다. 계산해보니, 매달 쏟아지는 시조 편수는 대저 900여 편이 넘는다. 시조 전문지가 20여 종, 종합문예지가 300여 종, 시조 동인지만도 50여 개쯤이며, 시와 시조를 함께 다루는 문예지가 30여 종이다. 기타 무크지, 사화집, 부정기 간행물만도 30여 종이나 된다. 해서, 문예지 매체는 총 400여 종인 셈이다. 여기 시조시인들은 대체로 월

---

1) 카렌 블릭센, 『아웃 오브 아프리카』, 민승남 역, 열린책들, 2008, 295쪽의 제4장의 「푸란 싱」 끝부분, "푸란 싱의 대장간에서 들려오는 망치 소리는 우리가 듣고 싶어 하는 노래를 들려주었다. 우리의 마음에 목소리를 부여하기라도 한 것처럼. 내 경우 그 망치 소리는 한 친구가 번역해 준 고대 그리스 시가를 들려주었다."

평균 1~3편의 작품을 발표한다. 현재 1,200여 시조시인들의 발표량이 그러하다. 시조문예지를 비롯하여 월간, 계간, 반년간, 년간 등의 각종 문학 매체에 게재되는 횟수는 대략 1개월당 1~3차례이다. 나아가 문예지마다 '신작특집', '시인연구', '기획특집', '소시집' 등을 편성하므로 그 수까지 합한다면 아마 900여 편에서 1,000여 편에 이를 것으로 보인다. 여기에 인터넷 매체까지 계산한다면 그 작품 수는 훨씬 늘어날 것이다. 이런 시조의 난만시대(爛漫時代)에도 불구하고 질 높은 작품은 상대적으로 줄고 있는 듯하다. '계간평'을 쓰려 작품을 골라보지만 갈수록 수효가 적어진다. 그건 고민하지 않은 작품들에게, 사유를 깊게 하는 시조가 양적으로 눌려 있음을 의미한다. 시조가 팽창하는 현상은 시조의 저변 확대라는 면에서는 장점으로 보이지만, 진정한 시조시인과 새로운 시조를 찾고 만나려는 독자의 사이가 점점 소원해진 역효과도 나타난다.

2. 시인과 화자 사이의 변환 키는 무엇인가

이제, 이야기 단락을 바꾼다. 이번 호에 건져 올린 6편의 작품을 평설해보련다. 바야흐로 새 계절이 왔으므로 평설의 형태를 좀 달리하고자 한다. 읽는 이에 따라 추켜들 작품이 다를 수 있겠으나, 이번 호에 나온 곽종희, 김석이, 리강룡, 정상미, 황영숙, 황정희 등의 작품을 대상으로 삼기로 한다.

> 바리바리 싸서 주신 귀향길 반봇짐에
> 아껴두신 씨감자가 반갑게 날 맞는다
> 진즉에 물렸다는 말 목울대에 걸리는데
>
> 이밥은 못 먹어도 배곯게는 않겠다던
> 어머니 모진 다짐 버짐같이 번진 날에

그 속내 모르던 나는 양지 녘에 쪼그리고

베란다에 쳐박아 둔 봉지에서 싹이 났다
쭈글쭈글 몸피에서 피워낸 어린 싹이
죄송한 느낌표 하나 나 대신 치켜든다

— 곽종희, 「검정 봉지 속사정」 전문

어머니가 싸주신 "검정 봉지 속"의 감자를 베란다에 내놓고 그만 잊었다가 거기 싹이 나오는 걸 보고 나서 어머니에게 느낀 송구한 느낌을 쓴 시조이다. 객지에 있는 자식이 고향에 가면 흔히 부모들은 "바리바리 싸"주곤 한다. 화자도 손에 들려준 어머니의 "반봇짐"이 있었다. 바로 "씨감자"를 싼 "검정 봉지"였다. 어머니의 과잉 정성에 이젠 "물렸다는 말"이 "목울대에"까지 올라왔지만 차마 거절 못 하고 가져왔다. 늘 화자에게 "이밥(쌀밥)은 못 먹여도 배곯게는 않겠다"고 하던 "모진 다짐"이 작용된 때문이었다. 화자는 그걸 한쪽에 두고 깜빡 잊고 있다가 봉지를 보고서야 "버짐같이 번진" 어머니를 보게 된다. 화자는 베란다에 "쪼그리고" 앉았다가 구석에 "처박아 둔 봉지에"서 올라오는 푸른 걸 발견한다. 그건 감자의 "어린 싹"이다. 마치 어머니의 "쭈글쭈글"한 "몸피에서 피워낸" 자식처럼도 보인다. 그래, 싹은 "느낌표"를 닮았다. 그건 어머니가 "치켜"든 손으로 보인다. 감자를 주제로 한 모정이나 형제 정을 연상시키는 시는 더러 있다. 예컨대, 권갑하의 「누이감자」, 강동수의 「감자의 이력」, 박정남의 「겨울 감자」 등이다. 이 작품은 어머니를 면전에서 묘사하지 않고 스토리텔링한 바를 배면에 깐 점에서 더 흥미롭게 읽힌다.

움직임이 감지되자 환하게 밝아오는
앞서간 길들이 돌아보며 뒷걸음질

읽혀진 비밀노트가 블랙박스에 옮겨졌다

— 김석이, 「자동점멸등」 전문

'자동점멸등'은 없어서는 안 될 만큼 현재 유용하게 쓰인다. 외출에 돌아오면 현관의 점멸등이 스스로 켜지며 반긴다. 주인이 들어갔다 싶으면 곧 소등된다. 이 전등 덕분에 주인은 내부로 쉽게 갈 수가 있다. 피사체의 움직임이 감지되고 순간 "블랙박스에 옮겨"지게 되는 첨단 시스템이니 말이다. 그건 일정 시간만큼만 작동되는 이진법을 이용한 기기로 많이 사용되는 곳이 교통 체계의 점멸신호이다. 스쿨 존의 횡단보도 앞이나 구부러진 골목에 설치돼 있어 충돌을 미연에 예방한다. 또 굽잇길에 미러와 함께 장착돼 사고를 방지하고, 달려오는 차를 보행자에게 경고하거나, 운전자를 환기시켜 경고하는 역할도 한다. 이 기기는 흔히 골목에서 큰길로 이어지는 나들목에 세워지는데 최근에 부쩍 더 많아졌다. 교통사고를 50% 이상 줄인다는 한 실험의 영향력 때문일 것이다. 대체로 노란색 점멸등으로 깜빡거리지만, 위험한 곳에서는 빨간색으로 경고를 더하기도 한다. "앞서간 길들이 돌아보며 뒷걸음질"로 나아갈 때 그 길을 환한 빛으로 읽는 것이다.

작품의 구성과 전개는 평범하지만 화자가 내리는 판단이나 해설이 생략돼 그만큼 얻는 효과도 있다.

한 세상 불타는 사랑으로 사는 거다
가까이 더 가까이 촘촘히 부둥켜안고
추구월 낮은 체온의
바람 이기며 사는 거다

꽃이 핀다는 것은 뜨거운 사랑 끝에
한로절 빈 뜰 가득 불을 활활 지펴놓고

이별도 황홀한 사랑
깨알 편지 쓰는 거다

— 리강룡, 「샐비어」 전문

빨간 샐비어 꽃은 '불타는 사랑'처럼 우리 시선을 가다듬게 한다. 구월 가을의 "낮은 체온"도 이겨낼 만한 열정, 그 화끈한 분위기는 한마디로 '뜨거운 사랑'이겠다. 심지어 이별조차 "황홀한 사랑"으로 바꾸는 빛깔이니, 그 강도가 얼마나 센지 짐작할 수 있다. 샐비어꽃엔 '깨꽃'이란 별칭이 있다. 걸린 '종(鍾)'을 형상하듯 '깨꽃' 같은 모양에 색깔 또한 눈부시다. "깨알 편지"가 그 속에 숨어 있고, 타는 열정의 사연이 내재한다. 일반적으로 샐비어는 "촘촘히 부둥켜" 안도록 모종을 베게 심는다. 즉 "낮은 체온의/바람"도 이겨낼 만큼 바짝 맞대어 심겨진다. 해서, "한로절(寒露節)"에도 자신을 "활활 지"피는 열정을 솟구어낼 수 있다. 그 "황홀한 사랑"에 "깨알 편지"를 쓰는 샐비어이지만 실은 화자의 의지이기도 할 것이다.

이 시조의 의미망은, '대(大) → 밀(密)' '열(熱) → 세(細)' '이별(別) → 사랑(愛)'에서, '大 ↔ 細' '熱 ↔ 密' '寒 ↔ 火' '愛 ↔ 書'로의 변환 키를 단계화해 보인다.

도시에도 면이 있다 그 사무소 북적댄다
분주한 와중에도 직원은 고작 한 명
아무리 기다린대도 불평불만 전혀 없다

면장의 주업무는 걸쭉한 맛 우리는 것
들깨 향 업은 욕이 구수하게 녹아들 때
예저기 터지는 웃음보 커튼콜은 덤이다

국숫집 면장님은 비요일이 더 바쁘다

찔끔 눈물 흘려대는 하늘도 그녀 단골
욕먹고 후련해지는 발걸음들 가볍다

— 정상미, 「면사무소」 전문

시조에 등장하는 "면사무소"는 시골이 아닌 "도시"에 있다. 읽어서 알 수 있듯이 '면(麪)' 종류의 음식을 파는 시골 '면사무소'와 같은 작은 "국숫집"을 지칭한다. 이곳은 손님들로 "북적"대지만 면장 "한 명"뿐이다. 해서, 매양 기다리는 사람이 많다. 사장인 면장의 주업무는 "걸쭉한 맛 우리는" 일이다. 국수발 위에 "들깨 향"의 고명을 뿌리며 추임새 삼아 "욕"도 넣는다. 그럼에도 불구하고 손님들은 오히려 그 말을 "구수하게" 듣기도 한다. 비라도 오는 "비요일"엔 평소보다 손님이 많아진다. 그래, 면사무소는 더욱 바쁘게도 움직인다. "찔끔" 빗방울이 떨어지면 면장 집엔 "단골"인 하늘까지도 내려와 만원사례를 이룬다. 바쁘면 그녀의 입에선 또 욕이 나온다. 하지만 사람들은 그게 정답다고 더 몰려든다. 뜨끈하고 후련하게 속을 채운 고객(민원인)들이 삼삼오오 면사무소를 나오는데, 이 시조는 그 따뜻하고 여유 있는 정경을 그려 보인다. 주인인 면장님이 뽑은 국수사리 위에는 해학과 유머가 고명처럼 얹혀 있다. 시장한 속을 푸는 그 "욕"이란 그릇은 훈훈한 정을 더하는 듯도 하다. 그러므로 일 잘 처리해주는 면사무소를 드나드는 민원인들에게처럼 그 만족도는 높다. "불평불만 전혀 없"고, "웃음보 커튼콜"에 심지어 "욕먹고"도 "후련해지는" 곳이기 때문이다. 국숫집을 면사무소로 환치한 제목, 나아가 시조 종장에 구사한 유머와 기지(機智)가 시조를 마냥 때깔이 나게 한다.

가난한 사랑 하나로 여기까지 온 걸 보면
그 손 놓지 않고 여기까지 온 걸 보면
서로가 서로(西路)일 때까지 능히 갈 수 있겠네

함께 간다는 건 끝없이 스미는 일
지청구 받아주며 오순도순 흘러가며
먼 산의 고요를 담아 함께 발을 닦는 일

— 황영숙, 「강가에서」 전문

유유한 강은 서로 맞닿은 인연을 안고 흐른다. 사랑하는 연인들은 강물처럼 서로 기대어 흘러간다. 둘은 이제 강가에 "함께 발을 닦"으며 인생을 동반자락(同伴自樂)한다. 연인들이 서로 의지하며 살아가듯 후반생의 늘그막, 그 기울어가는 서로(西路)에 의탁해 여유롭게 사는 모습이 담겼다. 강물은 미지를 향하지만 두 사람 사이를 저절로 스며들어 간다. 그들은 "오순도순 흘러"가 음악처럼 깊어지며 서로를 위해 최고조 율을 연주한다. "강가에서"란 흔한 제목을 가지고도 가난한 연인이 서로 "손 놓지 않고 여기까지 온" 서정의 과정을 촘촘히 단계화해 보인다. 그 솜씨가 유유자적(悠悠自適)하며, 서로 늙어 막다른 곳 "서로(西路)", 즉 죽어 서산(西山)에 묻힐 때까지 동반할 수 있음을 예점(豫占)해도 보인다. 이제 먼 길을 돌아온 둘은 "고요를 담아 함께 발을 닦는" 이 강가에 이르게 된다. 강물 또한 두 사람에 덧대어진 포옹으로 흘러가 합환의 힘을 얻게 될 것이다. 전통 시조의 한 전형을 보여주는 작품이다.

바를까요 칠할까요
도톰한 풍경 위에

잔주름 밑그림이 촉촉해진 붓끝 행진

긋는다
고백하듯이
선명하게 또렷이

사랑의 발화점이
핑크일까 빨강일까

색을 문 양귀빌까 깔 맞춘 초선일까

'파' 하고
한 잎 벌어진
동백꽃을 피운다

— 황정희, 「립스틱」 전문

임주리가 부른 〈립스틱 짙게 바르고〉(작사 양인자, 작곡 김희갑)라는 노래도 있지만, 시조는 립스틱을 칠한 모습에 "동백꽃"을 피워내는 착상을 입힌다. 일견 풍자적이지만 도발적 구사력이 만만치 않다. 예컨대, '도톰한 풍경, 잔주름 밑그림, 촉촉해진 붓끝 행진' 등으로 립스틱화(畵)의 구도를 잡는다. 나아가 화구(畫具)인 립스틱으로 "선명하게" 그리고 "또렷이" 긋고, "핑크"나 "빨강"으로 "색을 문 양귀빌" 그려낸다. 해서, "깔 맞춘 초선"을 드러내 보이는 것이다. 마지막 피어내는 소리로 "'파' 하고 벌"린 입술에 매직(magic) 같은 한 송이 "동백꽃"을 낙관처럼 찍는데 돋을새김하듯 솟게 하는 마무리에 이른다. 입술을 채색하는 실감적인 언어, 그 구사가 읽는 맛을 더해준다. 그걸 얼른 쉽게 쓰지는 않았을 터이다. 꼭 다물고 있던 붓끝을 놓으며 "파" 하고 닫은 입술을 여는 순간의 그 파열음(破裂音)에 한 멋을 순간적으로 퉁긴다. 한 여인이 오래 공들여 화장하는 과정이 진중하면서도 발랄하게 압축돼 있다. 공기 중에 입술도장을 찍는 형상, 그 청각과 시각의 리얼리티가 육감적이다. 해서, 핸드백으로부터 세련된 품위로 꺼낸 그 콤팩트를 들여다보게도 한다. 동백꽃은 거기 작은 거울에 잔상으로 남은 듯하다.

3. 시조의 아파트는 단단한 골격인가

최근에 필자는 젊은 시조시인의 작품을 분석하여 한 '경향성'을 쓴 일[2)]이 있다. 이 작업을 하며 텍스트 고르기에 어려움을 겪었다. 발표작품이 많아 어떤 시조를 텍스트로 삼을 것인가 고민한 때문이었다. 해서, 중견 시인들에게 추천을 의뢰해 작품을 받고 이 가운데 3~4편을 평설 자료로 삼아 거기 담긴 경향성을 진술했었다. '텍스트'란 작품을 선정하고 이에 해설을 붙일 객체로서 작용한다. 중요한 건 시인의 정서를 드러낸 대표작을 정하는 일이다. 아무 작품이든 '이웃 아이 장난 삼아 불러내듯' 그리 가져오지는 못할 일이다. 그만큼 작품 선별과 논의에 연계성이 많기 때문이다. 시인 스스로가 고른 '자기 텍스트'라는 것도 결국 '독자 중심의 텍스트관'에서 그리 멀리 있지 않다. 자기 작품을 읽게 하는 일은 창작에 관한 시사점을 얻겠다는 실리적 수용일 테니 말이다. 흔히 텍스트 안의 시인과 독자는 동침(同枕)을 마다하고 별거하기 일쑤이다. 서로의 입장이 같지 않기에 그 일은 심심찮게 발생한다. 예컨대, 상징의 도출을 다양하게 하는 시, 복잡한 심리 기저를 훑어가는 시, 사회적 문제를 거시적으로 다루는 시 등, 그 방향은 나름대로 다다를 수밖에 없는 것이다.

한 시인이 '나의 문학적 편력'에 스스로 견주어보려는 시조란 하나의 텍스트와 같다. 그 시조는 '표층 · 중층 · 심층'으로 지어진 아파트라 할 수 있다. 원하는 텍스트로부터 얻는 정서 또한 이와 다르지 않다. 앞의 경우가 완성된 집이라면, 뒤의 정서는 어느 층에 입주할 것인가의 동 · 호수를 결정짓는 문제이겠다. 작품의 '표층'과 '심층' 사이에 연접된 '중층'의 사유적 의미,

---

2) 졸고, 「한국 신진 시조시인 작품의 경향성에 대한 논의」, 『광주전남시조문학』 제18집, 광주전남시조시인협회, 2019, 168~183쪽 참조.

그리고 이를 추동(推動)하는 '정서적 운동'[3]이나 '소통의 오르가슴'은 그 감전 속도가 층위마다 다르다. 그건 동(棟) · 층(層) · 호(戶) 간의 소통 여부, 그리고 격소음권과 조망권, 아니면 일조권 등과도 관계가 있을 터이다.

최근에 최고를 자랑하는 브랜드로 아파트를 짓는다는 H건설사가 광주에 두 번의 붕괴사고(첫 번째 2021.6.9.16:22, 두 번째 2022.1.11.15:46)를 저지른 부실공사는 거의 작정된 것이나 진배없었다. H동과 또 다른 H동 두 곳에 낸 인명 피해와 연결된 부정의 고리 즉 '3H 연정성(聯政性)'은 해결하기 힘든 국가적 · 사회적, 그리고 수많은 가정적 손괴를 가져왔다. 앞으로, 거대하게 죽은 이 '사(死)파트'의 이무기와 공룡들을 철거하는 일은 더 큰 난제로 남게 되었다. 지자체와 시민의 걱정은 물론, 예정 입주민들의 피해, 그리고 2차 붕괴에 대한 불안, 더구나 회사가 면피적(免避的)으로 법망을 빠져나가려 기획함에 대해 유가족과 시민이 어떻게 막아야 할 것인가의 문제가 압박되고 있다. 부실의 원인은 해괴하게도 안전을 담보하는 굳히기 기간을 단축해버린 데 있었지만 회사는 이를 부정하고 있다. 또 해당 층의 콘크리트 지지대인 동바리를 아예 설치하지 않고 불량 레미콘을 부어 타설한 상식 이하의 공사였음도 드러났다.

비유가 좀 마땅할지는 모르겠으나 시조작품 또한 '건축물'이라 할 수 있다. 작품이 부실한 것은 물론 시인의 책임이겠지만, 그것을 수록하는 문예지에겐 더 큰 책임이 있다. 글자 수만 맞춘 시조, 천편일률적인 교조주의의 시조, 음풍농월형의 가사조(歌詞調) 시조를 양산하며 그에 따라 신인을 뽑고 잡지 장사를 한다. 모모 시조단은 그게 독자의 외면으로 연결된다는 것조차도 모르니, '개꿈이 사람꿈'으로 둔갑한 격이다. H사의 아파트 부실공사처럼, 시조라는 건축물에는 초 · 중 · 종장에 날림의 빔을 설치하거나, 맞지 않

---

3) 김태환, 『문학의 질서』, 문학과지성사, 2007, 57쪽 참조.

은 음보에 음수(音數)만을 주물(鑄物)하는 일도 많다. 나아가 시조 표현을 관념어로 타설하는 등 엉성하게 구축해 시조를 붕괴 위험에 방치하기도 한다. 오늘날 그 벌의 대가(代價)와 더불어 인구수 감소로 시조문학지들이 대부분 경영난에 봉착해 있다. 모 시조문학지에서는 자수(字數)가 안 맞는다고 청탁 작품을 보이콧 하는 일도 다 있다.

무릇 시조의 구조란 초 · 중 · 종장 그 음보의 튼실함에 있다. 가령 '태산이 높다 하되 하늘 아래 뫼이로다'는 '…하되'를 기준으로 보아 두 음보로 되어 있다. 즉 ① '태산이 높다', ② '하늘 아래 뫼이다'와 같은 문장으로 떼어낼 수 있다. 중장과 종장도 마찬가지이다. '오르고 또 오르면 못 오를 리 없건만'은 '…(하)면'을 기준으로 ① '오르고 또 오르다'와 ② '못 오를 리 없다'처럼 두 문장이다. 종장 '사람이 제 아니 오르고 뫼만 높다 하더라'에서도 '…(하)고'를 기준으로 ① '사람이 제 아니 오르다'와 ② '뫼만 높다 하더라'의 두 문장으로 나뉜다. 이처럼 한 편의 단수 시조에서 쪼개낼 문장은 6개[六句]여야 한다. 이게 시조의 정격이다. 3 · 4, 3 · 4/ 3 · 4, 3 · 4/ 3 · 5, 4 · 3란 글자 수율(음수율)보다는, 3 · 4는 첫째 걸음으로 다음 3 · 4는 두 번째 걸음으로 나아간다고 보는 일이 더 중요하다. 이렇게 하여 전체 문장이 음보(音步, 걸음)란 리듬을 타는 것이다. 한데, 발표되고 있는 작품을 보면, 글자 수로는 정격인데 문장이 성립되지 않는, 그래 시조 형태를 어긋내버린 경우들이 있다. 억지 자수(字數)를 맞추느라 음보를 무시하거나, 서술어 자리에 음절을 맞추기 위한 억지 수식어가 놓여 두 문장으로 도저히 쪼개질 수 없는 문장(시조의 비문)도 부지기수이다. 주어 자리에 수식어가 이중으로 오는 등 심하게 음보가 뒤틀리는 경우는 더 많다. 시는 될 수는 있어도 시조가 될 수는 없고 더구나 '단단한 시조'가 될 수 없는 일 아닌가.

덴마크의 여류작가 카렌 블릭센(Karen Christence, Brixen, 1885~1962)이 쓴 『아웃 오브 아프리카(*Out of Africa*)』에 나오는 스토리 중에 「푸란 싱 이야기」에서 보면, 대장간에서 들려오는 망치 소리로부터 화자(작가)가 듣고 싶은 노래를 상기해내는 부분이 있다. 어느 날 밤에 망치 소리가 들리는데, 그로부터 화자는 '고대 그리스 시가'를 떠올린 것이다. 이 글 첫머리에 인용했듯이 '망치를 든 대장장이처럼 에로스가 나를 모질게 쳐서 저항하는 가슴에 불똥이 튀지만, 시뻘겋게 달군 그 쇠를 시냇물에 식혀내듯, 눈물과 한탄으로 사랑을 식히는' 수밖에 없을 것이다. 이 과정을 반복함으로써 사랑은 완성되어 간다고 말한다. 독자[시의 애인, 에로스]를 위해 나를 달구고 두드리는 망치질[퇴고의 정련], 그리고 더 단단해지는 일로 물속에 담금질[습작의 인내]을 계속하여 시조를 쓰는 일과 이치가 같다면 억지일까. 사랑이란 이의 극복과 인내, 그리고 정련을 통하여 완성되듯, 시조도 대장장이의 망치질과 같은 습작의 숙련이 오래되어야 단단한 구조의 언어로 나타낼 수 있다.

4. 기호물로서 작품이 구조적인가

한 텍스트에 대해 독자가 가지는 태도는 감상적이면서도 비평적이다. 주제를 인유(因由)해내는 능력은 첫째는 감상을 바탕으로 하며, 둘째는 이걸 전문비평으로 발전 · 심화되어 간다. 하지만 때로 그는 지나친 교조주의의 지배를 받기도 한다.

그래, 이쯤에 와 주목할 게 있다. 프랑스 구조주의자(structuaralist)들이 텍스트를 읽어내는 데에 관심을 두는 게 그것이다. 그건 '등식의 기호물(記號物)'이란 틀로 이미지를 보는 시각이다. 예컨대 작품을 읽을 때 감동의 밀물을 따라가는 동유(同遊)와 같은 것이다. 작품의 기술(記述), 또는 대상에의 진술, 그리고 이때 동원되는 수사 관계[4]에서도 마찬가지이다. '감동'은 텍스트를

4) M.H. 아브람스, 『문학용어사전』, 최상규 역, 보성출판사, 1995, 310~311쪽 참조.

접하는 자의 몫이며 순전히 그의 경험에 의지한 한 축적의 발로이다. 독자는 텍스트에의 감동을 전제로 자기 툴(tool)에 의해 분석한다. 전기 구조주의자들은 텍스트에 상징과 알레고리를 '등식의 기호물'로 대신 정의했다. 이에 비해, 후기 구조주의자들은 한 발 나아가 '독서 행위'의 방해물, 즉 상상의 자유에 들러붙은 제약들을 일단 떨쳐버리는 일부터 해야 감동이 가능하다고 역설했다. 그게 텍스트의 진가를 읽어낼 조건임을 강조한다. 접한 작품으로부터 질펀한 감동이 범람해 와 독자인 그가 '압권'이란 말로 타 조건의 제약을 허물 때 비로소 텍스트는 비싸지는 것이다.

'압권'이란 상상과 모험을 이기고 찾아오는 '원시적 뭉클함' 그것이다.

예컨대, "살아만 있어! 네가 어디에 있건 얼마나 걸리건 내가 널 찾아낼테니!" '비극과 사랑'을 함께 사용하여 대표성을 유지한 이 말은 오늘날 여러 드라마에 많이 인용되고 있고 나아가 풍자적 패러디로도 쓰인다. 이는 미국 식민지하에서, 쇠망하기 전의 모히칸족을 그린 마이클 만 감독의 영화 〈라스트 모히칸(The Last of the Mohicans)〉(1757)에서 호카스가 코라에게 소리친 말이다. 이 말과 동시에 그는 허드슨 강 폭포 아래로 몸을 던진다. 보는 관객의 전율이 이보다 더 압박일 수 없다. 텍스트 자체는 물론 텍스트의 수용에도 이렇게 진한 감동이 일어나야 '압권'이란 가치를 부여할 수 있다. 시의 복잡한 기호화도 결국은 독자로부터의 이 '압권'을 얻어내기 위한 어떤 복병을 내세울 뿐이다.

5. 체계적인 시조문학사는 왜 나오지 않는가

오늘날 시조는 양적 폭증과 함께 화자의 '대상'에 대한 '진술'이 점차 다양해져간다. 반면에 '대상&진술'에서 폭과 깊이가 확장 · 심화되기도 한다. 즉 텍스트의 양적 · 질적 변천과 더불어 '대상↔진술'의 알레고리가 다단(多端)해지는 것이다. 만일 텍스트 속의 '대상과 진술'이 깊어지지 않고 늘어져 산만해진다면 비가역적 '엔트로피'는 뒤섞이게 될 것이다. 그래, 개성적 · 창의적인 '아우라'로 재융합하려는 변증법적 사이클이 일어난다. 혼재된 '인공↔자연'의 '미메시스'는 어떤 합류점을 찾으려 하여 가능한 방법들을 동원할 것임도 자명하다.

이와 같은 시조문학 내부의 복잡함 때문인지, 시조에 대한 통시적 기술(通時的 記述), 즉 시조의 주제에 대한 본격적인 탐구사(探究史)나 시조 전반에 대한 사조 형성사(思潮 形成史) 등을 파악하는 일이 어려워지고 있다. 시조문학의 맥락을 발전적으로 논구하려는 이른바 '시조문학사 연구'를 거의 찾아볼 수가 없음이 그것이다. 타 학문의 갈래가 다양하게 발전하는 데 비한다면, 이같이 시조 연구가 겉도는 게 기이한 현상이다. 예컨대 '현대시조문학사' 연구의 대표적 책이 박을수(朴乙洙)의 『한국시조문학전사』(성문각, 1998)인데, 그 25년 이후 이렇다 할 '시조문학사'에 대한 큰 저서가 없다는 점이다. 그게 텍스트의 변천, 그러니까 작품 속의 '대상과 진술'의 문제와도 관련이 있을 것이다. 이는 현대시조의 양적 · 질적 팽창, 그리고 주제의 다양성에서 야기된 반대급부의 췌설, 그게 종합적 시조문학사 연구 자체를 버거워하기 때문이라고 본다. 시조시인이 난삽하게 등단 · 활동하는 가벼운 시대에 무거운 '시조문학사'를 통찰 · 종합할 엄두를 내지 못하는 건 시조문학의 미래를 위해 불행한 일이다. 2000년대부터 각 대학 국어국문학과에 시조문학 강좌가 사라진 환경 또한 시조문학사 정리의 기회를 상실하게 한 요인으로 보인다. 더 근본적인 이유는, 이미 언급했듯 텍스트의 다기화(多岐化)와 더불어 나타난 확장된 발표지와 작품 수의 증가 문제를 들 수 있다. 현대시조에 대한 어떤 유파나 운동으로 가름할 분기점이나 정점(頂點)이 아예 없어진 그 아노미 같은 문단의 잡식성(雜食性)이 밀려오는 까닭이다. 일부 단편적 '현대시조문학사'는 행사용 주제 발표식 프로그램으로 더러 있긴 하다. 하지만 본격적으로 시조문학사를 정리한 논저나 학술용 저서는 보이지가 않는다. 다만 90년대 이후, 이우재의 『한국시조시문학론』(복조리, 1991), 서태수의 「현대 시조시의 사적 연구—신춘문예 중심」(한국교원대 석사논문, 1992), 이영지의 『한국시조문학론』(양문각, 1996), 정재호의 『한국시조문학론』(태학사, 1999), 이지엽의 『한국현대시조문학사시론』(고요아침, 2013), 신웅순의 『한국현대시조론』(푸른사상사, 2019) 등이 있을 정도이다. 하지만, 이들은 보다시피 근본적인 시조문학사에 대한 저술이 아니다. 인문대학의 커리큘럼의 한 기본텍스트로서, 그리고 본격적인 연구서나 학술서로서의 체계를 갖춘 대학 커리큘럼 강좌용이거나 학문적 접근의 '현대시조문학사'는 전무하다고 할 밖에 없다.

단단한 구조의 시조 작품, 그리고 체계화된 '시조문학사' 구축을 위하여 뜨거운 문학을 두드려 정련하고 다시 찬물에 담금질하는 그 '불의 달굼'과 '물의 식힘'이 반복해야 할 시기가 마냥 흘러가고만 있다. 때맞춰 불러야 할 「대장장이의 노래」를 우리는 그저 옛일이란 듯 잊고 있는 것은 아닐까.

(『나래시조』, 2022 봄호)

제2부

꼿꼿이 핀 꽃, 그를 꼬누는 시샘,
그에 박힌 최후의 시

물리적인 세계는 멈추었다. 무기들이 모두 흘라딕을 향하였다.
그를 죽일 사람들은 꼼짝하지 않고 있었다.

하사관의 팔은 아직 마치지 못한 움직임 그대로 영영 얼어붙어 있었다….
바람은 그림 속에서처럼 멈추었다.

— 보르헤스, 「비밀의 기적」 중에서

1.

'시인들에게 언어철학은 꼭 필요하다', 시가 언어로 이루어졌기 때문이라는, 뭐 하나마나 한 근거로 이 말은 정당화된다. 이 구절을 권위 있는 평론가가 쓰면 별것인 양 들리기도 한다. 시의 설득력이 언어기법의 사용에서 비롯된다고 말하지만, 시인에겐 아니꼽고 맹랑하다는 게 솔직한 입장이다. 그럼에도 불구하고 시인은 한 대상에 상징 묶기를 즐기는 편이다. 사물에 내재된 뜻을 비유로써 드러내고 그것에 의해 시를 만들어간다. 그건 결국 언어철학을 이용한 셈이니, 비판하던 논리를 슬그머니 접고 만다. 뭐 할 수 없는 일이다.

우리가 어린 시절에 읽었던 바 『아라비안나이트』에 신드바드의 바다 모험 이야기가 있다. 이야기는 이렇다.

신드바드는 어느 날 인도로 가는 배를 탄다. 그러나 그가 탄 배는 암초에 걸려 난파되고 만다. 대부분 사람은 죽고 먹을 것을 끝까지 아끼던 그만 살아남는다. 그는 살기 위해 모래 구덩이를 파고들어 간다. 그리고 뜻밖에 큰 강을 만난다. 하지만 추위와 굶주림으로 다시 쓰러진다. 그리고 얼마 후 그가 깨어난다. 그때 한 무리 흑인들이 자기를 내려다보고 있음을 안다. 그는 우선 살아있음에 환호한다. 그리고 평소 그가 잘 아는 '아랍 시'를 읊는다.

신드바드가 자신의 처지를 전하는 게 바로 '아랍 시', 즉 '노래와 시' 그리고 그가 겪은 '기막힌 사연', 즉 '이야기와 소설'이다. 문학의 언어는 이처럼 위기에 처한 생명도 구한다. 나아가 오늘날과 같은 운문과 산문이 전승된 건 이런 신드바드의 위기에 처한 담론부터라는 걸 이야기는 암시한다.

신드바드의 '노래'와 '이야기'는 앞의 '언어철학'에 비견된다. 삶에서 언어, 그 '시'와 '소설'이 작동되는 원점을 보여주는 예이기 때문이다. 사실 우리에게 던져진 언어적 '신호'는 더 많다. 가령 사물의 이미지나 영상, 암호 · 기호와 같은 것, 또는 환상이나 영혼도 있다. 나아가 삶의 현장이나 미래 사회에도 그게 긴히 작용한다. 강한 욕구가 빚어낸 담화로써 사람들의 노래와 이야기는 시공에 걸쳐 무궁하게 적용될 소이가 많다.

알다시피 시는 대상을 상징적으로 나타낸다. 어떤 존재에 대해서는 송곳처럼 배반적 철학을 드러내기도 한다. 시에 현현되는 다양한 방법들, 하지만 시인들은 그것을 부러 과잉 피력하는 게 십상이다. 말(언어)이 의도한 바 상징과 불일치할 때는 사설을 더 많이 넣어 과장하기도 한다. 어쨌든 그건 시인의 숨길 수 없는 버릇이다.

2.

지상의 꽃이란, 무릇 꼿꼿하게들 서 있다. 그들은 공간에 스스로 현시하기를 좋아한다. 악천후를 딛고 피워 올린 최상의 쇼, 그가 꽃이다. 그러나 꽃의 그 꼿꼿함만을 읊은 시는 흔하다 못해 사뭇 지천에 깔려 있다. 반대로,

그 꽃을 꼬누어 보며 시기하는 순간도 아름다울 수는 있다. 하지만 꽃을 꼬누어 보는 그 위력에 헌사의 아름다움을 바치는 시는 그리 흔치 않다. 그래, 우리는 겉으로만 화려한 꽃에게, 그 오만과 방자를 알량한 버릇대로 띄우기만 할 것인가, 아니면 그 꽃을 단련시키듯 명멸을 뿜어내는 꽃샘도 지존의 한 자리로 올릴 것인가. 그런 교차성적 화두를 한 번쯤은 생각해볼 수도 있겠다.

이와 관련해 호르헤 보르헤스(Jorge Luis Borges, 1899~1986)의 「비밀의 기적」을 떠올린다. 소설엔 나치에 저항하던 홀라딕의 일생이 담겨 있다. 그건 혹독한 바람의 총질을 맞는 겨울나무처럼 그려진다. 그는 처음엔 이름 없는 한 번역가였다. 그러나 엉뚱하게도 게슈타포로부터 대단한 인물로 과장되고 결국 총살형을 받아 죽임을 당한다. 이후에 다다른 종착점, 그러니까 참 의외의 순간적 정적(靜寂)이 오게 된다. 물론 홀라딕은 즉시 체포된다. 그리고 정확히 3월 29일 9시에 총살형 방아쇠 앞에 서게 되는 것이다. 그러나 '색즉시공 공즉시색', 그 홀라딕을 향해 발사된 총알은 날아가다 멈춘다. 잠시 스톱모션이다.[1] 신은 그에게 '비밀의 기적'을 내린다. 그 순간 찰나의 속, 작가는 그때 주어진 시간에서 일순 벗어난다. 그리고 나치와 홀라딕에 관한 비밀의 문장들을 생선회 뜨듯 소설로 벼리어낸다. 이후엔 이를 축약해 작품을

1) 이 '스톱모션' 기법은 주로 영화에서 사용된다. 영상 화면을 반복 재생하거나 움직임을 멈추게 해 마치 사진과 같은 순간의 정지화면을 보여주는 프레임을 말한다. 예컨대 총알이 날아가 박히는 모습, 공중을 돌아 발차기하는 모습 등인데, 소설에서도 그 기법이 더러 사용된다. 주로 현실과 환상의 경계를 무너뜨리는 찰나에 발생한 일을 느린 장면으로 분할해 보이는 게 특징이다. 예를 들어 마르케스의 『백년 동안의 고독』, 미하일 엔데의 동화 『모모』, 그리고 보르헤스의 『비밀의 기적』 등이 그렇다. 영화에선 1999년 워쇼키 형제 감독의 〈매트릭스〉, 1984년 제임스 카메론 감독의 〈터미네이터〉 등이 있으며 여기에서 불릿 타임(Bullet Time) 효과와 더불어 블루 스크린 속의 스톱모션 사례를 볼 수 있다. 2016년 스콧 데릭슨 감독의 〈닥터 스트레인지 1〉도 그런 예를 여러 장면에서 보인다.

완성한다. 작가가 비로소 끝맺는 말을 놓자마자 총알은 정확히 9시 2분 홀라딕의 심장을 뚫게 된다. 순간의 2분 동안의 그 절대적 시간은 물리적 시간에 해당한다. 그러나 홀라딕에게는 52만 600분이라는 상대적 시간이 된다.

소설의 시간적 투자는 아주 짧다. 그러니까 9시 정각부터 9시 2분까지의 순간을 다룬다. 이 안에 홀라딕의 생 52만여 분의 경로가 눌어붙어 있다. 그의 생은 묶어진 압착화로 소설이란 앨범에 갇힌다. 가차 없는 폭력, 나치 앞에 무의미화된 갭들, 소설, 역사의 순간적 페이지들은 피로 물들여진다. 그러더라도 그를 영원히 살아 있게 하는 건 작가 보르헤스의 몫이다. 홀라딕의 삶은 시계나 달력으로 계산되는 크로노스적 시간이 아니다. 그가 어떤 환경을 살았고 무엇을 이루어냈는지는 기술한 바 카이로스적 시간에 의해 움직여지는 것이다.

3.

그렇다.

투쟁하는 힘은 순간의 총살로도 지울 수 없다. 마찬가지로 꽃을 피우는 일도 봄 눈보라나 매서운 꽃샘으로 멈추게 할 수 없다. 혹은 그 반대, 즉 꽃은 피지만 냉한의 시샘을 피할 수는 없다는 진리를 깨달으며 다음 시를 안내한다.

이 시조에 의하면 봄이란 마냥 자연의 이법만으로 오는 게 아니란 걸 알 수 있다.

이 상처는 덧나서 꽃으로 필 것이다

골목을 서성대는 비천한 미련들아
찢어져 펄럭거리는 마음의 비닐들아

너를 할퀸 살점이 손톱 밑에 박할 때
고통이 없었다면 난 아물지 못했다
가슴에 긴 고드름을 꽂던 밤이 있었다

아직도 발자국은 바닥을 후벼파고
담벼락 틈새마다 잠꼬대가 들린다

치명에 안부를 묻는, 이 소란한 침묵들

— 이토록, 「봄눈, 밤눈」 전문

순환법칙으로써 오는 봄을 미화한 시는 참 많다. 사실 그건 엄밀히 말해 자연법칙이란 미메시스를 베껴 쓴 시일 뿐이다. 하면, 정작 창작의 몫이 아닐지도 모른다. 이 시조에 보이듯 봄은 저절로 복사판처럼 도래하는 게 아니지 않은가. 요즘은 봄이, 봄이 아니다. 그러니까 춘래불사춘(春來不似春)이듯 꽃샘에 의한 상처가 거듭 덧나 벌겋게 쏘인 피부를 약도 바르지 않은 채 봄으로 앓고 있다. 해서, 봄꽃이란 봄눈에 할퀸 덧난 상처, 또는 그 흔적이랄 수 있다. 꽃은 아름다운 게 아니라 혹한(酷寒)과 싸운 상처가 아직 아물지 않은 치명적 부스럼에 다름아니다. 다만 그를 사람들이 편할 대로 아름답다고 말할 뿐이다. 제 몸의 온 진기를 빨아올리며 악천후로부터 얻는 능욕체의 훈장쯤일지도……. 해서, T.S. 엘리엇이 말한대로 봄은 '잔인'하다. 잔인하기에 모든 거죽과 살갗이 찢긴다. 그게 봄이 자행하는 성정(性情)이겠다. 덧나는 상처를 다시 피 흘리게 하기 위해 봄은 어김없이 눈보라 같은 무림(武林)을 펼친다. 무수한 골목과 산야를 혹한이란 총칼로 들쑤시며 비굴한 꽃을 찾아 쓰린 상처(다른 꽃)를 내는 것이다. "봄눈"은 얼어붙은 "밤눈"이 간직할 미련도 던져버리게 한다. 나비와 벌들은 그 상처를 위로하거나 져버린 꽃을 문상(問喪)하기 위해 모여든다. 억압하고자 벼르는 미련은 비천하지만 일견 열렬하기도 하다. 비천함을 씻으려 그는 낡은 비닐처럼 찢어져 펄럭인다. 그런 "밤눈"에 점령된 시점이다. 환멸처럼 그가 오지만 곧 "봄눈"으로 바뀌리라.

이에 '봄–밤–눈'으로 이어지는 시적 알레고리가 가능해진다. 그들은 꽃을 피우기 위해 인동의 지난(至難)한 터널을 나온다. 시인이 빚어내는 시조도 마찬가지다. 고통이 없다면 가슴엔 고드름 같은 훈장도 없을 것이다. 고독한 밤에 추운 바닥을 후벼파듯 뿌리는 잠꼬대를 땅에 박는다. 해서, 밤눈의 빛에 잘린 상처들이 깊어진다. 가까이서 안부를 묻는 침묵 앞에 소란한 눈이 뒤집고 간다. 즉 시야를 꺾을 악착력으로 "밤눈"은 "봄눈"이 찌른 꽃들에게 조종(弔鐘)을 고한다.

장인의 기술로 거듭난 조각품은 아름답고 찬연하다. 그건 그의 손마디에 그어진 수많은 칼자국 때문이다.

> 폼 잡고 살아보려면 싫어도 해야만 해
> 서로의 주문이듯 스스로의 위로이듯
> 함께한 고무나무와 마주하고 앉은 날
>
> 떠나는 몸의 길이 비옥한 슬픔일 때
> 잘리는 어깻죽지 초유의 젖 고이고
> 시간을 다시 맞추면 상처 또한 길이다
>
> — 정화섭, 「가지치기」 전문

이 「가지치기」는 다시 읽게 만드는 친화감을 불러온다. 가령 "떠나는 몸의 길이 비옥한 슬픔일 때" 또는 "시간을 다시 맞추면 상처 또한 길"로 이어가는 역설적 문장 때문이다. 그건 고무나무를 키울 동력이기도 하다.

어느 날 화자는 늘어진 고무나무의 가지를 치려 한다. 잘리게 될 "어깻죽지"로부터 흘러나오는 "초유의 젖"(흰 뜨물 같은 액체)이 불쌍하지만 볼품을 위해서 전지를 하는 것이다. 나무가 옆으로만 퍼져 지장을 주는 이유에서이다. 나무도 "폼 잡고 살아보려면" 그 이용(理容)의 "가지치기"를 허용할 필요도 있다. 제 신체 일부가 떠나는 "몸의 길"이지만 그것으로 인해 초래하는 "비옥한 슬픔"이 인다. 그러면서 볼품 있게 자랄 모양을 기약한다. 시간이 지나면 그 상처에는 새 "가지"가 생겨나고 그러면 더 좋은 "길"이 될까. 하지만 잘 모르겠다.

참고로 볼프강 이저(Wolfgang Iser, 1926~2007)의 「텍스트의 호소구조」에 의하면, 우리가 한 편의 시를 읽을 때는 그 속에 떠돌고 있는 이미지[像]를 의미망에 고정한다고 한다. 이때의 의미란 곧 다른 읽기로 전이되어 재생산되는 과정이 된다.

예컨대 「가지치기」를 '생태시'라 해보자. 그 전이가(轉移價)를 생각함에 곧 다른 시각과 마주치게 된다. 즉 '가지치기'는 순수 자연적 성장에 훼방이 되기도 한다는 정반합적 사유(正反合的 思惟) 말이다. 이는 "잘리는 어깻죽지"와 "초유의 젖"에 통증이 실리는 나무의 생태에서 오는 사유이다. 이에 드러난 부수적 심리가 어떤 시에선 주적 심리로 '재생산'되는데, 이 시스템에서도 두 경우의 논리를 여지(餘地)로 남겼더라도 좋았을 것이다.

태양에서 시작된
바람 품은 검은 눈물.

카페에 앉으면
숨이라는 틈이 오고

커피는 틈을 채우며
더욱 풍만해진다

차곡차곡 채워지는
빈틈 없는 공-간-들.

하루에 사계절이
한꺼번에 지나간

내면에 높게 지어진
바람이 응축된 집.

— 정온유, 「코케허니」 전문

에티오피아의 "코케허니"란 커피는 응축의 대명사로 운위된다. 이와 유사한 '터키쉬 에스페로'도 원두를 참기름 짜듯 압착해 내린다. 그걸 음용하면 바짝 심장이 죄어드는 통증을 겪을 수 있다. 이 시조에서 커피는 다변화되고 있지만 대체로 '응축'으로 귀결된다. 즉 "바람 품은 검은 눈물" 기후 응축, "차곡차곡 채워지는/빈틈 없는 공-간-들" 공간 응축, "한꺼번에 지나간 사계절" 계절 · 시간 응축, "바람이 응축된 집" 역사 응축 등으로 나타난다. 이처럼 바람과 눈물과 빈틈과 사계절의 집합체는 진한 에스페로로 탄생된다. 시조의 주(註)에서와 같이 "코케허니"는 마시면 1,000미터의 고원 지대에 사는, 그래서 봄 · 여름 · 가을 · 겨울을 다 겪어내는 맛이 난다고 말한다. 이 맛엔 "숨이라는 틈"이 생기고, 그 틈을 채우는 자는 기운이 "더욱 풍만"해진다는 것이다. 그래 "내면에 높게 지어진" 집을 부양하고 있는 착각을 일으키게도 한다.

요즘 커피에 대한 시조가 많아졌다. 하지만 이 시조처럼 '숨의 틈'과 '정서의 풍만'과 '내면의 집'을 앉혀 그 '깊이로 접근'한 '심층 시' 사례는 드문 편이다. 이 시조는 축자적 편력을 점층적으로 확산해간 걸 보여준다. 즉 ① 바람 품은 검은 눈물로서의 커피, ② 일상의 숨을 돌려주는 틈을 채워주는 커피, ③ 공간의 밀도를 높이는 커피, ④ 내면의 응축을 꾀하는 커피의 정점을 순차로 피력한다. 화자는 "코케허니"를 응축의 맨 윗자리로 옮긴다. 생의 질긴 과정으로 함축된, 그러니까 졸이고 졸여 '통조림화' 시킨 작품이다.

붓끝에 찍은 물감 한 잎 두 잎 찍어서
연분홍 꽃송이가 피어나는 이 순간
웃는 놈 미소 짓는 것 뒤집어지는 이

무엇이 마땅찮아 새초롬 해가지고
뾰로 퉁 입 내밀다 토라져 시들한가
오호라 나비 한 마리 데려다주면 될까

— 이예숙, 「매화가 화폭에 스미다」 전문

살아 있는 매화는 동산에만 있지 않다. "붓끝에 찍"어낸 순간을 "연분홍 꽃송이"로 옮긴 그 화선지에도 있음이다. 그 모습을 보며 "웃는 놈"도 있고 감탄에 놀라 "뒤집어지는 이"도 생긴다. 감탄사들은 곧 화폭 주위로 출렁여 온다. 하지만 정작 그림 속 매화는 "뾰로 퉁" 하고 "토라"진다. 그와 짝할 나비가 없기 때문이다. 화자는 그걸 종장에 담는다. "붓끝에 찍은 물감 한 잎 두 잎 찍어" 붙인 "나비 한 마리"란 어쩌면 사이에 놓일 법한 '미련'이다. 그 거리감은 상상 안에선 가깝겠지만 현실에선 멀다.

『시경(詩經)』의 '당풍(唐風)' 편에는 「흐르는 물(揚之水)」이란 시가 있다. '흐르는 저 물속에 흰 돌이 선명하네, 하얀 옷에 붉은 동정 달고 그대 따라 곡옥을 가야겠네, 벌써 마음은 그대를 만나니 어찌 즐겁지 않으리오(揚之水 白石鑿鑿 素衣朱襮 從子于沃 旣見君子 云何不樂).'[2] 이렇듯 읊는다. 그대 생각을 하니 벌써 그대를 만나는 것과 같은 즐거움이 앞선다고 노래한다. 그대가

2) 『시경』, 심영환 역, 홍익출판사, 2019, 135쪽 참조.

없지만, 생각엔 벌써 그대가 와 즐겁다는 것이다. 그래서 그대의 생을 복원해야 할 그 귀결점에 이른다.

나비 없는 그림에 나비를 날도록 하는 구현 작업도 이와 같다. 매화의 간절한 염력으로 나비는 이미 날아왔다. 역시 '생태시'의 깊은 맛을 이리 구현한 셈이다.

> 별 돋는 시간 앞에
> 기억들을 닫아놓고
>
> 나를 위한 봄을 불러
> 와인 잔에 부어본다
>
> 잃었던 가슴이 온다
> 향기 퍼진 자리로
>
> 한 잔은 외로워서
> 별 하나 더 부르고
>
> 너를 위한 시를 지어
> 또 한 모금 마셔본다
>
> 품으로 봄이 쏟아진다
> 가슴 젖는 시간에
>
> — 이서연, 「봄에 와인을 마시면」 전문

봄꽃 앞에 "와인"으로 활력을 찾는다. 봄과 와인의 관계는 가히 이웃일 법도 하지만 시인이 쉬 다루던 주제는 아니다. 꽃구경하며 마시면 몸은 꽃 색으로 불콰해져 기분은 '업'되기도 한다. 봄과 술, 그 '꽃물'처럼 배어든 몸의

'술기운'이 흥을 일으킨다. 하니, 자고로 둘을 시적 근거리에 두는 일은 좀 많았지싶다. 초 · 중 · 종장별로 음보가 더해져 중층들을 이루어낸다. 즉 주음보(主音步)과 보조음보(補助音步)가 병렬로 합쳐진 게 그것이다. 첫 수의 초장에서 '별 돋는 시간+닫은 기억', 중장에서 '나를 위한 봄+와인 잔', 종장에서 '잃었던 가슴+향기 퍼진 자리', 둘째 수의 초장에서 '외로운 한 잔+부르는 별 하나', 중장에서 '너를 위한 시+또 한 모금', 종장에서 '쏟아지는 봄+가슴 젖는 시간'에서 그런 '주와 객'을 살필 수 있다. 다음으로, 초장의 첫째 음보와 둘째 음보의 사이를 건너뛰었지만, 그걸 어울리도록 상통시킨 점이다. "별 돋는 시간 앞에" "나를 위한 봄을 불러" "향기 퍼진 자리로" 오게 하는 일, 그리고 "기억들을 닫아놓고" "와인 잔에 부어본다//잃었던 가슴이 온다"에 걸친 순차성이 그렇다. 이러한 시적 의미의 교호성(交互性)은 이서연 시조에서 자주 보는 입체적 문장이다. 가락에 유연성이란 조화의 이미지도 같이 앉힌…….

서로 스밀 수 없다면
젖지도 말아요

받아들일 수 없다면
깨뜨리지도 말아요

연잎 위
물방울같이
그냥 보듬다 놓아줘요

— 윤현자, 「연잎 위 물방울같이」 전문

사랑은 두 관계가 "서로 스"미는 일이다. 만일 "스밀 수 없다면" 목마른 사랑으로 "젖지도" 또는 젖어들게 하지도 않아야 할 일이다. 서로를 "받아들일 수 없다” 해서 억한 맘으로 그 사랑을 “깨뜨리지도 말” 일이다. 보나마 나 불행한 사랑을 자초하기 때문이다. 한순간이지만 그를 사랑한다면 “그냥 보듬다 놓아”주기를 당부한다. 그 부탁이 완곡하고도 둥글다. “연잎 위/물 방울같이” 잠시 보듬다 또르르 제자리로 굴러가도록 “놓아”주라는 것이다. 그건 자연에 호응하는 일이기도 하다. 서로에게 부담을 주지 않으려는 용의주도한 사랑을 요한다. 해서, 이 시조는 현실적 사랑을 그린 듯도 해 보인다. “연잎 위 물방울같이”라는 제목은 사랑의 한 조건이다. 또는 사랑의 예비적 모습도 될 만하다. “그냥 보듬다 놓아줘”야 할 적당한 허용의 무게, 거기 화자는 “연잎 위 물방울”의 위치로 다시 돌아갈 수 있다.

시조에 나오는 “서로 스밀 수 없다면/젖지” 않아야 한다는 발화법은 의고체나 완곡법(婉曲法, periphrasis)이겠다. 사랑에 대한 “물방울”같이 기원(祈願)하는 것은 감각어(感覺語)라기보다는 대용어(代用語) 쪽에 가깝다. 범속한 행위를 피하려는 뜻이 원무처럼 끼쳐오는 작품이다.

> 우주의 별 하나가 심장에 와 박혔다
> 무심하던 풍경이 일시에 출렁거렸다
> 지구가 살짝 무거워졌다, 첫 손주 오던 날
>
> — 김제숙, 「빅뱅 체험」 전문

생애 첫 손주, 그가 첫 손님이기에 설렘은 클 수밖에 없다. 첫 손님이 온단 소식에 “우주의 별 하나가 심장에 와 박혔다”로부터 “풍경이 일시에 출렁거렸다”를 거쳐 “지구가 살짝 무거워졌다”로까지 이어진다. 가히 “빅뱅”급의 설렘을 말한다. 이제, 그 첫 손주가 처음 할머니에게 오는 날이다. 우주 폭발의 ‘빅뱅(big bang)’은 왜 일어나는가. 손주를 봤다는 소식을 지나, 그 손주님 기별로부터 생긴 한 심리가 그만 요동에 넘친다. 시조 형태에서 보이는 건 다단(多段)이지만 내용의 그것은 다단(多端)이기도 하다. ‘심장’에

'박혔다', '풍경'이 '출렁거렸다', '지구'가 '무거워졌다'에서, '심장 → 풍경 → 지구'로의 주체 변화의 다단(多段), 그리고 '박혔다 → 출렁거렸다 → 무거워졌다'로 이어가듯 파동의 강도는 높아진다. 각 동사의 구동력이 점차 크게 작동되어 다단(多端)으로 나아간다. 이 점층의 과장 논리는 화자가 거는 심리적 지축에 의해 결속된다. 앞에서 언급한바 그 '언어철학'의 흡인력을 키우는 것이다.

전장에서 인용한 볼프강 이저는 「독서이론」에서, 읽기의 '파동'의 특성을 다음과 같이 규정한다. 즉 파동은 무엇을 보았느냐에 따라 나타나는 게 아니라 어떻게 보았느냐에 의해 드러난다[3]고 역설한 바가 그것이다. 문학은 주어진 사실을 모사(模寫)하는 데 있지 않다. 미리 예견한 바를 통찰하는 데 있음을 이 시조를 통해 안다.

4.

그토록 매양 쓰지만 오늘 또 새벽녘이다.

시 쓰는 일로 어둠을 밝혀간다. 콘덴서 같은 언어의 빛으로 사물을 비추어 본다. 지금은 LED 불빛에 시의 부서진 이마를 모으는 중이다. 그러다 가만히 문을 열고 나간다. 어두운 밭에 눈뜨는 씨앗을 들여다본다. 제발 시가 올 때까지 빛을 내지 않고 눈이 침묵했으면 싶다. 이러길 몇 달이 지났을까. 오늘도 새벽 별이 이지러진다. 매일 밤 나는 사물 앞에 기다리는 눈과 입을 손등으로 데려온다. 자판 위에, 쥐를 본 고양이처럼 숨을 고르다가 단 한 마디를 낚아다 두드린다. 총알이 아니라 "눈이 심장에 박혔다!" 아, 그건 수년

---

3) 볼프강 이저, 「텍스트의 호소구조」, 차봉희 역, 『문학사상』 통권 66호, 1978년 3월호, 240쪽 참조.

을 지나온 절명의 이미지이다. 이제 총알은 없다. '홀라딕의 심장'에 박힌 채 그대로 멈추었다. 시의 마지막도 이리 장렬해야 할 일이다!

5.

이번엔 후끈, 극장 안이다.

샘 레이미 감독, 베네딕트 컴버배치 주연의 〈닥터 스트레인지 2 : 대혼돈의 멀티버스〉의 마지막 장면쯤이다. 마블의 극한점, 사실 이제 보니 '로스트아크'라는 RPG의 '바드 스킬'과 비슷한 점이 많다. 더 있다. 〈스파이더맨〉이나 〈이상한 나라 앨리스〉류, 하지만 코로나 이전 시대로 되돌려놓은 최대 관객의 영화라 해서 왔다. 마침 끝나는 에피소드가 궤를 바꾼다. 아니 끝나고도 재치가 남았는지 새 에필로그 사이로 스며든다. 그리고 내 참, 아니 참내, 닥터 스트레인지 이마에 괴물의 눈이 박혀버리지 않는가. 한데, 이때 엔딩 캐스트가 오른다. 온 생을 걸고 죽여버린 괴물이 주인공 이마에 눈으로 다시 살아나 박히다니…. 사물을 보는 놀라운 눈이 저처럼 내 심장이나 이마에 박힌다면 생애 돌올한 시가 거기 비치기도 할까 몰라. 아, 총알보다 빠른 외눈!

이제 팝콘 뚜껑을 닫고 좌석에서 일어난다. 비상구로 나아간다.

그 뒤로 무너질 듯한 암전(暗轉)…….

(『나래시조』, 2022 여름호)

우는 가슴을 가진 자는 책이 망가지도록 읽는다

카브랄은 자리에서 일어났다. 치리노스도 큰 체구를 의자 팔걸이에 기대어 일어섰다. 그때, 카브랄은 책장 사이 벽에 걸린 조그만 액자를 하나 보았다. 거기 타고르의 명언이 적혀 있었다.

"펼쳐진 책은 말하는 머리이며, 닫힌 책은 기다리는 친구이고, 잊힌 책은 용서하는 영혼이며, 망가진 책은 우는 가슴이다."

카브랄은 치리노스가 행하는 이 모두가 유치하고 허세적이라고 생각했다.

— 마리오 바르가스 요사, 『염소의 축제』[1] 중에서 발췌 및 재구성

1. 봄은 드라큘라이다

「사철가」에서 봄은, "이 산 저 산 꽃이 피니 분명코 봄이로구나"로 시작한다. 허나, "봄은 왔건만"에서 그 '만'이란 말이 태클을 건다. 가사처럼 이번 봄도 물어보나 마나 '세상사 쓸쓸'하게 지날 터이다. 부벽(扶壁)을 울리는 기차의 차창으로 튕겨가는 풍경, 그 봄엔 참 느닷없는 일이 달라붙기도 한다.

예컨대, 심훈의 단편 「오월 비상(飛霜)」(『조선일보』, 1929.3.20~3.21)에서 첫행은 이리 시작된다. "홀아비 밤중에 이불을 걷어차는 봄이다."[2] 이 문장에는 한 사내의 역동성이 눈앞이 있듯 확연하다. 딴은 행운을 걷어차 버릴지도 모르는 불의 사고가 예견되기도 한다. 그렇듯이 "섬돌에 옥잠화 송이가 푸른

1) 마리오 바르가스 요사, 『염소의 축제 2』, 송병선 역, 문학동네, 2010, 31쪽의 카브랄과 치리노스의 대화를 일부분 재구성했다.

2) 심훈, 「「오월 飛霜」, 이 작품을 묻는다, 잊혀진 작품을 찾아서」, 『문학사상』 제66호, 1978년 3월호, 165~168쪽 참조.

잎 위에 느슨히 꽃필 때" 즈음, 그는 예사롭지 않은 조짐에 감겨들고 만다. 그건 "뜻밖에 한 여자의 편지 한 장이 태식이의 책상머리에 떨어지는" 일이다. 달리는 봄엔 그 발굽을 막아서듯 이런 복병이 더러 있다. 옛 편지에서처럼, 봄의 전령은 사랑과 이별을 나란히 싣고 달리는 쌍두마차이다. 서로 만만치 않게 함정을 파놓고 기어이 주인공이 사고 치는 걸 보고자 한다.

햇살이 울장 틈을 비집자 안이 찬찬 들여다보인다. 싹과 꽃은 색향(色香)을 퍼뜨리며 한참 나명들명 야단이다. 한 지어미가 원한을 머금으면 오월에도 눈이 온다 했고, 그 지어미가 사랑을 베풀면 정월도 덩달아 춘절이라 했다. 바야흐로 지어미가 움켰다 펼치듯 기지개가 시작되는 하품, 그쯤의 봄이다. 봄은 꽃샘추위라는 예정에 없는 손님으로 와, 농사판에 불편한 치다꺼리를 하게 한다. 그는 화풀이로 시샘의 주먹질을 때 되면 꼭 해댄다. '열려라 참깨!' 그 판타지를 몇 번이나 두드렸지만, 들어주기는커녕 오히려 보복질이다. 앙갚음을 하는 꽃샘추위가 길다고 여기지만 사실은 짧다. 이 또한 지나면, 잠든 것과 죽은 것들을 짓찢어서 피를 흘리게 하는 그 진짜 봄이 오기 때문이다.

T.S. 엘리엇은, 여느 시인들처럼 이방의 탄생을 축복하지 않았다. 봄의 새싹이나 꽃들에게 애찬의 눈길을 부러 피하길 마지않았다. 대신 '황무지' 같은 죽은 땅과 말라버린 라일락 줄기에 시의 작용점을 두었다. 무릇 새싹이란 대지를 찢어야만 솟아오르지 않던가. 엘리엇이 본 건 새싹이 아니었다. 아니 새싹 따윈 아예 관심도 두지 않았다. 찢어진 대지의 틈을 먼저 보았고, 그러기에 그건 '잔인'했을 것이다. 하면, 그의 식대로 곪은 피부를 째는 칼날, 거기 묻어져 나온 피가 곧 봄일 터이다. 『데미안』 속의 싱클레어처럼 한 세계를 탄생시킨다는 말은 다른 세계를 찢어내야 하는 상대와도 통한다. 해서, 봄은 피를 보게 되는 것이다. 풀과 나무가 그걸 흡혈하며 야청(野靑)을 꿈꿀 때가 최절정이다. 봄이 저지르는 살해의 욕망은 필연적이다. 하면, 봄

은 드라큘라이다.

2. 교호성은 애매성에 값한다

다음 김진숙의 시조는 팽팽하고 낭창하다. 튕겨볼 만한 거문고 줄 같은 구조로 넓은 통을 지녔다는 생각이다. 그 근간을 지탱하고 유지하기 위한 시조다운 스토리와 리듬은 튼튼하게 선 기둥이라 할 수 있다. 내용과 형식의 균형을 위해 구조적인 대립각을 세운 시조라 할 만하다. 첫수는 "핏발선 마른하늘에 다녀가신 어머니"의 '과거'이고, 둘째 수는 "헛꽃들 지키고 선 아침나절"에 서 있는 나의 '현재'가 그렇다. 화자는 어머니에게 꽃숭어리를 바치듯 '수국궁(水菊宮)'을 축조한다. 이런 축조는 독자와의 교호성을 의식한 자식과 어머니라는 사이, 그 수교 행위가 비친다.

> 겹겹이 쌓아 올린 유월의 저 모퉁이
> 눈물의 건축술은 얼마나 또 위대한가
> 핏발선 마른하늘에 다녀가신 어머니
>
> 어머니 우시는 모습 몰래 본 적 있었다
> 병정 같은 헛꽃들 지키고 선 아침나절
> 끝까지 살아생전에 이유를 묻지 못했다
>
> — 김진숙, 「수국 궁전」 전문

영국의 작가이자 미학평론가인 존 버거(John Berger, 1926~2017)[3]가 그의 저

---

3) 존 버거(John Peter Berger, 1926~2017)는 영국의 비평가, 소설가이자 화가이다. 그는 1972년 소설 『G.』로 맨부커상을 수상하였으며, 같은 해 BBC의 미술비평에 관한 텔레비전 시리즈 〈다른 방식으로 보기(Ways of Seeing)〉를 진행해 인기를 누렸다. 이 시리즈는 에세이로도 출판되어 현재까지 대학에서 세미나 텍스트로 사용되고 있다. 그는 옥스퍼

서 『이미지-시각과 미디어(*Ways of Seeing*)』에서 말한 바를 찾아 읽는다. 그에 의하면, 시인은 보여지는 위상[4]을 독자에게 약간씩은 높여 제시한다는 것이다. 그건 시에 안정감을 부여하는 첫 번째의 조건이겠다. "어머니"라는 오래된 스토리를 "수국 궁전"으로 환치해 앉히는 것 역시 대상을 위상적으로 진상(進上)하는 격일 터이다. 궁전 속 샹들리에와 같은 화려함, 그게 빛나도록 ① "겹겹이 쌓아 올린 유월"과 ② "눈물의 건축술"이라는 두 기둥을 세운다. 해서 어머니를 위한 궁전은 더욱 찬란해 돋보인다. 이를 교집합 '①∩②'로 나타내면, ①' '쌓아 올린 눈물', ②' '유월의 건축술'로 합해지는데, 이는 이질적인 조합 같지만, 사실 그 집은 최상의 아름다움을 드러내게 된다. 여기 어머니가 오랜 세월에 누적한 그 '눈물'을 빌려온다. 어머니가 눈물로 쌓은 '건축술'이란 이름이겠다. 어머니는 찬바람 앞에 무너질까 걱정되는 "병정 같은 헛꽃들", 곧 '자식'을 지켜주기 위한 버팀목으로서의 '궁전'을 마련한다. 즉 어머니에 대한 화자의 결론이 그것이다. '수국꽃'으로 환유된 바 '궁전'은 어머니의 호위로 우아하고 단단해져도 보인다. 어머니는 지금 여기에 없지만, 화자에 의해 평생의 수국밭이 큰 '궁전'으로 변모된다. 이제,

---

드에 있는 성에드워드학교, 첼시미술대학과 중앙예술대학에 다녔다. 이후 대학에서 그림을 가르치며 미술비평가로도 활동하였는데, 주로 『뉴 스테이츠맨(New Statesman)』이라는 좌파 주간지에 에세이와 리뷰를 발표하였다. 그는 마르크시스트 휴머니즘에 입각한 활동으로 초기부터 논쟁적인 위치에 올랐다. 정치적 참여의 선언으로 에세이집 『영원한 붉음(Permanent Red)』을 썼고, 1958년에 첫 소설 『우리 시대의 화가(*A Painter of Our Time*)』를 출간하였다. 이 소설은 헝가리의 망명 화가 야노스 라빈(Janos Lavin)의 실종 사건과 이 화가의 일기장을 발견한 한 미술비평가의 이야기를 담고 있다. 이 책에서 세밀하게 묘사된 화가의 작업 때문에 독자로 하여금 실제 사건으로 착각하게 만들었다. 발표 후, 반공주의 단체 문화자유협회(CCF)의 압력으로 출판사가 책을 회수했다. 작품은 도시 생활의 소외와 우울을 다루었다. 그는 1962년 영국의 삶에 염증을 느껴 프랑스로 망명을 택하였다.

4) 존 버거, 『이미지-시각과 미디어』, 동문선 편집부 역, 동문선, 1996, 12~13쪽 참조.

화자는 이 궁전으로 어머니를 모셔 온다. 그건 어머니의 환생을 기록하려는 지극 정성에 다름 아니다.

화자는 생전에 어머니가 "우시는 모습"을 몰래 본 적이 있다. 그때는 이유를 차마 묻지 못했다. 그게 오늘날 자신에게 숙제와 같은 굴레이듯 스스로에게 약속함으로 되살아온다. 그 속죄로서 "유월의 저 모퉁이"에 그동안 어머니가 흘린 '눈물의 층'을 '꽃송이의 층'으로 재축조한다. 이제, 어머니로 화한 꽃숭어리 앞, 화자는 먹먹하지만 현재의 꽃 대신 옛 어머니를 포기한다.

한편, 어머니는 화자를 꽃궁전으로 이끌기 위해 맞잡은 손의 교합을 서두른다. 이때 '꽃송이 층=눈물 층'은 곧 '어머니=자식'에의 귀결일 것이다. 어머니는 '자식'을 '꽃송이 층'에 두려 하고, 자식은 '어머니'를 '궁전'에 두고자 한다. 이와 같은 '어머니-자식' 간 교호성(交互性)은 시적 최상으로 전변(轉變)된다. 그건 '어머니 걱정=자식 마음'으로 다시 돌아가는 바, 요컨대 '효'와의 지고한 동화를 도모하는 것이다.

3. 낮은 울음은 고공 탄력이다

과연 울음의 기울기를 잴 수 있을까. 어려운 일이지만 그 측정을 다음 시조가 도입한다. 눈물의 마디 어느 부분에 그걸 어떻게 댈 것인가. 그것을 잴 수 있더라도 아마 기울기를 확인할 눈금은 쉬 나타나지 않을 것이다. "기울어진 슬픔은" 그냥 기울어진 가슴의 "슬픔으로"만 "껴안"고 있기 때문이다. 외로움이 깊어감에 따라 기울기를 새기려는 뜻 또한 함께 기울어질 듯하다. 그 기우는 눈에 물기가 차오르면 아마 울음의 각도는 천천히 낮아질 것이다.

외로워서 죽겠다는 짜디짠 말 앞에서
봄날이 다 간다고 비스듬히 불러보는

노래에 눈금이 없다
주름지고 짓물러

기울어진 슬픔은 슬픔으로 껴안는다
떨어지는 꽃잎에 머리를 기대고

그녀가 깊어지는 동안
물기가 차오른다

밑바탕이 둥글어 놓쳐버린 눈물에
어깨를 내주느라 어깨가 기운 사람

밤마다 밤새 받쳐준
숨은 해로 일어선다

— 박화남, 「울음의 기울기」 전문

이 시조의 온화한 색깔은, 슬픔의 "밑바탕이 둥글어" 지도록 서로 어깨를 내주는 것처럼 아름답다. 그렇듯 따뜻하고도 헤아리는 마음 또한 짙다. 화자는 눈물이 차오를 때를 천천히 기다리며 울음을 삼킨다. "밤새" 받친 태양이 있기에, 아침이면 그 기울기를 접고, 용수철처럼 일상에 복원될 수가 있다. 그건 저녁의 슬픔을 지나면 새벽의 상쾌함을 맞게 되는 이치와도 같다. 해서, 역설적으로 울음은 무너짐으로써 재기하는 동인(動因)이 된다. 그 울음은 기울어지다가 일어서기를 반복하며 반동과 충전을 함께한다. 하면, 고난한 생을 지나 새 힘을 컴백시키는 것이 바로 울음일지 모른다. 때로 우린 아쉬움에 "봄날이 다 간다고 비스듬히" 탄식하곤 한다. 그 흘러감에 대한 탄식과 눈물은 다시 봄을 맞는 힘을 얻기도 할 것이다.

이를테면, 슬픈 낭만주의 시대에 요절한 김광석의 음악과 같은 건 아닐까. 기타를 든 손과, 목에 건 하모니카, 그리고 젖은 목소리를 비벼 넣는 카오스처럼 〈서른 즈음에〉를 향해 낮게 흔들리듯 떠는 그 리듬 말이다. 그가 부르는 '즈음' 쪽으로, 몸을 기울이며 기타를 뜯던, 그리고 목에 건 하모니카의 멜로디가 중간쯤에 특별히 가팔랐던. 나아가 후반부, 조금 허무한 듯한 목소리가 스러지듯 고공의 탄력에 자리를 내주며 평정으로 돌아온다. 그때 그의 절정은 붉은 목숨이었다. 마침내 기타 헤드가 흔들리고, 허공을 삼킬 듯 불 앞에 땀과 눈물로 튀어 오르던 그는, 하모니카 훑는 입술을 서서히 지는 서른 앞에 무릎 꿇는 것이다. 입술은 서러운 땅김을 흡착하러 달라붙다가, 문득, 잠시 호흡은 사라지고 만다. 이 무렵, 오랜 대지의 먼지처럼 평온이 내린다. 다음 단계의 스냅 키는 감춰지는데, 가수는 고갯짓으로 그만 탈탈 기타를 뿌리치는 것이다. '철럭 처얼럭… 탄 탄' 기타 통이 울린다. 서로의, 그러나 끝내 모두의 과거를 털어버리는 그 클라이막스로 점입가경하는 것이다. 하면, 서른의 그리움은 어디론가 들어가 지는 해로 다시 떠오르겠지.

4. 책갈피에 미라가 있다

다음 시조는, 동백으로 젓을 담는다는 것으로 '낯설게 하기'를 시작한다. 젓을 담을 땐 아는 것처럼 생선에 염장을 한다. 염장을 하지 않으면 쉬 부패하기 때문이다. 한데, 시조에선 낯설게도 동백꽃잎, 즉 "동백젓"을 말한다. 임경묵 시인[5]의 '동백젓'에 가져왔음을 각주(脚註)에 밝히듯, 아이디어는 거기 취하고, 시인은 자신의 예화를 모티프로 해 쓴 셈이다. 그 스토리란 이렇

5) 임경묵 시인은 경기 안양에서 출생하고 천안에서 성장했다. 공주대 한문학과와 한신대 대학원 문예창작과를 졸업하고, 2006년 하반기 『문학사상』 신인상으로 등단했다. 시집 『체 게바라 치킨집』 등이 있다.

다: 시인은 어떤 시집을 주문한다. 보내온 시집을 펴보는데, 책갈피에서 '감쪽같이 매장된 사체 한 구'를 발견한다. 날수가 많이 지났는지 젓갈 냄새를 풍긴다. 사실 그건 "꽃향기"에 다름 아니다. 시인은 젓갈이 다 된 동백꽃을 들여다보다가 그만 향에 취한다. 해서, 이 작품을 써 올렸을 터이다.

시집을 주문하고 첫 장을 열어본 날
누군가 숨겨놓은 사체 한 구 발견했다
책갈피 삼십삼 쪽에
감쪽같이 매장된,

꽃향기에 덤볐다가 시의 덫에 걸렸을까
하필이면 동백젓 시편에서 최후라니
산 채로 염장했는지
선명하게 붙어 있다

— 공화순, 「동백젓 시편에 들다」 전문

화자는 꽃을 "산 채로 염장"해 책갈피에 묻고 그걸 시의 단지에 담갔다. 여기서 "동백젓"이라는 말은 생경하고도 발랄하지만, '동백꽃=젓갈'이란 등식의 부여로 탐미주의의 정가표 하나를 붙일 만한 일이겠다. 독자는 일단 달뜰 수도 있다. 손색이 없다면 뭐 '극탐미주의'라 해도 무방하다. 하면 더 달뜰 수도 있다.

시의 비유가 이리 깊어지는 경우, 시는 '낯설게 하기'의 최전선에 놓인다. 결국 이 장(章)에는 달군 프라이팬을 던져 전판(煎板)을 뒤집듯 공중곡예를 시도함에 그 시눈이 가 있다. 시집 갈피에 젓갈로 납작 매장된 동백꽃잎, 그건 "사체"이지만 사실은 산 채로 눕힌 미라이다. 자칫 구태의연함으로 빠질 비유의 우려, 즉 그걸 '책갈피용 압화'라고 뻔하게 운위할 뻔한 용어를, 순발력에 실려 '동백젓'으로 명명한, 그래서 쾌도(快刀)와 같이 휘두르는 난마(亂麻)

역할을 한다. 말하자면 뜨는 암행어사의 '출사표격 비유'라 할 수 있다.

다음 시조는 화자가 살아온 바 "그때와 지금"의 차이를 에둘러 쓴 성장류이다. '형식적 비교'를 거쳐 '심리적 대조'를 해 보인다. 그러니 '자화상격' 작품이기도 하겠다. 세상을 살아감에, 입체적 스펙트럼으로 생의 잔광을 보려는 화려한 기회, 그 미래지향적 태도를 톺아볼 수도 있다. 자아에 대한 성장치(成長値)로 매겨질 정서의 자(尺)와 같은 게 이 시조라면 어떨까. 사춘기의 "그때"와 나이 먹은 "지금"이 바로 시축(詩軸)의 근간이겠다. "궁금한 것, 하고 싶은 것"들이 많던 시절에, 아버지 몰래 그걸 하다 들키게 되고, 그 대가로 '물구나무서기' 벌을 받던 모습을 회상해 보인다. 해서, "사춘기 시절"의 성장 모습이 여실히 잡히게 하는 작품이다. 이제, 그는 그 시절의 '거꾸로서기' 벌로 말미암아 지금은 오히려 "세상"을 긍정적으로 보게 되었음을 고백한다. 한때 아버지가 준 벌이 '꾸중과 원망'에서, 지금은 '화해와 긍정'으로 남았기 때문이다.

궁금한 것 하고 싶은 것
많았던 사춘기 시절
아버지 단속으로 물구나무를 서곤 했다
세상을
거꾸로 보자
눈이 더 밝아졌다

책상 속 맨 아래서
숨 못 쉬는 어린왕자
온 힘 다해 구출해서 그의 말을 보고 듣고
별 이름
바오밥나무 동경하며 꿈꾸며

해 지는 거 좋아하고
쓸쓸함도 잘 견디고
친구에게 손 내밀고 여우보다 더 여우처럼
지금은
거꾸로 못 봐
관념적인 내가 있다

— 황정희, 「그때와 지금」 전문

예컨대, 가수 태양[6]처럼, 물구나무선 채 노래를 함으로써, 바닥으로부터 정상을 보게 되는 역설과 같은 고백을 이처럼 스토리화한다. '거꾸로' 선 자세가 곧 역의 순리를 '바로' 인식하는 것, "밝은" 오늘을 사는 쾌안점(快眼點)이 이미 거기에 붙어 있다. 지금도 화자는 "어린왕자", "별", "바오밥나무"를 동경해 마지않는다. "해 지는 거 좋아하"며 "쓸쓸함도 잘 견디"는 그야말로 "여우처럼" 자유로이 살아간다. 하지만 그걸 지적하던 "아버지"가 지금은 부재한다는 게 사실 안타까운 일이다. "거꾸로 못 봐" 그만 "관념적인 내"가 되는 현실이기 때문이다. 시인들은 흔히 유년기 또는 사춘기의 추억이 각인된 '과거 부정적 감정 → 현재 긍정적 정서'라는 자화상을[7] 묘사한

---

6) 태양은 가수, 본명이 동영배. 그룹 빅뱅, GD X TAEYANG에 속해 있다. 2006년 빅뱅 싱글앨범으로 데뷔했고, 2017~2018년 평창동계올림픽 홍보대사, K-POP 어워드 올해의 가수상에 선정되었다.

7) 참고로 한국 근대 시문학사에서 '자화상' 제목의 효시는 1923년 박종화의 「자화상」(시집 『흑방비곡』, 조선도서주식회사)이다. 이는 일제강점기에 처한 사람들이 부정 의식과 좌절 의식에서 현실 극복에 대한 희망을 바라던 정신이 혼재된 상태의 시이다. 이후 1936년 이상의 「자화상」(『조선일보』), 1938년 노천명의 「자화상」(시집 『산호림』), 1939년 윤동주의 「자화상」(시집 『하늘과 바람과 별과 시』), 1939년 윤곤강의 「자화상」(시집 『동물시집』), 1941년 서정주의 「자화상」(시집 『화사집』), 1943년 권한의 「자화상」(시집 『자화상』), 1943년 박세영의 「자화상」(시집 『자화상』) 등이 있다. 현대시조에서 「자화상」은 1958년 이은상(시조집 『노산시조선』), 1976년 박병순의 「자화상」, 2000년 이태극의 「자

다. 하지만 그건 시에 교훈의 냄새를 풍기기 쉽다. 이에 비해, 이 시조는 어디에도 고지식한 교훈이 없다. 하면, 일단 좋은 작품이 되는 것이 아닌가.

5. 적시타는 시간차이다

다음 시조는 여유와 풍자를 함께 섞어 시간차(時間差)를 구현한다. 우리는 대체로 속물근성(俗物根性)을 가지고 산다. 그래, "엔조이(enjoy)" 앞에선 고통도 슬픔도 잊어버리기 마련이다. 나아가 불행하던 장단기 "기억"도 곧 잊을 수 있다. 그게 '엔조이' 순간의 매력이다. '현재의 순간을 즐겨라', 낙천주의자들이 끌어당기는 춤판에서 유행시키는 명령어도 바로 그 '현재'를 중시한다.

혹서와 혹한이 한날한시 찾아왔다
옹알이 겨우 하다 닫혀버린 입술 사이

어느 해 인해전술처럼
밀어 넣고 밀어 넣고

반항도 항복도 소심하게 처리했다
온몸의 세포들에 번역기를 달아놓고

증발과 결빙의 언어
끌어안고 끌어안고

화상」 등이 있다.
권성훈, 「현대 시조시인의 자화상 창작 방법」, 『시조학논총』 제53집, 한국시조학회, 2020. 7. 31. 76~85쪽 참조.

단기 기억 장기 기억 온 데를 들쑤셔도
단서 하나 찾지 못해 허탈한 저녁 무렵

쉰넷의 늙은 학생이
건진 단어 enjoy!

— 김종연, 「영어 공부」 전문

사실 "늙은 학생"에게 "영어 공부"란 구멍 뚫린 나룻배를 젓는 격만큼 힘든 일이다. 그 공부 과정엔 "혹서와 혹한이 한날한시"에 겹치듯 장애물 같은 단어와 구절이 그리도 많이 나타난다. 영어의 바다를 헤쳐가기란 그래 쉽지가 않다. 때문에 중도 하차하는 사람도 많다. 처음으로 영어 발걸음을 떼며 "옹알이"하던 입술도 나중엔 닫히기 마련이다. "인해전술"로 굳은 혀를 "밀어 넣"지만 저항에 항복하는 걸 말릴 수도 없다. 실제로 "영어 공부"라는 빙벽 오르기는 피오르 협곡을 빠져나가기와 같다. 극기의 자세로 연습에 연습을 반복해야만 한다. 그래야 목적지에 갈 수 있을 것이다. 해서, 그는 장비를 단단히 꾸린다. 한영사전과 영한사전을 동원함은 물론 전천후 추진력을 높일 "번역기를 달아놓"는다. 증기처럼 "증발"되어버린 언어와, 굴절의 축이 "결빙"된 혀가 몸부림을 쳐댄다. 학교 때 배우던 실력을 되살리기 위해 단기 · 장기 기억을 동원해도 제 단서를 찾지 못하고 쩔쩔매기 일쑤이다. 이 무모하기 짝이 없는 늙은이의 "영어 공부"에 대해, 시조는 재치와 유머로 풍자의 수(繡)를 놓는다.

언어 습득 중 영어 학습이란 능숙한 회화의 '화용(話用)'이 그 답이다. 영어 공부를 하든 하지 않든 자유이지만, 그 일을 택한 화자에게 '화용'은 바다처럼 창창히 열리게 된다. 그러자 그에게 곧 주눅은 찾아들고 만다. 벽에 부딪친 그는 슬럼프로 인하여 심드렁해하고 허탈해하다가, 마침내 건져낸 게 있다. 바로 '엔조이'다. 콜럼버스가 대륙을 발견하는 순간처럼, 아니 아르키메데스가 유레카를 외칠 때처럼, 그는 "enjoy!" 하고 소리친다. 전위를 바꾸는 코미디 같은 이 결구(結句)는 어쩌면 시간차공격일지도 모른다. 아니 적시타(適時打)의 볼에 붙는 그 순간의 안타이다. 무릇 "enjoy"를 쓰며 영어 공부를 하는 사람이라면 넘치는 호사를 여기 붙여서 날릴 법하다.

다음 시조는 제목은 길게 잡았으나 전언은 짧다. 단수에 든 3개 문장이 그렇다. 음보가 가파르게 뛰는 바 속도감도 있다. 예컨대 "정박치다↔다 날리다"와 "엇박↔대박"의 대비, 즉 "날리다↔대박 나다"의 상황으로 보아 선언적 대치를 하는 모양새이다. K와 P의 입장 또한 반대의 편에 놓인다. 두 입장이 유별화되는 부분이 명쾌해 뜻 전달도 분명하다. 화자는 시에 극적 가설을 세우지만, 실제 공연장은 지루한 양상으로 흐른다. 그냥 재미없다가 아니라 숫제 짜증 나는 정도이다. "관중들"의 "눈"과 "귀"가 "희멀게"져가고 "곪아간"다고까지 화자가 과장하고 있기 때문이다. 뜬 공연이 완성의 돌로 눌러지기 바라는 그 방점이 강하다. 시에 나아갈 굵고 짧은 호언(豪言)들을 깨우는 태도가 걷어붙인 팔처럼 야무지게도 보인다.

정박치다
다 날린
K는 이제
어디 설까

엇박자에
대박 나
날개 달린
P의 나팔 소리

관중들
눈,

희멀게지고
귀,
점점 곪아간다

— 곽호연, 「가장 지루한 공연을 보는 중이다」 전문

이렇듯 화자는 어떤 공연에 대한 비판의식을 비수처럼 날린다. 그는 '정박'과 '엇박'을 찍음으로써 짝패의 완미감(婉美感)을 말하고 싶어 한다. 그러니까 화자가 설파한 공연이란, 억지(抑止)를 순지(順之)로 만드는, 즉 엉성한 나무에 수형을 잡는 그 전정(剪庭)일 듯하다. 말하자면 순수에의 일탈로서 공연 자체가 현장에 잘 받아들이지 않으니, 갑갑해 그걸 벗어나야겠다는 투이다. 요즘 '정박'이네 '엇박'이네 하고 시조의 운율론, 형식론이 재론하게 되는바, 갑론을박의 시조 현장을 비판한 한 메시지로도 읽힌다.

6. 망가진 책이 다시 운다

글의 끝에 오는 '마디'를 세우면, 다시 처음의 '움'이다. 페루 출신 작가 마리오 바르가스 요사(Mario Vargas Liosa, 1936~)는 실제 국가 사회로부터 겪은 일을 중심으로 독재자 생활을 풍자한 소설 『염소의 축제』를 내놓아 큰 반향을 일으킨 일이 있다. 이 소설은 독재의 정치권력과 체재가 고질적으로 가지는 갑질적 행위를 파헤친 작품이다. 횡행하는 권력 아래 놓인 개인의 저항과 좌절을 다루고 있는 것이다. 당시 음악 · 미술 · 문학과 같은 예술 장르에까지 폭력화된 정치권력에 대하여 작가는 여러 비유적 상황을 장치하여 고발 · 투영 · 표출해 보인다. 그럼에도 이 소설엔 설교투가 전혀 없다. 다만 객관적 묘사, 상황적 진술, 현장적 대화로만 그 전달을 꾀하는 작품이어서 읽는 데에 부담이 적은 편이다. 바르가스 요사는 1980년대부터 노벨문학상 후보에만 거론되다가, 2000년 『염소의 축제』를 발간 후, 즉 2010년에야

상을 받게 돼 후보에 오르내린 지 30년 만에 수상한다. 유명세를 탄 『염소의 축제』는 이제 '독재자의 소설'이란 이름으로 분류될 만큼 위치가 굳어졌다. 인권 유린을 다룬 대표작으로, 사람이 우롱 · 파괴당하며 어떤 변화를 겪는지를 밝혀가는 소설이다. 예를 들어, 평범한 집주인 치리노스가, 권위적인 상원의원 카브랄이 자기 집을 방문했을 때, 카브랄의 권위적인 태도를 상징적으로 기술한 다음과 같은 장면이 있다.

카브랄은 책장 사이에 타고르 명언이 담긴 액자를 보고, 이를 건 치리노스는 유치하고 허세적이라고 여긴다. 사실 페루에서의 독재 세력과 인도의 타고르는 지리적으로 무관하다. 그러나 타고르가 저항주의자로 은밀하게 상징된 바, 치리노스 서재에 붙은 글귀를 한 권위주의자 카브랄이 읽게 됨은 풍자적이다. 즉 카브랄은 치리노스가 타고르를 신봉하는 게 유치하고 허세적이라고 비하한 셈이다. 키브랄의 서재의 작은 액자 속에는 타고르의 이런 글귀가 있다. "펼쳐진 책은 말하는 머리이며, 닫힌 책은 기다리는 친구이고, 잊힌 책은 용서하는 영혼이며, 망가진 책은 우는 가슴이다."

대체로 시인은 우선 앞에 펼쳐진 책을 들여다보기 쉽다. 또는 읽지 않은 신간, 그 잉크 냄새조차 황홀히 품은 미지의 책을 펼칠 수도 있다. 아니면 한때 잊고 있던, 미루기만 하던 독서를 재개하려 새로운 책을 책상 위에 놓을 수도 있다. 하지만, 오래전부터 읽고 흘린 그 눈물에 젖은, 하여 읽고 읽어서 다 닳아진, 그 손때의 기름이 먹은, 감동으로 가슴을 떨던, 글자와 종이가 퇴색되고 너덜너덜하게 망가진, 그 책은 우리의 가슴에 그을은 벽돌처럼 쌓여 있다.

그렇다.

진진하게 가슴을 울렸기에 너덜너덜하게 망가졌지만 달력 종이나 거름

포대로 표지를 씌워 까맣게 부여잡고 읽던 책이었다. 가령 하굣길의 자전거 손잡이에 걸쳐놓고 위태롭게 읽던 책이었고, 소 뜯기러 간 대보 둑에 누워 읽던 책이거나, 마루 끝에 불안하게 걸터앉아 참새로부터 마당의 우케를 지키며 순간에 절반절반을 나누어가며 읽었다. 또 희부옇게 먼동이 틀 때까지 앉은뱅이책상 앞에 무릎을 결딴내며 읽던 책, 졸다가 초롱불로 태울 뻔한 책, 그래 혼을 빼간 책이었다.

이제 생각난다. 가령 유진 오닐의 『지평선 너머』, 사강의 『슬픔이여 안녕』, 톨스토이의 『전쟁과 평화』, 파스테르나크의 『닥터 지바고』, 헤밍웨이의 『누구를 위하여 종은 울리나』, 도스토옙스키의 『카라마조프 가의 형제들』과 같은 러시아의 소설, 심훈의 『상록수』, 이광수의 『흙』, 그리고 보들레르의 『악의 꽃』, 투르게네프의 『산문시』 등이었다. 바로 문학소년의 가슴을 뛰게 하고 울린 책들이다. 책은 뜨거운 눈물의 얼룩과 함께 내 젊은 혼이 담긴 채로 이제 고향집 구석에 썩어 탕내와 분내를 풍긴다. 그 무렵, 화려한 벚꽃나무 아래서, 미지의 연인에게 줄 밑줄 친 말을 빼곡히 옮겨 쓴 노트도 아직 검게 그을린 그 선반에 있다. 눈물의 증기를 머금고, 곰팡이의 뿌리에 켜켜이 잡힌 그 '나만의 방'에 말이다. 가을부터 봄까지 고구마를 담은 두지를 설치한 현실적인 방이기도 했지만, 원고지 앞에 황홀한 반란을 꿈꾸던 혁명적인 방이기도 했다. 뒤란 파밭으로 향하는 봉창이 있고, 그 앞에는 목수인 이모부가 한여름에 짜준 한 칸짜리 서랍의 앉은뱅이책상이 가슴앓이 아이처럼 숙여 있다.

나를 심하게 울리던 책들은 도시로 오면서 대부분 가슴속에 묻고 떠나왔다. 오늘, 무슨 미련인지 먼지로 버석거린 그들의 무덤이 따라와 제 새끼 찾는 부엉이처럼 우는 희미한 봄밤이다. 불 밝힌 매화 등걸로 안개와 밤이 함께 진군한다. 난 그만 잠을 추운 방에 맡기고 뜰로 내려선다. 늑골에 쌓인 눈물과 주름투성이의 우울을 빨래처럼 짜낸다. 이때에, 난 벼락같이 숨겨온 소주를 까 절망에 걸고 건배하듯 거푸거푸 마신다.

아, 다 삭고 망가져버린 무덤의 책을 그리워한다.

(『나래시조』, 2023 봄호)

시의 재미와 구성, 그리고 깊이를 위하여

모든 시는 '극적인 구조'를 내포하고 있으며, 이런 의미에서 시는 '작은 희곡(little drama)'이라고 할 수 있고 또 그렇게 씌어져야 한다.

— 브룩스와 워런, 『시의 이해』 중에서

1.

가을은 몸체로 드러내는 '황금물결'로 표징(表徵)된다. 바야흐로 '체로금풍(體露金風)'의 철이다. 이 성어(成語)는 『벽암록(碧巖錄)』에 실린 선문답(禪問答)으로부터 나왔다. 한 스님이 운문선사에게 물었다. "나무가 마르고 잎이 질 때는 어찌 됩니까?" 이에 운문선사가 대답했다. "온몸을 드러내놓고 바람을 맞게 되지요(體露金風)."

가을의 상징인 금풍(金風)은 '황금물결의 바람'이다. 다 아는 것처럼 잎이 떨어지면 결국 나무나 곡식은 바람에 의해 몸통[體]이 드러난다[露]는 의미다. 그렇게 몸을 스스로 드러내듯, 가을엔 인문학의 몸체인 문학과 철학을 공부하기에 좋아, 자고로 '문학의 철', '철학의 계절'이라 칭했다. 이 계절엔 특히 시인들의 시업(詩業)이 육고(六孤, 六苦), 즉 고독(孤獨), 고단(孤單), 고구(孤究), 고등(苦等), 고민(苦悶), 고통(苦痛)의 작업임을 새삼 확인하게 된다. 그만큼 시적 성숙도가 깊어져 결실하는 계절이기도 하겠다.

괴테(Wolfgang Goethe, 1749~1832)는 가을엔 '고독이란 고급의 심화된 시'를 가져오는 철이라는 아포리즘으로 문학의 몸체를 드러냄을 이미 그의 시에 개괄한 바 있다. 시인의 '좋은 시'는 '고' 자로 시작하는 단어의 첫 번째 자리처럼 그 '고독'의 열매일 듯도 하다. 시인과 작가들은 경험을 통하여 징험화(徵驗化)하는 고난과 고독의 철, 그래서 저마다 깊고 실(實)한 작품을 기대해보기도 한다.

2.

대체로 '시는 극적 구조(dramatical construction)'를 가져야 한다는 건 브룩스(Brooks, 1906~1994)와 워런(Warren, 1905~1989)의 진언이다. 이 말은 그들의 저술 『시의 이해』(1938)를 통하여 알려졌다. 그게 문학교육과 독서교육에 한 혁신적 계기를 마련하기도 했다.

이처럼 한 편의 시와 시조는 '작은 희곡(little drama)'인 셈이며, 그러기에 시 작품은 살아 있는 '유기체(有機體, organic construction)'로 정의된다는 것을 말한다. 이제, 이런 논법으로 발표된 시조의 작품들을 살펴보기로 한다.

> 엎드려 꽃핀 풀이 씨를 맺는 중이다
> 이름을 알아야 겠다 식물도감 들이대자
> 존재는 방계의 혈족
> 박장대소 웃는다
>
> — 서연정, 「웃는 꽃」 전문

"엎드려 꽃핀 풀이 씨를 맺는 중"이라면 결실의 가을이겠다. 자연의 이법이란 참 느닷없는 사람을 탐구하게도 하는데, 그걸 놓칠세라 붙잡은 동기가 보인다. 산길, 들길을 가다가 희귀식물을 보면 곧 검색해보는 게 요즘의 현대인들이다. 그처럼 스마트한 세상이니까. 아니, 살아 있는 자연에 비해 아무 일도 하지 않는다는 것은 도리가 아니기도 할 테니까. 그래서 풀 이름이라도 알아야 한다는 생각으로 화자는 "식물도감"을 "들이대"본다. 하지만 정작 풀은 좀 가소롭다는 식이다. "박장대소"로 웃고 만다. 그 "존재"란 "방계의 혈족"으로 역시 꽃이기 때문일까. 아님, 그 반대로 풀이기 때문일까. 풀이나 꽃 각자의 입장으로도 "방계의 혈족"일 터이다. 시의 특징인 엠비귀티(ambiguity)는 이 같이 최소 두 가지를 구름판으로 하여 애매성(曖昧性)의 다단계인 다의성으로 나아간다.[1] 무릇 개성 있는 시의 입체감이란 바로 엠비귀티의 적소적 적용에 있다. 그게 문학이 성립할 존재 이유도 된다. 시의 묘미는 "박장대소"하는 "존재" 또는 "혈족"에 있지만, 사실 어느 쪽으로도 치우치지 않는다는 점이다. 하여, 꽃과 풀, 그 공시성의 생태를 인정하는 배려에 시조의 도근점(圖近點)이 있다. 엠비귀티와 모호성으로 경계가 치우치지 않은 생태로 다가가는 것, 그래서 풀과 꽃에 대한 공통의 배려 의식을 중시한 작품이다.

사회학자 찰스 호턴 쿨리(Charles Horton Cooley, 1864~1929)는 '인간은 그를 둘러싼 주변 사람인들에게 비치는 파편을 모아 자신의 입장을 내재화 하기를 좋아하는데, 이게 사람의 정체성 형성에 도움이 된다'고 했다. 그는 이런 현상에 특히 대상과 자신을 비교하게 되는, 즉 '거울상 자아(鏡像自我, the looking-glass self)'라는 용어로 이름을 붙이기도 했다.[2]

---

1) 엠비귀티(Ambiguity)는 시에서 이중, 다중으로 해석할 수 있는 언어 사용법으로, 의미의 다의성, 중의성, 모호성이라고도 한다. 추론이나 화법에서는 논리 · 어법상의 오류로도 간주되지만 문학적인 글, 특히 시에서는 언어의 풍부성, 미묘성, 복잡성을 띠게 하는 기능을 한다. 이 복잡성은 원래 진술이 담고 있는 문자적 의미를 넘어서 무한한 의미의 확장을 강조한다. 이 엠비귀티를 다룬 유용한 책은, 윌리엄 엠슨이 쓴 『애매성의 7가지 유형(*Seven Types of Ambiguity*)』(초판 1935, 개정 1947)이 있다.

2) '경상자아(鏡像自我)'란 인간 각자의 원조 출생, 개성 형성, 발달 과정을 설명하는 데 있

이 시조에선 화자가 "엎드려 꽃핀 풀"에 대한 이름을 알아야겠다고 '거울[鏡像]' 처럼 "식물도감"(거울)을 "들이대"는 일은 이 호턴 쿨리의 법칙을 적용한 것이라고 볼 수 있다. 그 풀꽃의 "존재"(자아)는 "방계"(꽃, 풀)의 "혈족"(꽃, 풀)이라는 응수로 메시지를 전한다. 일부러 풀꽃을 부정 또는 긍정하고자 하지만 풀(꽃)은 곧 가소롭다는 듯, 그만 자신이 "혈족"(꽃 또는 풀)임을 웃음으로 화답한 것이다. 그러니, 꽃의 풀이든, 풀의 꽃이든 휘두른 "식물도감"이란 도구와 잣대는 그 풀꽃 앞에 한 웃음거리가 될 뿐이다. 인간이 펴낸 검색도구란 지존의 생명체 앞엔 별 의미가 없어져버리는 것이다. 사람들이 '경상' 으로 '자아' 를 알려고 하듯, 정작 풀꽃의 태도에 보이는 자연의 포용력, 그 엠비귀티에 감싸이고 말기 때문이다. 이런 시의 종착법은 엠비귀티란 이론의 '경상(鏡像)' 의 그 척도보다는 창작의 숙련 결과란 어떤 동인(動因)도 된다. 만일 "식물도감"이란 도구로 검색하여 이 풀꽃의 이름과 유별 항목을 구체적으로 밝혀 적었더라면 이미 그건 시가 아닌, 사실 확인의 글이 될 뿐이다.

> 천 리 밖 만장애(萬丈崖)를 뒹굴다 온 고매(古梅)인지라 높고 깊지 않겠는가 말이야
> 잃어도 그만 도린곁 홀로 떠 있는 달빛이야 밝아 좋고
>
> 허어, 허어 쓸던 가슴 불 지핀 화덕이었거나, 술 석 잔은 마셔야지
> 그래야 살지 그래 살지 옳거니, 가고 오는 길에 흥흥흥흥, 흥흥흥.
>
> — 박정호, 「백매(白梅) 오시는 길」 전문

리듬이 살아 움직이고 음보가 덩달아 흥을 돋워내는 전통적 '흥타령' 으로

어, 타인들이 자기를 어떻게 보고 생각하는가를 마치 거울에 비추어 보듯 맞추어보며 자아를 파악해가며 결점을 수정 보완해간다는 것이다.

구성한 작품이다. 매화철의 흥타령은 옛날의 어깨춤 사위인 듯도 하지만 전혀 새로 느껴지는 '박정호 표'다운 라벨이겠다. 과연 "천 리 밖 만장애(萬丈崖)를 뒹굴다 온" 향기를 뿜는 "고매(古梅)"는 제삼자에게 취흥이 일어나도록 조력해 보인다. "잃어도 그만"이고 "도린곁"에 "홀로 떠 있는 달빛"이어서 더 좋은, 아니 그보다도, "허어, 허어" 하고 "쓸던 가슴"에 "불"을 지피듯 해 "화덕"이 된 나머지 거푸 "술 석 잔"을 마시는 기분이라니. 그래야 사는 재미도 나는 법. "옳거니" 이제사 절로 가난도 잊어버린 채 "흥흥흥흥"거리는 흥타령이 다 나온다. 이처럼 만발한 매화 앞의 술이란 내칠 수 없는 반주의 짝꿍이리라. 이 시조의 매력은 "옳거니, 가고 오는 길에 흥흥흥흥, 흥흥흥"이라고 한 완벽한 종장에 있다. 특히 끝 음보(4.3)에서 "흥흥흥흥, 흥흥흥"으로 우리말 가락을 살린 것이 눈에 띈다. 지금껏 시인들이 쓰지 않았던 음보를 거침없이 드러냄으로써 시조다운 멋과 흥을 바큇살 굴리듯 이어간 것이다. 읽는 이가 더불어 딛는 흥과 함께 말이다.

3.

다음 시조는 제목처럼 "'척' 살이" 즉 '~하는 척', '~이 있(없)는 척' 등으로 '척' 앞에는 허위나 과장된 수식어가 놓이기 십상이다. 하니, 뭐 가짜의 처세이리라. 인간은 어떤 보이지 않는 '척'의 지배와 종속의 카테고리 안에서 제 존재를 확대해 드러내고자 한다. 그러므로 '~하는 척'은 다분히 상대적이라 할 수 있다.

있는 척, 잘 사는 척
젊은 세월 견딘 힘이

오랜 해 질척질척
묵힌 삶이 되어가고

청초한 젊은 얼굴도
옛사람 닮아간다

좋은 척, 괜찮은 척
힘을 내던 혼잣손에

당한 척 살던 삶도
설핏설핏 지나간다

층층이
모여든 기척에
마음마저 탑이 된다

— 문제완, 「'척' 살이」 전문

이와 관련, 독일의 사회학자 게오르그 짐멜(Georg Simmel, 1858~1918)이 전개한 사회이론을 보면, 조직 내 '지배'와 '종속'을 사회의 주요 구조 요인으로 체제화하고 있다.[3] 나아가 상호작용의 메커니즘 관계로 조직 사회를 묶어 정의하기도 한다. 이 시조에서 말하는 '~하는 척'과 같은 사회적 행위일 듯하여 무리이긴 하겠지만 한번 적용해본다. 즉 '없어도 있는 척', '가난해도 잘 사는 척'하며, "젊은 세월"을 "견딘 힘"이 "오랜" 동안 "질척질척/묵힌 삶이 되어가"듯 지배자의 권위를 빌린다. 해서, 종속자인 화자는 그 가짜 권

---

3) 이 게오르그 짐멜의 이론은, 스펜서(Herbert Spencer, 1820~1903)의 진화 모델이자. 헤겔(Hegel, 1770~1831)의 변증법을 발전시킨 이론으로 '지배와 종속'에 바탕을 둔 게 특징이다.

위의 '척'을 학습해간다. 예를 들어 "좋은 척", 그리고 "괜찮은 척"하며 그렇게 "살던 삶"이었다. 그러나 이제 와 화자는 체념의 세월로 부지불식간 그냥 "설핏설핏" 지나가게 하고 만다고 고백한다. 세상은 지금도 처세라는 삶의 방편에, "기척"처럼 온갖 '척'의 제스처 그룹에 사람들이 "모여"든다. 화자의 "마음"도 그렇게 "척"이 쌓여 결국 가면을 덧대어 쓰게 되지만, 최후에는 자기 "마음"까지도 그만 "탑"처럼 쌓여 굳어져가고 있음을 스스로가 후회한다. 누적하듯 이룩된 두꺼운 가면으로 지배의 권위를 탈환한 듯하지만 사실 어떤 '척'의 가짜상일 뿐이다. 해서, 이 시조는 오늘도 사람들은 '척'으로 살아갈 수밖에 없다는 걸 풍자 · 시사한다.

지배자란 모름지기 소속된 피지배자가 자기에게 종속되기를 바란다. 때로, 강한 리더십으로 피지배자들을 통합시키려 암약을 전개한다. 복수(復讐)에 의한 지배는 비교적 객관적 · 비개인적이므로 공정하거나 무자비할 수도 있다. 반면, 착취 행위가 있음은 경계해야 할 일이다. 비개인적인 규칙 같은 이상적 원칙을 거는 종속은 조직의 한 특징이겠지만, 그 역시 '척'의 일환일 뿐이다. 따라서 이 작품은 '지배-종속'의 형식 안에 지배적 권위를 '척'으로 정리하려는 심리를 풍자한 시조라 할 수 있다.

> 유리왕 치희 잃고 격정에 흐느끼듯
> 가슴에 맺힌 한을 올올히 풀어내니
>
> 절망이
> 신명소리로
> 달빛처럼 환하다.
>
> — 김옥중, 「아쟁 소리」 전문

이 「아쟁 소리」는 "유리왕 치희 잃고 격정에 흐느끼듯"에서 보이듯, 고구

려 제2대 왕인 유리왕(琉璃王, ?~18)이 지은 「황조가(黃鳥歌)」 이야기가 배경에 깔렸다.[4)]

고려 사람들은 전해오는 이 「황조가」를 민중 호흡에 맞게 편곡했다. 어떤 노래의 앞쪽에서 이 「황조가」 시를 읊고 아쟁 연주로 구슬픈 효과를 연출해서 인기가 높았다고 전한다. 위의 시조는 이런 설화와 에피소드를 동기로 하여 "아쟁 소리"의 연유를 발굴한 특별한 작품이다. 시조에서, "아쟁(牙箏) 소리"는 "치희 잃고" 온 유리왕의 "격정"을 "올올히 풀어내"듯 변주된다. 시조의 반전(反轉)에의 구심점이란 바로 종장에 가 있다. '치희' 잃은 '유리왕'과 같은 "절망"에서의 흐느낌이 오늘 달빛에 입각한 "신명소리"로 "환"하게 탄생되는 결미가 그러하다. 지금 화자가 듣는 건 슬픈 "아쟁 소리"이지만 그것은 내면에 환한 신명을 불러일으키는 계기가 된다. 아쟁은 고려 초의 당악기로 성종 때에 향악에도 아울러 사용한, 즉 국가화된 악기이다. 그리고 오늘 시인에 의해 그 가치를 다시 입증하는 〈황조가〉 연주의 "아쟁 소리"를 듣게 된다.

---

4) 「황조가」의 원가(原歌)는 전하지 않지만, 『삼국사기』엔 4언4구의 한역시(漢譯詩)와 그 창작 동기가 전한다. 이에 의하면, 유리왕은 왕비 송씨(松氏)가 죽자, 골천(鶻川)의 딸 화희(禾姬)와 한인(漢人)의 딸 치희(雉姬)를 계실(繼室)로 얻었다. 하지만 두 여자가 질투해 서로 화목하지 않자, 왕은 양곡(凉谷)에 두 개의 궁을 짓고 각기 살게 하였다. 왕이 기산(箕山)으로 사냥을 나가서 7일간 돌아오지 않은 사이에 두 여자는 심하게 다투었다. 화희가 치희에게 "너는 한가(漢家)의 비첩(婢妾)일 뿐인데, 무례하지 말라"라고 꾸짖는다. 이에 치희는 원한을 품고 도망쳐버린다. 왕이 설득했으나, 치희는 끝내 돌아오지 않는다. 치희에게 거절당하고 온 왕은 꾀꼬리가 산에 날아오는 것을 보고 자신의 처지를 생각하며 이 「황조가」를 지었다. "펄펄 나는 꾀꼬리는 암수가 정다운데 외로운 이 내 몸은 뉘와 함께 돌아갈까?(翩翩黃鳥 雌雄相依 念我之獨 誰其與歸)"

5.

끝으로 두 가지 사례를 보인다.

조선시대 작가 유진한(柳振漢, 1711~1791)의 문집인 『만화집(晩華集)』에는 1754년에 쓴 「한시 춘향가」가 전한다. 이는 현전하는 최고(最古)의 「춘향전」이지만 대중적으로 잘 알려지지는 않았다. 거기엔 시가 이렇게 시작한다.

광한루 앞 오작교에	廣寒樓前烏鵲橋
나는 견우 너는 직녀	吾是牽牛織女爾
인간 세상 쾌사는 암행어사로 금수를 놓은 옷을 입은 낭군이 되는데	人間快事繡衣浪
월하노인은 예쁜 기생과 연분을 맺어주었네	月老佳緣紅紛妓
용성객사 동대청에	龍城客舍東大廳
재회의 기쁨 한이 없도다	是日重逢無限喜
남원 책방 이 도령이	南原册房李都令
처음 만난 절세미인 춘향	初見春香絕對美
……	

이 한시는 이 도령과 춘향의 만남으로 흥미를 유도하며 이야기의 재미와 깊이를 더해간다. 용성 동대청에 재회의 기쁨, 나아가 남원 책방 이 도령과 절세미인 춘향이 첫눈에 반한 대목을 점층적인 단계로 가는 그 재미와 깊이를 구현한다.

정현종(鄭玄宗, 1939~) 시인은 미생물과 나의 존재를 「한 숟가락 흙 속에」란 시에 담아 노래한 적이 있다.

결국 우리는 미약한 생명체라도 그가 밀어 올리는 생태의 힘에 의해 존재를 영위해간다는 것을 아는 게 바로 시를 쓸 수 있는 동인이다. 요즘 생태문학이 한 흐름을 이루는데, 색다른 원리를 개발한다면 좋은 작품을 얼마든지 건질 수 있다. 한데, 금년호는 물론 2년간 거슬러가 작품을 살펴보았지만, 70, 80년대식 '자연보호' 수준을 넘지 못한 작품이 많아 안타까운 일이다.

최근 『광주문학』에 발표된 작품을 보고 안이하게 쓰는 시인들이 많다는 걸 느낀다. 누구나 아는 쉬운 시를 쓰는 것과 상식적인 내용으로 시를 유행가 가사처럼, 또는 인터넷 카페용처럼 쓰는 일과는 구분해야 하겠지만, 요는 평범한 일과 사유를 매재로 해서 단순 아가형(雅歌型)으로 쓰는 것으로부터는 좀 벗어나야 한다고 본다.

위의 두 사례는 '재미의 깊이'와 '생태적 구성'으로 이름 붙일 수 있겠다. 더 압축하면 '재미'와 '구성'이다. 시에 재미가 없으면 독자로부터 외면당해 결국 실패한다. 하지만 재미만 있다면 시가 아닌 산문이 될 공산이 있다. 그래서 장면과 일의 요소요소를 독특하게 배치하는 건축물 같은 구성이 요구된다.

시를 어떻게 쓰느냐에 대해선 다들 조용하게 있지 못한다. 그만큼 시에 관한 목소리들이 많다. 해서, 만만하게 시를 보는 눈과 시 앞에 굴리는 말들을 다 들을 필요는 없겠다. 앞서 언급으로 집약한 게 바로 '재미'와 '구성', 이젠 '모름지기 시인이라면' 하고 말하지도 않겠다. 다만, 다음 호부터는 재미와 구조에 생각의 깊이를 재봄직할 작품이 오뉴월 폭포수처럼 쏟아지기 바랄 뿐이다. 어디 밥 먹는 거, 잠자는 거, 사는 거, 죽는 거, 마저 다 잊고 뭐 한 번 정신없이 읽고지고, 지고읽고는 할 수 없을까.

(『광주문학』, 2019 가을호)

생의 대해(大海)로 나아가기 위한 지류와 골목들의 재치 또는 그 풍자들

예닐곱 살 무렵 나는 유괴당했다. 그 일은 아득하면서도 끔찍한 악몽처럼 밤마다 되살아나고 때로는 낮에도 나를 괴롭힌다. 집 앞 골목에서 놀 때 소형 트럭이 나를 쳐서 왼쪽 귀가 멀어지게도 되었다. …

이제 나는 자유로우며 모든 것을 다시 시작할 수 있다. 떠나기 전에 나는 바닷속의 돌처럼 매끄럽고 단단한 노파의 손을 만졌다. 단 한 번만 살짝, 잊지 않기 위하여.

— 르 클레지오, 『황금물고기』(최수철 역) 처음과 끝부분에서

1.

어느 아프리카 지방에 한 흑인 여자아이가 태어난다. 그리고…… 유괴당한다. 그녀는 우여곡절 아랍, 프랑스, 미국 등을 떠돌아다니는 삶으로 헤엄쳐가는 한 '황금물고기'로 비유되고 상징화된다. 표류하는 소녀를 어른들은 덫을 놓아 창녀촌으로 끌어들여 폭행하고 마약 소굴에까지 집어넣는다. 역설적이게도 작가는 이 소녀를 '황금물고기'로 명명(命名)하여 그의 성장을 따라가본다. 아이가 근원을 찾아가는 생애를 집요하게 추적한 이 소설은, '살아 있는 가장 위대한 프랑스 작가'로 선정된 르 클레지오의 작품으로, 2008년 노벨문학상을 수상한다.

작가는 '황금물고기'란 이름을 붙여줌으로써 소녀에게 격랑을 헤쳐 나갈 힘을 예비해준다. 생의 대로로 나아가려면 어둡고 추운 비정의 골목을 누벼야 하는 이른바 미션 임파서블과 같은 의지와 용기 그리고 재치를 소녀에게 불어넣는 것이다. 과연 그녀는 온전한 물고기로 성장할 것인가. 그러나 운

명은 이 여행자 '라일라'를 따뜻이 품어주질 않는다. 가시밭길을 맨발로 밟는 고난, 난청과 도벽과 섹스의 요구가 끊임없다. 하지만 소녀는 팔딱거리는 황금물고기로 쉼 없이 세상을 향해 나아간다. 결국 유년의 아프리카 발랄족의 시원으로 거슬러 헤엄쳐 간다는 끝 문장에 도착한다.

한 시인도 신인상을 받고 시인으로 출발한 후 자신이 성장해온 유년의 골목에서 곡예하듯 문단이라는 지류를 거쳐 대해를 누빈다. 멈출 수 없는 지상의 롤러코스터도 타게 된다. 그러나 조직 속의 문단은 순탄치가 않다. 배반과 오욕, 때로 사이비 글의 협잡꾼들과 다투고 대가도 없는 작품 발표에 유혹당한다. 느닷없는 필화(筆禍)의 불에 노출되기도 하는, 그러나 어쨌거나 시인이라는 이름을 걸고 그는 나아간다. 황금물고기 시인! 그런 시인의 기대를 걸고 작품을 일별했다. 단수(單首, 短首)에서 번뜩 뜨이게 하는 게 있었다.

2.

교훈이라는 이데올로기에 갇힌 세간의 '어머니' 시조를 구린내 나게 보아온바 있다. 그러나 시를 읽음으로써 그동안 의식적으로 꾸며낸 논리적 정서가 얼마나 감동의 전언을 더디게 하는가, 반성해볼 기회를 갖게도 한다. 시인이 몸소 어머니를 통해 유년을 거쳐 온 곡절의, 골목의 시상, 그게 아마도 "울컥"일 게다.

> 천국에 들어가는 첫 번째 조건이란
> 이승일 아득 잊고 백지로 남기는 것
> 아흔의 막바지 망각
> 어머니를 보는 동안
>
> — 김소해, 「울컥」 전문

천국은 이승의 일을 모두 잊어버려야 갈 수 있는, 현재까지의 삶의 질곡 너머의 세계이다. 천국에 들어가는 덴 아무 적힐 게 없는 백지의 여권이 요구된다. 천국의 입국 심사를 통과할 수 있는 비자란 어머니의 망각, 아흔의 망각, 그리고 찰칵하고 진남색 제복을 입은 자가 '스탬프'를 찍는 일부터일 터이다. 병석에 오래 누워 있는 "어머니를 보는 동안"에 찾아온 저편의 "망각", 그러니까 화자는 아흔 골목을 지나온 어머니의 천국행을 예견한 셈이다. 이 시조는 '효'라는 해묵은 이념을 들춰 퀴퀴하게 풍기는 관행적 구사로부터 벗어난, 삶 자체를 망각해가는 임종에 도달한 어머니를 상대로 천국과의 교감을 이끌어낸다. 망각은 "울컥"이란 제목에서 보듯 원인과 결과적 행위의 연장선에 놓이고, 또 다른 감동으로 진입하게 만든다. 천국에 들 어머니는 울컥, 화자의 감정어(感情語)에 사로잡히고 만다. 어머니에 회귀하는 혈연의 정서에 까무룩 묻히기도 한다. 천국에 드는 축연(祝宴)보다는 '울컥'을 삼키는 것이다. 솔직한 정서란 늘 좋은 시를 빚는 무기가 된다는 사실을 깨닫게 한다.

무엇을
잘못했나
꾸지람도 하나 없이

만나는 여자마다
방망이로 패더라는

소문이
파다하게 퍼져
동해안에 명태 없다

— 김종호, 「북어」 전문

시에서 기지(機智, wit)란 시인이 대상에 대한 풍자적 화자를 설정할 때 빛나기 마련이다. 이 시조는 '세태 풍자'를 넘어 '자연 풍자'로도 읽힌다. "만나는 여자마다/방망이로 패더라는//소문"은 세태 풍자에서 가져왔다. "동해안에 명태 없"는 현실은 앞의 세태 풍자와 연메된 자연 풍자의 요소이자 북어의 실상이다. 명태가 잡히지 않는 현상은 뉴스에서도 다루지 않을 만큼 진부해졌지만, 시인은 이를 능쳐내 시의 가독성을 높인다. 만일 식상한 담화인 지구 온난화 같은 원인을 들어 명태의 소멸을 이야기했다면, 뻔한 논리 때문에 죽은 시가 되었을 것이다. 시인은 "방망이"와 "만나는 여자"의 소재, 즉 풍자와 비약을 질료 삼아 유머를 휘둘러 시학의 틀을 바꾼다.

물고기의 동작은 좁은 어소(魚巢)나 바다 골짜기 속에, 즉 마을로 치자면 골목길을 누빌 때 더 생동적인 법이다. 시인도 그가 지나온 지류나 골목의 아프고 구질구질한 풍자를 구현할 때 시의 구태를 벗는 효험을 누릴 수 있다. 마치 황금물고기가 위험한 해저의 골목을 지나오는 스릴에 소설의 재미를 배가시키듯이.

손바닥만 한 햇살 값이 얼만 줄 아시나요?
"창 달린 지하방은 7만 원쯤 더 얹어야죠."

햇살 값
참, 비싸네요
한 줌 될까? 고 정도에…

— 노영임, 「햇살 값」 전문

집을 옮기고자 할 때 자연 조건을 따지는 건 사람의 능사이다. 그는 이사할 집에 대해 일조(日照), 공기, 숲, 하늘, 전망 등을 살핀다. 딴 건 다 두고라도 햇빛은 필수 조건이렷다. 세상의 집주인들은 한결같이 자연조건이 좋다고들 홍보한다. 이 방주인도 “7만 원”을 더 달랜다. “지하방”이지만 “창”이 있어 “햇살”이 들어온다는 옹색한 이유에서이다. 햇살은 자기 소유가 아니지만 건물주는 한껏 소유주 노릇을 한다. 그래, “한 줌”밖에 안 되는 작은 “햇살”임에도 값이 비싸다고 화자는 풍자한다. 이 시조는 세태 풍자에 자연 풍자를 더 얹는다. “창 달린 지하방은 7만 원쯤 더 얹어야죠.”(세태 풍자)라고 말하는 건물주의 장삿속에 대해 “한 줌 될까?”(자연 풍자)로 그 아쉬움을 은연중 드러낸다. 그래, 화자는 대들지 못하는 안착주의의 성미인 듯하다. 좁은 바윗길을 빠져나오는 물고기의 재치와 풍자적 시상을 단시조 틀에 담았다.

시 쓰기에서도 주제의 대로로 나아가기 위해 구현의 방법과 수식의 숲을 요리조리 지나는 순발력과 요령이 요구된다. 황금물고기가 헤엄쳐 낚시나 장애물을 통과해 가듯 섬세한 삶의 과정에 생태 법칙을 유도하는 게 그렇다. 생명주의의 시에 대한 정의로, 조지훈 시인은 ‘시는 제2의 자연’이라 했는데 그걸 떠오르게도 한다.

3.

『기술 복제 시대의 예술 작품』으로 널리 알려진 발터 벤야민(Walter Bendix Schönflies Benjamin, 1892~1940)은 좋은 글을 쓰기 위해서 세 단계를 거친다고 역설한 바 있다. 즉 ① 발상과 감각에 해당하는 ‘음악의 단계’, ② 언어를 조립하는 ‘건축의 단계’, ③ 문장으로 직조하는 ‘직물의 단계’가 그것이다. 좋은 글이 되기 위한 단계이지만 일견 시의 요소들로서도 족하다. 다음 시조는 그런 건축적 미학을 들여다보게 되는 작품이다.

> 폭설 내린 월요일, 역사는 촘촘하다
> 멀리 차를 두고 온 밥술 뜬 사람들로
> 읍 향한 군내버스 안 틈새를 다 메워

두 목발에 의지해 병원 가는 행인처럼
꽁꽁 언 다리 위를 버스는 지나간다
바람이 살짝 건드려도 바퀴들 아우성치듯

해종일 역사는 승객을 되새김질하며
오목가슴 통증을 드러내는 어스름
무거운 눈꺼풀 내리고 속으로 울고 있다

— 박현덕, 「겨울 구례구역」 전문

일만을 위해 촘촘하고 고달픈 날을 사는 사람들이 있다. 시조는 드러난 폭설의 "월요일"을 그대로 보여주지 않는다. "구례구역"이란 기차 타는 손님이 많은 게 아닌, 인력시장 소개로 마늘, 감자 등 밭작물을 거두러 가는 사람들을 실어 나르는 "군내버스"가 분주히 드나드는 곳이다. 말하자면 기차역 기능보다는 버스 정류장의 구실이 더 많은 역설적인 역이다. 겉보기엔 "해종일 승객을 되새김질하는" 분주한 입구로 호항을 누리는 듯해 보인다. 하지만 그곳은 "오목가슴 통증을 드러내는 어스름" 속에 "무거운 눈꺼풀"로 서서 우는 곳이다. 그만큼 노동의 고달픔이 만연해 있다. 외부로 드러난 모습을 현현(顯現)하는 것으로부터 맘속에 쌓여가는 아픔을 장장(藏場)해간다. 그래 우울한 구례구역을 조감해 보인다. 앞서 거론한 벤야민의 ['음악'(첫 수) → '건축'(둘째 수) → '직물'(셋째 수)]의 단계를 거치는 이 시조는 「가을비」 「밤길」("막차 타고 집 나선다/창 밖에 물컹한 안개/희미한 첫사랑처럼/음악으로 번진다"), 「겨울 삽화 5 — 수목장」("살아생전 기억으로 나무가 우는 걸까[음악]/ 바람도 제 목청껏 허공을 휘저어 간다[건축]/ 눈꽃이 무게를 견디며 지켜보는 그해 겨울[직물]") 등과 같은 계열에 드는 작품군이다. 평론가 진형준에 의하면 이른바 '깊이의 시학'(1986)으로 이름할 내용들이다.

스님의 눈 속에
들어앉은 내 얼굴

합장하며 반기시네
“보살님은 부처님”

그렇게 찾아다니던
부처님이 바로 나

— 유자효, 「눈부처」 전문

마주 서서 반갑게 “합장”하는 “스님의 눈 속에” 부처가 있다. 그게 “바로 나”란 것이니, 진정 부처란 스님의 눈을 이윽히 바라보는 사람일지도 모른다. “눈부처”는 객체, 즉 대상에 깃든 자아가 주체화되는 순간이다. 그것을 발견하는 눈으로 시를 쓰는 일은 앞서 언급한바 ‘깊이의 시학’을 요구한다. “눈부처” 유래를 다룬 설화형의 시로 ‘눈부처’란 눈동자에 비치어 나타난 사람의 형상이 부처처럼 보이는 경우를 일컫는다. 어원은 「눉부텨」로 최세진의 『훈몽자회(訓蒙字會)』(1527, 중종 22년)에 표기되면서부터 사용한 고유의 말이다. 이는 상대의 눈에 비친 나의 모습을 일컫는 말로 상호공존 공대의 뜻이 담겨 있다. ‘부처’라는 고귀한 단어, 차별 없이 사랑하고 존중해주는 세상이 내 눈과 스님의 눈에 있으므로 우리는 서로에 대해 ‘부처’인 셈이다. 정신분석에서 말하는 ‘동일시(identification)’도 같은 맥락인 눈부처일까. 우리는 남을 본받는 것으로 밀접한 관계에 있는 사람과 동일시하려는 경향이 있다. 그러나 ‘눈부처’는 희망사항일 뿐이다. 인간 사이가 소원해져버린 눈부처 현상은 오늘날 드물다. 소통과 배려와 가치는 화자가 청자 중심의 존재화로 가능하다는 것을 일깨우는 시조이다. 새삼 상대에 대한 나의 위치가 중함을 느끼게 해준다.

도시의 모든 길이 어둠으로 치닫는다

갈 길 바쁜 경차 행렬
발 구르는 교차로엔
비보호 녹색 신호가
어지럽게 깜박이고

혼도 백도 탈탈 털린
껍데기만 남은 몸을
간신히, 간신히 추슬러
사무실을 나올 무렵

태식은 노숙의 별이 골목 안에 가득하다

— 임채성, 「오후 6시」 전문

시조는 일을 마치고 귀가하는 일상의 풍경을 구사한다. 한 편의 콩트처럼 읽히기도 한다. 도시의 "오후 6시"란 그렇듯 분주하다. "갈 길 바쁜 경차 행렬"에 신호도 길어 건너가기를 기다리지만 "비보호 녹색 신호"는 "어지럽게 깜박"이고 사람들의 조바심은 바쁘기만 하다. "발 구르는 교차로" 모습은 이처럼 분망한 시민들이 영상처럼 제시된다. 돌아볼 틈도 없는 업무로 풋대죽이 된 화자는 "혼도 백도 탈탈 털린/껍데기만 남은 몸"으로 "간신히" 추스르고 바야흐로 "사무실"을 나오게 된다. 그리고 오랜 신호 대기와 환승을 거쳐 집 근처 "노숙의 별이 골목 안에 가득"한 풍경 속으로 잠겨든다. 이 시조는 소시민의 일상을 컷으로 잡은 파인더 속의 파인더 작품, 그러니까 액자시조일 법하다. 그걸 잡아낸 화자는 "노숙의 별"이라는 풍자를 삽입함으로서 세태에 대한 화자의 눈이 거시적 앵글로 돌아간다. 자칫 관념으로 치우칠 법한 시조를 '줌-기법(zoom techniques)' 표상화로 바꾸어놓는 걸 임채성

시인에게서 자주 보게 되는데, 독자의 눈을 당기는 색다른 재미가 있다.

> 졸혼이나 이혼이나 유행처럼 떠돌지만
> 한번 맺은 부부 인연 놓기는 더 어려워
> 먼 듯이 가까운 듯이 서 있어도 보는 거다
>
> 이렇게 우리 비록 각방 쓰고 살지마는
> 부부란 이름 서로 내치지는 않았음을
> 눈빛만 딱 봐도 안다, 늘 반쯤은 젖어 있어
>
> 안녕, 내뱉으면 마음 한 귀 못 나든다
> 낮달의 하품 같은 휴일을 핑계 삼아
> 커튼을 열어젖힌다, 간극을 메우는 빛
>
> — 황외순, 「땅콩」 전문

송영의 소설 『땅콩껍질 속의 연가』(1986)가 영화화, 뮤지컬화되어 인기를 잇던 적이 있었다. '김일도'와 '주리'의 사랑을 다룬, 기미(機微)와 재치가 겹쳐진 작품으로 당시 대학가의 젊은이들이 부유하는 그 애환을 다루었다. 이 시조도 "땅콩"이란 제목이 부부라는 관계로 연결되어 있음을 알게 만든다. 그 관계를 생각하며 즐겁게 읽히는 맛도 있다. 제목은 이처럼 가급적 본문과는 거리가 있는 편이 좋겠다.

시조의 각 수(首) 종장을 눈여겨볼 필요가 있다. "먼 듯이 가까운 듯이 서 있어도 보는 거다", "눈빛만 딱 봐도 안다, 늘 반쯤은 젖어 있어", "커튼을 열어젖힌다, 간극을 메우는 빛"에서 나타나듯이 부부의 합환의 과정이 점강법(漸降法)을 밟는다. 이 같은 순차적 절차는 각 장의 초장과 중장도 마찬가지로 나타난다. 즉 초장의 '졸혼, 이혼의 유행→각방 사용→마음 한 귀 못 나듦', 중장의 '부부 인연을 놓기 어려움→아직 부부란 이름 내치지 않음

→휴일을 핑계로 합침' 등이 자연스럽게 연결된다. 가히 연시조의 전범이라 할 만큼 초 · 중 · 종장은 물론 각 수 간의 조직도 여유를 보이는 연결을 이루었다.

이와 관련하여 작금 시조단에 지적할 게 있다. 제목 바로 다음 행부터 제목의 글귀를 반복하면 독자의 유추력은 무시당한다는 것이다. 독자가 시를 읽다가 던져버리는 첫째 이유가 된다. 늘상 하는 말이지만 시란 모름지기 독자(수요자)의 긴장도를 높이는 데서 출발해야 한다. 말하자면 시가 뻔하지 않아야 함이다. 예컨대 '고향에 가면 가난했던 시절 어머니 생각이 난다', '책상은 열심히 공부하는 곳이다', 'OO꽃을 보면 옛 그 사람이 생각난다'(고향=어머니, 농촌=가난, 공부=책상, 꽃=그리움)하는 식은 하나마나 한 시상이다. 안타까운 현실이지만 분석해보니 매월 3,500편 이상 발표되는 시조 중 절반이 이 같은 전근대의 아가식(雅歌式), 송가식(頌歌式) 표현을 한다. 시조가 퇴보하고 있다는 위험신호이다.

이번 『나래시조』의 '3인 초대석'을 보니, 김선호의 「방향을 잃다」, 김선희의 「화들짝」이 우선 파고 들어왔다. '신작'에선 백점례의 「영광사 광고」, 윤현자의 「맥주 캔」, 오승희의 「택배를 기다리며」 등도 눈길을 끌었다. 하지만 다음 날을 기약해보기로 한다. 지면이 다 찼을 뿐 다른 이유는 없다. 해량을 바란다.

4.

온갖 세상 상처, 그 황금의 훈장을 비늘처럼 달고 헤엄쳐가는 물고기! 그럼에도 골목 놀이의 재치와 풍자, 그리고 지류의 물살과 더불어 이리저리 누비는 숙련된 헤엄 기법은 보는 이에겐 고기 자신의 상흔을 넘어 재미의 모티프가 된다. 작은 시내를 거쳐 강이나 바다로 가는 여정이 거대 문학의 대류를 끌어내는 이치와도 같다.

앞의 『황금물고기』에서, 자루에 묶여 유괴당한 라일라는 그녀를 산 랄라 아스마가 죽자 그곳을 떠나게 된다. 비로소 그녀는 억압의 노예 시절을 청산하지만 암흑과 피를 부르는 비정함이 더 강타한다. 그럴수록 그녀는 상처를 보듬고 넓은 곳으로 나아가기를 멈추지 않는다. 소설의 마지막 부분에, 이제 그녀는 자유로우며 삶을 다시 시작할 수 있다고 생각한다. 노예이자 예언자이기도 한 그녀의 조상 발랄족처럼. 어린 소녀, 청춘 시절을 거쳐 부족의 시대를 벗어나 사랑의 시대로 들어서게 된다. 억제와 가난과 비굴, 범죄의 시대는 이제 사랑의 시대로의 여정을 바꾼다. 걸맞게 소녀는 숙녀로 자랐다. 물고기에서의 '황금'이란 온갖 멸시와 억압과 고초의 무늬가 낭자한 세월의 성장 비늘을 상징한다.

비유하여 설정컨대 '황금물고기'는 억압받고 가난한 시인이다. 시인으로 그런 의미를 되새긴다면, 농경 시대를 억세게 산 우리들의 어머니, 그들의 울음과 한의 노래가 그랬고, 일제 식민지 시대를 모질게 살아온 조상들의 삼킨 분노가 그랬다. 항쟁에 앞장선 극복자들이 겪은 암울한 민주주의의 피, 그리고 나라의 생태를 파괴한 대통령들 앞에서 촛불을 들던 시민이 그랬다. 이제, 우리의 상처투성이 '황금물고기'는 강과 바다에 이르러 평화의 공존 시대를 운위한다. 그와 더불어 우리는 나라[國家]다운, 문단(文壇)다운 시(詩)다운, 시조(時調)다운 치유의 물을 마시게 될 것인가. 천년을 구릿빛으로 견뎌 노래하는 황금물고기, 그래, 누가 뭐래도 희망은 힘차다! 라고 말한다.

겨울 바다에 흘린 눈물이 봄날의 잎을 틔운다

영국인은 절름발이 거지를 돕기 위해서는 동전 한 푼 안 내놓지만 죽은 인디언을 보기 위해서라면 열 푼도 내놓는단 말이야.

— 셰익스피어의 『템페스트』 중에서 어릿광대 트린쿨로의 말

1.

이 글의 서두를 좀 단정투로 흘러가 보겠다. 평설의 한 순번을 지나고 다시 봄을 맞는다. 봄에 대한 이야기는 김동인(金東仁, 1900~1951)의 소설 『운현궁의 봄』(『조선일보』, 1933~1934)으로부터 도입한다. '운현궁(雲峴宮)'은 대원군이 거처했던 가호(家號)이고, 그 안의 '봄'은 이하응의 득세를 의미한다. 그러니까 '운현궁의 봄'이란 냉혹한 겨울처럼 모멸과 천대를 받던 흥선대원군이 마침내 권력을 거머쥐는 그 '봄'에 이르기까지의 이야기이다. 그는 등극하자 당파를 초월한 인재를 뽑고 구태를 척결해 나간다. 등용과 척결, 이른바 그게 정권의 '봄'이다. 매양 그래왔듯 봄의 처음은 희망적이다. 그래, 봄의 옷은 싹과 꽃으로 장식된다. 지고한 섭리와 이법에 따라 천하동장군(天下冬將軍)도 봄 앞엔 무방비하기 마련이다. 새싹은 대지와 고목의 껍질을 찢어내면서 솟아오른다. T.S. 엘리엇이 진언했듯 이른바 '잔인한 달'이 끼어 있다. 봄이 잔인하다는 건 흙과 고목의 거피가 찢겨지는 무자비한 상처에 포

인트를 두는 때문이다. 자유의 피가 끓어올라 억압의 사슬을 부쉈던, 또는 부수게 될지도 모르는 봄이니까 독재정권에겐 무서운 잔인함일지 모른다. 튀는 곳이 분명치 않은 철부지 같은 계절. 그래 춘투(春鬪)의 깃발이 나부낄 광장을 오늘 미리 걸어본다. 『운현궁의 봄』처럼 봄은 기존 공화국의 멸망을 예언하곤 했다. '광주의 봄'도 그러리라 예상은 했다. '봄'은 처단당하거나 처단하기도 했다. 체제의 자존심을 흔들며 지진처럼 꿈틀거리는 소리가 들릴 광장에 귀를 대본다. 정치란 원형 경기장 시스템이다. 그러니까 정치권을 비롯하여 공공기관, 기업 조직들은 조심할 필요가 있다. 견고하다고 자신하는 빙벽일수록 봄의 무드에 틈이 벌어질 확률은 많다. 콘크리트 적층을 비집고 나오는 잡초의 생리, 민중들의 지끈거리고 기우뚱하는 힘은 기득권자에게 두통을 유발시킨다.

그러하므로, 봄이 약동한다는 표현 앞에 머리가 숙여진다. 우리는 굶주렸지만 그 잉잉거리는 봄과 더불어 지나왔다. 나른한 봄볕에, 아니 엿장수 가위질 앞에 까만 배통아리 내밀고 침을 삼키다가, 엿보다는 흘린 침의 힘으로 성장해왔던 기억이 새롭다. 지금 아이들도 정도는 다르지만 봄 이야기엔 흥미를 갖는다. 이 봄, 필자는 루치오 비발디(A. Lucio Vivaldi)의 〈사계〉 중 '봄'을 듣는 일로부터 고독과 황망함을 견디려 한다. 흐름조차도 올 퍼펙트(All perfect)하게 공 튀듯이 약동하는 곡이니까. 봄의 상징인 모닥불과 새소리로 쪼는 음보를 따라가보라. 검버섯 무성한 살갗 위로 젖멍울 같은 회춘의 소름이 솟을지도 모르니. 별난 판타지나 게임의 재간에는 봄의 스토리로 제작한 프로그램이 많다. 어떤 아이들은 거기에 너무 경도되어 심리치료까지 받는다. 왜 봄 앞에 사람들은 달뜨는가. 조이던 나사를 풀고 스프링처럼 튕겨나갈 기운과 서스펜스와 스릴 때문만은 아니다.

2.

봄이란 괴력을 지닌 동식물, 나아가 '인간들에게 힘을 잡게 하는 데도' 동인(動因)이 되어준다. 위에 언급한 바 『템페스트』에서 트린쿨로의 비판은 참으로 시니컬하다. 그가 비꼬는 언사로 내뱉는 '영국인들은 절름발이 거지를 돕기 위해서 동전 한 푼 안 내놓지만, 죽은 인디언을 보기 위해서라면 열 푼도 더 내놓는다'는 잔인한 풍자가 그러하다. 이 말의 이면엔 베풂의 당위가 전제되어 있다. 프로스페로는 자신을 괴롭혀온 적들을 일망타진하여 복수의 기회를 만든다. 그는 마술로 폭풍우를 일으킨 후 바람의 정령(精靈)인 에어리얼을 시켜 적들을 섬으로 유인한다. 한바탕의 섬멸전이 예고된다. 한데, 극은 어지럼증을 앓듯 반전된다. 역시 프로스페로는 '봄'의 인권주의자였다. 오랜 무기와 익힌 술법을 버리고 평생 싸웠던 원수들을 갑자기 용서하기에 이른 것이다. 결국 죽은 인디언을 보기 위한 동전을 포기하고 눈앞의 빈민들에게 용서를 베풂으로써 그들과 소통한다. 대체로 세익스피어(William Shakespeare, 1564~1616)는 비극을 많이 썼지만 이 『템페스트(*The Tempest*)』에선 해피엔딩 결말을 선택한다. 알론소 왕의 아들 페르디난드를 적의 무리로부터 떼어 상륙시키고 공력 끝에 미란다와 사랑하게 만드는 덕을 베풀기도 한다. 원수들을 용서하는 봄빛 같은 미소와 그것을 유도하는 사랑을 실현한 스토리는 이 봄에 읽어야 할 필수 주문사항이다.

아이들은 봄날 마당에서 스카이콩콩을, 이젠 인라인 스케이트, 아니 전동휠과 퀵보드에 몸을 싣는다. 날렵하게 튀어가며 지상을 무공처럼 누빈다. 손오공의 요술 지팡이는 이미 아이들의 발로 가 있다.

> 한 사내 흔들어대는 산벚나무 아래서
> "꽃눈이다!"

세 살 아이 좋아라 손뼉 치네

우
수
수

아망도 없이 젖꼭지 놓는 꽃잎들!

— 김정연, 「숨의 질량」 전문

봄 뜰엔 자연스러운 것이 많다. 아이의 앙탈 같은 "아망도" 상관없이 "젖꼭지"를 놀리는 "꽃잎들"이 지천을 이룬다. 해서 봄의 "질량"은 유혹으로 넘쳐난다. 시조에 등장하는 존재들은 봄 마당과 함께 "사내"와 "아이" 그리고 "아망", "젖꼭지", "꽃잎" 등으로 자장(磁場) 지어져 있다. 이 사물들을 아무 매듭 없이 연결시켜주는 게 "우/수/수"란 말이다. 이 말처럼 감정과 감각을 아우르다 일시에 쏟는 것도 드물 게다. 꽃잎 무더기에 묻히는 것들을 호명함이 어쩜 부질없게도 느껴진다. 지상에 낙화를 재촉하는 시샘 바람이 일어나는 건 흔한 일이다. 이때 '하르르' 지는 꽃잎을 "숨의 질량"이란 그릇에 담는 기미(機微)야말로 김정연다운 봄의 설법이렷다. '질량의 법칙'이란 물리학적으로 쓰일 자리인데, 시조적 이미지의 '질량'으로 던지고 받는 화답이어서 범상치 않다. 제목에 겨누는 당점에다 순간의 큐를 찍는 기술로 끌어당기기를 끝내는 격이다. 마치 실을 맺고 끊어내는 어머니의 길쌈처럼 능란함도 보인다. "꽃눈" 앞에서 "세 살 아이"가 "손뼉" 치며 아이 "좋아라" 하는 뜀박이 그려지기도 한다.

이 시조에는 초 · 중장의 분리와 더불어 구성의 연속성이 강점이다. 종장의 첫 구에선 꽃잎이 떨어지는 양상을 시각화한다. 그러면서 "아망도 없이 젖꼭지 놓는" 반색의 색깔을 입혀 관심을 유도한다. "꽃눈이다"와 같은 탄성과 조락(凋落)을 묘사하는 "우수수"가 한눈에 병치되게 하는 수완도 좋다. 탄성의 청각어와 화락(和樂)의 시각어를 함께 대치시킨 솜씨가 돋보이는 시조이다.

김정연의 시조에선 이런 단문장적 점증(漸增) 발화가 장점이다. 가령 "눈을 뜬다/어디쯤이죠?//종착역까지/한겻 남았단다//주저 없이 내려선다/그래도 참 다행이야//길 찾아/더 걸어야겠지//어둡지 않아/아직은"이라 한 「한겻」에서도 그게 드러난다. 긴 낮길을 따라 한 해를 접어가는 모습에, 남은 시간을 헤아려보는 여유도 있다. '한겻'은 한나절의 절반이다. 이 말은 '더 걸어야겠다'는 의지에 또 다른 길을 만날 수 있다는 예견에 반반 섞인 말이다. 시인은 '아망', '한겻', '궤나' 등의 감각어를 적소에 안치시키는 데 재미라도 붙였나 싶을 만큼 노련하다.

서랍의 손 때 묻은 봉투 속의 아들 탯줄
잘 말라 보기 좋은 네 분신이 건네주는
오래된 마른 잎 편지
두 손으로 받았다

뼈와 살 젖줄 감고 큰 울음을 터트린 날
너와 나 눈 맞춤이 아직도 선연히 남아
무시로 전율이 된 채 이 가슴을 떨게 한다

세상과 마주 서며 걸어가는 그 길 위해
첫 정의 부푼 꿈에 모든 것 다 주고도
마음은 늘 허전해서 회신 붙여 읽었다

— 김차순, 「마른 잎 편지」 전문

오랫동안 전통을 잊고 살았던 세대의 경우, 옛 어머니 모습을 그들에게 시조가 일깨운다. 하니, 좀 색은 다르다. '참 그런 시대가 있었지'라는 스치듯 일어서는 생각. 그러니까 아들의 탯줄을 자른 후 말려서 장롱이나 서랍 속에 보관하는 풍습 말이다. 성년이 되어 결혼할 즈음 아들에게 주던 증표였지 싶다. 일견 이 시조는 상은 연결되지만 속도감이 있다. 각 종장의 마지막 음보, 즉 "두 손으로 받았다"(첫째 수), "가슴을 떨게 한다"(둘째 수), "회신 붙여 읽었다"(셋째 수)에 이르는 의미의 진전이 그런 대목이다. 대를 이어 전해지는 배꼽, 즉 시조에서 미화된 바 "마른 잎 편지"는 "두 손으로 받"은 '수신', 그리고 "가슴을 떨게 하"는 '감흥'과 그에 "회신"을 "붙여 읽"는 '답신'의 심리적 과정을 적절히 연결해주는 사다리식 서술이다. 되짚어, 각 종장의 첫 음보에 쓰인 "오래된 마른 잎"(첫째 수), "무시로 전율"(둘째 수), "마음은 늘 허전"(셋째 수)함도 같은 논리로 설명할 수 있겠다. 이 같은 '수신-감흥-답신'으로 이어지는 '부모-자식'간 소통 관계는 "편지"를 통해 도구화된다. 가족 전설의 한 스토리일 터이다. 이 이야기가 독자에게 감동을 주는 것은 그런 시대가 다시 올 가능성을 작품을 통해 읽을 수 있기 때문이다.

사람 신체와 관련한 이 행습적 통과제의(通過祭儀)는 지금도 일부 남아 있다. 가령 젖니가 빠지고 새로 영구치가 날 때라든가, 긴 머리카락을 자를 때라든가, 망자의 손발톱을 담은 주머니를 관에 넣는 풍습 등에서 그 통과제의를 볼 수 있다. 전통적인 이 속설은 특수 의미를 갖기도 하는데, 시인이 그걸 모처럼 '마른 잎 편지'로 환원 · 발굴한 셈이다.

> 가도 가도 간도 땅
> 연길 너머 간도 땅
> 비룡폭포, 장백폭포, 그게 그 이름인데
> 나는 또 이쯤에 와서 무어라 불러야 하나
>
> 무어라 블러야 하나,

내 안의 이 간절함
각시 각시 새각시, 남남북녀라는데
어느 뉘 여전사마냥 북파능선 오른다

광복절 그 다음날 하필이면 너를 만나
대놓고 통성명도 못하는 우리 사이
백두산 가을을 당겨
물소리로 젖는다

— 문순자, 「각시투구꽃」 전문

'각시투구꽃', 각시가 투구를 썼으니 화살이 빗발쳐도 상관없이 나아가듯 저절로의 힘을 얻는다. 자칫 '백두산'이란 시제로 쓸 법한데, "각시투구꽃"을 '백두산'의 이미지로 삼았다는 게 남다른 소재관이다. 이 꽃은 백두산의 습한 곳에 자생하는 여러해살이풀이다. 경사진 곳이나 바위틈 햇볕이 잘 들고 습도가 높고 토양이 비옥한 곳에서 자란다. 투구처럼 생긴 꽃에서 이름이 생겼다.

대저, 오늘날 관념투의 공허한 통일 이념을 구겨 넣는 시조가 많아 걱정이다. 다른 좋은 시조조차 식상한 눈으로 싸잡아 볼 수 있기 때문이다. 관념과 이념의 시조는 삼류 시조단에 부지기수로 발표된다. 좋은 시조냐, 그렇지 않은 시조냐는 관념이 승했느냐, 패했느냐로 관건을 삼는다. 오로지 읽음으로써 구별할 수밖엔 없는 일이니 난감할 때가 많다. 이 시조는 반복된 나열 다음에 뒤집는 기법이 능란하기에 주목받을 수 있다. 예컨대 "나는 또 이쯤에 와서 무어라 불러야 하나"의 첫 수 종장을 다시 둘째 수 초장 "무어라 불러야 하나"로 앉힌 기법 같은 게 그 예이다. 다르지만 조운의 「구룡폭포」("샘도 강도 바다도 말고 玉流 水簾 眞珠潭과 萬瀑洞 다 고만두고 구름 비 눈과 서리 비로봉 새벽안개 풀끝에 이슬 되어 구슬구슬 맺혔다가 連珠八潭 함께 흘러/ 구룡연 千尺

絕崖에 한번 굴러보느냐")를 연상하게 하기도 한다.

자고로 대구법은 시조의 대표적 표현으로 알려져왔다. 고시조의 대부분이 이 대구와 관련이 깊다. 특히 황진이와 이조년의 시조가 그 극점을 이룬다. 조선 인조 때 김자겸의 모함으로 옥사한 친명반청파(親明反青派)인 임경업(林慶業)이 지은 시조에도 그런 게 있다. 최초 무인(武人)으로 쓴 대구법 구사가 그럴듯하다. 가령 "力拔山 氣蓋世는 楚覇王의 버금이요 秋霜節 烈日忠은 伍子胥의 우희로다 千古의 늠름한 대장부는 漢壽亭侯인가 하노라"에서 그런 진술이 보인다.

머리에 비애 구름
이고 사는 울 아버지.

쩍 벌린 큰 입에서 울음 비 쏟아진다.

저 속에 손 넣어본다,
만져지는 상형 문자.

슬픔 새긴 그걸 반쯤,
해독하고 바라본다.

금방 백촉 등불 같은 얼굴을 한 내 아버지.

여보쇼, 댁은 누구슈?
나를 빤히 쳐다본다.

치매가 저다지도
깊고 깊어 나도 아프다.

봄빛 같은 두 손으로 눈과 입 씻어주는데…,

겨울이 소나기 쏟는다,
그리 우는 바보 있다.

— 배우식, 「겨울 소나기」 전문

이 시조는 총 3수에 걸쳐 치매 앓는 아버지와 자식(나)의 관계를 숨김없이 보여준다. 겨울에 오는 "소나기", 이는 충분한 시의 글감이 될 수 있다. 제목을 거는 방식이 '낯설게 하기'의 한 장치이니 말이다. 화자는 아버지가 치매에 깊어가는 데 마음 "아파" 한다. 그렇지만 실날의 희망을 안을 듯 "봄빛 같은 두 손으로" 다가가 아버지의 "눈과 입을 씻어주는데" 그때 참을 수 없는 눈물, 마침 그때 만부득한 "소나기"가 쏟아진다. 그건 의당 화자의 눈물일 터이다. 그러함에도 객관적 위치로 돌아가 "그리 우는 바보"라고 치부하는 데서 시의 종착을 알린다. 아버지는 나에게 "여보쇼, 댁은 누구슈?"라고 뚱한 말을 한다. 그래 소나기는 더 쏟아질 수밖에 없다. 아버지의 질문에 비머금은 먹구름은 또 뜨는 것이다. 뿌려질 소나기와 눈물을 예견한 복선이겠다. "머리에 비애 구름"을 "이고 사는 울 아버지"는 결국 화자에게 "소나기"를 또 퍼붓게 한다. 소설에서와 마찬가지로 시조에서도 복선(伏線)은 중요하다. 그게 실은 독자를 꾀어내는 하나의 덫의 단계로 보면 된다. 그때, 가슴을 향한 예비적 탄창을 장착하는 순간이다. 그걸 잠금쇠로 고정하며 한번 더 벼리는 목표물로 확인된다. 복선의 스토리텔링은 요즘 현대시에서 많이 활용되고 있다. 독자도 그런 시에 팽팽한 매력을 느낀다. 소설적 요소가 시에 들어가면 흥미를 배가시킬 수 있다. 시조에 스토리텔링의 폭을 확장시킬 필요를 필자는 이 계간평 자리에서 강조한 바도 있다. 재미있는 시조가 읽히는 게 당연한 일이기 때문이다.

3.

예전엔 드문 일이었으나, 오늘날엔 주변에 나타난 현상을 극화된 문장으로 변화시킨 시조가 많다. 객관적 관점으로 메시지만을 전언하는 표현법을 운용하기도 한다. 자동기술법, 의식의 흐름 같은 기법도 이야기식(스토리텔링)으로 옷을 입힌다. 독자로부터 재미있는 시조가 되어야 할 요구가 비등해 있다. 함에도 주변엔 삼류나 오류의 아가시조(雅歌時調)가 매 계절에 3,000여 편이나 발표되니 머리 아플 일이다. 필자만 그러는 거 아니고 시조 식자들 대개가 그런 불만을 느낀다.

> 털썩, 주저앉고서야 처음 너를 보았어
> 차갑게 누워버린 절망의 담벼락을
> 한없이 꺼져만 가는
> 옥탑방 바닥을
>
> 팔 베고 누우면
> 천장이 바닥이 되고
> 우르르 무너진 하늘 별빛도 숨었는가
> 겨울의 파편 속에서 밤은 더 깊어진다
>
> 겹겹이 쌓인 한숨을 하나씩 거둬낸다
> 내 무릎을 받아주던 너를 끌어안으면
> 바닥은 부스스 일어나
> 길이 되기 시작했다
>
> — 이송희, 「바닥에 대한 단상」 전문

현재 바닥에 대한 시는 많다. 그만큼 사는 일이 바닥을 치거나 바닥에 눕듯이 지친 것인지도 모른다. 바닥을 보는 일, 그만 바닥에 주저앉는 일, 심지어 바닥을 끌어안는 시대라고 하는 건 그만큼 힘들게 사는 사람이 많다는 이야기이겠다. 바닥이란 한숨과 막다른 순간에 함께 눕히고 주저앉히는 '자포자기'로 상징되기도 한다. '오죽하면'이라는 이유 같은 수식과 더불어 파생되는 대상이기도 하니까. 바닥, 그건 존재하는 바가 막다른 데 이르는 삶일 터이다. 바닥의 삶을 지탱해가는 사람들은 그것을 벗어나려고 애쓴다는 아픈 공통점이 있다. 하지만 더욱더 어려워진다. 참으로 막막하여, 그만 더 낮아져야 할 자리도 없다. 포기가 그런 입장을 대변한다. 빈부차가 심해 겨울의 냉골 바닥에서 흘린 눈물로 봄을 고대하는 상춘병(傷春病)을 앓는 사람이 많아졌다. 하지만 어쨌든 봄날의 잎은 틔우기 마련이다. 이송희는 낮은 곳으로 향하는 눈물을 갖고 있다. 그러면서 희망의 별(봄)을 견유하는 시조도 자주 쓴다. 가령 「물병자리」(오늘의 시조시인상 수상작)에서 "물렁한 뼈들이 차가운 몸을 섞는 밤/맨 처음 내 울음을 기억한 별 하나가/하늘 숲 어둠을 젖히고/내 안에 눕는"는 바닥으로 "흔적 없이 사라질" 마음을 닫고 "물구나무"를 "세워 시원하게 쏟"아지려는 자세로 바닥같이 직진하는 삶을 보여준다.

바닥과 가장 밀접한 말이 '까불지 마'이다. 넓고 거대한 땅에 대하여 겸손함을 갖춰주기 때문이다. 바닥에 도달하면 할 수 있는 일이란 더 제한된다. 바닥에선 누구든 낮아져 겸허해지고 따라서 함부로 까불지 않게 된다. 고려시대 지눌 스님은 '땅에 넘어진 자 그 땅을 짚고 일어나야 한다'라고 설파했다. 위험에 부딪쳤을 때 바닥으로부터 벗어나게 되면 그 남은 생은 감사하는 마음을 가지고 살게 된다. 고독하지만 그게 잔잔한 기쁨의 삶일 수 있다.

바닥이 가만히 발소리를 새겨 듣는다

깊은 지하 계단 오르내리는 인파들 틈에서 걸레를 든 손, 이제는 바닥에도 정이 드는지 한몸이 되어버린 바닥이 주름을 비춰준다 엎드려 살았

던 몸을 닦듯 바닥이 바닥을 끌어안는다 무릎을 구부릴 때 바닥의 눈과
귀가 숨을 받아낸다 지하철역 바닥을 닦는 늙은 손등 위로 전동차가 덜컹
거리며 스쳐간다 이 바닥을 떠나면 올라가는 계단은 없다

바닥은 쉽사리 바닥을 놓아주지 않는다

— 정지윤, 「바닥들」 전문

이 시조는 정점관찰(定點觀察)의 시선으로 바닥을 본다. 제목을 "바닥들"이라고 한 데서도 그런 뉘앙스가 풍긴다. 여러 "바닥"에 대해 사진을 찍어내듯 그것들의 상태를 제시하고 화자는 숨고 있다. 하지만 "바닥"의 막다른 끝 그 "바닥"을 이야기하려는 게 보인다. 비록 지하철역의 "바닥"에 대해 말하고 있지만 사람들의 밑바닥 생을 알레고리화하여 보여준다. "바닥을 닦는" 한 노동자가 쥐고 있는 "걸레"와, 그의 "늙은 손등"은 시든 배추 포기를 쥔 노점상 할머니 사진처럼 연출되지 않은 보도로 자주 동원된다. 그는 지친 노동에도 불구하고 습관화된 기계적 활동으로 '바닥'을 견디어낸다. 때로 "손등 위로 전동차가 덜컹거리며 스쳐"가고 있지만 그에겐 무심한 풍경일 뿐이다. 쉴 새 없이 오가는 인파들 사이에서 닦아야 할 "바닥"은 항존(恒存)한다. 바닥을 닦기 위해 "무릎을 구부릴 때"마다 그의 "눈과 귀"는 가쁜 "숨을 받아"내기에도 바쁘다. 그러나 "이 바닥을 떠나면 올라가는 계단"이 "없다"는 사실에 절망한다. 화자의 감정은 그뿐, 그런다고 "바닥"은 쉬이 "바닥을 놓아주지 않"고 다시 쥐는 장악력을 지닌다. 해서, 바닥은 견고할 뿐, 그리고 겨울 바닥은 더 강고할 뿐이다. 이 시조는 영원한 바닥들과 함께 견디는 삶의 괭이들을 묶어 정점관찰의 기법으로 정리해 보이는데 이른바 문제작일 법하다.

정호승은 「바닥에 대하여」(창비, 2004)에서 이렇게 썼다. "바닥까지 가본 사람들은 말한다/결국 바닥은 보이지 않는다고/바닥은 보이지 않지만/그

냥 바닥까지 걸어가는 것이라고/바닥까지 걸어가야만/다시 돌아올 수 있다고….” 그건 그렇다. 시에서처럼 “바닥은 쉽사리 바닥을” 우리에게 “놓아주지 않”을 것이다. 그러니 우린 바닥을 짊어지고 지켜갈 수밖에 없다. 떼려야 뗄 수 없는 바닥은 우리 생의 동반자이자 우리를 품어 길러낸 태생적 존재이지 않는가. 하면, 바닥은 모성이다. 봉준호 감독의 영화 〈마더〉(2009)에서는 김혜자(혜자 역)와 원빈(도준 역)이 마지막 바닥과 같은 모성의 힘을 보여주기도 한다. 오래전에 본 이 영화는 이 시조와 소통될 수 있을 만큼 간절한 면도 있다는 걸 그냥 스치듯 생각해본다.

> 구름이 높이 오르며 가을이라 일러주다
> 늦잠 깨어 밖을 보니 잎새마다 울긋불긋
> 덩달아 가슴 한구석 단풍 곱게 번지다
>
> 등짝이 배기도록 빈둥빈둥 뒹굴다가
> 앞날 놓고 재어 보면 눈앞이 캄캄해도
> 그대가 붉게 타들면 그저 따라 환해지다
>
> — 김선호, 「부화뇌동」 전문

“부화뇌동(附和雷同)”이란 부정적인 의미의 전파력이 센 경우를 두고 이르는 말이다. 우렛소리와 함께 쉬이 동화한다는 뜻이 있다. 자신의 뚜렷한 소신은 없고 남을 따라가는 것[附和]을 두고 이르는 말이겠다. 그렇듯 우리 주변엔 주관 없이 무조건적 인기에 영합하는 게 상습적인 경우가 많다. 맹목적으로 매달리는 일이 그것이다. 옛날 사람들은 자연현상이 그것을 주재하는 어떤 거대한 존재에 의해 이루어진다고 보았다. 비, 바람, 이슬, 눈은 물론이고 지진이나 일식, 태풍까지 신의 조화로 돌렸다. 천둥소리가 크면 사람들의 반응도 크고 작으면 작게 반응한다고 한다. 부화뇌동에 이르면, 단풍이 절정에 치닫는 산을 보고 우리 마음까지도 타들어가 환해진다. 단풍의 화염에 부화뇌동하여 나도 그만 그렇게 그 화염에 휩싸인다니 참 시인다운 병이다. 천연으로 물든 계절에 시적 화자가 전염되어 염색한 모티프를 "부화뇌동"이란 겸손한 맛깔로 요리해 보인다. 이 시조는 각 종장에는 부화뇌동의 자동사가 눈에 띈다. 즉 "덩달아 가슴 한구석 단풍 곱게 번지다"(부화)와 "그대가 붉게 타들면 그저 따라 환해지다"(뇌동)라는 구절로 부화와 뇌동을 나누어 육화해낸다. 이렇듯 이 시조는 가을이면 흔히 보는 단풍에 대한 찬가가 많으나 자신만의 개성적 언어로 재구성한다. 초 · 중 · 종장에 음보 단위가 정확히 구분되어 형식의 안정감이 느껴진다. 즉 "구름이 높이 오르며 가을이라 일러주다"라는 초장의 음보가 중 · 종장에 가서도 변하지 않고 일률적이란 점이다. 현대시조라고 해서 이 원칙에서 벗어나도 좋다는 견해를 갖는 시인들에게도 좋은 시사점이 될 수 있다.

4.

파리의 노트르담 대성당으로부터 전개된 예술운동에서 그 상징성을 담던 시대를 거쳐 700년 가까이 흘렀다. 대성당은 1163년부터 무려 182년에 걸쳐 건축해오면서 구파(舊派) 예술을 정리하고 신파(新派)의 그것을 확대해왔다. 결국 '다성음악(多聲音樂, polyphony)'이란 양식으로 불려졌는데 이를 '노트르담 악파(樂派)'라고 이름하게 된다. 이 때문에 그 시대를 '아르스 안티쿠아(Ars antiqua)의 시기'라고 일컫기도 한다. '아르스 안티쿠아'란, 한마디로 '낡은 예술'이란 뜻이다. 이에 반해 '아르스 노바(Ars nova)' 운동은 '새로운 예술'이라고 지칭되었다. '아르스 노바'로 명명한 건 앞서 아르스 안티쿠아를 비판하기 위한 발판적 명명이었다.

노트르담 대성당의 복원은 빅토르 위고(Victor Marie Hugo)가 쓴 『노트르담의 꼽추(*Notre Dame de Paris*)』(1831)에서 비롯되었다. 당시 도시계획자들에 의해 대성당이 철거 위험에 처해지자 성당의 전통을 일깨우기 위하여 빅토르 위고가 이 소설을 썼고 많은 시민들이 성당 보존을 위한 모금 운동을 전개하자 드디어 대성당은 1845년에 복원되기에 이른 것이다. 잃을 뻔한 복원의 '봄'은 이렇게 오래된 벽 틈에서 가는 샘물처럼 새어 나왔다. 새로운 예술, 그러니까 새로운 시조는 전통 속에서 잉태되는 게 맞다. 그러다 그 전통을 딛고 다른 힘으로 재편성되는 순간을 맞는 건 운명이다.

지난 호에서도 말했지만 위정자의 구속과 억압은 민중에게 자유의 몸을 불리고 키워주는 힘을 오히려 키우게 된다. 그래 역설의 진리는 순환한다. 낡은 것을 비판하는 자유는 있을 수 있지만 송두리째 그것을 뽑아 없애야 한다는 혁신은 얼마나 어려운 일인가. 아니 어리석은 일인가. 나아가 얼마나 가소로운 일인가. '소가 언덕이 있어야 비빈다'는 말에서 그런 힌트를 얻는다.

5.

시조의 소재나 내용이 차츰 다양해지고 있는 현상은 사회의 다원화를 반영하는 당연한 일일 터이다. 변화엔 사람들의 능동적 대처가 요구되듯이 사물을 보는 새로운 개안(開眼)이 시인에게는 필요하다. 예컨대 우리는 전화를 단순 통화의 수단, 즉 들고 다니는 기계로만 보아왔다. 그러나 오늘날은 수만 가지의 일을 하는 필수 도구임을 떠나 무기로까지 바뀌지 않는가. 오프라인에서만 읽거나 만들던 책도 이젠 그 형태가 다양해져 책 읽어주는 앱과 책의 내용을 극화, 애니메이션화해 보여주는 앱, 페이스북에 기록된 것을 순간 책으로 편집해내는 것, 나아가 누적된 글을 기획 · 편집해주는 AI와 같은 앱이 이미 출시되어 인기를 누린다.

필자는 이 계간평을 시작할 때 글의 마지막 부분에 시조에 관한 앱 개발을 재촉한 바 있다. 이번엔 더 구체적으로 제시해본다. 자유시의 경우를 들어보자. '창비'의 시 배달꾼 앱 '시요일'은 2017년 이후 1년 만에 이용자 수가 약 20만 명으로 증가했다고 보고한다. 더구나 앱 사용자 수가 늘어나면 오프라인 시집 판매가 줄어들 것이라는 예상을 뒤엎고 시집 판매량이 뛰는 시너지 효과를 가져왔다. 이 앱으로 시집 시리즈에서 대체로 3쇄 이상 발간 시집이 70% 이상이나 된다. 결국 온라인상의 시 읽기 앱이 대중의 시 관심도를 높여 판매를 유도한다는 연쇄 효과가 검증된 것이다. 필자도 매일 아침 이 앱이 배달해주는 시를 읽으며 하루를 열고 있다. 마침 폰에 설치된 '시요일' 앱에 담긴 시집과 시인 목록을 검색해보니 작고 시조시인으로 조운, 김상옥, 그리고 현역 시조시인으로 고정국과 이재창이 있다. 그런데 아이러니하게도 자유시인들이 시조시인을 더 많이 찾아 읽고 있다. 시조시인들이 접속하여 댓글을 남긴 예가 거의 없다. 시 전문지 『모든시』에서 운영하는 팟캐스트 중 '시를 읽어주는 여자' 앱은 아예 자유시만을 대상으로 한다. 또 이안 시인이 진행하는 '동시 한바퀴'와 '동화 읽기' 프로그램도 있다. 이 영향으로 아동문학서 판매가 급증하여 학교 현장과 학부모들로부터 동화 붐, 낭독 붐이 이는 동력이 되기도 한다. 아동문학 도서는 적자(赤子)가 비교적 적다는 출판계의 전설도 그래서 생겨난 게 아닌가 한다.

현재 우리나라 시조 전문지들은 연간지, 순간지, 계간지, 월간지 등 65여 종이다. 전통 문학지로서 세계 최고의 양이다. 잡지 수가 불어나는 게 독자를 늘리는 해법은 아니다. 질 저하의 잡지(악화)가 질을 높이려는 잡지(양화)를 오히려 구축(驅逐)하는 역기능도 있다. 오프라인에서보다는 독자, 대중, 전문가, 시조시인, 시조출판계 속으로 파고드는 온라인상의 앱 개발을 서둘러야 할 시점이다. 늦었지만 이게 시조가 불황에서 헤어날 수 있는 길이 아닐까 한다. 라디오에서 시조를 읽어주는 지역 프로그램(예, 부산)도 일부 있지만 열린 체재가 아니어서 활성화되지 않고 있다. 더구나 일부 시인에게 편중되는 편집으로 다수 시인들로부터 외면당하기도 한다. KBS '콩'이란 앱처럼 스마트폰 시스템에 부가하면 효과가 커질 것이다.

6.

해서, 바야흐로 시조가 활황을 전개해야 할 봄이다. 작년과 재작년의 각 시조지에 발표된 계절 시조를 조사해보니 봄에 관한 시조가 무려 60% 선이다. 그만큼 시조의 소재로서 시인이 봄을 좋아한다는 경향이다. 그러니 겨우내 움츠렸던 건 몸뿐만이 아니었음을 알겠다.

그렇다. 『템페스트』에서 페르디난드와 미란다의 사랑은 정령 에어리얼(봄바람 맞기)로 하여금 현시되지 않았는가. 트린쿨로가 지휘하던 군대도 해빙의 희망을 걸고 있다. 이제 얼어붙은 군은 계절을 딛고 걸어 나와 부드러운 온기로 베푸는 관용을 따라나서 보자. 에어리얼이 일으키는 봄바람을 맞을 때이지 않은가. 바람이 모이 줍듯 읽어가는 마당에 어미 닭 부리의 행(行)을 따라 병아리 짓으로 우린 봄 시조를 아장아장 따라간다. 그걸 햇살 반짝이는 뜨락 벤치에 다리 포개고 보거나 읽으면 더 운치 있을 것이다. 비발디와 시집과 뜨거운 아메리카노 커피, 또는 흰구름도 잡힐 맑은 꽃차가 있으면 금상첨화이겠다. 요즘 남북 정치가 평화와 화해, 관용과 베풂의 무드로 서투르지만 더딘 지르박처럼 스텝을 밟는 중이다. 동포끼리 함께 추는 왈츠나 탱고같이 익숙해지면 다른 춤 잔치도 벌일 법하다. 아니다. 시조로 화답하는 남북간 대화를 생각해본다. 「단심가」나 「하여가」 수준으로 막히진 않겠지. 아 참! '봄'을 넘겨가는 비발디 판을 다시 '봄'으로 돌려놔야겠다.

(『나래시조』, 2019 봄호)

즐거운 곳에선 날 오라 하여도
내 쉴 곳은 작은 시조집 그 집뿐이네

즐거운 곳에서는 날 오라 하여도 내 쉴 곳은 작은 집, 내 집뿐이리.
꽃 피고 새 우는 집, 내 집뿐이리. 오 사랑 내 집, 즐거운 내 집뿐이리.

— 존 하워드 페인, 〈즐거운 나의 집〉 중에서

1.

미국의 극작가 존 하워드 페인(John Howard Payne, 1791~1852)은 4월 9일 알제리에서 사망한다. 그리고 31년이나 지났을 때, 미국 정부는 그의 유해를 본국으로 가져온다. 그에겐 그리워할 고향도 안착한 집도 없었다. 그는 평생을 유랑하며 살았지만 아이러니하게도 〈즐거운 나의 집(*Home Sweet Home*)〉이란 노랫말을 쓴 사람이다. 이 노래는 1823년 오페라 〈클라리, 밀라노의 아가씨(*Clari, Maid of Milan*)〉에서 불러진 뒤부터 유명해진다. 지금까지도 세계인의 애창곡 순위 1번이다. 우리네 삶의 근본이 되는 '가정의 행복'을 노래한 때문이라 한다.

이 곡은 영국의 음악가 헨리 비숍(H.R. Bishop, 1786~1855)에 의해 작곡됐고, 남북전쟁 때에는 남군, 북군 할 것 없이 함께 불렀다. 1862년 이탈리아 오페라가수 아델리나 파티(Adelina Patti, 1848~1919)가 링컨 대통령의 요청으로 백악관에서 부르는 등 인기가 연이어졌다. 심지어 우리나라에서는 'Home

Sweet Home'이란 문구로 예비 신부들이 혼수감용 자수(刺繡)를 하는 게 유행하기도 했다. 양복 커버나 옷을 거는 횃대보의 장식문자로 쓰인 것이다. 〈즐거운 나의 집〉은 영화 속에서도 명성을 누린다. 1939년 〈오즈의 마법사〉, 1944년 〈비소와 낡은 레이스〉, 1982년 〈아미티빌의 저주〉, 그리고 일본에선 1988년 애니메이션 〈반딧불의 묘〉에 삽입되기도 한다. 이렇듯 시대를 초월해 〈즐거운 나의 집〉은 고공행진으로 현재도 애창 중이다.

그런 스토리의 의미로, 나는 〈즐거운 나의 집〉 대신 작은 시조집('集'과 '宅'의 重意)을 읽는 게, 내 쉴 곳이며 삶의 소소한 즐거움이라는 의미를 담는 제목을 건다.

2.

필자는 2018년 8월 4~5일 문경새재 시인학교에 1박 2일로 다녀왔다. 거기, 시각장애인을 비롯 50여 명이 예선을 통과한 다음 현대시조 100편을 전혀 틀리지 않게 암송한 걸 보고 깜짝 놀랐다, 토너먼트로 겨룬 암송대회에서 다시 가려진 입상자들은 우열의 판단이 거의 불가능할 정도로 막상막하, 난형난제의 실력이었다. 대회 입상자들의 공통된 소감이 '암송엔 시조가 시보다 더 재미가 있다'인 것을 듣고 나는 무릎을 쳤다. 암송 100편 중 겨우 한두 군데 버벅대다 입상권에 들지 못한 애석한 출연자들 모두가 내년에 다시 도전할 거라고 해서 또 한 번 놀랐다. 이들은 왜 시조를 재미있게 외울 수 있었는가. 그건 시조 자체의 리듬, 그리고 해학과 풍자가 담긴 내용 때문이라 했다(대부분 암송자들이 정용국의 「어금니」, 이종문의 「효자가 될라카머」 「아버지기서 계시네」, 조운의 「구룡폭포」 등을 예로 들었다). 그런 시조는 막힘없이 술술 외우는 효과를 가져왔다고 참가자들은 말했다. 『도전! 시조 암송 100편』(알토란북스, 2013)이란 교재는 그런 재밌고 좋은 시조를 선별·편집한 책자였다.

3.

자, 다 털고 털어버리고, 8월의 맹서(猛暑)가 주춤해진 저녁 시간에 자판을 두드린다. '토트락 탁!' 키보드와 모니터에 눈길이 어찌 멀어지려는데, 애뜯고 다가가 살펴본다. 이러라니! 신작 곳간에 웬걸 알곡이 가득 찼다. 수매(收買)를 위해 까짓 매짐(힘에 겹더라도 욕심껏 짊어지는 일)까지 했다. 이 무슨 배짱인가, 편집주간이 뭐라든, 원고량이 넘든 말든 상관없이 좋았다. 파장에, 별쩍스레 따라오던 조무래기들조차 가버렸는데, 욕심 많은 미련한 도둑처럼 시조 가마니들을 낡은 달구지에 가득 실었다. 주책이었다. 하는 수없이 다 읽었다.

> 봄이 온 줄 알았구나
> 그 눈바람 치기 전엔
>
> 망가져 달린 목련
> 텅 빈 속 드러낸 채
>
> 잡느라 꽉 잡은 것이
> 허공이라니,
>
> 바람 분다
>
> — 김정연, 「봄, 계약직」 전문

'춘투(春鬪)' 라는 말이 있지만, 비정규직들은 거기 포함시켜주지도 않은 때가 있었다. 천지에 '봄은 왔건만 세상사 쓸쓸하더라' 는 잡가(雜歌)의 한 대목처럼 계약직이 서야 할 곳은 황량하기 짝이 없다. 만화방창(萬化方暢)이라는 봄이 와도 계약직은 꽃을 피워낼 땅뙈기마저 없다. 꽃을 운위할 낭만도 사치일 뿐이니. 정처 없는 떠돌이로 '오늘도 걷는다마는'과 같은 신세이다. 해서, 기껏 막걸리 몇 잔의 힘을 빌린 취한 평화로 위장했지만 속은 마냥 불안하다. 이 시조는 계약직의 이런 비슷한 심리를, 잔인한 봄바람이 뭉기는 목련꽃으로 희화화(戱畵化)한다. 그래서 「봄, 계약직」으로 "봄"과 "계약직" 연결이 가능해진다고 본다. "망가져 달린 목련"의 모가지는 생을 극화해도 보인다. 목련이란 여성(근로자)을 상처 내는 당사자, 즉 눈, 비, 바람(사용자)이란 횡포로 연관되어 읽히기도 한다. 꽃은 부드러운 아름다움의 상징 때문인지 할퀸 생채기는 더 처참해 보인다. "그 눈바람 치기"는 기득권자의 권위를 지칭하리라. 꽃샘추위를 견디려고 "꽉 잡은 것"이 있었지만 기실 그게 "허공"이었으므로 허망하기 짝이 없다. 망연자실 믿고 의지할 곳 없는 게 계약직과 비정규직들이니, 그들에게 이 사회란 비극 상연의 극장으로만 보일 터이다. "계약직"은 직장은 고사하고 명색만 거기 공허하게 "달려"(소속되어만) 있다. 앞의 초 · 중장은 평이하지만, 종장 끝에 "바람 분다"라는 도약적인 압축으로, 신분을 맞뚫을 위협적인 나사로 조여온다. 이러한 종결어미는 목련 모가지를 분지르는 바람의 폭력에 대하여 맞설 힘을 배제해버리듯 화자는 자동기술법을 택한다. 결국 계약직을 놓아주는 듯하지만, 다른 쪽에선 낯선, 또는 날선 바람에 다시 맞도록 내버려두는 것이다. 생의 고통에 힘들어하는 계약직은 자기 눈물로 제 가슴마저 에이는 상처를 무릇 겹쳐서 겪는다. 아니면, 그런 현실을 읽어내는 화자의 말을 빌린 시인의 상처일 법도 하다.

몽유병 환자였네

쓰잘머리 없는
헛꿈만 차서

한 하늘

한 생이 온통,

청보랏빛 추상(抽象)이네

먹어도
배를 못 불린

서정과 현실 사이

— 임성구, 「관념」 전문

찌들고 힘든 현실을 잊어버리고 공허한 관념의 세상만 누비는 게 행복한 일인지도 모른다. 자연에로 도피가 무위자연(無爲自然) 같은 철학적 관념으로 말해진 건 노장사상(老莊思想)부터이니 실로 "관념"은 오래되었을 터이다. 이 시조는 '서정', 즉 '자연이란 관념'과 '현실', 즉 '고통이란 삶'을 떠도는 걸 "몽유병 환자"로 비유한 첫 구부터 '낯설게 하기'로 총질한다. 떠도는 생을 함축한 아포리즘적 구절이겠다. 사실 이런 표현이란 창작해온 이력이 길지 않으면 드러내기 어려운, 이른바 경험을 '징험(徵驗)'으로 변화시키는 데서야 가능한 일이다. '체험–경험–징험'의 차례에 의해 글 쓸 걸 주문한 생육신 신숙주(申叔舟)가 설파한 그것 말이다. 그는 말년에 '징험'의 세계에 이르지 못하고 죽는 것에 대해 한탄했다. 무슨 곡절인 듯, 징험에 의하여 뱉어낸 화자의 "몽유병"이라는 시어는, 시인이 시조에 투자한 지난한 세월의 늪을 확인해볼 만한 대목이다. "서정"을 먹는다고 육체적 "현실"의 배는 불러오질 않는다. 화자의 지적대로 서정과 관념은 "쓰잘머리 없는/헛꿈만" 채우거나 "한 하늘/한 생"을 "온통,//청보랏빛 추상(抽象)"으로만 물들였을 뿐 화자에게 실리적 답을 주지 않았다. 그러므로 추상은 "먹어도 배를" 불릴 수는 없는 일일 터이다. 그래 "서정"을 캐는 일(시조 쓰기)을 그만둘까 고민하며 "현실"(먹고 사는 일)에 이른다. 하지만 그건 자신의 슬럼프를 향한 하나의 야유적(揶揄的) 아이러니일 수도 있다. 시인이 기어이 긁어낸 고민처럼 현실 상처에 피딱지가 떨어지자 다시 또 그 자리에 피가 난다. 하여, 시인의 서정엔 늘 현실의 상처가 아물지 않고 덧나 있음을 주목하여 읽게 하는 건, 나만의 독법(讀法)은 아닐 게다. 해서, 「관념」은 '고생(苦生)－인생(人生)－만생(晩生)'에 걸치는 종합정리판 같은 사유라 할 수 있다. 구체적 사실에서 떠나와 외곬의 "관념"에 사로잡혀 헤매는 시인, 그게 불행한 과거였다는 의식에 "몽유병"이라는 처단을 먼저 드러냈음직도 하다. 이 시조가 지닌 장점은 치고 올라오는 맛에 있다. 해서 극적으로도 읽힌다. 인식 세계란, 한마디로 사이의 극점들을 무느는 과정이다. 한데 그 세계로의 진입이 쉽지는 않다. 아니 영영 불가능할지도 모른다. 하기에, 화자는 "서정과 현실 사이"에 떠도는 자신을 반성의 차원보다는 회한(悔恨)의 변환으로 스위치화 하는 것 같다. 무릇 사람들은 이 "사이" 간극을 좁히려 애쓰지만 사실 부질없는 짓일 수 있다. 실제가 그랬지 아니한가. '이론과 실제', '말과 행위', '논리와 정서', '표(表)와 리(裏)', '이상과 현실' 등 좁히려다 좋지 않은 종말에 부닥친 경우가 많았다. 마찬가지 '서정과 현실'도 같은 이치일 것이다. 이 관념 의식과 더불어, 불우한 시대로 거슬러 가보니, 이상, 김수영, 김관식, 천상병, 김종삼, 전봉래, 김만옥 시인 등, 행복의 사회를 건너뛴 우울과 고독의 몸부림에 생의 끝을 묻었던 게 공통점으로 나온다. 그 시대엔 유행이 "관념"에 이르는 일이었다. 그게 후세엔 '낭만'이란 이름으로 미화되기도 했지만, 이후 그 시절의 아련한 '관념'을 다시 접할 수 없어 안타깝다.

내가 알기로, '임성구의 시조 바라기'란 카페는 근 8년 공들인 곳이다. 한때 메일을 열면, 으레 소형 카메라를 든 두 손이 하늘을 향해 있는 사진과 함께 연이어 시조 작품이 올라오고 짧은 감상문과 약력이 잠깐 스쳤다. 그걸 한 컷씩 인터넷에 띄우기 위해 준비하는 날은 얼마나 부지런해야 했을까를 나는 안다. 아마 그 세월로 수많은 시조를 읽고 있었기에 그의 작품이 일취월장하지 않았나 추측해보는데 맞는지는 모르겠다. 한데 그 익숙한 카페를 청산했는지 지금은 '성구의 들에토방' 카페가 나온다.

4.

시조의 소재가 궁해질 땐 역사적 사실을 골라 쓰는 것도 좋을 것 같다. 그러나 이때 주의해야 할 일은 '사실 : 느낌'의 대차 비율을 어떻게 할 것인가이다. 8 : 2나 7 : 3이면 사실에 치우쳐 시답지 않을 것이다. 6 : 4나 5 : 5로, 아니면 경우에 따라 4 : 6 정도도 괜찮을 듯은 싶다. 흔히 역사적 사실만 나열하거나 또는 그 반대로 느낌만을 쓰는데, 전자는 시다운 느낌이 적고, 후자는 유치한 감상(예, 원시적 감탄)이기 십상이다. 역사적 사실의 서술에 치우치는 시인에게도 나름의 이유는 있다. 말하자면 독자가 이해해야 할 최소 자료는 소개되어야 한다는 일종의 독자 불신감 심리가 작용하는 까닭이다. 어떤 시인은 지나친 사실의 상세화로 역사 공부 시간에나 설명될 법한 내용을 자수율만 맞춰 시조라고 내놓는다. 일부 시인들은 그도 부족한지 각주를 심하게 달아 무슨 '고증 자료철' 같은 오해를 일으키기도 한다. 이러한 경우는 기행시조도 마찬가지로 설명될 수 있겠다. 한데, 다음 시조를 보고 어떤 필이 왔다.

바람의 동쪽에는 쇠 냄새 묻어왔다
자욱한 흙먼지 속 말발굽 솟구치는
아라국 철기병사들 실루엣이 떠돈다

바람의 북쪽에는 홍련이 날아왔다
칠백 년 자궁 속을 까마득히 기다리던

귀고리 영롱한 소녀 치맛자락 끌린다

죽간에 박혀 있는 촘촘한 별의 내력
듬성듬성 이가 빠져 골다공증 앓고 있다
다 삭은 구름 한 조각 고분 위를 맴돈다

— 김덕남, 「말이산의 기억」 전문

첫 수의 초장 "바람의 동쪽에는 쇠 냄새가 묻어왔다"라는 단언(斷言)과 둘째 수의 초장 "바람의 북쪽에는 홍련이 날아왔다"의 단언 사이에 '동쪽'과 '북쪽', '쇠 냄새'와 '홍련', '묻어왔다'와 '날아왔다'를 대구(對句)로 배치한 점이 이 역사시조가 사실을 진술하기만 한 것이 아니라, 시인의 재해석적 입장으로 다루었다는 걸 알게 해준다. 셋째 수의 초장과 중장, 즉 "죽간에 박혀 있는 촘촘한 별의 내력"으로부터 "듬성듬성 이가 빠져 골다공증 앓고 있다"에 이르는 단계의 연유와 결과도 주목해볼 만하다. "촘촘한 별"과 "골다공증"의 이질적 대상에는 시각의 변화, 시대의 차연성(差延性)을 엿볼 수 있다. 결국 "말이산의 기억"에 아라가야는 "삭은 구름"이 맴도는 쇄잔한 "기억" 속에서만 잔존한다는 사실이다. 시인이 주(註)에서 밝힌 바대로 '말이산'은 아라가야(阿羅加耶, 현재 함안군 지역에 있던 가야의 소국)의 산으로 그 시대의 정치 지배층들이 묻혀 있는 걸로 추정되는 고분군이다. 현재 남아 있는 무덤의 위상으로 한때 초강대국이었다는 것에 착안, 고사(古史)의 주체화(主體化)를 시도한 작품이겠다. 이 시조가 갖는 매력이란, 사유를 다음과 같은 극한점에 놓고 화자의 여유를 독자에게 베푼다는 점에 있다. 즉 '시인의 사유 → 독자의 희망'의 연유 방식이 그러하다. 예컨대 "자욱한 흙먼지 속[침묵] → 말발굽 솟구치[희망]"거나, "칠백 년 자궁 속[침묵] → 까마득히 기다리[희망]"는 것과 같은 구절을 통해 '침묵'하는 절망들에 대해, '희망'의 답사(踏査)를 시도하고 역동화(逆動化)하는 점이다. 하니, 김현자 평론가가 『현대시의 서정과 수사』에서 소월시에 적용한 바 있는, '극적 구성의 시학'인 셈이라면 좀 어떨까 싶다.

이외에도 각 수의 종장, "아라국 철기병사들 실루엣이 떠돈다"(첫 수), "귀고리 영롱한 소녀 치맛자락 끌린다"(둘째 수), "다 삭은 구름 한 조각 고분 위를 맴돈다"(셋째 수)에 활용된 동사 어미를 진행형 버전을 차용, 생동감을 작동시키기도 한다. 역사물 시조이기에 과거형으로 쓸 법한 상식 틀을 깬 것이다. '아라국'의 부흥기를 상징한 "철기병사", "귀고리 영롱한 소녀", "구름"을 환기시키는 데 있어서도 '재생' 시스템을 시어별로 장착한 점이 돋보인다.

사라진 역사는 언젠가는 재현된다지만, 그 시대가 지닌 정서적 부활을 시도하는 건 시인의 영혼에 깃들인 의지로서 가능하다는 점에서, 이 작품이 지닌 의의를 짚을 수 있겠다.

꼰대도 다 버리고 줏대도 발로 찼다
찢는 대로 자르는 대로 쏠리고 기울다가
예저기 기웃거리던 눈빛마저 지웠다
묽어지거나 흐려지거나 저를 녹여 저를 만드는,
건더기도 알갱이도 체에 거르듯 치대면서
쫀득한 묵의 이미지, 그 맛이면 좋겠다

— 박희정, 「묵이 되라」 전문

시와 시조계에서, '묵'에 대한 작품은 많은 바, 묵 만드는 고장에서 흔히 보이는 낌새가 있다. 예컨대 장석남(「묵집에서」), 이종문(「묵값은 내가 낼게」 「묵 한그릇 하러 오소」) 등의 작품을 재미있게 읽던 시절도 있지만, 어느새 그 '묵' 품바에 강산의 세월도 많이 지나갔다. 한데, 이젠 박희정의 시대인가. 이 작품은 앞서 개척한 선배들의 '묵 시조'도 다루지 못한 경지까지 접근해, 유머와 풍자의 함지박을 깰 줄 안다. "꼰대도 다 버리고 줏대도 발로 찼다"는 대구의 명승부를 보여주는 초장부터가, 이런 '거침없이 하이킥!'으로 뛰어 도발적이다. 묵을 만드는 과정이 장인다운 품새인가 싶게 '숙달–능란–달변'으로 치닫는 바가 예사롭지 않다. "찢는 대로 자르는 대로 쏠리고 기울다"라든가 "건더기도 알갱이도 체에 거르듯 치대"기를 반복하는 과정에서 할머니의 오래된 묵 쑤는 솜씨처럼 소매를 걷는 품새조차 의욕에 차 다부지다. 누구에겐가 질세라 손놀림도 척척이다. 다 되어가는 묵은 "묽어지거나 흐려지거나"를 살펴 결국은 "저를 녹여 저를 만드는" 조제 작업의 주체화를 거친다. 이후 "쫀득한 묵"으로 나와 사람들에게 입소문을 달고 "그 맛"은 결정되는데, 결국 덤덤한 묵 맛일 뿐이다. 그러나 혀에 감칠맛이 아닌, 소박하고 질박한 변환이 곧 묵임을, 그 화려한 생을 비꼬는 반역이 시조 저변에 묵사발처럼 담겼다. 칼같이 예리한 촉감에다 불을 붙이는 듯한 현대식 현란한 요리 맛에도 '묵'은 반란의 무딘 혀를 놀린다. 그냥 꿈쩍 않고 묵묵히 네모에 갇힌 자세이거나 조폭들이 조지고 가버린 바 묵사발 그대로 남는다. 묵의 존재를 이렇듯 의뭉하게 드러내는 시인은 이제 '박희정표 묵'이라 불러도 될 듯은 싶다.

이 능청 떪과 더불어 생각나는 시인도 있다. 최근 풍자와 아이러니에 달인이 다 된 이남순 시인도 묵 시조 한 편 써보라면 욕할까.

골목길은 엎드려 순한 목을 늘이고
구부러진 등허리 잠자코 내어준다
여전히 돌담은 낮아 훤히 뵈는 툇마루

빈객이 하마 올까 기다림도 끊겼나
뒤축 닳은 털신 가득 무심코 담긴 신록
새들과 길고양이가 빈 마당을 다툴 뿐

낯선 고향 마을을 천천히 걸어본다
허물린 줄 모르게 경계를 지우는 곳
속사정 묵은 정 품고 골목길은 엎드려

— 서연정, 「골목길은 엎드려」 전문

이제 보니, 시인은 전통적 매재(媒材)에 관심이 많다. 즉 그의 작품에 「일년」 「돌의 미소」 「풍등」 「13월」 등 예의 그 전통 매재는 얼마든지 있다.

이 시조에서 "골목길"에 대한 이미지는 "구부러진 등허리", "뒤축 닳은 털신", "새들과 길고양이" 등과 연메되듯 그 길에 다기(多岐)한 감각들을 기술한다. "엎드려 순한 목"을 늘이고 있는 길은 사람들이 자주 왕래하던 시절, 또는 아이들이 골목대장 노릇을 하던 때를 다 보내고, 이젠 할 일 없이 그냥 "엎드려" 있다. 사람이 사라진 곳에는, 지난 시간이 훑고 간 저간의 "속사정"과 한때의 소리들이 고여 있는데, 그것을 듣는 이는 시인뿐이다. 뿐만 아니라 이 정적의 골목에서 화자는 "속사정"과 "묵은 정"을 함께 연유해내기도 한다. 그건 고향이 품었던 실루엣이자 정붙이들이다. 가령 "훤히 뵈는 툇마루", "무심코 담긴 신록" 등이다. 그것은 현재와 과거의 "경계를 지우는" 사정(묵은 정)이 되기도 한다. 서연정의 '골목'과 '길'표는 이미 등단작 「먼길」(1988년 『서울신문』 신춘문예)에서 "상처가 피고 지는 골목 끝 그대 가슴에 가난하나 지극히 아름다운 약속으로 오늘은 저녁별 하나를 바친다, 눈물 같은"이라고, 길에 이르는 서정적 징표로 서사가 내포되게 진술한 바 있지만, 이 골목길에선 "구부러진", "닳은" 등으로 연결되는, 그래서 낡아 더 익숙해진 곡선의 이미지를 아끼는 듯 내놓고 있다. 그만큼 세월의 두께를 노정하는 원숙미에 이른 것이리라.

이제 그의 시조는 어느새 짧은 시선을 피할 줄 안다. 그래서 "구부러진 등허리", "뒤축 닳은 털신" 등 둥글어지는 묵은 정의 모습들을 조용히 끄집어내기에 이르렀다. 하여, 그의 눈길은 온화하고 길어져 보인다. 시인은 그동안 여러 달에 걸쳐 광주의 다양한 길과 골목을 답사한 경험을 가진 바, 이제 책상 앞에서 그를 '풀어내는가 싶은' 작품이기도 하다.

일견, 골목의 의인화는 생태의 귀환을 환기하기도 한다. 즉 "구부러진 등허리 잠자코 내어준다"는 장면에서, 등허리를 내어주기 위해 구부러지는 한 골목의 배려를 본다. "빈객이 하마 올까 기다림도 끊겼나"와 같이 빈객을 기다리지만 그것도 끊겨 오지 않는 모습을, 하면서도 "하마 올까"에 잡히듯 미련의 기대와 긴장감을 구동시키는 그 곡선의 시학이 완만하다. "허물린 줄 모르게 경계를 지우는 곳", 곧 빈 마을에 담들이 허물어져 골목을 덮어버려 이제는 담과 길의 경계가 모호해진 모습을 보이지만, 폐허에서도 골목과 이웃이 소통하려는 내밀하고 소소한 장면을 유추해보게 하는 그 곡진함이 있다. 실로 오랜 적막과 고요 속에서 꿈틀거리는 소통과 생을 읽어내는 '징험의 시학'일 법하다. 조태일(1941~1999) 시인의 초기 평론집 『살아 있는 시와 고여 있는 시』(1981, 창비)에서 피력한 바, 고여 있는 사유와 살아 있는 시를 관통하는 게 언필칭 '미학적 맥락'이겠다.

이를 적용해보건대 '고여 있는'(a) '사유'(b)와 '살아 있는'(a′) '시'(b′)의 드러냄, 즉 '고임=생동'(a=a′), '사유=시'(b=b′)라는 '한몸'(a=b, 또는 a′=b′)임을 의식하는 과정이라 할 수 있다. 따라서 이 작품으로서 '정서'와 '사유' 그리고 '시'를 몸의 일체로 보려는 서연정식 시학(예컨대 「문」도 그런 이유가 된다)의 일단을 보여준다. 그를 읽는 독자에게, 대상과 사물이 가슴과 마음으로 연잇게 하고, 나아가 그 생태적 호흡에 일치하는 독립체를 갖도록 하는 게 그의 시조 특징이라면 단정투가 되는지 모르겠다.

5.

부정 의식을 걷어내고, 우리 주변을 긍정의 꽃밭으로 본다면 아마 의미 있는 걸 상당히 건져낼 듯도 싶다. 가령 출근 때 스쳐가는 사람들의 다양한 표정과 맵시, 하루를 마감할 무렵 차창에 비낀 노을과 더불어 찍혀 오는 풍경, 때로 쇼윈도에 빛나는 진열 상품을 보는 놀라운 시선, 또는 '그저 그렇지' 하고 지나치는 일상에 무심코 유혹하는 사물의 빛을 만나는 순간은 얼마나 값진가. 그때의 놀라움 또는 잔잔한 감흥은 사뭇 시적일 수 있다.

> 해양대 방파제에 대자보로 붙여놓은
>
> '보름아, 사랑한다!'
> 붉은 저 사랑 고백
>
> 스무 살 막무가내에 봄바람도 설렌다.
>
> — 손증호, 「직진」 전문

이 시조는 "해양대 방파제"를 지나다가 무심코 본 "대자보로 붙여놓은" 대담한 글을 보며 순간의 감흥을 전언한다. 시인은 채집하는 아이가 단번에 던지는 포충망처럼 펄럭이는 대자보(大字報)를 시선의 가위로 싹둑 잘라 내 온다. 사실 "대자보"라면 게시판도 부족하여 대학 건물 빈 곳이면 어디나 붙일 수 있던 80~90년대를 거슬러갈 필요도 없다. 이 무렵의 대자보는 '연대투쟁', '퇴진운동', '출정식' 등을 유도하는 당찬 문장을 켄트지 전지에 굵은 매직으로 가득 메워 쓴 것이었다. 어디서 그런 용기와 문장의 호흡이, 아니 문법이 나왔을까 하며 감탄 삼아 들여다본 일도 있다. 그 시절의 대자보들은 철망 속 게시판에 녹색 테이프로 가장자리가 고정되곤 했다. 채 한

달도 못 가 테이프 자국이 덕지덕지하곤 했을 만큼 대자보는 많았다. 한데, 이 시조는 그런 시대를 심각하게 지났던 기성세대의 무거운 대자보가 아니다. 억압을 비웃는 논리와 정의를 내세우는 원칙을 진술한 대자보, 만일 그런 소재를 빌렸다면 되레 낡은 시조로 알맞았을 것이다. 참 뜻밖에 "보름아, 사랑한다!"가 그 대자보로 붙어 있다. 그야말로 돌발직구의 "직진"이다. 화자는 순간 상식적인 '대자보'를 거부하고 순간의 "대자보"를 접수한다. 화자가 전한대로 "스무 살"이란 참 느닷없는 도발을 저지르는 "막무가내"('무조건 달려갈 거야'의 직진) 같다. 이 전차 같은 직행에 덩달아 "봄바람"도 설레게 하는 데 힘을 몰아준다. 그뿐인가. "직진"이란 제목이 갖는 설득력 때문에 이 시조를 거슬러 읽어볼 힘도 얻게 만든다. 단시조의 특성과 장점을 한 큐에 잡은 셈이다. 소재의 특징과 위치의 각도를 촉발해내기 위해 분발하는 건, 초크로 손질한 큐의 끝을 기다리는 사각 코트 그 안을 누비는 당구(billiards)의 그 당점(撞點)에만 있는 게 아니다. 시조라는 당구대 위에선 묘사나 표현의 당점이 더 정확해야 한다. 하면, 그건 물론 플로베르의 '일물일어설(一物一語說)'의 한 법칙이겠다.

퇴고에 집중하자 톡방도 끊었는데
책꽂이 자판의 틈 먼지 내내 거슬리고
떼쓰는 물때쯤이야 참견 말자 외면하다

내친김에 커튼 교체, 화장실 벽 대청소까지
유혹에 깜빡 넘어가 한나절을 훅! 털리고도
두 눈은 또 데룩데룩 핑계거리 찾고 있네

— 이은주, 「먼지의 유혹」 전문

원고를 쓰다가 우연히 보여지듯 하는 "책꽂이"나 "자판의 틈"에 낀 "먼지"

가 "거슬리"는 때가 있다. 그걸 닦아내다가 본연의 업무는 까마득히 잊고 싱크대 "물때"나 "화장실 벽"까지 닦다가, 어찌, 내친김에 생각지도 않은 "대청소까지" 하는 수가 있다. 이 시조는 이렇듯 계획이나 주제에 이탈하는 경우를 소재로 잡은 작품이다. 내 경우, 밀린 청탁이 있어 글을 쓰려고 서재에 들렀다가 글은 한 줄도 못 쓰고, 한 주일 동안 우송해온 책들이 책상에 쌓아 둔 채여서 그 책들을 분류 정리하고 제자리에 꽂다가 하루를 보내버리는 일도 허다하다. 사실 오늘도 그랬다. 그 일을 하다 문득 이 시조가 눈에 밟혔다. 나도 화자처럼 "내친김에 커튼"을 "교체"하듯 무거운 임시 서가를 비우고 재배치하는 등 비 오는 듯 땀이 범벅될 만큼 큰 작업을 무슨 댐 공사처럼 진행한다. 그리고 쏟아진 먼지와 쓰레기 처리 등 이른바 "대청소" 작업에 돌입한다. 결국 청소와 작업에 "한나절을 훅! 털리고" 만다. 끝나고 나서도 "두 눈은 또" 어디 정리할 데가 없나 하고 "데룩데룩 핑계거리 찾고" 있다. 친구들과 "톡방도 끊"고 글 쓰고 "퇴고에 집중하"려 했지만 결국 이도저도 못 하고 먼지 터는 일, 공사까지 번지게 한 일을 담아 유머와 위트로 윤색해냈다. 이 시조를 뒤바꾸어 읽어보면 글쓰기가 어렵기 때문에 회피 심리로 작동된 잠재의식이란 역설도 가져볼 수 있겠다. 화자가 의도한 퇴고 시간이 사라지는 「먼지의 유혹」이라는 제목에도 아이러니와 풍자로 여유감이 든다. 생활 속에서 시조가 건재하다면 비로 이 같은 노래가 아닐까. 심각한 시조보다는 이처럼 가볍고 재치 있는 시조가 더 읽히는 것을 필자는 오래전부터 보아왔다.

이와 관련하여 생각난 김에 한마디 덧붙인다. '나중에 하지' 하면 또 잊어버리기 때문이다. 요즘 대학생들에게 과거 교과서에 수록된 시조를 읽으라면 기피하는 수가 많다. 우선 정서에 맞지 않기 때문이고 그들이 살아온 환경과는 동떨어져 있기 때문이다. 그래서 신나고 재미난 현대시조를 골라 읽힌다. 수업에 활력을 주어 좋다. 나이 먹은 시인들의 눈에만 명작으로 보일 작품은 아예 대상에 넣지 않고 있다. 어른의 잣대로 아이들의 눈높이를 제한하지 않아야 한다는 게 내 입장이다. 필자는 교육청의 교육과정 일을 오랫 동안 보아왔고 교육부의 교과서 편찬에도 위촉을 받아 지칠 만큼도 일해왔다. 한데, 위원 중에는 억지로라도 이런 작품을 읽게 하여 서정성을 길러야 한다고 고집부리는 원로들이 의외로 많았다. 권위주의 시대에는 그랬다고 하지만 지금도 그런 학자나 원로가 있다. 그래서 우리 시조가 아이들로부터 소원해지는 결과는 아닐까 저어해본다. '교과서 시조'라는 어른 이데올로기에 갇혀 아이들의 진정한 진취성을 막는 우를 범하는 건 아닌지 짚어볼 문제이다. 이에 반론하려는 분도, 아무튼 그렇다고 쳐주면 좋겠다(…)

> 높은 담 앞에서
> 발뒤꿈치를 들었다.
>
> 발목이 저리고 그리움이 깊어져
>
> 너머에 네가 없는 것을
> 해 질 무렵에야 알았다.
>
> 숨 참으며 걸어갔을
> 너의 길 어디쯤
>
> 희멀건 먼지가 모락모락 피어올라
>
> 바람이 골목을 쓰는 내내
> 나는 떠 있다.
>
> — 임성규, 「까치발」 전문

높은 곳에 닿기 위하여 키를 키우려는 욕심은 특히 어린이에게서 강하다.

하여, 까치발은 동심을 유발하는 모티프로 자주 적용되어왔다. 이 시조에선 그리운 사람을 행여 볼까 하고 집 밖 "높은 담 앞에서 발뒤꿈치를 들"곤 하는 모습이 그릴 듯 집혀온다. 결국 담장 "너머" 집 안엔 "네가 없는 것을/ 해 질 무렵에야 알"아차리고 실망한다. 그동안 너를 보고 싶은 까치발놀음을 얼마나 했을까를 알게도 한다. 이 시조가 진경(進景)의 아름다움과 그것을 계기로 한 심리적 전개가 탁월하다는 이유는, 사유의 단순한 '마침'보다는 사유의 '연속성'을 다루고 있음에서이다. 그러니 '기미(機微)의 시학'이자 탐미주의의 한 반열에 놓여도 좋을 작품이겠다. 즉 "숨 참으며 걸어갔을/너의 길"엔 "바람이 골목을 쓰는" 동안에도 "내내" 그렇게 "떠 있"는 내가 확인되는 점, 그 "떠 있는"이라는, 공중부양 같은 지극성은 대상에 대한 관심 집중 표현으로 작품의 밀도를 더해준다. 그래, 너를 기다리는 까치발짓, 거기엔 지금은 네(대상)가 없지만, 행여 또 나타날까 기다리는 그 애틋함이 나에게는 숨어 있다. "까치발"이라는 동적 소재를 기대적 차원으로 승화한다. 이 시조의 또 다른 깊은 맛은 "발목이 저리고 그리움이 깊어져"라는 부분이다. 즉 원인에 대한 유추가 "너머에 네가 없는 것"의 '대상 부재'로부터 나의 아픔이 확인되는 '갈망의 전이'가 전해지는 것이다. 먼발치로나마 네가 보였다면 "발목이 저리고 그리움이" 이렇게까지는 "깊어"지지 않았을 것이니까. 결국 너의 부재가 그리움을 유발하고 지금도 동동거리는 발목 저린 까치발, 그게 화자가 말하려는 사랑의 전설일 게다.

6.

시조를 보는 눈, 그리고 시조를 창작하는 자세가 바뀌어야 현대시조가 발전하는 길이라는 논지를, 필자는 월평, 계간평은 물론 논저, 평론서 등에서도 피력한 적이 있다. 과거 시인들은 서정성이 깊은 게 좋은 작품이라는 생각을 많이 했다. 그건 시대적 환경과 관련한 언필칭 '경향성'이라는 것이다. 교과서에서 다루는 과거 서정시가 요즘 정서로는 맞지 않아 교사와 학생이 서로 힘든 수업을 한다. 그런데 텍스트를 패러디하는 수업은 인기를 모은다. 재미없는 교재의 시조를 재미있게 풍자하여 학생이 다시 써서 발표하는 일이다. 아무튼 지금은 뭐든 재미가 있어야 접근하려는 판세로 세상이 바뀐 건 분명하다. 그게 2000년대 인문주의로부터 본격화되었으니 근 20년이 되어가는 이야기다. 뭐 새삼스러울 것도 없다. 자연풍월에 고전미다운 서정이 각광을 받던 시조가 이젠 시들해져간다고 아쉬워들 한다.

이에 반격하건대, 시조도 이젠 '재미'를 본질로 삼아야 하는 시대가 됐다는 말을 하고 싶었는데, 사실 그럴 자리가 없어 주저했다. 이 자리에서 까놓고 던진다. 왜 시조마저 애니메이션이나 게임처럼 재미를 추구해야 하는가, 하고 부정하려는 사람들도 있겠지만, 이 시대의 입들은 당연하다는 듯 대답을 다문다.

문학은 영원성을 추구면서도 유행하는 스타일은 분명 있다. 오늘날 사람들은 돈이 되지 않거나 재미가 없는 일이면 아예 하질 않으려 한다. 따라서 '서정성이 좋은 시조'에 못지않게, '시조도 재미있게 써야 한다'는 이데올로기가 필요해진다. 아니 '시조도'가 아니라 '시조가 먼저' 그 재미를 선수 쳐야 옳았다. 결국 시조시인에게로 귀결되는 책임 전가식의 비평이 아니라, '재미있는 게 시조'라는 생각을 갖도록 학생을 비롯한 젊은 독자들을 유도해야 미래 지향적인 장르로서 각광을 받을 수 있다는 사실에 이르면 마지못해도 수긍은 할 것이다. 동서양을 막론 통사적으로 자연 도태된 문학 장르가 모두 재미가 없다는 데 이른다면 더 쉽게 이해할 수 있겠다. 그걸 깨닫고 쓰는 일 또한 시인의 한 책무일 법하다. 매 계절에 3,500여 편이나 떠도는 시조들 가운데 재미있는 걸 가려 뽑아 학생, 젊은 독자들에게 해설해주는 게 필자가 추진하는 비평의 핵심이다. 이 계간평 자리에서 골라 뽑아 해설한 시조들은 학생들이나 창작반 사람들에게도 읽혀 나름 검증 절차를 밟고 있다.

시조시인들이 몸소 독자 쪽 입장을 고려하여 창작함은 곧 수요자 중심의 사회를 의식하는 일이다. 그런데, 일부 시인들은 구태를 쉽게 벗겨내지 못하고 매양 관념적 서정만 쓰고 있다는 지적을, 지난 호에 나름대로 갈급한 바도 있다. 그래 문학 장르 중에 '가장 재밌게 읽히는 게 시조'라는 생각을 굳힐 수는 없을까, 이게 시조 운동에 대한 필자의 질문이자 개선하고자 하는 주초(柱礎)이다. 혹 웃기는 일이라고 매도당할 듯도 싶지만 사실 불가능한 일도 아니다. 그래, 이제 어떻게 할 것인가. 하, 지금엔 '핸드폰에 함몰되는 것 이상의 재미가 아니고선 시조의 살 길은 없다'는 게, 극단적이지만 내 생각이다. 하여 핸드폰 앱에 재미있는 시조, 시조 게임, 퍼즐 시조, 시조 테트리스와 애니팡 같은 '앱(application)'을 우선 넣는 방법도 생각해볼 수 있다. 더 발전하면 무협, RPG 등에 실을 수 있고, 재미있는 시조 낭독을 듣는 앱도 개발·운용해볼 만하다. 시력 노화층을 위한 시도로 일석이조의 효과를 거둘 것이다. 타 장르보다 더 많이, 더 빨리 히트 칠 수가 있다. 가령, '팟빵'의 젊은 시인들의 최근작을 읽어주는 '시를 읽어주는 여자', 젊은 동시 모음을 소개하는 '동시 한바퀴', 그리고 '오디언'에 소설을 극화하여 입체적으로 들려주는 '오디오북', 그리고 더 있다. 필자가 늘 즐겨 듣는 '팟캐스트'의 세계 명작과 근대 및 최근 단편소설에 대한 프로그램 같은 것이다. 이 외에도 문학 관련 앱이 많지만, 예로 보인 바 시조만 빠져 있다. 이를 보충해 넣으려면 앞으로 시조시인들, 특히 시조 연구가들이 좀 바빠져야 할 것 같다.

7.

이 글을 탈고하는 지점에 정확히 8월 18일 자정이 가까운 창틈으로 하, 가을바람이 숨을 고른다. 40도 가까운 불볕더위가 사라진 시점에 가을호 원고를 썼다는 게 신기하게도 일치점에 놓인다. 딴엔 뭐 유난 떨 것도 없다. 7월 중순부터 시작된 폭염에도 '이 또한 지나가리라'는 솔로몬 왕의 아이디어에 의존해 위안을 삼았으니까.

내내 평을 썼다가 지운 작품 평들이 다섯 작품이나 된다. 아까웠지만 별 수 없었다. 넘쳐도 너무 넘치게 쓰면(계간평을 100매 이상 쓰는 일은 드문 일이다) 우선 지루하고, 잘난 체한다 꼬집는 사람이 나타날까 싶어서다. 양해를 바라는 마음으로 수작들을 거명해본다. 김광수의 「천한(天寒)에 들다」, 김동관의 「지하철 고수(鼓手)」, 김석이의 「과녁」, 김문억의 「오월」, 나순옥의 「가소서」, 안주봉의 「미스김라일락」, 우아지의 「별」, 한분옥의 「끈끈이주걱」, 정광영의 「연적」, 박기섭의 「폭포」, 권갑하의 「독도를 떠나오며」 등이다.

8.

자, 영화 〈태극기 휘날리며〉나 〈타이타닉〉의 전개 기법처럼, 다시 앞으로 스토리의 필름을 돌린다.

'즐거운 곳에서는 날 오라 하여도 내 쉴 곳은 작은 집 내 집뿐이리'. 문학에는 다양한 장르가 있다. 희곡을 써 무대에 올릴까, 현대시를 써 문예지마다 이름을 뿌릴까, 시나리오를 써서 영화를 만들고 돈을 벌까, 소설을 써 유명 문학상을 탈까…….

다들 좋다고 날 오라 하지만 내가 머무를 곳은 오래된 시조의 집, 그 집뿐이다. 어떤가. 시조시인이여. 가장 작고 기초적인 즐거움이 가정의 행복이다. 가장 기본적이고 운율적인 문학 양식이 고유의 노래이다. 시조시인의 길로 우린 운명처럼 함께 들어왔다. 이제사 즐거운 딴 곳을 찾아봤자이다. 문전박대를 받다가 돌아온 탕아가 다시 시조 한다고 엎어진 경우를 여럿, 아니 무수히 보아왔다. 하니, 내가 머무를 곳은 오래된 그 시조의 집, 내가 가꾸고 살 집, 꽃을 피우고 새가 울게 할 집은 내 시조의 그 집[宅]뿐이다. 떠돌이 삶을 멈추라. 작은 집에서 즐거움과 재미와 행복의 시조를 찾아 후대를 키우고 시조의 밭을 일궈 천년만년 살고 지고 할 생각은 없는가. 시조는 여기(餘技)가 아니다. 고된 걸 넘어 피나는 직업이다. 치열한 재미의 정신이 요구된다. 밥 먹는 것과 잠자는 것도 잊고, 어떨 땐 학교나 직장에 지각할 정도로 재미에 빠지는 시조놀이는 없겠는가. 그 공간을 우선 핸드폰에 만들 것을 제안한다. 장차는 AI, 로봇에도 집적할 일이다. 수학여행을 우주로 가는 아이들이 다투어 읊조리는 시조라는 공간과 집. 그건 우리가 궁구하고 굴려가며 살고 지고 할 만한 희대의 둥근 보물일지니.

(『나래시조』, 2018 가을호)

원초적인 자유
그 조르바식 질문을 읽어내는 순간들

> 그는 아침 눈을 뜨면 나무와 바다와 돌과 새를 보고 놀란다. 조르바는 소리친다. "이 기적은 도대체 무엇이며 이 신비가 무엇입니까"라고…. 그가 중얼거렸다. "정말 알 수 없는 일이죠. 이 세상에 그걸 오게 하기 위해 그렇게 많은 죽임과 끔찍한 짓들이 필요하다니 말이오. 내가 저지른 못된 짓거리와 수많은 살인을 이야기한다면 소름이 끼칠 거요. 그 결과가 뭔지 알아요? '자유'였단 말이오. 하느님이 벼락을 쳐 죽이기는커녕 우리에게 '자유'를 줬단 말이오."
>
> — 니코스 카잔차키스, 『그리스인 조르바』 중에서

1.

시인이라면 사물 앞에 무단한 호기심을 가지기 마련이다. 왜 그게 존재하고 어째서 그렇게 되는가에 대한 궁금증으로부터 시적 동력을 얻고 있으니 말이다. 요약하면 그게 바로 시가 되는 이유에서이다. 그런 의미에서 그리스 크레타 출신의 작가 니코스 카잔차키스(Nikos Kazantzakis, 1883~1957)가 만난 야생마 같은 조르바는 일자 무식자이고, 자유분방하기 짝이 없는 원시적인 사내이지만 순간의 예지를 보는 놀라운 눈, 그리고 궁금증이 많은 자로 묘사된다. 작가는 『그리스인 조르바』(1946)[1]에서 온갖 생명체들을 일깨워주는 기적이란 곧 '자유'의 몸짓임을 적시한다. 작가와 닮은 조르바의 요동치는 일대기를 번뜩이는 역설로 쓴 책, 그걸 열면 원초적 자유의 몸부림이 페

---

1) 니코스 카잔차키스의 소설로 지중해 남쪽에 자리 잡아 사시사철 온화한 기후의 그리스 크레타 섬을 배경으로 한 소설이다. 갈탄 광산을 운영하려는 주인공과 그가 고용한 일꾼 알렉시스 조르바가 함께 지내면서 벌어지는 여러 에피소드를 토막토막 소개한다.

이지마다 떨며 운다. 조르바는 화자가 여행 중에 우연히 조우한 친구로 예술인이자 철학인, 아니 못 말리는 자유인이다. 책은 '존재=생명=자유'라는 등식을 부여할 만한 전개로 호기를 맞듯 경이로운 조르바의 행위를 실증적으로 추구해간다. 그래, 읽는 내내 카잔차키스가 그리는 조르바식 표상은 독자의 명상 기류조차 압류할 듯 작정해 마지않는다. 조르바가 실재한 인물이니 더욱 그런 압박을 느끼는 지도 모르겠다. 초인적인 완력으로 쓴 이 소설은 바로 20세기 문학의 구도자로 불리는 카잔차키스의 자전적 소이연(所以然)으로 완결된다. 그는 여행 중 방랑적 자유와 통찰적 직관이 뛰어난 조르바를 만난다. 이 조르바로부터 '두목'이란 지위를 누린다. 그리고 둘은 운명적으로 의기투합하여 친구가 되고 동행자로 나선다.

어린이가 쏟아내는 질문을 옮기면 시가 되는 것처럼, 농경시대 우리 옛 어머니들이 쓰던 토속어나 토박이말을 거리낌 없는 그대로 모사(模寫)하면 좋은 시가 빚어지는 게 많았다. 이를 경험해본 시인이라면 어렵지 않게 그런 시를 떠올릴 수 있다. 예컨대, 정윤천의 「어디숨었냐 사십마넌」, 이지엽의 「해남에서 온 편지」「널배」, 상희구의 「이말무지로」, 이대흠의 「어머니의 꽃밭」「아름다운 위반」, 그리고 이정록의 「의자」「어머니 학교」 등과 같은 연작 시리즈에서 그런 생생한 자유의 말을 맛본다. 사물을 보는 시발점에서 미학의 눈이란 바로 '원초적인 자유' 가운데서 찾아지는 경우가 있는데 토박이의 정서를 핍진하게 드러낸 시도 그런 예이다.

카잔차키스가 말한 '영원의 자유'는 조르바를 통하여 크레타의 토속색으로 구체화되고 불멸의 가치로 재진술된다. 작가나 시인은 '자유'라는 피를 머금고 드디어 꽃을 피우는 사람이다. 역으로, 자유란 정치적으로 압류될 때 지식인과 문학인, 심지어 무고한 사람들을 죽음으로 몰고 가기도 한다. 예컨대 신군부가 자행한 바 5 · 18 때 시민에 발포한 사살 명령, 경찰력에 희생된 마산의 4 · 19, 그리고 제주의 4 · 3항쟁 등에서 자유와 인권을 부르짖다가 무차별 죽임을 당했으니 말이다. 카잔차키스식으로, 그리고 역설적 언어로 말하자면 어쩌면 '자유'가 시민을 죽인 거나 다름없을지도 모른다. '겨울 공화국' 치하에 유신헌법에 갇혀 고문받고 지냈던 지식인들, 정권 앞 저항주의자에 부역된 강제 근로, 성폭행을 자행한 정치가와 경영인, 그리고 장애인을 인신매매 현장으로 모는 복지기관 등 자유를 겁탈한 갑질 계층이 지금의 촘촘하다는 법망에서도 걸러내지 못하고 채를 맴돈다. 21세기에 들어서 이 악덕 노예 구매가 사라지기는커녕 더 극성인 책임은 누구에게 있는가. 조르바가 외치는 '자유'란 현대에 올수록 절박해지는 이유가 있다. 오늘날의 시는 이러한 죽은 '자유'가 살아나 영혼으로 부활하여 몰라보게 커진 건 사실이다. 잃어버린 자유 정신으로 빚어내는 서정을 우린 눈물 없이 읽어 밤을 지샌다. 원초적 자유, 이제 그건 책장 안에 갇혀 있다. 다만 눈 뜨고 읽는 자의 숨소리에만 가냘프게 실릴 뿐.

2.

평문 앞에 놓은 도입부 치고는 좀 길었다. 하지만 인류사, 특히 문학사에서 '자유'는 소재의 시작이자 끝이라고 할 만큼 화두이고 종언이다. 종종 잃어버릴 뻔한 '자유'를 찾는 숨은 독법과 시선으로 오늘의 시조를 몇 보기로 한다. 어쩜, 처음부터 이 글에다 카잔차키스를 모셔 오는 일 말고는 더할 게 없었음도 미리 고백해야겠다.

> 허리를 펴고 서서 걸레질을 하다가
> 마루든 방바닥이든 무릎 꿇고 닦던 시절
> 그 공손, 그 겸손의 행방 걸레에게 묻는다.

걸레는 걸레라서 뒤집어도 걸레이고
사람은 사람이라서 뒤집으면 괴물이라
족해도 족하겠냐고 걸레 그가 되묻는다.

바닥이 바닥을 딛어야 비로소 직립인데
제 분수를 금세 잊고 바닥부터 등진다는 말
손바닥, 발바닥을 놓고 그 내면을 읽는다.

— 김진길, 「바닥에 대하여」 전문

소중한 자유란 가장 밑바닥부터 시작된다. 마리오 바르가스 요사의 『염소의 축제』나 이청준의 『낮은 데로 임하소서』가 그걸 알게 해주어 거듭해 읽은 적도 있다. 이 시조는 무릎을 꿇고 닦는 바닥에 대한 화자의 겸손함에서 오는 내면의 자유를 노래한다. 대저들 바닥을 닦는 걸레란 지저분하다며 시선을 피하곤 한다. 해서 그 대상을 찬가형(讚歌型)으로 부르는 건 쉽지 않다. 찬가형이란 지난 호에도 언급했지만 꽃, 나무, 바다, 하늘, 날씨 등 좋은 자연 환경에만 기생하는 노래이다. 그러나 걸레, 똥, 구더기 등에 엉긴 찬가는 찾기 어렵지 않은가. 걸레의 찬가와 더불어 바닥에 대한 자유의 궁극을, '묻는다-되묻는다-내면을 읽는다'로 드러낸 바와 같이 종장을 점층 구조화하거나 비계화(飛階化)해 보이기도 한다. 결국 독자에게 걸레의 자유를 지지해주는 이 시조는 그 출발을 밑바닥이란 내면에 둔다는 데에 순수 겸양을 내비친다. '밑바닥 인생'이란 더 이상 나빠지지 못할 상황일 때 인용하는 말이다. 이 시조에서, "걸레는 걸레라서 뒤집어도 걸레이고/사람은 사람이라서 뒤집으면 괴물"이라는 풍자가 시적 묘미를 살리기도 한다. 이 전위법은 역지개연(易地皆然)의 자유를 내재한 풍자의 논리라 할 수 있겠다. 걸레질은 바닥부터 닦기에 공손과 겸손의 빙의(憑依)일 것이다. 겸손이란 "바닥이 바닥을 딛"는 일, 그 딛는 건 "비로소 직립"을 시도하는 것이니, 어쩌면 참된 자유의 가치를 깨닫는 일이기도 할 것이다. 너무 위로 향한 자유만이 득세하고 있는 요즘, 어찌된 일인지 바닥에 무릎을 꿇고 닦는 일이란 거의 없다. 반쯤 허리 굽혀 청소기를 사용하거나 아예 로봇청소기에 맡기기도 한다. 바닥에 대한 겸손의 감정은 이미 사라졌다는 말인가. 바닥을 등지고 문명화로만 치닫기에 사람들이 바닥의 원초적 자유를 모르는 건 당연하다. 현대인은 바닥을 가리거나 포장하는 일에 몰두한다. 아스팔트와 시멘트, 우레탄, 그리고 실내엔 장판, 모노륨, 비닐, 타일, 데코, 깔판 등은 물론이고, 등산로까지 시멘트로 포장하거나 야자매트로 깔아 흙바닥을 능멸한다. 더불어 포장 자재(資材)에 대한 종(種)도 헤아리기 힘들 정도로 다양하게 개발됐다. 밑바닥 인생의 자유가 갈급함을 시멘트나 타일 바닥에서 읊조리니 뭘 알 것인가, 발바닥이 닳아지도록 일한다는 말은 아마도 현대사회에서 가진 자들 앞에서 원초적 자유를 구기는 비굴한 몸짓인지 모른다.

3.

주객 위치를 바꾸는 예를 하나 든다. 이에는 두 화가가 보이는 세계에 대해, 누가 더 충실하게 그렸는지 겨루는 장면이 나온다. 역시 이야기꾼 카잔차키스는 그럴듯하고도 아이러니하게 소개한다. A 화가가 휘장 앞에서 말한다. '내가 최고라는 걸 증명하지.' 그러자 B 화가가 말한다. '그래 휘장을 열어보게, 자네 솜씨 보고 싶군.' 그러자 A 화가가 대답한다. '휘장이 곧 그림이라네.' 이 놀라운 반전, 휘장을 주인으로의 인식함은 객의 위치를 순간 나에게 가져오는 일이다. 역설이 그림으로 정의되는 이 화법의 '휘장론'은 다음 시조에서도 비슷하게 기능한다고 본다. 갑질(주인 : 행세)과 을 노릇(객 : 아부)를 바꾸어 횟감 앞에 의기양양해하는 가역적인 풍자가 그렇다. 그래, "어차피 비릿한 생" 그 냄새를 지우기 위한 "한잔 술 같은 세상"이라는 여유

룰 작작 부리는 일도 잊질 않는다. 요즘 우리 사회처럼 갑이 을의 입장을 배려하는 건 참다운 평등이 아니다. 그런다고 갑과 을의, 곧 주종이 바뀌게 하는 것 또한 불가능하며 그럴 수도 없는 일이다. 하면, 갑과 을이 소통하는 그 자유로움에서 서로를 배려하는 방안을 찾아야 할 듯싶은데 그게 수월치가 않다.

헐벗은 살 내음 비릿하게 남아 있는
꽃무늬 접시 위로 드러누운 누드 한 폭
살생의
흔적들일랑
애초에 먹잇감이다

고개 숙이면 나도 누드로 누울 수 있는 세상
수없이 느끼면서 살아오지 않았던가
사는 일
그것이 먼저다
흔들리지 말자

갑을이 있는 세상 한번쯤은 갑이 되어야지
어차피 비릿한 생 뭐. 한잔 술 같은 세상이니
오늘은
호화로운 상차림
그 앞에 내가 갑이다

— 오영민, 「횟집에서」 전문

숙련된 셰프가 잘 든 칼로 저며낸 회(膾)가 산뜻하게 오른다. 주 메뉴를 비롯한 다양한 '곁들이 음식'이 올라오는데, 오늘은 나, 즉 '갑'을 위해 올라온다. 그러니 신이 날 수밖에. 동안 화자는 '갑'의 입장이 아닌 '을'의 경우로만 지냈다. 한데 오늘 상에는 온갖 "호화로운" 차림으로 그득하다. 비로소 '갑'의 자리이니까. 우선 생선회가 "내가" 먹기 좋도록 놓여진다. 그래 전처럼 "고개"를 "숙인"다면 "나도" 회처럼 "누드로 누울 수도 있는" '을'의 경우가 된다. 현재 '갑'인 내가 회 앞에서 '을'인 회가 된다면 하고 잠깐 스치듯 생각을 해본다. 나는 수모를 견디듯 세상을 비굴하게 "살아"온 바를 회고해 보기도 한다. 화자는 사실 회처럼 남의 칼질에 순종해왔다. 사람들이 나를 잘 먹기만을 감내하듯 살아온 것이다. 내게서 비판적인 가시나 강한 주장 같은 뼈를 발라내고 부드러운 살로 과장되게 부양하듯 남의 눈치와 입맛을 살피던 그 '을' 말이다. 자유로운 것을 비껴가는 회칼에 의해 저며지는 아픔과 고문을 견디는 '을'은 도처에 많다. 좀 더 나아질까 하고 조마조마하기만 한 노예 된 입장이었으니까. 그게 이른바 세상을 빌려 "사는 일"이기도 했으니까. 그렇지만 오늘은 회 접시 앞에선 절대 "흔들리지 말자" 다짐한다. 그래 이 잘 차려진 횟상 앞에서 '갑'의 입장으로 탈바꿈해보기로 한다. 언젠가부터 마음먹은 일 "한번쯤은 갑이 되어야" 하지 않겠는가. 바라보니, "꽃무늬 접시 위로 드러누운" 회는 한 폭의 누드화와 같다. 화려하기도 하려니와 먹음직스럽기까지 한. 그렇다. 주변 "살생의/흔적들"은 "애초"부터 "먹잇감"이었다. 회를 먹으며, '자신감'인지 '갑질'인지도 모르게 웬걸 주방에다 소리까지 다 친다. '한 접시 더, 소주 한 병도 추가!' 이 당당한 기분 지속되었으면 싶다. 소멸되거나 억압받은 '자유'가 다 부유한다. 그러나 이 시조는 탈취당한 생선, 팔딱팔딱 뛰어오르다 사라진 '자유'를 잊지 말라는 데 복선을 깔았다. 그걸 "살생의/흔적들일랑/애초에 먹잇감"이란 첫째 수를 그냥 공식 풀 듯 지나온 나나 독자에게 경고하기도 한다.

섬진강에 봄이 올 땐 왈츠 선율로 온다
악보를 빠져나와 나비가 된 음표들

평사리 들판 가르며
악양으로 가고 있다

초록빛 새소리를 한 두릅 꿰어 메고
꽃눈 흠뻑 맞으며 강둑길 거닐다가
여울이 뽑아 올리는
노래에 홀려 있다

경계를 다 지우고 바다로 가는 섬진강
시심을 번뜩이며 비상을 별러 왔던
가슴팍 투명한 시가
물길 차고 오른다

— 김강호, 「섬진강 봄」 전문

섬진강은 남도 시인들이 잘 다루는 소재이다. 시조는 섬진강에 약동하는 봄을 눈에 보이듯 시각화한다. "경계를 다 지우고 바다로 가는" 강물에서 "시심을 번뜩이며 비상을 별러 왔던/가슴팍 투명한 시"를 읽어내는 기미(機微)란 탐미기법에 고단수가 아니고선 축약해내긴 어려울 거다. 감각적 봄은 이처럼 도원경(桃源境), 아니 시원경(詩源境)이나 진배없다. 섬진강 봄을 맞는 화자의 나들이 기분은 "왈츠 선율"처럼 날아갈 듯 가볍다. 춤곡은 "악보를 빠져나와 나비가 된 음표들"로 재시각화된다. 둘째 수에서 "초록빛 새소리를 한 두릅 꿰어 메고/꽃눈을 맞으며 강둑을 거"니는데, 보아하니 강은 이미 "여울"을 "뽑아 올리는/노래"에 마냥 취해 있다. 자식이 첫 월급을 타사 온 라디오를 오지게 들여다보며 듣고 또 듣던 옛 아버지의 벙그러진 얼굴처럼 시각과 청각의 효과를 동시상영 같은 표정에 얹었다. 셋째 수에서는 "경계를 다 지우고" 가는 물의 혼융을 싣는다. 그동안 가졌던 획책을 풀고 비로소 자신을 찾아가는 투명함으로 새봄을 맞는다. 그러니 화자로선 "시심을 번뜩이며 비상"하기를 "별러" 온 건 당연한 일이겠다. 그게 극서정에 실리는 바, 한 메타시조 기법으로도 보인다. 강변에서 맞는 바람과 물길, 우리 앞에 한 폭 수채화나 시화(詩畵)로 펼쳐지는 이 축가를 아무 대가 없이 이 시조로 받는다.

시조의 구성이 [섬진강] ⇒ ① '왈츠의 선율'(나비가 된 음표들이 가르는 평사리 들판) → ② '여울의 노래'(초록빛 새소리를 꿰어 멘 한 두릅) → ③ '투명한 시'(시심을 번뜩이며 별러 온 비상)으로 연결된다. 해서 이미지의 연쇄 고리가 짝 지어져 보인다. 하니, ' ' 안의 상징 장면상과, ( ) 안의 구체 장면상, 그러니까 장면의 복합 구성이 여타의 '강'과 '봄'에 관한 표현과는 차별화될 수 있겠다.

흔히 알기로 '섬진강' 하면 김용택을 꼽는다. 송수권은 남도 가락을 섬진강변 창작실 '어초장(魚礁莊)'에 꾸리고 강물의 시를 오래 써왔는데, 그걸 자세히 아는 사람은 그리 많지 않다. 그런 이유로 김강호의 「섬진강 봄」은 시조로 노래하는 최초의 극서정이 될 듯도 싶은데 건너짚다 틀려 야단맞을지도 모르겠다. 하지만 "시심을 번뜩이며 비상을 별러 왔던/가슴팍 투명한 시"를 섬진강에서 건져 올린 건 분명 서정적 자유주의를 추구한 극적 시학일 게다.

당신이 잠들 때쯤
조용히 책이 운다
페이지 훑어보듯
이불 스치는 뒤척임
어둠을
여백으로 하는
당신이라는
얇은 책

허공에 성호 긋듯
당신을 밑줄 치며
모퉁이만 접는다
다시 보지 않으리라
책보다
먼저 끝을 볼 것이다
한참이나
울 것이다

— 김남규, 「한 권의 책」 전문

만물 백화점식 사물인터넷과 AI, 통합적인 SNS 시대에도 불구하고 글 쓰는 사람들의 화두는 여전히 책이다. 책일 수밖에 없는 이유는 시인은 늘 자기 책을 구안하고 있다는 진행형 때문이다. 화자가 말한 바, "당신이 잠들 때쯤/조용히 책이 운다"는 것을 도입한 첫 구가 어쩌면 책의 울음이 곧 나의 울음을 발발하는 걸 동기화하는지도 모른다. 침대에 누워 책을 읽다가 잠들 때 스르르 놓는 순간부터 책은 혼자 자신을 읽게 된다. 그때부터 고독한 읽기는 홀로 어둠과 더불어 책이 감당하는 시간이다. 그걸 "책이 운다"는 표현으로 명료화한 게 감각적이다. "어둠"이라는 "여백"에 갇혀 책의 존재는 희미해지고 엷아지는 페이드 인(F · I)의 신으로 천천히 숨는다. 한데, 둘째 수에는 화자의 이 같은 미련과 여백이 더 짙게 채색된다. 중요한 책의 내용에 대해 "허공에 성호 긋듯" "밑줄"을 치지만 사실 그러고는 잊어버리는 수는 더 많다. 참고가 될 해당 페이지를 후일 찾아보기 위한 수단이지만, 우리는 대저 책의 "모퉁이만 접"어두는 것으로 끝낸다. 그러기까지 하고도 어쩌면 "다시 보지 않"을지도 모른다. 그게 세월의 두께로 덮어지는 수가 많아지기 때문이다. 내 경우, 이십 년이 지난 후에야, 언젠가 참고하려 메모한 종이가 퇴색되고 좀에 쏠린 채로 발견된 적도 있다. 잠시 필요해 그곳을 찾으려 할 땐 "책보다/먼저" 접어놓았던 "끝을 볼 것"은 당연하다. 그러는 동안 책은 "한참이나" 또 "울 것"이다. 책은 오롯이 자기를 열어볼 주인을 기다려왔지만 오늘 그게 속절없는 짓임을 깨닫는 것이다. 하니, 지금 그 책과 더불어 우울하다. 홀로 된 책은 더 우울할 것이다. 그 추측은 화자를 떠나 글 쓰고 공부하는 사람들이 공통으로 느끼는 바인데, 시인은 이를 적시타(適時打)의 기지적(機智的) 퍼팅으로 채를 날린다.

그동안 김남규는 이처럼 때로 단호하게, 때로 미세하게 심리적 작품을 써왔다. 가령 「집의 역사」에서 "아침은 언제나 역사적 사건이다/저녁은 이따금 사소한 일상이다/그 사이/누울 곳을 생각한다/월세처럼/오는 밤//같이 울 수 있는 사람을 찾는다/혼자 울 수 있는 시간을 찾는다/그 사이/웃을 곳을 생각한다/이자처럼/오는 비", 이렇듯 '월세'와 '이자'라는 체험 후의 징험(徵驗)을 명징하게 길어 올리기도 했다. 전자의 시조와 함께 심리적 대비를 통과하는 대구의 묘를 보이는 사례라 할 수 있다.

> 장신구는 번뇌라서
> 다 버리고
> 왔는데
>
> 슬쩍 앉은 물잠자리 떨잠이 되어주네
>
> 천둥이
> 치지 않는 한
> 모르는 척해야지
>
> — 김술곤, 「백련-사미니」 전문

앙리 베르그송(Henri Bergson, 1859~1941)은 직관과 비약이야말로 예술 창작을 하는 힘이 된다고 말한 바 있다. 하여, 그는 창작을 '예술적 직관'이라는 말로 바꾸어 쓰기도 한다. 창조적 직관이란 단순한 지식 창조와는 다른 창조를 의미한다. 직관과 비약은 상상적 직관과 상징적 비약인데 미적 체험을 기반으로 한 문학작품에서 주된 기둥 역할을 한다. 논자에 따라 다른 시각을 가질 수 있겠으나 이 상상적 직관과 상징적 비약을 새로이 가다듬게 만드는 게 위의 「백련」이라고 본다. "천둥이/치지 않는 한/모른 척해야" 한다는 데에 백련의 방점이 있다. "슬쩍 앉은 물잠자리"가 "떨잠이 되어주"도록 배려하는 백련 잎이 특별히 널찍하게도 보인다. 연잎에 앉은 물잠자리가 잠깐 누리는 "떨잠", 이게 이 시조에서 읽어야 할 미학적 도근점(圖根點)이라면 어떨까 싶다. 이 시조는 삼단법에 의한 '서두–전개–결말'의 구성으로 짧은 단수이지만 탄탄한 스토리가 장점이다. 번뇌의 표상인 장신구도 버리고 천둥이 치더라도 의연해하는 백련의 좌정에 실려 온 우주의 고요가 다 보일 듯 안겨온다.

4.

직관과 자유에 대해 다시 조르바 이야기로 돌아가본다.

조르바에게 두목('나')이 새끼손가락 하나가 왜 없냐고 물었다. 그는 곧 "질그릇 만들자면 물레를 돌려야 하잖아요? 그런데 왼손 새끼손가락이 자꾸 거치적거리는 게 아니겠어요? 그래서 도끼로 내려쳐 잘라버렸어요."라고 말한다. 끔찍한 이야기이지만 시를 빚는 데에도 같은 이치를 적용할 수 있다. 시엔 불필요한 수식의 검불을 걷어내고 모름지기 알곡만을 추려내야 한다. 특히 주제성과 율격성을 따지는 시조에선 더욱 그럴 일이다. 심지어 그릇을 빚기 위해 거침돌이 되는 신체의 일부까지도 없애는 조르바의 집중력은 예술을 위한 직관의 횡포(?)이거나, 아니면 방임과 같은 자유의 난장일 게 분명하다. 헤르만 헤세의 『지와 사랑(*Narziss und Goldmund*)』(1930)에서는 기존 종교에 만족하는 지적인 금욕주의자와 자신의 구원 형태를 추구하는 예술적 관능주의자를 대비시킨 이야기가 소개된다. 골드문트는 예술적 직감력을 기르기 위해 고통을 감내하며 오지 여행과 자유의 방랑을 마다하지 않는다. 또 있다. 서머싯 몸의 『달과 6펜스(*The Moon and Sixpence*)』(1919)의 주인공 스트릭랜드(고갱 모델)도 그런 인물이다. 증권회사 직원인 그는 그림을 그리기 위해 어느 날 사라진다. 예술이 지상에 영혼이란 생명성에 터한 자유를 심는 작업임을 깨닫게 되자, 그는 주저하지 않고 타히티로 간다. 직관과 통찰에 몰두하기 위해 토인 아타와 동거하면서 대작을 남긴다. 그러나 끝에 그는 심한 문둥병에 걸리게 되고 그는 집에 불을 지르고 만다. 화염에 싸여 필생의 대작 그림들과 함께 죽는다. 이처럼 '골드문트'와 '스트릭랜드', 두 예술적 인물의 특별한 생애를 직관, 자유, 방랑과 연결해볼 수 있다. 결국 원초적 자유가 아니면 직관적 창작력과 상생력은 불가능하다는 것을 이 두 주인공의 의식 편력에서 읽을 수 있겠다.

첫 만남 낯선 자리
모텔 침대 박살냈다는
금사빠로 목수 박 씨 과속 주행 비결 묻자
아 글쎄
쌍방과실의
음주운전 사고였다나

든 봇짐 싸매다가 말만 찌른 안산 땅에
30만 평 소문만큼
잡풀들만 무성한데
어버버, 혀짤배기 소리
띄어쓰기 오독한,

사는 게 핑계라서
구차스런 핑계라서
절룩 걸음 찾은 고향 어처구니 깎고 있는
저 날랜 다듬질 손끝
녹두전은 익어가고,

— 백윤석, 「어처구니」 전문

"어처구니"란 맷돌의 손잡이다. 이 '어처구니'가 없으면 맷돌을 돌리지 못하니 황당한 일일 게다. 사람들은 미처 생각지도 못한 일을 당했을 때 참 '어처구니가 없다'고 말한다. 이 시조엔 세 가지의 '어처구니'의 장면이 나온다. ① 음주 운전, ② 띄어쓰기 오독, ③ 어처구니 깎기 등이다. 이 같은 어처구니가 파생시키는 진짜 사건이란 ①′ 모텔 침대 박살낸 금사빠 박 씨 ②′ 안산 땅 30만 평은 잡풀처럼 소문만 무성하고 ③′ 절룩 걸음으로 찾은 고향엔 어처구니를 깎고 있는 모습 등이다. 어처구니없는 일에 대한 어휘를 소재로 나타낸, 이를테면 '언어적 펀(linguistic fun)'의 일종이다. 이러한 표현 효과로는 행위적 펀(actual fun), 몸짓 펀(gesture fun) 등이 있으나 시에서 가장 빈번하게 쓰이는 게 언어적 펀이다. 요즘은 이 기법이 보편화되었지만, 20여 년 전만 하더라도 이런 게 은어, 속어 등으로 취급되어 비교양인 취급을 했던 적도 있다. 한데, 지금은 법조문에서까지도 그런 용어가 나오는 시대이다. 아주 저급한 속어, 축약어가 아닌 거라면 시조에서도 이를 활용해 독자에게 다가갈 수 있는 방법을 찾아봄도 다양화의 한 방안일 수 있다. 이 시조에서, 첫째 수에 유머, 모텔 침대를 박살낼 만큼 정력이 센 사나이의 교합, 더구나 그 음주운전에 쌍방 과실을 풍자한다. 둘째 수는 장면이 바뀐다. "든 봇짐"을 "싸매다가 말만" 찔러본 "안산 땅"은 소문으로만 매기(買氣)가 높았지 실제 잡풀만 무성한 땅이다. "혀짤배기 소리"로 "띄어쓰기"를 잘못 읽은 바람에 그리 된 어처구니없는 일이다. "구차스런 핑계"지만 "절룩 걸음" 으로 "고향"을 찾는 게 셋째 수, 맷돌 손잡이인 "어처구니"를 깎으며 "다듬질 손끝"을 기다리는데 그 어처구니가 없다. 그래도 "녹두전은 익어" 간다니 더 어처구니가 없는 일이 생긴다. 결국 녹두전을 부칠 녹두를 갈아야 할 맷돌의 어처구니는 어느 세월에 나올지. '어처구니' 자체가 역설이지만 이 시조는 이중의 역설과 풍자를 내재하여 구성의 액자화를 시도한다.

오래 떠돈 그리움을 부표로 띄워놓고 정박한 뱃머리를 핥고 있는 바다처럼
내 몸에 박힌 슬픔이 끼익, 소리를 낸다

이승의 눈시울만 적시며 흘러온 듯, 아내가 여닫는 창에 초승달이 얼비친다
한평생 썰물이었던 아버지를 생각할 때

— 이교상, 「음력 초사흘」 전문

아버지의 '자유' 그 떠도는 생이란 나의 생과 같을 수는 없으나 최소한은 닮아 있는 경우가 많다. 이 시조는 아버지의 삶과 화자의 삶 사이의 극명한 차이성 또는 유사성을 함께 전언한다. 아버지의 삶이란, "초사흘"과 "초승달", "아버지"와 "이승", "눈시울"과 "썰물"로 치환된다. 또 화자의 생이란 "오래 떠돈 그리움"과 "부표", "정박한 뱃머리"와 "바다", "몸"과 "박힌 슬픔" 등으로 자유로운 유랑의 삶과 역환(逆換)된다. 아버지와 화자의 간극은 "아내가 여닫는 창"으로 매개적 구실을 하도록 장치해두고 있다. 음력 초사흘이란 아버지의 기일(忌日)일 수도 있고 특별히 아버지가 화자를 향해 무언의 메시지를 준 날일 수도 있다. 중요한 일은 아버지의 삶과 초사흘은 인연으로 연메되었음이다. 즉 아버지의 떠도는 삶에 대한 비의(秘意), 또는 가족과 아버지 간의 미혹적(迷惑的) 관계가 스며들어 있는 날이라는 점이다. 이처

럼 상징적인 날을 시의 모티프로 하는 경우는 더러 있으나 "오래 떠돈 그리움"에 "부표"를 "띄워놓고" 바다엔 "정박한 뱃머리를 핥고 있"는 물결로 곡진한 비유를 시발로 한 시조는 드물 것이다. 나와 아내가 바라보는 대상에 대해 같은 아버지임에도 "바다"와 "창"이라는 대립적 시각차로 구분한다. 즉 바다의 현장과 이를 내다보는 창의 위치는 서로 다른 상징으로 나타난다. 마침내 화자는 "한평생 썰물"(바다)이던 "아버지를 생각"(창)할 때로 돌아온다. 시조 귀결미가 여기에 있다. 썰물이었던 아버지(바다)에 대해, 방랑으로 회억하는 일(창)은 이제 '나'도 '아내'의 몫도 아니다. 가족이 함께 살았던 바닷가의 아버지, 이제 그 유랑의 기억은 내부로 떠돈다. 그걸 캐낸 독자가 다시 이 시조를 깊이 들여다보게끔 하는 내독(內讀)의 층을 가지고도 있다.

칼날도 모르고
여기로 걸어오네

넘어질 듯 아슬아슬
곧장 안겨 오네

삐뚤이 날아서 오는
서산의 범나비와

— 이처기, 「맨발」 전문

누구든 마지막 생이란 "맨발"일 수밖에 없다. 이 세상의 온갖 것을 쥚어지거나 신고 이승을 떠날 수는 없기 때문이다. 살아온 것 이상으로 차례차례 비우는 일이 남았다. 한데, 그게 쉬운 일은 아니리라. 젊었을 적 이 일 저 일을 맡으며 책임질 일보다 늘그막에 그 짐을 비우고 벗는 게 더 어렵다는 건 나이가 지시해주는 요점 정리이다. 가령 문태준의 「맨발」에서, "누군가를 만나러 가고 또 헤어져서는" 이제 천천히 "맨발이었을 것"을 추측하는 늙어간 시간과도 같다. 세상살이에 "맨발로 양식을 탁발하러" 나왔음을 "개조개"가 "몸 바깥으로 맨발"을 내밀어 보이는 장면과 호환적인 눈으로 보던 시를 생각해본다.

위 시조에서는 죽음의 위험한 "칼날"이 있는 것도 "모르고" 무작정 앞만 보고 걸어오는 "맨발", 그게 섬뜩한 긴장감을 일으킨다. 위태롭게 "걸어오"는 사람들 그들의 걸음걸이란 "넘어질 듯 아슬아슬"하다. 금방 무언가를 잡으려고 "안겨 오"듯 걸어온다. 그러나 그 뒤틀린 보폭 앞에 어느덧 해가 지고 어둠이 온다. 사물들조차 "삐뚤이 날"듯 인생은 저승의 세상인 "서산"을 향하여 다가간다. 더구나 외려 "범나비와" 함께 하직을 생각하는 세상에 화자는 놓인다. 죽음의 칼날 앞에서 다 비워낸 "맨발"은 춥고도 두렵다. "서산의 범나비와"라는 종장의 마지막 구가 "~와"로 끝맺는 게 인상 깊게 자리한다. 죽음 가까이로 날아오는 "범나비와" 함께하는 우울한 여운이 시조의 여백미를 두터이 한다. 이 또한 아무나 시도할 수 없는 오랜 창작력이 파급해준 말 부리는 어휘 능력이겠다. 이 시조는 쉽게 쓰였지만 뜻은 깊다. 마지막으로 가는 인생의 출구인 "서산"을 향한 "맨발"과 "칼날"을 대비함으로써 시적 긴장과 삶의 첨예함을 풍자한다. 그러니 단타(單打)로 홈런을 날린 격의 작품이다. 단타 효과는 더 있다. 참고로 그가 최근에 발표한 「임자탕」(『시조정신』 2018년 3호 · 추동호)을 보면, "기척도 없는데 왜 생각나게 합니까/ 더 보탤 것도 없고 더 뺄 것도 없습니다/오로지 한마음으로 다린 당신의 혼입니다". 이런 풍자와 아이디어 묘출로 빚은 작품을 내놓으니 말 다 했다.

5.

다시, 카잔차키스 이야기 속으로 들어간다. 조르바가 품은 질문과 신비의 요체. 그건 그가 생전에 준비한 대로 묘비문에서 증명된다. 즉 "나는 아무것도 바라지 않는다. 나는 아무것도 두려워하지 않는다. 나는 자유다." 결국 그는 "자유"라는 말을 그토록 쓰고 싶어서, 모든 걸 바라지 않고 두려워하지 않는다는 죽음의 탈환을 택한다. 하여 잠들기 전 장지문을 닫듯 생을 닫는다. 그걸 위해 그는 거칠게 싸우고 떠돌며 살아왔다. 이 글 맨 앞에 이정표 삼아 인용한 조르바의 호기심이란 원초적 자유에서 비롯되는 한 심리적 계기판이다. "어린아이처럼" 사물들에 갖는 놀라움에 터한 원초란 아침 눈을 뜨면 나무와 바다, 길과 새가 맞이하는 약동의 생명성이다. 아니 그가 '두목'(조르바는 소설 속의 '나'를 그렇게 호칭한다)에게 늘상 자랑하는 팔팔한 삶이다. 그게 우리에게 전달해 와 오늘의 시간으로 화한 살아 있음에의 자긍심일 수 있다. 그가 묻는 이 생명의 기적과 신비는 바로 "자유"라는 것에 귀착된다. 그는 '두목'에게 말한다.

"두목, 난 당신이 바라는 대로 당신을 위해 열심히 일하겠소. 노예처럼요. 하지만 자유가 필요해요. 내가 기분이 내키면 칠 거요. 하지만 이건 꼭 분명히 해둡시다. 내가 기분 날 때만이오. 만약 내게 강요하면, 난 떠납니다. 분명히 아쇼! 내가 자유인이라는 걸."

"분명히 아쇼!"라는 것을 이제 깨닫는 시점이다. 조르바의 경고는 자유를 훔쳐간 자들에게 던지는 폭탄이다. 그의 삶이 온통 생명 분투로서의 자유의지였으니까 말이다. 자유를 지키려 하는 시는 '구호'이지만, 억압과 굴레 속에서도 자유를 구가하면 '시'가 된다는 걸, 이미 옥중에 살던 윤동주, 이육사, 이상화, 한용운, 김영랑, 김수영, 양성우, 김지하 등 여러 저항 시인이 드러낸 바 있다. 그래, 시조를 쓴다는 건 한량 짓이 아니다. 아픈 상처를 덧내거나, 잃은 돈을 되찾으려고 빚을 얻고 재도전을 벌이는 노름꾼과 같은 일이다. 치유라고 말하지 말라. 긁어 더 덧나게 하는 작품들이 미지(未知)

를 개안(開眼)하게도 한다. 검은 탄좌 속에서 비어져 나온 금속광처럼 시가 타올랐을 때도 우린 자유를 빼앗기고 캄캄한 동굴 추위 속에 자진모리 걸음으로 버티며 연명해왔다. 지금은 역사가 캄캄히 지나온 그 동굴 기행을 읽으며 자아를 외우는 시인의 밤이다. 시방 그걸 앓고 있는 중이다. 일제 식민지의, 유신독재 체재의, 민중 학살의, 4 · 3의, 국정농단 비굴의, 세월호의……, 그 지난한 우리들에게 이제야 빛을 준다니. 그동안 앗아가버린 자유, 그 '어처구니없는' 사회를 흥정의 대상으로 삼는다니. 그러나 그건 아니다. 자유는 쟁취의 표적이며 값비싼 피를 지불해야 한다. 그래, 아직도 시인은 상처를 덧나게 하여 피를 흘린다. 독자가, 대중이 그것을 읽고 먹어야 자유의 새 살갗을 피울 수 있다. 지금이 치유의 시를 쓸 때라고 말하는 자를 경멸한다. 치유는 시인이 하는 게 아니다. 상처를 긁어 덧나게 하는 그 깨어 있는 자의 시조를 누군가가 읽은 후에야, 그리고 그보다 오랜 연후에야, 독자와 민중이 하는 몫이다. 독자의 몫을 먼저 가로채지 말라. 시 속에, 시조 속에서 사람들을 위무한다는 그 교조주의에서 벗어나라.

(『나래시조』, 2018 겨울호)

금속성(金屬聲)의 단말마가 아닌 목제(木製) 소네트의 미학

이제 나는 이 사랑의 토대를 알리러 이 세기를 당신한테 넘긴다.
당신이 생명을 줄 때에만 살아나는 '목제(木製) 소네트'를.
— 파블로 네루다, 『100편의 사랑 소네트』의 머리말

1.

시조에 날개를 단 '나래시조', 아마존 숲의 나비의 날갯짓이 중국 대륙에 폭풍우를 일으키듯 나래 효과를 겨냥한 바 도전적이다. 그렇듯 반도와 대륙을 거쳐 세계로 날아갈 채비를 한 그 앞에 섰다. 마당은 열렸고, 붉은 장막을 걷는 걸로 청중(독자)을 맞이한다.

2.

요즘 평단에선 시인의 공(功)에 대해서 적극적이지만, 작품 비평은 가급적 피해가는 경향이 짙다고 한다. 논의의 시간과 지면의 부족을 떠나 평판(評板)이 '매부 좋고 누이 좋다'는 상조식(相助式) 체면을 넘지 못한 데 있다. 무슨 의도인지, 원로 작품과 마주하면 두루뭉술 그의 세계로 그만 안착해버리는 품새이다. 작품을 재단하는 일보다 경력 소개 같은 마무리를 하는 수도

다반사이다. 자기도 선생의 발표 작품을 읽었다는 등 눈도장 찍기 같은 평을 하기도 한다. 그러나 평필이 치우쳐 짐을 잘못 지고 가도 그대로 두는 게 평판의 능사는 아니다. 문단뿐만 아니라 우리가 사는 곳곳은 '대충'과 '체면'이란 처세가 본질을 압도하며 지배하는 경향이 짙다.

3.

더 있다. 시조 세미나에서 가장 듣기 싫은 게 하이쿠 일변도 칭찬이다. 일본의 하이쿠는 '어떤데'라는 상좌를 운위하며, 천년 역사를 거쳤다는 시조이니 그 위상 제고를 서두르자는 중압감으로 우리 어깨를 무겁게 할 때이다. 물론 자괴감이 인다. 말이 났으니 말이지만, 앞뒤 논리의 서정도 없이 다짜고짜 몇 단어 불쑥 내미는 무사적(武士的) 언어라 할 하이쿠를 본떠 그 보급책을 따르자는 건 우리 정서에 반할 뿐만 아니라 논리도 맞지 않다. 심지어 하이쿠를 본떠 짓는 모종의 '시조'투도 버젓이 장르 행세를 한다. 시조의 정서와 사유 체계는 초 · 중 · 종장 6구의 자연과 인간에 대한 정서적 절차를 중시하는 음보임을 잊어버린 데서 오는, 예컨대 상대적(하이쿠적) 초조감이 아닐까 짚어보기도 한다. 선비 격의 논리성의 시조와 거두절미한 무사격(武士格)의 하이쿠는 태생부터 다르고 보급책 또한 같을 수 없는 일이다. 차라리 그 부분은 간단하지만 이미지가 유연한 소네트나 자연 사고 중시의 한시 전개와 닮았다고 본다면 혹 모르겠다. 그러나 분명한 것은 시조는 고대가요, 향가, 고려가요, 가사, 옛시조 등을 거쳐 고유 맥락으로 발전되고 진화해왔다는 사실이다. 그래서 시조의 세계화 보급에도 우선 내공 역량과 번역 연구가 더 중요하다고 판단된다. 그런 징후를 나는 뒤늦게 파블로 네루다(P. Neruda, 1904~1973)의 소네트를 읽으며 무릎을 치게 되었다. 서문엔 이런 글귀가 있다.

> 나는 소네트라는 것이 고상한 식별력을 지닌 모든 시대 시인들이 은이나 크리스털 또는 대포 소리가 나도록 운을 맞춘 것이라는 걸로 알고 있었다. 그러나 나는 겸손하게도 이 소네트들이 나무에서 만들어냈음을 알았다. 그래서 나는 그것들이 당신 귀에 닿도록 했다. 숲속이나 해변, 숨겨진 호수 지대를 걸으며, 당신과 나는 나무껍질을 주웠고, 물의 흐름이나 기후에 따라 나무토막들을 주웠다. 나는 이 사랑의 토대를 알리고자 이 세기를 당신한테 넘긴다. 당신이 생명을 줄 때에만 살아나는 목제(木製)의 소네트를.

파블로 네루다의 『100편의 사랑 소네트』의 머리말을 요약했다. 물론 좀 다르지만 시조는 바로 자연 동화적(同化的) '목제 소네트'로 비유될 수 있지 않을까 한다. 네루다가 말하는 소네트는, 순간적 일발의 무기로 공격하는 금속제(金屬製) 노래(예, 하이쿠)가 아니다. 당신이 생명을 줄 때에만 살아나는 유연한 목제(木製)의 노래(예, 시조)인 까닭이다. 그런데 조건을 건다. '당신이 생명력을 불어넣어줄 수 있을 때'라는 전제를. 시조도 누천년 동안 자연과 목제의 노래로 번성되고, 시인들 스스로가 생명력을 불어넣으며 후대에 전달되도록 역필했다. 그래, 선조들은 숲속이나 호숫가에서 나무토막과 껍질을 주워 시의 움막과 정자를 짓고, 가난 속에서도 여유로운 음률로 파동을 돋우기 위해 먹을 갈고 붓을 쥐었다. 하므로, 시조 운율과 음보는 곧 살아 있는 나무의 떨림, 자연 생명의 맥박과 같은 것이었다. 우리의 정서와 흡사한 그의 소네트를 읽는 겨울밤은 내내 은은한 전율로 춥지 않았음을 알린다.

4.

시조 가락을 반추한 '목제 소네트'의 시선으로 『나래시조』 2017년 겨울호에 실린 작품들을 눈여겨보는 건 즐거웠다. 즐거웠다는 건 읽히는 작품이

꽤 여러 줌 된다는 뜻이다. 아시겠지만, 시인이 모처럼 꼬까옷을 입혀 시조단에 인사시키는 아이들(작품)을 보고 '잘 입혔나' 하며 갑론을박 평설을 한다는 것은 경우에 따라 모독이 될 수도 있다. 사람에게 '인격권'이 있듯 시인이 생산해낸 작품에도 '작품권(作品權)'이란 게 있기 때문이다. 나는 오랫동안 평단에서 일해오면서 작품도 하나의 존엄한 객체라는 사실을 잊을 때가 없었다. 그럼에도 불구하고 평단이란 옥석과 잡석을 가려내어 평판의 저울대 위에 올려놓는 일 자체를 피할 수 없는 노릇이다. 결국 작품의 근중을 달고 가격을 매긴 다음 독자에게 안내하는 일은 곧 형평의 저울대를 의식하는 일이다. 비평의 논리보다는 인간의 정서가 앞서는 '주례사평'을 지양하고자 하면서도 결국은 스스로가 끌림을 당하고 마는 경험을 여러 번 했다. 사람 사는 세상에선 누구나 그 인정 논리를 피하기는 어렵다. 결국 이 계간평단도 사람의 세상에서만 존재하며, 나아가 시조시인이라는 동도(同道)를 걷는 엽관주의(獵官主義, spoil system)적 배경에 또 갇히게 된다는 걸 잘 안다. 그래서 가능한 한 객관적인 안목으로 분석함으로써 독자가 유추적으로 평가하도록 드잡이하려는 것이다.

그렇다. 본 마당이 열렸다. 털고 털어 다음 여섯 편을, 요령(妖靈)을 흔들던 무당이 새파란 총각 앞에서 힘주어 들고 있는 심지를 뽑듯 자랑스럽게 '옥(玉)'이라고 쥐었다. 하면, 이제 굿을 할 차례일 터!

5.

시가 '의지의 산물(poetry of the will)'임을 주장하고 처음 실천한 사람들은 놀랍게도 초현실주의자들이다. 흔히 이들을 자동기술법의 표현을 빌려 '난해시'를 생산한다고만 아는데, 이는 오해이다. 미국의 신비평가 앨런 테이트(Allen Tate, 1899~1979)는 '실천적 의지를 시의 원동력'으로 삼은 데에서 의지론을 피력한다. 의지는 숨지만 미학은 외부의 갈채를 받는다는 것이다. 의지가 곧 미학임을 표출한 시가 더 있다. 멀리는 이육사의 「절정」, 유치환의 「바위」, 그리고 가깝게는 이영광의 「빙폭 1 · 2 · 3」 등이다. 상징한 바를 넓게 읽는다면 창작하는 자세를 표현한 이른바 '메타시(metapoetry)'나 '메타시조' 같은 것(예, 권갑하의 「나의 시」, 손영자 · 김소해의 「나의 시작」, 전연희의 「시를 쓰다」, 박기섭의 「서녘의 책」, 백윤석의 「문장부호, 느루 찍다 2」 등)일 수도 있겠다.

> 허옇게 피를 쏟는 날들이 길어졌다
> 차디찬 속울음은 갈수록 깊어지고
> 덧쌓인 눈물기둥만 목 가득 차올랐다
>
> 푸른 탄성 안고 내리꽂히기만 하던
> 수직 벼랑에 핀 꽃 같은 시절이여
> 바일을 찍으면 쩡쩡 산도 따라 운다
>
> 순간 얼어붙어버린 정신의 일획인 양
> 또 하루 가야 할 길을 허공에 걸어놓고
> 자꾸만 흘러내리는 나를 곧추세운다
>
> — 권갑하, 「빙폭을 오르며」 전문

이 시조에서 보기에 사람의 의지가 굳다는 건 "수직 벼랑에 핀 꽃"처럼 아름답게 비친다. 그러나 당사자는 순간 사력을 다하는 것이다. 피겨스케이팅의 춤이 아름답게 보이지만 빙판 무대에 선 사람에게는 그간 수없는 고초와 피멍으로 이루어낸 결과이다. 화자는 이면에서 "차디찬 속울음"과 "눈물기둥"을 맞아야 한다. 뜻을 이루기 위해 수없는 "바일을 찍"어대며 "허공에 걸어놓"은 단애(斷崖)를 숨차게 오른다. 화자가 기획하듯 종내 오르고야 말리라는 그 엔터테인먼트의 기질로서의 의지가 가차 없이 빛난다. 그간 "허옇게 피를 쏟는 날들"을 "길"게도 보냈지만 웬걸 끝은 없으렷다. 알피니스트들이 즐겨 쓰듯 '도전만이 존재케 한다'는 완력도 있다. 셋째 수 종장 "흘러내리는 나"를 자촉(刺促)하는 화자는 더 치열해진다. 삶이란 "빙폭"을 찍고 가는 날카로운 전각(篆刻)과 같은, 그러므로 이 작품은 긴장되는, 아니 긴장을 주문하는 '얼음시학'일 듯도 싶다. 하나의 메타시법에 걸어 읽혀져 치열한 시 정신을 요구하고 있기 때문이다.

이대로 끝을 낼까
이젠 무대 그만 설까
노래를 부르지만
인기 없는 무명가수
아니다
잠들지 않는
음악은 빛 뿜는 것

외딴 집 닮은 동네
리듬 없던 골목 어귀
유명악단 리모델링
무대를 꾸미더니
환하게
노래를 한다
낮과 밤이 따로 없다

— 변현상, 「24시 편의점」 전문

1990년대 후반 무렵, 그러니까 우리 사회는 편의점 시대였다. 이후 도시 도로변, 골목, 루핑 판잣집촌 등 가릴 것 없이 있을 만한 곳은 대개 편의점이 들어섰다. 처음 도입될 땐 장사가 꽤 되었지만, 이젠 달동네에까지 침투한 대형마트의 등쌀에 밀려나 손님이 뜸하다. 더구나 최근 뉴스에서 보도되듯이 '편의점 강도'라는 신조어처럼 범죄자들의 밥이 되는 곳이기도 하다. 이 작품에서는 편의점이 "무명가수"로 대체된다. 그의 노래를 들어줄 손님이 없기에 "이대로 끝을 낼까" 또는 "이젠 무대 그만 설까"를 고민한다. 아직 "잠들지 않"고 있다는 듯이 "음악"이라도 "뽑는" 어색한 시늉을 해본다. 그래, 시조는 "인기 없는 무명가수"(편의점)가 "무대"를 다시 꾸며 눈물겨운 "노래"(24시)를 하는 것에 관계적 비유를 설정한다. 역설적이게도 "편의점"을 닫고 싶지만 "24시"라는 간판 때문에 묶여버린 현실이지 않는가. 불경기의 형상화를, 겉(간판)으로는 "24시"와 "편의점"의 친밀한 사이에 사실(내부)상의 불화를 인출해낸 것이다. 시조를 읽고 눈을 다시 감았다 떠보자. 결국 이 작품엔 사회체제와 규정은 밀착되게는 보이지만 그 속에 담긴 인간적 정서와 배려는 괴리된다는 현상을 읽을 수 있다.

시조를 읽는 재미는 발상의 전환이 이루어지는 대목에 있다. 종장의 비약과 건너뜀에서 감동의 손뼉은 맞추어 울게 된다. 힘을 겨루다가 마지막 안다리걸기나 뒤집기의 순발력을 구사하므로 시조의 종장은 어쩜 씨름판과 같다고 할 수 있다. 다음 작품이 그런 사례로 본다.

> 음주단속 교통경찰 완장 차고 닦달하는
> 윗사람이 아랫사람에게 채찍처럼 휘두르는
> 뭐든지 더 갖고 싶어 버릇처럼 되뇌는 말
>
> — 손증호, 「더, 더, 더」 전문

음주단속 현장이 리얼하게 묘사된 시조이다. 특히 종장 일상적 욕심의 변환 코드가 익숙하지만 새롭게도 읽힌다. 초장과 중장을 거친 종장의 맥락이 떨어져 더욱 시조다운 맛도 있다. 초 · 중장에서 "닦달하는", "휘두르는"의 어미가 기다리는 지점은 "더, 더, 더"라는 종착으로 유도하기 위해서이다. 그것을 제목으로 둔갑시킬 만큼 여유롭기까지 하다. 관형어적 패턴이 초 ·

중장에 나란히 놓였다. 한데, 그 순간에 하필 교통경찰은 "더, 더, 더"라고, 화자가 어린 시절부터 "뭐든지 더 갖고 싶어 버릇처럼 되뇌는" 욕심의 "말"을 흉내 낸다. 그래, 좋다. 경찰 앞에 걸리든 말든 잠재된 "더, 더, 더"를 행하고 만다. 이를 화자가 시조에다 옮겨놓기까지는 누구나 할 수 있는 진술은 아니다. 이는 목제의 눈으로 시조를 빚는, 이른바 데리다(J. Derrida, 1930~2004)가 말한 '차연성(差延性)'이 그걸 가능케 한다. 일상과 시조의 병행점 찾기의 시법이다. 시조가 생활에서 떠나지 않고 읽히는 효과를 얻을 수 있다면 바로 이런 경우일 터이다.

이력서 쓰는 손 주눅들어 달달 떨고
기죽은 어깨 너머로 마누라 달달 볶고
다달이 독촉 고지서 속절없이 쌓이고
아무리 달달 외워도 번번이 낭패하고
폐지 실은 손수레 달달대며 숨이 찬데
때마다 달달한 입맛 죽순처럼 번지다

— 김선호, 「달달」 전문

원래 '언어적 유희(linguistic fun)'는 현대시에서 독자가 견디는 긴장감으로부터의 무장 해제가 목적이었다. 그러나 이젠 대부분 문학작품에 즐겨 다루는 보편적인 기법이 됐다. 한 예로 최근 5년간 신춘문예 응모작품과 당선작들을 분석해보니 해마다 이 '펀(fun)'을 적용하는 예가 대략 80%의 작품에 등장하며 증가하는 추세를 보인다. 시, 시조, 동시에서는 물론이고 소설과 희곡 등의 대사에서도 자주 나타난다. 표어나 광고 문안엔 이미 고전이 됐고, 가요 가사, 공공단체나 정부기관에서도 내는 공익성 광고에도 빠지지 않고 등장할 정도이다. 2018년도엔 이른바 점잔 빼는 평론이란 장르에서도 등장했다. 비평이란 원래 객관적 논증 같은 게 무기이겠으나 상징과 은유의

'펀', 심지어 비평문의 제목부터 그것을 닮는 글투를 작정하고 드러낸 일도 있다. 전엔 비어나 은어로 금기시했던 말들이 이젠 벽을 허문 지 꽤나 됐다. 각론하고 '언어적 펀'은 이제 유행이 아닌 하나의 언어문화로 자리했음이 분명하다.

「달달」은 언어적 펀을 쉽게 들었지만 그것을 장면에 시의적절하게 사용함으로써 시조를 단숨에 읽게 만드는 효과가 있다. "달달" 떠는 주체가 '손-가장-집-시험-손수레-입맛'으로 연결된다. 그리고 "달달" 떨게 하는 객체는 '실업자-마누라-공과금-낭패-폐지 줍는 노인-끼니'로 연메된다. 주체와 객체는 보완적이지만 상대적이기도 하다. 시조는 2수이지만 연 가름을 하지 않은 걸로 봐서 2수의 끝 종장에 힘을 둔 듯하다. 이 '펀'과 관련하여 차후 '랩'이나 '랙'의 기법, 나아가 '게임' 기법으로 시조를 써도 되겠다는 생각을 해본다.

> 음각의 얼굴들을 손끝에 새겨요
> 나는 한 번도 내 얼굴 본 적 없지만
>
> 입술을
> 움직이지 않고도
> 말하는 법을 알아요
>
> — 김보람, 「새김눈」 전문

시조는 순간에 오른 이미지의 포착으로 자형화(字型化)된다. 뷰파인더 안으로 들어온 대상이 일치되었다고 보는 시간, 그 인화를 목전에 둔 셔터가 그린 인상이다. 그러니까 시조 자형이란 피사체가 아니고 찍힌 모형이다. 시인은 자형화를 통해 시조에 다가가는 게 아니라 음각의 얼굴로 손끝에 만져지는 의미를 포착한다. 결국 작품이 탄생되는 시점, 그러니까 시조의 동인(動因)이 ① 빚어지는가, ② 만들어지는가, ③ 찾아오는가에 대한 관건이겠다. 나는 오랫동안 많은 시조 작품을 읽어왔다. 그렇다 보니 나름 구별하는 법도 저절로 생겼다. 그런 규칙대로 보자면 이 작품은 ③의 경우이다. 시각장애의 아이가 손으로 돋을새김한 글자를 촉지해가는 장면은 누구나 하는 일이다. 그러나 그 글자 대신 "새김눈"으로 말하는 장면을 반추하는 일은 비약, 즉 상식을 뒤집는 가역적 기법일 때 가능하다. 즉 음각의 얼굴들을 손끝에 새기는(알아가는) 것은, 음각된 글자들을 손으로 짚어 알아가는 것과는 다르기 때문이다. 시인의 눈은 그래서 필요하고 동기는 그럴 때 요긴하다. "입술을/움직이지 않고도/말하는 법"을 알게 되는 데에 이른 "새김눈"은 이 시인만의 특허이다. 이의 이치를 거론하자면, 책상에서 밤늦게까지 공부를 하는 사람을 열심히 노력하는 사람이라고 칭찬하는 일은 누구나 할 수 있다. 그러나 책상의 입장에서 보면 같잖은 일이지 않는가. 그 사람의 노력은 불공평하다. 책상에게는 쉬는 시간도 주지 않고 자기를 팔꿈치 힘으로 짓누르는 잔인한 행동을 하는 자일 뿐이다. 책상도 존엄한 존재권을 지닌 생명체이다. 책상의 입장에서, 인간의 잔인한 이기주의를 추출하는 시학, 이런 눈이 바로 시의 눈이자 자연물에 생명력을 복원해주는 목제의 시학일 터이다.

천둥소리 듣고서야 비가 옴을 깨닫는다

창가에 서기 전엔 비 오는 줄 모르듯이 이웃이 이웃인지 모르고 살아간다. 옆집에 들어오는 이삿짐 보고서야 그간 비어있음을 알게 되는 휴일 오후 새로 온 이웃은 무엇하는 사람일까 잠시잠깐 불붙다가 이내 꺼버리는 관심, 요 몇 년 새 슬그머니 풍습이 바뀐 건지 이사떡 돌린다며 인사받은 적이 없고 담장 대신 온통 막혀 눈길 줄 데 없는 벽면 다들 어찌 사는지 궁금증을 끊어 준다 주민들은 누구하나 문패를 달지 않고 306호,

1204호 수인번호 같은 호수 신분처럼 밝힐 뿐 익명을 고수하고 좁은 엘리베이터 안 간혹 나눈 눈인사로 이웃사촌 사귀기란 맨 땅에 박치기라 위아래 중간소음 싸움이 크게 번져 원수로 지내는 일 종종 듣는 이야기다 꽤 오래 안 보이던 점잖으신 할아버지 구급차에 실려 가는 광경을 목격한 날 여느 때와 다름없이 아파트는 조용했다

이웃이 하늘로 가는 이사
배웅하던 빗소리

— 이광, 「우리 동네」 전문

제목이 "우리 동네", 그러니까 "빗소리"가 아니어서 다행이다. 그래, 독자는 제목대로 "우리 동네"의 소통을 자랑 삼아 이야기하리라 기대할 법했다. 그러나 화자는 반대로 아파트 삶의 비정한 현장을 보고하듯 한다. 기승전결이 분명하고 복선도 용의주도하다. 아파트 특징을 "다들 어찌 사는지 궁금증을 끊어"주는 데에 초점을 두었다. 예로 "수인번호 같은 호수"를 "신분처럼" 달고 사람들은 벽에 갇혀 "익명"으로 살아간다. 이후, "안 보이던 점잖으신 할아버지"가 어느 날 "구급차에 실려" 가고 그의 죽음이 전해진다. 그건 할아버지가 "하늘로" 이사 가는 날 "빗소리"가 마지막 "배웅"을 한다는 상징적 집약으로 대신한다. 초장의 복선과 동네 이야기가 어떤 상관이 있는가 하는 의문은 사설시조 중장 끝부분 "여느 때와 다름없이 아파트는 조용했다"에서 계산한 셈이다. "천둥소리 듣고서야" 빗소리를 깨닫는 귀납은 결국 생을 마친 할아버지를 통하여 확인된다. "이사"에 따른 "배웅"과 "빗소리"의 연결이 스토리텔링으로 연결된 작품이다. 가히 비유를 배우는 학습자에게 텍스트로도 활용할 만하다.

브룩스(Brooks)와 워런(Warren)은 '시는 극적 구성을 요하는 작은 희곡'이라고 한 바 있다. 이 시조도 극적 구성을 보여준 작품이다. 근래 고독사(孤獨

死)의 사회문제를 다룬 작품이라고도 할 수 있으며, 치밀한 구성미학이 돋보인다.

6.

아참 풋, 늦잠에서 놀라 깨어보니 해가 중천이다. 아침 준비로 버벅대다 새삼 노트북을 보니, 엊저녁 골라 쥔 게 여기까지였다. 하지만 썼다가 지운 평도 있다. 페이지를 젖혀 나오는 작품마다 읽을 맛이 좋은데, 쩝쩝 다신다. 허나 값비싼 지면을 독차지하지 않기로 한다. 입맛을 거들어준 작품은, 리강룡의 「묵묘 앞을 지나며」, 박옥위의 「흙피리」, 백이윤의 「별을 향해 기도하다」, 백점례의 「귀공자 세탁소」, 최성아의 「(신)상형문자」 등이다.

사실 2017년 『나래시조』 겨울호에 실린 작품은 신작과 특집을 망라하여 모두 80편(학생시조 제외)이 넘는다. 이런 가운데 시조 작품을 계간 평단에 모셔오는 일은 하늘의 별들 중에 내 별을 찾는 일만큼 자주 눈을 씻어야 한다. 하지만 '칵테일파티 효과'를 적용한, 즉 여러 잘 나 있는 아이들 중에 나만의 기준에서 비롯한 결과임을 이해해주시기 바란다. 그럼에도 거론하지 못한 작품들을 위해, 해당 시조를 암송하는 벌을 내가 받기로 약속한다면 용서받을까.

7.

지금은 가히 문학의 세상이다. 한국엔 대저 1만여 명(시, 시조, 동시 등 운문 장르)이 넘는 시인이 시를 쏟아내고 있다. '시인 공화국'이라 할 만하지 않은가. 필자가 조사한 바로, 오프라인상의 문예지(일간, 월간, 계간, 반년간, 년간, 무크지 등)는 대저 460여 종이다. 이 가운데 시조 관련 문예지는 동인지 포함

60여 종이고, 100여 개의 시 전문지, 아동문학 전문지, 종합 문예지에도 시조가 실린다. 시조시인 1,200여 명(한국문협, 작가회, 한국시조협, 오늘의시조회, 지역시조협, 시조동인회 등 포함)이 월간, 계간, 반년간, 무크지, 동인지, 카페, 포털, 페이스북 등에 작품을 발표한다. 『나래시조』에 실린 작품 수가 앞서 말한 80여 편이다. 주요 시조 전문지와 동인지 50여 종에 발표되는 것을 포함하면 평균 3,000여 편, 그리고 종합 문예지당 평균 10여 편이 실린 걸 감안한다면 한 계절에 대충 3,500여 편의 시조가 발표된다는 계산이다. 먹고 살기 힘든 세상이라지만 시인들은 다들 충분히 먹고 살고 있고(시인이 굶어 죽었다는 보도는 없으니), 발표 지면 또한 빈약하지 않은 셈이다. 국제 문인 지표에 의하면 세계에서 한국의 문학인 수, 특히 시인 수는 압도적이다. 그래, 고료와 인세가 문제이긴 하지만, 암튼 이쯤에 대한민국 시조문학의 장구한 '목제화(木製化)'를 위해 건배해도 좋을 듯하다.

(『나래시조』, 2018 봄호)

제3부

화자와 함께 걷는 유유함,
그 자동기술을 따라가다

마음 상하는 온갖 일 눈앞에 있어	萬事傷心在日前
추운 서재에서 밤새도록 잠 못 이루었네	寒齋徹曉祗無眠
옷걱정, 밥걱정, 근심은 그치질 않은데	虞衣虞食虞無止
다시 병오년을 맞이하게 되었네	更與相逢丙午年

— 남효온의 시 중에서

1. '자동기술'의 세계로 들어가며

마침, 여자친구의 문자, '지금 뭐 해?' 그러자 명료한, 그러면서 다시 묻는 걸 차단하는 답, '나, 산책 중', 또는 '사유 중'.

지금은 트렌치코트를 입고 은행잎 우수수 지는 길을 걷는 철이다. 그게 어울리는 계절이니까. 한데, 이 글을 읽을 시점엔 눈보라를 막는 외투나 다운코트의 철이겠다. 하면, 나도 옷의 일상으로 접어든다. 모든 유행의 아이콘이란 게 사실은 의상이다. 그 흐름은 단순하지만 여간 반복적이지 않다. 같은 이유로 시의 유행 또한 단순하다. '자동기술(automatic writing)'이라는 의식의 흐름대로 진술하는 게 요즘 시의 콘셉트이자 유행인데, 따지고 보면 시인의 진솔한 그 감정의 기록에 다름 아닐 듯하다. 그러니, 사유대로 좇아 쓰면 되는 일이다. 이는 시인의 입장에선 구속받을 바 없겠지만, 독자 쪽의 이해를 위한 과정엔 더 복잡한 장벽쯤일 수도 있다. 현대시인의 쓰기 행태가 목적하는 바는 주로 세 가지로 보인다. 즉 '보이는 바, 생각하는 바, 행동하는 바'에 따라서 쓰는 일이 그러하다. 필자는 그걸 '횡단'이란 말로 집약해본다. 의식의 흐름엔 사유의 유동(流動)이나 횡류(橫流)가 대세적이다. 하지만 목적지란 없다. 현상을 내키는 대로 기술하면 되기에 그렇다. 심지어 어떤 능력자들은 장르를 횡단하면서까지 횡류를 감행한다. 무엇이든 전위적으로 범접하려는 무모한, 그 용기 또한 백배한 시인들이 한국 시단에 넘친다.

조너선 컬러(Jonathan Culler)는 『문학이론』과 『해체비평』을 통하여 대상에 관한 미학적 경험을 그만의 사유로 치받은 바 있다. 다양한 매체와의 진보적 접근에, 나아가 모든 장르까지 싸잡아 '횡단'이란 용어로 몰아가던 게 그것이다. 이때 '자동기술'이란 전위적 시학으로, 그 '전위시'를 추동하기도 한다. 하면, 시조에서도 그런 용기(또는 무모)를 지닌 시인이 등장하는지, 한 번쯤은 눈여겨볼 필요는 있겠다. 물론 점잖은 전통 장르에 적용함에는 다소 무리 있는 연관이긴 하지만……. 아무튼 다음 몇 편으로부터 그런 낌새를 짐작하며 읽었다. 성급한 독자들이 뭐, '너무 앞으로 나아간다'라고 할까도 싶다. 해서, 나름 생각해온 걸 조심, 그리고 슬슬 풀어보련다.

참고로 이 글 앞에 양지해야 할 게 있다. 현대시의 자동기술과는 다른 관점으로 볼 수밖에 없는 시조에서의 그 '자동기술'이란 말이 그것이다. 위 머리글 남효온(南孝溫)의 시에서 보는 것처럼 시인과 화자의 처지를 주변의 환경 · 사물 · 사연에 조응시키며, 시인이 스스로부터 흘러나오는 감정을 따라 기술하는 경우를 말하고자 하는, 그 필자 의도가 있다. 말하자면 시인과 화자가 처하는 현재적 환경에로 경도되는 이른바 현상학적인 감정 진술에 포인트를 두겠다는 뜻이다.

2. 바라보이는 여자, 그 묵시의 자동교신

그 처음은 김민정 시인의 작품을 든다. 그렇다고 그가 매 작품을 마냥 이런 기법으로 쓰는 건 아니다. 반대로 그는 정격을 존중하며, 고아한, 아니 어쩌면 보편타당한 시조를 즐겨 쓰는 시인이다. 한데, 그의 작품을 읽고 나서 느낀 바는 낚시꾼처럼 오래 찌를 담그고 기다린 보람 속에서 이를 건져내는 기분이다. 그는 『나래시조』의 지면에 단골로 자리해온 시인이다. 문학단체의 굵직한 직함도 지닌, 시조 문단에 종횡으로 뛰는 발 빠른 시인이란 것 말고도, 그의 순후한 작품들이 목하 현시(顯示) 중이거나, 수석시조(壽石,水石時調) 같은 전문가적 영역에 닦은 바에 일가견도 있어서 기획 평설로 엮었을 법은 했다. 하지만 그뿐, 의도적으로 엮을 만큼 읽혀지지는 않았다. 허, 미안했다. 다만, 이 시인의 작품을 매회 지나치면서 어떤 밀회의 기회를 엿본 듯했던 적은 있다. 그래, 이번 작품만큼은 지나칠 수 없단 생각에, 결국 이 평설의 장에서 만나 내 벼르던 밀회를 포기하기로 했다. 예전 작품과는 다른 '자동기술' 류의 묘사 대열에서 번쩍 띄었기 때문이다.

머무는 것은 없다 시시각각 변한다
알면서도 사랑하고 알면서도 흔들리는
어쩌다
눈을 피해도
속내를 들켜버린

카페 유리문에 옆모습을 다 드러낸
한 여자의 긴 머리가 미세하게 흔들린다
누구를
기다리는 듯
양볼 더러 붉어지는

강물이 소리 없이 다가왔다 멀어지고
빛나는 눈썹 위로 아슬히 푸른 이마

한동안
마주 보다가
그만 서로 무색해진

— 김민정, 「창과 창 사이」 전문

화자는 "창과 창 사이"로 비쳐 보이는 한 여자의 표정을 따라간다. 그건 한 낯선 자가 또 다른 낯선 자에게로 향하는 시선의 산책 그 유유함이겠다. 그러다 마주친 눈길이 "무색해"지는 "속내를 들"키기도 하고, "더러 붉어지"기도 하여 그만 서로 잠잠해져버리는 것이다. 화자(관찰자)는 "미세하게 흔들"리는 여자의 표정을 따라 예의 자동기술로 그의 심리 상태를 전언한다. 그는 두 여자를 보며 '자기' 의식과 상대 의식의 '여자'를 나란히 비교해 보인다. '바라보는 창'과 '비쳐 보이는 창'은 두 여자를 사이에 두고 서로 의식 상황을 엿보는 심리적 경영(鏡映)에 빠진다. 화자가 보는 여자는 "시시각각 변"하고, "미세하게 흔들"리다가 "소리 없이 다가왔다"가는 또다시 "멀어"진다. 시조 속의 여자는 여유롭듯, 흔들리듯 아름다운 프로필을 지녔다. 그러므로 훔쳐볼 만한 대상이리라.

사실 이 시조는 '의식의 흐름' 말고도, 구도 면에서 시각화, 영상화가 돋보인다. 영상의 출발 시점은 '묘사', 그리고 이후엔 '진술'로 발전된다. '묘사'는 정지된 대상에 가하는 '적필의 필력'이고, '진술'은 움직이는 대상에의 '변환의 기술'이다. 이를 근간으로 시적 대상 · 장면에 시인은 자의식적 묘사와 언술로 옷을 입혀간다. 화자는 시인과 함께 시문(詩文)의 자동기술을 통해 독자의 추이 또는 전이가(轉移價)를 높이는 중이다. 이 작품은 여자의 흔들림에 대해 진술하지만, 사실은 정지된 실루엣을 배면에 깐다. 화자는, 창 사이로 보이는 여자를 "알면서도 사랑하"는 관계라는 걸 점묘한다. 여기서 흔들림이란 곧 떨리는 사랑의 감정일 터이다. 그게, "카페 유리문"을 통해 “옆모습” 그 프로필을 보이는 여자, 그녀의 “긴 머리가 미세하게” 날린다. “빛나는 눈썹 위로 아슬히 푸른 이마”를 가진 여자라는 최고미이듯 점묘되기 때문에 독자는 그림을 보듯 뚜렷하게 느낄 수 있다. 한 모델에 대한 데생처럼 묘사된 이 대목에서 생동하는 점사법(漸寫法)을 본다. 창문에 비치며 등장한 여자에 대한 관찰자적 방점은 셋째 수에 가 있다. 즉 “미세하게 흔들”리는 그녀에게서 눈을 떼지 못하는 것이다. “빛나는 눈썹”처럼 발하는 시의 눈은, “아슬히 푸른 이마”를 보는 즐거운 ‘기미’를 나타냄으로써 독자에게 일으키는 시각미에의 준동을 돕는다. 이 작품은 이지적 품격과 관조적 심리를 동시에 인식하도록 하는 면도 있다. 창을 통하여 본, 그리고 그 창에 비친 여자의 옆모습은, 종장에서 이미지의 층을 누적시킴으로서 전달을 확실히 해둔다. 시조의 자동기술적 호흡을 규칙적으로 이끄는 대목 즉, ① 어쩌다 눈을 피해도 속내를 들켜버린 모습, ② 누구를 기다리는 듯 양볼 더 붉어지는 모습, ③ 한동안 마주 보다가 그만 서로 무색해진 모습, 등은 각기 차례화되어 드러낸다. 그래서 화자와 여자의 암묵적으로 교환하는 그 눈짓으로의 경영(鏡映)이 시조에 잠재되어 있다. 그래 내면에서 두 사람의 호응은 점층구조를 이룬다. 이렇듯 자동기술적 수순이지만 시조에선 탄탄한 논리성이 견지돼 있어 보인다.

3. 독자의 호소력을 겨냥하는 자동 거래이론

로젠블랫(Louise Rosenblatt)은 독서 행위 자체를 ‘거래이론(transactional theory)’을 바탕으로 한 ‘반응중심(reponse-based)’의 수용으로 재해석한 바 있다. 그의 ‘거래이론’이란, 독자에 주는 호소력과[1] 읽은 후의 영향력에 호기심 내지는

---

1) 경규진, 「문학교육을 위한 반응중심 접근법의 가정 및 원리」『국어교육』 제87 · 88호, 한

심리가 배가되고 상호 길항(拮抗)하며 가독성(可讀性)을 더욱 높여주는 방법적 이론이다. 그래, 시의 효용도를 살리는 일종의 교육 채널이라 할 수도 있다. 이 반응중심[2]의 수용 체제는 독자와 작품의 상관도를 맥락적 관점에서 보는 한 '경영기제(經營機制)' 이기도 하다. 이른바 '신비평주의' 의 '수용이론' 과 맥을 같이하기도 하지만, 그보다도 '문학판의 최종 인식틀' 이란 평가로부터 오래부터 설득과 힘을 얻은 바도 있다.

위의 김민정의 「창과 창 사이」가 서로의 의식 상황에 대한 심리적 경영(鏡映)에 터한 자동기술이라면, 다음 이서연의 「가을만 한 사람」은 계절의 대비적 상황에 대한 환경적 경영으로 빚어낸 자동기술이라 할 만하다.

피었다
지는 꽃엔
씨앗이 지문이다

붙들던
푸르름엔
사랑 끝이 단풍이다

어떤가
가을만 한가
그대에게 이 가슴이

— 이서연, 「가을만 한 사람」 전문

국국어교육연구회, 1995.6, 4~5쪽 참조.

2) 로젠블랫이 말한 '반응' 이란 대상(object), 즉 무엇에 대한 반응을 의미한다. 여기에서는 우선 반응할 문학작품이 필요하다. 기존 텍스트에서 방향 지어진 것처럼 보는 그 반응의 관점이 아니라, 독자가 텍스트와의 거래상에서 불러일으킨 '환기에 반응' 한다는 점을 강조한다. 즉 '텍스트에서의 구조화된 경험' 으로서의 '환기' 와 '반응' 보다는, 환기 자체에 대하여 '반응' 하는 것으로서의 '반응' 이다.

대저 "가을만 한 사람"이란 어떤 사람인가. "그대에게" 보이는 "이 가슴"은 가을을 익혀 담았다고 화자는 자신하듯 말한다. 가령, "피었다/지는 꽃"의 "씨앗", 또는 "사랑"의 "끝"자락에 있는 "단풍"을 마저 다 간직한 가슴, 그런 시인의 말로부터 연유된 심리 장치를 헤아려본다. "어떤가/가을만 한가"로 묻는 "그대"라는 대상은 지고한 계절의 가을을 기대하겠지만, 사실은 화자의 "어떤가"에 대한 물음의 답을 들을 사이도 없이 벌써 그의 "가슴"은 사랑과 가을로 가득 차 있음을 읽을 수 있다. 이 작품은 우선 초장과 중장에서, 대비와 대구가 돋보이듯 '시조'라고 하는 건축물을 견고하게 지었다. 즉 '피었다 지는 꽃'과 '붙들던 푸르름', '씨앗이 지문'과 '사랑 끝이 단풍' 등, 기둥에서 서까래까지 기하학적인 틀을 조직했다. 봄의 '꽃'과 여름의 '푸르름'을 지나 가을의 '씨앗'인 '지문'과 '사랑' 끝의 '단풍' 또한 계절의 편력을 대비적으로 구조화해 보인다. 해서, 독자가 느끼는 독후의 정서를 순항(順航)에서 순착(順着)으로 매조지한다. 그리고 "어떤가/가을만 한가/그대에게 이 가슴이"이라는 데서 보듯, 적소 도치법을 적용함으로써 완벽한 종장을 구현해 내고 있다. 나아가 전체 흐름이 유연하여 시적 대중화에도 일익을 할 작품이다.

보는 이에 따라 다를 수 있겠지만, 이 작품은 자동화의 '거래이론'의 한 틀에 놓일 듯도 싶은데, 글쎄다 하면, 뭐 그럴 수도 있겠다. "가을만 한 사람"이란 이중 구조의 상징과 의인법을 고려한 제목부터 가을에 동참을 유도하는 자동기술, 그 대중화의 기능에 값하는 작품으로 보인다.

다음 이승현 시인의 작품은 생태의 현현성(顯現性)을 보이는 바, 시인과 독자 사이의 '거래이론'이란 맥락에서 '대상 → 매재 → 자기화'로 재구한 자동기술일 듯싶다. 이 시조를 깊이 읽기 위해서, 로젠블렛이 제시한 거래이론의 짝들로부터[3] 로젠블랫은 정보 추출적 독서를 지양하고 정서적인 반응을 일으키는 심미적 독서를 격려한다. 그는 이 '독자반응이론'을 문학교육에 최초로 적용하였다. 독자의 텍스트에 대한 태도는 심미적 관점과 정보 추출의 관점이 연속선상에 있다고 보며 심미적 관점으로 책을 읽으면 곧 이야기에 몰입, 자유로운 상상, 감정이입 등이 가능해진다고 했다. 따라서 독자는 대상이 불러일으키는 개인적 느낌, 아이디어, 태도 등 광범위한 요소를 경험하게 된다.

계기화된 예의 '대상→매재→자기화'의 관계를 적용해본다. 그래, 위 이미지를 차례로 대입하면, ① '대상'에의 [반응(response)], ② '매재(媒材)'에의 [거래(transaction)], ③ '자기화(自己化)'의 [심미 읽기(aesthetic reading)]의 도정(道程)이란 적용이 가능하다. 물론 작품 수용에 대한 로젠블랫의 과정을 창작과 연메, 시도하는 건 무리일 듯도 하지만, '창작'과 '수용'은 병행할 수 있는 한 맥락의 유사과정이라고 볼 수 있다. 그러므로 대상, 즉 매재의 적용을 '자기화'하는 하나의 틀이란 구조로 집약해본다.

> 늘 변방을 떠돈다는 착각으로 살았다
> 억 광년 저쪽 별빛이 내 몸에 빨려 들어와
> 긴 잠을 깨우기까지는 허공바라기 풀이었다
>
> 쫑긋하는 노루귀의 문안인사를 받고
> 밤새 내린 이슬로 목을 축이고 나니
> 비로소 꽃 중에 꽃이 나인 줄을 알았다
>
> — 이승현, 「제비꽃」 전문

---

3) 로젠블랫의 용어의 짝들은, 반응과 환기(response & evocation), 거래와 상호작용(transaction & interaction), 심적 독서와 원심적 독서(aesthetic reading & efferent reading) 등이다.

여러 시조 단체에 활동하여 근면의 표상으로 굳힌 이승현의 작품이다. 시조를 통해 독자는 이미 생태의 세상에 들어선 입장이 된다. "늘 변방을 떠돈다는 착각"이란 구절을 통하여, "내 몸에 빨려 들어"온 꽃의 생태를 사유해보도록 한다. 겉으로만 보기에 '제비꽃'이 자라는 곳은 대저 변방일 법하다. 꽃은 울타리 밑, 또는 양지녘의 묘 아래나, 그늘지지 않은 낮은 언덕과 같은, 그런 "변방"에서 군락 · 자생하는 이유에서이다. 하여, 제비꽃의 생태를 막연히 알고 있는 사람들에겐 그 "착각"이 합리화될 수 있다. 하지만 꽃은 "억 광년"을 통과해 오늘의 화자 앞에 존재하며 빛나게 되는 그 현현성(顯現性)을 지닌다. 그것은 시인의 재구(再構)로 말미암아 "비로소 꽃"으로 등장한다. 하여, 사람들이 세칭 일컫는 그 제비꽃의 생태를 반박한다. 꽃이 뿜어내는 "별빛"이 "내 몸에 빨려 들어와" 나의 "긴 잠을 깨우"게 된다는 발상은 그것만으로도 성숙도를 재지 않아도 될 만큼 '통찰의 깊이'를 지닌다. 별빛으로 들어와, 화자의 생애에 주요 변곡점으로 가냘픈 풀꽃임을 떠나, 더 큰 역할을 감행함으로써 존재를 바꾼다. 사실, 그걸 깨닫기 전엔 화자에겐 한낱 "허공바라기 풀"에 지나지 않았다. 꽃은 옆에 "쫑긋하는 노루귀의 문안인사"를 받고서, "이슬로 목"을 축이듯 일상에 의지하여 살아간다. 결국 "비로소 꽃 중에 꽃"이란 걸 알게 되고 그래서 "긴 잠을 깨우"는 힘을 얻게 된다.

시인의 시법(詩法)은 대상('제비꽃')의 확대를 거쳐 자기화('꽃 중에 꽃')함으로서 꽃의 영혼 그 귀환을 말한다. 시에 '서정적 자아'가 있는 경우처럼, 이 시조도 대상으로부터 참 자기를 발견하는 그 자기화 과정이 깊다. 그 과정은, '흡입 매재'를 통해 우주적 관점('억 광년 별빛')을 개입하여 예의 '자기화의 과정'을 편력의 틀로 제시한다. 그래, 이 작품은 ① '대상('제비꽃')' → ② '흡입매재('억 광년 별빛')' → ③ '자기화('꽃 중에 꽃')'의 답화(踏花)의 차례를 거치게 된다. 시조는, 제비꽃이 주는 존재적 생태를 "억 광년"이란 "별빛"으로 환유해내는 색다른 생태를 다룬 그 깊이의 시학에 접신한다.

이승현의 다른 작품, 예컨대 장면에 따라 화자 톤을 바꾸는 「금호동 연가」, 바람, 햇살, 들녘을 차례로 점묘한 「백로」, 기승전결의 이음이 유연한 「봄빛밥상」 등에서도 위의 '대상 → 매재 → 자기화'의 구축이 돋보이는 바, 이번 작품 「제비꽃」에서는 더 진일보한 깊이의 생태성을 볼 수 있게 한다.

4. 기원시조(祈願時調)로부터 읽는 자동기술

흐름을 기준으로 시의 유형을 분류하자면 대체로 긴박형(緊迫型), 유연형(柔軟型), 단속형(斷續型), 반추형(反芻型) 등이 있다. 하면, 다음 시조 작품은 그 두 번째 모형인 '유연형'이라 할 만하다. 작품의 흐름이 유연함은 곧 물의 그것을 닮아서 걸거침 또한 없으렷다. 다만 좀 심심한 경우도 있는 게 사실이지만 말이다.

당신의 좁은 어깨에 노을이 흔들립니다
옹이진 뿌리를 허공에 세우는 일은
상처를 감추는 일처럼
쉽지는 않겠지요

해마다 조금씩만 자라고 싶다 했죠
솔방울 수다 소리
풀잎에 알스는 소리
촉 세워 굳이 따지거나
의심하지 말자구요

부드러운 목소리에 숲이 온통 아늑한 날
옆에 있는 나무들을
바라보는 즐거움으로

견디고 끄덕여주자는 말
이제는 들려요

— 최양숙, 「나무가 되고 싶은 날」 전문

음보 속에 어떤 복선을 장치하거나 숨겨둔 기복이 없어서인지 마냥 읽기는 편안하다. 각 수 첫 행의 음보는 평서적 진술로 수순을 잡았다. ① "당신은 좁은 어깨에 노을이 흔들"리고, ② "해마다 조금씩 자라고 싶다 한" 나무, ③ "부드러운 목소리에 숲이 온통 아늑한 날"을 기억하는 것 등이 그렇다. 한편 각 종장에서는 화자가 나무에게 주는 말로 구성되었다. 해서 연질(軟質)의 속삭임이다. ① "상처를 감추는 일처럼/쉽지는 않겠지요" ② "촉 세워 굳이 따지거나/의심하지 말자구요", ③ "견디고 끄덕여주자는 말/이제는 들려요"에서처럼 초장과 종장이 그 연성 방식으로 전개된다. 이렇듯 화자는 여성성을 발휘한다. 이 「나무가 되고 싶은 날」은 나무와 시인이 하나 되는 염원을 담은 기원시조(祈願時調)로 볼 수 있다.

일찍이 김수영(金洙暎, 1921~1968)은 갈파하기를, "시는 머리로 하는 것이 아니며, 몸으로 하는 것, 그것도 온몸으로 몸을 밀고 나가는 것"이라 했다. 이에 시인의 말, '상처를 감추지 말고, 따지지 말고, 견디고 끄덕여주자'는 긍정의 언어로 말하는, 그래 착한 그러면서도 내밀하게 전하는 '몸의 시학'으로서 자동기술된 바를 확인해본다.

5. 욕, 그리고 펜의 묵시 그 자동력

시에서 풍자가 던지는 맛깔스러움은 사실 금기(禁忌)의 새끼줄을 넘어 그냥 통과해버리는 데 있다. 이 시조는 "개새끼, 씨발놈, 씨조지, 풀보지" 등 이른바 전통을 운위하는 시조에서는 좀 낯뜨겁지만, 그걸 과감히 씀으로써 글의 맥락을 보다 유쾌하게 이끄는 이점을 얻는다. 제목을 「우리나라에서 대표적인 두 개의 욕에 관한 수사」라는 좀 색다르게 건 것 또한 기존 시조와는 차별화를 서둔다. 여기서 수사란, '수사'(竪辭, 搜査, 修辭) 등의 개념으로 다양하게 볼 수도 있겠다.

> 이곳에 쓰레기 버리는 놈은 개새끼다
> 원룸 앞 전봇대에 부릅뜬 플래카드의 눈
> 꽁초를 내던진 순간 늙은 개새끼다, 나는
>
> 씨발놈은 욕이 아니란 속언이 있다. 망언이다
> 그것은 생명선인데 아직도 가능하다니
> 속언과 명언의 경계가 이승과 저승이구나
>
> 앞서가는 손수레에 경적이 뱉는 추임새
> 비켜라 개새끼야, 빨리 가자 씨발놈아
> 여직껏 씨를 심다니 묘비명에 새기리라
>
> 씨조지 매미란 놈 땡볕 한철 18번 타령
> 풀보지 어디 있느냐 씨조지 여기 있다며
> 니 마음 나만 안다는 저 명창 저 절창을
>
> — 최영효, 「우리나라에서 대표적인 두 개의 욕에 관한 수사」 전문

시조에서 "플래카드의 눈", "꽁초를 내던진 나", "손수레에 경적이 뱉는 추임새"가 단숨에 가닿아 발설된 바의 "개새끼", 그리고 "생명선"이기에 가능한 욕으로 "씨발놈" 등, 이 두 욕에 대한 의인화를 중심으로 제3의 사물들에게 넘기는 재치와 수작도 상당히 볼만하게 구사된다. "18번 타령"으로 "매미"가 "땡볕 한철"에 부르는 "니 마음 나만 안다는 저 명창 저 절창"은 욕에 관한 수사를 '절창'으로 전변시키는 수법을 유머와 풍자로 매조지한

다. 이 시조는 각 종장에서 결과를 비트는 식, 즉 '전변(轉變)의 시학'을 도입한다. "꽁초를 내던진 순간" 난 "늙은 개새끼다", 그리고 "속언과 명언의 경계"는 "이승과 저승", 또 "여직껏 씨를 심다니" 그걸 "묘비명"에 새길 거란 다짐 등에서 그걸 확인할 수 있다.

앞서 조너선 컬러에 의하면, 대상과 사안에 대한 시인의 풍자와 그 '효용'은 '미학적 반응'의 하나로 자리매김할 수 있다. 그건 사물에 대한 언어의 기호, 즉 '도지식별표기(圖地識別表記)'와 같은 것으로 현대시학에 많이 도입될 것으로 여겨진다.

> 보이듯 안 보이듯, 있는 듯 없는 듯이
> 그런 애들 그리기에 딱 좋은 펜이 있다
> 얇고도 가늘디가는
> 그어도 안 그은 듯
>
> 잘해도 묵묵하고, 잘못해도 용서하고
> 그은 위에 또 그어도 만날수록 깊어져서
> 밟혀도 다시 일어선다
> 풀꽃들이 웃는다
>
> — 김숙현, 「0.05mm 펜」 전문

'약한 것이 강하다'는 말이 있다. 이 시조에는 "0.05mm 펜"과 같이 세필(細筆) 문구이지만 강하다는 논리가 담겼다. 그어도 안 그은 듯하지만, 글을 쓸 때는 "만날수록 깊어"지는 시인의 반려체(伴侶體)이기 때문이다. 그가 써나가는 원고에는 잘 견디는 필(筆)에서 오는 저력으로 "밟혀도"(다른 필기구로 덧입혀 눌러 써도) "다시 일어"서는 꿋꿋함이 특징이다. 해서, 잡초나 "풀꽃들이 웃는" 것처럼 생명력도 느낀다. 화자는 "가늘디가는" 펜이지만, 굵고 진한 그것보다 무게가 "묵묵"할 뿐 아니라 나아가 다른 글씨로 입혀 쓰기(퇴고)

도 쉬운 장점을 배면에 깔고 있다. 굵은 필기구가 덧씌우는 행위를 "용서" 하여 그와 관계가 허물없음도 드러낸다. 타자기나 컴퓨터가 없던 시대에 시인들은, 박목월(朴木月, 1916~1978) 시인이 그랬던 것처럼, 흔히 연필을 가늘게 깎아 작품을 써왔다. 이때 자주 지우는 일이 번거로워 퇴고 시 굵은 연필로, 또는 펜으로 덧씌우며 고치는 작업을 거치곤 했다. 연필의 흔적을 지우개로 가볍게 지우고 최종 교정본으로 탈고를 한 일도 많다. 그렇게 해서라도 원고지를 아껴야 했다. 이 작품에서도 가는 펜이 오히려 시적 상상과 그 진술의 기회를 놓치지 않아 좋다는 걸 이면에 드러낸다. "풀꽃들이 웃는다"는 종장의 마지막 구는 '좋은 작품'으로 탄생했다는 상징으로도 읽힌다. 여성 화자로 설정된 가는 "0.05mm 펜"의 일화를 유유함으로 살린 바 자동기술의 한 스토리텔링으로 보인다.

다음 시는, 이 글 머리 문장에다 세운 남효온(南孝溫, 1454~1492)의 작품 중 일부이다. 그는 전국을 표박(漂迫)하며 고투의 삶을 살았다. 그러고도 죽림칠현과 함께 탁월한 문장을 구사했던 사람이지만 오래 잊혀졌다. 떠돌이 삶의 비애와 자의식을 자동기술로 투사했기에 당시 좋은 시를 빚고 또한 남겼다는 게 지금의 생각이다. 특히 "인간 세상의 세월이 빨리 지나가니, 영화는 귓전을 스치는 소리일 뿐이다(人間白駒馬也 榮華過耳聲)"라든가, "나는 집 잃은 새, 긴긴 밤을 운다(正如失栖鳥 長夜呼鳴鳴)"는 시구에서 보듯이 우울한 자의식을 숨김없이 드러내 보인다. 그의 시에는, 주로 어두워진 숲속의 강물을 응시하면서 지나온 삶을 되돌아보거나 자아를 자탄(自歎)해 마지않은 그 자동기술이 많다. 제시된 서경은 표면적으로 자아의 위치와 공간적 배경, 시간적 정황에 그 심란한 자의식을 이입하는 정서이다. 그는 적막과 고독, 우울과 비애를 함축 · 상징한 자동기술의 시문을 쓴 시인이다. 그의 시에 이런 구절이 있다.

마음 상하는 온갖 일 눈앞에 있어서,	萬事傷心在日前
추운 서재에서 밤새도록 잠 못 이루었네.	寒齋徹曉祇無眠
옷 걱정, 밥 걱정, 근심은 그침이 없는데,	虞衣虞食虞無止
다시 병오년을 맞이하게 되었네	更與相逢丙午年[4]

위 남효온의 시와 같이 '자동기술'이란 자의식적 표출을 통해 많이 나타나는 진술이다. 물론 우리의 옛 작품으로 '자동기술'을 설명하는 예는 적절하지 못함은 나도 잘 안다. 1920년대 앙드레 브르통, 폴 엘뤼아르, 루이 아라공, 로베르 데스노스 등이 있고, 우리나라에선 이상, 김관식, 황지우, 김이듬, 오은, 김행숙 등을 이야기할 수도 있다. 하지만 살펴야 할 일은 시인의 본류, 그러니까 의식의 발로와 현상의 진행에서 우리의 것도 찾아야 할 필요에 의해 남효온의 시를 거론했을 뿐이라는 사실이다. 그러니 논자에 따라 달리할 수도 있다.

시인이 '자동기술'에 따라 의식의 흐름을 좇는 작품을 쓰는 게 요즘 시인들의 한 경향성(傾向性)이라 할 만한데, 앞서 말한 바 너무 앞서간다는 소리도 염려된다. 자동기술의 유의어로는 '오토마티즘', '자동법', '자동묘법', '자동작업' 등 다양하다. 이 일은 필자가 최근 「한국 신진 시조시인 작품의 경향성에 대한 논의」란[5] 글로 신진 시조시인 19명에 대한 대표작과 최근작을 분석한 일도 있는데, 이 젊은 시조시인들로부터 그런 조짐을 읽어볼 기회가 있어서 한번쯤 고구해야겠다는 생각으로 짚어본 평설이다.

시조라고 해서 오롯 전통의 소재, 우리식의 표현법을 가지고 노래하고 구가하는 그 고착화된 태도에서 이제는 좀 벗어나야 하지 않을까를 생각해본

4) 손찬식, 「남효온 시의 정서－표박과 그리움」, 『국어교육』 제87 · 88호, 한국국어교육연구회, 1995.6, 293~328쪽 참조.

5) 졸고, 「한국 신진 시조시인 작품의 경향성에 대한 논의」, 『광주전남시조문학』, 광주전남시조시인협회, 2019.10, 168~183쪽 참조.

다. 그건 21~22세기를 지향하는 시조 창작의 활성화에 기대하는 일이다. 나아가 젊은 시조작가의 지향이기도 하다. 항용 대상에의 애찬시조나 송가식 시조만을 가지고 현대인의 심리 저변을 울릴 수 있는 게 아니란 이유도 적이 이 논고의 셈에 포함되어 있다. 깊은 사유의 과정은 곧 자신의 시적 자질을 크게 높이는 일일지니.

각설하고 꼬집는 한마디.

뭐 필자도 잘 쓰는 평문이라곤 생각지는 않는다. 한데, 요즘 H지를 비롯 5개 지의 계간평, M지 외 2개의 월평, 2019년 G 세미나 외 3개 주제 발표 논문 등을 보면 무슨 비문(非文)이, 죽은 이 앞에 세운 비문(碑文)처럼 그리 많은지, 이를 교정해가며 읽기에도 힘이 든다. 문장에 주어와 서술어의 관계가 애매하고 늘어진 뱃가죽의 문장, 그 비문(肥文)에 대한 다이어트 처방은 또 어떻게 할 것인가. 이른바 메이저급 지(誌)를 비롯해 좀 잘나가는 문예지들이 이러니 참으로 통탄 한심할 비문(悲文)이다. 그 원인은 있다. 노트북에 떠오른 정보들, 또는 그 짜깁기한 것들을 얼기설기 엮어내는 그 가벼움에서 빚어진 것이리라. 아니면, 논자(論者)가 필의 속도에 맞추어 사고(思考)가 따라가지 못하는 이유도 있다. 더 비판적으로 말한다면, 문장에 대한 기본기가 부족하다는 게 더 가까운 까닭이겠다. 그런 비문 사례를 여기에 하나씩 거론해볼까도 생각했으나, 그게 평문의 범위를 벗어난 월권임을 지나, 지면(誌面) 또한 아까워 생략한다. 작품을 읽고 독자에게 정보를 제공하려면 문장 수련은 별도이고 우선 서둘러 쓰지 않아야 할 일이다. 오죽하면 계간·월간의 작품을 평하는 글을 내던지고, 평문을 평하는 평문을 쓰려고 하는 의욕이 다 생길까. 이런 엉뚱한 일이 나만 아닌, 그 몇 사람에게도 그렇다고 하니, 허참, 못 말릴 성깔들이다 .

(『나래시조』, 2019 겨울호)

시의 뮤즈가 나타날 간구(懇求)의 글쓰기

> 뮤즈를 기다리지 말라. 당신들이 해야 할 일은 날마다 아홉 시부터 정오까지, 또는 일곱 시부터 세 시까지 글을 쓴다는 사실을 뮤즈에게 알려 주는 일이다. 그걸 알게 되면 뮤즈는 당신 앞에 나타나 시를 질겅질겅 씹으며 마술을 부리기 시작할 것이다.
>
> — 스티븐 에드윈 킹(Stephen Edwin King), 『유혹하는 글쓰기』 중에서

1.

여름의 젊은이들은 폭양을 누리듯이 즐긴다. 한데, 그 즐길 힘이란 바다에서 더 솟아나기 마련이다. 이번에도 여름 바다는 열광, 열병, 열정을 치받으며 '열반'으로까지 도달할지도 모르니. 흔히 말하듯 '이열치열(以熱治熱)' 하는 목적은 아니다. 거기엔 인파, 먹방, 놀이, 메신저, 게임, 팔로우 등 젊은이가 좋아할 콘텐츠들이 많기 때문이다. 그런 것 자체가 좋아 몰려드는 일은 많아진다. 더위를 좇아 바다를 만끽하는데 혼자만 빠지는 기분이 되지 않기 위해선 뭐 우선 젊어져야겠다. 파도타기로 밀리는 짜릿함, 가령 열사(熱沙)의 모래 무덤에 묻히는 연습, 사막의 횡단, 토문(土門)에서 시작되는 백두산 등정길, 인도의 오랜 오지, 남미 페루의 끝자락, 울란바토르로 향한 도보, 마나슬루의 등반 등엔 여름의 진짜 맛이 있다. 여름에는 완벽한 것을 부수는 재미가 있다. 겨울이 은둔의 계절이라면 봄은 해방의, 그리고 여름은 폭발의 계절이다, 불쾌지수는 높지만 뜨거운 여름 맛을 대부분 좋아한다.

또 있다. 없는 사람은 여름 나기가 쉽다는 점이다. 무엇보다 아무 데서나 뒹굴고 잠잘 수 있다. 티셔츠에 반바지에 슬리퍼면 오케이, 컵라면이나 수박, 소주 한 병이면 더 바랄 것도 없다. 이젠 '고래사냥'을 할 수는 없지만 우리 시대의 청춘이던 최인호(1945~2013)는 "마시자 마셔버리자"로 여름 바다에로 향하는 우리의 욕망을 설레게 했다. 이제, 술과 바다와 더위는, 사람들을 도둑 떼 맞는 사탕수수밭처럼 짓이겨 누벼버릴 태풍질로 접수할 게다.

2.

17세기 유럽에 등장한 '바로크 예술(baroque art)'이란 원래 '찌그러진 진주'란 말에서 파생되었다. 이전 르네상스의 전성기에 예술은 정교한 첨탑과도 같은 질서, 균형, 조화의 논리성이 강조되었다. 그 반론으로 등장한 '바로크'란 아이콘에는 우연, 자유분방, 무의식, 그리고 파괴, 멸사와 같은 저항적 의지와 자유방임적 개성을 넣어 고전주의나 낭만주의의 균형과 조화 등을 일거에 찌그러뜨리겠다는 암시적 상징이 숨겨져 있다. 이는 다음 시기에 올 '초현실주의' 예술 유파를 예고하기도 했다.

말을 바꾸어, 20세기에 화두가 된 '미래파(futurism)'는 그 진주를 찌그러뜨렸던 '바로크'를 다시 부수어 분해하며 분자나 기하학의 예술을 추구하기도 했다. 미래파 운동은 이탈리아 시인인 마리네티(Marinetti, 1876~1944)가 일간지 『르 피가로』에 발표한 「미래주의 선언문」(1909)으로부터 시동이 걸렸다다. 그는 『포에지아』(1905)를 통해 전통을 부인하고 전쟁을 예찬하는 파시즘에 동조한 글들을 탄환처럼 발사한다. 하지만 결국 운동은 실패한다. 한데, 그들이 내세운 키워드 즉 열정, 낭만, 감상, 상징, 신비 등이 오늘날 문학판에서도 유력하게 작동되는 건 참 이채로운 일이다. 그 유파는 먼저 박물관, 도서관, 유물 등 고착화된 지식에 대한 소유욕을 비판하고 배격한다.

바로크가 값진 진주를 찌그러뜨렸다면, 미래파는 신주단지 같은 골동품을 파괴했단 점에서 어쩜 유사한 기획일 수 있다. 그 결과란 모더니티의 수용과 액션이었음 직하다. 그래서 '미래파'란 펄펄 끓는 여름 바다의 예술이란 생각을 해본 것이다. 감춰진 원시의 본성과 야성을 화염처럼 뿜어내는 계절, 그걸 견디면서도 다소 미래파답게 하려면 열정적 감정과 상징적 무의식을 심리 저변에 깔고 있어야 한다. 그래, 현대시를 다루는 기법 같은 걸 간직하고 있다가 적당한 시기에 다시 드러내야 한다. 그런 의미에서 여름은 이른바 미래파나 다다이즘의 철은 아닐까도 싶다.

우리의 경우, 이상, 김수영, 조향, 황지우 등의 시학을 뭡뛰듯 거쳐 왔다. 최근에는, 권혁웅 비평가의 "비실정적인 명명"으로서의 미래파, 또는 김수이의 "진화(進化, 鎭火)하는 서정"과 같은 미래주의, 그리고 김진수의 "젊음의 힘" 등이 미래시를 요약하는 별칭으로 쓰인다. 다양한 차이와 분화와 통합을 가능하게 하는 그 변곡점을 지시하는 말이[1] 미래시로 간주된 게 2007년 후반이었을 것이다. '미래파'라는 상품권으로 한국의 문단을 대리 화폐로 지불하기엔 좀 늦었는지도 모른다. 딴은 그걸 걱정 안 해도 될 듯은 싶다. 뭐 우린 냄비족이니까. 지금 넘치듯 미래파다운 시로 바글바글 끓고 있지 않은가. 그렇다. 요즘 시단의 젊은 시인들이 분출하는 미래파적 호흡 소리는 이미 자욱하다. 그게 '진화'나 '젊음' 같은 돋움체의 시들과 맞닥뜨리는 건 어렵지 않다. 아니라면, 그런 조짐은 지진 날 지역에서 미리 도망간 쥐 떼('쥐의 효과')를 추적하듯 관측할 수도 있다.

1) 권혁웅, 「미래파 2」편, 『입술에 묻은 이름』, 문학동네, 2012, 104~105쪽 참조. 권혁웅의 이 비평집은 다른 저서 『미래파』보다 오히려 '미래파'에 대한 정의와 범주(「미래파 2」), 그리고 이에 속한 시인 군의 논의(2007)를 주도적으로 전개한다. 이 글에 참조한 부분(2007)도 이에 터한다. 비평집 『미래파』에는 「미래파 1」(2005)의 시인론 중심의 글이어서 참고로만 했다.

그렇다면 시조에서의 미래파적 징후들은 어떤 양상일까. 다소 무리가 있는 설정일 듯하지만 그런 안목으로 봄호의 작편들을 살펴보기로 한다. 그런 단계로 우선 시조의 스토리와 구성의 미학적 안착점을 찾아볼까 한다. 하지만 두 공의 탄력을 이용한 스파이크가 잘 날려질지……. 한데, 작품을 이미 나도 읽었다는, 하 눈치챈 독자도 벌써 나타난다.

찔러도 피 한 방울 안 날
까칠하기로 소문난 그녀
아예 문 닫아걸고 혼자 끙끙 앓더니만
배시시 눈웃음치며 빼꼼히 내다보다

미쳤나, 아니 홀렸나
머릿속 굴리는 사이
그냥 실실 웃으며 슬그머니 나와 있다
바깥뜰 홍매 가지가 점점 붉게 번지다

— 김선호, 「입춘」 전문

일단 '입춘'을 여자로 본 게 평범치가 않다. '낯설게 하기'를 지나, 앞서 말한 대로 '바로크'답지 않을까 한다. '입춘대길'의 이념을 배경으로 생동하는 봄을 다루는 식의, 그 하품 나오게 하는 일반 서정물과는 결별이라도 한 듯, 예의 '진주' 같은 매끈한 몸체를 그만 찌그러뜨려버린다. 바로크를 넘어 미래파다운 시조 호흡도 주사해 보인다. 왜냐하면 "찔러도 피 한 방울 안 날" 여자, 그러니까 "까칠"한 여자로서 '입춘' 양을 선점하듯 상징하는 이유에서이다. 시에서, 여자는 방 안에서 "아예 문 닫아걸고 혼자 끙끙 앓"는다고 전언한다. 고비를 넘겨야 할 계절의 값을 혹독히 치르고 있음을 알려준다. 바야흐로 공기가 순해진 걸 감지하자 그녀는 "배시시 눈웃음"을 머금고 "빼꼼히" 문틈을 내다본다. 한데, 정말 뜰에는 붉게 번지는 "홍매 가지"가 보이지 않은가. '입춘'이라는 여자는 겨우내 인내하던 방문턱의 선을 넘어 바야흐로 세상 밖에 진화(進化)하는 서정을 향해 이동한다. 어쩜 '미래파' 다운 발상이겠다. 과정은 대상의 명증(明證)에 입각한 담화체로 구성되어 있다. "미쳤나, 아니 홀렸나/머릿속 굴리는 사이"라고 했듯이 전환적인 극적 화법(dramatical speech)을 구사함으로써 독자의 관심을 유도한다. 읽히는 시의 모범, 즉 재미를 살린 시조이면서도 과거의 고정된 서정의 수틀을 부수는 효과도 보여준다.

> 사북의 어둠을 두더지처럼 파먹던
> 남편은 영원히 돌아오지 않았다
> 막장이 무너져 내리자 하늘이 무너졌다
>
> 갱도는 땅 속에만 있는 게 아니었다
> 생때같은 다섯 자식 막막하고 두려워
> 억장이 무너져 내린 그녀가 일어섰다
>
> 컨베어 위 제 운명 고르고 골라내며
> 숯덩이 타는 속내 삼십 년 검댕 칠했다
> 하늘이 무너져 내렸으니 솟아나야만 했었다
>
> — 김혜경, 「선탄부 그녀」 전문

생에 고통을 겪은 한 여자의 일생이 눈물겹게도 거멓게 덮여온다. "사북의 어둠을 두더지처럼" 혼자 "파먹던" 여자, 그것을 음보의 행간에 압축한다. 이 시조에는 "생때같은 다섯 자식"을 부양하는 '선탄부'의 핍진함이 고단하게 착염돼 있다. 그리고 판화의 프레스로 찍어낸 작용점에 독자가 유추한 시선을 기다리고 있게 한다. "숯덩이 타는 속내"를 참으며 "삼십 년 검댕 칠"을 한 여자. 하지만 그녀가 고난 속에서 "솟아나야" 하는 의지의 돋움

자리에 시조의 방점이 가 있다. 그건 사북의 어둠을 극복하는 지렛대로 작용한다. 특히 각 수의 종장 "막장이 무너져 내리자 하늘이 무너졌다"로부터 "억장이 무너져 내린 그녀가 일어섰다"를 지나와, "하늘이 무너져 내렸으니 솟아나야만 했었다"는 오기심에 이르는 그 단계화의 심리 상황이 처절한 복수극처럼 연기해 온다. "무너졌"지만 "일어"서거나 "솟아나"는 칠전팔기를 부리는 것이다. 그 무너지기와 솟아나기를 반복하다 솟아나기의 당위성으로 다가간 스토리텔링, 이는 고난의 코드와 편력의 한 적층 기록이겠다. 이처럼 막장에 이르는 스토리의 구성과 시의 구체성을 통하여 탄부(炭夫)가 쌓아가는 노동탑에 이르는 과정 그 리얼리즘을 보여준다. 지난 호에도 언급한 바 있지만 송가형(頌歌型), 찬가형(讚歌型), 아가형(雅歌型) 시조와는 차별화된 작품이라 할 수 있다. 참고로, 시인들이 함정에 빠지기 쉬운 게 바로 칭송형(稱誦型)의 한 류(類) 같은 창작이다. 사물에 든 내면을 깊이 보는 게 아니라 겉으로 드러난 예쁜 사진 같은 글 말이다. 시인이 인터넷과 카페 글에 취하면 그게 최고의 작품인 줄 혹 오해를 한다. 그러니, 이 기회에 인터넷과 창작실의 작품을 좀 구별했으면도 싶다.

위 작품은 어둠에 부딪치는 억장의 진술이다. 그래 만각(晩覺)의 독자에게 바야흐로 석 잠 섶을 오르는 누에의 생리를 알게 해준다.

> 대중탕을 다녀온 후 은밀한 가려움
> 델 정도 식초 물도 소용없는 환각의 집
> 불안과 두려움으로 침대에 누워있다
>
> 병명을 채집하는 고문 같은 오 분 동안
> 그녀는 추론한다 기억이 오래됐다고
> 집안이 냉골이네요 얼음이 박혔어요

햇볕을 장기간 복용해야 합니다
기억의 암실도 노출이 필요하듯
창가에 시든 잎에도 연둣빛이 들어가요

— 배경희, 「그녀의 집」 전문

대체로 「그녀의 집」이란 시는 더러 여럿 있다. 알기로, 대부분 한때 사랑하던 여자를 떠올리며 쓴 시편들인 경우가 대부분이다. 한데 이 시조에선, 앓고 있는 집 안에 그 집처럼 낡고 아픈 한 늙은 여자가 사는 것을 다룬다. 흔한 가요나 삼류 시에서처럼 아름다운 '그녀'가 '사는 집'의 유(類)에 속하는 그 고정관념을 넘어선다. "불안과 두려움"에 내몰리어 그녀는 "환각의 집"에 갇혀 있다. 그녀는 "냉골"인 "집안"에서 살다가 "얼음이 박"히는 동상(凍傷)에 걸린다. 해서 "은밀한 가려움"은 더 심해지고, 좋다는 단방약인 "식초물"에 델 정도로 담가봐도 "소용"이 없다. 여자는 늘 "불안과 두려움으로" 누워 있다. 하지만 이 부분, 처방법의 진술이 참 구성지고 시적이다. "햇볕을 장기간 복용해야" 하는 병이라 한다. 그리고 "창가에" 둔 "시든 잎"에 "연둣빛이 들어가"도록 배려해야 한다는 것. 그래, 앞으로 복용하는 햇살이 과연 얼음 박힌 발가락을 녹여낼 수 있을지. 하지만 시조가 여기에서 멈춘 게 좋았다. 해답을 제시하면 시가 삼류로 떨어진다는 법칙이 있으니 말이다.

태초의 강을 건너
새 한 마리 날아가고

글이 된 짐승들은
해독이 어려웠다

아득한
상형(象形)의 피가

화선지에 흐른다

— 배종관, 「초서(草書)」 전문

언필칭 단시조 미학에 도달할 수 있다면 이 작품에서 그 가능성을 보지 않을까 생각한다. 우선 초 · 중 · 종장의 배치가 구도적으로 깔끔하다. 읽는 자에 따라 해석을 달리하겠지만 각 장별로 '과거-현재-미래'를 표징하고 있다. 현재의 우리는 "글이 된 짐승들"이다. 참으로 "해독이 어려"운 시대를 지나는 중이다. 그러나 이 또한 지나면 "아득한/상형의 피"는 영원히 흐를 것이다. 그런 미래를 보며 "화선지"나 모니터에 글자를 띄운다. 글(언어)이거나 글씨(서체)거나 간에 무궁한 소통을 꿈꾸는 게 공통된 소임일 게다.

수학자이자 철학자인 에드먼드 후설(Edmund Husserl, 1859~1938)이 역설한 바는, 사물에 대한 오해를 극복하는 건 '판단 중지'가 필요하다는 것이다. 즉 있는 그대로를 보자는 현상(학)적 사고가 중요함을 역설하고 있다. 사물에 대한 의식이 자아 의식에 선행한다는 현상대로의 그 시각 말이다. 사상과 문학에서 주로 논의하는 '이성'도 자아보다는 언어(문자, 넓게 보면 이 문자 또한 사물이다)에서 출발한다. 이 작품이 보여주는 예술 장르로서 글씨(초서)는 흐르는 "피", 즉 사물에 대한 의식을 드러낸다. 시인의 피가 아니라 글씨의 피다. 아니, 해독하기를 빙자한 사람들이 가다리며 흘리는 피일 수도 있다. "초서"라는 글씨의 현상(학)은 "화선지에 흐"르는 피로 가시화되어 이미 상투성을 벗어던진 셈이다. 뿐아니라 글씨가 품은 상징까지 바탕에 돋을새김해 상형의 피로 적고 있다.

(1)

1919년 1월 15일 열이 펄펄 끓었다
소문난 명의께서 고뿔 화제(和劑)를 냈다
사나흘 앓던 영감님은

선산(先山)으로 들어갔다

(2)
2019년 1월 15일 체온이 40도다
달려간 응급실에서 폐렴으로 진단했다
사나흘 치료 받은 나는
집으로 돌아왔다

— 변영교, 「100년」 전문

비평가 권혁웅의 지적대로 '사실을 증명하는 알리바이'는 사건에만 있는 게 아니다. 시와 시조에서도 '현장부재증명'이 필요하다. 이 시조는, "선친"은 지금 부재하지만 화자가 그 존재를 증명해 보인다. 옛 선친은 심한 "고뿔"로 "선산으로 들어"가신 지 100년이 지난다. 그리고 100년 후 화자인 내가 "폐렴"을 진단받자, 그 옛날 선친과 나의 에피소드를 대비시키는 방식, 그걸 편년체(編年體)로 엮어놓았다. "선친"은 사망해 "선산"에 들지만 "나는" 살아 "집으로 돌아"오게 되는데 그 경위가 담담하게 진술된다. 서툰 시인들이 원시적으로 부르짖는 감정의 군더더기, 즉 감탄이 절제되었다. 죽음에 이르던 일이지만 마치 간단한 조크를 던지듯 응수하는 건 그만큼 시를 많이 썼다는 경륜이겠다. 독자를 심각히 빠뜨릴 수 있는 주제를 한 발짝 떨어져서 튕겨버리는 게 고단수(高段數) 같다. 이렇듯, 무릇 시인은 시조의 구성법을 여러 형태로 시도해봄 직한 일이다. 시조의 현대화, 그 미래파적 기법은 파격에 있지 않고 발상을 새로이 하는 데 있다는 단서를 주는 큐여서 반갑다.

시와 시조의 재미, 그건 표방하는 세계가 뻔할 만큼 지난하거나 교훈의 지겨움에서 탈출할 극적 심리기제를 작동시키는 일이다. 스티븐 킹이 제시한 바, 문학의 첫째 임무가 '재미'이고, 그 두 번째가 '미학'이다. 그러니까 재미 다음에 표현미와 구성미가 수반된다. 창작 기법에서 단순한 요소일 것 같지만 실은 주요한 포인트이다. 막말로 창작에 언어의 부림은 좀 서투르더라도 읽는 데 재미는 있어야 한다.

『나래시조』 제128호에 발표된 총 95편을 보니 내용이 상투적인 시조가 15편쯤이다. 이만하면 성공적 수확일 듯도 싶다. 재미있는 시조만 그득 채울 만큼 발표돼도 총 인원에 대한 정상분포곡선은 그려지기 마련이다. 수작 몇 편, 그리고는 대부분은 중간 작품이 실렸다. 지상의 영재들만 모인다는 과학고 학생들의 성적도 정상분포곡선으로 표시되는 것이니까.

> 엄마를 태우고도 낱알은 또 씹는 거지
> 까치설 전전날은 산도 길도 소복했는데
> 오늘은 죽죽 검은 비에
> 울음 끝이 달궁달궁
>
> 길 없어도 빗물은 감감히 흘러가는데
> 울어봐야 얻은 것은 상심뿐인 고아처럼
> 재건축 새는 홈통 사이
> 발목이 내 얼얼하다
>
> — 정수자, 「검은 비」 전문

화자는 돌아가신 "엄마"를 화장터에서 "태우고" 돌아와 있지만, 먹기 위해 눈물의 "낱알(밥)"을 씹을 수밖에 없다. 죽은 자와 산 자의 아이러니는 의외로 현실적이다. 이 시조를 읽고, 대체로 세상에 나와 있는 어머니에 관한 작품은 왜 그리 청승을 떠는 것인지 모르겠다고 한번 푸념해본다. 이 작품은 엄마의 죽음이 객관적 화자의 눈에 밟힌 그대로를 전언한다. "울어봐야 얻은 것은 상심뿐인 고아"라는 비유와 "검은 비"를 맞는 "얼얼"한 발목 사이에 낀 감정이 그것이다. 그래, 엄마가 자리하던 대로 돌아가는 부활도 꿈꾸어본다. 후설식으로 말하자면 '환원'일 터이다. 하지만 "죽죽 검은 비에/ 울음 끝이 달궁"대는 오늘이란 현실은 죽은 엄마를 태우고 와서도 먹어야 하는 일인 듯 모질다. "울어봐야" 소용없고 "얻은 것은 상심뿐"인 현상을 뒤집게 한다. 화자는 어쩜 "까치설 전전날"에 "소복했"던 산과 길이 있어, 처음으로 돌아가려는 '환원'과 같은 귀결을 원하는지도 모른다. 하지만 "검은 비"라는 "발목이" 나를 그만 "얼얼하"게 묶어버린다. 흰 "소복"과 "검은 비"의 대칭, "고아"와 "발목"의 연접, 그 전이가 '환원'의 줄에 감전되는 것처럼 옮겨온다. 삼류들의 시에는 어머니에 대한 애잔한 그리움이 지겨울 정도로 넘쳐나 오히려 독자들이 팽개치는 오늘에, 이 경향적 시조와는 등진 한 미래주의를 읽어보게 되는 행운을 얻는다.

가도 가도 만행이다
바랑 하난 등에 지고
가래질 진창 개펄
헤집어도 씨 마르고
맨발로 앞눈 어둡다
낮달 들앉는 갯골

물러났다 밀려오는
다도해 조금 무렵
온몸 던져 9공탄 같은
들숨날숨 구멍 막고
한 자루 골병이 들어도
내준 대로 품 갚는다

— 조성문, 「무덤 낙지잡이」 전문

'낙지잡이'에 "무덤 낙지잡이"라는 게 있다. 그걸 '묻음 낙지잡이'라고도 한다. 개펄을 동그랗게 무덤처럼 지어놓으면 낙지가 제 집인 줄 알고 그 안에 들어가는 것이니, 그때 낙지를 쉬 잡을 수 있다는 데서 연유한다. 사실 낙지잡이는 힘든 작업이다. 오랜 경험에서 나오는 지혜나 기술도 요구된다. 시조에서처럼 갯길이란 "가도 가도 만행"의 길이다. 출발 땐 "바랑"을 "등에 지고" 다잡음을 기약하지만 개펄 속 "진창"길은 낙지잡이를 호락호락하지 않고 여의치도 않다. 화자는 "들숨날숨"의 개펄에 "구멍"을 "막고" 잡이에만 "온몸"을 기울여 몰두한다. 화자의 말대로 낙지 잡는 일은 "골병"이 드는 일이다. 하지만 개펄이 "내준 대로"의 소득을 얻어 고생한 데 대한 "품"을 "갚는" 그 보람도 크다. 이 시조는 낙지잡이를 상세화하여 읽는 재미에도 낙지발을 보탠다. 나아가 시적 대상과 배경 처리에도 화자의 드라이한 감정처리가 장점으로 작용한다. 이는 정교한 정형의 '진주'를 부수고 분해하여 그 안의 서사를 인유해내는 미래적 시조의 한 형태가 아닐까 한다.

3.

프랑스 철학자 라캉(Jacques Lacan, 1901~1981)은 표현상에 '상징은 인간의 삶을 포장하는 것'이라 했다. 이를 통해 그는 상징 체계를 구성하는 건 인간이 아니고 상징 체계가 인간을 구성한다는 역발상 논리를 전개했다. 한때, 그는 소장학자들로부터, 사물에 위상학적 용어를 잘못 사용하여 과학적 개념을 오용했다고 호된 비판을 받기도 했다. 그래 심지어 '습자지 지식꾼(superficial erudition)'이란 비하까지 들어야 했다. 하지만 오늘날 그의 이론은 문학 · 철학 · 사회학 등 다양한 분야의 글에 인용되는 사례가 많다.

말을 바꾸어, 니체(Friedrich Nietzsche, 1844~1900)는 '어떤 예술가도 현실을 용인하지는 않는다'라고 말한 바 있다. 이 말은 두 가지로 해석할 수 있겠다. 첫째로 모든 예술가는 부정적인 시각으로 현실을 바라본다는 것이고,

둘째로 현실을 있는 그대로 재현하지 않는다는 것이다. 현실에 대한 저항, 즉 전자의 경우 실존적 저항, 후자의 경우 예술적 저항, 즉 창조적 저항으로 볼 수 있다. 예술가에게 이 저항 정신이 결여되면 그의 삶도 예술도 무릇 바람에 휩쓸려가는 낙엽 같은 존재[2]일 것이다.

각기 주장의 시대는 다르지만, 니체의 '저항 의식'과 라캉의 '상징 체계'는 문학작품의 표현 방법에서 쌍둥이 역할과 같다. 이 둘은 '줄기참'과 '다양함'이 구별되는 점이긴 하나, 한 작품 속에 용해할 필수 요소로는 한 몸일 듯도 싶다.

4.

시조를 읽는 재미를 느끼는 것은 재미있게 읽히는 시조를 감상할 때 가능하다. 이게 필자가 시조단에 자주 거는 기대치이다. 이미 그렇게 걸고 이 계간평을 출발시켰다. 그런데 점차 그런 작품이 증가하는 건 나만의 소이연은 아닐 줄 안다. 계간평이 나가면 독자나 시인으로부터 호응이 많다. 특히 선정된 작품의 독법(讀法)에 대해 그렇다. 하니, 앞으로 눈을 더 크게 뜨고 '진주를 찌그러뜨린' 작품을 '진화(鎭火)' 속에서 찾아보는 일, 그러니까 미래적 시조에 탐구력을 기울이련다.

글 처음에 소개한 아포리즘은 미국의 인기 작가 스티븐 에드윈 킹(Stephen Edwin King, 1947~)이 쓴 『유혹하는 글쓰기(*On Writing: A Memoir of the Craft*)』에서 가져왔다. 글쓰기 책이 20만 부 이상 나갔다면 무슨 책일까 궁금할 법하다. 우리 문학인에겐 우선 책이라면 말리지 못할 관심이 공통으로 있을 테니까. 그는 현대작가 중 몇 안 되는 천재 글쟁이면서, 영화감독, 배우, 제작자 등

---

2) 이기언, 『문학과 비평, 다른 눈으로』, 울력, 2005, 15~16쪽 참조.

텐잡(ten-job) 이상을 갖고 있다. 영화로 제작되어 인기를 끈 소설로는 『쇼생크 탈출』 『미저리』 『그것』 『그린 마일』 등 많아 헤아리기도 어렵다. 어렸을 때부터 호러(horror)물을 탐독하고 과학소설, 판타지, 전위음악, SF영화, 스토리텔러 등에 심취한 바 있는 그는, 미국에서 최대량의 소설과 극본, 시나리오, 영화 등을 거침없이 생산하고 감당하는 현재 진행형의 인물이다. 그는 글쓰기의 요소로 속도감, 솔직함, 명쾌함 등을 든다. 젠체하거나 이론 위주의 권위를 부리는 글쓰기와는 출발부터 다르다. 글쓰기의 도구를 낱말, 문장, 문단으로 보는 것부터가 쓰기의 직진, 즉 바로 쳐들어가기를 감행하는 일이다. 글의 목표는 정확한 문법이 아니라 독자를 맞이하는 것이라는, 그래서 가능하면 자기가 글을 읽고 있다는 사실조차 잊게 만든다. 글은 유혹의 행위임을 일깨운다. 그는 글쓰기 리뷰라는 걸 따로 두지 않는다. 있다면 '재미'일 것이다. 그는 이 책에, 처음 글에 눈을 떴던 어린 시절부터 첫 장편 『캐리』를 내놓기까지, 그리고 죽음 직전에 오직 글쓰기의 열망만으로 건강을 찾았던 일 등을 숨가쁘게 소개한다.

글은 실패를 먹고 성장한다. 그만큼 많이 읽는 사람과 많이 쓰는 사람을 당해낼 자는 없을 것이다. 뮤즈는 실패를 거듭한 후에야 찾아오는 영감(靈感)일 뿐이다. 그는 착상이 떠오르길 막연히 기다리지 말고 매일 기도하듯 쓰란다. 그러면 정령(精靈)이 찾아와 시를 주게 된다는 것이니……, 이게 킹이 말한 글쓰기에 대한 통찰이자 과정의 핵심이다. 우리나라에도 글쓰기 책이 200여 종을 헤아릴 만큼 많다. 대부분 언어와 문장, 문장의 종류, 장르별 글쓰기 등으로 체계를 중시하는 구성법으로 이루어져 있다. 나아가 '글쓰기 이렇게 하자', '시가 찾아온다', '시가 내게로 왔다'는 식의 좀 맹랑한, 감나무 아래 저절로 떨어지는 걸 요행을 가지고 독자 앞에 젠체한다. 하지만 멈추지 않는 작업과 뮤즈를 향한 구도자로 나서야 시가 이룩되는 것이지 저절로 오는 건 아니란 건 분명하다. 그걸 스키븐 킹을 만나고부터 깨닫는다.

5.

이번엔 지면보다도 내 필력이 약화되어 다음 작품들을 미루기로 했다. 예컨대 황외순 「눈 감고 귀 막고」, 홍진기 「애기 봄」, 최상아 「배영」, 조한일 「뒤통수」, 정온유 「봄 들인 창」, 박홍재 「대리운전」, 류미아 「비누, 파르잔틴」, 김인숙 「고희 즈음에」, 김슬곤 「항설오제」, 김민정 「커튼」 등이었다.

특히 홍진기, 최상아, 류미아의 작품은 올렸다가 내렸다가 지웠다. 내 평설의 기준이 틀려 들여다볼 자신이 희미해졌기 때문이다.

시의 뮤즈, 그는 어떻게 오는가. 이상하게도 유명한 시인들은 자기의 진정성을 감추는 버릇이 있다. 창작실에서 수십 번을 끙끙대며 시를 생산하고도 밖에서 인터뷰할 땐 위에서처럼 '시가 찾아온다'는 등과 같이 다르게 대답한다. 입시에 고득점을 받은 학생이 천편일률로 답하는 게 있다. 과외는 받아본 일이 없고 학교의 교과서만으로 공부했다고 말하는 것이다. 수억 대의 재산을 불법으로 증식하고도 청문회에선 합법 절차를 따랐다는 증명서만 내민다. 이처럼 위선의 사회에 우리는 살고 있다. 어머니가 학교에 오는 것을 막는 아이가 의식적 위장을 하던 때도 있었고, 이문열의 『우리들의 일그러진 영웅』에 나오는 '엄석대' 같은 허위의 초등학교 시절도 지내왔다. 지금도 우리 사회에는 궁색한 자만심에 우쭐하는 시인들로 만연된 듯하다. 그래 이즈음에, 스티븐 킹의 쉼 없는 고업(苦業)을 찾아 읽는 건, 그동안 안이하게 본 상투적인 글쓰기 책과 유명인사의 판박이 창작 사례를 접해왔기 때문이다. 물론 아닐까도 생각해보다가 아, 그만 그의 단순 솔직함에 마음은 빠지고 만다. 그가 먹는 일 외에는 오로지 쓰기만 해 다 닳아진 펜과, 문자판이 지워져 새 자판으로 바꾼 게 수십 번인 컴퓨터와 땀 밴 어깨, 해진 소매, 휘어진 그의 등이 어필해온다. 잘난 글쟁이들의 자랑을 그가 열정의 불판 위의 삼겹살이듯 뒤집어 굽기에 책이 더 맛나다. 그래서 그를 읽으면 속도가, 재미가, 땀이, 웃음이, 그리고 낡은 이야기에도 새 맛이 난다.

두문불출 3~4년간 시에 취해 수백 편을 쓰고 나니. 시가 보였다는 이대흠 시인의 말이 문득 생각난다. 스스로 칭한 '글감옥' 속에 갇혀 『태백산맥』과 『아리랑』과 『한강』을 완성한 작가 조정래의 경우라면, 진정코 그런 연후라면, 뮤즈를 기다릴 만하지 않을까. 수백 편의 시를 써서 골방에다 저축해 둔다면 아마 뮤즈도 거기쯤에는 있을지 싶다. 아니, 그렇담 너는 뭐냐?

(『나래시조』, 2019 여름호)

대구 · 대응을 싣고 운율의 바퀴를 굴리며 호응하는 시조의 몸짓들

내 글을 읽으면서 독자들은 내가 자화상을 그리고 있다고 생각할까? 천만에, 그것은 단지 나의 모델일 뿐이다.

— 시도니 가브리엘 콜레트, 『여명』의 첫 문장에서

1. 대립적 대칭의 시점을 지나며

원래 '대(對)'라는 건 '상대' 또는 '반대'라는 뜻이다. 시조에서 사물을 다루는 대칭 · 대응은 그 위치나 개념을 맞서게 놓음으로써 대비적 효과를 얻고자 함이다. 낮과 밤, 흑과 백, 안과 밖, 물과 불, 생과 사, 미와 추, 사랑과 미움 등 단어의 맞섬이 그런 예이다. 일상의 형이상학적 이념이나 형이하학적 사물은 모두 대응과 대립으로 구성된다. 하면, 이제 시의 바깥과 안을 좀 거리를 두고 들여다보자. 시와 시조 작품엔 시인과 화자가 맞섬의 자리에 있는 경우를 볼 수 있다. 예컨대, 여성 시인이 남성 화자를 지향하는 경우(예, 노천명 「남사당」), 또는 남성 시인이 여성 화자를 앞세운 경우(예, 김소월 「예전엔 미처 몰랐어요」, 한용운 「수의 비밀」), 화자가 동물인 경우(예, 이달균 「북어」), 화자가 사물인 경우(예, 송선영 「푸른탑」), 화자가 사물인 경우(예, 류지화 「설탕」, 강현덕 「길」) 등과 같이 화자의 지향과 시인이 서로 맞서 있음이 그것이다.

알베르트 아인슈타인(Albert Einstein, 1879~1955)은 '상대성 이론'으로 존재 혹은 이념 사이에 서로 대응하는 존재를 증명하여 과학계의 혁명을 이끌었다. 해서, 모든 사물과 정신은 이 대응 · 대비를 통해 체계를 유지한다고 볼 수 있다. '신의 묘수', '우주의 질서'라는 음과 양의 상대적 배치를 체계화한 『역경(易經)』도 그렇다. 대응에 따른 호응은 자연의 이법이자 논리의 정수이다. 어떤 사안에 대응 · 대비를 사용함은 어느 쪽을 분명히 드러내고자 하는 상대적 논리이다. 하지만 이러한 이법(理法)과는 반대로 정치판에선 대칭된 양날을 무시하고 '합치'('협치'와 다름)를 주장한다. 그건 이율배반적이자 모순의 관계이다. 합치를 희망할수록 불치(不治)의 상황이 더 많아지기 때문이다. 1990년대에 극심했던 '양시론'과 '양비론'도 이 같은 특징, 즉 상대성을 인정하지 않고 싸잡아 두둔 내지는 비판하는 입장이었다. 설득은커녕 주체성조차 희박한 말쟁이들, 그러니까 민의의 전당에서 민의를 외면한 정치인들로 말미암아 모두 허구로 돌아갔다. 한데, 지금도 시대의 코드를 잘못 읽고 양비론으로 입씨름하는 의원과 매체들이 버젓이 자신을 버팅긴다. 그래, 미추(美醜)의 중간점을 어떻게 말할 것인가. 애매하게 얼버무리는 호도(糊塗) 말고는 말할 게 없다. 사실 나쁜 건 나쁘고 좋은 건 좋은 것이다. 정치적 중립이라는 탈을 쓰고 '여도 야도 나쁘다'라는 주장은 상대를 인정하지 않으려는 협잡과도 같다. 양비의 입장이란 결국 자신의 권위를 높이려는 음흉한 책략이다. 그런 논조를 지겹도록 들으며 우린 젊음을 보냈다. 생의 갈림길에서 고민하는 젊은이는 이것이냐 저것이냐의 선택이 아닌 헷갈림으로 결정의 순간을 유보하다 결국은 기회를 놓치는 걸 반복했다. 6 · 25전쟁 때, 밤에는 저쪽 낮에는 이쪽 하던 그 갈팡질팡에 얼마나 많은 가족과 친지를 잃었는가. 뿐인가 4 · 3이란 그 되돌아보기도 무서운 역사를 우리는 짊어지고 다녔다. 일제강점기 때, 일본이냐 조선이냐 망설이며 독립을 의심하고 애매하게 처신한 사람도 많다. 그럼에도 우리는 유년 시절부터 '형한테 대든 너도 나쁘고 동생의 장난감을 훔친 너도 바르지 못하다'는 식의 꾸중을 들어왔다. 형제는 싸우며 성장한다지만, 이도저도 아니게, 부모가 만든 회색의 마루에서 엉거주춤하는 요령을 학습하곤 했다. 이 '중간에 서야 산다'는 처세 공부는 분단과 일제(日帝)가 남기고 간 부끄러운 유물이다. 함에도 성인이 되고 대학물을 먹어도 그건 멈추지 않는다. 이른바 경험자가, 언론이, 중재자가, 판결자가, 심지어 양편에 서서 조언해준다는 '상담자'까지도 양비의 가면을 쓰고 설득하려 든다. 요즘 젠더, 특히 성 문제도 그중에 하나이다. 하지만 어떤 심리 증세에 대한 진짜의 치유법은 같은 편이 되어주는 일이다. 흔한 노랫말처럼, 비 오는 날 우산을 같이 받는 것보다 우산을 접고 함께 비를 맞는 것 말이다. 장애우를 부추기며 걷는 것보다 잘 가도록 끝까지 곁에서 지켜봐주는 것 말이다.

오늘날 정치판의 진흙은 더 투구적(鬪狗的)이다. 자신은 위장으로 감추고 도마 위에 올리는 건 늘 상대이다. 인사청문회는 당한 자들의 복수극으로 이어져 완결편이 없다. 그럴 때 우린 '중용'을 취한다는 편의적 말을 한다. 이 말엔 무식과 오해를 회피할 방어기제가 내포되어 있다. 엄밀히 말해 '중용'이란 본뜻은 이쪽도 저쪽도 아닌 엉거주춤한 무슨 설(說)과 같은 입장은 아니다. 참다운 '중용'이란 한 사안에 대해 치우침이 없이 떳떳하게 자신의 위치에 서는 주체적인 걸 '중용(中庸)'의 입장이라[1] 일컫기 때문이다.

하면, 이제 시와 시조로 가본다. 시적 화자는 시인과 비슷하거나 아니면

---

1) 임제선사(臨濟禪師, ?~866)에 의하면 중용은 시중(時中)이다. 시중은 주어진 상황에서 가장 적합한 답을 찾아내는 것이다. 세상의 변화에 맞춰 대안을 마련하는 것이 바로 '바른 시중'이다. 임제는 '수처작주(隨處作主) 입처개진(立處皆眞)' 즉 '머무는 곳마다 주인이 되고 서 있는 자리가 다 진리가 되게 하라'는 뜻의 법문을 남겼다. 이는 상황의 변화에 따라 자신의 입장을 정확하게 정해 처신해야 한다는 것이다.(졸저, 『토박이의 풍자시학』, 푸른사상사, 2017, 283쪽 참조)

서로 다른 유형이란 건, 그가 구안해낸 대응과 대비, 즉 상대성을 지닌 틀 속에 있다. 시조를 읽으며 독자들은 그 시인의 자화상을 그려낸다고 여길 때가 많다. 하지만 가브리엘 콜레트(Sidonic Gabrielle Colette, 1873~1954)가 『여명』에서 지적한 바, 작가나 시인은 그가 작품에 내세운 화자와 조금은 닮았을 뿐이다. 이미 작가나 시인 자신이 아닌, 상대의 누구이거나 다른 그 무엇이다. 해서 '시인↔화자', '시인→화자', '시인 ≃ 화자', '시인 ≒ 화자' 등의 공식을 든다. 시와 시조 작품은 단지 시인이 자신의 시를 잘 흡수한 모델로서의 화자나 페르소나를 등장[2]시킨 것뿐이다. 따라서 극명한 화자를 대칭으로 설정하는 건 읽기 호흡에 맞춘 '호응'으로 그 극적 효과를 높이기 위한 장치일 것이다. 그것이 판도라의 상자와 같을지는 모르지만 곧 일어날 독자와의 만남을 위해 잠시 어떤 열쇠를 채운 것과도 같다.

2. 대응과 호응이 작동되는 지점을 통과하며

맞서는 현상을 대비하며 살아가는 화두로 '대(對)'를 가시화한 게 『채근담(菜根譚)』이다. 그건 '대'의 기본구조를 나열해간 제134장에서 구체화된다. 즉 "아름다운 것이 있으면 반드시 추한 것이 있어 대(對)가 된다. 내 스스로 아름다운 것을 사랑하지 않는다면 누가 능히 나를 추하다고 하겠는가. 깨끗

---

2) 졸저, 『한국 현대시의 화자 연구』, 푸른사상사, 2007, 20쪽 참조.
시적 화자와 관련한 정의를 처음으로 접근한 것은 시를 하나의 '말하기', 즉 '담론'으로 보았던 콜리지(S.T. Coleridge)부터라고 할 수 있다. 해즐릿(Hazlit)도 시는 "무한한 형상과 힘의 화합으로 빚어진 현상을 말하여 보이는 것" 또는 "시인의 마음에 남긴 인상을 우리에게 전달하는 것"이라 하여 시의 일차적 기능이 독자를 향한 전달, 즉 '말하기'임을 드러낸 함축적 정의를 하고 있다. 특히 "모든 시는 극적 구조를 가지며 한 편의 시는 작은 희곡(little drama)"이라고까지 한 브룩스와 워런(C. Brooks & R.P. Warren)의 정의성 명제는 시에 있어서 대화나 연극 패턴을 중시한 사례라고 본다.

한 것이 있으면 반드시 더러운 것이 있어 대(對)가 된다. 내 스스로 깨끗한 것을 좋아하지 않는다면 누가 능히 나를 더럽다고 하겠는가(有姸 必有醜 爲之對, 我不誇姸 誰能醜我, 有潔 必有汚 爲之仇, 我不好潔 誰能汚我)"[3]라는 부분이다. 이 구절에 보듯 대를 말할 땐 명쾌해야 한다. 얼버무린 중간은 있을 수 없다. 이러한 대칭적 이데올로기는 삶의 지혜를 일깨우는 한 아포리즘으로 현시되는 이유에서이다. 미추(美醜)와 선악(善惡)은 대칭의 상(相)에 극명한 꼭짓점이다. 그러니, 양비론이나 양시론이 아닌, 선택은 주체적이고 중심을 잃지 않고 분명해야 한다. 그게 중용(中庸)이다. 시와 시조에서 이를 자주 부림은 윤리적 시각에서가 아닌 예술적 감각으로서 사물 간의 대립을 기표화하는 일이겠다. 나아가 독자 관심을 이끌어내고자 하는 시인의 고심이 밴 의도이기도 하다.

시와 시조에서 대응 · 대조기법은 제시된 정보에 대해 구조화는 물론 이를 독자에게 조직적 · 단계적으로 전달하려는 효과를 가져온다. 하여, 시보다는 시조에 활용도가 더 높다. 예컨대 "자네 집에 술 익거든 날 부르시소/내 집에 꽃 피거든 나도 자네 청하옴세/백 년 덧 시름 잊을 일 의논코저 하노라"(김육), "대추볼 붉은 골에 밤은 어이 듣들으며/벼 벤 그루에 게는 어이 내리는고/술 익자 체장수 돌아가니 아니 먹고 어이리"(황희), "투박한 나의 얼굴/두툼한 나의 입술/알알이 붉은 뜻을/내가 어이 이르리까/보소라 임아 보소라/빠개 젖힌 이 가슴"(조운 「석류」), "꽃 피듯 다가와서/잎 지듯 가는 세월/책장을 넘기듯이/겹겹이 쌓인 세월/부피도 있을 법하건만/두께조차 없어라"(이희승 「세월」) 등과 같이 대구와 대응으로 짝지어져 호응을 얻는 게 시조 쪽이 더 적극적이다. 정병욱 교수가 편찬한 『시조문학사전』(신구문화사, 1966)을 보니, 수록한 옛 시조의 90퍼센트 이상이 대응 · 대조를 활용한 호응

---

3) 김석환 역주, 『채근담』, 학영사, 2007, 223쪽.

구를 보인다.

아시다시피 시조는 3장과 6구의 음보로 구성된 체제이다. 이 시스템엔 대응과 대조, 대비와 차비(此比), 그리고 연관과 호응 등으로 구(句)의 배치가 이루어진다. 특히 한시, 소네트, 와카(和歌), 시조에서 그 기법이 자주 씌어져왔다. 인류 최초의 '서정시'로 칭하는 고대 그리스의 여류시인 사포(Sappho, 생몰미상)가 쓴 「저녁별」[4]도 그러하다.

> 스물 넷 다태아를 돌돌 말아 속에 품고
> 삼신할미 미움 살까
> 으밀아밀 태교하며
> 하나도 실수 안 하고 순산하던 사진기
>
> 허룽허룽 사랑하다 언죽번죽 헤어지며
> 영혼 없이 만든 생명
> 단칼에 사산하고도
> 눈 하나 깜짝 안 하고 구도를 잡는 디카
>
> — 김선호, 「낙태유감」 전문

'대구'를 빌려 '대응'을 구축하려면 먼저 시에 '대칭'과 '대척'의 사물을 가져와야 한다. 인용한 시조는 사진기와 디지털카메라, 즉 '아날로그 기기'와

---

4) 인류 최초 여류 서정시인 사포는, 아프로디테 여신을 주신(主神) 제우스보다 더 높은 자리에 위치하게 했으며, 레스보스의 수도 뮤테레네의 서당에서 소녀들에게 노래와 춤, 리라(弦琴), 예의, 시작법 등을 가르쳤다. 그녀의 시 「저녁별」은 다음과 같다. "저녁별은/찬란한 아침이 여기저기에다/흩으려 놓은 것들을/모두 제자리로 돌려 보낸다//양을 돌려보내고/염소를 돌려보내고/어린아이를 어머니 품에 돌려보낸다." 이 시는 저녁별과 지상의 존재들을 대칭으로 설정하고 저녁이면 모두 제자리로 돌려보내는 내용을 각 대구에 담아내고 있다.(졸고, 「문학을 통한 인문학의 이해와 실천」, 평생학습 인문학 강좌, 광주문인협회, 2020.6.30.)

'디지털 기기'의 차이를 대척점에 두고 이의 차이를 리얼하게 보여준다. 그러면서 일견 풍자의 날을 세우기도 한다. 즉 아날로그 식 "사진기"는 "스물넷 다태아(多胎兒)를 돌돌 말아" 품었지만 인화할 때는 "하나도 실수"가 없이 모두 "순산"을 하는 산모이다. 이에 반해 "디카"는 "허룽허룽 사랑하다 언죽번죽 헤어지"기 일쑤이고, 모니터에 뜬 장면(자식)이 맘에 들지 않으면 "단칼에 사산(삭제)"해버리는 비정의 산모이다. 해서 '순산모'와 '사산모'를 다시 대척점에 놓는다. 디카는 이렇듯 사산(死産)시키는 일에 대해 "눈 하나 깜짝"도 "안 하"니, 제대로 된 산모라고도 할 수 없다. 이 "눈 하나 깜짝"이란 말에는 중의성이 내장되어 있다. 즉 사진기로 찍을 때, 눈 한쪽은 감고 들여다보는 쪽의 눈은 크게 떠야 하지만, 디카는 그럴 수고조차 필요치 않게 찍을 수 있다는 그 중의성(重義性) 말이다. 디카의 감정은 메말랐지만, 사진기에 비해 현실적이다. 그가 맘에 들지 않으면 언제고 "구도"를 다시 "잡"아 순간 촬영을 하거나 때로 셀카질도 불사하므로 현실적이기보다는 실용적이라 해야 옳겠다. "사진기"와 "디카"의 극명한 이 차이는 어떤가. "으밀아밀 태교"하며 밀고 당기는 그 초점 맞추기를 하는 아날로그식, 이에 반해 "눈 하나 깜짝"도 안 하는 디지털식, 이 둘의 특징을 각 구(句)에 음보 격으로 배치하여 가독성을 겨냥했다. 디카가 내장된 휴대폰으로 찍는 건 순발성 · 일회성이란 맛에 있다. 그러나 화자는 「낙태유감」이란 제목에서 보듯, 스물네 장의 필름통을 고스란히 인화(순산)해내는 사진기 편에 방점을 둔다. 그건 화자가 가벼운 세태에 대해 좀 더 비판적임을 암시한다. 순간 포착되어 나온 디카의 산물은 "영혼 없이 만든 생명"이라는 것이다. 함에도 사람들은 편리함 때문에 다투어 "디카"에 매료된다. 결국 화자는 영혼 없는 생명을 만들고 사산시키는 걸 밥 먹듯 하는 디카 세대의 세태, 예컨대 미혼모의 낙태 유기나 신생아 유기 같은 현대사회가 봉착한 그 비정을 비꼬아 풍자하는 셈이다. 시적 아이디어, 구성, 풍자, 호기심, 읽기 속도 등이 고루 든 종합선물 세트 같은 작품이다.

3. 대립에 대한 아픈 대응을 통과하며

다음 시조는 "피사의 사탑"과 "척주(脊柱)"를 받치는 기둥 삼아 대응의 짝으로 장착한다. 두 사물 간의 공통점은 '기울어졌다'는 것이다. 그걸 탑의 몸체와 사람의 허리, 즉 이질적인 사물을 비교하는 대상인 '대칭'을 빌려 '대응'에 수용한다. 이는 '낯설게 하기'를 드러내는 기법과도 같다. "사탑"과 "척추"의 사물 간 거리는 멀지만, 각각 그가 지니는 특성을 대조하여 결국 공통적 '기울음'을 연역해내는 시적 논리를 거든다. 해서, 기운 사탑을 빌린 가시(可視)의 눈으로, 자신이 직접 볼 수 없는 불가시의 척추염을 계기화한다. 이질적 사물의 대비와 연관을 통하여 호응을 이끌어낸 사례이다.

아무리 파 부어도 물이 고이지 않던
천 일 달빛 지고도 휘청이지 않던
와르르 흘러내린 곳 흰 뼈가 누워있다

틈이 생긴 5번 기둥 척주가 기울고
중심축 수직인 세상 골격이 흔들려
침묵의 뼛속 동굴엔 마음 베는 파도가 쳤다

— 임영숙, 「피사의 사탑같이 – 척추」 전문

시조에 보듯이 "골격이 흔들"리는 위태로움을, "사탑"과 "골격"의 대응으로 끌어오는 건 한 위태로움이다. 신체를 받치는 골격엔 물도 "고이지 않"고 "휘청이지"도 않았지만, 그만 "5번 기둥"에 틈이 생기고부터 사탑처럼 척추는 "기울고" 나아가 수직의 축이 흔들리게 되었음을 화자는 호소한다.

허리가 아프게 되자 그는 "마음 베는" 것 같은 불안감에 사로잡힌다. 해서, 건강했던 몸이 갑자기 흘러내리고 "뼛속 동굴"로 침잠해가는 위기의 상태를 전한다. 이 시조는 대비와 대응의 그 구성에 입체감이 돋보인다. 하지만 아쉬운 면도 있다. 즉 두 수로 된 연시조가 '사탑'과 '척추'의 연관에만 그쳤기 때문이다. 기승전결의 구성에 '결'의 매조지가 희미해 잘 보이지 않음이 그것이다.

엉덩이 부여잡고 달려가는 한 남자
빨간 불 횡단하듯 볼덩이 시뻘겋다
무엇을 비워내려고 저렇게도 급할까

변비로 속 앓은 지 어느덧 삼사 년
콜콸콸 요동치는 소리조차 나지 않고
억지로 채운 침묵만 케케하게 쌓인다

살아온 자 살아갈 자 일렬로 줄 세워도
똥줄 탄 진실들은 여전히 그대로인
세상은 푸세식 변소 뱉어내야 가볍다

— 황란귀, 「밀어내기의 미학」 전문

이 시조는 "삼사 년" 변비증을 앓으며 고생하는 한 남자를 등장시킨다. 여기서 사내의 변비증이란 시원하게 밝혀지지 않은 채 "똥줄" 타고 있는 어떤 공개되지 못할, 가령 "진실"이 은폐된 상태를 은근 풍자해 보인다. 보아하니, 남자는 무슨 통증이라도 있는 양 "엉덩이"를 "부여잡고 달려가"지 않는가. 화자는 불안한 남자에게서 "볼덩이 시뻘겋다"라는 인상과 "저렇게도 급할까"란 동정 어린 호기심을 동시에 갖는다. 둘째 수에선 남자가 변비를 앓은 지 "삼사 년"이 지났지만, 뱃속이 "요동치는 소리조차" 내지 못하고 "억지로" 참는, 그 "케케하게" 지내는 모습을 그린다. 그리고 셋째 수는 1, 2수에서 가져온 정보를 비판적으로 전변시켜놓는다. 힘든 사회를 살아가는 자들을 "일렬로 줄 세워" 본다면 "똥줄 탄 진실들은" 모두 배앓이 속에 갇히고 마는 것이다. 해서, "세상은 푸세식 변소"처럼 불편한 속엣것을 "뱉어내야 가벼워" 진다는 결론에 이르게 된다. 시조가 의도하는 바는, 지금 사회에선 화자가 보고 있는 남자뿐만 아니라, 비워내지 못한 변비증으로 스트레스를 받는 자가 많다는 걸 말하고 싶어 한다. 결국 이 시조는 언로가 없는 사회, 즉 소통이 부재된 사회를 비판한다.

> 색도 모양도 없는, 바람의 그림자 같은
> 연원 모를 생채기에 말간 무게로 고이는
> 일인칭 화자 말고는 누구도 아는 체 말
>
> 닦아도 닦아내도 본문보다 긴 서문은 남아
> 그 문장 훔치느라 뜬 세월이 이슥한데
> 왜바람 수작 앞에서 대책 없는 백기란…
>
> 눈물을 넣어주세요, 피눈물을 아끼려면
> 한세상 인과율도 바람처럼 종착 없다는
> 퇴행성 안구건조의 경고음을 따를 밖에.
>
> — 송태준, 「인공눈물」 전문

'안구건조증'과 '글쓰기'의 대칭은 인과적이다. 지나치게 많은 글을 대함으로써 그런 증상에 노출되는 이유에서이다. 사실 "안구건조"증엔 어떤 특별한 아픔이 전해오는 "경고음"이란 게 없다. 나아가 왜 내게 건조증이 생겼고 그 치료법은 무엇일까 하는 처방에 대해 헤아릴 만한 정보도 쉽게 찾지 못한다. 그건 어디선가 부는 "바람처럼 종착"이 없다. 해서 증상이 시작되면 바로 "눈물을 넣어주"는 점액 투척을 서슴없이 해야 한다. "바람의 그림자 같은" 그것은 "색도 모양"도 없어 감이 잘 잡히질 않는다. 화자가 하소연하듯 이 증상은 원인을 알 수 없고 결과만 있는 "생채기"이다. 아무도 걱정해주지 않지만, 사실 나 "말고는 누구도 아는 체 말"기를 바랄 뿐이다. 그건 안구건조증이 유발되면, 핏발 선 눈이 제삼자에게 보여지는 그 민망함 때문이겠다. 안구건조증에 "인공눈물"을 넣는 건, 충혈된 "피눈물"을 겪지 않기 위한 한 방책이다. 귀찮은 일이지만 참고 행할 수밖에 없는 일이다. 시조의 중심은 둘째 수에 그 강세가 꽂힌다. 안구는 수십 번을 수정하듯 "닦아내도" 원고를 들여다보면 서툰 글처럼 보이는 것이다. 그래 안구건조증 중에 쓴 글은 늘 "본문보다" 길어진 "서문"이 되고 만다. 그래, 다시 닦고 다시 쓰는 시행착오를 반복한다. 이젠 "그 문장"을 "훔치느라" 고생한 "세월이 이슥해"지기도 했다. 따라서 안구건조증은 "왜바람 수작 앞"에 아무 "대책"이 없어 마냥 "백기"를 드는 양과 같다고 한다. 글을 쓰는 사람의 '직업병'이라 할 수 있는 이 병의 원인은 바로 '서문'에 있음을 말한다. 즉 짧게 써도 될 글을 서문부터 길게 시작하는 버릇이 결국 컴퓨터 앞에 오래 개안(開眼)되게 하여 안구건조증을 유발시킨다고 보는 것이다. 그리고 역으로 긴 서문을 줄이느라 다시 안구를 혹사하게도 된다. 그러니 병을 사서 겪는 격이다. 시조를 읽으며 심히 공감하는 건 바로 필자의 경우를 예로 든 듯한 착각을 불러오기 때문이다. '서문 좀 줄이라' 하는 충고를 일찍부터 받았다. 그러함에도 줄이지 못하는 건 습관 때문이다. 벌써 이 글도 이리 길어졌으니 참.

4. 대응과 호응을 주도하는 뮤즈들을 만나며

운율이란 시를 위하여 미리 준비된 리듬의 대략적인 틀이다. 운율은 대칭 · 대응항끼리 어우러져 호응을 유발한다. 이 대응 · 호응 사이엔 종종 운율 · 리듬이 개입된다. 운율을 연구한 브로건(V.F. Brogan)에 의하면, '리듬'과 '운율'은 '어떤 확실한 틀'의 반복, 혹은 그 변형으로 지각될 수 있는 '상념의 나열'이라 했다. 운율은 보행 때의 규칙적인 '현상'인 연속성과도 밀접하다. 나아가 대칭적으로 늘어선 물건들의 '배열' 같은 것이기도 하다. 이러한 현상은 시, 음악, 춤과 같은 예술만이 아니라, 호흡, 맥박, 심장 고동 등을 비롯하여 모든 생물의 생식과 성정, 그리고 낮과 밤의 교체와 사철의 변화에서 볼 수 있다. 운율학자 론츠(Lontz)는 위의 대(對)로서 사물 배치를 고려한 그 율격에 의존하는 운율은, 한국어의 시, 일본어의 시, 헝가리어의 민요에서 주로 볼 수 있다[5]고 말한 바 있다. '한국어의 시'는 물론 시조나 가사를 지칭한다. 즈음하여, 잔잔하면서도 비유적 운율 감각이 돋보이는 다음 작품을 읽어볼 수 있다.

> 글 쓰다 지친 이는
> 와서 쉬란 그 말 믿고
>
> 물려온 문객들이
> 괴나리봇짐 푸는 사이
>
> 붓대 다 꺾어놓았네,
> 시절 고이 잊었네
>
> — 백윤석, 「겨울 연밭」 전문

"문객들"에게 있어 진초록 연밭과 흰 연꽃은 힐링의 공간임을 공감하는 사람은 많다. 내 사는 곳과 좀 떨어지긴 했지만 틈을 내어 '무안 백련지'를

---

5) 가와모토 고지 · 고바야시 야스오 편, 『문학, 어떻게 읽을까』, 윤상인 역, 민음사, 2008, 147~148쪽.

보고 와서 글쓰기에 몰두한 일도 있다. 보아하니, 늦봄부터 가을철까지 글쟁이들이 너도나도 찾아와 "괴나리봇짐"을 풀어 연에 대한 글을 다투어 썼는가 보다. 그래 "붓대" 같은 줄기들을 문객들이 "다 꺾어놓"고 갔다고 일러대는 것이다. 시쳇말로 '연꽃' 소재는 다 써먹어버려 이제 쓸 게 없는 글감이 되고 만다. 그것도 모르고 연밭을 찾아간 게 하필이면 황량한 "겨울" 복판인 줄이야. "지친 이는/와서 쉬란 그 말 믿고" 왔는데 이런 낭패와 맞닥뜨린다. 먼저 온 문객들은 무성한 연밭을 계기 삼아 글을 쓰기도 했지만, 붓대와 같은 연줄기를 다 꺾어놓을 만큼 연의 사연들을 이미 다 써먹고 떠나버려서 후회 반 시샘 반이 난다. 시조에서 대응된 사물은 '붓대'와 '연대'이며, 시인의 '시절'이 호응을 함께한다. 결국 화자는 글 수확이 다 끝난 황량한 벌판에 자기만 남았음을 느낀다. 겨울 눈바람에 '연대'가 꺾인 그 앞에, 결국 글쓸 '소재'가 바닥난 바, 그런 자신을 이야기하는 에두름으로 '부러진 연대'를 말하는 생태적 품새가 걸작이다. 그나저나 허허로운 겨울 연밭일망정 이 같은 한 수를 건져보는 건 큰 소득이지 않은가. 바람이 휩쓸고 간 연밭에서도 이삭은 남아 그로 하여금 이리 줍도록 배려를 한다. 예컨대 "시절고이 잊었네"라는 멋진 종장 구처럼 굵은 알뿌리로 말이다.

> 요즘은 산다는 게
> 놓쳐버린 사과같아
>
> 노을의 빨간 껍질을
> 그 누가 깎고 있는지
> 골목은 점점 길어져
> 계단을 말아 올린다
>
> 전생을 더듬다가

길어진 손가락들

한숨이 늙은 길을
손금으로 읽어내고

달빛도 갈 곳을 잃어
손톱 속에 숨는다

— 박성민, 「점집 골목」 전문

대저 "점집"들이 있는 "골목"은 달팽이관처럼 미로로 이어져가는 수가 많다. 그 골목에 대해 시인은 "노을의 빨간 껍질"을 돌려서 깎다가 "놓쳐버린 사과"로 비유한다. 찾아가는 점집은 "점점 길어져/계단을 말아 올린" 끝에서야 이르게 된다. 거기 비뚤어진 양철 대문 기둥 옆에 대나무의 첨예한 끝을 색색 깃발로 단장한 "점집"이 있다. 점을 치는 노파는 찾아오는 사람의 "전생을 더듬"는데, 그의 점괘로 불러내는 "길어진 손가락"이 인상적이다. 사람이라면 무슨 사연인가는 늘 있기 마련이다. 이 '점집'은 방문객이 걸어왔을 그 "한숨이 늙은 길"을 조심스레 맞는다. 마치 사과 껍질처럼 생을 한 줄씩 깎으며 끊어지지 않으려 길게 걸어왔듯 나이 지긋한 방문객이기 때문이다. 점집 노파는 그의 "손금"을 통해 길흉을 "읽어내"며 과거사와 마주한다. 이윽고 저녁이 되고 달도 기운다. 이제 "점집 골목"은 고요 속에 묻힌다. 언제나 그러하듯 밤은 방문객들의 길을 지워왔다. 그리고 그가 견뎌온 과거 삶도 지워진다. 결국 어둠 뒤로 묻힌다. 그게 "달빛도 갈 곳을 잃어/손톱 속에 숨는다"에 집약이 된다. 시조는 조심조심 생을 이어가는 한 소심한 방문객이 걸어온 다난한 생의 길에 대해 현재의 골목과 대비해 보인다. 그가 '걸어온 길'과 점집 '골목길'은 '방문객－점집', '걸어온 길－골목길'과 같이 대응 관계에 놓인다. 이제, 과도를 가다듬어 사과를 다 깎을 무렵, 마침

내 주의 깊은 손가락의 행보로 연결된 껍질은 떨구어진다. 그리고 둥근 사과의 나신(裸身)의 꼭지, 그 움푹 들어간 곳으로 깎는 자의 손톱은 감춰진다. 그건 지나온 길을 비추며 서서히 이우는 달을 상징하듯, 점집 골목의 막다른 지점을 벗어나는 때이다. 그 달은 "한숨이 늙은" 우울한 방문객의 한 표상이기도 하다. 시조에서 시인이 기획한 '대응'을 지나 화자의 '호응'을 유발해내는 이쯤에 들면 독자의 '감응'이란 한 탐미주의와 접신하기도 한다.

> 40년 만의 가뭄에도
> 방울방울 떨구시는
> 그 눈물 조롱박에
> 가득 눌러 담았다
>
> 꼴까닥
> 목줄기 넘어가는
> 어머님의 파란 전생
>
> — 나순옥, 「약수터에서」 전문

약수터와 어머니에 대한 대칭 구도를 연관적으로 보여주는 작품은 더러 있다. 하지만 이처럼 "방울방울 떨구시는/그 눈물"이란 어머니의 생활고를 "조롱박에/가득 눌러 담"은 것처럼 집약된 바는 흔치 않다. 그러니까 시조는 "약수터 물=어머니 눈물"이란 대응 구조를 띤다. 약수는 40년 만의 가뭄에도 끊이지 않듯 어머니의 "눈물"처럼 멈추지 않고 나온다는 것이니, 시조를 읽으면 어머니가 산 한 많은 세월이 약수터처럼 잡힐 듯 다가온다. 화자에겐 어머니의 방울진 물을 마시며 갈증을 풀어온 삶이 있다. 그건 어머니를 둔 세상의 자식들이 다 하는 대물림이다. 조롱박으로 뜬 물엔 "어머님의 파란 전생"이 담겨 있다. 목이 마를 때마다 "꼴까닥" 축이며 불룩거리는 목을 쓸듯 넘어가는 물, 그건 결국 어머니의 "전생"을 삼키는 일일 것이다.

비평가 웨인 부스(Wayne C. Booth)는 '함축적 의미'로서의 '이완과 압축(relaxation and compression)'을 강조한 바 있다. 시조에서 초 · 중장의 이완을 종장에 압축해 보이는 것도 이 같은 시학이겠다. 이 시조에서 '이완'이란 어머니가 산 전생이 화자에게는 약수로 전해져 알레고리화된다. 일반적으로 '압축'하고 난 후 '이완'을 하게 되는데, 이 시조는 '이완'을 한 후에 '압축'하는 순서를 택했다. 이는 어머니의 전생 이야기를 뒤에 두려는 시인의 정서적 논리 때문이리라.

5. 새로운 시조의 혁명을 기다리며

고대 그리스 로마 시대에, 시는 음절의 장단에 따라 '대응'하며, 대상을 '대립'시켜 '호응'을 유도하는 작품이 주였다. 중국의 고전시나 일본의 와카에서는 7 · 5조와 같은 음절 수와 행의 내부에 이른바 평측(平仄)의 '대립', 즉 음의 고저와 '대응구'를 넣음으로서 '대칭미'를 확대했다.[6] 이처럼 시가 유발되는 시인의 상상에 '대구 · 대응'의 시학이 작용한 역사는 길다.

그리스 신화를 보면, 시인은 '페가수스(Pegasus)'라는 날개 달린 말을 타고 다닌다. 이 날개의 말은 '시적 영감(poetic inspiration)', 즉 시재(詩才)를 가리키는 뮤즈로 쓰였다. 이 신은 주로 '대구 · 대응'을 조정하며 시가 읽는 이의

---

6) 7 · 5조의 와카의 대표 예는, 가마쿠라 바쿠후(謙倉幕府) 시대 제3대 쇼군(將軍, 1203~19)이자 가인(歌人)이며, 교토의 귀족문학파인 미나모토 사네토모(源實朝)가 지은 와카 "세상살이는 항상(7) 변함없으며(5)/물가를 젓는(5)/어부의 조각배는(7)/밧줄이 멋지구나(7)"와 같은 작품이 있으며, 가집으로 『긴카이와카슈(金槐和歌集)』가 있다(위의 책, 149쪽 참조).

'호응'에 다가가게 했다. 신화대로 시인은 시 속에서 말을 달리고 하늘로 날아가게도 한다. 그가 꿈꾸는 시공간에 또 다른 세계를 대칭으로 맞서게 하여 운율 효과를 높이는 일에 무릇 시인은 공력을 들여 할 일이다. 하여, 시인은 오늘도 뮤즈의 응원으로 시를 위해 밤을 밝힌다.

독자는 시인이 창조한 페르소나(persona)와 사물의 '대응 구조' 속에 마주한다. 위에 인용한 콜레트가 말한 바 독자가 시를 생각하는 것은 시인의 생각이나 그의 자화상이 아니다. 다만 그건 시인이 설정한 모델이 내세운 '대구'와 '대응'일 뿐이다. 따라서 '대상의 호응 전략'에 따라 시를 잘 꾸미고 페르소나를 분장한다면, 어떤 것과도 흡사한 가면을 만들어놓을 수 있다. 나아가 시인과는 전혀 다른 가면을 제작하여 독자를 매료시킬 수 있다. 예컨대 서정주나 윤동주의 경우 실제와 혼동케 하는 「자화상」처럼 말이다. 시조에서 대구적(對句的) 장치는 시조 무대를 완상(玩賞)할 청중(독자)을 홀릭하게 하는 호응의 조건이다. 이때 입체화된 무대와 소도구들이 설정되는데 그것들은 실재와 버금가게, 아니 실제보다 더 리얼하게 장착되고 연희(演戲)될 필요가 있다.

그래서 말인데, 시조도 최근 영화처럼, 게임처럼, 탐정소설처럼 독자들을 재미의 우물 속에 빠뜨려보아야 하지 않을까 싶다. 재미에 탐할 요구에 맞는 화자를 개발하고 그 화자가 시조를 누비며 활약해야 한다고 필자는 진즉부터 여겨왔다. 문학작품은 전적으로 창작물이기 때문이다. 미래의 시조 독자는 겨우 산골 초가집에 떠도는 호랑이 시조나, 놀이기구 타는 즐거움 같은 시조에 몰려들지는 않을 것이다. 세월은 세대를 교체해가는 바퀴이다. 세대는 삶의 방식을, 그리고 그들이 즐기는 방식을, 아니 읽을 시조의 방식을 교체해간다. 소년들이 즐기는 지금의 서바이벌 게임 같은 것도 곧 흘러간 옛이야기가 된다. 아니 벌써 RPG를 즐기는 세대가 80%를 넘고, 애니메이션 북을 접하는 유 · 초 · 중학생이 99%이다. 엊그제 그림책을 읽던 아이가 그것을 던져두고 벌써 아이북(iBook)으로 돌아온다. 초등학교 저학년 학생이 앱을 작동시켜 프랑스의 도서관이나 청와대에 글을 띄운다. 유튜브를 통해 자신의 시 낭송과 강의를 올리는 시인이 총 1만 5천 명 가운데 3백여 명이다.

시조의 구태의연한 소재나 전개에서 탈출하는 일이 곧 시조를 부흥시키는 일이겠다. 비약하는 것인지 모르지만, '양비론'이 아닌 자신의 결기를 위해선, 임제선사(臨濟禪師)가 말한, 머무는 곳마다 주체적이고 처신하는 모든 것에 진실한 자세, 즉 '수처작주 입처개진(隨處作主 立處皆眞)'이 참다운 '중용(中庸)'의 자세이다. 그런 주체 정신이 요구된다. 시인다운 분명한 몸짓만이 시조를 혁신할 수 있는 것이다.

이호우는 "시인은 가난하다/시인은 고독하다/시인은 괴롭다/시인은 교만하다/시인은 약하다/시인은 혁명가다"라고 선언한 바 있다.[7] 이 논문에서, 신용대 교수는 이호우의 인간성을, ① 불의 부정에 항거한 저항정신 ② 전통을 바탕으로 한 주체성 ③ 애국애족의 거인적 풍모 ④ 예절 바른 생활태도 ⑤ 동양적 자연친화의 자연관 등 항목으로 나누어 논했다.[8]

시인들은 '가난, 고독, 괴로움, 약함'에 대해서는 많이들 호소해왔다. 그러나 '교만, 혁명'을 자처함에는 꺼려해온 게 사실이다. 그러나 이호우는 권력이 살벌했던 자유당 때, 그리고 극심한 전쟁의 후유증을 앓던 1950년대의 이념기에 이렇게 호소한 시인이다. 가히 시대를 앞서간 선각자라 할 만하지 않은가. 1955년도에 『대구일보』에 발표한 바 한 정권에 저항한 이호우의 논리적 외침이 왜 지금 우리를 울리는지 생각해본다. 시인은 비록 가난하고 약하고 괴롭지만 불의와 타협하지 않으며, 맘에 들지 않을 땐 튕기며 교만

7) 신용대, 「이호우 시조의 연구」, 고려대학교 교육대학원, 1977.12.12. 참조.

8) 신용협, 『한국 현대시 연구』, 새미, 2001, 359~361쪽 참조.

하게 살 필요도 있다. 그리고 양비론이 아직도 죽지 않은 이 회색의 사회와 안이한 시조계를 위하여 변혁을 꾀할 혁명가적 기질도 요한다. 그게 없다면 시조는 늘 그 나물에 그 밥일 게다.

생명의 존엄성에 이입하며 공감하기 또는 그에 동화되기

켈트인의 신앙에 따르면, 우리가 잃어버린 영혼은 어느 열등한 짐승이나 식물, 심지어 무생물들에도 깃들어 있다고 한다. 우리가 그들을 잊거나 잃어버린 채 있다가, 어느 날 불현듯 그들과 마주치며 알아차리는 순간 생의 마법은 풀린다. 하지만 우리 덕에 해방된 이 영혼들이 죽음을 피하게 되면서도 사실은 더 큰 두려움과 함께하는 생을 살게 된다.

— 마르셀 프루스트, 「스완네집 쪽으로」, 『잃어버린 시간을 찾아서』 재구성

1. 로버트 번스, 잃어버리거나 잊어버린 생태가 더 생태적이다

어떤 사람의 행위나 생각에 내가 공감할 때, 그와 완전한 일치는 아니더라도 최소한 정서적 연대감은 갖기 마련이다. 마찬가지 시인도 시적 대상과의 공감을 바탕으로 감정이입을 표상화한다. 마음이 대상으로 '들어가는' 것, 그리고 화자와 '함께 느끼는 것', 그것은 시의 공감에 적극적 동인(動因)이 된다. 대상이 정서의 세계로 들어가는 건 '이입'이지만, 그 생각에 갈마들며 소통하는 건 '공감'이다. 공감은 이입을 통해 자기 존재를 인정받고자 하는 자아표현으로 나아간다. 시인과 독자도 이 대상을 매개로 하여 공감역(共感域)을 확대해가는 것이다.

예컨대 영국의 로버트 번스(Robert Burns, 1759~1996)가[1] 「생쥐에게」라는 시

---

1) 영국 시인 로버트 번스는 주로 스코틀랜드어로 사랑시, 자연시, 풍자시, 생명시 등을 썼다. 여기에 소개한 「생쥐에게」는 사람의 괭이로 공격을 받은 생쥐가 갖는 공포를 다루어 생쥐의 가냘픈 생명성을 확대 · 전개한다.

를 통해 '이입'과 '공감'을 설명한 일이 있다. 그가 어렸을 때였다. 그는 어떤 가냘픈 소리의 진원지를 호기심에 의해 발견하고 그 구석진 곳에 구멍을 뚫었다. 그때, 괭이 끝에 쥐들이 우는 순간이 전해졌다. 안에는 그의 시구(詩句)대로 "작고 매끄럽고 움츠린 겁 많은 꼬마 짐승들"이 있었던 것이다. 공포를 느끼는 생쥐로부터 그는 '존재적 동감'과 '생명적 공감'을 동시에 유발받아 이 시를 썼다고 말했다. 번스는 '삶의 매력적인 전환점'[2)]이란 말로 이를 의미화한다. 이처럼 시인은 어느 우연한 때 미미하게 약동하는 생명체로부터 타전되어 오는 짜릿한 순간을 맞을 때가 있다. 하지만 위의 글에서처럼 발견된 생쥐의 호흡과 같이 순간에 공포도 뒤섞인다는 사실을 사람들은 간과한다. 시인과 생명체의 '공감의식'은 그것을 발견함으로써 깊어지지만, 정작 그 생명체는 사람으로부터 원하지 않는 존재감에 붙어 결국 적대감을 일으키는 상처를 남긴다. 해서, '공포'는 미세하지만 얇은 유리병의 금처럼 '치명적인 후유증'으로 작용하는 것이다.

2. 한분옥, 생태 소멸에 대한 처방은 안보에 우선한다

한분옥의 다음 시조는 쥐, 새, 굼벵이와의 공존 · 공감을 기저로 한 작품이다. 즉 '산아제한'이란 한 시대적인 가책의 신드롬과 생명체의 기피증을 지적함으로서 종족 본능이란 생존의 이입 과정을 다룬다. 시에서 화자는 "포도 먹고" 그 씨를 "뱉는" 것으로부터 생태에 대한 진지한 고민을 시작한다. 일제강점기 시절 이육사는 "청포도가 익어가는" 칠월을 두고 "마을 전설이 주저리주저리 열리는" 평화롭고 풍요로운 삶을 소망했다. 그러나 여기 시인은 "주렁주렁 열리는" 포도송이로 상징된 임신, 그러니까 왕성한 생명

2) M.H. 아브람스, 『문학용어사전』, 최상규 역, 보성출판사, 1995, 78쪽.

체와 그와 연결될 장차의 비정한 현실을 첫 수에 적시해낸다.

> 칠월은 포도 먹고 포도씨 뱉는 계절
> 몰랐다 자고 나면 주렁주렁 열리는 것
> 생명이 그렇게 오는 줄 거짓말같이 몰랐다
>
> 잘 키운 딸 하나 열 아들 안 부럽다고
> 부인과 수술대에서 포도송이 솎아내듯
> 그렇게 후루룩 훑어 텅 빈 하늘 붉었다
>
> 쥐와 새 굼벵이도 알 슬고 새끼치고
> 온 들에 씨앗 터지는 저 소리 들리는가
> 아무렴 씨 없는 수박 생산하는 인간이랴
>
> — 한분옥, 「쥐와 새 굼벵이도」 전문

첫 수에서 배 속의 생명체가 "그렇게 오는 줄 거짓말같이 몰랐"다며, 원하지 않은 임신의 심리 상태를 진술한다. '소파수술'의 시대에 '중절'은 태아가 이제 막 자리 잡을 때 서둘러 제거하는 수술이었다. 생명의 존엄성 측면에서 잔인한 일이지만, 사람들은 아기를 낳아 기를 능력을 핑계 삼아 이 중절을 자행하곤 한다. "솎아내듯" 한다는 말은 반인륜적 비판으로서의 직언이다. 무릇 "쥐와 새 굼벵이도 알 슬고 새끼"를 치는데, 하물며 인간이 제 아이를 향해 저지르는 죄악상을 이렇듯 고발한다. 화자는 "텅 빈 하늘"을 피로 "붉"힌 일에 이를 비유함으로써 제삼자의 공감을 유도한다. 임신 초기 산모는 자의 · 타의로 감별과 중절을 밀교처럼 감행해왔다. 그걸 "후루룩 훑어"로 리얼하게 실상을 보이듯 말한다. "잘 키운 딸 하나 열 아들 안 부럽다"란 국가 표어를 걸어 산아의 억제와 중절을 유도하던 시대였다. '가족계획'이란 이데올로기가 남성에도 적용되어 예비군 훈련 때 중절 수술을 하는 자에게 훈련을 면제해주는 일 또한 그 시대의 산물이었다. 그런 정책이 오늘의 인구 감소를 가져와 나라가 기우뚱해졌다. 앞으로 50년 내 대한민국이 세계지도에서 사라진다는 예측도 다 있다. 젊은 노동력이 줄고 있는 한국의 미래는 어둡다. 인구절벽 시대이지만 육아 부담으로 아이를 갖지 않으려는 부부가 더욱 증가한다. 그뿐만 아니라 아예 결혼하지 않으려는 독거율(獨居率)도 OECD 국가 중 수위를 점유한다. 생명 경시와는 또 다른 생명 기피의 이 가역현상은 국가 존폐를 불러올 만큼 심각한 일이다. 인구 감소와 소멸은 사실 '안보'보다 더 국가적 위협의 요소이다. 시조는 두 정보를 병행하여 제시한다. 첫째는, 뭇 생명체에 비유한 '칠월의 포도'는 주렁주렁 열리고, '쥐, 새, 굼벵이'도 순리에 따라 알을 슬고 새끼를 친다는 점을 든 그 '생태의 일반성'이다. 둘째는, 그렇지만 '인간'은 포도송이를 솎아내듯 생식 구조를 훑어버리고, 씨 없는 '수박'처럼 유전자의 변이를 꾀하여 '비정의 반생태주의'로 나가고 있는 점을 든다. 따라서 이 시는 '생태의 파괴성'을 지적하여 문제화한다.

3. 정혜숙, 이입은 공감의 생태를 예약한다

다음 「천리포 수목원에서」는 자연에 몰입한 화자가 편지글을 통해 수목원의 경관을 노래한 탐미주의적 작품이다. 화자는 수목원에서 "솔기 없는 구름의 수사를 읽는" 데 집중한다. 기술은 전아법적(典雅法的)이고 대상은 '천리포'에 값할 만큼 고적하면서도 진솔하다. 장면들은 편지 형식으로 생태와 관련지으면서 동시에 '메타적 시조'로 구사한다. 그래, 묵비사고(默秘思考)로 다잡고 이 시조를 읽어본다.

수목원의 모퉁이 팔걸이의자에 앉아서

솔기 없는 구름의 수사를 읽는다
궁리를 거듭하면서 펼치는
두루마리 긴 편지

물새들이의 발자국이 백사장에 어지럽다
모래 위의 문장은 새들의 후일담
누구나 읽을 수 있는
다정하며 쓸쓸한 말

하늘에 혹은 땅 위에
펼치는 말, 말, 말
숨은 듯 외따로 핀 원추리의 전언 앞에
바람이 숨을 고른다
사위 문득 고요하다

— 정혜숙, 「천리포 수목원에서」 전문

시조의 전개가 단계화, 스토리텔링화되었다. 즉 '천리포 수목원 → 구름의 수사'의 "두루마리 긴 편지", '모래 위 → 물새들의 발자국'의 "문장", '하늘과 땅 → 말 말 말'의 "말", '숨은 듯 핀 → 원추리'의 "전언" 등, 전경화(前景化)에 따른 수순[3]이 그렇다. 이처럼 '편지의 문장'과 '말의 전언'에 의해 천리포 정경은 서정적으로 전해진다. 이는 '자연 ↔ 편지글'의 관계를 더욱 연메화시킨다. 시인은 수목원 관람을 "궁리를 거듭하며 펼치는/두루마리 긴 편지"로 대체해 보인다. 또 "모래 위의 문장"에 찍힌 새의 발자국으로부터 "후일담"을 넘기며, 구름의 문체로 이를 바꾸어 읽어간다. 그 문체는 수목

3) 여기서 '전경화'는 시적 언어를 매개체로 비일상적인 장면과 일을 두드러지게 보이게 사용하는 것을 의미한다. 즉 시에 상투적 표현을 멀리함으로써 새로운 자각을 일으키는 것을 말한다. 이는 프라하학파의 언어학과 시학에서 쓰인 개념으로, 쉬클로프스키 등 러시아 형식주의자들이 말한 '낯설게 하기'와 비슷한 것이다.

원의 꽃과 나무들의 "말, 말"로 피어 오른다. 그리고 "숨은 듯 외따로 핀 원추리"가 건네는 부분에서 화자는 예의 '감정이입(emphathy)'을 주사한다. 이 이입은 비자의적(非自意的), 즉 대상에 자신을 투사하는 경우이다. 바람마저도 "숨을 고"르는 고요 속에서 나무들의 밀어를 시인은 '이입'하듯 들려준다. 그게 화자에게도 녹아들어 수목원에 대한 '공감(sympathy)'을 넓혀나가게 한다. 이처럼 이입에서 공감까지의 정서는 수목원 안에 편지의 문장과 말들의 전언으로 소통된다. '이입–공감'의 시점은 각 수의 결구로 향해 있다. ① 첫 수의 [수목원의 팔걸이의자 → 궁리를 거듭하다]의 '이입 준비', 그리고 ② 둘째 수의 [백사장 위 → 다정하고 쓸쓸하다]의 '이입하기', ③ 셋째 수의 [원추리 전언 앞 → 사위 문득 고요하다]의 '공감하기' 등의 단계화가 그렇다. 이렇듯 '이입 준비 → 이입하기 → 공감하기'를 거치는 다단성(多段性)은 시조의 규모를 단단하게 하는 요인도 된다. 정혜숙의 시에서 자주 보이듯 하나의 '액자화 구성'일 법하다.

4. 정용국, 죽은 죽지 말라는 생존의 신호이다

"부스럼 얼굴들이 머리를 맞대고" 앉은 죽 그릇과 김치쪽이 다인 밥상은 지난한 삶을 겪어온 우리의 자화상이다. 「죽」과 같은 음식 시조에서 유의할 일은 흔한 사전식 정의를 인용한 듯한 말에 의존하지 않아야 한다는 점이다. 말하자면 시인만의 경험적 힘을 빌려 그를 재정의함으로써 시조의 맛을 살려내야 하는 이유에서이다. 시조에서 "죽"이란 일상적 정의가 아닌, 시인이 내린 특별한 정의, 즉 "죽어도 죽지 말라고 붙잡았던 손사래"로 정의하는 것에서부터 범상치 않다. 예컨대 신숙주(1417~1475) 선생이 강조한 말이 '체험 → 경험 → 징험'이란 것인데, 이 시도 시인만의 '징험적 개념'을 들었다. 사물시조, 특히 음식 시조가 갖출 조건에선 '징험'이 중요하다. 그만큼

'맛 시조'는 먹고 맛보는 세월이 길어야 써지는 영역이기 때문이다.

부스럼 얼굴들이 머리를 맞대고
급하게 퍼먹었던 강냉이죽 한 그릇
허기진 마음까지도 따뜻하게 데워준

알량한 알곡에다 마음만 가득 보태
많은 입 나누었던 부실한 끼니에는
새까만 앞날을 헤쳐갈 궁리들이 살았다

깻박치기 싫어서 죽을 쑤는 그늘에는
그래도 살아야 할 새털 같은 나날들이
죽어도 죽지 말라고 붙잡았던 손사래

— 정용국, 「죽」 전문

다른 사람이 다루지 않는 언어, 시인만의 경험적 언어로 쓴 「죽」은 우선 맛깔부터 다르다. 이미지로서의 '죽'과 '손사래'는 각각 별개의 관계이지만, 경험 층위가 같아 시의 상호매재(相互媒材)로 기능하기도 한다. 이 시는 죽의 역사를 거슬러 어원을 찾아간다. 그게 "많은 입"이 "나누었던 부실한 끼니"라는 궁핍의 역사로 재해석하기도 한다. "깻박치기 싫어서 죽을 쑤는 그늘", 그리고 "살아야 할 새털 같은 나날"이 많았으나 아직 굶지 않았다는 생의 투쟁으로부터 죽의 개념을 얻는다. 그와 식구들은 오로지 "새까만 앞날을 헤쳐갈 궁리"의 방도로 '죽'을 찾았다. 눈물 속의 '죽'. 그건 가난을 견디게도 했겠지만, 우선 "허기진 마음"을 "따뜻하게 데워준" 음식이란 점에 방점을 멈춘다. 그 시대를 산 사람에게 '이입'과 더불어 '공감'을 호소해 보인 작품이다. '죽'과 '죽다', 아니 '죽지 말라'는 동음이어의 차이가 한 문장에 녹아든 '언어유희'가 눈에 읽혀지기도 하는바 죽의 '공감역'을 확대해 보인다.

5. 류미아, 현대 문명기기는 모사꾼에 다름 아니다

발터 벤야민(Walter Benjamin, 1892~1940)에 의해 등장된 '기술복제 시대의 예술'은 프랑크푸르트 학파의 비판이론과 더불어 오늘날 전성기를 맞는다. 문명의 기기 가운데 많이 활용하는 게 모사전송기(FAX)와 출력기와 복사기이다. 그리고 만능 엔터테인먼트인 핸드폰도 빼놓을 수 없겠다. 문학에서 많이 등장하는 게 이 복제와 복사를 위한 제품이다. 물론 원고의 집필, 작품집 제작, 송고 등을 처리하는 문서의 유통에 혁명을 가져온 당사자들이기도 하다. 그러나 시조에서 말하고 있듯, 기기(機器)가 "죽도록 베낀 것들"은 사실 모두 "그림자"일 뿐이다. 그 특성이란 사진 찍기와 다름없다는 점에서 화자는 창조물로 보지 않고 "그림자"라고만 인식한다. 문서나 대상에 빛을 쪼여 객체의 그림자를 채취하는 게 모사나 복사 기능이며 이를 제3자에게 송출하는 것 또한 그림자를 전송하기 때문이다.

일생 빛의 뒤를 좇는 일을 하고 있습니다

홀로 밤의 우주를 유영하는 반딧불이, 건드린 허공마다 영롱히 돋아나는 그 위대한 오디세이를 따라나서 볼까요 스스로 빛나는 건 성좌를 모릅니다 별들은 제 이름을 호명하지 않아요 깨진 빛의 부스러기로 불씨를 지펴내는 두근대는 찬란을 소망이라 부를까요 남루의 골목마다 제 겉옷 벗어주는, 빛이 되는 것들은 모두 맨발입니다 부르튼 뒤꿈치로 첨탑 위 올라앉으면 뿔이 돋던 어둠도 귀가 순해지지요 모사꾼의 혀끝에서 갈라져 나간 길 위엔 몰려가고 몰려오는 얼룩진 말의 한 떼, 문(文) 하나가 열리면 다른 문이 닫히는 뻔한 스무고개 속아 넘어가면서

죽도록 베낀 것들이 한데, 죄 그림자라니요

— 류미아, 「모사(模寫)」 전문

여기서 "모사"의 기기는 "일생" 동안 "빛의 뒤를 쫓는 일"만 하는 풍자로 쓰이고 있다. 그의 족적은 그냥 "그림자"로만 남을 뿐 창조적이지가 않다. 복사기가 작동되는 동안 궁금하여 유리판 속을 들여다볼 때가 있다. 강한 빛과 함께 "문 하나가 열리면 다른 문이 닫히는" 작동이 반복된다. 전송하기 위해 구동시키는 복사기와 전송기 앞에 '나'라는 존재는 "뻔한 스무고개"로 기기가 유도하는 모사(謀事)에 "속아 넘어가"는 일인지도 모른다. 모사(模寫)는 동음이의어 "모사(謀事)"가 되어 기기 "혀끝에서 갈라져" 나가지만 이미 이 모사꾼의 꾐을 간파하는 듯해 보인다. 미학적 부림은 중장에서 질펀해져 더 사설시조답다. "밤의 우주를 유영하는 반딧불이", "허공마다 영롱히 돋아나는 그 위대한 오디세이", "어둠도 귀가 순해지는 것"이 그것이다. 한데, 시조의 다른 특징은 초장을 뺀 중장과 종장으로도 한 자유시와 같은 형태를 보여준다는 점이다. 해서 시조와 시의 접속은 사설시조에서 자유롭게 이루어진다.

6. 김제숙, 화려한 세월을 달방에게 묻는다

시는 물질의 범람 시대에도 사라지지 않는다. 오히려 시는 희망적이다. 별 유명하지 않은 잡지이지만 거기 실린 많은 시를 누군가는 읽는다. 그는 언어와 그 언어가 지닌 '이미지에 대한 욕구'를 자기만의 의미적이고 생태적인 사고에 '이입'하는 독서를 진행한다. 예를 들어, '바위'를 '물과 불꽃의 반죽'으로 형상화한 바슐라르식 '몽상'으로, '바람'에 눕는 '풀'로부터 깨닫는 김수영식 '저항'으로, '꽃'을 '오래 보아' 도달한 나태주식 '사랑'으로 말이다. 우린 내면 가득히 '환산(換算)되는 자연의 이미지'에 기쁨을 맛보며 상상력[4)]

---

4) 여기서 바슐라르의 상상력이란 '자연 속에 깊이 자리 잡을 필요'를 느낌으로부터 발견한

을 키워나간다. 독자는 이 상상력에 힘입어 시의 독법을 멈추지 않고 지속한다. 그와 결부된 콤플렉스는 자연발생적인 '몽상의 중심'으로부터 감동의 품으로 향한다.

바슐라르(G. Bachelard, 1884~1962)가 행하였듯 자연적 삶을 지키기 위해 끌어들인 미생물의 배변, 그리고 자연에 '베어진 자리'를 답사하는 기이한 경험을 시로부터 체험한다. 우리가 침묵하지만 '무의식에서 끝없는 몽상으로 이동하는 현상들'[5]과 마주하는 것이다. 그러므로 시인이 구사하는 이미지와 암유(暗喩)는 독자를 '사로잡기' 위해 낭만적 '꿈속을 지나 현실 속'으로 들어가게 된다. 다음 작품은 그런 암유적 이미지를 읽을 수 있다.

> 그 흔한 러브도 외면하는 낡은
> 골목 한귀퉁이 찢긴 현수막, 달방 있어요
> 한 달씩 끊어야 잇는
> 열두 칸
> 달의 방
>
> 허기진 생존이 남은 촉수 길게 뻗어
> 절며절며 당도한 아득한 저 변방

상상력을 말한다. 자연 속에 깊이 뿌리박은 이 '상상력'을 그는 '물질적 상상력'과 '형태적 상상력'으로 나누었다. 그러나 물질적 상상력과 형태적 상상력은 상호 융합하면서 이루어지는 경우가 많다. 왜냐하면 자연은 우리 눈앞에 그의 형태로서 나타나는 게 아니라 그 형태의 저변에서 그것이 가지고 있는 더 본질적인 것으로 그 형태를 결정하는 것의 물질로 나타나기 때문이다. 이에 대해 우리는 물질을 가지고서는 깊게 꿈꾸지 못하며, 깊게 꿈꾸기 위해서 우리는 물질을 필요로 한다고 설명하고 있다. (곽광수 · 김현, 『바슐라르 연구』, 민음사, 1981, 29~30쪽 참조).

5) 카를로니 · 필루, 『문예비평』, 정기수 역, 을유문화사, 1972, 147~148쪽 참조. 여기에서 저자는 바슐라르에 의한 '진실성의 비판'을 거든다. 즉 우리 주변의 근원적인 '물질'인 물, 불, 공기, 흙으로 만들어진 상상적인 이미지를 다룬 그의 저서에 대하여 말한 대목이다.

달빛도 등이 굽은 채
서성대는
익명의 섬

— 김제숙, 「달방 있어요」 전문

러브호텔은 1998년부터 숙박업종이 여신제한에서 풀리자 우후죽순처럼 난립했다. 한데, 그 많던 러브호텔은 다 어디로 갔을까. 접두사화된 '러브'라는 말이 사랑을 갉아먹는 벌레의 온상이 된 건 오래다. 하지만 이제 낡은 모텔은 업종을 바꾸고 열두 칸짜리 "달방"으로 변신했다. 쓸쓸한 모텔 앞엔 "달방 있어요"라고 걸린 현수막조차 오래돼 너덜거린다. 한때는 드라이브족이나 아베크족을 노리며 '러브-룸'에 '물-침대'와 '러브-의자' 등을 자랑하던 영화로움은 이젠 "익명의 섬"이 되고 말았다. 그 "허기진 생존"은 "절며절며" 가까스로 이 "아득한 저 변방"에까지 왔다. 유행에 민감했던 젊은 모텔은 이제 부서진 의자처럼 기울어진 늙은이가 되었다. 칠이 벗겨진 낡은 기둥은 이끼와 먼지로 삭아 내린다. "달방 있어요"라는 제목부터 방을 찾는 이에게 붐비는 듯한 분위기를 예고하지만 실은 전성기를 잃고 삐걱거리는 무대임을 거부하지는 못한다. 모텔 또한 생로병사의 수순을 밟고 있는 중이다. "달방"은 이름처럼 "한 달씩 끊어야 잇는/열두 칸"의 방이다. 모텔 방의 숫자라기보다는 방세를 받기에 붙여진 이름이겠다. 열두 달이니 뭐 열두 칸이다. 사람이 붐비는 지역이라면 방세는 오르겠지만 이 소외된 변방에 달방 찾는 사람도 없다. 방이 귀하던 왕년엔 온 손님을 되돌리던 시절도 있었다. 그러나 이젠 쓸쓸하기만 한 세월의 콤플렉스처럼 영화(榮華)를 뒤로 한 생태, 그 저무는 세월이 빚는 무상을 읽게 한다.

7. 김석이, 자판 소리로 생태를 치료하다

시학은 아리스토텔레스나 호라티우스로 거슬러 오래되었지만, 생명시학의 역사는 그리 오래된 건 아니다. 오늘날엔 생명체에의 공감, 아니면 그것을 파괴하는 타자에 대한 반감(反感, antipathy)을 시에 들여다놓는 일이 많은데, 그 자체가 '생명시학' 적이다. 그래서인지 요즘은 시와 시론에서 생명과 생태 의식을 다루는 일이 부쩍 많아졌다. 생태시란 인간 중심주의를 벗어난다. 그리고 자연과의 상호 공존적 세계를 담아낸다. 오늘날 문명이란 칼은 생태계의 피부를 위협하거나 위해한다. 그래 기어이 피를 본다.

이런 마당에, 다음 김석이의 시조는 생물학적 약자 편에 서 보인다. 참고로 '자연시'와 '생태시'가 구분되는 점은 겉과 속의 '차연(差延)'[6]에서이다. 자연시는 자연의 아름다움과 위대함을 노래한다. 예컨대 정지용, 김영랑, 박목월의 시는 자연시에 가깝다고 볼 수 있다. 한편 생태시는 문명으로 인해 파생된 생태오염에 시적 안목을 기울인다. 그래서 인간과 자연의 상관관계를 고구하는 게 특징이다. 자연 파괴와 환경오염의 폭력성을 지적하고 화자와의 관계를 풍자하는 것이다. 예를 들어 이형기의 「전천후 산성비」, 신경림의 「이제 이 땅은 썩어만 가고 있는 것이 아니다」, 최승호의 「공장지대」, 김명희의 「미드웨이 섬의 비극」 등을 들 수 있다.

생태시는 대상의 속성으로서의 생태를 경험케 하는 구조이다. 그 대상은 인간일 수도 있고, 생물이 아닐 수도 있다. 아니면 무생물일 경우도 많다. 생

---

6) '차연'은 '차이'나 '차별'이란 용어와는 다르다. 이는 자크 데리다(J. Derrida, 1930~2004)가 그의 책에서 독자적으로 사용한 용어로 '차이'와 '연기'를 아울러 이르는 말이다. 의미 구조가 불안정하고 변화가 있으며 또 다른 의미를 통해 지연 또는 연기된다는 개념이다. 차연은 어느 한쪽만의 의미가 아닌 언어의 연쇄작용을 통한 해석이 다른 해석을 통해 가변되어 대상이 지연되고 차이가 생기는 구조를 이른다.

태적 대상에 삼매경적으로 시가 경도될 때, 발레리나와 함께 발끝으로 회전하고 매와 함께 하늘을 날고, 바람을 치받는 나무와 함께 휘어지며, 균형을 갖춘 아취가 다리를 떠받치는 우아(優雅)를 삶의 과정으로 공유하는 것이다.

> 심장내과 진료실에 자판소리 타닥타닥
> 알고 보니 창밖에서 들려오는 빗소리
> 익숙해 관심 밖에 난 타성까지 두드린다
>
> 빗방울 떨어지자 활자가 생겨난다
> 구석구석 찾아가며 부족한 곳 채워가며
> 멀찍한 행간 사이를 오고가는 그 손길
>
> 리듬을 놓치면서 부정맥은 늘어나고
> 맥박을 조율하는 규칙적인 박자 젓기
> 자음과 모음이 모여 조합하는 처방전
>
> — 김석이, 「자판을 치다」 전문

「자판을 치다」는 병원에서의 치료 과정과 글쓰기 과정을 오버랩시키고 있지만 결국 글쓰기에 더 집중되어 있다. 심장내과에 있는 화자는 "진료실"에 웬 "자판소리"가 날까 궁금해한다. 알고 보니 "창밖에서 들려오는 빗소리"이다. 원고를 쓸 때면 매양 빗소리를 들어 이제는 거의 "관심 밖"으로 밀려났는가 싶은데, 실은 그를 "두드"리며 찾아오는 것이다. 화자가 듣는 빗방울에선 "활자"가 몰려온다. 비가 활자를 몰고 오는지 활자 치는 소리가 비를 몰고 오는지의 간극은 분명치 않다. 활자는 비처럼 "구석구석"을 "찾아" 젖어들며 생각들을 "채워"나간다. 환자는 "맥박을 조율하는 규칙적" 치료를 받기로 한다. 의사의 지시에 따라 일정한 "박자 젓기"를 하며 숨을 내쉰다. 자판소리와 함께 그는 "자음과 모음"이 조합하여 한 편의 글을 내놓듯 "처방전"을 기다린다. 시의 중심을 뚫어가는 일, 그리고 상상의 리듬을 따라가는 글, 그 호흡이 읽힐 듯 잡힌다. 요즘 시에서 즐겨 다루는 이 같은 이미지의 중첩 기술은 시적 대상에 대한 익숙한 경험을 필요로 한다. '진료실→자판소리→빗소리→맥박소리→처방전'과 같은 이미지의 차례와 중첩을 연쇄적으로 배치한다. 필자는 자연의 소리에 '진료'와 '자판'과 '맥박'을 대입한 생태주의 시로 묶어본다.

8. 김종연, 광화문엔 평화와 시위의 풀이 자란다

허먼 멜빌(Herman Melville, 1819~1891)의 『모비 딕(*MobyDick*)』은 대자연에의 겸허, 그리고 생명체에 자성(自省)조차 하지 않는 인간과 문명의 자만, 그것의 타락하는 다양한 모습을 적나라하게 펼친 소설이다. 소설엔 바다의 생명을 상징하는 '흰고래(白鯨)'를 다룬다. 첫머리에 '나를 이스마엘이라고 부르라'는 건 작가가 당시의 주류, 즉 기독교 사회에서 벗어난 중간자로서 자본주의 물질문명과 식민지 야만인들의 종교와 우상 숭배 등이 동등자임을 암시한다. 내레이터인 이스마엘은 바다와 고래의 분노를 통해 인간 사회의 타락을 고발한다. 그것은 생명체에 대한 재성찰을 요구하는 한 경종이기도 하다.

위 이야기와 관련하여, 카를로니는 『문예비평』에서 생명적 환경이 타락하는 시대에 '생명성'을 다루는 건 시인, 작가, 비평가의 몫이 아니라, 누구나 느낄 만한 '평화적이고 생태적인 이미지' 스스로라는 말을 했다. 그러니까 자연의 생태 그 자체가 타락과 싸우는 셈이다. 예컨대 아스팔트나 콘크리트 바닥을 뚫고 나오는 풀, 그건 '문명과 역사 속에서 오랜 굶주림 끝에 승리하는 일'이라 했다.

발톱이 살을 파고들어 기어이 칼을 댔다
한치의 양보도 없는 치열한 영역다툼
나 오늘, 엄지발톱에서 세상을 읽었다

— 김종연, 「광화문 애가」 전문

시국의 변화에 따라 '광화문 집회'에 나가 목소리를 높이는 일도 다반사가 되었다. 물대포와 최루탄 세례로 아수라장일 때 대중들은 '애가(哀歌)'를 불렀다. 하지만 광화문더러 들으라는 "애가"는 아니다. 대중은 마치 '애가(愛歌)'나 부르듯 시위 장소를 선점하러 서둔다. 사실 정부를 향한 희망의 절규쯤이다. 진보나 보수 단체도 종교 단체도 광화문 광장이라면 일단 애가(愛歌)부터 부른다. 코로나19로 인한 거리 두기의 위험, 주변 상인들의 장사난 호소, 나아가 정부의 불허 방침 등이 있지만 개의치 않는다. 그건 "발톱이 살을 파고들어"가는 격이어서 공권력에 맞선 행사(行使)를 불사한다. 곤두세운 "엄지발톱"으로 광화문을 점거하며 풍진 세상을 논바닥의 트랙터처럼 모는 민중이 많아졌다. 시조는 풍자와 비판의 칼을 드러내면서도 평화로운 세상을 배면에 깔아 작품성을 높인다.

9. 박홍재, 어긋난 생을 풀어 재조립하다

프랑스 비평가 롤랑 바르트(Roland Barthes, 1915~1980)는 문학작품이란 완벽하게 새로운 창조물이 아니라 선조들과 그 문화가 남겨놓은 바를 재조립한 것에 불과하다고 피력했다. 이런 관점에서 그는 저자가 아닌 '필사자(筆寫者, scripteur)'라는 용어를 썼다. 그에 의하면, 저자와 독자는 생산자와 소비자의 관계가 아니라 텍스트에서 서로 찾고 만나게 되기에 '텍스트를 즐기는 관계'로 보았다. 그는 영화, 만화, 사진, 패션 등 현대 부르주아의 사회를 재조립, 재조망하는 데 노력을 기울였다. 교통사고로 사후 그의 별칭은 마르크스주의자, 구조주의자, 후기구조주의자 등 현기증 나는 사상 전환으로 사유하며 활동한 현대문학가와 철학가로 꼽힌다.

> 부품 하나 빠졌어도 기계는 멈추었네
> 어젯밤 엇박자로 티격태격 밤을 새운
> 그대와 나 사이에는 무엇이 빠졌기에
> 뒤틀린 말꼬투리 풀어서 돌려보며
> 마찰음 나지 않게 윤활유 살살 발라
> 쌍방향 맞물려가도 한쪽으로 향하게
>
> — 박홍재, 「다시 조립하다」 전문

"다시 조립"이란 기존 구조가 불편하여 새로 짜는 일이다. 예컨대 옛날 시골집에선 방고래가 막히면 불이 잘 들지 않아 추워 겨울나기가 힘들었다. 해서 '구들장을 뜯어 다시 놓는' 일을 했다. 방 밑의 고랫재를 퍼내고 그 위에 구들장을 다시 맞춰놓는 일 말이다. 선조들은 '손 없는 날'을 받아 그 일을 했을 만큼 큰일이었다. 다시 조립하는 건 시스템을 원활하게 하는 일이다. 그런 경우를 시조에서 '기계'를 비유적으로 빌려왔다. 그대와 나 엇박자로 티격태격 입씨름하는 말꼬리 물기는 마치 작동되지 않은 이 기계와도 같다. 그걸 풀어 돌려보며 마찰하지 않으려 노력한다. 해서 대척점의 말들을 재조립하는 예의 '생태성'을 내비친다. 대각선에 위치한 말들은 다 비슷한 말이지만 이를 맞서게 배열함으로써 생태적 입체감을 돋우기도 한다. 예컨대 '빠졌다－멈췄다', '엇박자로－티격태격', '그대와 나 사이－무엇인가 빠졌다', '뒤틀린 말꼬리－풀어서 돌려보는', '마찰음 나지 않게－윤활유 살살 발라', '쌍방향 맞물려가도－한쪽으로 향하게' 등이다. 너무 늦지 않았다면 생은 다시 조립할 수 있다. 인생 이모작이나 삶의 재설계 같은 말도 있지 않은가. 마찰이 나지 않게 "뒤틀린 말꼬투리"를 돌려서 풀고, 둘 사이의 말에 "윤활유"를 칠하고, 심하면 재조립을 통해 잘 물려가도록 조치하는 일들, 시는 그것을 풍자한 작품이다.

10. 다시 처음, 미세한 영혼이 시를 크게 울린다

마르셀 프루스트(Marcel Proust, 1871~1922)의 『잃어버린 시간을 찾아서』는 방대한 내용을 담고 있는 성장소설이다. 특히 프루스트의 어린 시절부터 성인까지 액자화된 이야기의 전개, 의식과 무의식의 교차적 흐름, 비현실과 현실의 모자이크식 전환, 아방가르드식의 자율성 발휘, 내면 생명에의 은둔과 현시, 시간 되찾기의 비전 등, 현대소설의 특성을 모두 담아낸 작품이다. 때문에 독자는 난해하다며 이 소설을 기피하기 일쑤이다. 결국 큰맘 먹어야 완독이 가능해 미루어두는 사례 또한 많다. 다 이야기할 수는 없지만 이 작품에서 제1부 「스완네 집 쪽으로」의 한 컷을 빌려온다. 그것은 펠트인의 신앙이 진술된 부분이다. 즉 그들에 의하면, 우리가 잃어버린 유년의 꿈과 영혼이란 열등한 짐승, 식물, 그리고 하찮은 무생물에 깃들어 있음을 발견하게 된다. 우리는 그것들을 어느 날 불현듯 마주치고 알아차리게 되는데, 그때 삶을 묶고 있던 마법이 풀리게 되는 것을 말한다. 그래, 바야흐로 해방된 이 영혼들은 죽음의 세계를 건너와 특별한 생존을 누리게 된다. 하지만 인간이 그들을 알아차리는 순간부터 작은 이 생명체들은 사람 눈에 띄었다는 공포감에 사로잡힌다고 한다. 이후의 그 섬뜩함을 절대로 지울 수 없다고 소설은 지적한다. 약한 생명체일수록 생의 집념이 깊기 때문이다. 삶은 짧지만 그 생이 담긴 영혼은 길다. 시에 생을 담는 일은 누구나 가능하다. 하지만 작은 영혼을 울리는 생을 크게 담아내는 것은 누구나 할 수 없다.

그렇다. 생태시학의 출발점이 여기에 있다. 구멍 속의 아직 털이 돋지 않고 눈도 뜨지 않은 생쥐의 바스락거림, 갓 자궁에 안착된 아기의 웃음, 잔인하게 얼어붙은 흙을 뚫고 수십 톤의 힘으로 미는 씨앗의 눈, 잠자리의 미세한 기침소리에도 떠는 하루살이의 그것들….

(『나래시조』, 2020 겨울호)

어떤 글의 횡포들,
그러니까 예쁘고 아름다운 시가 몰려드는 진절머리

'활과 리라'에 묶인 줄이 팽팽한 긴장을 주는 건 다 같다. 하지만, 활의 줄(시위)은 살상을 목적으로 튕겨지고, 리라의 줄(현)은 마음을 가다듬는 삶의 선율로 연주된다. 죽임의 줄인 활에 반(反)하고 새로이 반역사를 창조하는 힘을 주는 시적 장치, 그게 리라의 현이다.

— 옥타비오 파스, 『활과 리라』 재구성

1. 이번엔 좀 심각한 이야기

〈나는 자연인이다〉란 프로그램에 등장하는 사람은 세상을 등지고 사는 듯하지만, 사실 문명화된 배경 없인 한순간도 살 수 없을 것이다. 엄밀히 말해 문명을 벗어난 인간은 생존하기 어렵다는 게 맞다. 우선 밤을 밝히는 등불, 그리고 먹을거리를 마련하기 위한 시설, 농기구를 비롯한 소소한 기구 등, 그가 생활해갈 최소한의 문명적 설비가 필요한 이유에서이다. 그러므로 '나는 자연인이다'란 말은 실제로는 성립할 수는 없지만, 말 자체가 던지는 호소력은 강하다고 할 수 있다. 자연을 좋아하는 사람, 그를 상징하는 별도의 해석을 붙여야 이 말은 정당화된다. 그래서 방송 프로그램의 제목은 될 수 있다. 또 그것이 시(또는 시적 은유)일 수도 있다. 이때 던져진 말을 정당화하는 해명은 곧 수용자의 몫이기에 나름의 해석도 다양해진다.

시에는 '풍자적 상징'이란 게 있다. 〈나는 자연인이다〉와 같은 대표적 상징을 표상에 내세우는 일이 바로 그것이다. 한데, 이런 상징을 두고 해석함에 있어, 그 과정을 뒤집어보면 사실은 그게 아님이 밝혀지는 수도 있다. 가령 P란 정의('나는 자연인이다')에 P′란 사실('궁극적으로 사람은 자연인이 될 수 없다')로 받아치는 논리이다. 결국 P → P′의 수렴 관계는 성립하지 않으며 P ≠ P′로 정의를 곧 부정하게 되고 만다. 얼핏 시와 과학의 충돌과도 같은 이런 논리를 시에 적용함은 시를 제대로 보는 일은 아니다. 시를 '시 자체로 보아야지 왜 과학의 잣대로 보는가'라는 비판에서 자유롭지 못하다. 이와 더불어 어떤 사람들은 요즘 시는 도통 상식적으로 이해 못 할 정도라고 꼬집는 말을 던짐으로써 자기의 위상을 높이려 한다. 그러나 시를 '시'로 보지 아니하고 '상식'으로 보는 건 바른 논거가 아니다. '병'을 의학적 치료로 보지 않고 '상식'으로 치료한다는 것과 진배없다. 거꾸로 뒤집으면, 시는 다 쉽게 이해하도록 발표되어야 한다는 주장이다. 그건 획일주의 또는 교조주의에서 비롯되는 말이다. 자유를 표방하는 다양한 개성주의의 시대에 시는 모름지기 다 쉬워야 한다는 건 위험하고도 무서운 일이다. 기분 나쁘게 말하면, 전문적인 문학으로서의 '탐구시', '상징시', '난해시' 등은 모조리 없애야 한다는 표현의 탄압적 책략에 다름 아니다. 아시다시피 시는 상식이 될 수 없다. 시는 상징적 비유로 사물의 사안에 따라 각기 다른 명제를 은밀히 제시하는 '기밀 보유'이지 그것의 괴멸을 획책하는 '기밀 발설'은 아니다. 시는 그냥 '시'일 뿐이다. 쉽게 쓰건 어렵게 쓰건 자기만 아는 기호로 작성하건 그건 시인의 고유한 자유권이고 창작권 내에서 이루어지는 작업이다. 다만 수요자가 시를 골라서 읽을 수는 있다. 사람에게 격이 있는 바 바로 '인격'이다. 마찬가지 문학작품에도 '격'이 있다. '작품격(作品格)'이 그것이며, 같은 이법으로 보아 당연히 시에도 '시격(詩格)'이란 게 있다. 권위 있는 문학가라고 해서 이런 시격을 함부로 침해하거나, 심지어 없앨 것을 주장하는 것은 정의롭지도 온당하지도 못한 일이다. 또 지성인으로서 할 일도 아니다. 그건 시인의 인격을 훼손하는 일이기도 하니까.

시를 가르치는 교사도 이 시는 '쉽다-어렵다', '좋은 시다-나쁜 시다'로 구별하고 쉬운 시, 아름다운 시, 착한 시만 골라 가르치는 일은 삼가야 한다. 시는 도덕이 될 수 없으며, 세상의 시가 다양한 양태로 존재하기에 여러 감상이 있을 수밖에 없는 일이다. 거기까지가 그가 할 일이다. 주제와 내용, 시어의 의미, 비유의 체계를 파악하는 방법을 가르칠 수는 있지만 어떤 작품이 좋다는 결과론적 가치 평가는 유보하는 게 학생의 선택권과 감상권을 확보해주는 일이다. 한데, 아름답고 좋은 시, 쉬운 시만을 읽도록 권장하여 독자의 다양한 감상권을 침해하는 일이 많다. 요는 각자가 생각하고 느낀 바를 잘 들어주면 되는 일이다. 함에도 우리 교육의 현실이나 독서의 실태는, 교사가 시 작품을 텍스트 삼아 지도할 때 지나친 해석과 교훈주의로 진절머리 나는 그 교조주의의 덫에 사로잡히곤 한다. 독서의 독자에게 가하는 독재 권력이자 정신적 폭력이다. 사람의 발이 침상 밖으로 나오거나 들어가면 그만큼 자르거나 늘리는 신화 속의 '프로크루스테스의 침대'를 오늘날 문단과 교단에 다시 가져다놓는 일과 무엇이 다른가.

2. 활과 리라, 그 살생과 선율

내의를 뒤집고 털어 다시 입는 신선함, 아니 새 내의를 입는 그 일처럼 어떤 정위치를 역위치로 바꾸어보는 것, 그리고 그 전의 불편함을 새로이 살피는 게 '풍자적 상징'이다.

관련된 이야기를 더 파고들어 가보련다. 멕시코의 시인 겸 작가인 옥타비오 파스(Octavio Paz, 1914~1998)는 『활과 리라』[1]에서 「시란 무엇인가」란 제하

1) '활과 리라'는 같은 현(絃)을 가졌지만 '활'은 살상하는 무기가 되고 '리라'는 아름다운 선율을 내는 악기가 된다. 옥타비오 파스의 '시론(詩論)' 『활과 리라』는 1990년 노벨문학상을 수상하는 계기를 준 책이다. 작가는 이후 참여 논쟁에 휘말리게 되는데 역사의 이름

(題下)에 "시는 시인과 사회의 언어, 리듬, 신념에서 비롯되며, '풍자적 상징'을 띤다"고 말한 바 있다. 활과 리라에 묶인 줄이 팽팽한 긴장을 주는 건 다 같다. 하지만, 활의 줄(시위)은 살상의 무기이고, 리라의 줄(현)은 심성을 다듬는 선율의 줄이란 점에서 다르다. 그는 리라의 현이 "다양한 반역사를 창조하는 하나의 시적 장치"라고까지 말한다. 이렇듯 시가 '풍자적 상징'에 이르는 플랫폼의 역할로서 그 '리라의 현'을 강조한다.

이와는 별개로 "언어는 세계의 그림"이란 루트비히 비트겐슈타인(Ludwig J. Johann Wittgenstein, 1889~1951)의 말은 이런 '풍자적 상징'을 더 실감 나게 표현하기도 한다. 그는 "말의 조각들은 존재의 조각들이고 세계를 나타내는 것"[2]이라고 말한다. 예컨대 원주민이 사는 거친 땅엔 꼭 다른 언어를 사용하고 있는 타자들이 있다고 말한다. 그들이 사는 삶의 세계를 상징하기 때문에 기어이 다른 언어를 쓴다는 것이다. 거친 땅에서 다양한 언어 규칙을 가진 상징적 언어들이 많다는 걸 발견한 이후[3] 그는 그것에 대해 통찰하기를 거듭했다. 그리고 '이름 붙이기'(예, 〈나는 자연인이다〉)와 '그림 그리기'(자연

으로 내면적 진실을 희생시켜서는 안 된다는 입장을 취하였다. 공교롭게도 논쟁의 상대는 그의 후견인이었던 거장 파블로 네루다였다. 그의 글은 정교하고 시적이며, 내밀하고 민감한 면을 다루었다. 이 책은 단순한 시론서가 아니라 인간과 역사를 꿰뚫어보는 책이라는 게 비평가들로부터 얻은 찬사이다.

2) 남경희, 『비트겐슈타인과 현대 철학의 언어적 전회』, 이화여대 출판부, 2005, 55~56쪽 참조. 「비트겐슈타인 연구」로 철학박사 학위를 딴 아이리스 머독(Iris Murdoch, 1919~1999, 아일랜드 출신 영국 작가)은 소설 『바다여, 바다여』(부커상 수상작)를 통하여 지식인과 중산층이 전개하는 일상을 풀어내어 욕망의 굴레에서 벗어나려는 사람들이 추구하는 선에 대하여 '철학적 탐구'를 다양하게 진행한다.

3) 비트겐슈타인 『철학적 탐구』에서, 같은 국어를 공유 사용하고 있다고 할지라도 다양한 삶의 문맥에 따라 언어들은 서로 다르게 혹은 유사한 모습으로 존재한다. 한 낱말의 의미는 언어에서 그것의 쓰임에 있다. 그는 언어를 일종의 게임으로 보는 입장을 피력하기도 한다. 예를 들어 장기게임과 체스게임을 가정한다. 말은 각각 낱말들을 상징한다고 본다. 이는 언어의 전회(linguistic turn)이라고 불릴 수 있다.

인과 인터뷰)의 연결로 '이름'과 '그림'을 연계해놓았다. 언어와 세계의 구조에서 '원자명제'와 '원자사실'은 언어의 형식이 그 세계의 구조를 반영한다고 보는 것이다. 그것을 언어에 대한 '그림이론(picture theory)'이라고 칭한다. 결국 '나는 자연인이다'라는 사실은 '자연인과 인터뷰'를 통해서 풍자적으로 상징하는 바가 드러나는 것이다. 비트겐슈타인은, 언어(이름)는 한 세계를 보여주는 현상(그림)임을 말하듯 '그림 그리기'(자연인과의 인터뷰)의 세계를 언어, 즉 '이름 붙이기'(자연인이다)에 집약시켜 재투사해간다. 그게 '풍자적 상징' 또는 '풍자적 시'의 다른 이름으로 볼 수 있다.

말이 길어졌지만, 다음 시조의 제목 「제발」로부터 그런 풍자적 상징을 읽을 수 있지 않을까 한다. 이 상징은 시조의 사안과 제목 사이의 거리 유지에도 한몫한다. 그러니까 "제발"이란 말을 귀납하기 위해 한 "늙은 가장"의 구차한 이력서 작성을 예로 드는 것이다. 하지만 그건 화자 마음과도 일치하는 대리 기원이기도 하며, 그게 행간 속의 심리 기제로 숨어들도록 장치했다.

쓰다가 지웠다가 손 떨리며 써 넣은

육군 만기 제대했음 운전면허 1종 보통, OO주식회사 입사 퇴사 OO주차원 입사 퇴사, 청담동 OO빌딩 경비원 입사 퇴사, 매주 산행을 해서 건강은 자신할 수 있음(10층까지 걸어 다님) 위 사실 틀림없음, 늙은 가장이 내민 자필 이력서 한 장

제발 날 일할 수 있게 해줬음 좋겠심더

— 이태순, 「제발」 전문

"날 일할 수 있게 해"줄 직장을 위해서 사람들은 "제발" '이번만은'이라고 기원하듯 "이력서"를 낸다. 가고자 하는 회사의 홈페이지에서 서식을 내려

받아 지원서를 작성하는 일은 이제 이골이 날 만큼 되었다. 거기 낙방하면 딴 회사를 찾아 나서는 방랑객이 되어간다. 그때마다 지원서와 이력서, 자기소개서를 새로이 쓴다. 그러다 보니 어느새 수백여 곳을 드나들며 서류를 작성하게 되는 것이다. '자기소개서' 정도는 완전히 머리에 외워 담을 정도로 익숙해져야 한다. 해서 "제발"이란 염원이 또 생긴다. 그것으로 머릿속은 진즉부터 하얘졌다. 화자는 이제 직장을 갖고자 하는 사람이지만 젊은이도 아니다. 그는 한 "늙은 가장"으로, 서류를 조심스레 내미는데, 매번 "떨리"는 "손"으로 하나씩 "써 넣은" 이력에 상대의 눈총을 견디며 접수를 하곤 한다. 이처럼 시조는 취업 현실을 꼬집는다. 이 사설시조 중장에는 온갖 직종이 나열되어 있다. 마치 사열식 때 진열된 연병장의 무기들을 보는 듯하다. 직종에 대한 진열이라지만 그는 거기서 "입사 퇴사"를 밥 먹듯이 해왔다. 지금 이 시점에 내세울 거라곤 자신 있는 그 건강함이다. "매주 산행"을 한 다리의 힘, 그걸 심사자에게 참고 삼아 알린다. "10층까지 걸어 다닌" 걸 경력 삼아 쓸 수 있을 정도의 저력이 있다. 그러나 시조를 읽은 후의 입맛은 씁쓸하다. 시대가 변할수록 살기 힘든 가장들의 자화상이 그려져 있기 때문이다.

할 말이 많은 것은 나, 외롭다는 거다
그 속내 다 알기에 오늘도 통화는 길어
뜨거워, 그녀의 언어들 팝콘처럼 막 터져

각본처럼 누군가 도마 위에 올려지고
꽉 막힌 오랜 체증 일순간 뻥 뚫렸어
할 말은 반도 안 했는데 시간이 너무 짧아

외로움이 필 무렵 전화를 받아봐

뱉지 못할 속앓이 흔적 없이 아물어

뜨거워, 우리의 언어들 폰이 꺼질 때까지

— 윤경희, 「팝콘처럼」 전문

우리가 스트레스를 해소하려면 며칠에 한번쯤 '수다의 세계'에 빠질 필요가 있다. 입에 말이 통과하지 않아 녹슨 혀를 갖지 않으려면…. 이 시조는 요즘이 '폰의 시대'임을 알게 하는 상징으로 톡톡한 역할을 해 보인다. 그렇듯 수다의 도구로 말을 쏟는 그 "외로움이 필 무렵"에 주고받는 말들을 "팝콘"에 비유한다. 자칫 구태(舊態)의 시조라면 나사가 풀려서 읽는 호흡이 느리기 십상인데 이 작품은 속도감도 있다. 해서, 언어의 팝콘처럼 "꽉 막힌 오랜 체증"을 "뻥 뚫"리게 하여 시원한 맛도 있다. 팝콘과 핸드폰이란 달아오른 솥과 입으로부터 터지게 하는 동일한 기능을 가진 도구이다. 누군가에게 "할 말이 많은 것은" 내가 "외롭다는" 반증이겠다. "그 속내"를 다 털어놓기엔 "시간이 너무 짧"은 게 사실이다. "외로움이 필 무렵"에 "전화를 받아"보면 그간 스트레스로 담아놓았던 "속앓이"가 "아물어" 보이는 효과도 있다. "팝콘처럼 막 터"지는 폰 안의 "언어들"이 있어서 힘을 더 부여받는 것이다. 배터리가 소진되어 "폰이 꺼질 때까지" 사람들은 말을 쏘아댄다. 첫 수의 종장에선 서로가 "팝콘처럼 막 터"지고 점점 열기로 말은 "뜨거워"진다. 그래 셋째 수의 종장에서처럼 배터리 방전으로 "폰이 꺼질 때까지" 이어지는 정도이다.

3. 세상의 인연

인연은 내 마음을 열고 누군가를 자연스럽게 들여보내는 일이다. 마음을 험하게 먹으면 관계가 험하게 되고, 마음을 관대하게 먹으면 관계가 넉넉해

지는 것이 인연이다. 『채근담』에 언급한 원리가 이를 대변한다. 즉 '마음을 놓을 만큼 관대하고 평평한 것을 안다면 천하에 험한 인정은 저절로 없어진다(此心常放得寬平, 天下自無險側之人情)'는 논리가 그것이다. 즉 사람에 대한 관대가 온정의 바탕이 된다는 말이겠다. 이처럼 마음의 여백이란 관대의 정서를 시의 요소로 심는 역할을 한다.

이런 시각으로 시조의 문장이 자연스러운, 그래 막힐 듯하다 유동하는 다음 작품을 읽어본다.

> 기왓장 위 잔설이 새발자국 물었다가 후끈해진 햇살에 어금니를 풀고 있다
> 호로롱, 날아간 새 울음이 나른한 잠을 깨듯
>
> 제 몸을 녹여가며 꽉, 깨문 감금을 허물어진 눈물로 애틋한 듯 풀고 있다
> 아찔한 허공을 뚫고 온 눈초리도 무너져
>
> 근육 진 소유마저 스러진 눈물무덤, 울부짖듯 놓아버려 속내 참 편안하다
> 울음도 사라진 자리, 어머니가 얼비친다
>
> — 박복영, 「방생(放生)」 전문

시조에서, "방생"의 상징이 사물의 막으로 천천히 다가간다. 사실 시구(詩句) 전체가 "방생"과 연관되어 있다. 즉 ① "기왓장 위 잔설이 새발자국 물었다가"[放], ② "후끈해진 햇살에 어금니를 풀고 있다"[解], ③ "호로롱, 날아간 새 울음이 나른한 잠을 깨듯"[覺], ④ "제 몸을 녹여가며 꽉, 깨문 감금을 허물어진 눈물로 애틋한 듯 풀고 있다"[解], ⑤ "아찔한 허공을 뚫고 온 눈초리도 무너져"[落], ⑥ "근육 진 소유마저 스러진 눈물무덤"[朋], ⑦ "울부짖듯 놓아버려 속내 참 편안하다"[安], ⑧ "울음도 사라진 자리"[消]와 같은 비유를 지나오면서 읽는 이의 감각은 '방생'에 접속되어간다. 위 ①~⑧까지는

각각의 의미가 放(방)~消(소)로 모두 '방기, 해소, 붕괴, 편안, 소멸' 등의 방생 이미지와 연결된다. 방생은 관평이자 곧 온정이다. 즉 관평적 심성(寬平的 心性)이 온정적 인정(溫情的 人情)을 키운다는 앞의 '채근담' 논리와도 같다. 물었던 어금니를 풀거나, 새울음이 나른한 잠을 깨거나, 깨문 감금을 눈물로 풀거나, 허공을 뚫은 눈초리가 무너지거나, 소유한 바를 울부짖듯 놓아버리는 그 관평의 속내란, 비워져 편안함에 이르는 것이다. 결국 이 방생의 종착이 바로 어머니의 모습인데 그걸 귀환시키는 시조로 보인다.

4. 밖으로부터 받아들이기

세계여행을 한 모험담집으로 내놓은 『신아라비안나이트(*New Arabian Night*)』의 작가 로버트 스티븐슨(Robert Louis Stevenson, 1850~1984)은 책 속 「도보여행」 편에서 "마음의 문을 활짝 열어서 밖으로부터의 인상을 모두 받아들여야 하고 시정에 비친 풍물을 자기만의 사색으로 윤색해내야 비로소 글이 성립한다"고 말했다. 이는 "새로운 풍경을 보는 것이 아니라 새로운 시야로 글을 쓰는 것"이라고 하여, 마르셀 프루스트(Measle Proust, 1871~1922)가 『잃어버린 시간을 찾아서』에서 말한 바와도 공유 · 공감되는 부분이겠다.

쥐지를 듯 불끈한 협곡을 가로질러
소나무 곁가지처럼 불쑥불쑥 길이 났다
골 깊은 바람소리가 귓바퀴에 넝쿨진다

작살 같은 등선에 발목이 꺾이고
걸음이 미끄러진 모퉁이 응달쪽으로
올 뜯긴 한숨만 같은 잿길 하나 또 벋는다

— 황외순, 「아버지의 손금」 전문

무릇 세상 아버지가 살아가는 길이란 위험할 때가 많다. 하지만 가족의 생계를 건사하기 위해선 그 험로를 마다하지 않는다. "쥐지를 듯 불끈한" 힘은 무슨 일이든 몰아붙이는 아버지의 완력을 상징한다. 그래, 늙은 아버지의 손금은 해마다 "올 뜯긴 한숨"처럼 낡아지고 벋어가고 있다. 젊은 시절의 또렷하고 날렵한 그것은 이제 닳아 흔적조차 희미해져간다. 그러하므로 "손금"의 비유대로 형자(荊刺)의 길이다. 삶의 고비마다 "협곡을 가로질러" 가고, "불쑥불쑥" 튀어 엉뚱한 "길"로 손금은 새겨지게 된다.

이 시조의 문장에서 융융(融融)함과 역력(力役)함이 돋보인다. 비유의 참신함으로 시를 탄력 있게 하기 때문이다. 그게 "불끈한 협곡", "불쑥불쑥 길이 났다", "바람소리가 귓바퀴에 넝쿨진다", "작살 같은 등선", "걸음이 미끄러진 모퉁이", "올 뜯긴 한숨만 같은 잿길" 등에서 그런 특징이 드러난다.

황외순 시인의 다른 작품 「눈」에서는 "열한 계절을 지나 당도한 편지 한 장"이 "심장에 현을 켜"듯 시려오는 "눈"을 새로이 해석한 것도 있다. 또 대표작으로 보이는 「감자」에서 "몸져누운 오랜 날들"이 "기척 한번 없"었는데, 오랜만에 "들른 며느리가 이내 가버린 그 서운함"에 시어머니가 "새파랗게" 흘기는 "눈"을 보고 그걸 감자 싹눈에 비유한 참신한 작품도 있다. 이들 작품은 '눈[雪]－편지 한 장', '감자 싹의 눈[眼]－시어머니 파란 눈 흘김'으로 연결시킨, 그래 비유가 번쩍 눈을 뜨이게 해, 그걸 기억해둔 일도 있다.

세월도 나이 차면 길을 다시 잡나 보다
연초록 새 단장에 혼솔마다 감친 사랑

창호지
쪽문을 열면
볼이 붉은 복사꽃

시리도록 맑은 향이 골속골속 배어들어
처녀꽃 알맞게 익어 숨어 버는 살눈썹

노을은
구름에 타고
사랑은 안으로 우네

— 홍진기, 「봄맞이」 전문

홍진기 시인의 작품은 연륜이 노련한 만큼 영글어 있다. “창호지/쪽문을 열면”과 “볼이 붉은 복사꽃”을 마주하는 ‘공간 내적→공간 외적’ 대비, 그리고 “노을은/구름에 타고”와 “사랑은 안으로 우네”에 부리듯 하는 ‘공간 외적→공간 내적’ 대비 등과 같은 ‘상호 가역적 대응 · 대비’를 다루는 바, 두 방향을 천칭 위에 놓듯 치우치지 않은 수평을 유지한다. 이미지의 도입과 결구가 절창에 가까운 시법이다. 이런 평형 유지는 물론 둘째 수 초장 “시리도록 맑은 향이 골속골속 배어들어”와 “처녀꽃 알맞게 익어 숨어 버는 살눈썹”에서 더욱 돋보인다. 종장 “노을은/구름에 타고/사랑은 안으로 우네”에서 보이는 바, ‘노을’과 ‘사랑’, ‘구름에’와 ‘안으로’, ‘타고’와 ‘우네’로 짝이 연결된다. 그리고 이 짝은 다시 시조에서 명시적으로 보이는, ‘노을－구름－탄다’, ‘사랑－안으로－운다’로 귀결된다. 이의 대비적 대구는 안정적 정서를 바탕으로 한 완벽한 구조를 축조한다. 명편이란 이처럼 구조의 완미에 있음을 보여준다.

용암이 끓고 있는 현장을 본 적 있다

세상이 그때부터
더워지기 시작했다

열몇 살 땡땡이 무늬 치마는 두려웠다

점 점 점 가열되는
무당의 굿 풀인가

만발한 장미꽃 흑흑흑 울음 들려

옆구리 가려움증이
뜨겁게 느껴졌다

앙가슴에 박히는 물방울을 참아내다
튕기는 바람처럼 허공으로 떨어진다

그녀도 날개가 있음을
그제야 알았다

— 백점례, 「무당벌레」 전문

이 「무당벌레」는 한 여성의 생애 주기를 대변한다. 세 수로 된 연시조답게 첫 수부터 각각 '유소녀기 → 사춘기 → 장년기'에 이르는 성장 과정을 상징하고 있다.

주인공의 성장 과정을 그린 소설로 헤르만 헤세의 『데미안』, 샬럿 브론테의 『제인 에어』, 샐린저의 『호밀밭의 파수꾼』, 그리고 한국 작가 김원일의 『어둠의 혼』, 공지영의 『새의 선물』, 박완서의 『그 많던 싱아는 누가 다 먹었을까』 등이 있다. 이런 관점에서 위의 작품은 한 편의 '성장시조'라 할 수 있겠는데, 이견이 있을지는 모르겠다. 세상이 "더워지기 시작"하는 시기, 그건 좌충우돌하며 열정이 넘치는 유소녀기의 삶이다. 그래, 사춘기가 되면 열정은 "점 점 점 가열되"어가고 "무당의 굿 풀이" 같은 끼는 더욱 넘쳐난다. 그의 정열은 "만발한 장미꽃"만 봐도 "흑흑흑 울음"이 들리는 감수성으로 몰입되며, 그가 겪는 사랑이란 "옆구리 가려움증"으로 "뜨겁게" 전달되기도 한다.

이처럼 성장기를 다룬 단계와 절차는 입체적 시조의 출발점이 되기도 한다. 하지만 우리 현대시조 작품에서는 그리 흔치가 않다.

질 들뢰즈(Gilles Deleuze, 1925~1995)가 이야기한 바, 경험과 표현은 '현상(추억의 물건)' → '되기(사연의 표현)'의 틀로 빚어진다는 특징이 있다. 시조에서의 서술 묘사되는 현상이란 시인과 관련된 체험과 사물로부터 나온다. '-되기'는 그 사물과 연관된 '사연'으로부터 파생한다. 들뢰즈는 '정신(되기)'은 '몸(현상)'의 이념이고 '몸(현상)'의 속성은 '정신(되기)'이 표현되는 것으로 여긴다. 예컨대 '현상-되기'의 관점으로부터 문학작품을 보는 건, 표출된 의미화의 과정, 다시 말해 '체험-되기'와 같은 맥락으로 볼 수 있는 것이다. 이 시조 작품은 '현상 → 되기', 또는 '체험 → 되기'의 과정으로 시조의 서술 및 묘사에 연결해보면 의미화 과정은 더 확실해진다. '1수 : 용암이 끓고 있는 현장 → 땡땡이 무늬 치마는 두려웠다, 2수 : 가열되는 무당의 굿풀이 → 옆구리 가려움증이 뜨겁다, 3수 : 앙가슴에 박히는 물방울 → 날개가 있음을 알았다'로 각각 전이되는 것이다. 각 수의 앞 항은 '유년기-소녀기-사춘기'별로 체험한 사항들이다. 이에 비해 뒷항은 앞항으로 말미암아 귀착된 요소들로 극히 현실적 감정이 드러나 있다.

결국 좋은 시조란 읽을 '재미'와 함께 '구성' 또한 탄탄해야 하는데, 이 시조는 두 축을 만족시키는 경우로 보인다.

5. 상징의 표적

다음 두 작품은 상징의 색다른 적용이란 점에서 다시 읽게 만든다.

화자도 참 못 말릴 일, 그건 "울 엄마"가 "세상 떠난" 날이 오늘인데, "늦잠"에서 일어나서도 전혀 알아차리지 못하니 말이다. 그래, 언젠가 사려고 "벼르던 힐"을 하필 오늘에 "사"게 되고, 외식 때 "햄버거"도 "두 개 먹"는 기분 좋은 날을 보낸다. 회자는 잠깐 불효를 한 듯 "오호라" 이렇듯 뒤늦은 후회를 한다. 한데, 시조를 보니 불효하는 화자는 전혀 아니다. 무거워 올 슬픔을 가볍게 터치한 발상 때문이다. 사실 옛날 같으면 일어날 수 없는 일이 요즘은 비일비재하게 일어난다. 그만큼 지금이라는 상황은 옛날과 무의미하단 반증일 법하다. 하나의 풍자적 에피소드로 읽히는 이 작품은 작위적 구성에서 벗어나 표류하는 화자의 자연발생적 심리를 포착한 것으로 보인다.

> 밤새 뒤척이다 늦잠을 자고 말았다
> 벼르던 힐을 사고 햄버거 두 개 먹었다
>
> 오호라 깜빡할 뻔했네 세상 떠났다 울 엄마
>
> — 김정연, 「어느 날의 일기」 전문

문예비평가 필립 휠라이트(Philip Ellis Wheelwright, 1901~1970)에 의하면, 상징은 사실적 의미 조작 후에 자기화된 자연발생적 심리 조작이 일어난다는 것이다. 그는 상징을 '약속상징'과 '장력상징'으로 구분한다. '약속상징(約束象徵, promise symbol)'은 그 의미 조작이 작은 반면, '장력상징(張力象徵, tensive symbol)'은 의미 조작이 확대되는 특징이 있다.[4] "벼르던 힐을 사고 햄버거 두 개 먹"은 일은 '약속상징'이지만, "깜빡할 뻔"한 "울 엄마"의 "세상 떠"난 날을 놓치지 않은 건, 그 자연발생적 심리를 구동한 '장력상징'에 해당한다. 이때 '장력상징'을 먼저 배열하고 '약속상징'을 뒤에 오게 할 수도 있겠다. 그러나 시에 호기심을 불어넣어 재미있게 하는 탄력을 얻으려면 약속상징

---

4) 졸저, 『반란과 규칙의 시 읽기』, 푸른사상사, 2008, 150~154쪽 참조.

과 장력상징의 선후 배치가 이렇듯 관건이다.

떨어지는 물 폭이나 소용돌이 그 사이
폭포가 되고 싶냐, 웅덩이가 되고 싶냐

너와 나
낙차는 제로다
따지거나 재지 말 것

— 박희정, 「낙차는 제로다」 전문

낙차(落差)는 폭포수가 떨어지는 거리이다. 물의 폭(瀑)과 소용돌이치는 웅덩이(沼)가 함께 있는 건 "너와 나"의 거리만큼 바로 "낙차"의 지점이다. 그러니 "너와 나"의 거리란 없다. 해서 제로(0)라고 말한다. 그건 "폭포가 되고 싶"거나, "웅덩이가 되고 싶"거나 굳이 "재지 말"라고 못 박는 이유이기도 하다. 용소를 향해 떨어지는 걸 따지는 것, 그리고 재보는 것 등은 모두 부질없는 행위(제로)이다. 이 시조는 생존자의 완미처럼 종장에 힘이 실린다. 그게 '비약하기'에 전범적(典範的) 표현일 게다. 물론 앞에 언급한 약속상징과 장력상징에 대한 순차적 결과로 드러난 효과이기도 하겠다. 시에서의 '비약의 단계'를 T.S. 엘리엇은 '산맥과 빙하'의 관계를 예시로 설명한다. 그는 이를 '시상의 본격태(本格態)'로 들었다. L.A. 리처즈에 의해서는 '이미지의 적용태(適用態)', 그리고 A. 헉슬리가 말한 바는 '상징의 발전태(發展態)'였다. 모두 시구의 '비약하기' 유형들이다. 용어만 달리했을 뿐 시의 마지막 피날레를 장식하는 막(幕)의 역할로선 유사하다. 말하자면 변전(變轉)으로서 동기적 작용태(態)란 한 표상 용어일 뿐이다.

엘리엇의 '본격태', 리처즈의 '적용태', 헉슬리의 '발전태'를 이 시조에 대입하면, 결국 용소를 향해 떨어지는 폭포는 측정할 필요가 없듯 그 물은 같다는 사실, 그걸 강조해 보인다. 마찬가지로 위에서 아래로 떨어질 뿐, 폭(暴)과 소(沼)는 같은 물이다. 그만큼 "너와 나"는 한 몸이라는 걸 강조한다. 위와 아래, 하지만 곧 한 몸(제로)이 되는 바, 너는 바로 나이다. 그건 '본격'과 '적용'과 '발전'을 겨냥한 태(態)이자 "너와 나"의 합류이다. 폭과 소, 그 알레고리화된 "너와 나"를 상징하고 이를 합환하는 한 담화로 읽힌다.

6. 참, 꼬집는 한 컷

이즈음 사람들은 특히 쉽고 아름다운 시, 예찬 시, 주례사적인 시, 기도의 시, 카페 시, 카톡 시에 빠져 있다. 그게 넘쳐도 너무해 지겨울 정도다. 바쁜 업무 때, 또는 담화 도중에 양해도 구하지 않은 '카톡!'이 불쑥 울려 열어보면 모두 재복사 글이거나 거기서 거기 갈 삼류어로 '좋은 글', '멋진 말', '가짜뉴스' 일색이다. 그런데 정작 보낸 이들의 정신은 남루하기 짝이 없다. 시가 아름다운 건 사실이지만, 모든 사물을 그런 시각으로 보는 '좋은 시', '착한 시'가 유포되는 천편일률은 오히려 식상하다는 느낌이다. 오웰이 1984년을 예고한 '획일'은 아직도 성시를 이룬다. 더구나 전문 시인들이 그런 착한 글에 합류해 흐른다는 게 더 가관이다. 카페, 커피숍 순례자들이 유포한 걸 한 시인이 내놓고 감동적이라며 복사판을 찍어 보낸다. 아름다운 것도 잠깐 지나면 생은 막후 고통처럼 쓰디쓰다. 맘에 들지 않는다고, 또는 아름답지 않다고 팽개치는 생은 진짜 생이 아니며, 또 그럴 수도 없다. 우리네 삶이란 3분의 2가 추하고 험난한 과정이다. 그 극복의, 그 가시밭길에 그 지난한 삶 자체를 그리는 리얼한 글과 시도, 탐구할 진지한 문학론도 팽개쳐진다. 내면의 비의(秘意)가 다 거세된 글이 시를 거덜내버리는 건 당연한 일이겠다. 카페 안에 수다를 떨며 폰에 떠오른 글 읽기, 다중지능적 간편주의가 이 끔찍한 병폐를 가져왔다면 어떤가. 시를 고민하기는커녕 아무 사유 없이 웃다 읽고 던져버린다. 그래 나도 휴지통으로 직행할 삭제 키를 누른다. 폰팅 문화권에는 오늘도 자랑처럼 '예쁜 시'가 넘친 다음엔 휴지통도 가득가득 찬다. 하면, 당신의 시도 거기 있을지 모르겠다…….

7. 다시 처음

옥타비오 파스가 상징의 역할로 제시한 '활과 리라'에 묶인 줄이 팽팽한 긴장을 주는 건 같다. 하지만, 활의 줄(시위)은 인마를 살상하려는 무기로서 기능하고, 리라의 줄(현)은 사람의 심성을 가다듬는 데 기능하는 건 시, 그 풍자의 역할이다. 활은 불안을, 리라는 평화를 의미한다. 힘의 권력이 만든 줄은 활에 가장 적합하다. 거긴 정복자의 수탈과 그 피 냄새가 묻어 있다. 하지만 활과 반대 역사인 정서를 노래하는 현은 작가 옥타비오 파스의 말대로 시적 장치에 적합하다. '시적 장치' 그게 우리가 학습해야 하는 '리라의 현'이다. 듣는(읽는) 이 각자의 수준에 맞게 조율된 그것.

(『나래시조』, 2020 봄호)

체험으로부터 분리되지 않은 시조, 그 입구와 출구를 따라가다

선생이 큰 소리로 필라슈치키에비치를 불렀다.
"우리한테 좋은 시구를 낭송하여 아름다움을 보여주렴!
우리는 빨리 시에 열광할 수 있어야 한단다."
그는 일어서서 시 한 편을 낭송하기 시작했다.

— 비톨트 곰브로비치, 『페르디두르케』 중에서

1. 시 낭송, 산통(産痛)과 왕따를 벗어나게 하다

최근 필자는 문학의 다양한 서사 방식에 관심을 가진 바 있다. 소설의 한 주인공이 어렸을 때 겪은 기이한 체험을 스토리텔링한 그 인상 때문이다. 이 소설은, 한마디로 질서가 잡힌 단단한 체재일수록 그들이 존속할 폭력성을 강고하게 키워간다는 걸 고발한 작품이다. 폴란드 출신 비톨트 곰브로비치(Witold Gombrowicz, 1904~1969)[1]가 쓴 『페르디두르케(*Ferdydurke*)』

---

1) 비톨트 곰브로비치(Witold Gombrowicz, 1904~1969)는 폴란드 출신의 작가이다. 그는 포스트모더니즘의 선구자로 평가받았으며, 당시에는 쓰지 않았던 소재, 즉 정신착란증, 자아와 내면의 균열 등과 같은 심리 상황을 그려냈다. 그는 "문학 속에서는 모든 것을 할 수 있다"는 말을 남겼다. 귀족 집안 출신으로 가문의 명맥을 이으려 1927년 바르샤바대학교에서 법학석사 학위를 받았으나 그는 프랑스 파리로 가 철학과 경제학을 공부했다. 1929년, 바르샤바에서 변호사로 개업했으나, 문학에의 열정으로 몰래 작품 활동을 병행했다. 1933년, 그는 단편집 『미성숙한 시절의 회고록(*Pamiętnikz okresu dojerzwania*)』을 출간하며 아마추어 작가가 되었다. 1935년 『부르고뉴의 공주, 이보나』와 『페르디두르케』

(1937)[2]가 그것이다. 이 책은 한마디로 제도권 안의 권위적인 학교와 가정과 마을을 거부하는 책이다. 가령 "지금 시(詩) 텍스트에 마음이 흔들리는 사람은 아무도 없어요. 모두 지겨워하지요."라는 대목에서 제도화된 교실의 문학을 거부하는 바를 읽을 수 있다. 미국의 예술비평가 수전 손태그(Susan Sontag, 1933~2004)[3]의 지적처럼 '인간의 욕망을 인위적인 정상의 틀에 맞추려는 시도에 대한 장엄한 조소'라는 말로 곰브로비치의 소설을 요약할 수 있다.

이 소설은 1991년 스콜리모브스키가 감독하고, 이안 글렌이 주연한 영화의 원작이기도 하다. 이야기의 구성은, 마치 타임머신을 타고 여행하는 듯한 의식의 흐름, 죽은 듯하지만 살아 있는 그 내면 심리가 회복과 성취, 나아가 깊이의 점층으로 다가가는 상상적 접합과 분리가 직조되어 있다. 그리고 제도권의 시스템을 비판하는 타자에의 관심, 또는 그런 존재의 이면을

를 출간하면서 마침내 전업작가로 이름을 알렸으며, 이후 『포르노그라피아』를 내놓아 세상을 놀라게 했다. 『페르디두르케』는 나치와 공산정권에서는 과도한 비판심리의 표현 이유로 출판이 금지되었지만, 1950년대 프랑스에 소개되면서 큰 명성을 얻었다. 지금은 폴란드 고등학교에서 필수로 배우는 작품이 되었다('나무위키'에서 참조).

2) 이 소설은 2차 세계대전 후 나치 치하에서 출판이 금지되고, 공산정권에서는 더 심한 탄압을 받은 작품이다. 그러다 1950년대 프랑스에 소개되면서 재평가를 받게 된다. 오늘날 폴란드의 모든 고등학교에서 필수로 학습해야 하는 작품이다. 소설은 '요아이 코발스키'라는 30대 남자가 10대 소년의 몸으로 돌아가 겪게 되는 소설이다. 주인공이 자신의 어린 시절로 납치되었다는 설정으로 전개된다. 하지만 그의 기억이나 사고는 30대의 그것을 지니고 있다. 따라서 어른들과 마찰이 생기고 아이들 사이에서는 부적응 학생으로 인식된다. 그가 돌아간 소년 시대에 어른들은 기만으로, 동료 학생들은 폭력으로 구체화되어 그려진다.

3) 수전 손태그(Susan Sontag, 1933~2004)는 미국의 소설가 및 수필가, 예술평론가로 활동하며 미국펜클럽 회장을 지냈다. 특히 저서 『은유로서의 질병』에서, 질병은 단순히 환자 개인이 가지고 있는 증상이나 통증이 아니라 사람들이 해석해놓은 사회학적 기호로서 작용한다는 것을 지적하여 잘 알려진 작가이다.

탐구하는 등, 다양한 서사의 매듭들로 얽혀져 있다. 하지만 매 순간 부딪혀 오는 사안들은 인물의 심리를 통과하면서 잠재된 고정관념이나 기존 이데올로기를 파괴하는 등, 세계의 안과 밖을 보이지 않은 힘의 인과로 추적해 간다. 그러니까 대상에 숨어든 체험의 이면을 다시 숨기는 방법으로 집약해 가는 수법의 책이다.

어느 날 한 학생이 핌코라는 선생에 의해 어린 시절로 되돌아가게 된다. 주인공이 겪은 모험을 마치 눈앞의 행위인 듯 사실적으로 점묘하는 이 대목은 우연히 맞닥뜨린 현장의 생생한 정점(頂點)에의 한 방사(放射)라 할 수 있다. 작가 곰브로비치는 관념적으로 이분법화된 사회가 얼마나 허구적인가를 들추어내지만, 실은 작가 내면의 심적 기록을 그대로 보여주는 셈이다. 이에 기반하여, 작가는 새로운 삶과 자유를 성취하려는 아이들의 문학적 자질을 일깨워주려고 주력한다. 또 그런 사유 진행에 자유분방한 의식성을 부여한다. 그 예로, 그는 여행 중에 일어난 기차 안의 시 낭송 장면을 빌려온다. 이에 교사화(教師化)된 작가는 학생이 요구하는 틀에서, 인위적인 틀에 꿰맞추려는 이데올로기에서 비껴서서 상황을 마냥 지켜보고 있을 뿐이다. 해서, 한 어른의 아이는 그가 지닌 부정과 열정을 섞는다. 그러면서 자아를 극복해가는 그 과정을 섬세하게 끌어내 보여준다.

이제, 곰브로비치의 그런 기획을 상징해 보인 한 장면을 읽는다.

주인공은 어른의 사고력을 지녔음에도 교실에서는 학습지진아 취급을 받는 '필라슈치키에비치'이다. 그는 시 낭송에서만은 흥미와 열정을 뿜어내는 학생이다. 그 무렵, 교사가 인솔한 학생들은 여행 중 기차 안에서 우연히 한 산모를 만나게 된다. 머리글에 소개했듯 선생의 갑작스런 요구로 학생 필라슈치키에비치는 시를 힘들여 낭송하게 된다. 처음엔 부끄러움과 주변의 야유로 심히 움츠러들었지만 시 중간의 절정에 이르자, 그는 시의 영혼을 받은 때문인지 목소리에 혼신의 무게를 싣는다. 이후에 기적 같은 일이 일어난다. 흠뻑 땀에 젖은 산모는 통증을 차츰 제어하게 되고, 낭송하는 그 또한 자신감을 얻게 된다. 그는 친구들로부터 멸시받던 과거를 건너가, 스스로도 모를 환희의 순간을 맞는 것이다. 소설의 이 부분은 극적이다 못해 독자에게 감정의 융융한 진폭을 일으키게도 한다.

"필라슈치키에비치!"

선생이 큰 소리로 불렀다. "우리한테 좋은 시구를 낭송하여 아름다움을 보여주렴! 우리는 빨리 그 시에 열광할 수 있어야 한단다."

그러자 필라슈치키에비치는 가만히 일어서서 시를 낭송하기 시작한다. 하지만 아이들은 그런 그를 비웃는다. 그의 주변에는 갑작스레 찾아온 어떤 난센스를 보듯 시에 내포된 열광의 '불능'에 전혀 빠져들지도 않는다. 오히려 필라슈치키에비치 자신만이 더 열광할 뿐이었다. 사람들이 시큰둥하자 그는 초조해지며, 땀을 뻘뻘 흘린다. 하지만 그는 바로 이때부터 멈추거나 지치지 않고 시를 낭송해 갈 수 있었다. 바로 사람들이 여기는 '불능'으로부터 자신 안의 '적응'을 끌어낼 수 있기 때문이었다. 억양을 조절하며 자신의 영성(靈性)을 온 정신력에 집중했다. 아니, 시 자체에 몰두했다는 게 옳았다. 그의 낭송에는 위엄까지 보태어지고 음성은 놀라운 상징으로 변모해 갔다. 그는 스스로가 시의 영감(靈感)에 빨려들 듯 그것을 실어내거나 밀어냈다. 시가 그의 음률에 맞추어 끝없이 흘러가는 듯했다.

멋진 천재 시인! 파리떼, 벽, 손가락, 잉크, 천장, 액자, 창문…. 그가 발하는 열광에 불능의 위험을 쫓아내자, 위험천만한 산모는 그 지저분하고 비좁은 기차 속에서 순간의 고통을 잊고 마침내 아기를 출산하고 구원되었다. 낳은 아기도 부인도 다 무사했다. 사람들은 이제 같은 생각이었고 그가 읊는 시에 열광하기에 이르렀다. 그들은 먼저 산모에게 환호했다.

그때 한 아이가 잉크 묻은 손으로 그를 만졌다. 시 낭송을 듣던 아이들은 이상한 현상을 겪고 있었다. 누구랄 것도 없이 서로의 차이는 이미 사라져 버린 것이었다. 차이가 없어지는 일순, 시폰 편의 아이들이나 미엔투스 편의 아이들도 그의 시에 혼을 빼앗기듯 등조차 굽어버린 상태였다. 낭송에의 열광으로 우선 사람들을 갓 태어난 아기에게 쏠리게 했다. 시에 대한 분위기와 무게는 동시에 사람들을 이끌어갔고, 시에 경도된 배고픈 사람들 앞에 서 그는 한껏 왕성한 낭송 기운을 자랑했다. 현실의 궁핍이 체험적 시로 인해 정신적인 부(富)를 끌어내는 힘, 그런 메커니즘을 그가 지녔기 때문이었다.[4)]

이처럼 소설은 한 학생의 낭송을 통하여 '불능'을 극복하고 그 '불능으로부터 적응'을 이끌어낸 그 인유(因由)의 한 담화(談話)를 내어놓는다. 시란 낭송을 빌랴 얼마든지 새로 탄생할 수 있다. 또 대중과의 소통을 넓게 확대해갈 수도 있다. '필라슈치키에비치'의 낭송을 듣고 구경하던 아이들은 마침내 하나로 통합되기에 이른다. 그동안 그를 괴롭히고 왕따시킨 '시폰 편의 아이들'이나 '미엔투스 편의 아이들'도 그가 읊는 시에 혼을 빼앗겨버린다. 그뿐만 아니라 그로 말미암아 이제 막 태어난 아기와 산모의 영혼에까지 사람들의 마음이 쏠리게 되고, 그 무게까지 합한 정신이 거기의 모두를 사로잡게 된 것이다.

2. 코로나, 사회적 거리에 유리구두를 잃다

체험을 거쳐 나온 진솔한 시가 낭송의 힘으로 감동을 자아내는 일은 요즘에 특히 많다. 그만큼 시 낭송은 일반화된 듯하다. 해서, 시가 분위기를 타고 창작되거나 낭송될 때 더욱 시답다고 여긴다. 하면, 시 자체로서 읽힐, 또는 읽을 이유는 충분한 것이다.

살아가기 힘든 코로나19로 인해 경기불황에, 물가고에, 취업난에, 엎친 덮친 자연재난 등이, 그 대책을 세울 틈도 없이 밀려와서인지 이번 호에서는 그런 시조가 좀 많았다 싶다.

---

4) 비톨트 곰브로비치, 『페르디두르케』, 윤진 역, 민음사, 72~74쪽을 재구성하고 요약함.

먼저, 사회적 거리 두기 4단계의 긴박함을 경험한 걸 우회적, 그리고 풍자적으로 표현한 시조를 예로 든다. 다음 샤를 페로(Charies Perrault, 1628~1703)가 쓴 「신데렐라(*Cendrillon*)」 이야기를 패러디한 작품이다.

> 풍선처럼 부풀어요, 세상의 심술주머니
> 무도회 가고 싶어요, 주문을 외워주세요
> 하얀색 리무진 타고
> 드레스도 맞춰 입고
>
> 동화 같은 데칼코마니 왕자님 손을 잡고
> 테크노와 블루스로 무대를 휘저어갈 때
> 마법이 풀리나 봐요
> 18시 종이 울려요
>
> 넉 장의 초대장은 두 명밖에 입장 못 해요
> 부리나케 달아나다 잃어버린 유리 구두
> 게임 끝! 자유의 그날
> 아침은 밝았어요.
>
> — 김남미, 「신데렐라 게임」 전문

코로나19에 대한 대책으로 사회적 거리 두기 4단계가 실시된 건 2021년 12월 18일부터였다. 4인까지의 사적 모임은 18시 이전까지만, 그 이후에는 2인까지만 허용한다는 방역 규칙이 시행되었다. 이를 어기면 영업정지, 심지어 손님에게까지도 구상권을 청구하는 등 규정이 엄했다. 김남미의 시조는 이를 "신데렐라 게임"으로 풍자하고 있다. 코로나는 4년 동안의 터널을 지나왔지만, 다시 또, 아직도 그 터널 속이다. 지금은 거리 두기가 해제되었지만 최근 확진자가 증가해 이를 다시 검토해야 한다는 전문가들도 적지 않다. 사실 18시라면 이른 저녁 시간이다. 아니 오후라고 해야 옳겠다. 한데,

데칼코마니처럼 짝하여 왕자와 더불어 춤추던 신데렐라 호흡이 그 절정에 이르렀을 때, 그만 18시 마법이 풀리는 종이 울리게 된다. 이제 넉 장의 초대장은 두 장으로 줄어들고 둘도 결국은 헤어져야 한다. 그래 두 사람은 부리나케 달아난다. 그렇지만 저런! 신데렐라가 그만 "유리 구두"를 놓쳐버린다. 게임은 끝, "자유의 그날"부터 신데렐라는 아파트 성(城)에 갇히는 일상을 맞이할 수밖에 없다. 해서, 18시 이후, 아주 잠깐만의 자유와 해후는 큰 상처로 남고 만다.

구조의미론자인 그레마스(Algirdas–Julien Greimas, 1917~1992)[5]는 '신데렐라' 같은 민담을 바탕으로 주인공이 치러야 할 세 단계의 시험을 재구성한다. 즉 ① 자격시험, ② 본시험, ③ 영광의 시험'[6]이 그것이다. 동화를 차용한 이 시조에서 보듯 3단계에 이르러서 왕자와의 만남은 그만 실패하고 만다. '거리 두기 4단계'란 마법의 덫에 걸려든 것이다. 시인은 사회적 거리 두기에 대한 체험적 소이를 '신데렐라 환상'에 비견한다. 그 기발한 풍자가 어필되도록 소도구들을 적소에 장치했다. 해서, 신데렐라는 후일을 고대하며 왕자를 만날 고민을 반추해 마지않는다. 장차, 잃은 "유리 구두" 한 짝을 들고 나타날, 앞으로의 코로나 물러간 그 햇빛 부신 날, 그러니까 멋진 왕자가 짱, 출현할 것을 말이다.

3. 화투(花鬪)의 화염(花染), 다시 시묘살이를 하다

지하방에서 치는 화투가 의외로 세상의 꽃밭 구경을 능가하는 수도 있다.

---

5) 그레마스(Algirdas–Julien Greimas, 1917~1992)는 리투아니아계 프랑스의 언어학자이다. 그는 기호학파를 창시했고, 기호학의 행동자 모델, 서사 프로그램, 기호의 생성 모델, 기호 사각형 등의 개념을 처음 도입했다.

6) 김태환, 『문학의 질서』, 문학과지성사, 2007, 164~165쪽 참조.

동전 내기의 돈이나 짜장면 비빌 젓가락의 재는 폼이 걸려 있기 때문이다. 화창한 오월이란 화투(花鬪), 그러니까 전쟁의 발발로 보는 꽃밭 세상의 또 다른 이름이겠다. 여긴 돈보다도 더한 화력(花力, 火力)의 과시로 세상 환심을 걸고 싸우게 마련이다. 쳐다보니, 큰 덩치와 뾰족한 가시로 위협하는 찔레꽃과 아카시아꽃이 우람하게 버티고 있다. 담장 위의 넝쿨장미도 철조망처럼 진지를 구축하고 있으니, 그 경계란 날로 삼엄해짐을 알 수 있겠다.

오월은, 방석 위에 펼친 화투장의 꽃들처럼 화려하지만, 바깥은 이 꽃들끼리 다투는 질투의 기(氣)들이 또한 멍멍하고 쟁쟁하게 펼쳐진다.

찔레며 아카시아 덩치로 위협하면
씀바귀 애기똥풀 드러누워 대거리한다
담장은 장미네 진지
경계가 삼엄하다

영역을 넓히려고 빼앗기지 않으려고
드러낸 색깔마다 가지가지 명분을 달고
꽃마저 싸우는구나
오색 피를 흘리는구나

객기 저리 요란해도 바탕은 다 한통속
푸른 줄기에 피어 제각각 다투면서도
누렇게 같이 물들어
화해할 날 기다린다

— 김선호, 「오월 화투」 전문

오월 꽃들은 저마다 "영역을 넓히려" 한다. 또는 그 영역을 상대에게 "빼앗기지 않으려" 으르렁거리듯 공격적일 때도 있다. 그러기에 노랑 빨강 파랑 등의 화염(火焰, 花染)을 다투어 퍼붓는다. 숨 막힐 듯한 이 진중(陣中)인데 그 복판이 오월이렷다. 화려한 연막탄을 준비하는 꽃들은 곧 터지려 죽음을 사로잡을 생폭탄이나 진배없다. 그들은 "오색 피를 흘리며" 영토와 시야를 확대하고자 '우-러 전쟁'처럼 야단들이다. 하지만 저들의 "객기"와 전진이 아무리 "요란해도" 곧 가을은 올 것이다. 하면, "누렇게" 물들인 듯한 빛깔을 신호 삼아 퇴각하게 될 듯하다. 그러니 서두르지 않으면 곧 후회할 일, 서리와 비바람에 무차별로 내몰리기 때문이다. 해서, 이들은 결국 함께 "화해할 날"을 기다리게도 된다.

이제 화투판은 해거름의 파장이다. 저녁 지으러 갈 시간이기 때문이다. '옜다 몰라' 하며 누군가 넓적한 손바닥으로 뒤섞어버리듯 그런 '화해'를 덮으려 몸을 일으킨다. 그렇다. 시들어가는 화투 꽃이란 군용담요 위 갈퀴손에 잡힌, 그 비 오는 날 '패 띠기'의 마지막 남은 한 장과도 같다. 떨어지는 '낙화'로, 누런 항복처럼 드러누운 고지에 쓸쓸히 내려치는 그 한 장만 남게 된다. 그러나 다음 '해'라는 미련은 깃대에 또 귀착하게 될 것이다. 순리는 화염의 폭탄보다 더 자명하다. 오월은 손톱 끝으로 쪼일 화투장의 광빨처럼 찬란하지만, 질 때는, '아는 이일수록 새삼 지혜로워지듯' 다들 "대거리"하기를 그만두고 '섞어버리기' 마련이다. 그렇듯 사실 젊음도 곧 이 섞어져버릴 늙음의 전조(前兆)이겠다. 그래, 이 시조는, 화려함[花鬪]은 곧 퇴색해[變化] 누런색으로 몰리게 되는[逃亡] 그 이법과 섭리를 일깨운다. 나아가 화투의 중의적 해석을 묶어 알레고리화 해 보인다. 겉은 아름답지만 속엔 생의 쟁투를 숨겨둔 그 아락바락 살아가는 다툼을 풍자한바, 사물의 '깊이 보기'를 실현한 작품일 수 있다.

삼 년이면 될까 했다 당신을 받드는 일
들고나며 여쭈어도 묵묵부답 무심에도

자처한 일이었기에 얼굴 붉히지 않았다
먼먼 전생 어디쯤서 당신을 놓았을까
외사랑 짝사랑에도 식지 않은 마음 있어
천형을 천행이라 읽네,
삼십 년이 된다 해도

— 김종연, 「詩묘살이」 전문

시의 존엄성을 인정하는 일 중의 하나가 시를 '생명화' 해 보는 일이다. 필자는 오래전부터 한 편의 서툰 시도 '존엄한 생명체' 라 인식하고 있었다. 이를 시 창작론 시간과 평론서에 역설한 바도 여러 번이었다. 사람의 격을 '인격' 이라 하고 그 품격을 '인품' 이라는 전제한다면, 시에게도 그 생명성은 있어 '시격(詩格)' 과 '시품(詩品)' 을 부여하는 건 당연하다.

이 시조의 화자는 시 쓰고 "받드는 일" 이 사실 한 3년이면 되지 않을까 싶다 여긴다. 하지만 그 지레짐작이 창작의 현실에서는 통하지 않음을 고백해 마지않는다. 시묘(侍墓)처럼 시묘(詩墓)에 "들고나며" 문안 인사를 겸하여 그 방법을 "여쭈어도" 시(詩)에 대한 시중(侍中)을 "묵묵부답" 으로 무심히 내쳐낼 뿐이었다. 화자는 그가 스스로 머릴 깎고 입산하듯 "자처한 일" 이어서 도저 물러설 수 없음을 말한다. 하지만 정작 시에게 "얼굴 붉히" 며 대들지는 못한다. 그는 제 "전생 어디쯤서 당신을 놓았을까" 하고 반성하고 있지만, 자신이 도무지 시답지가 않다. 당신(시)을 향한 오직 "식지 않은 마음" 은 그 미련의 꼬리에 질기게도 끌려다닌다. "천형(天刑)" 으로 알고 있을 시를, 그는 천만다행 즉 "천행(天幸)" 으로까지 여긴다. '시묘살이' 는 원래 부모의 무덤 곁에 움막을 짓고 조석으로 문안드리는 바를 일컫는 말이지만, 화자는 그 지성(至誠)을 시 쓰기 수련에 연역적 비유를 빌려 연결해 들려준다.

시 교실에선 창작에 대한 '메타시' 가 더러 소개되고 있는데, 이 시조도 그런 이유를 내포해 호소력을 높인 작품이겠다.

4. 풀멍, 또는 단심의 쑥대머리멍을 때리다

이제 '불멍'은 사라지고 대신 '풀멍'이 있다.

'불멍'은 모닥불이나 아궁이에 타는 솔가지 불을 보며 '멍 때리는 순간'이다. 예컨대 하청호 시인의 「불멍」[7]이 있는 바, 새벽 어머니가 식구들을 위한 아궁이 앞 잠깐 '불멍 때리는 순간'을 포착한 시가 그것이다. 오늘날은 가스불이나 인덕션 화력에 내주어 '불멍'을 때릴 만한 기회는 매우 적다. 한데, 화자는 "풀멍"을 말하고자 한다. 즉 아무 생각 없이 앞산의 풀숲을 바라보며 그로 인해 그만 숲과 풀로 동화되는 일을 두고 이른 것이다. 베란다에 내다보는 풀숲, 어느새 자신이 그 풀숲에 있다고 착각하게 되는 일이 있다. 그게 숲멍이자 '풀멍'쯤일 것이다. 좋은 일일지 모르나 내게는 산에 올라 숲과 풀을 바라보며 몰래 잡념을 털어내다 돌아오는 그 숲멍, '풀멍' 시간이 늘고 있다.

> 일터에선 모니터만 전철에선 폰만 보는
> 숨 가삐 걸어온 길 때로는 힘에 겨워
> 퇴근 후 베란다에 앉아
> 빈칸 하나 만든다
>
> 가지치기한 자리에 어린 순도 올라온 날
> 모닥불 불멍 하듯 너로 인해 숲이 된다
> 벽들이 서 있다 지워진다

---

7) "아궁이에 타는 불을 보고 있으면/아무 생각이 없다/그냥 불타는 것을 멍하니 본다/시쳇말로 멍 때리는 것이다//이제야 알겠다/지난날, 어머니는 걱정스러운 일이 있으면/슬그머니 일어나 부엌에 불을 지피는 것을/매운 연기에 눈물을 흘리면서도/그냥 그렇게 있는 것을//오늘 불타는 아궁이 앞에 있다/어머니가 슬그머니 내 곁에 앉는다/애비야, 힘들지!/환청인가, 탁탁 불꽃 튀는 소리"(시집 『그대는 눈꽃 앞에서 그냥 아름다우시면 됩니다』, 답게, 2021).

흩어지고 굴러가며

— 우아지, 「풀멍의 시간」 전문

우리는 늘 각박한 일상에 내몰리며 산다. 근무처에선 "모니터" 속으로 빠져들어 '모니터멍'이 되고, 퇴근길 "전철에선 폰" 속으로 빠져들어 '폰멍'을 때리며 반가사유상이 다 된다. 이런 일상을 치유하고자 하여, 화자는 "퇴근 후 베란다" 의자에 앉을 "빈칸 하나"를 만든다. 지친 심신의 쉼터이겠다. 숲멍, "풀멍"을 때리며 바라보니 "가지치기한 자리에 어린 순이 올라오"는 게 보인다. 그는 "모닥불 불멍 하듯" 그 숲의 풀에 빠져든다. 자신은 그만 "숲"이 되어 좋다. 그러면 어느결에 너와 나의 "벽들"이 사라지고 세상은 저마다 "흩어"져 멀리 "굴러가"버린다. 아니 구르는 자체마저도 느낄 수가 없다. 그가 풀숲에 시선을 묻는 이 "풀멍"은 치유의 시간이겠다. 매일 업무 폭주를 피해 진정한 자아, 아니 때로는 그 자아까지도 무섭게 침잠해버리게 하는 시간이다. 화자는 이를 포착해 "풀멍"이라는 새로운 '멍'으로 의미 부여를 함으로써 생명성의 전이를 구현한다.

적막만 흐르는데 앉은 자리가 너무 차다
옥문이 열리는 듯 연방 뜨는 그림자가
화안히 되비치면서 재를 넘다 돌아본다

쑥풀이 바람을 만나 헝클어진 머리카락
헝컬지다 다시 앉은 그리움의 한올 한올
쓰디쓴 생쑥 기운을 타고 서리 서리 내린다

토하는 목청 가락 방울 방울 떨어진다
청산을 휘감고 도는 임방울의 목멘 소리
봄 꽃잎 심장을 뚫고 번쩍이다 꺾인다

— 이처기, 「쑥대머리」 전문

〈쑥대머리〉는 판소리 〈춘향가〉 중 가장 극적이면서도 구슬픈 대목이다. 신관 사또의 수청을 거부한 춘향이는 갖은 문초 끝에, 옥에 갇혀 '큰칼 형(刑)'을 받는다. 시조는 "쑥대머리"와 같이 엉클어진 춘향의 머리 형국과 그 내역에 대해 노래한다. 칼바람을 맞은 거친 쑥대처럼, 춘향의 삼단 머리는 "헝클어"졌고 백옥 같은 얼굴은 이지러져 초췌하지만 이 도령을 향한 종부(從夫)의 단심(丹心)은 변하질 않는다. "쓰디쓴 생쑥 기운"으로 그녀는 님에 대한 사랑을 "서리 서리" 내려 엮는다. 임방울은 이 〈쑥대머리〉를 불러 유명세를 얻고 명창이 된 바 있다. 그가 "토하는 목청"은 춘향이의 마음에 "방울 방울 떨어져" 불꽃같이 타올라 "심장을 뚫"듯 창을 지른다. "방울 방울"이 상징하듯, 임방울의 춘향에 대한 절절한 애착을 명창의 이름과 의태어에 실어 기표화함으로써 표의의 다의성을 확대해도 보인다. 춘향이 얼굴로 엉겨 붙은 '쑥대머리'지만 그 머리칼마다 님에 대한 "그리움"이 "한 올 한 올" 다시 살아나기도 한다. 생쑥의 기운으로 쓰러진 지조를 복구하며, "서리 서리" 서리를 내리게 하는 그 재구력 또한 남다르다. 〈쑥대머리〉에 화자의 미학을 보태어 감각의 틀로 재구(再構)해낸 바 "봄 꽃잎 심장"을 뚫는 소리마당의 시조이다. 해서, '쑥대머리멍'을 때리게도 한다.

5. 시조, 체험의 오디세이가 깃들다

체험의 출발점은, 시작부터 현실적 복판으로 진입해가기 마련이다. 다음 작품 「내일」과 「울컥하는 봄날」은 이런 시인의 체험을 다룬다. 하지만 상반된 위치에서 바라보는 바가 각기 다르다는 게 구별점이겠다. 시조 「내일」은 무관심에 대한 문제적 시점의 체험이고, 「울컥하는 봄날」은 관심과 애정에 대한 적극적인 체험이다. 종장에서도 두 작품은 반대의 길을 걷는다. "내일은 잊혀지고 말 내 이웃이 떠났다"는 건 가까운 이웃이지만 내일이면 망각할 무관심의 심사, 결국 비극적 성정(性情)을 드러내는 것이다. 반면, 「울컥 하는 봄날」은 "먹먹한 사월이 울컥 하늘창을 흐렸다"와 "만개한 도화를 따서 아내 머리에 꽂는다", 그리고 "사는 게 이런 건가요/봄날이 울컥한다"와 같이 시의 기표는 "울컥"이지만 실은 행복감에서 빚어낸 '울컥'쯤이다.

먼저 이태순의 문제작 「내일」을 읽어본다.

> 청소업체가 알려주기 전까지는 몰랐다
> 문이란 문 틀어막고 벽을 치고 살았다는
> 그 집을 다 치우는 데 사흘이나 걸렸다
> 세상 밖으로 나온 아이들 장난감이
> 쓰레기와 뒤엉켜 청소차에 실렸다
> 내일은 잊혀지고 말 내 이웃이 떠났다
>
> — 이태순, 「내일」 전문

시조의 제목이 '이웃'이 아니어서 다행이다. 갑남을녀 시인들 제목처럼 '이웃'이었다면 읽는 효과는 더 반감되었을 것이다. 화자는 밀폐된 집에서 수년 동안 산 "이웃"이다. 그러나 그 사람에게 한번도 관심을 가져본 바 없다. 이런 일은 주변에서 늘 보아온, 또는 있어온 일이다. 시조의 문장 중 명사는, '청소업체, 문, 벽, 집, 세상 밖, 장난감, 쓰레기, 내일, 이웃' 등 표면적으로는 다르지만, 그 저변은 의미론적 공통점이 있다. 이는 버려지는 존재들을 함의하고 있기 때문이다. 시조의 종장에서 "내일은 잊혀지고 말 내 이웃이 떠났다"라는 구절은 우리 현 사회를 한 컷으로 축약해 보인다. "문이란 문 틀어막고 벽을 치고" 산 그 집에 대해 어떠한 관심도 기울일 참은 없었다. 짐을 치우는 데 사흘이나 걸렸지만, 정작 가까이 산 화자는 전혀 아는 바가 없다. 이처럼 현대사회가 안고 있는 익명성과 이웃에 대한 무관심이 빚어낸 세태화, 그 타자적 모습을 화자는 냉담하게 전언한다. 우리의 "내일"은 이처럼 부재 만성증을 앓고 있다. 우리에겐 '내일은 없다'란 말이 있으나 사람들은 대체로 그 '내일'을 말하지 않는다. 그건 나와는 관계없는, 희미하게 떠 있는 막연한 시간일 뿐이다. 시조는 부재의 이웃, 관심 밖의 이웃, 잊혀질 이웃, 그래 쓰레기의 이웃……, 그 충격에 대해 갖는 태도를 말하려는 게 아니다. 부재 자체를 수면에 종이배처럼 띄우는 역할에 충실할 뿐이다. 안타깝게도 "내일"이라는 버려질 이 "쓰레기"는 사실 우리의 자화상이다. 이 시조가 가독 효과를 높였다는 사실보다는, 인간의 소외를 사실대로 지적하여 충격을 준다는 점에서 문제작으로서의 주목하는 바가 더 크다 하겠다.

퇴직을 준비하며 황무지 밭을 샀다
밭을 성토하고 6m 컨테이너를 놓고
신비한 복숭아나무 35그루를 심었다

실버들 가지에서 새싹이 돋아나고
꽃잎이 바람을 업고 춤을 추었다
먹먹한 사월이 울컥 하늘창을 흐렸다

이제는 꽃도 잎도 진 저물녘 노을인데
어디서 온 손이기에 날 기쁘게 하는가
만개한 도화를 따서 아내 머리에 꽂는다

도화가 웃는다 아내가 웃는다
나도 따라 웃는다 온누리가 꽃잔치다
사는 게 이런 건가요
봄날이 울컥한다

— 정진호, 「울컥하는 봄날」 전문

계획에 의한 체험은 때로 값진 소산을 얻기도 한다. 농사도 그중에 하나일 듯하다. 화자는 퇴직 후의 준비로 황무지 밭을 구입한다. 해서, 땅힘을 보(補)하는 성토를 하고, 농막(農幕)으로 사용할 "컨테이너"를 설치한다. 밭엔 "신비"라는 종(種)의 복숭아나무를 심는다. 이듬해 봄이 되자 나무는 "실버들 가지"를 뻗고 새싹을 피운다. 거기 앙증스럽게 달린 꽃이 "바람을 업고 춤을 추"고 있다. 이때 "먹먹한 사월"이 "하늘창"을 단 화자의 눈에 흐려지고 단말마 생이 "울컥" 끼쳐 들게 된다. 지금까지 고생한 게 시적 감정인 "울컥"에 집약된 것이다. 나무마다 만개한 도화(桃花) 중 한 송이를 따 "아내머리에 꽂"아준다. 그래, "도화"가, "아내"가, 그리고 "나"가 따라 웃는다. 그럼으로써 사는 맛을 느끼는 그 "꽃잔치"가 벌어진다. 어쩌면 삶의 절정이란 이런 봄날의 기쁨과도 같을 것이다. 해서 또 "울컥" 젖는다. 화자가 노동 끝에 오는 봄날을 "울컥"의 감정으로 기표화해 보이는 것은 언뜻 쉬운 듯해 보인다. 그러나 각 단계를 거쳐 일어나는 이 "울컥"이란 말은 오래 연습한 '비약'의 한 구름판 지점일 법하다. 하면, 먼 높이뛰기대의 가로대를 순간에 넘는 선수 우상혁의 도약처럼 그 짜릿함을 이 시조에서도 읽는다.

6. 결구가 정가, 열리지 않은 시집은 화려하다

자신의 체험을 시조에 어떻게 구현할 것인가. 그 방법엔 어떤 틀이 있지는 않다. 다만 선 체험 후 정서를 문학적으로 승화시키는 명료한 결구(結句)가 중요할 뿐이다. 결구는 시조의 바코드와 같다. 그러니까 가격 표시 그쯤이겠다. 계산대엔 품질에 만족하고 가격대도 좋은 상품의 시조가 이를 선택한 독자, 그러니까 그의 지갑 속 신용카드를 기다리며 리더기가 '삑' 읽는다. 시나 시조 창작법 중에 하는 말이, '제목도 시', '결구가 정가', '열리지 않은 지갑'이라는 말이 있다. 이는 중요도 순으로 배치한 명제들이다.

과거 1990년대 시인들은 예쁜 걸 좋아하는 독자를 위해 아름답고 사랑스러운 긴 제목을 선호했다. 한데, 2000년대부터 사유가 들어간 상징적 제목을 부여하기 시작했다. 이제, 2020년대 이후의 지금은 주로 내용의 풍자적 전환을 시도하는 제목을 따르는 게 많고, 아울러 시인만의 조어(lingustic fun)도 많다. 그러니까 내용과는 좀 거리가 있는 제목, 그래서 내용과 제목 사이를 잠깐 유추, 풍자할 여유를 두자는 계산이 대세인 듯하다.

예컨대, 식자재 마트에서 상품을 고르다 지금 적절치 않으면 다시 매대에 갖다놓는다. 아니면, 한 번 사용했다가 좋지 않은 경험이 있으면, 다음 날 마트에 가선 그 상품 앞을 힐끗 지나치게 된다. 그때 맘속에 일어나는 기피, 그 상품에선 이른바 계속 '열리지 않은 지갑'이 되는 것이다. 문단에도 이런 '지갑'처럼 '열리지 않은 시집'들이 많다. 이들은 대체로 표지가 화려하다는 공통점에, 오탈자가 많다는 점, 그리고 시집 속에 웬 조잡한 그림이 많다는 점, 나아가 종이가 너무 고급일 경우도, 허!

편견은 금물이라지만 사람인 이상 그 감정은 사라지지 않는다. 어찌해야 할 것인가. 나 같은 독자를 치유할 강좌가 있다면 후딱 등록하고도 싶다. 시를 읽다 그 증후군에 노출되면 난 바로 CGV에 예매하고 서둘러 보러 간다.

미아 한센 러브 감독의 〈베르히만 아일랜드(*Bergman Island*)〉(2021년 개봉)도 그런 이유로 본 영화이다. 전개 방식은 극중의 극, 그러니까 곧 액자식이다. 여주인공 크리스가 남편 토니에게 자신이 구상한 시나리오를 들려주는 방식인데, 그게 영화 속의 영화 이야기로 다른 영화 한 편이다. 결국 영화 세 편을 한번에 보는 셈이다. 그 속의 주인공은 에이미(바시코브스카 역)와 조셉(다니엘슨 리 역)이다. 크리스와 토니는 겉으로는 좋아 보이지만 사실은 둘 사이에는 '틈'이 있다. 크리스는 토니에게 말할 때마다 자기가 구상하고 있는 시나리오 속 주인공인 에이미와 조셉을 통해 남편과의 '틈'을 그 이야기에 집어넣는다. 이야기 속엔 복선과 위기가 분배되어 관객의 추리를 유도하기도 한다. 하지만 그걸 따돌리거나 따먹는 재미도 꾸러미 속에 든 스토리에 달아두었다. 참, '스크린멍 때리기'를 하다 나온다. 과연 극작가 겸 감독이란 부부다운 구성력일 법하다.

영화를 통해 시사받은 바는, 문학작품에 체험이 '틈입'되면 '작품화'가 되지만, 시조나 시나리오 작품에 저절로 들어가 이미 '틈입'한 체험이 공개로 드러나는 건 '체험화'란 사실이다. 하면, 전자는 교육적이지만 후자는 더 창작적, 동기적이라 할 수 있다. 후자를 통해 창작력을 얻을 수 있다는 게 이 영화를 보고 깨달은 점이다. 유의할 일이 있다. 시인은 체험의 틈입을 시도하여 '작품화'하긴 쉽다. 그러나 '저절로 틈입한 체험'을 시인이 공개하려는 순간에 그건 이미 '작품화'라는 가면 속에 숨고 마는 것이다. 체험을 저절로 틈입시키려면 작품과 체험이 한 몸에 붙은 피돌기가 되어야 하지 않을까.

특히 요즘같이 시집이 넘치지만 따분하기만 한 문학판에, 시조와 체험을 한 몸에 붙이고 멍 때리기를 하는 게 뭐 기피의 한 문법일 듯한데, 발설하고 보니 참 욕먹을 짓이겠다.

(『나래시조』, 2022 가을호)

인문학적 시, 그 '말'과의 쟁투, 황야의 독자

가장 고독한 시인이여, 소외당한 이여, 사람들은 당신의 명성에 어떻게 대했던가요. 당신을 적대시한 게 얼마이었던가요. 그들은 당신을 친구인 척 사귑니다. 당신의 말을 망상의 철장에 끌어넣고 자극합니다. 그리고 안전하다 생각하고 맹수를 보여줍니다. 그 맹수는 내 안에서 뛰어나와 사막 위의 나를 공격합니다. 그제야 그들은 당신의 작품을 읽게 됩니다.

— 라이너 마리아 릴케, 『말테의 수기』 제1부 중간 재구성

1. 때때옷 입은 아이들처럼

지금이 첨단사회라는 사실은 AI를 들지 않더라도 시간 · 장소를 불문한 핸드폰이 그걸 증명해 보인다. 이런 시대에 굳이 고전적인, 아니 인문학적인 사유가 꼭 필요한가. 이 케케묵은 질문은 수많은 삶의 길바닥을 닦고도 남을 만큼 오래전부터 제기돼왔다. 그 답변 또한 닳아진 삽날에 달라붙어 아직 털리지 않은 흙처럼 남아 있다. 어떤 이는 인문학을 재론함에, 버럭 또 그 말이냐고 잡아떼버리듯 책을 덮어버리기도 할 것이다.

하지만 필자는 구태여 이 질문을 거부하고 있는, 그러니까 '무게가 없으면 위엄도 없는' 격의 헛 비만의 몸짓을 비집고 들어가본다. 그 필요성이란, 첫째 경제 · 경영 · 기술 · 교육 에 필요한 자양분으로서, 둘째 인간답게 살고자 하는 그 요구로서, 셋째 가진 자와 가난한 자 모두가 누릴 알 권리로서, 넷째 성취의 패배감과 우울감에 대한 극복의 메시지로서, 그것을 요구하는 건 하나의 필요선(必要善)이라 하겠다. 그 사례를 보자. 서울시가 2008

년부터 노숙 계층을 대상으로 연 바 있는 '희망의 인문학 과정'이 그 단초이다. 이 커리큘럼은 노숙자들에게 주로 노래와 시, 철학적 아포리즘을 해석해주는 방식이었다. 한데, 이들로부터 공감을 얻어내고 갈채를 받았던 의외의 사례가 있었다. 사실 그 프로그램은 기획할 땐 긴가민가하고 설마 하기도 했지만 결과는 놀라웠던 것이다. 강좌를 다시 듣고 싶다는 사람이 증가하고 노숙 생활을 정리한 사람도 꽤 많았다고 보고되었다. 나아가 정글 같은 자본주의 사회에 취업의 길을 놓친 젊은 실업자들에게 실낱같은 희망을 일으켜 재기하는 힘을 주기도 했다.

필자가 사는 광주에서는 수도권과는 달리 지하철이 매우 한산한 편이다. 그래, 남아도는 공간이 여러 곳이다. 어떤 역에는 시 낭송과 간단한 연주, 그리고 시화(詩畫)나 사진을 전시할 열린 공간이 마련되어 있다. 이곳에서는 낭송가와 문인들이 모여 '시민을 위한 낭송과 전시'를 수시로 연다. 말하자면 상설 공간인 셈이다. 또 각 지하철역 TV 모니터에는 문인들의 작품이 동영상으로 돌아가고 있다. 물론 보는 이와 듣는 이는 극소수이다. 이 일은 경제적으로만 따지면 사실 불필요한 일이다. 그러니까, 역으로 인문학적 도시가 아닐까 하고 안심한다. 공간이 빈 곳을 핑계 삼아 이런 시설이나마 지닌 게 다행이기 때문이다. 나아가 각 지자체의 평생학습관과 도서관, 그리고 대학 내의 성인 프로그램에도 '길 위의 인문학', '인문학적 수다', '인문학적 도시재생 사업', '인문학을 위한 창작교실', '인문학 기행', '생태 인문학', '인문학의 요리' 등 인문학이란 수식과 조건을 붙인 강좌가 '해 걸다 열린 대추이듯' 그리 많다. 이 다양한 강좌의 어깨엔 때때옷 입은 아이들처럼 그 의기양양함도 실려 있다.

인문학에 대한 논의란 인간의 존재, 역사, 정서의 탐구가 그 시발점이다. 객관적인 접근보다는 각자 관점의 차를 드러내는 그 역설적 토론이나 생뚱맞은 발상의 전환이 있어야 호응을 얻는다.

2. 문전옥답 잡초에 묻혀 있네

이제 깊게 들어가보자. 하면, 인문학이 곧 쓸쓸함에 함께한다는 걸 알 것이다. 그건 사람이 적게 모인 곳에서 생기는 사람만의 온기이자 또는 그 표의이기도 하겠다. 자신만의 서정적 웅얼거림과 신호가 쓸쓸함을 메우기 때문이다. 삶 가운데 의기소침해지는 일은 더러 있기 마련이다. 그럴 때 우린 산과 바다, 자연 속의 적요(寂寥)를 찾거나 여행을 떠난다. 여행은 한때 잃어버린 그 자아를 찾아가는 첩경이기 때문이다. 인문학적 도반이던 망향(望鄕)이나 사향(思鄕)에서 그 상실감에 채워질 '시와 글'을 기다리는바 의욕의 시간이기도 할 것이다.

다음 시조는 '옥수수'를 통해 빈집에서 화자의 감정을 의표화(意表化)하는데, 그럼으로써 '인문학적 시조'로 다가서게 만든다.

> 어린 날 객지 나가 키만 쑥 커서 온
> 못 올 곳 온 것처럼 마당 밖에 서 있는 이
> 아무도 몰라라 한다, 낯설은 빈집이다
>
> 옥수수 익었다며 쫓아오는 권속 있나
> 차라리 몸을 던진 날짐승 힘이 더 낫다
> 고향에 쌓이는 것은 훨훨 타는 껍질뿐
>
> — 제만자, 「옥수수」 전문

해남 출신의 가수 오기택(1939~2022)이 1966년에 부른 〈고향무정〉(김운하 작사, 서영은 작곡)에는 '지금은 어느 누가 살고 있는지 기름진 문전옥답 잡초에 묻혀 있네'라 하여, 오래전 집을 떠난 나그네가 고향을 찾아왔으나 반겨주는 이는 없고, 잡초만 무성한 마을에 대한 공허감을 끌어낸다.

시조에 보니, "어린 날 객지"를 떠돌다 귀향한 사람이 늘그막에 "낯설은 빈집"으로 수숫대마냥 쑥 들어선다. 그는 몰락해가는 집을 보자 망연히 서고 만다. 집은 무너지고 뜰은 황폐화되었다. 옛날 같으면 이웃 "권속"이나 친척들이 "옥수수 익었다며" 달려왔을 터인데 적요하기 그지없다. 주인 없는 삼밭엔 날짐승들이 쪼아 먹고 남긴, 불에 "훨훨 타"기 좋은 그 "껍질뿐"이다. 시조는 고향의 텅 빈 현장을 이렇게 리얼하게 끌어온다. 그는 "못 올 곳"을 "온 것처럼 마당 밖에 서 있는" 국외자와 같은 이방인으로 바뀐다. 이런 주인에 비한다면 "몸을 던"져 쪼아 먹는 "날짐승"이 오히려 고향 터에 가까이 사는 셈이다. 고향 상실을 상징해 보이듯, 시조 첫 수의 종장 "낯설은 빈집"과 둘째 수의 종장 "훨훨 타는 껍질"은 화자에게 교호적이고도 직대면적이다. '낯섦'에 대해 "훨훨 타는"이란 대비의 '수식어 구', 그리고 "빈집"과 "껍질"로 대비된 '의미어 구'는 병치되어 그 감정을 더 돋우기도 한다. "빈집"이기에 훨훨 날릴 수 있고, "껍질"이라 불은 더 빨리 탈 수가 있다. 이 "훨훨"과 "타는 껍질"로 변한 고향을 치환(置換)해 옴으로써 '상실의 심리'에 대한 화자가 '복수의 저의'를 드러내 보인다. 그것은 '객지, 못 올 곳, 마당 밖, 낯설은, 빈집, 쫓아오지 않은 권속, 껍질' 등으로 연결하여 타자적 어휘로 발화한다. 주인 없는 삼밭에 키만 무성한 '옥수수'의 겉 자람은 이 '상실'과 '복수'를 상징한다.

3. '턱밑에서 고(go)!' 하지 말라

'졸고 있는 집은 대문부터 존다'는 속담이 있다. 읽어보니 자는 이의 숨소리가 대문에 걸린 듯이 들려온다. 화자는 열려 있으되 잠에 빠진 사람이 우연히 비치는 그 문밖에 멈춘다. 그래 "낮잠" 자는 걸 자연스레 보게도 된다. 근심 없이 평화를 깨물은 그는 오수(午睡)를 즐기는 무렵인 듯하다. 화자는 여유로움이 작작한 그 양태를 잠깐 부러워하기도 한다. 남의 낮잠, 그에 끼어 자신도 잠깐 낙을 누리는 것이다.

밭일 다 나간 대청에 가로누운 한산 모시
늘어진 매미 소리
뱃살 위에 앉았다, 섰다,
쉬파리 서너 마리가 하회탈을 빚고 있다

— 윤평수, 「낮잠」 전문

한여름 평화의 정감은 이런 "낮잠"을 볼 때 더 가까이 다가온다. 사람들이 "밭일" 나간 사이 그 집 "대청"에는 시원히 "한산 모시"를 차려입은 사람이 "가로누"워 있다. 새근새근 그 호흡을 따라 "매미 소리"가 그의 "뱃살 위에 앉았다, 섰다" 한다는 감각적 대목이 한 점 유머화(畵)로 걸린 듯하다. 복부가 오르내리는 삼매경을 짝해 보인 것 외에도 볼만한 건 따로 있다. 자는 이 입술 옆으로 흘러내린 침에 "쉬파리 서너 마리"가 엉겨 붙은 장면이 그것이다. 파리 떼는, 이 화자에게 흡사 "하회탈을 빚고 있"는 양상으로 비쳐 진다. '낮잠'을 묘사하면서도 감각적으로 희화화(戱畫化)하여 범속한 유머 시조와는 어떤 차별화를 해 보인다.

주변의 풍광과 장면을 어떻게 시화(詩化)할 것인가. 시인에겐 깊은 고구(考究)가 요구되는 일이다. 한데, 어떤 시인들은 조급하게 직접화법이나 강조법을 쓰고 만다. 이 같은 '희화적 수법'을 빌려와 멀찍이서 객관화하는 건 쉽지 않을 터이다. 이른바 갑남을녀 격 시인들은 '턱밑에 고(go)하듯' 제재를 받아치는 그 '고스톱판'과 같은 시조를 내놓고 마는데, 이 작품은 이를 교정할 만한 단적인 사례로 보인다.

꽃잎이 되지 못한 꽃 같은 것이 질 때
함부로 꼬인 생이 노을 물에 풀릴 때
상식이 상식을 잊어 비빔밥을 탐하듯

짐승의 유전자가 근육을 부풀릴 때
새가 날아간 오후 다른 새 생각할 때
거룩한 슬픔까지는 잊어줘야 어울리듯

빛이 어둠을 품어 너를 알아본다면
얼어붙은 심장이 제멋대로 뛴다면
빈칸에 갇힌 기억들 애원의 날개 펼칠까

— 이명숙, 「절대 영점의 구석」 전문

이명숙 시조에서 인문학적인 주안점은, 부정의 논리를 통해 "절대 영점" 즉 근원적인 시학으로 회귀하거나 그런 노정을 잘 짚어낸다는 점이다. 시인의 이 같은 부정의식 논리는 인문학적 방식에의 한 정면 돌파로도 보인다. 그건 대상에의 근원적이고 근본적 접근인 어떤 공략이라 하겠다. 예컨대 "꽃잎이 되지 못한 꽃 같은 것이 질 때", "함부로 꼬인 생이 노을 물에 풀릴 때", "상식이 상식을 잊어 비빔밥을 탐하"는 등, 때와 경우를 열거해 상황을 간절하게 만들어놓는 이유에서이다. 나아가 "짐승의 유전자가 근육을 부풀릴 때" 즉 '힘의 원천', "새가 날아간" 이후에 "다른 새 생각할 때" 즉 '원 대상의 전환', 그리고 "거룩한 슬픔까지는 잊어줘야" 할 때 즉 '본래 시간의 이탈' 등으로 의식을 재구(再構)를 할 수 있다. 나아가 "빛이 어둠을 품어 너를 알아"보는 일은 '힘의 원천'이며, "얼어붙은 심장이 제멋대로" 뛰는 일은 '원 대상의 전환'일 법하다. 또 "빈칸에 갇힌 기억들이 애원의 날개 펼"치는 상황은 '본래 시간의 이탈'인바, 그 정서에 따라 "절대 영점"에 도달할 타전의 순간을 포착하는 것이다. 화자가 처한 상황의 내면 또는 그 이면에 감춘 부정의식은 때로 자의식의 혁명과 반란을 꿈꾸기도 한다. 그게 '낯설게 하기'로, 말하자면 역시 '턱밑 고(go)'를 거부한 바, 현대시조다운 창작적 기법으로 보인다.

4. 말의 시, 말의 교신을 위하여

다음 김진숙의 시조는 한마디로 '말의 시'이다. 말을 전달하는 건 '전언(傳言)'뿐만이 아니라, 전범(典範)이 될 만한 어구로서의 '전언(典言)'도 있다. 나아가 명언(名言)으로 인용하던 옛 전언(前言)을 역으로 들려주는 그 '전언(轉言)' 또한 등장한다. 그게 의미를 중첩하기도 하는 '겹 상징'을 꾀하여 말의 시를 이룬다.

'벽에도 말을 듣는 귀'가 있듯 시인의 교신은 생물이냐 무생물이냐를 가릴 게 없다. 그때야말로 진정한 소통과 나눔이 실현되기 때문이다.

> 모두가 시인이라서 시인이 따로 없다는
> 인디언의 문장처럼 오늘 나, 살고 싶어
> 밤이면 달빛을 찍어 첫 문장을 또 쓰네
>
> 가장 오래된 스승은 바위 속에 산다는 말
> 잘라낸 마음자리에 전사처럼 깨어나길
> 바위에 계란치기다, 그런 말도 잊었네
>
> — 김진숙, 「오늘의 결심」 전문

이 시조가 '말의 시'인 건, 예를 들어 "모두가 시인이라서 시인이 따로 없다"라는 인디언 문장의 전언(典言)이 있고, "오늘 나, 살고 싶어"라고 발화하는 화답식(和答式) 화자의 전언(傳言)도 있고, "가장 오래된 스승은 바위 속에 산다"는 옛말을 가져와 전언(前言)한 바를 유목화(類目化)하여 소개하기도 하기 때문이다. 한편 화자는 시조를 잘 쓰기 위해 오래된 스승을 만나고자 그 바위에 다가서게 된다. "바위에 계란치기"란 속담마저 잊고 있었지만 그 전언(前言)이 내게 전언(傳言)됨에 따라 "전사처럼 깨어나길" 희망하기도 한다. 완전한 시를 쓰는 일이란 사실 계란(예, 자기 식의 작은 시)으로 바위 치는 일(예, 큰 시단으로 나아가는 시)인지도 모른다. 그렇다 해도 그는 "잘라낸 마음자리"에 계속 쓰기를 시도한다. 그걸 오늘 새삼 "결심"하고 또 다짐을 한다. 이 말의 결기란 자신의 시업을 위해 무릇 인문학적 전언에 실려보고자 하는 그 애틋함이나 쓸쓸함일 것이다.

5. 통점의 사디즘적 황홀

내 읽어온 바 선안영의 시조는, 대상의 내부를 아프게 들춰내는 게 많다고 여겨진다. 이 시조 또한 "승선교"에 걸린 화자의 아픔과 고뇌가 버무려진 고통의 미학쯤이겠다. 선암사 입구에 자리한 '승선교'는 "활대"처럼 휜 아치형의 다리이다. 이 다리에 대한 화자의 관점이란 "불이 붙는" 듯한 아픈 "통점(痛點)"을 견디고 깨어지듯 건너가는 그 절뚝임과 황홀함에 시선이 교차되어 있다. 그게 다음, 또 다음으로 걸음을 당기는 "접속사"로 이어간 다리[却, 橋]이기 때문이다. 그렇듯 화자는 "깨어진 유리별을 밟"는 고통을 신호로 한 발 한 발 다리 위로 들어서는데, 어느새 그 아픔은 "무지개의 황홀", 즉 사디즘 같은 "승선"으로 변주되는 것이다.

> 장미 청첩 우거지던 아치는 시들었고
> 생계를 짊어졌던 발등도 무너져서
> 깨어진 유리별을 밟듯 불이 붙는 통점들
>
> 우거진 초침 아래 납작 납작 기가 죽어
> 다음의 접속사와 다음 날씨를 찾는
> 활대의 시위가 끊긴 휜 등뼈의 사람이
>
> 꽃대 같은 다리를, 무지개의 황홀을

승천과 승선 사이 절뚝이며 건너간다
명랑한, 다음이 부릉부릉 시동을 걸고 있을

— 선안영, 「선암사 승선교」 전문

다리가 상징하는 '저쪽과 이쪽'은 '고통과 황홀'로 교접되지만, 이어지는 게 서로 달라 '별리와 도반'인 셈이다. 이때 "승천과 승선 사이"에 나타난 '언어적 펀'은 감각적으로 보려는 화자의 주관적인 지점이기도 하다. 통점이 함께 동반된 '보행과 도약'은 어쩌면 같은 행위라 할 수 있다. 그건 '승천과 승선'처럼 극명하게 단계화된 '펀(fun)'의 설계처럼도 보인다. 그 '펀'의 집은 '꿀은 적어도 귀한 약과라 달 수밖에 없듯' 참 달달하게도 적용되었다. 둘째 수에 이르러 이 '펀'은 전진해 가길 멈추지 않는다. 즉 "우거진 초침 아래 납작 납작 기가 죽어" 있는, 그 "활대의 시위가 끊긴" 위로 "흰 등뼈의 사람이" 건너가는 과정이 힘들게 나타나는 것이다. 이는 독자를 서늘하게까지 한다. 그리고 다음으로 건너가는 보폭을 위해 새로이 "시동을" 거는 극한에 가까운 화자의 노력이 읽는 이를 안타까움으로 물들게 한다. 이제 "흰 등뼈"는 마침내 종장의 행보에 이른다. 하지만 또 "다음" 보행을 위해 "부릉부릉" 재시동을 걸어야만 한다. 절뚝이는 다리[脚, 昇天]에서 황홀한 다리[橋, 昇仙]로 건너가는 시조는 깊이를 더해가지만, 실은 시인의 현실에 대한 극복과 미래에의 비상 사이를 좁혀가는 고통을 상징해 보인다.

언어미학은 시조미학의 본태(本態)이자 심태(深態)이다. 시조미학은 언어미학을 꿈꾸면서도 언어미학이 빚어낸 시조미학을 완성하게도 하는 힘이 된다. 선안영 시조의 칼끝이 벼려온 바 꿰뚫을 통점의 과녁, 그건 언어적 투사로 닳아져 온 맨손이 빚어내는 미적 완성도라 할 수 있다. 아니, 어쩌면 '승천'에서 '승선' 쪽으로 이동하는 그 맨발의 시학이라 할 수 있다.

그의 미학은 반죽 위로 올라온 도공의 손물레가 간구하는 인문학적 시조,

그런 사디즘적 짓이기기를 반복하듯 찰흙을 매만져 그릇을 만드는 과정의 한 오체투지이다. 그건 오랜 빙산을 다시 깎아 세울 염원의 그 '자기(瓷器) 빚기'의 희망은 아닐까.

6. 말과 침묵이 빚는 작은 희곡

비평가 브룩스(C. Brooks, 1906~1994)와 워런(R. Warren, 1905~1989)은 '시는 작은 희곡(poetry is little drama)'이라 한 바 있는데, 다음 시조는 이를 실증적으로 보여준다. 사실 필자는 '시가 작은 희곡'인 예를 여러 평문에서 인용한 바도 있었다.

> 밤낮 일일드라마에 빠져 있던 빈처(貧妻)가
> "우리도 재네처럼 말 좀 하고 사입시더"
> '침묵이 금이라 카데, 돈 돈 하는 여편네야'
>
> — 송태준, 「가화(家和)의 조건」 전문

'가화만사성(家和萬事成)'은 시골집 문설주 위 걸리던 그 편액(扁額)만은 아니다. 가난한 삶이었지만 어머니나 누이들은 그 글자를 수놓거나, 때로 한학을 익힌 조부가 명민한 붓글씨로 써서 걸거나, 아니면 오일장에서 아버지가 사다가 걸던 기성품 족자처럼 한 가정의 희망적 지표로 작용해왔다. 그러니까 이 사자성어는 우리의 '유토피아'라 할 만하다.

시조는 이 같은 전통의 '가화의 조건'이, 화자의 집에서는 "여편네"의 "돈 돈 하는" 타령에 있음을 비아냥거리는 화법으로 인용한다. 그러나 가화만사의 조건을 가장 현실적으로 발화하는 건 아내이다. 풍자하는 바 그녀는 "일일드라마에 빠져 있"는데, 거기 등장한 인물로부터 배운 불평을 빌려와 남편에게 대드는 말로 쓴다. 즉 "우리도 재네처럼 말 좀 하고 사입시더" 한다.

이걸 듣고 남편은 “침묵이 금이라 카데” 하고 되받는다. 두 사람의 팽팽한 가화의 조건이란, “말 좀 하고 사입시더”와 “침묵이 금이라 카데”이다. 이때 ‘말’과 ‘침묵’의 대비는 현실과 이론의 차이에서 빚어지는 맞섬이다. ‘장맛이 좋으면 장독 모양은 별것 아니다’란 말이 있다. 이 말을 적용하면 아내는 ‘장맛’을 남편은 ‘장독 모양’을 우선시하는 일이겠다. 그래 볼만한 희극감이자 ‘작은 희곡’인 셈이다. 아내는 돈(‘말’)에 남편은 침묵(‘금’)에 가화의 기준을 두고 있다.

부부싸움이란 바로 이 가화의 조건이 다르기 때문에 일어나는 경우이다. ‘가화만사성’은 부부나 가족의 공동선일 수 있다. 한데, 오늘날은 이런 이데올로기가 점차 사라져 간다. 송태준이 일깨워준 이 간략화된 연극적 삽화는 엇박자인 가화의 인상적 장면을 보는 재미가 있다. 그 쏠쏠함이 발화의 대리적 효과를 얻어온 셈인데, 이를 인문학적 재치로 보는 건 필자만의 생각은 아닐 것이다.

7. 인문학이 배태된 시조적 징험(徵驗)

인문학은 그 정신을 배태함으로써 효과와 열매가 커가는 교양학이다. 그건 주로 교육의 힘에 의존한다.

인문학 정신이란 첫째 품격을 잃지 않도록 깨우치는 성찰의 원동력이다. 조선시대 실학자 이익(李瀷)이 말한 바 ‘죽균송심(竹筠松心)’, 즉 대나무의 마디처럼 균일하고 소나무의 중심 나이테처럼 품격에 변동이 없어야 한다. 자신뿐만 아니라 타자에 대한 관심과 배려가 그 역할의 중심이어야 함을 말한 것이다. 둘째는 맹자가 일갈한 ‘역지개연(易地皆然)’이다. 즉 나와 모든 존재의 위치를 바꾸어볼 위치, 그러니까 평등과 호혜를 실천할 것을 강조한다. 셋째는 인문학은 생명 있는 모든 것에 다가가게 하여 감동 · 감화를 주는바의 그 예술을 깨닫게 하는 일이다. 예컨대 최치원(崔致遠)은 '접화군생(接化群生)'의 정신, 즉 사물에 대한 접근에서 인문학적 생명 의식을 구현한다고 보아 만사에 생태주의를 표방한 바와도 같다. 넷째는 개인적 체험과 인격 수양을 통해 점진적으로 사회적 의미를 확대해가는 일이다. 이는 인격의 고양을 통해 인문학 정신에 접근해감을 말하는 것이다. 신숙주(申叔舟, 1417~1475)가 언급한 바, 곧 '체험(體驗)-경험(經驗)-징험(徵驗)'의 과정이 그것이다. 체험과 경험을 바탕으로 한 징험, 즉 체험과 경험으로부터 얻은 징후들을 가지고 글로 현시하는 징험이 그것인데 이때는 이런 순차가 적용된다는 것이다. 만일 '체험'만으로 글을 쓴다면 다년간 누적된 '경험'은 사라지기 쉽다. '엉성한 조리에 옻칠하듯' 그 장식은 어색하고 또 볼품도 없게 된다. 그뿐만 아니라 글의 최후라 할 '징험'에 이르지도 못한다. '경험'을 무시하면 '징험'으로의 완성은 포기해야만 한다. 그런다면 그의 글은 곧 사상누각이 되고 마는 것이다.

8. '황야의 무법자'[1]를 대신한 황야의 게젓 장사

글머리에 릴케(Rainer Maria Rilke, 1875~1926)의 『말테의 수기』 제1부 중간[2] 구절을 압축해 제시했다. 시인이 '말[馬]' 즉 '말[言語]'을 자신의 망상의 철장에 끌어넣고 채찍질(즉 '말'에 대한 가혹한 훈련)을 하면 결국 그 '말'은 맹수와 싸우기 위해 철망을 탈출하게 됨을 예로 들고 있다. 기어이 탈출한 그 '말'

---

1) 〈황야의 무법자(*A Fistful of Dollars*)〉(1964)는 이탈리아 세르조 레오네 감독의 스파게티 웨스턴 영화물이다. 클린트 이스트우드, 지안 마리아 볼론테, 마리안느 코흐, 울프강 럭치, 사이어트 럽 등이 출연했고 주요 장면은 스페인에서 촬영했다.

2) 라이너 마리아 릴케, 『말테의 수기』(세계문학전집42), 문현미 역, 민음사, 2006, 92~93쪽 참조.

은 허허 사막벌판에 있는 나를 공격해온다. 시인과 맹수(말)가 공격을 하듯 서로 사납게 맞서야 사람들은 비로소 화난 말을 다루게 된 시인의 방어나 공격의 시를 읽게 되는 것이다.

결국 갇힌 '말'이 아닌 밖으로 뛰어나오게 하는 '말', 그러니까 시인과 시 사이가 투우장처럼 쟁투적으로 되어야 흥미 있게 읽힌다는 논리는 시로 향한 발상의 전환책을 촉구하는 그 '말(언어)'이다. 1910년대 릴케는 이 같은 시 쓰기를 획기적인 상징으로 기술해 시인과 독자의 관심을 산 바 있다.

시의 언어란 망상의 철장에 갇히면 자유를 잃는 법이다. 그래서 그 철장의 체재를 부수고 나온, 아니 파괴하고 뛰어나오게 한, 그 '말'이나 '언어'만이 시를 구원한다. '말(言, 馬)'에게 무수한 채찍을 가하는 건 밤낮을 바꾸는 수련, 즉 습작과도 같다. 이 고통의 수련이 지속되고 어떤 순간에 철창을 열면 성난 투우처럼 거센 힘으로 '말'은 공격적으로 변한다. 그가 살기 위해선, 뛰는 말의 힘을 빌려 이전과는 다른 전쟁을 벌여야 한다. 하지만 승리가 보장되는 법은 없다. 싸우다 미치다 또 미치다 싸우다 쓰러질 뿐이다. 그 쓰러진 자리에 과연 독자가 환호할 시가 세워질지는 더 미지수이다. 장렬한 전사만이 시를 태동시킬 것이다.

하면, 채찍은 여지없이 더 강해질 수밖에 없다. 이제 '말'과의 전쟁은 '독자'와의 쟁투를 지나 '시인'과의 피 터지는 싸움으로 바뀔 개연성이 많다. 말하자면 황야의 독자가 채찍권, 투쟁권, 발사권을 다 쥐고 있다. 먼지의 밥이 될 것인가, 승리의 마지막 탄알을 쏘고 말을 달릴 것인가. 이제 독자의 쌍권총 앞이다. 탕 탕! 그런데, 시인이 먼저 무릎을 꿇는다. 물론 그가 마차를 습격해 시를 납치하는 일은 이미 틀려먹었다. 하여, 몇 포기 풀이 덮인 공동묘지엔 시의 무덤 그리고 밀린 시인의 관이 벌써 포화상태이다.

아, 아우성이다. 시, 시가 우는 소리로 숨이 막힌다. 태, 태양마저 작열한다. 흐흐, 이 인문학적 웃음은 미친 소리로 변한다. 그러면 구원의 인문학이 또 필요해질까. 그러나 이 황야의 결투를 뒤집을 총잡이는 오지 않는다. '드루스 강물 뒤로 남기며 찌르르 딱, 찌르르 딱' 엔니오 모리코네가 지휘하는 방랑의 휘파람이 들린다. 이젠 상관없다. 모래와 바람과 땀이 얼굴을 초려 갈긴다. 독자는 무법자라는 알고리즘의 시를 남기고 유유히 떠나간다. '찌르르 쿵 찌르르 쿵 쿵', 무법자 앞에는 시가 찢기고 말발굽은 멀어진다. '황야의 무법자', 아, 그가 사라지자 구릉에 숨어 살아난 시인 몇이 기지갤 켠다.

하지만 석양의 황야는 끝이 없다. 갈 곳이 없다. 할 수 없다. 시인들은 '황야의 게젓 장사'로 판을 바꾼다.

(『나래시조』, 2022 겨울호)

제4부

한국 신진 시조시인 작품의 경향성에 대한 논의

1. 신진시인 선정의 의미

현대시조의 확장과 더불어 그 위상이 높아진 건 가람 이병기(李秉岐, 1891~1968)로부터이다. 1932년『동아일보』에 그가 발표한「시조는 혁신하자」[1]가 곧 그것이다. 한데, 왜 '시조를 혁신하자'가 아닌, '시조는'이라는 주격을 붙였을까. 이에 대해 지금껏 그 의의를 해설한 글을 필자는 보지 못했다. 심지어 어떤 연구가는 '는'을 '를'로 고쳐야 할 오기(誤記)라 제시하기도 한 바 있다. '시조문학사'를 언급할 때 평자들이 이 글을 많이 인용은 하지만, 사실 기본의 논의를 피해가고 있다는 느낌을 받는다. 그렇다면 '시조는 혁신하자'는 무엇일까. 그건 한마디로 시조 장르에 대한 우위(優位)를 강조한 철학관에서 나온 것이다. 즉 가람 스스로의 각오를 다지는 화두라 할 수 있다. 그러니까 다른 장르는 몰라도 '시조만큼은' 꼭 혁신하자는 그의 결

---

1) 이 평론은『동아일보』에 1932년 1월 23일부터 2월 4일까지 총 11회 연재되었다.

기가 들어있음에 연유한 말이겠다. 그 사유를 거듭 살펴간다면 뜻을 유추할 수 있을 것이다. 사실 1925년경부터 10년간의 한국문학은 '프로문학파'와 '민족문학파'가 그 중심부를 놓고 왈가왈부, 또는 좌지우지하던 시기였다. 민족문학파들이 시조 부흥을 꾀하기도 했으나 사실 이론의 수준이 프로문학파의 주장에 비해 열세였다. 그 결과 시조 존립의 문제가 일어나 큰 혼란에 휩싸이기도 했다. 이런 상황을 극복해보자는 의도로 씌어진 것이 가람의 이 평문이다. 당시의 '시조패망론'을 두고 초읽기를 하던 문단의 정세를 정면으로 돌파해간, 그러니까 가람의 패기가 곧 제목으로부터 전해지는 논설이다. 이 글에서 가람은 '시조는 정형이며 명료하고 평이한 대중문학, 그리고 신실한 사실문학(寫實文學)의 방향으로 나아갈 것'을 촉구하였다.[2] 평문의 제목과 내용을 보면, 왜 시조가 우리 문학의 중심이 되어야 하는가, 왜 시조만큼은 반드시 혁신되어야 하는가를 설파하고자 하는 의도가 뚜렷하게 담겨 있다. 해서, '한국시조문학사'에 최초로 장르 우위론을 제시한 글이라

---

2) 이 글에서 시조가 혁신되어야 할 점으로 6가지를 들고 있는 바, ① 실감실정(實感實情)의 표현, ② 취(取材)의 범위 확장, ③ 용어의 수삼(數三) 고수, ④ 격조(格調)의 변화, ⑤ 연작(連作) 권장, ⑥ 쓰는 법, 읽는 법 개발 등이다. 가람이 제시한 시조 혁신의 중심은 두 번째에 있다. 즉 "시조의 내용은 현대의 의식이 부족하다는 것이다. 이는 말은 쉽지만 이상(理想)과 같이 하기는 어렵다. 아닌 게 아니라 시조작가들 가운데에도 그렇게 시작(詩作)하는 이도 없는 건 아니다. 그러나 흔히 배척을 받게 되는 것은 다름이 아니라, 이 근래 시조운동이 점점 전개됨에 따라, 그 한편으로는 이러저러한 작품이 함부로 나오므로 말미암은 것이다. …아직도 시조를 유희나 오락으로 하여 지어내는 것이 있으며, 마치 옛날 사람들이 하듯이 이를 한 음풍농월(吟風弄月)로나 풍류운사(風流韻事)로 알고, 한시에서나 어느 고전에서 얻어들은 재료나 가지고 아무 실감도 없이 흥흥거리며 읊어내는 것도 있으며… 어떤 이는 시조를 고적도보(古蹟圖譜)와 같은 것으로 여기고 한 점 한 획이라도 빼놓을까 염려하며 정성스럽게 고시조만을 모방하여 그려내는 것도 있으며, 어떤 이는 시조나 좀 읽어보고는 다만 자기의 독단으로써 남보다 더 한층 초월하여 이상야릇하게 지어내는 것도 있으며, 겨우 시조자수나 말붙일 줄이나 짐작하고는 다시는 더할 나위없는 작가로 자처하고 자기도취로써 지어내는 것… 따위가 너무나 많다."(「시조는 혁신하자」 둘째 사항 발췌 및 인용)

할 수 있다. 새로운 시조의 철학적 소신을 필터링 삼아 시조답지 않은 군더더기를 제거하자는 게 이 논설의 핵심이라 본다.

이는 창작의 동인(動因)에 주력한, 그래 오늘의 '한국 신진시인의 시대'를 예견한 글일 법도 하다. 새삼 이 문제를 제기하는 것은, 바로 '시조는 혁신하자'는 각오, 그러니까 작품성으로 시조 장르의 위상을 높이자는 요청을 인식함에서이다. 작품성 제고가 곧 현대시조가 넘어야 할 고지임을, 가람은 이미 80여 년 전 위기 극복의 상징으로 설정한 것이다.

21세기를 살며, 시조를 신진시인이 제대로 창작하도록 하려면 가람이 역설한 장르 우위론이 더욱 필요한 시점이라 할 수 있겠다. 그래, 이런 시점에서, 필자는 시조의 국제화를 지향하는 마당에 서 있게 될 신진 시조시인(이하에서는 '신진시인'이라 칭함)들의 다양한 작품상(作品像)을 헤아려보고자 한다. 즉 그들이 쓴 작품의 지향이 각각 무엇인지, 그리고 어떻게 그걸 전개하는지에 대해 살펴보고자 한다. 물론 이 글의 출발적 담론 자체가 피상적인 방향이자 임의식 진술일 수밖에는 없을 것이다. 하지만 신진시인들의 경향과 양상이 후일 시조문학사 기술에 작은 도움이 되리란 기대를 가지며 미력한 필력에 시동을 걸어본다.

1) 취지와 의미

이 기획의 취지에서 밝힌 대로, 가람 이후 한국 시조문단은 외형이 확대되었을 뿐만 아니라, 내부로 향한 질적 면모 또한 크게 향상되기도 한다. 이는 시조단을 이끌어온 선배시인들의 고군분투가 이루어낸 토대라 본다. 예컨대 '한국시조시인협회', '오늘의시조회의', '한국문인협회' 시조분과, '한국작가회의' 시조분과 등의 단체, 또 『시조문학』『한국시조』『시조시학』『열린시조』『정형시학』『좋은시조』『나래시조』『시조21』 등의 시조 잡지가 이의 버팀목 구실을 해온 것으로 보인다. 이와 같은 단체와 지면들이 꾸준히 확장하고 기도(企圖)한 결과, 역량 있는 신인들이 발굴 · 소개되어 시조 동력을 키우고 오늘의 시조의 밭을 기름지게 해왔다.

하지만 21세기 시조 문단에 나온 신진시인들이 어떤 생각과 관점을 보이는지에 대해선 그동안 기성 시조단이 좀 등한시했다는 느낌이 든다. 이는, 현 시조단이 그만큼 아류(亞流)나 고착화된 범주에 멈춰 있지 않은지 반성도 하게 한다. 아니면 평론가들의 직무유기일 듯도 싶다. 물론 신진시인들을 살피는 게 시기상조라는 걸 인정할 수도 있겠지만, 계속 유보할 수는 없지 않은가. 하냥 기다리는 동안, 논의도 못 한 채 시간은 마냥 흘러가버리기 때문이다.

신진시인들의 이 면모에 대하여 필자도 예외 없이 피동의 입장이었다. 그런데, 이 작업을 출발시킨 건 '광주전남시조시인협회'이었고, 그 기획에 힘입은 바 크다고 생각한다.

이 글은 '한국 신진시조시인 20인선'을 의도한 기획에 맞춰 현대의 '시조단'이란 '웨딩홀'에 '입장(入場)'한 신랑 · 신부와도 같다. 그래, 시인들에게서 풍기는 작품 맛에 대한 인상적인 기록이기도 하다. 아무튼 그 경향성에의 '입장(立場)'을 정리해보려는 게 이 글의 '입장(入丈)'이다. 여기에서 논의할 시인의 범주는 '현대 한국 신진시인'이란 명칭이 안고 있듯 등단 5년 이내 시인들을 대상으로 삼았다. 신진시인의 관심사는 이 시대의 문제들과 연대 · 소통하는 바, 또는 기성시인들과의 차별화되는 바 등을 고려하여 작품의 양상들에 렌즈를 대는 형식이지만 정확하지는 못할 것이다. 그 한계가 많기 때문이다. 우선 필자의 필력(筆力)과 지구력(持久力)이 미흡하다는 점, 그리고 발표지면, 횟수 등 문학적 환경이 원활하지 않다는 점, 신진시인마다 그 양상이 다르다는 점 등이 그렇다. 또 선정하는 신진시인에 따라 평자의 입장이 다르게 진술될 수 있는 임의성도 배제할 수 없겠다. 그런 여지에선 불완전한 논의가 될 수밖에 없을 것이다. 그걸 사전 포석 삼아 변명으로 돌려도 본다. 해서, 글의 전개란 포괄적인 기술이 될 수밖에 없을 듯하다. 즉 개별 작품의 면면을 구체적으로 분석하는 게 아닌, 정서와 표현의 어떤 경향성만을 개략적으로 진술한다는 뜻이겠다.

2) 경위와 결과

작업의 기획은 먼저 중진시인 12명에게 등단 5년 미만의 신진시인 중 작품성이 가장 뛰어나고 발표 횟수가 많다고 여기는 시인을 각자 3인씩 추천해줄 것을 요구하는 일로부터 시작하였다. 그러자 9명의 중진시인으로부터 응답이 왔다. 여기 중진시인 12명을 선정한 것은 중복해 거론되는 명단을 가급적 배제하였기 때문이다. 하지만 5~6명만이 중복 거명되었고 이에 더하거나 빼지 않고 당초에 기획했던 20인에서 1명이 부족한 19명(1명은 무응답)으로 압축하기에 이르렀다.

이 밖에 개인 사정으로 거론되지 못한 시인들이 있었지만, 광주전남시조시인협회가 선정한 선에서 '한국 현대 신진시인'들이라는 범주화를 수용하기로 했다.

이 기획의 결과에 의해 선정된 신진시인으로는 강대선, 고성만, 김양희, 김태경, 김태형, 두마리아, 류미야, 박복영, 박화남, 백윤석, 이가은, 이명숙, 이성목, 이소영, 이은주, 이지수, 정옥선, 정지윤, 표문순, 황란귀(가나다 순) 등 19명이다. 그리고 이 같은 대상 시인들을 심사숙고하여 선정해준 추천위원은 권갑하, 염창권, 오종문, 우은숙, 임성구, 정수자, 정용국, 진순분, 홍성란(가나다 순) 등으로 9명의 중진급 시인들이었다.[3] 여기서 중진급 시인

3) 신진시인을 추천할 수 있는 중진시인 위원으로 요청한 수는 10명, 실제 중진시인 위원으로 응답한 수는 9명, 즉 90.0%의 확보율을 점유한다.

들이란 어떤 시인을 두고 일컫는가에 논란이 있겠지만, 현 시조단에서 왕성한 활동을 하는 시인들임을 고려했다. 이 선정엔 다분히 주관적일 수밖에 없는 취약점도 있다. 그럼에도 '과업을 진행하지 않으면 이룰 게 없다'는 탈무드 논리에 설복해보기로 했다.

2. 대표 시조작품에 대한 경향성

서로 엇비슷한 수준이어서 별다른 점을 발견하지 못한다는 뜻의 '그 나물에 그 밥'이란 속담이 있다. 이는 기존 시조의 천편일률적 양상을 극복해야 한다는 말로도 들린다. 한생을 거치는 방식엔 만 가지의 차이가 나듯 작품도 누가 쓰느냐에 따라 감동과 재미의 진폭이 다름은 물론이다. 『채근담(菜根譚)』에서는 '바람이 세차고 빗발이 급한 곳에서는 다리를 꼿꼿이 세워야 하고, 꽃이 흐드러지고 버들 빛이 짙은 곳에서는 눈을 높이 두어야 하며, 길이 위태롭고 험한 곳에서는 머리를 빠르게 돌려야 한다(風斜雨急處 要立得脚定, 花濃柳艶處 要著得眼高, 路危徑險處 要回得頭早)'고[4] 했다. 신진시인들을 다루면서 화두격(話頭格)의 이 아포리즘을 인용해본다. 이 시인들이 행보하는 바, 그 창작력을 경주하는 데 요긴한, 그러니까 작품적 성취를 좌우할 명징한 당착점일지 모른다.

시인의 음성언어가 유창하거나 시인이 가지고 있는 제반 췌설정보(贅說情報)가 많다고 해서 꼭 좋은 작품으로 연결되는 건 아니다. 그만큼 시인이 보는 대상의 사고와 의식이 화자와 공감된 이미지들과 잘 소통하고 결합되고 있는가에 따라 적절한 표출로 이어진다는[5] 걸 시사하는 말이다.

---

4) 김석환 역주, 『채근담』(전편 211장), 학영사, 2007, 328쪽 참조.

5) 졸고, 「묵인 그 극복의 시 의식－황광해론」, 『국어교육』 79 · 78호, 1992, 한국국어교육

우선 신진시인들의 작품을 일별해본 결과, 다음과 같은 몇 특징으로 분류할 수 있었다. 참고로, 진술의 방향은 경향성을 먼저 기술하고 작품의 부분을 예시하여 앞의 경향성에 부합되게 하는 방식을 취했다. 그러나 경우에 따라서는 반대로 작품을 먼저 분석하고 경향성을 요약 서술하기도 했음을 밝힌다.

1) 생태에 대한 관심

요즘 문학작품의 주류는, 시조를 비롯한 다수 장르에서 이른바 생태적 특성을 지향한다는 점이다. 그게 한 흐름으로 인식된 건 2000년대 초반부터이다. 이번 신진시인들에게도 빈도가 전체의 70%를 넘는 소재가 바로 이 생태주의이다. 이 추세로 보아 생태성 추구는 아마도 21세기 말까지 지속될 전망이다.

예컨대, 김태경의 「소금쟁이」는 원래 생태 유지를 위한 기원의 대목들로 가득하다. 즉 "머뭇대고 멈칫거리다 앞다리가 짧아졌어요/바다에 닿고 싶다고 중얼거려 봤었지만 심장은 차갑게 식어 물 위를 떠다녔죠"라든가 "수면에 비친 모습은 벗지 못할 형벌이었죠" 등과 같은 표현이 그렇다는 생각이다. 이는 단순히 소금쟁이의 겉모습만을 그리고 있지 않다. 소금쟁이가 원 태생의 모습으로 돌아가려는 그 회귀성에 중점을 두고 있는 이유에서다. 더불어 애착의 대상으로서의 생태를 넘어 원생회귀(原生回歸)로에의 귀환함을 점묘한 이 생태시학은 존재가 지닌 또다른 본질의 모습일 수도 있다.

이은주의 「벌레의 길」 「그늘의 값」 「풍덩」 등에서도 이 같은 생태적 환경이 진술된다. 특히 「벌레의 길」에서 "온몸을 지팡이 삼아 그물맥 헤집으며/

연구회, 123쪽 참조.

골목에서 신작로로 곡예하듯 오르내린/여름 끝,/생의 이력을/한 줄로 요약했다"와 같이 "벌레"가 "길"을 내고 간 모습을 독자가 "환"히 보이도록 감각적으로 제시한다. 이는 기미(機微)의 생태를 보는 관찰력의 한 소산이겠다. 벌레의 길을 요약한 이력으로 보는 눈, 그게 독자에게는 섬세한 파동을 끼치는 것이다.

박복영의 「물방울 편지」 「저녁의 안쪽」 「비의 추렴」도 같은 생태성을 표방한다. 특히 이 시인의 그것은 사물과 대상을 기미의 생명력으로 연합 또는 통합시키려는 특징을 보인다. 그중 「물방울 편지」에서는 "아래로 휘돌아 꺾이는 굽이굽이/이야기는 안부처럼 되작이듯 흘러가고/은결든 물방울들은 혼잣말을 키운다"와 같은 둘째 수에서 보이는 바, "물방울"로부터 미세한 생명력을 치밀한 혼잣말로 연역해낼 뿐만 아니라, 전아(典雅)한 생태의 한 위상(位相)으로 의인화하기도 한다.

이가은의 「후드득, 곧」은 표현 형식이 압축된 독특한 제목으로 독자의 호기심에 가까이서 소재를 열어 보여준다. 표현 면에서도 노련함이 돋보여 내공을 쌓은 흔적을 짐작해볼 수 있다. 예컨대 "구름도 구름 말고 다른 걸 꿈꾸었대/자꾸만 떠밀려서 가도 가도 뭉클했대/몸속에 빠진 새의 발/맞춰본대 남몰래"와 같이 "몸속에 빠진 새의 발"을 "맞춰보"는 시법(詩法) 역시 미세한 기미의 돋움체로 묘사한 생명시학이다. 화자와 청자 간에 일어나는 전달법 또한 자연스러우면서도 독특한 서정을 지녔다. 이처럼 시적 대상을 구술하는 화법이 생태시조에 자주 쓰인다. 이런 방식은 음보 단위로 구분 짓는 시조에 더 유리한 전달법이지 않을까 한다.

이소영의 「담쟁이 넝쿨」은 "연애가 무르익으면 한층 붉어진 얼굴들"이란 구절을 통해 담쟁이의 의인화를 꾀하고, 담쟁이의 생명력, 특히 계절의 변화와 병치하여 일어난 그것의 표정을 다룬다. 하지만 담쟁이에 대한 이러한 동류감(同類感)은 여타의 시인들에게서도 보이는 흔한 소재와 내용이어서 독창성 면에선 좀 그렇다는 느낌을 준다.

강대선의 「꽃마리를 위한 세레나데」는 풀꽃 '꽃마리'의 지고한 삶에 한 획을 그을 수 있는 미학을 읽게 해준다. 작품이 독자에게 추동하는 바, "가다가 까닭없이 바람에 취하거든/별도 되고 시도 되고 눈물 따라 먼지 되어/무덤가 그대 품에 누워 그리움도 저만큼"이라는 지극을 지상에 놓으며 시조다운 운율로 내면을 출렁이게 하는 규칙과 더불어 세련미도 풍긴다. 화자는 주제로 흐르는 과정에서 스스로 능동적인 방식을 취함도 전개에 율과 법을 중시한다는 인상을 보여준다. 특히 대상에 대한 화자의 "세레나데"가 "저만큼"이란 위치에서 회억(回憶)되는 표현 기교는 남다르다. 흔들 듯하다가 바로 세운 그릇에 담아내는, 그래서 풀꽃에 대한 생태를 아름다운 보법으로 옮겨 싣고 있다. 나아가 「스쿠터 나팔꽃」에서도 기미와 독특함이 돋보인다. 옛 은실 누나를 몰래 사랑했던 은근한 화자의 마음이 "스쿠터"를 타고 달려간다. "가래 숨 몰아쉬며 들썩들썩 몸 비트는 마당가"에 따라가지도 못하고 "바퀴도 없이 울고 있는 나팔꽃"으로 연유해낸 상징은 한 화자의 지순한 생명성에서 나온 정서로 깜찍 또는 기발하다.

2) 노인 문제에 대한 관심

우린 백세시대와 더불어 증가하는 노인병, 그리고 심각한 소외 문제 등을 국가사회에 부담시키는 지난한 세상을 살고 있다. 세상만 늙은 게 아니다. 문제는 시인들 자체가 늙어가고 있는 현상을 바라보는 일이다. 그가 보는 접점에 있는 낡은 균열조차 의식하지 못하고 가래침처럼 뱉어내는 낡은 언어, 또는 추억이나 갉아먹는 역할에만 사로잡혀 새로운 감각과 생태를 보지 못한다. 정부와 지자체에선 노인층에 대해 특별한 문제의식을 갖고 복지를 구축하려 한다. 오래 사는 만큼 고통의 짐이 무거운 건, 아니 무서운 건 자연법칙일 것이다. 해서, 시인들이 이 같은 노인 문제, 소외 현상을 창작에 수용하는 건 당연한 일이겠다.

이지수의 「알츠하이머를 만나다」 「물리치료실에서」는 노인복지 문제가 당면한 현장을 현실감각으로 다룬다. 「물리치료실에서」는 "바람 든 시린 뼈를 찜질팩에 올려놓고/굽은 허리 겨우 펴 안마기에 맡기니/이 무슨 호강인가 싶어 절로 잠이 왔겠지"라는 딸의 목소리를 차용해 치료의 과정을 들려주지만, 정작 화자가 전하고자 하는 바는 환자에 대한 소격 현장을 알리고 있다.

정옥선의 「저녁 잡숫고 가유」에는 치매와 투쟁하는 엄마를 다루며 사설격(辭說格)의 화법을 정리하여 이를 구체화시킴으로써 독자의 호소력도 높이기도 한다. "우산도 안 들고 요양원을 찾았다 일주일 딱 그 사인데 엄마는 더 야위었다 뒤쫓아온 보호사가 치매의 등간척도를 알려주고 싶었는지 날 가리키며 엄마한테 누구냐고 묻는다"라고 진술하는 데서 치매의 증상을 사례식으로 보여준다.

류미아의 「붉은 피에타」에서는 "상처를 빨아주던 네 살 적 어머니가/따뜻한 붉은 혀로 시간을 핥으신다/무릎을 내어주시는 나의 서쪽/어머니"라는 표현으로 어머니를 '피에타'로 상징하는데, 그 행간에 화자가 서 있다. 이 작품이 신선하게 읽히는 건 "나의 서쪽/어머니"가 "무릎을 내어주시는" 대목으로부터이다. 전달하는 방법이 화자와 원거리에 두는 그 객관화가 돋보인다.

박화남의 「물새의 이력」은 물새와 아버지를 오버랩시킨 작품이다. "애당초 아버지는 물새가 분명하다/무논에 얼굴 담가 부리가 닳았는지/한평생/날개가 젖었어도/말수가 없으셨다"라고 함으로써 아버지의 존재 자체의 핍진성을 강조적으로 드러낸다.

김양희의 「아버지」는 "맨처음/다리가 된 당신/나는 타고 건넙니다"에서 보이는바, 부모를 소재로 한 아송편(雅頌編)으로는 꼽을 만하다. 하지만 단순한 아송(雅頌)이 아닌 부모를 "타고 건너"는 '다리'로 치환함으로써 기왕의 부모와 관련된 효행 시조와는 큰 차별화를 보인다.

3) 인간소외에 대한 정서 표출

현대인이 바쁘다는 건 일종의 불안의식이 배면에 깔려 있어서 병적이다. 인간소외 문제란 이런 자기 불안의식, 부정의식, 히스테리, 우울증을 비롯하여 심지어는 고독사란 병증도 발생한다. 그게 불특정 타인에게조차 해를 입히는, 이른바 묻지 마 범죄로까지 발전하는 경우도 있어 우리 사회를 긴장시킨다. 신진시인들이 이 문제에 접근하는 빈도가 높은 것은 그만큼 사회현상이 치료 불가의 상태에 빠졌다는 걸 증명하기도 한다. 오늘날 주된 문학작품의 주제를 생태철학에게 자리를 넘겨주었지만, 사실 우리 문학사에서 가장 많은 작품의 주제화가 된 게 바로 소외 문제이다.

김태경의 「훅!」에서는 "피멍 든 밤의 손길로 무르게 구멍 내죠"와 "사수라 화살 하나가 그믐달에 꽂히네요"와 같이 무의식에 고독과 자기방어증을 입혀서 전달화법으로 묘사한다. 여러 사태들의 속내를 감추는 비의(秘意)를 드러내는 작품, 그러니까 의식과 무의식을 묻어오게 하는 문제는 오늘날 시인들이 구명(究明)하기에 좋은 주제이기도 하다. 또 「칸」은 "영원히 갇혀 있어도 칸 밖은 위독한 곳"이다. "누군가"는 "다른 칸에 웅크리고 앉아 있지만" 칸에 갇혀 사는 "사람들은 궁금해도 묻지" 않은 현실, 그래서 "혼자서 영화를 보고 밥을 먹고 잠이 들 뿐"인 공간에 방치돼 있다. 그래 자신 외의 다른 정적 세상을 객관화하여 보여준다. 혼밥, 혼비, 혼주 등으로 자아의 밀림 속에서 고립되어 생활하는 현대인, 그걸 "칸"이란 말로 이중 풍자한 우수작이다.

이지수의 「비혼 시대」는 "자정 지나 퇴근하는 환갑 총각 이씨/기다리는 처자식 누구 하나 없어도/대세는 비혼이라며 너털웃음 달고 산다"는 다소의 유머 속에서도 "환갑 총각"에 대한 입장을 빛나 보이게 한다. 지금의 '비혼 시대', 그걸 결혼도 못 한 채 늙은 "환갑 줄"에 앉은 "이씨"를 통해 대변한다. 그래서 시인은 이 시대의 아픔과 고민을 공유하고자 한다.

표문순의 「여름 악사」 「멸종 위기 동물 통고서」는 소외계층에 대한 존재의 물음에 화답하는 상징, 풍자시조로 읽을 수 있다. 특히 「멸종 위기 동물 통고서」에서 "관계는 더 이상 안전지대가 아니야/근린을 꿈꾸었던 기업과 노동들은/한순간 대책도 없이 바리케이드 쳐버렸어"라는 구문을 통해 무거운 노동자의 저항정신이지만 이를 가볍게 터치 · 구술하는 그 날렵한 필력을 지녔다. 또 "난생들이 품고 있던 아찔한 높이"란 표현으로 고공투쟁의 현장에 앵글을 대며 풍자하기도 한다.

정지윤의 「참치캔 의족」은 보기 드문 문제작이다. 시리아의 난민 소녀 메르히가 버려진 참치캔을 구부려 만든 의족으로 힘겹게 살아가는 모습을 보여준다. 하여, 그곳의 가난과 병고와 전쟁 등의 참상들을 고발하고 있다. 신진시인들이라면 이 같은 전쟁과 부조리, 가난과 소외 등에 눈을 떠 보는 참여의 시선이 필요하다고 본다. 또 「날, 세우다」는 "동대문 원단상가 등이 굽은 노인"을 등장시킨다. 이 노인은 가위를 갈며 하루하루를 살아가지만, "칼칼한 쇳소리"로 시작을 여는 적극적인 삶을 드러내어 노인의 강인한 힘을 읽게 해준다.

이토록의 「맹인 안마사」는 요즘 한창 논의를 활발히 전개하는 사회적 배려 대상에 대한 관심을 불러일으키는 작품이다. "육신의 눈이 멀어 마음눈을 곁에 두다/촉수로 읽은 시는 소름과는 달라서/다 낡은 점자책 한 권 무릎 아래 펼쳐둔다"는 진술을 통하여 그가 지나온 "시절의 통점들"을 독자에게 인식시킨다. 특히 "촉수로 읽은 시는 소름과 다르"게 감각하는 눈을 지녔기에, 앞으로 더 나올 문제작을 미리 기대해볼 만도 하다.

류미아의 「레 미제라블」은 말의 뜻처럼 '불쌍한 사람들'을 중심으로 한 풍자시조이다. 특히 재미난 구어체를 사용하여 가독성을 높인 점이 기발하다. "올 거튼 무지랭이야 안중에나 있겄어? 거 뭐냐 표 구할 땐 지렝이같이 기더구만 그 담달 이짝 동네는 강제철거 들갔당게/넨장할, 어째 인생이 살수록 겨울인감 울 엄니 아부지는 세월 어찌 녹이셨누? 철들자 무덤 가겄네… 억울해서 워쩌". 이렇듯 화자는 능친 탯말(사투리)로 화법의 전위를 꾀하며 독자의 말 구미를 당기는 매력도 부릴 줄 안다.

4) 언어유희와 풍자적 표현

시에서 언어유희(linguistic fun)는 1990년대 중반부터 거의 보편화되었다. 과거에는 금기시해오던 낯선 축약어, 은어, 속어, 외국어와 우리말의 혼합 축약어 등에까지도 언어의 유희화는 확장되어 쓰인다. 이젠 정부 부처의 홍보물을 비롯하여 지역사회의 축제행사 등은 물론이고, 문학작품의 표현에도 단골 메뉴로 등장한다. 심지어 평론 문장, 나아가 점잖은 세미나 논문 등에도 쓰이고 있다. 한때 인터넷 카페 유머란에 소개되기도 했지만 그걸 한 차원 높여 시인들이 표현력을 확장해가는 수단으로 사용하는 데까지 발전했다. 하여, 언어유희는 운문 장르는 물론이고 소설, 수필, 평론, 희곡 등에도 다수 보일 뿐만 아니라 내용과 기법 또한 참신하고 재치 있는 표현으로 광범위하게 전파되고 있다.

이가은의 「이번 역은 종각, 종각역입니다」는 종각역을 포도송이에 비유한 작품으로 재기발랄한 풍자 기능을 보여준다. 즉 포도송이를 "꼭지째 똑 따 흔들면 종소리 날 것 같은"과 같은 구절이다. 지하철을 타고 내리는 인중(人衆)을 주렁주렁 달린 포도송이로 치환하는 조감의 표현미를 통해 교통의 요충지대다운 종각의 모습을 생동적으로 읽을 수 있다. 「라마가 걸어가요」도 일종의 언어유희로 쓰인 시조이다. 라마의 행렬처럼 이어진 자동차들을 풍자한다. 사람들과 라마의 발걸음은 퇴근길과 오버랩된다. "속눈썹 푸르르 떠는/가느다란 퇴근길"이란 구절에 언어의 중의성을 장착하기도 한다. 시인의 눈맞춤을 직장인들의 라마와 같은 퇴근 행보와 함께 비유한 작품이다.

김양희의 「절망을 뜨어내다」에는 "철망"과 "절망"의 차이, 즉 "오타를 고치려다 눈이 주운 어휘 한 잎/절망을 하루에 한 숨 몰래 뜯어내야지"라고 하는 바, 자신의 시업(詩業)에 대한 각오를 다짐한다. 해서 한 메타시조로도 읽힌다.

예의 언어유희 기법(linguistic fun method)은 이소영의 「사람책」에 더 구체적으로 드러난다. 화자가 "손톱, 등, 지도, 수신호, 손길, 깃발, 교복치마, 마스카라" 등을 "읽는"데 그게 "자기 인생의 저자가 된 사람들"이란 목적 앞에 놓인 모습임을 놓치지 않는다. 이는 기지(機智)와 유머를 활용한 현대적인 시조미학이겠다. 또 이 시인의 다른 작품 「밥」, 그러니까 밥의 공통사항 밥 앞에 적(敵)은 없다는 논리를 보이는 세태 풍자로 특히 구조미가 돋보인다. 사실 좋은 시조란 이처럼 구성이 탄탄할 뿐 아니라 읽는 재미도 고려한 작품임은 이미 강조한 바 있다.

강대선의 「AI 서정시」에서는 AI가 자판기 속으로 들어간 시인들을 풍자한 작품으로 흥미 있는 소재를 다룬다. 또한 시조 구조가 탄력이 있어 그 읽을 맛을 보태어주기도 한다.

배윤석의 「현금지급기」에서, "누군가 망연한 날 꼬누어 보고 있다/이내안 속속들이 알고 있을 것만 같은/외눈의 눈동자 하나/정수리에 꽂힌다"에 보이는 바, 기지와 유머, 언어유희로 시조의 재미를 느끼게 한다.

5) 자연과 인간에 관한 연결

자연은 곧 자연일 뿐이다. 자연 자체는 인간의 기만 속성과 자기 결함을 치유하는 그 대가(代價)로만 존재하는 건 아니다. 자연은 자체로서 엄숙성에 익숙하다. 인간은 자연에 대하여 상보적이 아니라 오로지 의존적이다. 말하자면 인간은 자연의 한 속국에 지나지 않는다는 뜻이다. 인간이 자연을 지배하고자 하는 건 개발, 즉 자연 파괴의 자본주의적 이데올로기에서 나온다. 베푸는 자연의 영향하에서만 가치 있는 인간이 존재하는 이유에서이다. 지고한 자연 앞에 인간은 다만 무기력한 위치일 뿐이다. 그래, 일반적으로 자연이란 무궁히 베푸는 절대자의 위치에 있음을 묘사하는 문학작품이 많다.

이명숙의 「욕망은 물질로부터 자유로워라」에 드러난 바, "차압당한 소문이 꽃자리 가득 피어 꿀 먹은 입술 귀에/구멍 내던 벌들은/부르튼 꽃들의 앞날 책임지지 않는다"로 결국 인간이 행하는 욕망은 '체 게바라'의 말과 같이 '노동이 유희가 되는 사회'를 꿈꾸는 것이다. 이는 모름지기 인간은 인위적 물질로부터 자유로워야 한다는 사실을 일깨운다. 그래 예의 그 자연주의를 강조한다. 「에스엔에스 마케팅(SNS marketing) – 봄날은 간다」에서는 마케팅과 봄의 연결점이 인상 깊게 다가온다. "세 치 혀로 밑간하고 도무지 수습 못 할 너란 유배지에서/피는 듯 지는 노을/그 계절 드래그하라 너와 같은 나를 만나서"에서 인간과의 연결성이 범박하게 드러난다. 나아가 "보란 듯 반품하고 남은 붉음만으로/꽃에서 이어진 빛은 벌써 별이 된 것"으로 연결은 마무리된다. 봄날을 두고 "죽은 너, 돌아간 너는 다시 올 수 없는 것"으로 포기하듯 하지만 "봄날"에 대한 간절한 그리움을 역설화한 작품이다. 정지윤의 「목인(木印)」은 "나무의 자궁 속에서 이름이 태어난다", "이슥고 붉게 떠오른 한 사람의 아바타", "나보다 더 오래 갇힌 나무 속의 이름들"이란 구절에서 읽히듯 사람이 만드는 목인이 자연 속귀에 암시를 받아 깊어지는 정서를 다룬다. 참고로 앞으로의 자연과 인간의 접합을 다룬 시조는 현재의 작품들보다 더욱 깊어져야 할 필요가 있을 것이다. 피상적인 자연예찬의 시선을 벗어나야 진정 읽히는 시조가 될 수 있기 때문이다.

황란귀의 「산북도로 통닭집」에서는 현실을 덧댄 풍경시조를 시도한다. 「기억을 걷는 연필」에서는 연필이란 사물에 대하여 추억하는 화자를 내세워 "뾰족한 입맞춤으로/추억선을/긋는다"고 노래한다. 「모래 지우개」도 "캔 맥주 마시면서 모래밭을 서성이니/파도도 취했는지 철썩철썩 소리치네/나보다 술도 약한 게 건배사만 찰지다"라는 빈정거림 반, 공감 반으로 대상과 교류하기도 한다.

고성만의 「겨울 구강포」는 "매일을 만덕에 올라" 풍경을 바라보는 "사내"의 사연을 추적함으로써 자연 풍광에 화자가 취한 정서를 열어놓는다.

박화남의 「쾌활한 젖소씨」는 "명퇴를 던져 놓고 외양간에 사는 남자"가, "철문을 활짝 열어 초록을 들여 놓"거나, "흰구름 스카이콩콩/웅덩이를 건너뛰"는, 이른바 전원생활에 탐닉하며 사는 여유로움을 유머처럼 누빈다. 화자는 자연의 혜택 앞에 소박한 경이감(驚異感)을 바친다. "명퇴를 던져 놓다", "초록을 들여 놓다"와 같은 표현의 성숙, 화자가 설정한 "젖소씨" 같은 말은 이처럼 숙성화된 서정에서 나온 언어들로 그냥 쉽게 나오는 말은 아니다.

이상에서 신진시인들의 경향성을 다섯 가지로 구분하여 진술했다. 이 구분이란 필자의 작의가 아니라 신진시인들이 내놓은 작품 57편을 일별한 결과로 말미암은 카테고리들이다. 즉 주제와 내용 표현의 정서적 · 사상적 경향성을 재구성함으로써 거기에 비어져 나온 범주인 것이다. 대체로 신진시인들의 관심은 우선 생태주의에 집중되어 있으며 인간소외, 그리고 노인문제 등에 관심을 두고 있음을 알 수 있다. 이는 시와 마찬가지로 젊은 시인들에게서 자주 볼 수 있는 현상이며, 일견 우리 사회가 안고 있는 문제의식을 드러낸 관심일 것이다.

참고로, 신진시인들의 정서적 경향은 위정자들의 관심과는 반대 지점에 있다는 점이다. 가령 위정자들은 대체로 국토 균형 개발, 지역 개발 경제 등을 최우선시하고 공유물을 자기 것인 양 개발하여 지상의 생태를 파괴할 뿐만 아니라 그것으로 자신의 지역구민에게 선심을 쓴다는 것이다. 개발의 기획자인 대통령, 정부, 국회의원, 시의원 등이 생태와 복지의 민심을 거스르는 행태가 그러하다. 새삼스런 지적이지만 그들은 문학인들처럼 생태의 막중함과 소외현상을 읽지 못하는 생태맹(生態盲)들이다. 하여, 시인들이 할 일은 이런 생태맹점, 소외맹점, 복지맹점으로 일관하는 정치가에 대한 풍자시조를 더 창안 개발할 필요가 있다.

3. 시조 창작의 내공

1) 간절함과 새는 시조

정영자 교수는 「시창작의 기본으로 출발하라」에서 '시의 표현에 왕도는 없다'고 했다. 시인은 '간절함, 사랑함, 진실함, 그리고 적막함을 솔직하게 표현하며 감정의 응축으로 투명하면서도 분명함'이 보여야 한다고 강조했다. '그리움이나 간절함이 없는 사람이 어떻게 시의 길을 걸을 수 있으며 문학의 그늘에서 열정을 식힐 수가 있을 것인가'[6]하고 반문한다.

내친김에 더 나아가보자. 「꽃은 피는 게 아니라 새는 것이고, 시는 쓰는 게 아니라 새는 것이다?」[7]라는 문보영 평론가의 화두 문장을 읽는다. '샌다'

6) 정영자, 「시창작의 기본으로 출발하라」, 『부산시단』 제7호, 2014년 겨울호, 29쪽.

7) 문보영, 「꽃은 피는 게 아니라 새는 것이고, 시는 쓰는 게 아니라 새는 것이다?」(오태환론), 『현대시』 2019년 9월호, 126쪽 참조.

는 건 예상하지도 않은 틈새로 물과 같은 액체가 졸졸 비어져 나오는 것이다. 인간이 잠들고 깨는 동안 꽃도 시간의 틈에서 새듯이 소리 없이 피어난다. 시조도 진원지를 모르는 소문처럼 서서히 곰삭힌 시인의 정서를 뚫고 새어 나오지 아니한가. 백지나 노트북 앞에 남몰래 흘러간 시간을 타다 보면 어느새 작은 물줄기처럼 새어 나오는 게 시조여야 한다는 뜻으로 읽어본다. 사실 제목부터 착상과 발현에 대한 상징을 달아야 한다. 이 논리에 의해 결국 시조란 머리에 쥐어 짜내는 억지로는 좋은 작품을 낳지 못한다는 데에 이른다.

2) 악마에게 휴식은 없다

로버트 루이스 스티븐슨(Robert Louis Stevenson, 1850~1894)이 쓴 『지킬 박사와 하이드(*Jekyll & Hyde*)』에 나오는 한 이야기로부터[8] 글쓰기의 한 맥락을 찾아본다. 맥팔레인과 울프의 대화에 나타난 거기에서 시인으로 배울 점을 연유해 공유한다. 울프가 맥팔레인에게 자신의 쓰기 작업을 설득시키는 장면에서 울프는 맥팔레인에게 말했다. "이제 자네는 어떻게 되는가? 두 번째 사건은 분명히 첫 번째 사건과 연결되지 않는가. 일단 시작했으면 멈출 수 없어. 계속 다시 시작하는 일뿐이야. 악마에게 휴식은 없어."라고. 이 말을 시인의 과업으로 바꾼다면 글쓰기를 계속해야만 한다는 것이다. 예상을 엎고 일어난 일로 말미암아 본업을 멈추지 않아야 한다는 뜻이다. 이 문장을 통해, 시조 쓰기를 방해하는 악마란 우선 집필의 나태, 정서의 고갈, 영감 포착의 상실, 가리지 않은 먹방의 수용, 여타 글쓰기의 방해와 구속 등을 들 수 있다. 이처럼 악마는 시인의 창작을 방해하는 게 취미이자 그 본업이다.

---

8) 로버트 루이스 스티븐슨, 『지킬 박사와 하이드』, 박찬원 역, 펭귄북스, 2011, 153쪽 참조.

시조 쓰기의 진실이란 골방에서 끝없이 고독과 분투하면서 파생되는 노작일 뿐 특별한 기회는 주어지지 않는다.

3) 시조의 미학과 연금술

문학이 마술이나 연금술과 가까워지려 하는 경향은 어제 오늘의 일이 아니다. 18세기를 넘어서면서 흔히 보아온 한 문학의 흐름이라 할 수 있다. 필자는 이에 대해 오래된 자료를 찾아본바, 『현대시학』 1973년 3월호를 일별할 수 있었다. 후고 프리드리히(Hugo Friedrich, 1904~1978)가 쓴 평론으로 김광진이 역주(譯註)한 자료였다. 「근대 100년의 시－19세기 중엽에서 20세기 중엽까지」[9]라는 자료로 "신비로운 매체를 써서 질 낮은 쇠붙이를 질이 높은 금으로 바꿔보고자 하는 연금술(鍊金術)이라는 조작(操作)에 맞먹을 일이 곧 시작(詩作) 현장에서 일어난 일도 있다"란 문장에서 '앗차 이것' 하는 깨달음을 받았다.

자료에 의하면 "프랑스 상징파 랭보(Nicolas A. Rimbaud, 1854~1891)는 「언어의 연금술」이라는 기치 아래 다음과 같은 이야기를 들려준다. '나는 자음 하나하나의 모습과 움직임을 이모저모 따져보고 구성되도록 뜯어 맞추었다. 언어의 본능인 내재율의 힘을 빌려 사람들의 감각에 먹혀들어 갈 만한 시의 근원어(根源語)를 창조하고자 우쭐댔다. 예를 들면 「어떤 증류향수 눈물난 용광」, 「내 서글픈 마음 고물에서 침을 흘리다」와 같은 것들이다. 이 표현은 무조음악(無調音樂)의 구성과 견줄 수도 있다. 부조리한 의미와 절대 울림의 조직이 순수 울림의 조직과 충돌하는 사이에 일어나는 그 불협화음이[10] 결국

---

9) 필자의 서재 맨 위 칸에 자리한 낡은 책, 동 문헌, 112쪽 참조.

10) 후고 프리드리히, 「근대 100년의 시－19세기 중엽에서 20세기 중엽까지」, 김광진 역, 『현대시학』, 1973년 3월호, 112쪽.

현실 문제를 제시하고 그 해결을 위한 결심의 구성체가 된다."는 논리이다.

따라서 시조 구성미란 '절대울림'(시조 내용)과 '순수울림'(시조 대상) 사이에 일어난 '불협화음'(낯설게 하기)로부터 연유한다고 역설해본다. 속칭 '쉬운 시조', '예쁜 시조', '예찬시조(禮讚時調)', '송가시조(頌歌時調)', '아가시조(雅歌時調)', '기행시조(紀行時調)' 등으로 불리어지는 시조로는 문제작을 내놓을 수가 없다. 우리 감각을 간질이는 카페 글, 카톡 글, 페이스북 글 등에 올라와 있는 대중 수준의 '예쁜시'나 글로부터 벗어나야 참신한 시조, 문제작을 구사할 수 있다는 것이다. 소극적으로 말해, '그렇지 않을까' 주저하기도 해본다.

4. 맺는 말

지금까지 논의한 바를 요약한다.

현대 신진시인들을 19명으로 선정하게 된 경위와 이 시인들의 대표작, 그리고 신작 등 3편에 대한 경향성을 개괄적으로 살펴보았다. 하지만 각 작품의 특질과 시인 소개를 체계적으로 고구하여 제시하질 못했다. 그건 19명 시인들이 내놓은 57편의 작품을 이 좁은 무대에선 다 소화할 수 없는 제약점 때문이다.[11] 하여, 시인별 작품 중 일부를 단편화된 시선으로 보고 느낀 소이연을 피력하는 데까지만으로 만족했다. 그러하므로 평자에 따라 '경향성'이라 할 만한 대표 작품을 달리 볼 수도 있을 것이다. 필자는 신진시인들이 도움이 될 만한 정보들을 몇 가지로 갈래짓고 이들 작품이 추구하고 있는 경향들을 묶어 독자가 쉽게 파악할 편의에 중점을 두고 해설했다. 즉 필자가 현 신진시조단을 보아온 입장으로만 피력한 것이다. 그러기에 분류의

11) 대체로 시조작품 평설은 5~8편 정도로 하는 게 일반이며, 작품 안내와 시인의 시작 태도에 대한 해설을 진행하는 데에 비한다면 여기에서의 논의 대상 작품은 그 범위를 훨씬 넘는다.

경향성, 평설의 유연성, 진술의 가변성에 따라 얼마든지 내용은 유동할 수 밖엔 없을 것이다.

앙리 브레몽(Abbé Henry Brémond)은 「순수시론」에서, '시란 신비주의자들이 말하는 것처럼 집합적 마술'이라고 말한 바 있다. 신비주의자들은 '우리를 하나의 정밀함 속으로 유도하게 되는'데, 시는 그 같은 정밀함 속에 '독자가 자신을 (시에) 방임할 수밖에 없도록' 만든다는 것이다. 하지만 이 '방임은 능동적인 것'으로 '시인에 의해서 (독자에게) 영향을 준다'고 보고 있다. 이는 '시가 내재적 충동이요 불완전한 무게를 지탱하는 면'에서 '방임(자유)'되어야 하는 그 자율적 존재로 보는 것이다. 이는 이미 키츠(John Keats, 1795~1821)가 '감정에 대한 자유, 불멸의 짐'이라고 한 것과도 상통된다. 그러므로 시를 창작하는 건 곧 독자가 질 '짐'을 시인이 대신 지는 일이라 할 수 있다. 한편, 시에 대한 독자의 '짐'이란 생태적 실존을 인정해주는 도구이기도 하다. 그는 대체 우리를 어디로 내던질 것인가. 시와 시조가 던질 힘은 장차 무궁하면서도 대상과 사람에게는 늘 문제적이다.

이제, 시조의 위력은 가멸차다. 월터 페이터(Walter Pater, 1839~1894)의 말을 빌리면 '모든 예술은 리듬과 재결합하기를 원한다'고 하는 바와 같다. 모름지기 율격과 리듬을 중시하는 시조 경우는 특히 그러하다. 시조의 율격은 자수율(字數律), 음보율(音步律), 구율(句律), 장율(章律) 등으로 완성되는 장르이다. 결국은 대상을 찾아 그 안의 리듬으로 생동감을 일으키는 게 시조라 할 수 있겠다.

후고 프리드리히의 『현대시의 구조』에서 보들레르(Baudelaire, 1821~1867)의 지적은 우리의 시조 창작에도 도움을 줄 수 있다. 그는 미(美)에 공격적인 자극이 되게 하려면 '낯설게 하는 향료'를 부여해야 한다고 말한다. 이를 위해 '변용'과 '역설'이란 보충수단을 동원한다. 즉 미(美)가 범속함과 진부함에서 벗어나기 위해서는 '독특한(기이한) 형태'가 되어야 한다는 것이다.

자고로, 작품성이 있는 시조란 '내용의 재미'와 함께 탄탄한 '율격의 구성'을 완비할 때 가능해지는 것을 익히 읽어왔다. 뭇 시인들이 체험으로 증명한 바도 있다. 따라서 신진시인들이 '재미'와 '구조'를 위해 매진하는 일이 곧 우리의 시조문학사를 빛내는 일일 것이다. 구태를 벗을 줄 모르고 자기최면에 걸린 이른바 '농경시대의 시조'로는 새로운 21세기 문학을 구축할 수가 없다. 오로지 독창성 있는 작품만이 살아남는다는 사실은 동서문학사가 실증하고도 있으니.

다시 처음이다.

'시조는 혁신하자'는 가람의 철학은 지금도 유효하다. 이제, 국제화된 시조 세상을 여는 일은 신진시인들의 몫이다. 시인들은 셰익스피어(W. Shakespeare)의 『템페스트(*Tempest*)』에 나오는 마법사 프로스페로가 부리던 날렵한 에어리얼과도 같다. 기성 시인의 낡은 노래 줄기를 베고 제치며 겹게 겹게 거슬러 가는, 부디 그 바람의 역필(逆筆)을 빈다.

(『광주전남시조문학』 제18집, 2019)

현대시조에 나타난 남도의 풍미와 기질에 대한 형상화 고찰

—남도 시조시인의 작품을 중심으로

1. 서언

모든 존재는 태생력(胎生歷)을 지닌다. 그 존재는 환경의 '때깔'을 입으며 생을 거듭해간다. 환경의 때깔이란 지역과 향토의 빛깔과 색깔을 말한다. 이는 향토성의 인자(因子), 즉 풍광, 말씨, 맛, 풍류, 기질 등이 끼쳐와 누적되어온 문화의 빛깔이기도 하다. 향토문화의 한 장르로서 '향토문학'에 속한 '향토시(鄕土詩)'도 이 빛깔로 인해 향토적이란 가치를 내세우고[1] 문화의 범주를 '한국문화-지역문화-향토문화-지방문화'로 보는 것과 맥을 같이하여, 문학의 범주도 '한국문학-지역문학-향토문학-지방문학'으로 설정해볼 수 있다. 향토성은 이 향토문학에 포함된 인자로 남도의 경우 풍광, 토박이말, 음식, 풍류, 기질 등을 들 수 있다. 따라서 이 글에서는 이러한 분류 체계를 따르고자 한다.

---

1) 김정호 외, 『향토사 이론과 실제』, 향토문화진흥원출판부, 1992, 16~17쪽 참조.

향토 시인의 지속적인 창작 동기를 유발하는 원천이 되기도 한다. 시인은 다양한 환경의 곡절(曲節)을 겪으며 향토성 인자(鄕土性 因子)를 제 배면에 두고 창작을 거듭한다. 그게 '풍토(風土), 풍색(風色), 풍미(風味)' 라는 원소로 작품에 자리하게 된다. 이 세 인자의 '풍' 이 종합되는 바가 곧 '풍미(風美)' 이다. 그것은 향토성을 지닌 시에 이르는 융합체라 할 수 있다. 한 생명이 모태에 자리할 때부터 그 어머니를 닮듯 시도 향토성이라는 태생적 인자를 가지고 이 '풍미' 에 이르는 것이다.

시에서 지역성과 향토성이란 그 시를 쓴 시인이 어디에 나서 생활하느냐에 따른 결과로서의 어떤 성정(性情)이다. 태생이 같은 시인들의 성향은 한 지형도로 그려진다. 예컨대, 영남지역은 영남의 풍미가 있고, 영서지역은 영서의 토속미가 있다. 기호지역은 기호만의 미학이 따로 있다. 시의 모태로서의 향토는 상호반응적이고 유기적이다. 둘은 상보적 관계를 유지하며 시의 풍미를 형성해가는 것이다.

이 글에서는 남도(광주 · 전남 지역)에 기반을 둔 작고 및 현역 시인의 작품 중에서 향토적 풍미가 두드러진 시조를 중심으로 향토성이 형상화되는 양상을 살펴보고자 한다. 먼저, 진술 분량도 문제가 되겠지만, 논의가 더 확대되는 걸 방지하기 위해서 작성의 범주를, ① 향토의 풍광, ② 토박이말 구사, ③ 향토 음식, ④ 남도 풍류, 그리고 ⑤ 남도적 기질로서의 의기(義氣) 등이 드러나는 시조 작품으로 제한하고자 한다. 그러나 텍스트로서는 비교적 향토성이 분명한 시조를 그 본보기로 선정했다. 한편 필자의 역량적 한계로 관련 시조가 누락되거나 선명도가 약할 수 있음을 먼저 밝히며 독자의 양해를 구한다. 우선 남도의 풍미를 형상화한 시조 살피기에 대한 목적을 다음과 같이 설정해본다.

첫째, 광주 · 전남지역(이하 '남도' 로 칭함)에 기반을 두고 활동한 작고 시인 및 현역 시인의 시조에 나타난 남도적 향토성과 관련하여 그 특징과 배경을 파악해본다.

둘째, 시조에 나타난 남도의 풍광, 토박이말의 구사, 남도의 맛, 남도의 풍류, 남도의 의기 등, 남도적 정한과 풍미가 시조 작품에 어떻게 구현되고 있는지 살펴본다.

2. 향토적 풍미에 대한 정의와 작품의 범위

남도는 일찍이 〈호남가(湖南歌)〉[2]에서 노래되어오듯 특질 · 풍물 · 인심 등이 다른 지역과는 차별화되어 왔다. “함평 천지 늙은 몸이 광주 교향을 보랴 하고/제주 어선을 빌려 타고 해남으로 건너갈 제/흥양에 돋은 해는 보성에 비쳐 있고/고산의 아침 안개 영암에 둘러 있네/태인하신 우리 성군 예악을 장흥하니/삼태육경은 순천심이오 방백 수령은 진안이라……” 이렇듯 〈호남가〉는 노래되는데, 실은 각 지역의 이름이 노래 내용이 되도록 짜여진 매우 논리적 바탕에서 지어진 가사이다. 즉 “모두가 함께 어울려서 평화[咸平]롭게 살아가는 좋은 세상[天地]에 최고 어른(늙은 몸)이 광명한 고향[光州]을 보려고 온 백성을 구제[濟州]하는 큰 배[漁船]을 빌려 타고 바다의 남쪽[海南]으로 건너갈 제, 아침에 돋는 해[興陽]는 보배의 땅[寶城]에 비쳐 있고, 높은 산[高山]의 아침 안개는 신령한 바위[靈岩]에 둘러 있네. 인자[泰仁]하신 우리 성

2) 이 노래는 조선시대 말에 이서구(1754~1825)가 관찰사로 재임할 때 전라도에 대한 노래가 없음을 안타까워하며 지었다는 기록이 있고, 판소리를 집대성한 신재효(1812~1844)의 작품이라는 주장도 있고, 1821~1823년 사이에 재임한 함평현감 권복이 함평을 찬미하기 위해 지은 〈함산가(咸山歌)〉를 더욱 발전시켜 다른 이가 지었다는 설도 있다. 그러나 〈호남가〉는 작자와 연대가 미상이란 게 정설이다. 이 노래는 민중의 노래로 불리어오다가 1867년 경복궁 낙성식 때 전라도 대표가 이 노래로 나가 장원을 해서 그때부터 전국적으로 퍼지게 되었다. 한말과 일제 치하에 고향을 그리는 향수로 나라 잃은 망국의 한을 달래던 비원의 노래로 애창되었다.

군(聖君) 예의 바르고 즐겁게 살아가는 예악(禮樂)의 세상을 크게 일으키니[長興] 삼정승 육판서(三台六卿)는 하늘의 뜻[順天心]을 따르고 지방의 모든 수령(方伯守令)들은 백성을 편안[鎭安]하게 다스리는구나….”로 나아가는 것이다.

이 〈호남가〉와 더불어 남도에 소재한 전래 가사, 민요, 유래담(由來談), 그리고 한시나 시조로 쓴 8경, 10경과 지역별 찬가 등에서 보여주는 바 나타난 풍광과 맛과 멋은 남도만의 향토적 요소들이다. 위에 언급한 대로 각 요소를 ① 남도의 풍광, ② 남도의 토박이말, ③ 남도의 맛, ④ 남도의 풍류, ⑤ 남도의 의기 기질 등으로 요약하고, 이와 관련한 시조에 대해 해설과 논의를 진행해보고자 한다. 먼저 남도의 향토성을 대표하는 풍미의 다섯 요소에 대하여 개념 정의와 그 특징을 앞부분에 기술한다.

1) 남도의 풍광

예로부터 남도는 빼어난 풍광으로 산자수려(山紫水麗)할 뿐만 아니라 농산물 등 자연 자원이 풍부하다고 알려져왔다.[3] 풍광을 노래한 시는 흔히 정자나 사당 등에 현판으로 걸린 8경이나 10경으로, 지역의 볼거리에 대한 정보를 제공한다. 이는 각 군의 향토 사학자들이 집필한 군지(郡誌)와 군사(郡史)에 수록되어 전하기도 하고, 지역의 유명인사의 문집에 보존되어 전해오기도 한다. 한시나 시조 형식의 5경, 8경, 10경, 12경 등이 그것이다. 예를 들면, '담양 8경', '고흥 8경', '대흥사 8경', '식영정 8경' 등이 있다. 이는 고려 후기의 사대부들이 추구한 바 미의식의 발로라 할 '경기하여가(景幾何如歌)'가 그 발원일 듯하다. 자연의 풍광 또는 경관에 대한 묘사는 어느 한 곳의

3) 박홍원, 「호남문단의 현황과 전망」, '호남문학 어디까지 왔나', 제1회 인문사회연구 학술발표회, 호남대학교 인문사회과학연구소, 1994.11.28, 59쪽 참조.

경치만을 고정하는 것보다는 여러 경관을 조망하거나 일주하듯 현장감을 고취시킬 수 있는 지역이라는 특성이 있다.

2) 남도 토박이말의 구사

대대로 이어온 향토에서 쓰이는 '토박이말'과 '탯말'을 상황에 따라 구사한 시와 시조는 의외로 적은 편이다. 대표적으로 이지엽과 윤금초, 영남의 이종문, 박희정, 이남순 시인 등의 시조가 있는데, 남도의 이지엽 시인 외에 자주 발견되는 작품이 별로 없다. 텍스트는 시조의 어느 한 부분에만 토박이말을 사용한 작품보다는, 향토에 뿌리박고 살아가는 민중이 사용하는 말을 가지고 시조 전체를 아우르는 걸 본보기로 삼았다. 그러나 토박이말은 현재 시인들의 향리에서조차도 잘 쓰이지 않아 채록하는 데 난점이 많다. 물론 이를 형상화한 시조 찾기는 보다 더 어려워진다. 그 이유로는, 첫째 시인들이 거의 부모 세대로부터 들은 토박이말을 재사용하여 시조를 쓰고 있는 점, 둘째 언어사회의 소통이 어느 지역을 막론하고 활성화되어 토박이말과 탯말 자체가 고갈되어가고 있는 점, 셋째 일상에서 토박이말을 쓰는 연령과 세대가 사라져가고 있는 점, 넷째 모든 교육과 작품 발표가 주로 표준어로 이루어지고 있는 점, 다섯째 순수 토박이말과 탯말로 구사한 작품은 신세대와 소통하기 어려운 점 등을 들 수 있다. 참고로, 일제가 우리 민중의 역사인 토박이말을 뿌리 뽑기 위해 '방언', '사투리'라고 비칭(卑稱)을 했고, 그게 지금도 고쳐 쓰이지 않는 실정이어서 지방의 언어인 탯말을 죽이는 결과를 가져오고 있다. '토박이말'은 사실 이 땅의 어머니로부터 배운 '탯말'이란 점에서 더 고귀한 언어라 할 수 있다.

3) 남도의 음식

남도는 맛의 고장으로 알려져왔다. 요즘엔 남도 음식과 미각을 다룬 시조가 쏟아져 나온다. 그러나 그것이 홍보용이거나 의도적이고 작위적인 게 많아 아쉽다.

남도의 맛을 대표하는 게 '개미(게미)지다'이다. 이는 남도의 운치를 더해주는 풍미(風味)의 대표적인 맛을 두고 이르는 말이다. 오래된 '할머니표'나 '어머니표'의 손맛에서 느끼는 감칠맛, 또는 남도의 땅과 기후에 의해서 발효되어 곰삭은 맛, 그 맛이 바로 '개미(게미)지다'에서 풍긴다. 남도 음식은 미각과 더불어 남도의 풍류와도 관계를 맺는다. 남도의 특질에 '예향(藝鄕)'과 '미향(味鄕)'을 병행하여 일컫는 까닭이 여기에 있다. 남도의 각 지방은 제 나름의 특색 있는 음식들을 소개, 홍보한다. 또 새로 개발한 음식, 이미 잘 알려진 음식, 그리고 편리한 보관으로 처리한 음식도 늘어나고 있다. 예컨대, 담양의 대통밥, 장흥의 한우와 표고 요리, 함평의 한우 생고기, 영광의 굴비와 모싯잎송편, 장성의 민물고기 매운탕, 구례의 산수유와 산채 요리, 강진의 토화와 한정식, 벌교의 꼬막 요리, 보성의 녹차와 전어회, 목포의 먹갈치 구이, 흑산도의 홍어 요리 등이다.

4) 남도의 풍류

남도의 풍류는 '멋'이다. 풍류는 우선 섬진강 서쪽에 전승된 '서편제(西便制)'와, 섬진강 동쪽에서 전승된 '동편제(東便制)'가 합한 '남도창(南道唱)'으로서의 판소리가 그 대표 격이다. '남도는 소리의 고장이다'란 말은 여기에 연유한다. 해남 출신의 이동주(李東柱, 1920~1979) 시인은 시 「남도창」에서 "발을 구르는 황토길/떴다 잠긴 눈썹 달아/가락은 구비 꺾인 강물/손뼉을

치면 하늘과 땅이 맷돌을 가는데/머리 풀고 재 넘어가네"라고 남도소리를 정의한 시를 썼다. 남도 풍류는 잡가, 육자배기, 씻김굿, 고싸움, 탑돌이, 지신밟기, 진도아리랑 등 다양하게 첨가되어 전통의 맥을 잇는다. 또 미술에 '남도 화풍', 시에 '남도 기질', 무용에 '남도 무'란 말도 남도에 터한 멋과 맛의 상징으로 풍미(風美)를 대표한다. 남도소리, 남도창을 소재로 하여 창작 육화된 시는 오늘날에도 그 맥을 이어가는 중이다.

5) 남도의 의기(義氣)

남도 정신에서 면면한 기질로서 '의기'와 '절의(節義)' 또한 빼놓을 수 없다. 의기 정신은 남도를 '의향(義鄕)'이라 할 만큼 긴 역사가 이를 지지해왔다. 그 정신은 항몽의 삼별초, 의병운동, 갑오개혁운동, 일제에 대한 항거, 광주학생독립운동, 4 · 19의거, 5 · 18민주화운동 등으로 이어진다. 이순신 장군도 "약무호남 시무국가(若無湖南 是無國家)"라 하여 전라도의 절의(節義)와 의기(義氣)를 제일로 삼은 바 있다.[4] 이 절의와 의기는, 침략자나 독재자의 야욕으로 훼손된 민중주의와 민주주의를 회복하고 자유를 찾기 위하여, 줄기차게 항쟁한 남도의 질긴 '정신의 줄'이겠다. 남도적 의기(義氣)에 대한 요소는 '진실 · 자유 · 평화'이다. 우리가 풍전등화(風前燈火)의 국난에 처할 때마다 극복의 힘을 발휘한 의기의 정신은 실로 돌올하다. 특히 임진왜란, 정유재란 등의 국난 때의 실기(實記)로 5대 서책이 그걸 대변해준다. 예컨대 영광의 강항(姜沆)『간양록』, 나주의 노인(魯認)『금계일기』, 함평의 정경득(鄭慶得)『만사록』, 함평의 정희득(鄭希得)『해상록』, 함평의 정호인(鄭好

4) 1593년 임진왜란 이듬해에 이순신 장군은 사헌부 지평 현덕승에게 보낸 편지에서 "국가 군량을 호남에 의지했으니 만약 호남이 없으면 국가도 없다(國家軍儲皆靠湖南, 若無湖南是無國家)"는 뜻의 이 말을 썼다.

仁)『정유피란기』 등이 모두 호남 사람에 의해서 기록된 문헌이다. 이후 이를 문학작품으로 형상화한 사례는 더 많다. 현대에 이르러 1970~80년대의 민중항쟁을 소재로 한 작품을 써 진실을 이야기한 문인은 조정래, 임철우, 한승원, 문순태, 송영, 김준태, 한강, 박노해, 임동확, 황지우, 문병란, 송경동 등 많다. 그러함에도 시조에선 그 예를 찾기가 수월치가 않다. 그러나 그동안 살펴볼 기회가 적었을 뿐이지 시조시인이라면 누구나 한 편 이상은 관련 작품을 발표한다고 보고 이를 찾아 선에 올렸다. 시조에 쏟은 저항 정신, 그것을 풍자로 버텨간 형상화를 이 자리에 초대한다.

3. 향토적 풍미 그 작품의 형상화

'가장 한국적인 것이 세계적'이라면, 가장 향토적인 것이 한국적이란 논리는 더 타당하다. 향토성의 색깔을 띤 시조는 풍미를 어떻게 형상화하느냐가 초점이다. 대저 한국문학은 한국적 환경에 대해 '친연성(親緣性)'을 가지는 특성이 있다. 같은 논리로 '한국문학'을 좁히면 '지역문학'이 되고 더 좁히면 '호남문학'이 된다.[5] 그 하위는 '지방문학'이나 '향토문학'이 되는데, 이중 가장 기단(基壇)에 자리한 문학은 물론 '향토문학'이다. 그 하위 장르로는 '남도시조', '향토시조'로 칭할 수 있겠다. 흔히 판소리를 '남도창'이라 하여 지역 특성을 대변함도 이 친연성에 해당한다.[6] "지역문학은 문학의 특수성을 지향하는 문학이다. 이는 외국문학에 대한 한국문학으로 가장 한국적

5) 한국문학을 이루는 지역문학은 호남문학, 영남문학, 제주문학과 함께 독자적인 성격을 뚜렷하게 나타낸다. 지역문학은 한국문학을 다채롭고 풍성하게 만드는 데 각기 소중한 기여를 해왔다(조동일, 「호남시가의 문학사적 의의」, 제3회 호남문학연구 학술세미나 자료, 호남대학교 인문사회과학연구소, 1997.7.2, 7쪽 참조)

6) 이상옥, 「우리문학의 특수성과 보편성」, 『현대문학』(국어교과서), 천지출판, 2010.

인 것을 소재로 하여 보편적 호소력을 지닌 문학으로 발전되듯이 한국문학 속의 지역문학은 가장 향토적인 성격의 문학으로 향토성을 띤다".

지역적 친연성이란 세 가지 입장이 충족되어야 한다. 그것은 ① 언어(여기서는, 남도의 토박이말과 탯말) ② 지역성(호남지역의 향토성) ③ 문학 양식(남도적인 시조, 판소리, 육자배기, 잡가, 민요 등)이다. 이는 앞에서 개념을 정의한 다섯 가지 분류 체계와도 같은 맥락이다. 이를 통하여 향토적 풍미를 형상화한 요소들, 즉 풍광, 토박이말, 맛, 풍류, 기질 등으로 나누어 각각의 작품을 살펴보기로 한다.

1) 남도의 풍광

향토적 풍미가 리얼하게 감지되는 시조는 따로 있다. 여기서는 조운과 조남령의 '영광'에 대한 풍광, 그리고 '해남'의 '땅끝'에 대한 윤금초의 깊은 사유, 용진호의 '강진'의 '백련사'에 대한 미감, 그리고 박현덕의 화순 '적벽'의 '망미정'에 서려 있는 명적(鳴鏑), 박성민의 '신안'의 '다도해'에 대한 풍광과 유년 기억 등을 예로 든다. 이에는 작고한 시인이 3인, 현역 시인이 4인이다. 모두 창작 무대인 지역 향토 출신이자 한 시대, 또는 현재까지 그 향토를 지키며 지역문학을 위해 봉사한 시인들이다.

선진귀범(仙津歸帆)
山으로 오르는돛 山에서 나리는돛
오는돛이 가는돛가 가는돛이 오는돛가
沙工아 山影이 잠겼느냐 桃花떳나 보아라.

옥여조운(玉女朝雲)
하늘은 물빛이요 물빛은 하늘인데

玉女峰 어젯밤은 어느神仙 쉬여갔나
허리에 아침구름만 불그레히 웃더라.

서산낙조(西山落照)

海光이 늘실늘실 하늘에 닿았는데
먼 곳은 金빛이요 가까운 곳 桃花로다
落霞에 갈매기 펄펄 어갸뒤야…….

구수청람(九岫靑嵐)

暎湖亭 간밤비는 봄을 얼마마 늙혔으며
구순에 갠 안개는 몇 번이나 푸르렀나
길손이 술잔을 들고 옛일 그려…….

선암모종(仙庵暮鐘)

山은 漸漸 멀어가고 바다는 높아진다
낚시걷어 돌아오니 鐘소리 어느절고
紫雲이 잦아졌으니 仙庵인가 하노라.

응암어적(鷹岩漁笛)

매바위 絕壁아래 고기잡이 젓대소리
한소리 또한소리에 山峽이 깊고깊다
물새는 나래를 치며 배ㅅ전에와 노더라.

동령추월(東嶺秋月)

霽月亭 맑은물에 笙歌를 아뢰올 제
東嶺에 달이솟아 고기가 뛰노매라.
沙工도 사양마러라 밤새도록 마시자.

후산단풍(後山丹楓)

봄에는 軟綠香氣 여름엔 草綠그늘

단서리 하로밤에 물밑까지 붉었어라
西風에 배부른 白帆도 醉한 듯 가더라.

정도낙안(鼎島落雁)
기나긴 서리밤을 울어새운 저 기러기
鼎島의 여인같이 그다지 그립던가
西湖의 지새는 빛을 내못잊어 하노라.

시랑묘연(侍郎暮煙)
山밑인가 물밑인가 白鷗난다 아득한 곳
漁村 두세집에 草綠에 잠겼는데
청연(淸烟)이 斜陽을 띄고 길게길게 흐르더라.

마촌초가(馬村樵歌)
잔물에 沙工아희 半空에 종지리새
개건너 山비탈에 樵童의 노래소리
굴까는 큰아기들도 홍글홍글 하더라.

칠산어화(七山漁火)
별들이 귀양왔나 봄따라 나려왔나
고기불 一千里가 바다밖에 떠있는데
어갸차 노젓는 소리 밤빛푸러 지더라.

— 조운, 「法聖浦 十二景」[7]

窓을 열뜨리니
와락 달려 들을 듯이
萬丈 草綠이
뭉게뭉게 피어나고

---

7) 『조선문단』 1925년 5월호 ; 조운, 『구룡폭포 – 우리시대현대시조 100인선 5』, 태학사, 2000.

꾀꼬리
부르며
따르며
새이새이 걷는다.

— 조운, 「佛甲寺 一光堂」[8)]

조운(曺雲, 1900~61)은 영광 출생의 시인으로, 1921년 『동아일보』에 시, 1924년 『조선문단』에 시조 「초승달이 재 넘을 때」와 1925년 같은 잡지에 시조 「법성포 12경」 등을 발표하면서 시조 창작에 매진했다. 그는 고어투를 벗어난 일상어로 구체적 소재를 담아냄으로써 이병기 시인이 강조한 '실감실정(實感實情)'을 실천했다. 일제 강점기의 식민지적 사고에서 벗어나 전통적 운율을 살리면서도 특히 남도의 풍미와 서정이 배어 있는 시조를 창작했다. 그뿐만 아니라 그는 향토애 정신으로 1922년에 영광의 '자유예원'을 조직하는 등 영광 지역의 문예 활동에 정력을 쏟았다. 이어서 조남령, 박화성을 비롯한 영광중학교 교사, 문학에 관심이 있는 지역민을 다수 참여케 하여 『자유예원(自由藝圓)』이란 향토 문예지를 등사판으로 발간하고 정기적인 모임[9)]을 주도했다. 특히 1922년 10월 '영광시조동호회'와 '추인회'를 창립하고 이끌기도 했다. 이처럼 그는 영광에서만 50여 년을 살며 시조를 통해 향토 '영광(靈光)'의 정체성은 물론 민족의 정체성을 일깨우는 데 심혈을 기울인 시인이다.

특히 그는 영광의 풍광을 담은 「법성포 12경(法聖浦十二景)」「해불암 낙조(海佛菴落照)」「불갑사 일광당(佛甲寺一光堂)」 등의 작품을 통해 향토애를 실

8) 조운, 『구룡폭포 – 우리시대현대시조 100인선 5』, 태학사, 2000.
9) 전남문인협회 · 전남문학백년사업추진위원회 편, 『전남문학변천사』, 한림, 1997, 105~106쪽, 134쪽 참조.

천했다. 이런 시조와 문학운동으로 미루어 그가 얼마나 향토를 아끼고 사랑했는지를 엿볼 수 있다.[10] 「법성포 12경」은 12수의 연시조로 빼어난 법성포의 경관을 두루 형상화한 작품이다. 8경, 10경은 많으나 12경까지 소개한 지역은 법성포뿐이다. 이 시조는 마치 실경을 보는 듯한 효과를 줌은 물론, 당시 주민들의 생활상도 알게 해주며, 각 수마다 경(景)의 제목을 붙임으로써 승경(勝景)을 체계화한 특징이 있다. 「불갑사 일광당」은 불갑사의 봄을 시청각적으로 묘사하여 독자가 바로 앞에서 녹음을 보거나 새소리를 듣는 듯 표현한다. "窓을 열뜨리니 와락 달려들을 듯이 만장(萬丈) 초록(草綠)이 뭉게뭉게 피어나고"에서처럼, 조운이 아니고선 이런 감각을 부릴 만한 시인은 없을 것이다.

저거 이름 모를 새 한 마리 울고 가야
바다 건너 불어오는 비 품은 마파람에
나뭇잎 소곤거리는 이역(異域)- 하루 밤이다.

울타리 쭉나무에 청개고리 비 부를젠
새터 열마지기 하늘 먼저 살피시든
아버지 이 여름 들어 소식 잠잠하시네.

방학 때 집에 들면 옥수수대 매두마다
어머님 아낀 사랑 쪼록쪼록 굵었더니
올에는 한몫이 줄어 작히 섭섭하시리.

올봄 영청에는 어떤 집 지었느냐?
앞마당 빨랫줄에 동생 옷들 걸렸드냐?
제비면 내골서 온양 거지없이 묻습네.

10) 이태범, 「조운 시(시조)의 로컬리티 연구」, 블로그 '청개구리 시험지', 2017.

매미 우는 소리 어린 시절 눈에 어려,
낮으막 키 줄이고 나뭇가지 쳐다보니
뒤꼭지 저편 숲에서 꾀꼬리도 우더라.

— 조남령, 「향수(鄕愁)」[11]

이 시조는 조남령의 나이 19세 때 작품이다. 조운의 제자인 조남령(曺南嶺, 본명 조영은(曺泳恩), 1920~?)은 1933년 영광보통학교와 1938년 목포상업학교를 거쳐 1939년 일본으로 유학을 가게 된다. 1942년 법정대학 고등사업부 영문과를 졸업하고, 1942년 같은 대학 일문학과에 편입해 다니는 도중 학도병으로 징집된다. 해방을 맞자 곧 귀국하여 영광민립중학교 교원으로 근무하면서 조운에게 시조를 사사(師事)받는다. 1939년 『문장』에 시조 「창(窓)」「금산사(金山寺)」로 이병기의 추천을 받고, 1940년 『조선일보』 신춘문예 시조 「봄」이 1등으로 당선한다. 영광 소재의 작품으로 「향수(鄕愁)」(『문장』, 1939.12.), 「봄」(『문장』, 1940.5.), 「바람처럼」(『춘추』, 1941.11.) 등이 있다. 광복 후 '조선문학가동맹'에서 활동했고, 1947년 서울 동성중학교 교사로 근무하면서 한글학자 이극로의 초청으로 월북하려다 체포되고 한국전쟁이 발발하자 출감한다.[12] 그는 이후 『조남령시조집(曺南嶺時調集)』을 펴내었고 향토적 서정으로 일관된 시조를 꾸준히 추구했지만, 정치적 태도는 그와 동떨어져 급전향을 했으며 한국전쟁 무렵 월북한다.

그는 곤궁한 시대를 살아가는 영광 서민들의 애환을 곧잘 시조에 담았다. 향토의 풍경에 애정을 담은 서정시조로 위에 든 「향수」[13]가 있다. 이는 시인

---

11) 『문장』, 1권 11호, 1939.12.

12) 이동순, 「조남령 시의 역사적 대응 양상 연구」, 이동순 편, 『조남령문학전집』, 소명출판, 2018, 198쪽 참조.

13) 「향수」는 5수의 연시조이나 1수를 「일야(一夜)」로, 2수는 「가을」로, 4수는 「제비」로 개작했는데, 이는 사상이나 이념과는 별개로 시조형식에 대한 새로운 실험에서였을 가능

이 영광읍 도동리에서 살 때의 그곳의 풍광과 정서를 담은 시조이다. 그는 영광에 대하여 "바다 건너 불어오는 비 품은 마파람"과 "울타리 쭉나무에 청개고리 비 부를 젠"과 같이 비를 부르는 고향의 바닷바람을 떠올린다. 이어 "새터 열 마지기" 천수답 농사를 지으며 "하늘 먼저 살피시든/아버지"의 가족 안부를 떠올리고, "옥수수대 매두마다 어머님"이 아껴두었다가 주던 모정을 회상한다. 이렇듯 그가 회상하고 기억하는 풍광은 고향 영광의 모습을 짙게 드러낸다. 특히 객지에서 집의 안부를 묻는바 "올봄 영청에는 어떤 집"을 "지었더냐?"라든가, "앞마당 빨랫줄에"는 여전히 "동생 옷들 걸렸드냐?"와 같은 식구들에 대하여 궁금해함은 관념이 아니라 현실적이고도 실질적이다. 마을 풍광에 대해 "매미 우는 소리"가 "어린 시절 눈에 어려"왔던 기억, 그리고 집 뒤의 "숲에서 꾀꼬리도 우더라"는, 그렇게 '우더냐'란 안부의 물음으로 바꾸어보게끔 여실한 풍경을 전한다.

반도 끄트머리
땅끝이라 외진 골짝
뗏목처럼 떠다니는
전설의 돌섬에는
한 십년내리 가물면
불새가 날아온단다.

갈잎으로, 밤이슬로
사뿐 내린 섬의 새는
흰 갈기, 날개 돋은
한 마리 백마였다가
모래톱

성도 있다(위의 글, 198쪽).

은방석 위에
둥지 트는 인어였다.

象牙質 큰 부리에
선지빛 깃털 물고
햇살 무등 타고
미역 바람 길들여 오는,
불잉걸
발겨서 먹는
그 불새는 여자였다.

달무리
해조음
자갈자갈 속삭이다
십년 가뭄 목마름의 피막 가르는 소리
삼천 년에 한 번 피는
우담화 꽃 이울듯
여자의 속 깊은 宮門
날개 터는 소릴 냈다.

몇날 며칠 앓던 바다
파도의 가리마 새로
죽은 도시 그물을 든
낯선 사내 이두박근……
기나긴 적요를 끌고
훠이, 훠이, 날아간 새여.

— 윤금초, 「땅끝」[14]

14) 윤금초, 『땅끝 – 우리시대 현대시조 100인선 29』, 태학사, 2000.

윤금초 시인은 해남 출생으로, 시조집 『해남 나들이』 『땅끝』 『이어도 사나, 이어도 사나』 등을 냈다. 다 향토와 관련된 시집들이다. 위 「땅끝」은 송지면 갈두리(葛頭里)에 소재한 '땅끝'을 보고 마치 신화를 구연하듯 썼다. '땅끝'은 서해안 일주의 끝 지점이자 남해안의 시작 지점에 자리해 있다. 1980년대 이전까지만 해도 일반에게 잘 알려지지 않은 지명이었다. 일제의 잔재 이름이 '토말(土末)'인데, 이곳에 작은 석비가 있을 뿐이었다. 시인은 이 '땅끝'에서 큰 힘이 솟아나는 소리를 듣게 된다. 그것은 저 혼자 오래된 땅끝은 "삼천 년에 한 번 피는/우담화"이자, 여자의 "궁문(宮門)"으로 상징된다. 그리고 거기 "날개 터는 소리"의 상상세계로 나아간다. 땅끝을 만들어낸 달무리와 해조음은 "자갈자갈" 하며 십 년 가뭄이 든 "목마름"으로 "피막 가르는 소리"를 낸다. 결국 그 소리는 "삼천 년" 만에 피고 이우는 "우담화"처럼 "여자의 속 깊은 궁문"에 이르게 되는데, 거기가 '땅끝'이라는 곳이다. 이 신화적 '궁문(宮門)'은 생명의 탄생을 상징한다. 궁문의 힘을 받아 "죽은 도시"에 "그물을 든 낯선 사내"는 "이두박근"의 힘이 있어 궁문을 점령할 수 있다. 그 힘으로 "적요를 끌고/훠이, 훠이, 날아간 새"로 변신한다. 곧 땅끝은 탄생과 힘을 재생하는 그 변화하는 곳이다.

이처럼 땅끝에서 '엿들어지는 소리'는 노스럽 프라이(Northrop Frye, 1922~1991)가 말한 바 '상징적 사유'로 볼 수 있다. 수잔 K. 랭거(Susan Langer, 1950~1985)가 말한 '시간에 의한 시인의 감정소리'로도 상징되는 출발점일 수도 있다.[15] 그러니까 '땅끝'은 뭍의 끝이지만 바다로 비상해 가는 미래지향적 '태생'으로서의 '궁문'이 되는 것이다. 그만큼 이 시조의 상상적 궁문은 깊다. 사물과 사상이 잉태되고 출발함을 예언하는 곳, 그게 곧 '땅끝'인 것이다.

15) 수잔 K. 랭거, 『예술이란 무엇인가』, 박용숙 역, 문예출판사, 2017, 120~124쪽 참고.

한편, 이지엽은 해남의 '탯말론'을 다룬다는 점에서, 이 윤금초의 '탯줄론'과 쌍벽을 이룬다고 할 수 있다.

만덕(萬德)을 남기고도
백련(白蓮) 한 잎 없는 절에

만경루(萬景樓) 너른 뜰서
우러르던 대웅전(大雄殿)

창(窓)살에
날 빛이 걸려
연꽃 마냥 떠 있다.

한 천년 불심(佛心) 담은
높은 봉(峰)을 타고 넘다

졸면서 가는 구름
바위 틈에 재우더니

동백(冬柏)에
먹장삼(長衫) 입혀
절로 끌어들인다.

— 용진호, 「백련사」[16]

용진호(1933~2001)는 해남 송지면 산정리 출생의 시인이다. 그는 30대부터 시조 창작과 향토 연구를 병행해온, 해남군이 인정한 한학자이자 향토사학자이기도 하다. 그는 1988년 『시조문학』에 이태극 시인의 추천을 받고 늦게

16) 용진호, 『계산시조선집』, 한림, 2001.

등단했다. 그가 쏟은 향토애적 연구 면모는 깊이 조명되어야 할 일이나[17] 점차 잊혀져가고 있음을, 필자는 한 소고를 통해 지적 · 역설한 바도 있다. 그가 생애에 단 한 권을 펴낸 『계산시조선집(溪山時調選集)』(2001.5.1)에는 해남의 승경지인 두륜산, 달마산, 대흥사, 미황사, 충무사, 땅끝, 울돌목 등 150여 곳을 노래한 작품으로 해남 일대가 거의 망라되어 있다. 그뿐만 아니라 주변의 강진, 영암, 진도 등지의 사찰과 고적지에 대해서도 그곳의 풍광 · 풍미 등을 노래한 시조가 집합되어 있다. 특히 그는 원고 청탁을 받으면 모든 작품을 단정한 모필로 작성하여 보냈으며, 자신의 작품을 모두 붓으로써 유목별로 정리해둔 깔끔한 시인이기도 했다. 그는 송지면 산정리에서 출생하여 작고할 때까지 그곳을 지키며 창작과 연구에 몰두한 향토시인이다. 1950년대부터 1980년대까지 '두륜문학회', '섬문학회', '한듬문학회', '남촌문학회' 등 문학단체를 이끌며 동인들의 결속을 다지고, 『두륜문학』을 총 28집까지 내는 등 문학적 열정을 쏟았다. 특히 고산 윤선도가 거쳐간 금쇄동의 「산중신곡(山中新曲)」「우후요(雨後謠)」 등을 발굴하는 데 단초를 제공하기도 했다.[18] 그가 쓴 해남에 관한 풍광 · 풍미에 대한 시조 작품은 앉아서 쓴 게 아니고, 필자가 알기로 모두 발품을 들인 작품들이다. 특히 그의 서재

---

17) 졸고, 「선비정신, 지조 그리고 해학과 기지－용진호론」, 졸저, 『사물을 보는 시조의 눈』, 고요아침, 2011, 195~209쪽 참조.

18) 해남군 현산면 구시리 산181번지로 구시 저수지로부터 위쪽 산 약 8킬로미터 지점의 정상 부근 금쇄동(金鎖洞)에 고산의 은거지 난가대(爛柯臺)가 자리해 있다. 이곳에 고려시대 축조된 성터가 있다. 고산은 이곳을 재제로 「산중신곡(山中新曲)」「우후요(雨後謠)」 등을 창작하였음을 용진호 시인이 1975~1976년 문학사상사 자료조사실로 연락한 바 있다. 이후 용진호를 중심으로 한 향토사학자들이 세부 장소를 답사하여 1996년부터 세상에 공식적으로 알려진다. 고산은 54세 때 1641년(인조19) 「금쇄동기(金鎖洞記)」를 쓰면서 "내가 꿈속에서 쇠자물쇠가 잠긴 구리 궤[金鎖錫櫃]를 얻고 나서 며칠이 지나지 않아 이 동천(洞天)을 발견했는데 모두 꿈속에서 본 것과 동일했으므로 이 동천을 '금쇄'라고 명명했다"로 적고 있다. 금쇄동이라는 지명은 이렇게 탄생된 것이다.

에는 생전 당시 약 8천여 권의 희귀 문학 서적 및 향토사 자료를 보유하고 있었는데 직접 구입한 게 대부분이었다. 그는 한 해 수확이 끝나는 농한기에, 전국 고서점을 순방하며 나락 공판에서 받은 돈으로 책을 구입하곤 했다. 그가 칭하는 바, 한 섬짜리, 석 섬짜리, 심지어 열 섬짜리 책도 있었다. 특히, 그는 이렇게 입수한 자료들을 살펴 훼손된 부분을 하나하나 배접하고 꿰매고 접힌 부분은 인두질로 펴서 서가에 단정히 올렸다. 그러니 서책에 대한 정성은 가히 그 누구도 따르지 못했고, 당시 독서신문사의 모범수장가로도 뽑힌 바 있었다. 특히 해남 관련 자료에는 더 애지중지했다.

그가 만년에 낸 시조선집은 총 11부로 편제돼 있다. 1부는 해남 전체, 그리고 그가 살았던 송지의 풍광을 25수에 담았다. 2부는 해남을 비롯 전국 명승지를 답사하여 얻은 시조 20수를 수록했다. 3부는 대흥사, 미황사, 석문사, 도갑사 등 전국 사찰을 돌아보고 쓴 22편을 수록했다. 4부는 계절을 노래한 시조 22수를 수록했고, 5부는 해남의 풀꽃들과 나무들에 대한 시조 26수를 수록했다. 6부는 해학과 기지가 담긴 사물시조로 26수를 수록했다. 7부는 해남의 인정과 애환을 노래한 27수를 수록했으며, 8부는 사계(四季)를 노래한 시조 20수를 실었다. 9부는 해남에서 볼 수 있는 사물과 그 인연을 술회한 22수를 수록했다. 10부는 전국을 돌아본 기행시조로 22수를 편제했다. 11부는 동시조, 땅끝 찬가 등 15수를 수록했다. 이렇듯 이 시조집은 그가 평생에 남긴 단 한 권으로, 총 600여 페이지에 모든 작품들을 담아냈으며, 시인은 이 책을 마지막으로 그해 작고했다.

여기 소개한 강진 만덕산(萬德山) 속의 「백련사(白蓮寺)」는 수백 편의 사찰 관련 시조 중의 하나이다. 「백련사」는 공중에서 본 절의 경관을 형상화한다. 백련사를 옹위한 주변의 산과 구릉이 흰 연꽃잎 형상에서 나온 까닭을 읊은 것이다. 그게 시조에 표현된바 "한 천년 불심을 담은 높은 봉을 타고 넘던" 흰 구름이 머물러 흰 연꽃의 형상을 이룬다. 그 흰 꽃잎 가운데, "동백"꽃 같은 붉은 단청에 "먹장삼" 같은 검은 기와를 인 절채가 그 안에 들어앉아 있다. 그러니, 절이 미화된 최고의 탐미의 경지 그것의 형상화된 작품이다.

노루목 적벽을 돌아 소슬한 기왓골에
명적(鳴鏑)으로 날아와서 매섭게 밝힌 바람
뼈아픈 호란의 그림자 떠다니는 소한 무렵

몸을 잔뜩 웅크리고 기억을 들춰본다
금방 살을 벨 것 같은 그 의병 외침소리
쇠잔한 남한산성으로 신발 끌며 가는 사람

도처에 생 비린내, 앙가슴이 멍들도록
망루 올라 북을 칠 때 빛을 잃은 왕조의 달
한 사내, 상복을 입고 지금껏 곡을 한다

— 박현덕, 「망미정에 올라」[19]

박현덕 시인은 화순에 터를 잡은 지 20여 년이 넘고, 운주사, 적벽, 도장리의 지석묘, 도암면 동광리 등 화순 소재의 여러 고적과 지명들을 시조에 올렸다. '망미정(忘美亭)'은 시인이 주석(註釋)에서 밝힌 바와 같이, 병자호란 때 선비인 적송 정지준(赤松 丁之雋, 1592~1677)과 관련된 이야기를 담고 있다.[20] "고달픈 말은 홀로 강 위의 길을 찾는데/대명천지에 하나의 쓸쓸한 배만 있네//서늘한 풀과 나무 하늘 해 뉘엿뉘엿/그림 같은 붉은 벽 물에 잠긴 그림자…".

---

19) 박현덕, 『겨울 동광리』, 고요아침, 2016.

20) 정지준은 화순 이서 출신의 유학자이자 의병이다. 그는 병자호란 때 허윤구, 정호민, 김종지 등과 더불어 의병을 일으켜 남한산성으로 출병하여 청주에 이르렀으나 인조의 항복 소식을 듣고 회군하여 임금을 그리워한다[忘美]는 뜻으로 초당 망미정을 짓는다. 정자를 다 짓기도 전에 해가 기울자 붉은 벽이 더욱 붉어졌다. 그는 넋을 놓고 시를 읊었다.

정지준은 호란이 극심할 때 의병을 일으켜 싸웠지만, 인조의 항복 소식에 휘하의 의병들을 모두 되돌려 보낸 뒤 그 쓰라린 심정으로 화순 적벽에 들어와 이 정자를 짓고 은둔 생활을 한 사람이다. 시조는, 그가 역사에 이름이 잘 알려진 인물은 아니지만, 그 절의의 정신이 의병 활동으로 일관된 충심이 높은 선비임을 일깨운다. 시조는 적벽만 보고 무심히 지나치는 여행자에게 오래전에 세워져 사람들에게 잊혀 있는 정자에 대해, 아니 그 안에 든 잊혀진 의병의 상에 대해, 그리고 그 의병의 의기(義氣)에 대해 말한다. 시인은 "몸을 잔뜩 웅크리고 기억을 들춰보"듯 그 의병의 호흡을 듣는다. 시조에 등장한 "한 사내"는 정자에서 "상복을 입고 지금"까지도 "곡을" 멈추지 않고 있다. 호란이 심할 때 정지준은 "금방 살을 벨 것같"이 외침을 지르며 "쇠잔한 남한산성"을 향하여 각오하듯 "신발"을 끌었다. 그러나 왕의 항복은 이런 사내의 의지를 꺾는 일이었다. "도처"에 도는 "생"의 "비린내"를 풍기는 전쟁의 와중에 "앙가슴이 멍들도록" 북을 치며 의분을 호소하고 있다. 적을 물리치지 못한 그의 원통함, 그 선비의 영혼을 시인은 오늘의 '망미정'에서 스스로에게 각인한다. 보기엔 평화로운 그 "적벽을 돌아 소슬한 기왓골에" 느닷없이 "명적(鳴鏑)으로 날아"온 그때의 화살 때문이다. 화살은 매섭게 우는 소한(小寒)의 바람을 타고 가속을 받는다. 어디에 박힐 것인가. 그건 국난사(國難史)를 망각한 화자에게 박혀온다. 설상가상으로 혼미를 깨우치듯 찬바람이 후려친다. 이 시조는 시인이 가본 적벽과 정자에 대한 그 흔한 유서 깊음을 말하는 게 아니다. 거기 떠다니는 정지준의 뼈아픈 사연, 회군(回軍)의 통념(痛念)을 전하며 흐느끼는 화살 바람을 맞는 순간, 그걸 시인 자신의 회한으로 치받는 가슴을 움켜쥐고 있다. 그리고 시인은 적벽을 앞에 둔 정자로부터 어떤 비의(秘意)를 소환한다. 잠든, 아니 잠들었다고 생각하는 북[鼓]의 곡(哭)이, 매서운 바람과 의병의 의기에 실려, 명적이듯 깨우쳐 울리는데, 그건 잠든 의기(義氣)를 재우쳐 깨우는 것이다. 그건 정지준이 화자에게 쏘는 화살로, 안위를 벗어나 명적처럼 울리는 시를 빚으려는 그 통념(痛念)을 집어내는 것이다.

누나는 터진 손으로 공기놀이를 했었지

손등과 손아귀에서 엄지와 중지에서 훌쩍훌쩍 노는 돌들, 징검다리로 앉았다가 처마 밑 메주로 서낭당 돌로 앉았다가 소쿠리 식은 밥알 굳어갈 때까지 빈집 개가 서성이다 까묵 잠들 때까지 누이 곁에 쪼그려 앉아 공기들을 보았다. 까치놀 뜨는 저녁, 엎어지고 널브러진 돌멩이들 돌아보며 밥 묵으러 가고 누나도 가고 나도 가고 모두 다 밥 묵으러 가고 썰물도 큰 바다로 떠나간 섬마을, 잉걸불에 검붉게 그을어진 아궁이, 남겨진 돌멩이들 다도해가 되었다

바다로 떠나지 못한 다도해가 되었다.

— 박성민, 「다도해」[21]

이 시조는, 누나가 "터진(추위에 튼) 손"으로 공기놀이(속칭 '닷짝감 놀이')를 하다 놓고 간 공깃돌로부터 다도해의 섬을 비견해낸다. 공기놀이는 작은 돌을 다섯 개 또는 여러 개 바닥에 놓고 일정한 규칙에 따라 집고 받고 하는 놀이다. 유년 때 익히 했던 놀이로, 시인은 누나의 공기놀이를 통하여 다도해의 많은 섬을 조망해 보인다. 손을 펼쳤을 때의 공깃돌의 위치와 바닥에 깔았을 때의 모습, 그것은 마치 흩뿌려놓은 듯 다도해의 점점인 섬으로 화한다. 화자는 공깃돌로부터 다양한 생활의 돌을 회상하기도 한다. 그 돌은 "징검다리로 앉았다가", 어떤 땐 "처마 밑 메주로" 앉았다가 또 "서낭당 돌로 앉았"던 그것이다. 떠오른 돌의 관계는 이렇듯 화자와 오랜 세월

21) 박성민, 『쌍봉낙타의 꿈』, 고요아침, 2011.

을 지속해왔다. 누나가 좋아하는 공기놀이는 사실 화자에겐 지루하고 배고픈 놀이다. 하지만 누나는 "소쿠리 식은 밥알 굳어갈 때까지", 그러고도 "빈집 개가 서성이다 까묵 잠들 때까지"도 공기놀이를 한다. 그러다 놀이를 멈춘 때는 "까치놀 뜨는 저녁"쯤이다. "널브러진 돌멩이들"은 화자와 누나가 가고 난 뒤 그대로 남겨져 "다도해"의 수많은 섬으로 환치함을 보인다. "썰물도 큰 바다로 떠나"가면, 놀이를 멈추고 최후로 남은 공깃돌처럼 고립된 "섬마을"이 된다. 마을엔 가난한 사람들이 산다. 그들이 살다 떠나면 "남겨진 돌멩이들"은 역시 "다도해가 되"는 것이다. 이 시조의 맥락은 누나의 공기놀이로부터 섬마을에 사는 사람들의 애환, 그리고 그곳을 떠나는 이웃들에 걸쳐 그들이 남긴 유적을 다도해 섬들로 표상한다. 유년의 추억을 불러오는 '공기놀이'가 섬으로 변화되는 그 조망적 미학이 특이하다.

2) 토박이말의 구사

토박이말은 탯말에서 비롯되었지만, 탯말은 토박이말을 모른다. 그만큼 탯말이 오래전부터 쓰여왔기 때문이다. 두 고유의 말은 어머니와 자식 간의 소통과 같다. 어머니가 먼저 말을 쓰고 세상을 하직했지만 아들딸은 어머니 세대가 쓴 말들을 모르는 경우가 많다. 더 옛날로 거슬러 가 조상들이 쓰던 '가람', '뫼' 같은 순우리말을 현 세대가 쓰지 않는 경우도 그런 예이다. 한 세대가 지나면 사람들은 곧 그 말을 잊는 수가 있다. 해서, 시조에서 토박이말과 탯말을 부활시켜 쓰는 게 필요하다. 그 말로 미루어 언어의 연원을 알게도 된다. 나아가 (조)부모와 자식 간, 이웃 간, 지역 간의 인간사에 대해 이해와 소통을 꾀하기도 한다. 그러나 활용에 너무 작위적일 필요는 없겠다. 시조의 구성상 꼭 써야 할 자리가 따로 있기 때문이다. 토박이말로 구사한 시조는 이지엽 시인의 작품 2편을 대상으로 삼는다. 예로 든 시조 외에도 「전라도 말」(『정형시학』, 2019년 겨울호)이 있다. 필자의 작품 「아버지의 여유」와 「새벽마당」이 있으나 생략했다.

아홉배미 길 질컥질컥해서
오늘도 삭신 쿡쿡 쑤신다.

아가 서울 가는 인편에 쌀 쪼깐 부친다 비민하것냐만 그래도 잘 챙겨묵거라 아이엠 에픈가 뭔가가 징허긴 징헌갑다 느그 오래비도 존화로만 기별 딸랑하고 지난 설에도 안와부렀다 애비가 알믄 배락을 칠 것인디 그냥반 까무잡잡하던 낯짝도 인자는 가뭇가뭇하다 나도 얼릉 따라 나서야 것는디 모진 것이 목숨이라 이도저도 못하고 안 그러냐. 쑥 한 바구리 캐와 따듬다 말고 쏘주 한 잔 혔다 지랄 놈의 농사는 지먼 뭣 하냐 그래도 자석들한테 팥이랑 돈부, 깨, 콩, 고추 보내는 재미였는디 너할코 종신서원이라니 그것은 하느님 하고 갤혼하는 것이라는디 더 살기 팍팍해서 어째야 쓸란가 모르것다 너는 이 에미더러 보고 자퍼도 꾹 전디라고 했는디 달구똥마냥 니 생각 끈하다

복사꽃 저리 환히 핀 것이
혼자 볼랑께 영 아깝다야

— 이지엽, 「해남에서 온 편지」[22)]

남들은 나무라는데
내겐 이게 밥그릇이여
다섯 남매 갈치고.

어엿하게 제금냈으니

22) 이지엽, 『해남에서 온 편지 - 우리시대 현대시조 100인선 62』, 태학사, 2000.

참말로
귀한 그륵이제
김 모락 나는
다순 그륵!

너른 바다 날 부르면
쏜살같이 달리구만이
무릎 하나 판에 올려 개펄을 밀다 보면
팔다리 쑤시던 것도 말끔하게 없어져

열일곱에 시작했으니 칠십 년 넘게 탄 거여
징그러워도 인자는 서운해서 그만 못 둬
아 그려, 영감 없어도 이것땜시 외롭잖여

꼬막만큼 졸깃하고 낙지처럼 늘러붙는
맨드란 살결 아닌겨
죽거든 같이 묻어줘

인자는
이게 내 삭신이고
피붙이랑게

— 이지엽, 「널배」[23]

이지엽 시인은 해남 토박이말을 텟말의 수준으로 구사해낸다. 이는 시인이 해남이란 땅의 모태로부터 배운 말이기 때문일 것이다. 장흥 출신 김제현 시인은 "산에 사는 새는/산 소리로 울고//물에 사는 새는/물 소리로 울듯이//전라도 새는 전라도/사투리로 운다"(「사투리」 전문)고 했다. 이지엽 시

---

23) 『유심』, 2012년, 3 · 4월호.

인의 시조 중에는 감칠맛 내는 토박이말로 쓴 작품이 많다. 위의 「해남에서 온 편지」는 그 전범(典範)으로 볼 수 있겠다. 이 시조 외에 「널배」, 그리고 최근에 쓴 「전라도 말」이 있다. 「해남에서 온 편지」는 전체가 화자인 어머니의 토박이말로 표기되어 있다. '찰진 말'이란 이 같은 텟말에 '게미'를 더한 말인데 풍미로서의 말맛이 당겨지는 특징이 있다.

「널배」는 갯벌에 타는 어머니의 밀배이다. 이와 관련하여 쓴 토박이말은 "밥그륵", "제금냈으니", "달리구만이", "맨드란", "인자" 등이다. '널배'는 화자(그녀)에게 삶을 이어가고 지탱해주는 기둥과 같은 존재다. 가만히 있으면 삭신이 쑤시다가도 널배를 타고 개펄을 누비기만 하면 희한하게 "팔다리 쑤시던 것도 말끔하게 없어"지니 그런 효자도 없다. 푹푹 빠지는 갯벌이지만 널배 미는 어머니들의 바구니엔 낙지며 꼬막이 넘친다. 삭신이 지칠 만도 한데 물건이 많아 웃음은 절로 난다.[24] 해서 "영감 없어도 이것땜시" 외롭지 않다고 말한다. 해서, 한겨울 추위에도 활력은 넘친다. 그 힘의 원천이 개펄이며, 거기에 널배로 잡는 해산물이 풍성하기 때문이다. "열일곱에 시작했으니 칠십 년 넘게 탄 거여"란 말에 이어 "죽거든 같이 묻어줘"란 대목이 시조의 절정 고개이다. 그리고 "이게 내 삭신이고 피붙이랑께"에서 보듯, 삶의 치열함에 한 발쯤 비껴서는 여유를 보인다. 이 토박이말로부터 느낄 수 있는바, 달관한 텟말을 유머에 실린 구사로 시조를 껄끄럽지 않게 배려하고 있다.

3) 남도 음식

남도 음식은 '맛깔'의 미학이자 '게미'의 아우라이다. 풍미(風味)도 오래되

24) 한국작가회의 편, 『2013 좋은시조』, 책만드는집, 2014, 55쪽 참조.

고 묵으면 후대에 풍미(風美)가 된다. 남도 음식의 맛깔은, 목포의 홍어와 먹갈치, 영광 법성포의 보리굴비, 장흥의 표고버섯과 한우, 벌교의 꼬막무침이나 꼬막장, 강진의 한정식 등으로 널리 알려졌다. 그러나 사실 지역을 대표하는 토속음식을 시조의 제재로 형상화한 작품은 찾기가 쉽지 않다. 또 실제 관련 시조가 없는 경우가 많다. 그러기 때문에 시조의 어느 한 부분에만 맛을 묘사한 작품은 대상에 넣지 않았다.

우선 '상치쌈'을 재치 있게 형상화한 조운의 시조와 지역의 특성을 살려 시조로 표현한 김영재의 '비빔밥', 문주환의 '홍어애', 염창권의 '간(음식의 간)' 등의 시조를 살펴본다. 이들은 주로 전라도식 맛의 게미와 관련된 미각들을 표현한다.

> 쥘상치 두손 받쳐
> 한입에 우겨 넣다
>
> 희뜩
> 눈이 팔려 우긴 채 내다보니
>
> 흩는 꽃 쫓이던 나비
> 울 너머로 가더라

— 조운, 「상치쌈」[25]

이 시조는 "상치쌈"과 더불어 비치는 시선에 순간의 재치를 곁들인다. 쌈을 "한입" 가득 물며 "희뜩"거리는 "눈"을 유머러스하고도 여실하게 묘사해 보이기 때문이다. "흩는 꽃 쫓이던 나비"가 "울 너머로 가더라"는, 쌈에 이어진 시선의 전환이 인상적이다. 시인은 나비가 날아가는 순간을 치켜떠 보

25) 조운, 『구룡폭포 – 우리시대 현대시조 100인선 5』, 태학사, 2000.

는 눈과, 입의 '쌈맛'을 교차시키는 '묘미'를 보여준다. 그게 작위적인 대비가 아니라 마침 날아가는 나비와 연관됨으로써 자연스러운 대비가 되는 것이다. 즉 상치쌈을 한입 가득 넣고 우물거릴 때 눈에 발견되는 나비, 즉 어떤 꽃을 좇아가던 나비가 울 너머로 가던 걸 보게 된다. 상치쌈이 아니었으면 보지 못했을 일이다. 사실 '상치쌈'과 '나비'는 별개의 관계이다. 하지만 이를 연결시키게 된 것은 입에 욱여넣은 쌈 때문이고, 마침 그때 나비가 날아가는 순간을 포착함에 실린다. "흩는 꽃"을 좇던 나비를 따라간 화자의 시선은, 이미 미어지게 삼킨 상치쌈으로 인해 부자연스러워지게 된다. 한데, 눈은 자연스레 원위치로 되돌리고자 하는 복구욕을 갖기 마련이다. 양껏 벌린 입에다 나비를 좇아가야 하는 그 치켜올린 눈, 어쩌면 어색함이 순간적으로 발랄해지는[26] 그 희화적(戱畵的) 모습을 크로키처럼 단숨에 그려내고 있다. 해서 시조 전개에 재미를 보태는 것이다.

> 섞일수록 거침없이 섞어야 비빔밥이지
> 새록새록 맛이 도는 고추장과 참기름
> 너와 나 뒤범벅으로 뒤섞일 수 있는
> 양 볼이 미어지게 쓰윽싹 몰아넣는
> 비빔밥이 되려면 통하라 무조건이다
> 몸 따로 사랑 따위는 한 줄 연애도 아니다
> 겨울 녘 등불 아래 기러기 시린 발 본다
> 내 발이 시린 건 당신께 날고 싶다는
> 칼바람 역풍 속에서 몸과 맘 섞고 싶다는
>
> — 김영재, 「비빔밥」[27]

26) 졸저, 『사물을 보는 시조의 눈』, 고요아침, 2011. 33~34쪽, 권순진 해설 참고.

27) 김영재, 『홍어』, 책만드는집, 2010.

이 시조엔, 거침없이 섞고 "양 볼이 미어지게" 먹는 남도 '비빔밥'을 한 그릇 차려놓는다. "맛이 도는 고추장과 참기름"처럼 "너와 나"는 "뒤범벅으로" 섞이어 몸을 비빈다. 그건 잘 섞이지 못하고 흩어진 관계, 말하자면 소통이 안 되는 그 사회를 풍자하는 것이다. 첫째 수와 둘째 수에서 육감적인 언어의 비빔밥을 맛있게 먹은 후, 마지막 수에 이르러 그 미학을 당신께 향하는 서정성으로[28] 연유해낸다. 즉 풍경의 늦가을이 접어지고 "겨울 녘"에 이르러 노을의 차가와진 답에 "기러기 시린 발"을 보며 깨닫게 되는 것이다. 이 "발이 시린 건 당신께 날고 싶다는" 본심이며, 그건 당신을 향한 "몸과 맘 섞고 싶다는" 통정으로 나아가는 일이다. 외로움은 누구에겐가 섞이기 위한 몸부림이다. 섞일수록 제 맛이 나는 '비빔밥'을 통하여, 소통 부재의 현실, 그 고독을 풍자하며 비빔밥의 풍미를 맞춰 돋우는 시조이다.

> 영산포구 저리 환한 복사꽃 어쩌자고
>
> 봄을 타는 그 입맛, 입맛 돋우는 새봄나물 안주에 막걸리 생각 끈 한 봄날, 봉선이 아부지 또 벼락 치는 소리다. "어야 오늘 장에는 순득이네 흑산 홍어배 들어온다고 장바닥이 난리들 아닌가, 얼른 봉선이 보고 보들보들한 보리 한 바구니 캐오라 하게, 나는 지금 선창에 가서 미끈미끈한 홍어 콧잔등 하고 깨소금 맛 나는 애 한 덤뱅이 사 올랑께" 어디 오늘 저녁에는 시원하고 얼큰한 그 원기에 좋다는 홍어 애국 한번 실컷 먹고 힘이나 한번 써보세- 응.
>
> 세상이 허허한 봄은 홍탁 한 잔이 참 딱인디.
>
> — 문주환, 「봄 홍어 – 영산강 · 10」[29]

---

28) 이경철, 「오체투지의 삶에서 우직하게 우러난 진짜 민족시」, 위의 책, 2010, 101~102쪽 참조

29) 문주환, 『전라도 가는 길』, 고요아침, 2015.

남도의 젖줄인 ‘영산강’ 소재의 연작 시조이다. 영산강은 예부터 물류의 통로였다. 곡식을 실어내는 것 말고도, ‘황시리(황석어)’ 젓배가 드나들며 보리밥 먹는 가난한 사람들에게 젓갈의 풍미를 돋워주었다. 또 무안 명산에서 올라온 장어가 구진포에 이르러 살이 통통해질 때 이를 요리한 곳으로 포구의 명성이 자자했다. 1980년대 이전까지 성시를 이루었으나 지금은 장어 요리집이 몇 안 돼 명맥만 이어갈 뿐이다. 홍어는 흑산도나 목포에서 잡아 황포돛배에 실어 이 영산강을 타고 영산포에 이르면 마침 곰이 삭아 톡 쏘는 맛을 지니게 되었다. 오늘날 영산포 ‘홍어의 거리’는 그래 생겨난 것이다.

이 시조는 사설시조로 봄의 흥취를 담아내고 있지만, 기실은 ‘홍어 애국’을 묘사한다. 그 안에 남도 가락을 능란하게 타고 있음을 보여준다. 초장에 복사꽃이 피는 봄이 왔음을 알리고, 중장에서 “새봄나물 안주에 막걸리 생각 끈 한 봄날”을 설정한다. 마침 “순득이네 흑산 홍어배 들어온다고 장바닥이 난리들”인 분위기가 사람들의 대화에 가득해지는 무렵이다. ‘보리 애국에 막걸리 한 사발을 먹’을 때는 없던 힘도 솟고 절로 흥이 일어나기도 한다. 종장의 “홍탁 한 잔”이 허허한 봄을 건너는 방법, 그리고 반복과 열거, 절정으로 치닫는 사설의 묘미를 중장에다 살려낸[30] 작품이다. 남도 음식 중 대표적인 게 지린 맛의 홍어이다.[31] 잔칫집에 ‘홍어가 빠지면 무효’라는 말과 ‘홍어는 삭혀 먹고 낙지는 훑어 먹는다’라는 말이 있을 정도로 둘은 전라도다운 ‘게미’로서 오래 회자된 맛이겠다.

---

30) 이지엽, 「표표한 반골의 정신, 여유와 장단의 가락」, 위의 책, 123~124쪽

31) 송수권 시인은 『풍류 맛 기행』(2003)에서, 보리굴비를 쪄서 녹차 물에 말아먹는 밥을 밥도둑이라 하여 남도 맛의 으뜸으로 치고, 홍어의 톡 쏘는 지린 듯 그로테스크한 맛을 다음으로 치는 글을 썼다(졸고, 「맛, 시조로 발효되기 또는 그 감각의 즐거움」, 이지엽 편, 『권갑하 시조 연구』, 고요아침, 2019, 171쪽 참고).

울음 끝에 멀고 먼 기억의 추스름까지
네 곁에서 지켜보다 밀물 들어 벙벙한 날,
씨 간장 괸 독 안에서
긴 닻줄을 올린다.

— 염창권, 「간 오르다」[32]

음식의 기본은 '간'이다. '간이 배다', '간이 오르다', '간이 맞다', '간이 들다' 등은 음식에 들일 '간'을 미리 섭렵해본 말들로 남도에선 관용구화(慣用句化)되었다. 그 '간'이란 전라도뿐만 아니라 팔도에서 염도를 지칭하는 말인 듯도 하지만, 실은 전라도다운 맛을 말할 때 '간'을 호명해야 더 다정스러워진다. 맛이 다정하다는 게 조금 객쩍은 말일지 모르나, 옛 어머니들이 음식 조리할 때 '간을 보는', 옆에 있는 사람에게 한 숟갈 떠서 '간 좀 봐라' 하는, 그 부뚜막 앞에서의 다정한 소통이 있었기 때문이다. 그건 전라도 어머니들이 지닌 향토적 정(情)이지 않나도 싶다. "울음 끝에 멀고 먼 기억의 추스름까지/네 곁에서 지켜보"는 그 간이 오르기를 기다리는 일, 그건 풍미의 절정이라 할 수 있다. '간'과 더불어 시인은 '시작 메모'에서 그 감각을 '그늘이 만드는 결'로 정의하기도 한다. 대상을 인식하려면 우선 '그늘이 만드는 섬세한 결(texture)'을 느끼는 것이 중요하다. 시인은 '사람에게도 사물에게도 그늘과 결'이 있음을[33] 피력한다. 감각이 예민할 때는 그 '결이 훤히 들여다보'이듯 '간'도 보인다. '간'이 오를 즈음 맛의 풍미는 제철을 만난다. 그래, "밀물 들어 벙벙한 날"은 서대철이거나 숭어철이다. 보릿국이 밥맛을 일으키는 때 홍어애가 섞이면 더 좋아 사람들이 몰려 홍어 좌판을 뒤집기도 한다. 가을이 끝나갈 무렵은 벼 줄기를 타고 올라온 참게철이 도래한다. 이런 제철이면 간

32) 염창권, 『호두껍질 속의 별 – 현대시조 100인선 8』, 고요아침, 2016, 28쪽.

33) 염창권, 「자전적 시론」, 위의 책, 75쪽 참조.

을 맞출 “씨 간장 괸 독 안”을 들여다보고 “긴 닻줄”로 간 맞출 양만큼 올려 내는 일이 기다린다. 간을 맞추려고 “씨 간장 괸 독 안”을 들여다 볼 때의 어머니들의 희미한 미소는 맛의 성공을 예견하기도 한다.

4) 남도 풍류

남도 풍류의 대표 격은 판소리이다.[34] 이를 소재로 쓴 시조들은 여러 편이 있다. 그러나 판소리에 대한 곁가지로 묘사한 시조보다는 전체의 구성이 오로지 판소리여야 한다는 데 자료 선정의 목적을 두었다. 따라서 부분적으로 묘사한 시조는 선에 넣지 않았음은 물론이다. 남도 풍류를 대표할 만한 다른 예술 장르도 예거해보려 했으나 대상으로 소개할 만한 게 보이지 않았다. 판소리를 형상화한 시조 외에 다른 류, 예컨대 농악, 육자배기 등을 예거하여 자료적 구색을 갖추려 했으나 그건 더 의외로 대상 작품이 없거나 있더라도 관련도가 짙지 않았다. 김제현, 윤금초의 시조, 그리고 김강호의 판소리의 각 요소를 종합한 시조에 대해 살펴보기로 한다.

속기를 털며 속기를 털며
진양조 중머리가 흐른다

알알이 눈물 도는
전라도 시나위,

34) 조동일은 판소리가 호남에서 생겨난 이유에 대해 추론하기를, “호남은 고려 건국 이래로 정치적으로 소외된 지역이어서 불리한 위치를 예술창조를 통해 역전시킬 필요가 있었으며, 다른 지역보다 농업생산력이 높아 수탈을 당하면서도 판소리 등을 육성할 만한 여유가 있었다”고 말한 바 있다(조동일, 앞의 책, 14쪽 참조).

찔레꽃 하얀 꽃잎에도
눈물이 섞여 있다.

볕바른 산길 중턱쯤일까
켜켜이 쌓인 설움 딛고,

한바당 풀어놓는
자진모리 휘도는 바람,

숨가쁜 저 부서의 떨림은
운치인가 신명인가
사람 사는 이야기인가.

울음으로도 꿈으로도
이룰 수 없는 그리움에

죽음보다 깊은 한을
자아올리는 젓대 한 자루.

저 놀 속 타는 산조, 언제 그 자리
우리 선생님은 산조의 끝을 가르쳐주시지 않았네.

— 김제현, 「우리 선생님은 산조의 끝을 가르쳐 주시지 않았다」[35)]

어느 지역이나 풍류가 있는 서정은 그곳의 자랑이자 힘이 된다. 남도의 풍류엔 소리의 멋이 있고 소리의 빛깔이 있다. 이 시조에서 풍류는 [진양조, 중머리, 자진모리 → '한바당'], 그리고 [시나위, 젓대, 산조 → '떨림']으로 흐르는 이미지를 읽을 수 있다. 즉 '한바당'을 이루는 진양조부터 자진모리, 그리고

35) 김제현, 『도라지꽃 – 우리시대 현대시조 100인선 23』, 태학사, 2000.

'떨림'을 감출 듯 드러내는 시나위와 젓대가 그 대표성을 지닌다. 첫 수의 초장 "속기를 털며"는 속된 기운을 없앤다는 뜻이다. 그럴 때 진양조와 중머리가 흐르고, 시나위는 하얀 꽃잎에게서조차 눈물을 자아내는 듯 왼 설움을 딛는다. 이제, 산조는 자진모리로 휘돌아 운치를 셈하듯, 신명을 겨누듯, 또는 사람 사는 이야기를 풀어가듯, 울음과 꿈으로는 이룰 수 없는 그리움의 세계를 향해 차오른다. 이것이 시인에 의하면 "죽음보다 깊은 한"이라 한다. 아니, "한을/자아올리는" 한 자루 "젓대" 속이라 한다. 그 젓대 속은 "놀 속 타는 산조"로 가득하다. 해서 연주가 쉬 끝날 수는 없다. 왜냐하면 그 끝을 가르치던 스승이 지금 계시지 않기 때문이다. 사실 '끝'을 가르쳐주시지 않고 벌써 유명을 달리했기 때문이다. 결국 이 시조가 말하는 것은, '산조'란 생의 무한한 연속이란 사실이다. 사람은 흐르다 죽지만 '산조'는 이어져 "죽음보다 깊은 한을/자아올리"게 되는 연속체로서 작용하는 것이다. 해서, 생은 짧으나 산조는 길다. 그게 "젓대 속"에 집약시킨 김제현 시조의 이른바 '순화적 면모'[36]를 통해 엿볼 수 있다. 남도의 깊은 정한이 이 시조로부터 자연스럽게 터득된다.

쑥대머리
애원성(哀怨聲)을
임방울만 울었다더냐

한세상 오만 시름
시궁을 딛고 서서

---

36) 박지현, 『우리 시대의 시조, 우리 시대의 서정』, 시와소금, 2015, 33쪽 참조.
이는 박재삼의 김제현 인물평에 나타난 말로 '거칠기 짝이 없는 소재'를 그는 '순화'시켜 받아들일 줄 아는 힘을 발휘한다는 데서 온 말이다.

여보게,
우리네 연꽃
살 비비고 오리라.

— 윤금초, 「쑥대머리」[37]

〈쑥대머리〉는 판소리 〈춘향가〉의 한 대목이다. 춘향이 억울한 누명으로 옥에 갇혀 이 도령을 그리워하며 부른 '더늠[制]'으로 자리한다. 그 "애원성(哀怨聲)"이란 "임방울"만이 불러 "울었"던 건 아니다. 남도 사람은 물론 여러 명창이 저마다 〈쑥대머리〉를 통해 한을 달랬더랬다. '쑥대머리'는 실로 "한세상 오만 시름"인 "시궁을 딛고 서서" 내지르는 소리이다. 진흙 구렁 속 같은 세상의 시름에서도 "우리네 연꽃"은 피어 "살"을 "비비고 오리라"는 장차를 그리 언약하며 속절없이 기다린다. 그래서 지난하고 고단한 삶의 시름을 견디어가는 힘을 얻기도 한다. 송정리 출생 임방울(1904~1961)은 명창이 되자, 판소리 〈춘향가〉를 비로소 자기식으로 바꾸어 부르는 이른바, '더늠[制]'으로 이 〈쑥대머리〉를 창으로 불러 이름과 소리를 널리 알렸다. 이후 그는 동편제와 서편제를 아우르는 '남도창'의 한 주류를 타게 된다. 그는 14세 때부터 나주 명창 박재실에게 〈춘향가〉 〈흥보가〉 등을 배웠다. 그리고 25세 때 상경하여 구례 출신의 송만갑(宋萬甲, 1865~1939)의 소개로 서울 무대에서 〈쑥대머리〉를 공연했다. 이것이 시대적 상황과 관련하여 1960년대까지 선풍적 유행을 탄 판소리가 되었으며 남도창의 대명사가 된 것이다. 남도가 '예향'이라는 별칭의 연원은 허련, 허백련 화백과 더불어 명창 임방울로 시작되는 바, 이는 남도의 풍미(風美)의 오래된 자랑이다.

객석으로 쏟아지는 폭포 같은 소리에

---

37) 윤금초, 『앉은뱅이꽃 한나절』, 책만드는집, 2015.

온 몸이 흠뻑 젖어 터뜨리는 추임새
얼씨구! 흥 한줌 꺼내
보석이듯 얹어 놓고

걷고 뛰고 날듯하다 잠시 쉬듯 조곤조곤
목청에 감았던 사설 능청스레 풀면서
청자들 귀 끌어당겨
아니리로 늦춰두고

숨 가쁜 언덕에서 입은 잠시 닫은 채
빛보라 펼쳐내는 아리따운 몸짓 발림
귀 대신 눈이 즐겁게
학이 나래 펴듯이

비양 떨며 간드러지게 쥘부채를 펼치고
어깨를 들썩이며 소리 후리러 가는 더늠
지화자! 흥 이는 곳에
살가워라 소리꾼

— 김강호, 「판소리-추임새, 아니리, 발림, 더늠」[38)]

시조의 부제로 붙인 '추임새, 아니리, 발림, 더늠'은 판소리의 전개에 필요한 제 요소들이다. 이런 요소들을 네 수(首)에 붙여 종합적으로 묘사한 '연시조'이지만, 각각의 요소별로는 독립된 수(首)로 편제될 수 있다. 소리꾼이 완창한 판을 "지화자"란 마지막 추임새로 완미해 보이는데, 그건 첫 수 "얼씨구"로 마당을 열 때의 추임새와 짝을 이루기도 한다. 판소리의 전개 요소들, 즉 '아니리'는 소리와 소리 사이에 가락을 붙이지 않고 이야기하듯 줄거

38) 김강호, 블로그 '시담', 2020. 2.

리를 말하는 부분이고, '발림'은 판소리 창자가 소리의 가락과 사설의 내용에 따라 손과 발, 몸을 움직여 감정을 표현하는 몸짓이다. '더늠'은 사설과 음악을 독특하게 짜는, 말하자면 창자(唱者) 자신의 장기(長技)를 곁들여 부르는 바, 이게 '제(制)'라는 것이다. 소리는 "걷고 뛰고 날듯하다 잠시 쉬듯 조곤조곤"한다. 이렇게 율조는 중모리에서 휘모리에 이르는 변화를 따라간다. 그러다 "청자들 귀 끌어당겨/아니리로 눙쳐두고"라고, 판소리 특성인 '눙침'을 놓는다. "비양 떨며 간드러지게 쥘부채를 펼치"는 '아니리'부터 '발림'까지, 그리고 "어깨를 들썩이며 소리 후리러 가는" 창자(唱者)의 '더늠'으로 시조를 마감한다. 여기서도 "흥 이는 곳에/살가워라"라고 '살가움'을 관객으로부터 청자가 대신해 보인다. 이는 판소리의 전개 요소를 관객이 공감하고 느끼도록 구성을 미리 기획한 경우로 볼 수 있다. 판소리는 남도의 소리와 멋, 풍류를 종합하는 예술이다. 이 남도소리의 멋과 특성을 알리는 자료적 시조라고 볼 수 있다.

5) 남도의 기질로서 의기(義氣)

남도 정신은 곧 의향(義鄕)으로 이어진다. 그 정신은 역사를 거슬러 갈 수도 있겠으나 우선 현대사에서 '갑오농민운동'과 '광주학생독립운동', 그리고 '4 · 19 의거', '5 · 18 민주화운동' 등으로부터 그 대표적 의기(義氣)를 찾아볼 수 있다. 이런 맥을 잇는 광주민주화운동 내력은 여기 다 피력할 수는 없다. 남도민의 기질로서 의기는 역사적으로 거슬러 가면 진도의 삼별초 항쟁, 절제된 의기의 다산, 절의를 지킨 황현, 지조의 화신 김덕령과 충장사, 광주 의병운동의 단초지 제중병원, 함평, 보성, 영광, 장흥 등지의 의병장들, 그리고 수피아여고의 만세운동, 김영랑의 의거와 강진, 광주의 학생독립운동, 4 · 19혁명 발상지와 광주고등학교, 광주의 5 · 18 민주화운동과 망월동 등으로 이어진다. 시에서는 김지하, 김남주, 양성우, 박노해, 고정희, 문병란, 조태일, 황지우 등이 이 정의와 진실을 토대로 시를 쓴 바 있다. 시조로는 서연정, 이재창, 이한성, 이송희, 박정호, 노창수 시인이 관련 작품을 쓴 게 있어, 이를 중심으로 정의의 상징과 진실 규명에 대한 형상화를 추적해본다.

> 청암교 다리 아래
> 이야기 꿈틀댄다
>
> 데모를 주도하던 한 청년이 떠오른 날
> 컴컴한 소문도 함께 흉흉히 떠올랐다
>
> 누구도 섣불리 그 내막 댈 순 없지만
> 무넘기 아랫마을 사람들은 말했다
>
> 급하면 광주 사람들은
> 무등 속으로 숨는갑다
>
> 그해 여름 꾸정모구때 유난히 극성맞고
> 재 너머 하늘은 최루탄에 눈을 맞아
>
> 밤이면 쑥빛 별들을
> 눈물 속에 쏟았다
>
> — 서연정, 「고향」[39]

제목은 「고향」이지만, 사실 시인의 고향 주변 "청암교 아래"에서 일어난

---

39) 서연정, 『먼 길 – 우리시대 현대시조 100인선 84』, 태학사, 2000.

사건을 다루고 있다. 사건이란 1989년 '이철규 변사 사건'을 말한다. 1989년 5월 10일 광주 청옥동 제4수원지 상류인 청암교 아래 시체 한 구가 떠올랐다. 그가 당시 25세로 조선대학교 교지편집 위원장이던 이철규였다. 그는 미제 침략사를 다룬 글을 써 국가보안법 위반으로 1985년 구속되고 1987년 가석방된다. 하지만 당국의 사찰이 계속되는 중이었다. 그는 5월 3일 후배의 생일을 축하해주기 위해 택시로 '무등산장' 쪽으로 가던 중 경찰 심문을 받은 후 행방불명이 된다. 그리고 일주일 후 시인의 고향마을 아래쪽 수원지에서 변사체로 발견된다. 이 사건은 미해결의 사건으로 묻혀 있다가 SBS의 〈그것이 알고 싶다〉를 통해 일반에게 알려진다. 결국 경찰의 고문과 2004년 5월 안기부가 개입하여 일어난 시해 사건임이 의문사진상규명위원회에 의해 드러나게 된다. 이철규가 고문사(拷問死)하자 보안대와 경찰이 제4수원지에 자살로 가장해 유기한 것이다.

시인은 고향 부근, 저수지 무넘기 쪽의 아랫마을 사람들로부터 들은 바를 전하고 있다. "급하면 광주 사람들은/무등 속으로 숨는" 일이 더러 있었다. 무등산 속에 가건물을 짓고 살던 한 청년도 그런 사람이다. 그는 무술력이 뛰어나 '무등산 타잔'이란 별명으로 불리는 '박흥숙'이었다. 당시 군부독재로 난개발이 한창이었을 때 시청과 짠 건설업자가 건달들을 끼고 주민을 폭행하고 강제철거를 하자, 박흥숙이 이를 저지하다가 구속되어 감옥에 갇히고 결국은 처형을 당한다. 그 후, 시민들은 박흥숙은 영웅이었지만 시대에 희생된 젊은이라고 회자한 바 있다. 광주 사람들이 박흥숙의 추모제를 올리면서 그의 정신을 기리자는 게 받아들여져 그를 소재로 한 영화 〈무등산 박흥숙〉이 2005년 개봉되기도 했다.

5·18 때 무차별 공격을 한 계엄군을 피해 무등산으로 든 사람들도 많다. 시인은 고향에 살면서 이러한 소식들을 들으며 성장했다. 그게 "급하면 광주 사람들은/무등 속으로 숨는갑다"에 포함된 속내 이야기로 살펴보면 더

많다. 1980년대와 90년대 말까지도 5월 무렵이면 “재 너머” 광주 쪽의 “하늘은 최루탄에” 맞아 사람들마다 “밤이면 쑥빛 별들을/눈물 속에 쏟았”던 불안한 정국이었다. 최루탄에 흘린 눈물은 정의를 빼앗는 자에 대한 저항의 눈물이기도 했다. 시인은 「눈물 광주」에서 “뜨겁게 첫울음을 바치며 한 시대가 태어나”는 광주의 진실을, 「천동마을 어머니」에서 광주항쟁 때 숨진 윤상원 열사의 어머니상을 그리기도 한다. 이 외에도 광주의 의기를 형상화한 이 시집에는[40] 이와 관련한 여러 시조 작품이 수록되어 있다. 위 시조에서 “꾸정모구때 유난히 극성맞고”와 “최루탄에 눈을 맞은” 대비가 상징하는 바를 자세히 읽을 필요가 있다. 즉 고문과 괴롭힘이 계속될수록 그에 비례해 정의와 양심이 더 단단해진다는 사실 말이다.

금남로 걷다 보면 생각난다, 민주주의여
푸른 하늘 죄 없어도 떨려오는 가슴 아래
오늘은
너에게 안부를 묻는다
머나먼 그리움의.

생각나지 않느냐, 지울 수 없는 함성들이
잊혀지지 않는구나, 떠나갔던 친구들이
사람이
사람으로 태어난
그 인식의 죄업 끝에.

오월이 돌아오면 가슴이 뛴다, 민주주의여

---

40) 서연정, 『광주에서 꿈꾸기』, 미디어민, 2017. 이 시조집은 광주의 거리와 사람들을 만나며 쓴 작품들로 편집되었다. 의기 · 의절로 보이는 시조로는 위에 든 시조 외에 「의열사를 찾아서」 「충효리」 「망월동에서 생각하는 사람」 「팽목항에서」 등이 수록되어 있다.

너는 지금 어느 땅 밑 숨죽여 누웠느냐
철쭉꽃
장미꽃 팬지꽃
모두 만발한 이 봄날에.

— 이재창, 「年代記的 몽타주 · 12」[41)]

이 시조는 정의의 민주주의를 불러내는 초혼(招魂)의 시조이다. 분노와 비탄의 정서가 흐르고 있지만 화자는 정의를 품고 잠든 민주주의를 간절하게 호명한다. 시는 과거를 지향하면서 동시에 미래를 지향한다고 할 때, 김제현 시인이 정의한 바, 1980년 5월 '광주 민주화운동'은 한국의 현대사에 있어 영원히 지울 수 없는 '피의 제전'이라 할 수 있다. 이 시조의 화자는 광주항쟁의 현장에서 참혹하게 쓰러져간, 아니 아무 죄 없이 죽어간 친구를 회상하며 민주주의에 대한 '격정'을 '걱정'으로 실어 안부를 묻고 있다. "민주주의여/푸른 하늘 죄 없어도 떨려오는 가슴 아래/오늘은/너에게 안부를 묻는다"는 건 '5월 광주'가 잊혀지는 데 대한 화자의 각성이자 우리 모두에게 던지는 질문이다. 더 나아가 화자는 "민주주의여/너는 지금 어느 땅 밑 숨죽여 누웠느냐"라고 재우쳐 묻는다. 민주주의는 "철쭉꽃/장미꽃 팬지꽃/모두 만발한" 봄날임에도 아직 일어나지 않고 누워 있기 때문이다. 그래, 민주주의는 잠잘 때가 아니다. 지금 어떤 이들은 민주주의를 팔면서 비민주적인 일을 자행하고 있기 때문이다. 독재를 낭만처럼 그리워하고 재규합하려는 부류가 있기 때문이다. '일어나라'고 잠든 민주주의를 깨우는 직설의 자유시는 많지만, 시조로 정의와 의기를 일깨운 시인은 이재창 시인이 최초이지 않을까 한다. 시조시인들이 쓰는 '5월 광주'에 대한 직접적 시조가 시에 비해 수나 내용으로 보아 초라하다. 시인들은 제각기 현대사의 질곡을 떨리

---

41) 이재창, 『거울론-우리시대 현대시조 100인선 71』, 태학사, 2001.

는 가슴으로 증언하면서 새로운 세계를 지향하고 있지만, 1980년대, 아니, 이후의 광주시인들 모두는 5월 항쟁에서 결코 자유롭지 못하다.[42] 그만큼 '5월 광주'를 시의 짐으로 져야 하는 일이며, 정의(正義)와 진실이라는 붓을 날카롭게 세워야 하기 때문이다.

> 투명한 창살에 야윈 몸이 갇힌다
> 나무도 건물도 모두 비에 갇힌 채
> 차디찬 담장 너머엔 겁에 질린 눈빛들
>
> 빗속을 비집고 면회 오는 어머니
> 그녀의 목덜미를 끌어안지 못하고
> 온종일 비를 맞은 채 봉분에 갇힌 사랑
>
> — 이송희, 「오월, 비에 갇히다」[43]

시인에 의하면 '5월 광주'는 지금 비에 갇혀 있다. 이 비는, 치욕의 잔상을 떠올리지 않으면 안 되는 고통의 아픔을 뿌린다. 이송희 시조엔 그런 잔상이 여러 번 나온다. 가해자 척결이 미해결된 채 광주에서 오늘을 살아가는 사람들, 이 사람들에겐 "뽑아도 뽑히지 않는 그 질긴 울음의 뿌리"(「무등의 시」)가 있고, "혀 없는 검은 말들이 내지르는 비명"(「518번 버스를 타고」)으로 소스라치는 경기(驚氣)가 있다. 1980년의 5월부터 광주는 그런 비명의 빗속에 가둬져 있다.[44] 그래서 망월동에 묻힌 영령들은 목놓아 절규한다. 진정한 민주주의를 보기까지 트라우마가 지속되고 있기 때문이다. 오늘의 민

42) 김제현, 「현대시조 100년의 흐름과 시대문학으로서의 역할」, 『한국시조시학』 창간호, 2006. 한국시조시학회, 57쪽 참조.

43) 이송희, 『이름의 고고학』, 책만드는집, 2015.

44) 고명철, 「어둠의 벼랑 끝에 선 간절한 말들」, 위의 책, 114쪽 참조.

주주의는 이재창의 시조에서처럼 잠들어 있는지도 모른다. 5월 영령들은 "봉분에 갇힌 사랑"으로 이제 "빗속을 비집고 면회 오는 어머니"를 맞이한다. 어머니 앞에 아직도 안개 속처럼 광주의 아들은 답답하다. 은폐된 진실과 발포 명령자가 밝혀지지 않기 때문이다. 갇힘과 감금, 봉쇄와 봉인, 침묵과 단절, 흩어짐과 찢어짐이 기억에서 사라지지 않기 때문이다. 그러기에 광주는 진실과 정의를 규명하는 운동을 멈출 수가 없다. '민주주의는 피를 먹고 자란다'는 말은 광주에 한한 말이 아니다. 전두환은 1979년 12 · 12쿠데타를 통해 국권을 침탈하고 보안사령관에 취임, 계엄포고령을 내린다. 그리고 1980년 5 · 18광주민중항쟁과 맞섰다. 찬란한 봄날 광주는 이 '피의 제전'에 치를 떨었다. 계엄군 수뇌부는 발포 명령에 따라 무고한 시민 193명(1995년 서울지검 발표)의 목숨을 앗아갔고 시민들을 폭도로 몰아갔다. 무장헬기로 전일빌딩, YMCA, 충장로 1가의 건물과 사람들에게 난사했다. 하지만 아직 가해자의 사죄는 없다. 그 세월이 40년이다. 치유될 듯하다가도 정치권의 농단으로 제2차 · 3차 가해가 계속되고도 있다. 그 본보기가 2020년 2월 8일 자유한국당의 5 · 18 망언 난동이다. 광주를 배척하자며 그들이 용공분자라고 외치는 자들은 아직도 펄펄하다.

남도의 시인들은 살아오면서 독립과 자유를 위해 목숨을 내놓았던 의로운 의향(義鄕)이라는 데 자긍심을 갖는다. 대체로 의로움에 시의 뜻은 머문다. 이에는 김남주, 박노해, 이성부, 양성우, 김준태, 황지우 등의 시인들이 있다. '의(義)'가 기표된 작품으로 다음 작품을 더 읽을 수 있다.

> 1m 깊이에
> 그대 잠든 따위에 서서
> 오만불손이 밟고 서서
> 보나니, 수수방관…
> 기억의 근거를 묻고,

한 생의 근거를 묻고,

다순 입김 불어주던
그대 없어도 봄은 온다
다른 이름이 눌러 앉은
우리 살다 떠난 자리
도덕과 진실 없어도
꽃은 여태 붉구나.

— 박정호, 「망월동에서」[45)]

1980년 5월 17일 계엄령이 선포되고, 당시 정계 대표자인 '3김'(김대중 · 김영삼 · 김종필)에게 체포 또는 가택 연금을 집행한다. 나아가 이들과 연계한 정치인들을 모두 체포한다. 금남로를 중심으로 계엄군인 특수공수부대를 투입, '충정작전'을 감행한다. 이에 계엄군은 아무 조건 없이 5월 27일까지 만행과 학살을 자행한다. 시민들은 한 개인의 국권 독점을 거부하고 자유를 쟁취하려 했으나 계엄군에게 대부분 희생되고 만다. 이 시조에 대한 메모에서 시인은, "기다리지 않아도 봄이 오면 꽃이 피고, 잊혀진 향기를 전"하는데 그건 '피의 냄새'라 한다. 그 일을 "굳이 말하지 않아도 알 것"이지만, 지금 "꽃의 자태에 홀려 봄날을" 살다가 어느 날 문득 그 "그리움은 밀물져 간절해지는" 것이라고 '정의의 힘'을 말한다. 정의란 몸으로 부딪쳐 찾으려 했던 '자유'에 다름 아니다. 화자가 말하는 "탱크에 깔린 꽃밭의 잔해"는 친구, 선후배, 이웃, 무고한 시민이 당한 그 찢긴 참상을 표상한다. 남아 있는 꽃(사람들)은 죄스러움을 잊으려 하지만 그 시대를 "어찌 필설로 다할 것"인가. "부르르 떠는 몸짓으로 감춰지는 슬픔"은 그대(자유)가 온 것인 양 꽃으로 피

45) 특집 「오월의 함성 그날의 노래」, 『광주전남시조문학』 2014년 제13집.

어난다. 모르는 이들은 이제 잊을 때라 하지만, 당시의 학살과 만행을 잊는다는 건 거의 불가능하다. 그럼에도 이름 없이 스러지며 정의를 부르짖던 "향기로운 꽃"들에 대해, 살아 있는 우리들이 "바라볼 밖에 없는 일"[46]은 욕되고도 참담한 일이다.

> 죽창 끝이 활활 탄다 시민군이 우는 저녁
> 총칼부대 배를 갈기자 노을 질펀 뱉어내고
> 시뻘건 혼백 투사 깃발 가스불에도 실렸다
>
> 함성은 예 와서 메아리처럼 빨리운다
> 긴 오월 혀가 놀라 다락방에 숨는 날
> 쉭 쉭 쉭, 쑤셔 찾아라 소총 소리 덜컥인다
>
> 들키자 목숨까지 차라리 더 황홀하고
> 서럽도록 네 총질 뜨거운 금남로로
> 푸 푸 푹, 수증기 분열 목구멍이 뜨겁다
>
> — 노창수, 「아직 압력밥솥이 끓고 있다」[47]

5 · 18을 압력솥이 끓는 것에 비유했다. 광주의 5월은 아직 미해결된 우리의 짐이다. 뭇 청춘의 목숨을 담보하던 그 비의(秘意)의 끝을 알 수 없는 이유에서이다. 아니, 알아도 모른 척해야 했기 때문이다. 잘못된 역사 앞에서 낭만을 우린 이야기하지는 못한다. 필자는 당시 해남에서 근무했다. 교육청 연구위원으로 위촉되어 연구보고서 과제를 부여받을 무렵이었다. 그 과제를 들고 와 제출하려고 광주에 왔다가 5 · 18과 마주했다. 그날 해남으로 갈

---

46) 위의 글, 96~97쪽.

47) 노창수, 『조반권법』, 고요아침, 2014.

수 없었다. 금남로 일대는 물론 전 시내가 막혔고 당연히 시외버스도 끊겼다. 진압군들은 YMCA 건물에 기관총을 난사했다. 최루탄과 군화에 묻히던 아수라의 세상, 그날의 진실과 이야기를 압력밥솥에 비유한 시를 15년 뒤에야 썼다. 압력밥솥이 수증기를 내뿜으며 끓는 소리가 나면 그 생각이 나기 때문이다. 한때 어머니가 짓는 가마솥의 밥 끓는 소리는 이미 곁을 떠나갔고, 지금은 아내가 밥하는 압력밥솥 소리가 그날의 쑤셔 찾는 계엄군들의 소총 소리로 오버랩된다.[48] 시조에서 "죽창, 시민군, 총칼부대, 소총" 등의 무기와 서로 대치하고 있는 상황들로서 "활활 탄다, 시뻘건, 서럽도록, 뜨거운" 등의 강한 어감의 수식어와, 그리고 "배를 갈기자, 질펀 뱉어내고, 쑤셔, 덜컥인다" 등의 거친 행동의 용언, 총검으로 쑤시는 "쉭 쉭 쉭"과 밥솥의 수증기 "푸 푸 푹"의 의성어 등이 그날의 회상을 고조시킨다. 이 시조는 사라진 듯 보이지만 30년이 넘도록 광주민주항쟁의 정신이 아직도 펄펄 끓고 있음을 보여준다.[49] 내 밥을 지어놓고 기다리던 5 · 18 때의 아내의 부엌은 지금에 와서도 영영 찾지 못하는 출장서류 그 미로 속으로 들어간 민주주의이다.

4. 맺는 말

이상에서, 광주 · 전남지역에 기반을 둔 작고 및 현역 시인들의 향토성 인자와 관련한 시조를 중심으로 풍미의 형상화 양상을 살펴보았다. 논의의 범위를 ① 향토의 풍광, ② 남도 토박이말, ③ 향토 음식, ④ 남도 풍류, 그리

48) 졸저, 『탄피와 탱자 – 현대시조100인선 62』, 고요아침, 2017, 93~94쪽.

49) 이지엽, 「비판과 자유의지, 폭발하는 서정의 상상력」, 졸저, 『조반권법』, 고요아침, 2014, 125쪽.

고 ⑤ 남도 기질 등으로 제한하고, 이 다섯 가지 향토성 인자가 작품에 어떻게 유발, 형상화되었는지에 대해 관련 자료를 해설 · 소개하는 방식으로 전개했다. 향토성 인자별로 작품 수가 균일하지 못한 점이 아쉽다. 이는 자료 섭렵과 색출에 상당한 한계가 있었기 때문이다.

프랑스 비평가인 생트뵈브(Charles Sainte Beuve,1804~1869)는 문학 자료의 수집과 구성에 대한 논의의 방법은 지역적 환경 요인이 주요 변수로 작용한다고 강조한 바 있다.[50] 여기서 그가 말하는 자료의 지역적 환경 요인이란 '① 작가의 인격, ② 작가의 입지, ③ 작가의 유전, ④ 작가의 생애' 등을 말한다. 즉 자료에 대한 조사연구가 이 네 요소를 충족할 때에 작품에 담긴 지역과 향토적 특징이 더불어 드러난다는 것[51]을 말한다.

용어로서의 '지역성'과 '향토성'이란 말은 매우 광범위하다. 해서 미시적 해석이 이루어진 다음에 논의해야 한다는 과제가 따라붙는다. 이는 근시안적 향토애(鄕土愛)같이 아류적이고 주관적인 차원을 넘어야 한다는 뜻도 된다. 해서, 오늘날과 같은 지역 이기주의에 입각한 유치한 서정과 정치적 낭만을 극복하지 않으면 향토 문제에 대한 객관적 자료는 놓치기 쉽다는[52] 비판이 제기되는 바 그건 일견 타당해 보인다. 일부 콘텐츠 선정이 연구자의 입맛에 따라 달라지는 등 그 기준 자체에 문제가 있는 경우, 이를 되돌리기가 쉽지 않다는 우려 때문이다. 그럼에도 불구하고 향토는 고향이란 범주 속에 있기도 하고, '팔은 안으로 굽는다'라는 말처럼 엽관주의적인 배경을 가진 것을 부인하지는 못한다.

---

50) 송태효, 『생뜨 뵈브와 프랑스 낭만주의 시인들』, 한국학술정보, 2006, 56쪽 참고.

51) 이향아, 「한국문학에 있어서 지역적 특질」, 『호남문학연구 어디까지 왔나』(제1회 인문사회연구 학술발표회), 호남대학교 인문사회과학연구소, 1994.11.28.

52) 졸고, 「문학 콘텐츠를 활용한 지역관광 활성화 방안」, 함평문인대회 세미나, 함평문화원, 2011.11.11, 18쪽.

향토는 어머니 젖줄과 같다. 이를 떠나게 되면, 조남령의 「향수」에서처럼 곧 사향심(思鄕心)을 일으킨다. 대체로 옛사람들이 이르기를 슬픔 중에서 실향심이 가장 크다고 한 것도 이에 비롯된 생각이다. 사람들에겐 대저 고향의 인정과 향토적 풍미에 정서가 쏠리기 마련이다. 그러나 독자가 그 작품을 찾아 읽고자 했을 때, 소개하는 선자(選者)에 따라 달라질 수밖에 없는 특성이 있다. 그래서 필자는 이 논의의 문을 열어두려 하며, 제시하는 시인과 작품들은 하나의 참고자료일 뿐이란 걸 강조해둔다. 다만, 이 글이 한 동기가 되어 시인들에게 남도의 풍미를 되새겨보고 이를 형상화하는 마당을 넓혀간다면 다행이라 여긴다.

앞으로 이 분야 연구가 깊어져 향토의 정신적 자산을 시조로부터 연유해 내는 활동이 활성화되기를 희망한다. 지금은 지역화의 시대, 지자체의 시대이다. 해서, 향토의 볼거리로 8경, 10경 등을 개발하는 일, 그리고 지역 특산품과 음식 등에 시조의 맛과 멋을 첨가하여 창작 · 각색하는 일에 활용된다면 지역의 품격은 좀 더 달라질 것이다. 이는 나아가 인문학적 시조를 확장하는 일이기도 할 것이다.

이를 위하여는, ① 지자체와 지역 시조단체와의 MOU(업무 협약)를 체결하고, ② 지역의 시조단체가 지역의 발전 방안을 제안하며, ③ 지자체 내의 문화관광과와 시조 단체의 정기적 회합을 갖는 등 각 지역의 시조단체의 가시적인 액션도 필요하다고 본다.

(한국시조학회세미나 발표, 2020.5)

참고문헌

고명철, 「어둠의 벼랑 끝에 선 간절한 말들」, 이송희, 『이름의 고고학』, 책만드는집, 2015.

김영재, 『홍어』, 책만드는집, 2010.

김정호 외, 『향토사 이론과 실제』, 향토문화진흥원출판부, 1992.

김제현, 『도라지꽃-우리시대 현대시조 100인선 23』, 태학사, 2000.

———, 「한국시조 100년의 흐름과 시대문학으로서의 역할」, 『한국시조시학』 창간호, 한국시조학회, 2006. 7.

김태곤, 「호남의 口碑文學 고찰-호남의 단골과 巫歌, 판소리를 중심으로」, '호남문학 어디까지 왔나', 제1회 인문사회연구 학술발표회, 호남대학교 인문사회과학연구소, 1994.11.28.

노창수, 「호남 해안의 시적 형상화-바다, 섬, 갯벌, 어촌의 삶을 중심으로」, 『시와사람』 여름호, 2004.

———, 『한국 현대시의 화자 연구』, 푸른사상사, 2007.

———, 『사물을 보는 시조의 눈』, 고요아침, 2011.

———, 「선비정신, 지조 그리고 해학과 기지-용진호론」, 『사물을 보는 시조의 눈』, 고요아침, 2011.

———, 「문학 콘텐츠를 활용한 지역관광 활성화 방안」, 함평문인대회 세미나, 함평문화원, 2011.11.11.

———, 『조반권법』, 고요아침, 2014.

———, 「장성문인들의 문단활동과 지역문학의 발전 방향」, 『장성문학대관』, 한국문인협회 장성지부, 2015.

———, 「자전적 시론과 창작 노트」, 『탄피와 탱자-현대시조100인선 62』, 고요아침,

2017.
———, 『토박이의 풍자시학』, 푸른사상사, 2017.
———, 「향토문학의 육성과 지역문화의 발전 방향－향토문학 콘텐츠 구성을 중심으로」, 한국문인협회 문인대회 부천세미나, 2017.11.17.
박성민, 『쌍봉낙타의 꿈』, 고요아침, 2011.
박지현, 『우리시대의 시조, 우리시대의 서정』, 시와소금, 2015.
박홍원, 「조운의 문학, 정선되고 다듬어져 정감 있게 울리는 시어들－그의 시조에 나타난 문학성」, 『월간예향』 제48호, 1988년 9월호.
———, 「호남문단의 현황과 전망」, '호남문학 어디까지 왔나', 제1회 인문사회연구 학술발표회, 호남대학교 인문사회과학연구소, 1994. 11. 28.
서연정, 『먼 길－우리시대 현대시조 100인선 84』, 태학사, 2000.
송태효, 『생뜨 뵈브와 프랑스 낭만주의 시인들』, 한국학술정보, 2006.
염창권, 「자전적시론」, 『호두껍질 속의 별－현대시조 100인선 8』, 고요아침, 2016.
———, 『존재의 기척』, 고요아침, 2018.
용진호, 『溪山時調選集』, 한림, 2011.
윤금초, 『땅끝－우리시대 현대시조 100인선 29』, 태학사, 2000.
———, 『앉은뱅이꽃 한나절』, 책만드는집, 2015.
이경철, 「오체투지의 삶에서 우직하게 우러난 잔짜 민족시」, 김영재, 『홍어』, 책만드는집, 2010.
이동순 편, 『조남령 문학전집』, 소명출판, 2018.
이동순, 「조남령 시의 역사적 대응 양상 연구」, 『조남령 문학전집』, 소명출판, 2018.
이송희, 『눈물로 읽는 사서함』, 북치는마을, 2011.
———, 『길 위의 문장』, 고요아침, 2014.
———, 『이름의 고고학』, 책만드는집, 2015.
이지엽, 『해남에서 온 편지－우리시대 현대시조 100인선 62』, 태학사, 2000.
———, 「비판과 자유의지, 폭발하는 서정의 상상력」, 노창수, 『조반권법』, 고요아침, 2014.
———, 「표표한 반골의 정신, 여유와 장단의 가락」, 문주환, 『전라도 가는 길』, 고요아침, 2015.

이태범, 「조운 시(시조)의 로컬리티 연구」, 블로그 '청개구리시험지', 2017. 3.
이향아, 「한국문학에 있어서 지역적 특질」, 제1회 인문사회연구 학술발표회, 『호남문학연구 어디까지 왔나』, 호남대학교인문사회과학연구소, 1994.11.28.
조동일, 「호남시가의 문학사적 의의」, 제3회 호남문학연구 학술세미나 자료, 호남대학교 인문사회과학연구소, 1997.7.2.
조 운, 『구룡폭포 - 우리시대현대시조 100인선 5』, 태학사, 2000.
광주문인협회 편, 『광주문학사』, 문학춘추사, 1994.
광주전남시조시인협회, 「오월의 함성 그날의 노래」, 『광주전남시조문학』 제13집, 2014.
동국대한국문학연구소 편, 『한국문학지도(하권)』, 계몽사, 1996.
뿌리깊은나무, 『한국의 발견 한반도와 한국사람 - 전라남도편』, 브리테니커, 1989
전남문인협회 · 전남문학백년사업추진위원회 편, 『전남문학변천사』, 한림, 1997.
전대신문 편, 『전라도를 다시 본다』, 전남대학교 출판부, 2005.
한춘섭, 「찾아낸 조운 시인의 면모」, 『시조문학』 제94호, 1990. 2.
한국이동통신전남지사, 『내 고장 의미찾기-전남편』, 한국이동통신전남지사, 1995.
한국작가회의 편, 『2013 좋은시조』, 책만드는집, 2014.
수잔 K.랭거, 『예술이란 무엇인가』, 박용숙 역, 문예출판사, 2017.

시인과 작품 색인

ㄱ

ㅇ

ㅈ

논증의 가면과
정신의 허구